张炜文存
插图珍藏版 14 散文

悲愤与狂喜

山东教育出版社
SHANDONG EDUCATION PRESS

前 言

从二十世纪七十年代尝试写作到今天,张炜创作发表了大约一千五百万字的作品,这还不包括他亲手毁掉的约四百万字的少作。就体量而言,现当代的严肃作家几乎无人可出其右者。这些文字至广大而尽精微,有宏阔的视野和抱负,也有对人性与存在最幽微处的洞察和发掘。张炜不但代表齐鲁文学的高度,也一直屹立在中国文学的高原。鉴于此,我们请张炜先生编选了这套颇能代表其个人创作实绩的文丛,也希望它能成为引领读者深入张炜丰茂的文学世界的一个精要读本。

阅读张炜,并不是一件轻松的事情。

四十余年来,张炜切实参与了新时期文学的进程,且在每个时段均留下具有范本意义的作品,如《古船》《九月寓言》《你在高原》《融入野地》等代表作无一不被允为中国当代文学的经典。有意味的是,除了在二十世纪九十年代前期以忧愤的态度参与过人文主义精神的讨论,在更多的时间里,他与所谓的文学热点和流行话题自觉保持着距离,他的创作也很难被妥帖地归类到某一文学思潮和概念之下。比如,在一些文学史中,《古船》是反思文学的集大成之作,在另一些文学史中,它是改革文学的扛鼎之作,还有一些文学史则将其放入寻根文学的专章中讨论。事实上,张炜对庞大之物近乎偏执的关怀,他那些让人战栗的道德诘问,他交织着时代的迫力、灵魂创伤与人类苦难的文字所彰显出来的写作的德性和思想性都决定了他不会是一个文坛的"弄潮儿",恰恰相反,他常常是潮流化写作的反动者。可是,当我们以文学史的眼光回头打量他所置身的文学时代,又会讶异地发现,原来有那么多重要的文学话题,张炜在它们成为热点之前便已做出实践或洞见。比如,批评界一度称许新历史主义写作,尤其推重以个人史、家族史取代阶级史和革命史的写作范式,在批评家们罗列出一通九十年代的重要文本之后,蓦地发现发表于一九八六年的《古船》已经几乎包孕了这个写作范式所有可能的向度,并且以家族史和阶级史并举的方式避免了新历史主义容易滋生的意义偏失。又如,近年来批评界强调发掘中国本土的叙事资源,激活汉语传统美学的意义,而多年来张炜持续与古老而灵性不散的齐文化和更古老的神话传统对话,他在演讲中说过:"怪力乱神基本上是文学的巨资。"他在《〈楚辞〉笔记》《也说李白与杜甫》等诠解古代经典的散文中所表现出与前贤思接千载的会心以及借此获得的启悟,在《外省书》中对史传记人方式的创造性化用,也显见他对本土文学传统的倚重。再如,新世纪的底层文学蔚为壮观,欲迷人眼,当批评界顺着"底层"的概念前溯时,即会注意到张炜很早之前即有这样的提醒:"一个作家心灵的指针要永远指向生活在最底层的人们。"甚至有时,张炜会因创作上的前瞻意识让他的作品陈义过高而逾越出时代的理解和逻辑框架,导致外界严重的错位式的误读,如对其"道德理想主义"的标签化概括,以及连带的反现代性的保守立场的质疑等,在我看来,即属此例。

关注张炜的人都知道,《九月寓言》发表后,他一直承受着来自标榜启蒙现代性立场人士的非议,认为他的作品存在着一个善恶、正邪、大地伦理与现代文明的二元结构，并以对后者的弃绝将自己变成一个与潮流逆势的具有强烈乌托邦气质的不合时宜者。张炜对此决不妥协，他把道德力量视作一个写作者才华和人格构建的关键部分，依旧以近于独战的姿态横对失范的科技理性和物质欲望。阅读张炜的这些文字，常常让人想到二十世纪思想史和文学史上被划归到文化保守主义阵营的那些名字，学衡派、新儒家、杜亚泉、梁漱溟、梁实秋……他们在历史潮汐的进退中也一度被时人视为逆流而生的卫道士，是螳臂当车的文化反动势力，但当后来的人们跳出时代的烟云却发现，他们的探求和思索与西方近现代以来尤其是启蒙迷思被世界大战轰毁之后兴起的新人文主义思潮遥相呼应，他们代表的是对人类中心主义和工具理性万能论进行自我反省与批判的另一现代性路径，是参与现代性对话的建设性思维，也是与主导性的历史行为和历史观念相对峙的必不可少的制衡力量。当代西方最重要的伦理学家麦金太尔在他的《德性之后》中曾提出一个重要的问题：谁来为失去形而上学品质的现代人的精神立法，或者说，在德性被放逐的时代还有没有对个人而言的至善的目标？他如此质问道："道德行为者从传统道德的外在权威中解放出来的代价是，新的自律行为者可以不受外在神的律法、自然目的论或等级制度的权威的约束来表达自己的主张，但问题在于，其他人为什么应该听从他的意见呢？"他认为当代人深陷一种"情感主义"的道德迷思中，走出这种迷思的根本在于为当代人重建德性，而"德性必定被理解为这样的品质：将不仅维持使我们获得实践的内在利益，而且也将使我们能够克服我们所遭遇的伤害、危险、诱惑和涣散，从而在对相关类型的善的追求上支撑我们，并且还将把不断增长的自我认识和对善的认识充实我们。"我们以为，张炜的"道德理想主义"也应在此意义上理解。他捍卫君子固穷的价值观、严守义利有别的守成文化立场其实是对上述现代人文主义思路的自觉传承，其间固然有接续"斯文"、承袭道统的传统天命意识，亦有在终极关怀的层面重建现代人的意义世界的激进实践意图。他坚守民间的姿态也绝非像某些批判者说的那样是蹈入了老旧道德的泥淖，这些批判者被时代困陷的局限让他们忽略或者说失察了张炜站在全人类立场的超越意识和存在意识。而且，张炜这一信念几乎在他写作之初就建立起来，它当然经过一个不断磨砺和成熟的过程，但并不像一些批评者描述的那样存在着一个从八十年代张炜到九十年代张炜的急遽转型。我们分明可以在老得、隋抱朴和宁伽之间看到一条贯通的精神的丝缕。我们也不应忘记，《你在高原》的写作所经历了漫长的二十二年，没有持之以恒的心力和不为世移的信念，这样一部描写五十年代生人意志、情感和命运的百科全书式的大书不会完成。

明乎此，我们也就不难理解为什么张炜的写作不能被简约地归类了，他的写作对应的并非时代，而是时间。他不存在趋时的问题，自然也就无法被时代利诱或者绑架；他能预知文学的热点，只是因为他内心有对文学恒常价值笃定的判断。也因此，我们以为，出于表达的权宜，人们可以用一些约定俗成的语汇来评价张炜其人其文，但必须警惕这些语汇对其文学世界丰富性的缩减。比如我们一再提到的"民间"。因为参照物的不同，"民间"至少有两重意涵，它既可以指与庙堂相对的知识分子的价值寄居地，亦可指与精英文化相对的大众化的文化生成空间。张炜的民间立场中和了这两种意义的理解，同时又对二者抱有清醒的审视。四十余年中，他像一个真正的地质工作者一样不断漫游在以其故地为中心辐射开的莽野林间，并反复倾诉这种"在民间"的行旅之于写作的滋养，因为这种跋涉不但是对民间的亲历和发掘，还构成与庙堂那种案牍之劳的有效区隔，是逃逸体制化和职业化写作伤害的最有效方式，漫游让他的写作与那些想象民间的写作之间划开了一道鸿沟。与此同时，他赞美民间的苍茫与混沌，颂扬民间热辣活泼的不驯顺的生命热力，但并不以为这是可以豁免民间藏污纳垢的理由，事实上他也从未搁置对民间之恶的揭示和批判——把张炜的民间简略成浪漫的乡愁或野地的生趣显然是失当的。

同样，我们也应当小心在时下生态写作的浪潮里，对张炜写作呈现出的生态伦理观念的简单追认。的确，他二十年前在《寻找野地》等作品中对大地之灵踪的追觅放之今日依旧是不可掩其光彩的，而他笔下还有那么多多姿多彩、栩栩如生的动物形象，有那么多对自然魅性的倾心书写，但仅以生态立场来解读他的这些作品是远远不够的。他写有情的生灵万物，写悲悯的山河大地，会让人想起《猎人笔记》《鱼王》《白鲸》《草原》《白轮船》，也会让人想起楚辞和诗经里那些精魂不散的草木花树，他以对自然的敬畏尝试建立连接"宇宙的神性"的可能。而且他并没有像很多生态写作者习惯的那样，因为要质疑人类中心主义的僭妄，便把人排除在自然万有之外，在他笔下，我们总能找到一个辽远的人，一个因为自然而获得性灵延展的人，用里尔克的话说，这是一个"沉潜在万物的伟大的静息中"的人，他"不再是在他的同类中保持平衡的伙伴，也不再是那样的人，为了他而有晨昏和远近。他有如一个物置身于万物之中，无限地单独，一切物与人的结合都退至共同的深处，那里浸润着一切生长者的根"。某种意义上说，张炜文学世界的开阔和深邃来源于他对自然理解的开阔和深邃，来自于他作为野地之子深扎在大地中的根须。

阅读张炜的难度即在于习惯妥协和随顺的我们与一颗灼热的、忧虑的、高远的心灵对话的难度。"伟大的心魂有如崇山峻岭,风雨吹荡它,云翳包围它,但人们在那里呼吸时,比别处更自由更有力。……我不说普通的人类都能在高峰上生存。但一年一度他们应上去顶礼。在那里,他们可以变换一下肺中的呼吸,与脉管中的血流。在那里,他们将感到更迫近永恒。以后,他们再回到人生的广原,心中充满了日常战斗的勇气。"这是罗曼·罗兰在《米开朗琪罗传》的结尾部分谈到的,阅读张炜,我们会有庶几近似的感受。

本卷导读

《悲愤与狂喜》是张炜的一部散文合集,分为《悲愤与狂喜》《芳心似火》与《也说李白与杜甫》三个部分。可以说,这本书是张炜对中国传统文化追寻与思考后的心灵结晶。张炜以创作小说著称,也以《古船》这部寻根小说名存文学史,但他的散文同时亦有可称道之处,文学评论家王必胜称张炜散文有着"对文学的韧性和坚持"。

《悲愤与狂喜》是张炜在深山孤院中研读《楚辞》时写下的笔记,文字有田园诗般的恬静和优美,作者娓娓道来,抒写出他独到又浑然一体的生命理解。现当代作家或学者转向古典研究并不是新鲜事,远有作家沈从文考服饰,施蛰存治金石,近有学者赵园探究明清士大夫心态,杨义著书古典小说史论。张炜在行笔之间,似乎是在和屈原遥望与对话,流露出小说家独有的灵性。张炜对楚辞进行了充满着美感和深情的解释与诉说,但是作者研读楚辞不仅仅是感怀于它的文字之美,而是执着于探究屈原的高洁品格。楚辞中多兰花香草,屈原将其佩于身上,昭示其内在品质也是一样的芳香,他把楚怀王比作美人,而自己上下求索之,从此美人香草就成了中国古代文学恒久的传统。屈原一直秉持着高尚和忠诚,可是最终却不得不为流亡中的自己招魂。张炜最后叹道"江南之哀,诗人之哀,忠君者之哀,思美人者之哀,高冠长佩者之哀。诗人的哀痛,是永恒的哀痛。"这是对屈原诗歌精神的整体总结，诚是这样的哀痛（不是矫情的哀愁）造就了这些不朽的诗歌。

《芳心似火》是张炜谈说齐文化的一部散文集，由一个个小短篇组成，它的副标题是"兼论齐国的恣与累"。作者信手拈来，从男女情爱、日常服饰、京剧茶饮论述到齐地富有特色的热乎乎的炕、精心制作的千年膏。齐地面朝大海，有着海洋文明的激情；根植黄土，所以也有着农耕文明的厚重。张炜的长篇小说《你在高原》里有一部为《海客谈瀛洲》也是从齐文化构建出一部过去与现代的传奇。作品从欲望和爱情谈起，提出了一个什么叫作芳心的问题，在最后一篇《美好的月光》中作者总结到，"所谓的芳心就是那颗爱心，就是把炽热加以收敛克制，保持了一种适度和温文、还没有开始放肆燃烧的心"。在文中，张炜回溯了齐国的历史，指出败坏国祚的正是贪欲之火，而这火到现在还没有熄灭。有感于当下人文精神的缺失，张炜一直思考着现代性和传统观的矛盾冲突，散文中无处不在的是对物质过剩和欲望泛滥的忧思。反观现代社会，双十一成为购物节，一进十一月，媒体便都弥漫着引导疯狂购物的气息。虽有经济学寓言告知大众奢靡的蜜蜂会促成整个蜂群的繁荣，但是过犹不及，作者始终在担忧着这场欲念之火已经烧毁了很多那些曾经给我们带来很多幸福的东西，它的烟尘已经使美好的月光朦胧了，它会停下来吗？

《也说李白与杜甫》是作者有感于当下网络化时代游戏化李杜二人形象而创作的。解构经典是这个后现代主义盛行的社会中的常见做法，一个个碎片化、消费化的文化符号构成了后现代文化万花筒似的图景。弗雷德里克詹姆逊在《后现代与文化理论》中认为多民族、无中心、反权威、叙述化、零散化、无深度概念等是这一时代文化的特征。所以李白也被某教授解构成古惑仔,杜甫被改编成各种漫画"杜甫很忙",也引发了网络上的言语戏谑与狂欢。同时,《李白与杜甫》是郭沫若的一本学术著作,对于此书,研究者有着政治迎合说和精神自传说两种说法。张炜却认为这两种观点只纠结于社会性问题,而忽视了李白杜甫作品中"惊人的力量和诗意"。也许从"力量"和"诗意"的角度解读李白和杜甫是对二人文化品格的补充和升华。也许固定模式化的古人造成的审美疲倦让文化恶搞出现,而充实和传承古代文化的优秀精神正是这个时代迫切需要的。不过全书过于只引用郭沫若对李白杜甫的评论,而没有兼论其他研究者,也算是小小瑕疵。

曾有人说过,著书有二因,一为我,一为人。从张炜的这三部分各自独立而又相映成趣的散文中,我们可以看到张炜的书写不是为了倾吐与宣泄,而是出于一份知识分子对世事的警醒和忧虑。或以高洁精神引领,或以永恒诗意浸染,或以朴素生活限制,迷茫中的现代人,总有一条出路。值得一提的是,《芳心似火》写于万松浦书院和近旁的常胜村,《也说李白与杜甫》是张炜在万松浦书院的讲稿。万松浦书院位于龙口的海边,得名于此地有万株松树,也许在这样优美的环境里才能创造出这样优美灵性的作品。

目 录

1	前 言
7	本卷导读

1	悲愤与狂喜
	——《楚辞》笔记
3	离 骚
30	九 歌
30	东皇太一
31	云中君
32	湘 君
35	湘夫人
39	大司命
42	少司命
45	东 君
47	河 伯
50	山 鬼
52	国 殇
54	礼 魂
55	天 问
85	九 章
85	惜 诵
89	涉 江
92	哀 郢
96	抽 思
101	怀 沙
106	思美人
109	惜往日
113	橘 颂
115	悲回风
118	招 魂

133	芳心似火
	——兼论齐国的恣与累
135	第一章
135	何为芳心
138	人生如长恋
141	古代智者
144	人和芳草
147	不熄的丹炉

151	齐国怪人	216	一棵树
154	徐　福	229	三返和定居
157	向东方	222	赠香根饼
161	**第二章**	226	砸　琴
161	古登州	230	失灯影
164	安静的力量	234	龟又来
167	一些不严肃的人	238	**第五章**
170	游　走	238	中医难觅
173	许多狐狸	242	百草和文章
177	一只大鸟	245	书　生
180	海边五神	259	商人举贤
183	东莱和西莱	252	隐士的儿子们
187	**第三章**	256	土语考
187	棋形不好	259	无言与词费
190	性情和衣衫	262	民族镶了金边
194	点心和千年膏	266	**第六章**
198	羞　涩	266	踏歌声
201	袖中藏物	269	伟大的木车
204	千年宣	272	东夷之东
218	虚妄的美食	276	三月不知肉味
212	**第四章**	279	东方与西方
212	对不起它们	282	冰冷的实用主义

285	积累之难	355	**也说李白与杜甫**
291	一条不归路	357	前 言
295	**第七章**	358	**第一讲：李杜望长安**
295	怀念齐国	358	三种讲学方式
298	残忍和气派	363	独孤明
301	华车和酒杯	365	两次进长安
304	最繁华的都市	367	不可忍受
308	最老的凯恩斯	369	非虚构的力与美
311	稷下学官	372	孟子与国王的谈话
315	旷世大言	374	精神的太阳
320	**第八章**	377	李杜与孔孟求仕
320	称霸者	380	思 君
323	古老的公社	383	大用是书生
327	好色的国王	385	从政与为文
333	狂欢的集团	388	人性的角度
335	恣意的代价	392	人性的变与不变
338	与对手跳崖	394	拾起理性
342	阳火与阴毒	396	杜甫的绯鱼袋
346	美好的月光	397	比较陶渊明
		399	足够大的树
		404	幻想和追求
		406	公德与私德

408	不同的"机会主义"	463	杜甫是皇亲国戚
411	**第二讲：嗜酒和炼丹**	464	难以直面出身
411	李白炼丹	467	拔地而起的天才
413	现代丹炉	469	李白的口碑
415	炼丹与艺术	473	齐鲁青未了
417	李白与东莱	476	常人与异人
420	东夷与道教	479	隐伏的血性
423	"性"与"命"	482	放纵和克制
428	李白的"走神"	483	自然天成
431	我舞影零乱	485	大舞者
434	迂回趋近	487	常有双璧
435	"灵媒"	489	古人重情谊
438	诗仙与诗佛	493	同性之谊
441	李白的爱情诗	496	干谒
444	懂得异趣	498	天才和时代
446	女性的宽容和浪漫	501	气杰旺
449	贵夫人	505	大寂寞
453	隐性的榜样	**508**	**第四讲：浪漫和现实**
455	浩然之气	508	变得锋利
458	**第三讲：李杜之异同**	509	顽皮和自由
458	两个不同的符号	512	两种状态的衔接
460	来自碎叶城	514	才华的来处

518	不能炫耀和骄傲	572	喧哗的传媒
519	致命的吸引	574	网络不能兼容
522	只有浪漫主义	576	阅读和反思
524	再一次说酒	579	如何消受这一切
527	发现和遮蔽	582	近在咫尺
529	全都多趣和浪漫	584	艺术：流脉和归属
530	现代学术的标准	587	一步一步抵达
534	大自然的诗篇	589	从一个词汇开始
537	杰作与神品	593	古人的心情和故事
539	天　赋	596	文字面前的呆子
541	一片静静的树林	599	危险的迁就
545	模仿和瓦解	603	**第六讲：批评的左右眼**
547	演变和偏移	603	有一部书
551	诗的特质	607	书的内外
552	诗的悲剧性格	609	苛　责
554	矛盾和悖论	611	门槛与牺牲
557	李杜遭遇网络时代	614	万夫莫挡之势
560	诗媒体	616	完全不着边际
563	卓异的个体	618	关于"诗史"
565	不能讳言精神的高贵	623	无限的深邃
568	对话的能力	624	属于所有人
570	对文化的敌意	627	李杜和屈原的世界

630	凡尖音必疑之	687	文章骨骼
633	关于底层和苦难	689	济南名士多
636	"三吏""三别"的分与合	692	最后的折腾
639	读懂这个人	694	形单影只的独身猛人
643	翻译及传统	696	无物之阵
646	绝对真理	699	假设与求证
647	当代的勇气和热情		

652　第七讲：苦境和晚境

652　思想灿烂的时代

655　对思想的辖制

657　阔大浩瀚的世界

659　众口铄金

662　疼得远远不够

665　悲剧的根源

667　国人的价值标准

670　杜甫的营生

673　皇帝手谕及其他

676　自立与自尊

677　诗人传记

679　生命日历

682　诗人的地位

685　西域诗人

悲愤与狂喜
——《楚辞》笔记

各版本的《楚辞笔记》

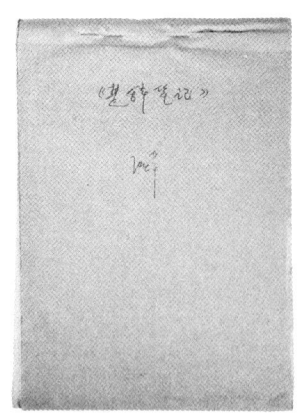

《楚辞笔记》手稿

离 骚

1

从一个生命的源流开始写起，预示着这会是一首很长的诗。诗人很重视渊源、血脉，这是古今来所有具备极强使命感的人物的共同之处。

他首先认定自己的不凡。他的出生不仅对于自己才是一件重要的事情。所以在这个生命登台之初，四周的设置已经是如此的隆重和完美。这儿巧妙，肃静，庄严。

这将是怎样火爆和奇特的一场人生戏剧呢？

2

站在我们面前的是这样的一个男人：缀满鲜花，披挂香草，浑身饰物闪烁夺目，散发着兰花和川芎的逼人香气。他清晨采集木兰，傍晚采撷宿莽。他愿和自然界最有色彩，最美丽最清新，并且不断吐放芬芳的生命紧紧相依，融为一体。

这儿不要忘记：有此嗜好者曾是一个身居高位的政治人物。

这样的一个人物竟有这般想象和比喻。怜惜，热爱，纤纤之心，一切都显得怪异，并透露出某种神秘。我们已经感到了一个人的身份与心灵的巨大反差，感到了强大的张力，偏执的嗜好——这真的是走入概念化的当代人所无法理解的。作为楚国的一个政治人物，他的日常生活必会烦琐枯燥，甚至是不可忍受的浊俗——而此刻他的想象和行为却像一个婴儿那样天真烂漫。他是自然的稚童，容易悲伤的"美人"。

然而最终他还是一个伟男：想改变法度，想乘千里马驰骋，还想"导夫先路"。展露在我们面前的是多么奇特的性格，又是多么巨大的矛盾。所有浪漫主义者，唯美主义者，往往都是这样一种韧性的生命。他们既独立又哀怨，常常自觉不自觉地使自己陷于不能自拔的寄托。他们在现实生活中有时要追求更为强大的、阳刚气十足的人物。

即便是漫长的政治生涯，铁与血的斗争，仍不能改变他的性质。这是生命的本色。谁说唯美主义者在现实生活中，甚至是可怕的政治斗争中软弱无力？不，他绵绵不断，纠缠不休，在自怨中培植希望，在忧伤中发出长号。他有强大的总结力和追溯力，永不遗忘，敏感多情，四方求索。

他将说服一切，其中更包括自己。

3

果然，他开始赞扬起很久以前的"三后"，颂扬他们的公正和完美。

"三后"身边聚集的都是"申椒菌桂"式的人物。同样以花草作比，却显示了思维的缜密性：花椒既有香气又有辣味，类似的人物可想象其言辞峻烈，激动忘情；而蕙兰却能够散发出一种柔和的醇香，也更可人。显然，诗人自认为兼有它们二者的特征。

骂桀纣，寥寥数笔描绘出一个险恶的前途。诗人伸出的手指是可怕的，因而连自己也在颤抖。所以他赶紧辩解，说之所以这样，并非因为害怕自己招惹灾祸，而是担心国家的前途沦落沉没，一蹶不振。

4

他谈到忠心，谈到听信谗言，谈到"九天为正，忍而不舍"；特别是谈到离别和先前的约定。这很像是一封怨诉的情书，不像臣对君，而像另一种关系。不能割舍的爱恋，不能忍耐，不能自控。对方撕毁了成约，有了别样打算。他为对方的性格感到痛苦和担心——这种情绪在现代类似的关系中是极为陌生的，也是荒唐和危险的。

但我们冷静一想，又会觉得这种情绪绝不陌生。权力和力量会散发出一种美，会让人眩晕。力量是阳性的，而服从是阴性的。这种缠绵的美，其生发之源既来自客观现实，又来自一种自我设定。这种设定对他的命运而言非常重要。这就埋下了不幸的种子。从审美的意义上看它如此绝妙，不可替代，所以也就有了一曲千古绝唱。

在此我们可以来一点儿"逆向思维"：如果让权力和力量呈现一种阴性状态，而追随者表现为阳性呢？也就是说，如果让处于中心的那个人物伤心痛苦，而四周人物却一片自信和刚毅呢？那会是多么有趣。

5

　　诗人至少栽培了三十亩春兰,种植了一百亩秋蕙,而且还套种了芍药和一种极香的花草——马蹄香。这儿当然是一种比喻。可我们也还是要问:为什么总是这种比喻?植物,花草,兰,香味……诗人充满希望,柔情眷眷,心跳轻微而急促;他细细的呼吸,企盼的目光,仿佛都在眼前。他清楚自己这种行为意味着什么——对应这一切的,是众人的贪婪竞进,是不厌的乞求,是对别人的猜疑和对自己的宽恕,是勾心斗角和嫉恨,是奔走钻营争权夺利。

　　他待在一片芳园中张望,目光只凝聚在一个地方:那儿有一个心目中的"美人"——楚怀王。"美人"具有强大的磁性,简直吸引了一切。那边一声轻轻召唤,这边会引起长久的震动。

　　更强大的人物总是被许多人所包围,而包围者总是渺小、低矮、萎缩,脸上难免有着污垢——这既是真实的,也是想象的;但想象却比真实更为真实。我们同时也有了另一种疑问:中心人物(美人)为什么总是如此的高大、肥硕,双目炯炯而不知疲倦?

　　这同样是生命中的一种神秘现象。

　　一个在花园里忙着套种芍药的男人,一个身上挂满了香花野草的男人,终生离那个"美人"很远又很近。那个人才决定着这里的收成,这里的气息。

　　我们想象诗人会有细嫩的皮肤,姣好的面容;眼角微微吊起,眉毛不粗不细;他的微笑会是致命的,因为他的美目是致命的。

6

因为他是这样的一个人,所以我们也觉得他有理由强烈地担心自己衰老的来临,同时担心自己美好的名声只是一种脆弱虚幻之物。他早晨饮用的是木兰花上的露滴,晚上食用的是秋菊的落英。这两种食物让人想起当代人服用的花粉,还有,日本人至今仍在食用一种"醋菊"。

一个人远离了世俗,再加上这样精致的饮食,难怪他肌肤透明;不仅如此,而且可以想象他心的形状:一切都该是完美精妙,具有"非人"的性质。但这种饮食又必会导致衰弱,让其奄奄一息。然而诗人说:即便形销骨立都在所不惜。他正忙着做一种极为特别的事情,就是用树木的细根来编结香草,把薜荔的花蕊穿在一起;还要用肉桂的枝条将它们联结一起,把蔓生的香草搓成绳索。

我们不断泛入脑海的是:这仅仅是一种比喻吗?为什么诗人独独采取这样的一种比喻?他做的这一切当然并非"世俗之所服"——这其实不言自明;但他仍然要一再地强调与世俗之不相容。

这其间有多少天真烂漫的言辞,它与整个情愫分外和谐。这儿不是"童言无忌",而是一个饮露食花者的坦言。他既然不吃世俗的食物,也就不会有世俗的忌讳了。

这是一个充满智慧的"孩童"。

7

　　世俗当然对他不能相容。丢官，遭人唾骂，特别是那个"美人"的弃绝，都是自然而然的。可是作为一个忙着耕种花圃的男人，却对这一切感到费解。

　　"长叹息以掩涕兮"，立在百亩芍药间。有一些人攻击诗人佩带蕙草，还指责他偏爱采集兰草。这种攻击和指责在我们看来也是自然而然的：世俗难以容忍一个唯美主义者。这种唯美的情结无论表现在现实中的哪个方面，都往往是脆弱的，易受攻击的，不能够持久的。然而一个人性质既定，其他也就不能改变。

　　这种不能改变，诗人倒是非常清楚，所以说"虽九死其犹未悔"。一方面是不能改变，仍然拥有着自己的百亩兰草和套种的芍药，但另一方面也仍然有"怨"。

　　一个"怨"字流露出那么多的意味，让人品咂不尽。"怨"一个常常出现在梦中的高大俊美的身影，他矗立在那儿，几乎无所不在。这个人决定了诗人的命运。如果人世间有一个人可以让诗人一生追随不舍，那么也就是这个人了。尽管对方的气质与心志与自己完全不同，尽管这个人很容易就被另一些东西所包围。除此而外，这个人眼前还有一种权力造成的雾障，所以很难体察别人的心情。

　　更让人感到奇怪的是，嫉妒诗人丰姿的竟有一些女人——是她们在指责他的"妖艳好淫"。

　　女人、高大的人、诗人，这三者之间构成了多么奇特的关系。这里即便是一种比喻，也让人遥想许多。诗人失去了一个朝夕相伴者，一个被称为"美人"的君王；而诗人本身虽是一个男人，却妖艳，有一双美目，身上还落满了鲜花。

与其说诗人内心刚强，还不如说他心存执拗。他因执拗而强大，因强大而生出不尽的怨诉。这种怨诉只有死亡才能让其终止。这儿诗人稍稍脱离了官场的游戏规则，从渺小之中脱颖而出，走进了一种永恒的事业。

这里透露出一首政治诗的最大奥妙。

政治诗会是迷人的吗？它为何而迷人？

8

一个软弱而刚强的人，充满矛盾的人，安慰自己的方法或许很多。他不仅有怨诉，还有自我申辩；有一再的强调、自叮，有立志的方法；他总是直言不讳地诉说自己的忧愁烦闷和失意不安，指出自己的孤独和贫困。

极应引起注意的是"穷困"两个字。因为这是一个身居高位的人物在谈自己的穷困。通常穷困与潦倒连在一起，但当代人常常认为穷困比潦倒更为可怕。害怕贫困，它作为一种时代倾向，已经深深融入了世界潮流之中。但当年的诗人却发出过如此铿锵的言辞：即使马上死去，也不做媚俗之事。

他自比鸷鸟，嘲笑燕雀，而且自以为继承了一种传统，即"自前世而固然"。他认为方和圆"何之能周"，甚至不愿像很多人所说的那样"外圆内方"。这时候的顽强，激烈的言辞，是似曾相识的面红耳赤的争辩和坚持。

淹死诗人的将是世俗的浊水，他在清流中却能俯仰自如。

诗人要"屈心而抑志兮"。委屈身心，压抑情感。情感是一种火热的燃烧，不能遏止——他从来也没能成功地将其遏止。其实这只是一种燃烧过程的徐徐展现，留下一条生命的痕迹。

对应诗人的是另一个人物——"美人"，这既是一个象征，又是一个实指，是楚怀王。"美人"的残缺让人痛心，让人费解。应该有一种改变的力量。这力量必然是一股清流，而不是浊水。"美人"要经受清流的洗涤，而诗人即是清流的化身。

楚地多水，水草丰饶。这些水有清流有浊水。最后淹死诗人的就是浊水。他投入的江即是浊水。谁能说那条江没有被污染呢？当然这里不是指现代意义上的污染。

世俗之水流转不息。但它所裹挟的却是一位千载难逢的人物。他的独特性远不止于正直，抱负，强烈的道德感之类；而是难以囊括的丰富与神秘，是一个伟大精灵的全部……

他有着不可思议的清澈，强大的自恋，对肉体和心灵的双重的惋惜；他连叹息都散发着芬芳；他集一切美妙、孤傲、钟情、艾怨之大成。他比美人更美人，他比姣女更姣女，他比纤细更纤细。同时他也比豪放更豪放，他比坚强更坚强。

作为一个入世者，他愿做君王的先导，愿为楚国绘制政治的蓝图。而作为出世者，他又是一个在内心里栽种百亩秋蕙和套种芍药的人。他沉湎在晶莹的清流和芬芳的花蕊之中，始终思念着古代的圣贤。

但圣贤已然远逝，他们到底怎样谁也不知道——无论是诗人还是我们，都愿在想象中去完美他们。

这种完美的过程，就是修葺自我的过程。

9

仿佛一次长旅：满怀希望地开始，忧心忡忡地踌躇，曲折不期而遇，回返已是暮途。他在中途久久站立，调车回走原路。真的能够还原吗？连他自己都不能相信。这仍然是在另一个人的目光下产生的一种奇怪举止……好在他总算启程了，开始了。

打马在兰草水边，又跑上长满椒木的小山。他在那儿暂且停留：这同样表露了一种稚童心理。在一个人的无所不在的目光下，这很像一场游戏。然而这又是生死攸关的游戏。

他在这儿整理衣饰，把菱叶剪裁成衣，下裳则用荷花织就。而且他故意戴了一顶岌岌可危的高帽，还拖了长而又长的带子。这种打扮具有双重意义：对内是一种安慰，对外是一番炫示，甚至有小小的恐吓心理掺和其中。美好的内心需要外在的绝然不同的修饰和标志，以与世俗做一区别。当然一切远没那样简单，只是此刻的诗人需要如此。他的可爱、稚气和急切，都包含在这举止之中了。

然而他仍然惴惴不安，仍然无法摆脱那个人的目光。

其实那个人的目光这时正望向别处。

10

在这样的情状下,"忽反顾"是必然的,接着是"游目",是"观乎四荒"。诗人寻找什么?又为什么忽然回头?

苍凉不安的心情,无法言说的悲怆,让他忘情装扮,在缤纷华丽之中偶尔做出这些举动。他身上仍然是香草花饰,散发出浓郁的清气。诗人这儿再一次显示了"余独好修以为常"。

这种习性直到粉身碎骨也不会改变,而且并不惧怕受到惩戒。

这里的诗人决不稍稍将一种美让给女性,而是呈现一种内外统一的柔润芬芳。这恰好对应了前文,使人想起诗人所说的"众女"对他的嫉恨。

11

"大姐"或"女友"则对他的遭遇万分关切。某些告诫只能来自她们,只有她们才会向他诉说历史,诉说"忠言无忌"的后果:你这样下去,即便再爱好修饰,有再好的节操,哪怕满屋都堆满了花草,散发着逼人的香气,也都无法避免厄运。

她们最有力的劝解是这样一句:"众不可户说兮"——人世间最曲折的那种真实,不可能逐人加以说明。而"众人"就是由一个个具体的人所组成,它的可怕也就在这里。庸常和平凡足以把你淹没。谁也不能详察你的本心,而且世上的人都爱成群结伙——你在以"一个"对应"一群"。

她们对诗人的状态感到极为费解。因为这一切在其看来是如此明了。

——这是诗人在途中的一次回忆——最难忘的忠告，特殊的温情。实际上占据他内心正中位置的总是这样一个事件：他与"美人"的别离。对此他甚至不敢正视。他时而回避，陷入迷惑。其实没有人比自己更清楚，它会长久地存在。所以他最终也无法回应"姐姐"或"女友"的话，因为她们对那一切、对事件最为隐秘的皱褶一无所知。

这是人性最隐秘的部位。

诗人曾是她们最可爱最信赖的兄弟和男子，她们作为女性会有一种盲角，难以看清诗人内心的那个角落——那儿正徘徊着一个致命的忧伤的灵魂。

她们宁可相信，楚王与他的别离是因为忠言逆耳，或是小人间离所致；所以她们才发出了那样的劝告和警醒。可是只有诗人自己知道，一切远没有那样简单。在这儿，在诗人和"美人"之间，一瞬间国体、纲纪、社稷，全都失去了分量。

这是千古以来的一大奥秘，以至于诗人不得不将它隐匿在浩漫的自语之中。

就在这场自吟自味的倾诉中，他把它隐藏下来。

12

但姐姐和女友们的告诫和劝解还是使他变得轻松。因为他可以循着这种思路，发出一些铿锵的话语。他开始细说历史：

夏启作乐忘情,无视危难,结果酿成内乱。后羿沉溺游乐,特别喜欢射杀大狐。还有人霸占他人妻女,放纵欲望,天天寻欢作乐,终招杀身之祸。最可怕的是夏桀和殷纣:殷纣耸人听闻地残害忠良,所以他的王朝很快灭亡。而夏禹和文王堪称当世的榜样,他们都能够选拔任用贤人,遵循准则,因而下场和另一些人绝不相同。上天对一切都有个公正的判定:对有德行的人就给以帮助,让他们享有天下的太平和土地。

瞻前顾后,一切是这样分明。所以我才有这样冒死的选择,一切都不能使我后悔。因为我深知仁人志士遭殃的缘故与我完全相同。

诗人在这儿泣不成声,悲恸欲绝,哀叹自己没能遭逢美好的时世。但诗人此刻用来擦拭眼泪的仍是芬芳的蕙草。

这长长的例举说明,实际上正是对那个"美人"的诅咒和恐吓。多么可怕的结局,关乎国体、民族、帝国、君主的生死存亡。这就是诗人的咒语,听来恐怖极了。但实际上诗人知道,这对于那个"美人"仍是苍白无力的。因为这无论是对于诗人自己还是对方,远不是警告的重点,更不是他们之间漫长曲折的故事的中心——由于重心偏离了,这时整个故事呈现出一种倾斜感。他无法平衡自己,无法平衡整个故事,更无法平衡这种情绪。所以他才会有这番铿锵的言辞——句句都是真理,然而句句都有点"言不及义"。

有人可能对芬芳花草连缀在身、结成绳索,对这些美到了极致的举止感到恍惑。其实这才是诗人最自然不过的举止。正是这种"行为语言",开始向那个长长的曲折故事的中心关节逼近。

这儿应该引起极大注意的,是他在痛哭流涕之时还用芬芳的蕙草去抹眼泪。他就是这样地离不开花,离不开草,离不开柔弱的植物。这种行为举止与庄严悲伤的历史回顾形成了多大的反差。是这种咒语让他感到一些轻松:他宁可相信那个人背离了这一切,而自己却坚持了这一切,是这些造成了他们的分道扬镳,造成了今天的沦落和不幸。

这种自况和界定是极为重要的。他如果不能就此驻足,他如果稍稍跨越了半步,那么也就只有死亡。

13

我们不能忘记,诗人此刻正在离别出走的路上,正在流放途中。他在回顾、停留、自我劝慰。

他铺开衣襟,跪着讲述这一切,回忆这一切,心里感到明亮宽松。接上去却是更为恣意的想象——驾着风车,离开尘世飞到天上。他早上从南方的苍梧出发,到达昆仑山上正好太阳落山。他在那儿稍事逗留,看夕阳西下,暮色苍茫,抚慰心境。这时他竟然命令给太阳驾车的羲和停鞭慢行,延缓时光,不让太阳迫近入山之地。他站在昆仑山上极目宇宙,发出了千古绝唱:

"路曼曼其修远兮,吾将上下而求索。"

这是一个离去者的形象,正有一番新的路程和新的生活。这是何等的自由,何等的轻松,何等的气魄、力量和胆略。喝停太阳,足踏昆仑,放眼宇宙。他仿佛比那个"美人"获得了更多的自由和自信。楚地、帝国,一切都在这里显得渺小了。

然而诗人深知,只有这种伟大和狂放才能抵御那不能忘怀的创伤。这种任意翱翔很可能给那个"美人"带来痛苦，让其产生怅然若失的感觉。

如此酣畅淋漓的想象才刚刚开始。更大的排场，更为雄伟和匪夷所思的事物还在后边。

接下去将展开一个又一个细节，它们楚楚动人，好像远离了幻觉，远离了白日梦，当然也远离了痛苦。

14

想象如此烂漫：我大马的饮水处是咸池，马的缰绳拴于遮挡阳光的神木扶桑。由于遮住了强烈阳光，他正可以从容行进。作为前驱的，是给月亮驾车的望舒；而作为后卫的，是风神飞廉。鸾鸟凤凰在四周戒备，随行的还有雷神。他发出命令，让凤凰展翅，夜以继日往前疾赶。

聚拢的旋风率领云霓前来迎接，他居高临下，看越聚越多的云霓何等斑斓。这就是宇宙，这就是天上。滚动的云海衬托着四周人物的显赫，以及邀之即来挥之即去的气势。在这儿，居于中心的竟然是一个刚刚用蕙草擦过眼泪的人。

他俨然是一位帝王。既有帝王的威严，又多了一份飘逸。本来作为一个来往于天地之间的精灵也就足够，可他依然怀念和神往一种君王的威仪。这一切对于常伴君侧的诗人而言，都是耳熟能详的了。

在这种放纵的想象中，恰恰也隐含了一种对照。表面上看他把那个"美人"撇得远远，已经从尘埃滚滚的大地来到了云霓飘飘的上天——但我们从这种威仪排列之中，仍然可以看到一种牵挂和对比——它不能不让人想起群臣迎迓、整齐的仪仗、浩浩的车队。

就在这种对照中，掩藏着诗人内心里那声长长的叹息。

我们完全可以说，这种雄奇的想象是针对那个"美人"生发的。实际上在长长的咏叹中，居于中心的人物并不是诗人，而是另一个人，是那个"美人"——是他巍峨高大的身躯，是他的背影，是他飘落在远处而又无所不在的目光——诗人正率领云霓、蕙草、百亩花园，甚至是雷电、河流和高山，徘徊于那个无所不在的巨大的身影周围。

这也是诗人始料不及的。他不愿如此，但实际上还是如此。

这种种神奇想象随意点染的斑斓，也只能是对另一个高大身影的无限衬托。没有办法，诗人还是显示了一种阴性的角色；而阴性，她的一切气韵，氛围，足以培养的仍然是丰茂的花草，是它笼罩一切的浓烈香气。这种阴性的培育既需要保持一种湿度和幽暗，又离不开阳光。阳光无所不在，尽管为了这种芬芳和繁衍，不得已时仍要遮挡一下阳光。这在花圃园工那儿有一个术语，叫作"遮帘"。诗人使用了许许多多的"遮帘"：空隙四露，阳光洒下。阳光过强是可以灼伤花卉的，许多艳丽和芬芳是不可以直接暴露在阳光之下的。她们的姣羞正需要闪烁的光，需要掩护——这种掩护反而加重了她们的姣羞和美丽。

至此，一种人性、伦理、隐喻和象征的大和谐，从诗中一叠叠生出，让人目不暇接。这使唯美生出了更大的内力，使烦琐和曲折呈现出条理。这看来似乎漫不经心，却一次又一次地拥抱了伟大的理性。

15

　　一场宇宙间的长旅开始了。

　　清晨渡过白水，在山上系马，忽然回头眺望，泪眼淋漓。诗人发出声声哀叹：此地竟然没有美女或贤人。高丘正是那个"美人"的所在，他身边没有真正让人惊羡的女子或贤士……他忍不住要回头，要眺望，要再一次泣哭。这是远离尘世的最后一瞥？当然不是。高丘无女，活该如此，这与先前的诅咒是完全一致的。但这次不同的是流涕：仅一瞥就让其泪眼淋漓。人与人之间最深刻的埋怨和牵挂，情状复杂以至于此。

　　飘飘忽忽来到春宫，宇宙的东方。与之相关的都是天上的事物，是神话中的人物，特别是成神的古代帝王的女人。让雷神驾车寻找美女，首先选中宓妃："求宓妃之所在"——他写好一封信，解下佩带束好，交给一个人。也就在此刻，彩色云霓纷纷聚散，忽离忽合，似乎昭示着事情的乖戾难成——相传羿的国土在穷石一带，那么宓妃一定是回到了那里，她到了清晨才回河里洗濯长发；而那条河是从太阳落山之地流出。没有人比宓妃再俊美，她因此骄傲自大，放荡不羁，欢乐终日。她是那么美丽，又那么不懂礼节。不得已，诗人只好将她放弃。

　　对于宓妃的寻找和放弃，对她美貌的想象，倒是一次令人心惊的选择。因为直到这时诗人才算第一次真正恢复了男人身份，开始了艰难的忘却，忘却昨天，忘却那个"美人"。他在寻找异性的安慰，认为只有宓妃一类美貌的女人才能挽救沉沦的灵魂。这也许真的是唯一生路。因为他立在"悬崖"上，随时都有粉身碎骨的可能——此刻只有女人的手才能将他援助。

当然，这种足以吸引他的美女不在尘世，只在天上。同时也能稍稍说明，他在尘世为什么从来不曾如此地爱恋。

尘世间只有男人的力量，这种力量对他构成不可解脱的吸引。

力量和权力是悲剧的起源。一方面"诗与帝国对立"（俄，布罗茨基语），另一方面诗人却要在心中建立和完美这个帝国。对国君，对帝王的想象，对笼罩上下四野的巨大权威所具有的严整性，时而发生难以回避的幻觉。这一切对一个浪漫主义者的吸引是显而易见的。王朝，总有形而上的东西给予支撑。这是一对奇怪的矛盾。冷酷的繁文缛节的帝国，似乎与荒野蛮俗构成了对立。实际上帝国又是最大的蛮俗。帝国可以毁灭美，也可以唤起对美的深远和深刻的想象。在这儿，诗人别离的是一个帝国还是一个人，都完全一样。他对这二者的爱也是一样的。它们在他心中合而为一，只化为一个形象。

然而这一切淤积，只有女性的柔情之水才洗得干净。

寻找女人就是寻找遗忘，寻找明天和永生。诗人对死亡是恐惧的，对黑暗是恐惧的。他对生活的巨大留恋和热爱，在这儿不言自明。

就为了寻找这样一个女性，他才直上九天，走遍四极。

16

此物只应天上有，人间哪得见几回。既不是尘世的生命，在尘世间必不会有好的命运。

周游于上天，结伴于云霓，寻觅于美女。望瑶台，俯流云，走入另一种澄明境界。传说中的古国美女一个个都在天上,住在高台。美好的资质,绚丽的容颜,这样的人也只能住在天上。

如今他来到了天上,来到了应该去的地方。这儿澄明而多情,让他忘却。实际上诗人的这种流连,比起这之前发出的威胁和诅咒,倒显得更为严厉。

耐人寻味的是他让鸩鸟去做媒,而鸩鸟是一种致命的毒鸟,羽毛浸入酒中可致人死命——这真的就像爱情一样可怕。爱情就是鸩鸟的羽毛。诗人选中的媒人令人瞠目结舌。

这一次失败了,他转而又求雄鸠。而这只鸠鸟却一路大嚷着飞走。这不免又给诗人一种轻佻浅薄的感觉——柔情与美意怎么可以如此表达呢?曲折细腻的情感,大声嚷叫的雄鸠自然不善传达——诗人得知,凤凰已接受了另一个人的聘礼,有人赶在了他的前面。

整个过程就是这样辛酸、尴尬和冷酷。他只好到更远的地方,但又没有安居之地。他四处游荡,情绪怅然,后来想起了两位美丽的公主还没有婚配……但为他传递自己心愫的媒人仍如此笨拙。他明白自己与公主结合的希望很少,他们之间不会发生什么故事。

一个复杂烦琐的求爱和寻找过程。诗人知道成功的希望很小,这其实只为了忘却,而不是真正的渴求。比起另一个人——那个"美人"的魅力、无所不在的磁力,这些美女的缠绵显得过于淡弱了。求爱成了诗人打发时间的一种方法,一种逃避的可能。结局早已领悟,但他不愿言明。总之这是一场煞有介事的求爱,看上去风尘仆仆情意绵绵,实际上心冷如冰。

适得其反的是,这一次次失败,反而更令他想起尘世间的混浊和嫉贤妒能,想起那个"美人"。

尘世天上，今天昨日，两相对照，痛悔尤甚。满腔忠贞无处倾诉，奇特的激情无有出口。

真正的痛苦是无法安慰的，致命之伤没有一味药可以医治。至此，诗人已经走投无路了。

一个时代的大痛苦，往往都以性的解痛药来医治，而这种医治的结果是愈加疼痛。诗人所求助的"解药"，与我们惯常所知的既相同又相异。他寻觅和向往的都是瑶台美女。

瑶台是美玉砌成的高台，有一种超越尘世的娇艳和温柔，有逼人的美。

17

诗人开始占卜。

他找来灵草和细竹占卜爱情。诗人对神巫说：两个美好的人，他们相互爱慕是多么自然而然；想想看吧，天下是如此辽阔广大，难道只有这里才有美女吗？

为求偶、为爱而占卜，这不仅是巫术盛行的楚地和远古才有，直到今天也不鲜见。急躁，执着，不解，性急，就求助于神巫。诗人真的在算美女吗？不，还有"美人"。他想从这次占卜中求问别离：所有的别离，最终的别离，原来的别离；那个"美人"的背影仿佛又在摇动……当然这都是一种隐含。

若有其事和半真半假的消磨，消磨的都是生命。他曾有过必将结合与爱慕的强烈情绪，那么是什么打碎了这种"必将"呢？实际上他一直在为这一声询问而流浪。

想到天下的辽阔,想到美女不仅局限于此——这是理性的思索;然而在爱面前,理性又占多大分量?实际上他最不敢正视、最无法解释的,还是自己的留恋和钟情,是那份莫名的激情。

18

神巫的话正是诗人心中的话,是一种潜对话。

这些话该让另一个人听听,当然他听不到。听不到也要讲。这可是来自神巫的话啊!他在劝导诗人远走高飞,不要迟疑,而且言之凿凿。他说所有寻求美的人,都不会把你这样的人放弃。你远远走开才是最聪明的办法——世间何处无芳草,你又何必苦苦怀恋。

他提到了"故宇"——这儿不是指天上,更不是想象的某个空间,而是昨天,是属于诗人与"美人"的那个复杂到难以言说的两个人的空间。那儿值得怀恋的东西太多了。怀恋,还是怀恋。

神巫说:黑暗的世道让人两眼迷离,谁也不能洞察心底分辨善恶。当然了,人的喜好与厌恶都不相同,只是这帮小人的兴趣又格外怪异。

神巫说得多么好。这帮小人,离间者,围困了那个高大身影;他们不仅恶毒、嫉妒,而且"独异"。"独异",讲不清的曲折和怪诞,手法特殊。诗人对他们不会理解,对他们的能量和作用也不会理解。所以诗人只常用一个简单通俗的词汇加以概括:"嫉恨"。

那样一群宵小竟然可以将"美人"围拢，将二人生生分离。

神巫似乎也学会了诗人所惯有的那种比喻，说：人人都把艾草挂满腰间，说幽兰才是不可佩带的东西——艾香是一种平俗的香气，诗人并不以为然。艾草比起幽兰高贵的气息，雅致的神韵，当然不可同日而语——平俗的眼睛对于草木尚且分辨不清，又怎么能够评价玉器？他们用粪土塞满自己的香袋，反而说申椒没有香气。

神巫的言辞趋向激烈，说对方的香袋中装满粪土。实际上在诗人眼里，那些人正是粪土，那个"美人"身边正堆满了粪土。

这里，我们仿佛看到诗人含着眼泪念出一句："活该如此！"

19

最神奇的白日梦，它编织的故事丝丝入扣，时而夸张，时而矜持，时而嬉戏，时而庄重。

在神巫的劝说下，诗人想走开又犹豫不定。"心犹豫而狐疑"，这是必然的。因为神巫说出的每一个字都来自诗人，他怀疑神巫就等于怀疑自己。于是，他在企盼另一场更为庄重和盛大的神的裁决。

听说另一个神巫夜间就要降临，神可以借助他的躯体发出指令。于是诗人带着花椒和粳米前去迎接。

果然，天上百神遮天蔽日，一齐降临，九疑山的众神也纷纷出来迎候……伟大的决意需要伟大的形式，又是这么多的神灵光闪闪。

但是，既然神的话要借巫之口，众神为什么还要摆出赫赫威势？看来是诗人自己需要这种远大庄严的背景，他认为只有这样，神巫的话才显得更有分量。

神巫开口讲话了，这次与上次不同，这是神的话。

神说：你应该努力上天入地，去寻找意气相投的同道。像汤禹那样的人，对自己要求严格，虚心求贤，才得到君臣的良好合作。一个人只要内心善良，爱好修洁，又何必一定要借助于"媒人"呢？接着神又加以例举，说古代连那些工匠、屠夫、放牛的，都因为遇到了贤君而得到重用——你应该趁现在年轻有为、趁着施展才能还有这么多大好时光，赶紧去做。一切都要趁着年轻，等到老了，杜鹃叫了，百花也就凋落。

显而易见，那个"美人"比起古代的君王已经相差太远。他既不如周文王和齐桓公，更不如殷高宗。这种对比中，那个高大的身影显得灰暗起来，甚至有点拙劣粗俗了。这里潜下的言辞就是：即便如此，我还在留恋和追随。我后悔过吗？"虽九死而犹未悔"——悔与不悔只有天知道。

这样的一片忠诚又为了感动谁呢？

江山，社稷，国家的前途，人民的痛苦，一切都太过沉重，太过巨大。它们只会引起"痛"，而不是"怨"——可我们从诗人的吟唱中感到更多的却是"怨"。"怨"是一种非常具体的情绪，它常常来自具体对象。诗人已多次表达过类似的意思，尽管重复中有递进，有引申，有一再的比喻。因为这种情绪实在是难以消散。从修辞学的意义上讲，重复是为了强调。强调，一再地强调，更深的意味也就在这种重复强调之中蔓延，以至于将人团团围困，不能自拔。

这种重复洋溢出一种强烈的诗性，饱满丰腴，显露了逼人的繁华和丰茂。而这些又全部统一在内向自语与真挚独怀的风格气质之中。

在诗人这里，似乎一切都可以任意铺排而丝毫不会折损艺术的分量。

20

长长的自吟接近尾声，他开始吐露最为真实的幽怨，吐露心角隐藏的不幸——或许还增加了一些恐惧。

就像美好的玉佩：人们不仅要掩盖它的光辉，而且还将因为一帮小人的不义，出于深刻的嫉妒，把它摧毁，即"恐嫉妒而折之"。美玉，晶莹闪亮，"折之"即捣碎砸毁。在这里，诗人有了"宁为玉碎"的恐慌。

下面的悲叹更是发人深省。

这里诗人第一次责备起兰草和芷草，还有荃草和蕙草，这都是以清香和高贵而著称的芬芳之花。他认为兰和芷失掉了芬芳，荃和蕙也变成了茅草。"何昔日之芳草兮，今直为此萧艾也？"为什么这些日前的香草今天全都变为荒蒿野艾？这里值得注意的有"昔日"两个字，"昔日"何时？兰、芷、荃、蕙又是谁？是心中的君王吗？也不尽然。它们该是同僚，是友人，是诗人左右，是与诗人有过情感纠缠的人。他们的性别难以判断，但诗人曾经爱过他们，投入过情感，为一种理想和志向，也为其他。总之诗人曾与他们声气相投。

这是最后的责备，因为这责备已从忌恨的群小宵小、以及那个无所不在的影子延及其他——兰蕙荃芷。随着这种强烈而深入的斥责，诗人真的是独自一人了！

　　一个人立于莽野。尽管他戴着岌岌可危的高帽，披洒长长的飘带，也仍然不能掩去悲酸和末路。

　　他追问缘由，是什么缘由使他们失去了兰蕙的本色？他认为这是"莫好修之害也"，不好修洁，不曾饮用鲜花瓣上的露滴，不曾食用菊花的落英。他叹息：原以为兰草最可依靠，谁知也是华而不实，虚有其表。他们抛弃了美质，追随了世俗，可惜原来却是站在众芳行列。今天看一切是多么勉强，他们辱没了香草的芳名。

　　而其香辛辣、正气凛然的花椒，如今变得不仅专横，而且学会了谄媚，傲慢非常。长在淮南的一种恶草，竟然也想在香袋里充当美好的香草。

　　到处是可怕的刁钻、急躁，环境险恶而冰冷。世上再也没有什么芳草可以吐露往日那样的香气了。原来一切就是这样容易随波逐流，日复一日，人皆如此，很难有个例外。

　　这里，诗人开始趋于稍稍的平静，有了一点平常心。不过他的目光开始变得更为犀利。

　　对于兰芷荃蕙以及花椒的失望，表现出了他的清醒和冷峻。他没有在浪漫的歌声中一成不变地颂赞那些花草，而是勇于指出它们变数之中的情状。这是一种苛刻的谅解，也是一种谅解的达观，但又不能因之而稍稍混淆自己的原则，哪怕后退一寸一丝，他都不能容许。

　　"椒兰"尚且变成这样，次一等花草的蜕变就更是自然而然了。它们就是这样地靠不住。这就是自然的属性，时间的证明。环顾四周，从那个"美人"

的变,到挚友的变,还有什么没变的呢?他的目光渐渐回到了自身,开始打量自己的周身上下。

这一身的披挂、佩饰,它们芳香依旧,华美依旧,光泽闪闪。她们的美德一直保持到时下,浓郁的香气难以消散,直到今天还散发着真正的芬芳——没有改变的正是内心,是内心的留恋和忠诚,是它在散发芬芳。

一种巨大的不平衡感、懊丧感出现了。但这个时刻诗人再不像以往那样大泪滂沱,而是用一种顽强的语气强调:要"和调度以自娱兮,聊浮游而求女"。自我调度,和谐自如,求得欢娱,飘游四方,寻求心中的"美女"。这个时刻做这一切再合适没有。因为这个时刻诗人身上的装饰还很盛美,可以"周流观乎上下",到更加广阔的空间里去寻找机遇。才华抱负、美色、品德、修行,一切的一切都会找到一个新的着落。未来的结合也许是奇妙的,也许仅是一场梦境。但诗人固执地要让脆弱的梦变得强大。因为诗人要抵御的不仅是强大的皇权和帝国,还有他心中的魔症。

就是这心中的魔症紧紧攫住了他,一刻也不放松,抓得他撕裂般痛疼。

他要将这情结砸碎——可每当要做这一切的时候,却又那样软弱无力。

21

神巫告诉诗人已经占得了吉卦。神巫在这儿其实只是"我"的一个化身,那么这只可看作是一种反复的自我安慰。

神巫让他选个好日子准备出发,折下玉树的枝叶作为肉脯,将美玉捣为屑末作为干粮。这时他没有再次提起鲜花的露滴,没有提到花瓣,没有"朝饮木兰之坠露",没有"夕餐秋菊之落英"。那是以前——而前不久他才发现兰与蕙的变质,怕食下不洁——可见文思之缜密。但玉树之叶,美玉屑末,仍然不是常人食物。旷万代而一遇的人物,食不厌精。

这次出发,驾车的是飞龙,车上的饰物仍是美玉,再加上洁白的象牙。就在这样远行的准备和诉说中,"美人"的影子又倏然闪过。

原来"美人"仍像一片阴云一样将其笼罩,徘徊心头,让他发出如此不和谐的吟唱:"何离心之可同兮,吾将远逝以自疏。"彼此不能同心配合,只能主动疏离。

转向昆仑,旅途何遥。云霞虹霓,遮光蔽日。一路上,车上的美玉饰物响成一片;由于是飞龙驾车,所以清晨从天河渡口出发,最远的西极傍晚便能抵达。

不停地逃离,不断地回顾;斥责以至于诅咒,反成了爱的委婉。

22

这不是一般的远行,而是一个精灵的飞翔。他要飞到渺远,美的至境,四极求索。既然美无所不包,一切也就释然。

照例是一番炫目的盛况。凤凰展翅承托旗帜,在长天翱翔。流沙地带,赤水之滨,他指挥蛟龙驾起渡桥,命令西方之神前面引路。遥远艰险的旅途,传令众车在路旁等待。经过不周山左转,目的地指定西海。聚集起千百辆车子,把所有玉轮对齐;八龙蜿蜒,云旗飘飘。就在这样盛大的呼啸之中,诗人却要定下心来,缓慢而艰难地控制遥远的思绪,奏"九歌"跳"韶舞"——以这样的欢愉来享受大好时光。

这时太阳升起,到处一片光明,他又看到了自己的故乡。

蓦然,像中了魔症似的,跟从的仆人开始悲伤,马好像也在怀念——一切都退缩回头,不肯往前……

全诗的意象一再重复,理由也就那么多。

这就是爱,爱怎能不纠缠?意怎能不繁复?它在言说不可言说之物,本质内藏。

这首千古绝唱竟然稍稍透露出现代诗的内质。原来有一些东西是从来未变的。

王朝令人憎恨,王朝令人神往;王朝使浪漫主义者归来,王朝使浪漫主义者离去。

他不仅忠于祖国,他还忠于爱情。所以,他更强大。

九 歌

东皇太一

太一是最尊贵的神。所以此首祭歌冠于《九歌》之首。

祭歌是具有实用性质的、格式固定的套曲，有着难以摆脱的形式框束力，但一经诗人来作，立刻洋溢出生命的活力，使之变得生气勃勃，美不胜收。

楚地盛行巫术，在祭祀的烟气缭绕之中，诗人尽情地欢舞放歌一番。

这里迎接的是东皇太一，所以必得虔诚恭敬，盛装华筵。

照例有那么多的鲜花、香草，竽瑟齐奏；既有轻歌曼舞，又有大鼓山响。一群舞女，身着艳装翩翩起舞。脂粉气、鲜花、香草、桂酒与椒汤，它们混合而起的芳香溢满殿堂。有人立在酒宴旁，手持的宝剑是玉石镶嵌的剑柄；所有来宾身上的佩玉都灿烂耀目，发出叮当响声。坐席由香草编就，神桌布满鲜花，祭肉铺垫兰草。在这种热闹、庄重、肃穆的气氛下，诗人说："君欣欣兮乐康"。

君居高位，喜气洋洋。与其他神不同，他在万般喧哗中仍能含蓄地欣悦。

诗人只陈述和描绘环境、祭祀的步骤、音乐、花草、浓烈的氛围。而享用一切的神，只在末笔带过。

东皇太一太尊贵了，天神之首，诗人唯有小心翼翼。最尊贵者必有最深的城府，难以评述，不可多言。但太一在这样浩繁的祭祀场面中，必定是"欣欣"和"乐康"。诗人认为太一会这样。

我们不难察觉诗人与东皇太一的距离。这就是人与神的隔膜。因为东皇太一毕竟不是一般的神。

接下去我们会看到,诗人与其他神之间就难以保持这种隔膜和距离。

这里的神呈阳性或中性,所以诗人在表达上有一种情感上的超然。

弥漫厅堂的只是食物和花草的香味,这种香味溢满了所有的空间。

云中君

云中君一般被视为云神。他(她)翱翔于天上,色彩斑斓,有无穷的变幻,时而阴沉时而璀璨。有时严厉得可怕,有时又扬起一张灿烂的笑脸,能够与"日月兮齐光"。

此君沐浴兰汤,穿着鲜花般艳丽的衣裳。神巫依照对云神的想象修葺打扮自己,几近忘情,最后达到了神人合一的境界。

在这儿,云神的性别已不重要,重要的是诗人借神巫之口所表达的那种思念。声声叹息,忧心忡忡。云神神奇美丽,可爱而又难以把握。与东皇太一不同,他(她)可以让人爱慕,但他(她)飘忽不定,不能像通常的爱人那样据守和拥有。于是这种思念和眷恋就变得愈加强烈。

神巫双眼迷离的痴唱,让人想起许多遥远的故事,甚至让人想起诗人与楚怀王的恩恩怨怨。

——有时无影无踪,有时光华四射,飞回上天,遍及九洲。然而只有在祭祀中，在这个时刻，你与我合而为一，从肉体到精神。抚摸我就是抚摸你，你甚至借我的鼻孔微微呼吸，我们一起散发着兰草的香味。气息相同，声气相通，完全彻底的结合，痛快淋漓的享用。随你周游随你驰骋。

这是神与人的一次融合，这是灵与肉的一次统一，这是将被爱者如数融入肉体之后的一场诉说和舞蹈。

最光荣也最不幸的，就是爱上了一位云神。

湘 君

1

灵巫扮成女神湘夫人，诉说对湘君的思念。在这儿灵巫、湘夫人和诗人三位一体。而对应的一方是湘君，是一位美人——或者潜下了对楚怀王的隐喻也未可知。

湘君与湘夫人都是湘水之神。湘水有神，而且成双成对。他们不是一般的男女，却又像一切怨男怨女一样，经常分离——因为奇妙的原因而分离。这就造成了独守、思念和寻找，滋生了各种想象；从而也就加强了情感的曲折和跌宕，铸造了一段特异的命运。这里有更多的哀叹、欢畅和留恋，让爱情像酒一样不断增强着浓度。

这里在写湘夫人的徘徊寻找，以及不必诠释的隐秘和不必回答的呼唤。湘君住在北洲，让湘夫人百思不解。挽留者是谁？是谁让他在那儿留连和犹豫不前？

修饰起美丽的容貌，乘上桂木龙舟，止息沅江湘江的风浪，让江水静静流淌。一切都到了一个绝好时候，可夫君总是没有出现。她吹奏箫笛，听悠扬之声，送悠悠思念，乘龙舟走向北方，又掉转船头驶向洞庭。

整整一条船都让香草簇拥装饰起来，连船上的旗子，摇船的双桨，都缀满了香草。这并非华而不实，要知道这是一只怎样的船，承载了一位怎样的夫人，还要迎接怎样的一个男人。

就是这样一条迅疾的龙船，满载悲伤和盼念，循环往复地疾走，像夫人急促的心情。她身边的女子都叹息悲伤，流出了滚滚热泪——而她只把思念压上心头。

2

挚爱和思念走到了极端，就是怨恨和猜疑。她看着桂木和木兰做的篙桨划破白雪般的水光，小心翼翼把湘君比成香草和荷花，把寻找比喻成采摘和攀缘。这种比喻只能来自颤颤的心情和炽热的情怀。然而她又认为：两心不同，那么做出再大的努力也是徒劳。没有深深的恩爱，也就容易放弃。

这时的水流在石头间冲撞激荡，船体摇动，像她的情绪一样趋于激烈。她甚至提到了他们之间那种不忠的关系，这又引起更深的怨恨……没有信守，诸多搪塞。

这些激烈言辞和情绪正说明人神同一。

他们是水神，是湘水之神，来往于水上，想必也有很好的水性。他们或许有高于忠贞之上的爱情。所以他们是神。

3

但一位女神刺激对方的手段仍然和人一样。这就使我们思索人与神的真正关系。人离神原来只有一步之遥，他们的差异原来只是一点点而已。人要模仿神，也只求"神似"。

女神为了那个男子，一大早就在江岸奔波，历尽辛劳，直到傍晚才回到小岛。她这时已是心烦意乱，看着屋顶上一群小鸟，看着屋下的淙淙流水，把身上的玉佩和全部饰物一口气揪下。接着就是采摘鲜花和香草，随手却把它们交给身旁侍女——那个人没有来，打扮得再美又有何用？

愤怒、孩子气，愈加可爱。这使人想到女神的娇羞和任性。一个人沉溺情中特有的刚毅。她自语道：美好时辰一去不再复返，且让我自由自在打发时光——结论太早，只在内心里构成一种刺激；自由自在更是不可能。她已坠入情网，被牢牢缚住。

这是湘水中的男神和女神，是他们的纠缠、怀念和寻找，是彼此的推测。诗人让流转的水参与了世间生活，将水与人拉得更近。水上波涛，雾霭，水中之舟，两岸花草，连同它滋润的大地一样，都有了诸多神秘。然而两位水神即是水的化身。他们的过往、情愫，眼神举止以至衣着，都那么可感可知，了若指掌。

这种孕育人类历史的水是可以亲近的。它原来近在眼前，并且有故事，可触摸。由此我们也可以接近这故事，参与这故事，走近这故事，从此对水不再畏惧。

这样，我们就获得了一种梦想神奇的权力，彻底卸掉了对于自然的恐惧。诗人在用这种方式化入自然，同时也掺杂了个体的隐秘。

湘夫人

1

听过了女神的吟唱,再听男神湘君唱了些什么。

他在哪里?是否思念?他的状态?这种对照和衔接似乎来得非常自然。

男神湘君照例由灵巫装扮,但他们这时是人神合一,心口如一了。湘君知道所爱的那个人已经来到了北渚,看不到,望眼欲穿,充满忧伤。这时候已是秋天初凉光景,树叶飘落,洞庭湖微波荡漾。这样的天时情境陪伴了一个多情男子,自然让人心凉。

他站在荒乱的秋坡上放目,以为美好的约会就在这个夜晚。期待中,他对那么多的山鸟聚集草中、对挂在树梢上的鱼网,都感到了疑惑和费解。接着是一句比兴,说沅水里有芷草和兰花,而思念却无法言说。神情恍惚,忧思迷离,看远方流动不息的水。

挚爱中的一对男女,由于心情特殊而影响了沉着的表达,所以约会的失误是经常发生的。而这类失误一般而言只会造成轻微的伤害,对两人的关系不至有大的改变。因为更有力量的东西始终在起决定性的作用,这就是爱。爱使人敏感、失误、彷徨,爱又把一切都加以调节和弥合。

2

在忧心忡忡、疑虑横生的湘君看来,一切都值得玩味和寻思。连麋鹿寻食庭院、蛟龙游戏河岸都让他注目揣测。这些仿佛都是先兆、征候,它们在预示将要发生什么，或是其他。他像湘夫人一样，一大早就在大江边奔走，也一直寻到傍晚才回到岸旁。

在误解的幕布两旁，他们的举止乃至心灵何等相似。实际上人与人很难将心比心。这时他们完全可以自我破解这个并不深奥的谜语。可是他们在这样的特殊时刻却不情愿那么做。这就增加了爱恋的曲折和情趣，尽管也要伴随很大的痛苦。这是人类（包括神）特有的一种游戏，也是生命的特征。生命会在这种游戏中疲惫和劳苦，但这游戏最终又使他们生机焕发。这种游戏增加了爱的张力。爱情不仅有甜蜜，还有痛苦和艰辛的操练。这种操练循环往复，永无休止。

有意义吗？当然有意义。它可以引导人的精神飞升，让人类进入其他生命所不能企及的高度。

3

为了这场约会，湘君做了多少准备，有过何等美丽畅快的想象。湘夫人的相召非同小可，她是心中唯一的珍宝。他们的思念和情感都由烦琐而曲折的细节来组成，展放开来就是一个广大的世界。

在想象中，他将驾着飞车和她一同前往；他们将在水中建一座房屋，而且还要用荷花叶子做成屋顶，用香草做成墙壁，用紫色贝壳铺好庭院；四壁再涂上芬芳的椒子以作厅堂，连椽子和屋梁也一概要选择木兰桂木，卧房门框都要选用不同的香草做成；而且还要用香草编织成一个大帐幔，再做成隔扇，这隔扇可以拉动；用雪白的美玉做成席上器具，屋里还要到处陈设石兰，让其散发无尽芳香；荷叶做的屋顶再覆一层香芷，房屋四周都用杜衡环绕。

总之这个庭院要汇集起各种各样的香草，门前、走廊，到处都要开满斑斓的鲜花。

不是湘君太浪漫，而是爱情太浓烈。

如此浓烈的爱情，就需要如此精美的环境。否则不足以安放这样的爱。不同凡俗的灵魂散发着神奇的芳香，也只有让芳香来陪伴。这不仅是恋爱中的人对于情感和爱的一种渲染，而且是一种比喻和写实。这就突出了他们激颤的心情，小心的匿藏，和对于未来的美好推测。生活已被诗化，具体变为抽象，抽象又回到具体。这是生活走入烦琐之前的一个不可缺少的过程。

他们的爱是最好的，与爱沾边的一切，房屋、席镇以至于空气，也都必须是最好的。对方、未来，都有难以想象的精巧和完美。

这是一场大虚幻，又是靠热恋中的聪慧和敏感一次性抓住的真实。因为最缜密最优美的心灵，都会在热爱中凸出。这是关于爱和爱心的想象，是为她构筑的居所，所以这种想象是成立的。

只要爱存在，生命就有魅力。当爱消逝，一切也就失散，居所也就荒芜、坍塌，甚至招致其他污浊。

这儿让我们注意的还有：爱的双方都是水神，他们在水中展开一切设想。爱情与水、水性，如此地协调一致，波光粼粼。

神对于维持生命的营养摄取方法千奇百怪，非人类所能理解。然而他们的爱我们却非常熟悉，这爱即便搬到了水中，抬到了天上，也都是一样。爱原来是通行四方的语言，天上人间、水中寰宇，都不能隔绝这种语言。诗人也有意把这种语言引进我们的身边，让其引起反响和共鸣，让我们想到神也怨恨、神也追逐、神也缠绵，神就存在于我们人类中间，存在于人的身上、体内，特别是灵魂之中。神无处不在，水神及各种神无处不在。因为接下去我们还会看到山中的神，各种各样的神。就是这无所不在的神，需要我们去祭奠、敬献。我们祈求于神，实际上是祈求于我们自己，祈求于爱和浪漫。

浪漫的情怀原来对生活如此之重要。我们扪心自问：浪漫是什么？浪漫难道不是对善和完美的无止境的追求吗？浪漫不是浪子虚抛，不是狂妄掷情，不是最后的扯淡；浪漫是想象，是一次长长的牵引，是永远不会腐朽的一种力量。

想象在继续。湘君似乎看到九疑山的众神都纷纷降临，他们都是为了迎接湘夫人而云集。他们是神，他们该有神的陪伴和神的迎接。一对恋爱中的水神配有如此盛大的阵容和场面，自然也是一种想象、一种自我安慰，似乎也是难以实现的幻觉。但这是合乎情理的。这是湘君的虚荣，也是男神的虚荣。这种虚荣似乎是可以理解的，有趣的，也是需要的。

4

正因为在恋爱中，即便是一个男神，他的举止也高妙不了哪里去。正像湘夫人在寻他不得而做的那样，湘君也把外衣抛到了江中，把内衣丢在了澧水旁。他甚至也像湘夫人一样，采摘那么多的香花芳草送给其他姑娘。挚爱中的男子是颇有女人气的，湘君也不例外，使性子，赌气，搞点花花草草的事。他甚至也发出了像湘夫人那样的自语：既然美好的时辰不再复得，且让我自由自在安度时光吧！

这种逍遥只是一种怅然若失的徘徊：痛苦深藏，悲凉难掩。灵巫的呼叫实际上是对爱的呼叫；这种祭奠，实际上也是对爱的祭奠。人类在用手推动神的结合——水神的分离痛苦是很不利于人类的——那样水就会不安,就要波涛汹涌。水会不高兴。

大司命

1

大司命是主宰整个人类生命的神,大权在握,气度非凡。诗人面对这样的一个神,尽可能地去理解和想象,想象人类与这个神之间的关系。

男灵巫扮大司命,辅以女巫伴唱。女灵巫与男灵巫之间有奇特的对应关系,这样诗人对于人和主宰人生命的神的复杂态度、奇特理解、感叹,都囊括其中了。

大司命一出场就雄魄逼人地发出命令:"广开兮天门"。因为他要乘浓浓乌云下来了,照例好不威风。他命令旋风做先导,让暴雨浇洒空中尘埃,这比人间帝王出宫的威仪还要强上百倍。这儿引人注意的是"玄云"和"飘风",更有"冻雨"。黑色的云,死亡的坚不可摧的力量;旋转的风,无常、强劲,打扫一空;暴雨浇泼、冲涮阴云尘埃。

生与死都掌握在大司命手中,然而我们感到他更多地主宰了众生的死,而不是生。生更自然,一个生命常常是自然而然地发生的;而死却更能显示主宰者的力量。恐怖,涤荡,伴着威声赫赫,大司命一出场就像个狂暴的霹雳。

2

然而女灵巫们的歌唱却显得那么服从和婉转。随着大司命盘旋降临下界，她们也越过山脉跟随而来。女灵巫究竟是代表了众生还是其他——象征神与人的中介，或仅仅扮演了人类的信使？这种模糊性恰恰呈现出一种奇妙的意味。在她们的依附和相伴之下，大司命更是直言不讳："九洲里众生万千，他们的寿与夭皆由我主宰"。说得实在，然而冷酷无情。女灵巫唱道："高高地安闲地飞翔，乘着清明之气，驾御着阴阳。"——原来她们要和大司命一起恭恭敬敬迎接帝——真正主宰者的灵威来到人间。

在此我们可以看到，大司命的主宰之力源自哪里。他和真正的主宰者有一种奇妙关系，而这种关系，女灵巫所代表的一方是完全理解的。在这儿，弱小的、只有依附之力的一方，在极力接近大司命的同时，还多少表现出一种平等的愿望和期待。这儿预示着他们在共同面对帝，那个总的灵威。这儿女灵巫还蕴含着另一层意思：生与死实际上是人类自己与大司命和帝三方之间协同完成的，这种协同愈好、愈一致，也就愈完美。

这里似乎隐喻着统治者、执行者以及被统治者三方的微妙互动关系。在这里帝是隐而不显的，他的灵威基本上是靠大司命和芸芸众生的莫名敬畏来体现的。敬畏不仅强化了帝，而且还恣惠了大司命。女灵巫所代表的人类试图与帝沟通，这就使她的角色变得难堪和尴尬；然而这一角色却是必须的。

3

大司命置若罔闻，几乎不愿倾听。他只注意到自己身上的神衣在风中飘动，腰间的玉佩闪着夺目的光彩。他忽隐忽现，若有若无，而且自认为谁也弄不明白他在干些什么、将要干些什么。他心怀使命,借着帝的灵威,帝所授予的强大权柄。他的狂傲用来对付众生。大司命在这里与女灵巫所代表的那一方必须保持一种距离,一种肃穆,如此才能显示力量。

众生与帝沟通的愿望,是非常惹大司命气恼的,这是对一种绝对权力的侵犯。在这里,大司命不需要众生的合作,而只需要其俯首听命,委屈敬畏。至于巴结和哀求,那更不在话下。女灵巫所代表的中介和使者只有一条路,那就是回到他们应该去的地方,自我安慰相互扶助,以共同面对冷酷的现实:大司命的降临。

4

于是,互相劝慰、理解和叮嘱也就开始了。她们摘下最美丽的花,把它送给即将离去的人。她们向其叮嘱:人老了,正走向垂暮之年,不亲近就会更加疏离。这里要"亲近"的是什么?是命运,还是关于命运的悟想?"疏离"是错失年华,还是失去了理解命运的机会?

大司命"乘龙兮辚辚""高驰兮冲天"。绝对的冷漠,绝对的力量。而作为女灵巫所代表的一方,也只有编结桂枝,徘徊顾盼。那种威势赫赫的场景简直使人不敢去想,因为越想越怕,愁思徒增,忧虑会像山峦一样将人压迫。她只有叮嘱人们自己珍重。

她非常达观地唱道:本来人的寿命就各有长短,生死有谁自己主宰?

这实际上是终极的叹息。人类最后回到这种达观,也是迫不得已。这里还隐含着另一种意味:对大司命绝对权力的多多少少的怀疑。这种怀疑甚至也包括帝的灵威。她们在此愿把大司命作为一种想象的符号,只将其看作一个符号而已。

如此一来，人才回到了自由。

然而这种自由观的确立却并非那么牢固——在诗人看来各种神仍然存在，他们的存在也是一种客观；神必有所为。

少司命

1

比起阳刚气十足的大司命，少司命就显得阴柔可亲。他（她）甚至可以依恋，是另一种形象。有人认为少司命是主宰少男少女命运之神，甚至认为他（她）是女性。如同祭祀湘夫人一样，由男灵巫独唱，他歌唱和倾诉的对象就是少司命。男灵巫本身代表了什么？他代表了人神之媒？介质？还是一个独立男子？

更多的时候，他在直接吐露诗人的情怀，开篇即是比兴。

诗中仍然是我们所熟悉的兰花和香草，时逢秋季，它们茂长在祭堂四周。绿色的叶片，洁白的花朵，阵阵清香扑鼻而来。这儿是自然的生长和自然的美丽。新生的纯洁宛若花草——如同这自然的罗列生长一样，人世间自会生出一些美好的儿女，主管少男少女命运的少司命，你为何还要这般忧伤？

至此，少司命阴柔、多虑和伤感的形象跃然而出。同时，我们听到的是男灵巫体贴的声音，他喘息、试探，甚至还有一些惊慕和仰慕。原来少司命是可以亲近的，他在走近她，寻问、倾听她的叹息和啜泣。这种接近将获得一定的报赏——好像一切都将自然而然地发生。

2

仍然是比兴。秋天的兰草一片繁茂,碧绿的叶子长于紫色的茎秆;整个祭堂站满了前来祭祀的美人,其中有多少漂亮男子,少司命却用多情的眼睛看我——灼人的目光在脸上倏然划过。但她没讲一句话。

少司命自然有女子的羞涩,她来时无声无息,走时悄然而去。

她只是那么看过来一眼,这就足够了。

"且压下深深的震惊,看着你离别,乘着旋风,驾起云旗"——这时候的男灵巫才是面对了一个乘风而去的女神。但人神的分离仍然不能割断儿女情长。他唱道:"悲莫悲兮生别离,乐莫乐兮新相知。"他生生记取和不能忘记的,仍然是男女私情。

这是诗人最有勇气的一笔,他将其写进了祭祀之歌。对女神的爱慕,对未来的憧憬,对结合的向往,都包括其中了。

少司命的形象和职能都让人爱恋。她虽然有神的莫大威力,然而毕竟是一位女性,心有千结。这儿我们似乎能感知她的声息,她的眸子,她身上的饰物和乌黑的鬓发。

她的清香之气溢满人间,足以让生命陶醉。

3

像诗人描述和向往的所有"美人"一样,少司命也穿着荷花衣裳,结着香草织成的飘带。她迈着神的脚步,"倏而来兮忽而逝"。美丽,飘忽,款款脚步,窸窣衣声。一位如此这般的神灵,不免给人间的某个角落留下诸多猜测和想象。诗人想象"夕宿兮帝郊"——她正站在云端把谁等待?这使多情的男灵巫平添苦痛和焦灼,进而有了更大胆的表露:与女神同在天池沐浴,在太阳栖息之地晒干头发……

这里,人神的所有隔膜全部打破,所有障碍全部推倒。他们浑然一体,耳鬓厮磨,狂放亲昵。如此的祭堂之歌有些令人费解,自然是诗人的一次肆意狂想。在整个的巫术活动中,这种爱的渗透和流露时有发生,这儿达到了极致。人神之爱,具体的爱,必会产生更大的打动力。

诗人在其他篇章里让灵巫扮演不同性别的神,以便引起"神神之恋"。强大的磁力在神与神之间发生,这要比简单的祭奠呼唤有力,也更可靠。诗人深知,爱才是一种伟大的吸引。但同时我们又必须看到,这不是诗人的一种方法,不是技法,而是他生命本质的自然流露。无爱就无诗,就无诗人。诗人本来就是为爱而生,为倾诉而生——他将在各种各样的情状之下倾诉,有时不免忘情,忘记场所,上天入地,君侧祭堂,一切地方都可以倾诉。这就是诗人的纯粹和率直。

在《少司命》中,他的灵魂与灵巫成为一体,是他在想象天池和晞谷。

4

无论有多少盼望多少寄托,神毕竟是神——这次她没有来。

是诗人还是灵巫在临风浩歌,用大声豪唱来压抑愁肠百结,来舒展和忘记。然而这总也做不到。色泽芬芳压迫着他,明眸压迫着他,直到永久。

在这锥心刻骨的呼唤中,我们仿佛看到灵巫泪流满面。爱的长剑已把他击中,让其面无血色,直到死亡,双唇挨上泥土。

然而就在这样的时刻,他仍然还能望到翠色的旌旗和孔雀羽装扮的车盖——少司命登上九天,正抚动彗星,护佑人间,扫除灾殃。女神拥有一支长剑,她守护着弱小。

弱小才真正拥有未来。所以只有女神才是真正的人的命运主宰者。

就此我们可以知道,灵巫对大司命并没有这样的赞叹,在这儿只有敬畏和恐惧。

东 君

1

东君就是太阳神,出自东方"炀谷"。男巫扮太阳神独唱,众巫扮观望者注视和伴唱。

光芒万丈,热力四射,出自东方,红光闪烁,照亮神树——太阳神的第一步就这样迈出。所有的神都乘车驾云,借着风势而来。太阳神从容不迫地驾着龙车前进。随着车轮滚滚,黑夜变得光明。这龙车的不凡之处是以雷为轮,四周搅起一片云彩,飘浮动荡。

伴着声声惊愕的长叹,太阳神向上飞升。

大概是离开炀谷时的特异心情,他显得迟疑不决,眷恋彷徨。这就是喷薄欲出那一刻的情状。然而不可掩饰的光华,满天的彩云,组成了浩荡的声势。所有的生灵都站在那儿注视、瞻仰,忘记了回返。

这是一篇太阳的颂辞,是光明之歌,是一天里最大的盛典;是苏醒之歌,欢快忙碌之歌;是万物屏息静气、倾听和忘情,欢呼雀跃的时刻。光明在这里是一个神,他有不凡的气势,惊人的威仪,巨大的排场,普照大地的目光。太阳之歌宽阔浩淼,雄性十足,洋溢着强劲的力量。

2

这之后是众巫的歌唱。一场喧闹,一场浩叹,敲击、吹奏、歌舞与庆贺。真正的祭祀开始了,和弦奏响了。

诗人在这里记述的古代器乐大都不可复制,但我们可以遥想当年错杂微妙的音律,那种忙而不乱的欢乐情调。当然这种吹奏和舞蹈仍是一些装饰,是必要的仪式,是由人与歌、虔诚与热望扎制而成的一个欢迎舞台,也是一场生命的感恩,是对巨大喜乐的一次领受。

太阳神与其他形形色色的神一起,援助了人类的生活。人们依靠他,所以要祭祀他。神的性质不一样,人们采取的方式和态度,或亲近或疏远,区别甚大。太阳是普照之神,高高在上,所以才有这场吹奏和舞蹈。在这场热闹中,空中不仅有太阳,还有繁多众神,他们一起降临。这是更大的喜庆和恩赐,也是神灵无所不在、威力巨大的一次证明。

一切都由太阳出世所引起,这是为他展开的一次庆典。

与少司命大司命以及湘水之神的祭歌不同之处,就是这次诗人省却了与神沟通的主观曲折的思维,更多的是客观描述。这是因为太阳神太亮了,太高了,太让人依赖了。他的灼热可以熔化一切,他的光芒让人不敢凝视。

3

最后是太阳神的自述。太阳神穿着青云衣服,白霓裙裳。这让人想起天上,想起云雾缭绕和彩霞飞舞。他以光芒万丈的利箭,直射天狼,那是罪恶的渊薮。

就在这勇敢壮丽的搏击中,他操弓西降,走向一天的最后旅程。英勇与胜利换来了自我犒赏,太阳神举起北斗,盛满桂花酒浆一饮而尽。

接着是继续驾龙车在天上奔驰,一直沉下西方,走向茫茫黑夜。他要在夜色里奔向旸谷,开始又一次轮回,又一次再生。

此刻再没有众神合唱,没有钟磬齐鸣,舞步消失了。因为太阳神离去了,大地归于黑夜。这是倾听的时刻,也是回想与怀念的时刻。这让人想到开篇那首迎神曲,即祭祀东皇太一的歌:同样的热闹、隆重,然而那里更多喜庆,这里更多庄严。那里是醉人的芳香和荤味,而这里是庆典,是光,是威仪,是瞻仰。

一种既轻微又明显的区别,一种精致细密的情感刻度,清晰地显示出来。

河 伯

1

河伯即黄河之神。男巫扮河伯,与女巫对唱。女巫扮谁?代表谁?颇费猜测。

河神与女子在黄河上游玩,指点气势滔滔的黄河,"冲风起兮水扬波",雄阔而可怕。

这只有河神才能够欣赏，它代表了他的力量。他乘坐的水车由龙驾御，水车的顶盖覆满荷叶。这时倾听的对象当然是与他同游的女子，颇有点儿炫耀意味。

权力、气度、豪华的仪式，惯常对女人是具有吸引力的，河伯在这一点上并不糊涂。他向她指出了驾车的龙，狂暴的水，华丽的车——这儿并没有谈到情感和爱，因为他料定对方无法不爱。

2

他们乘水车一直驶向黄河源头，登上昆仑山四面眺望。女子感到"心飞扬兮浩荡"——她走向了从未到达的高度，实现了一个梦想。她明白这全是受惠于河伯。女人常常觉得自己倾心的人有难以估测的力量。

他们直玩到暮色苍茫，忘记了归去。她望向河的尽头，不免生出愁思。她显然在想自己的归宿。女子和男人不同，她常常要想起归宿。其实最好的归宿就是过程。这对于女人和男人完全一样。

归宿是什么？是记忆，是深爱。正因为没有归宿，他们才爱；也正因为爱，才有了归宿。女子在这儿吐露了现实的费解——她望着河伯忍不住问：你住的屋子是龙鳞和鱼鳞筑成的殿堂，楼阁珍珠镶就，紫贝砌就，而且就在水的中央，这到底为什么？为什么如此神奇怪异？她在这儿忘记了对方是一位神。她差一点问出：你在水中怎么呼吸怎么睡眠？怎么淹不死？她这时一点儿都不浪漫，她很现实。

郭沫若曾认为女巫所扮演的是洛水女神，也就是说两位水神在恋爱。从这儿的女子对河伯的质疑来看，那种推论有了问题。女神是不会这样发问的。

就此倒可以看出,这是一场水陆姻缘。如此更有诗意,这场祭祀也更有诱惑力。这是人对神的犒赏,是人类对于黄河神无奈的温存。黄河的暴怒和力量,就是缘于它有那样一位性格的神(河伯)。他缺少柔情。岸上的女子代表着驯化强悍和粗暴的温柔的全部。

3

河伯对这些疑问、对来自人间的费解做了很具体的回答:我们要乘白色大鳖,追逐有花纹的鱼;我们还可以在河中的岛上游戏玩耍,四周都是伴随我们流淌的河水——几句话描绘出一幅优美图画。

河中岛当然可以安居,硕大的龟背也颇能诱惑。这里的河中岛屿对应了水中殿堂,使人想到陆上女子无法在那样的殿堂里生活;而作为河神,他在岛上居住不会有什么问题。这是河神为爱做出了让步。

4

他们握手话别,一路东行,难舍难分。女子送河伯直到南岸,最后还是叮嘱:当我站到滚滚波涛前,你要来迎接我啊,让我们像今天一样结伴而行,身边是对对鱼儿……

至此,有趣的婚约也就完成了。

女子称河伯为"美人",这是《楚辞》中最有魅力的一个词——最好的,最有意思的,最可爱的,最完美的,最让人抛洒情感的,可统称为"美人"。这与今天"美人"两个字所包含的内容有所区别。这里的"美人"大都指男子,他们大多都有权力和神力,有威望也有权柄,有决定力。

"美人"往往在想象和怀念中。

山 鬼

1

山鬼也是神,但可能不是一般的神。万物有灵,山鬼不是山之灵,而是活动于山脉之间的灵。这种灵像幻想一样美妙。

她飘忽在茂密的山岭,是一个闪闪烁烁的女性。与所处的环境相适应,她野性、热烈、渴望,有其他神灵所没有的一股泼皮劲儿。装扮山鬼的只能是女灵巫,而且要尽可能地像她一样妖冶才好。

这个妖冶的女子又大致和其他自然神一样,曾经有过尘世的姻缘和故事。她带着恩怨和思念,遁入另一时空。但人间并没有把她忘记,让她在想象中幻化成永生不灭的神。神秘莫测的山林是她的全部世界。她在这里主宰祸福,主宰情感,情满青山。

她唱道:有一个人仿佛在深山,一个男子;他以蔓生植物为佩带,系在腰间,而且眉目含情,微笑甜甜。山鬼说这个男子对我如此爱慕,赞扬我的美丽娴淑。

钻进深山的男人,除了猎人就是采药者——或者什么也没有,只是山鬼在寂寞思念中的幻觉,是白日梦。在空旷无垠终年独处中,她相伴的只有狐狸野狼,各种各样的植物,阴晴雨晦,雷声隆隆,岩石青苔。视野里如此空旷,青青大山便成了爱的沙漠。是沙漠,就难免出现海市蜃楼。一个男子映在她的眼蒙上,心界里,楚楚动人。

她在山间撩开藤蔓,躲开荆棘,日夜不息地奔走,似乎都为了追逐这个人,寻找这个人——他出现了,可是徘徊不前。他像闪电一样瞬忽即逝。

2

作为山鬼,她的气派和仪容也足为可观:骑赤豹带文狸,而且还有一辆辛夷木做成的车子,用桂树枝作为旗帜;披带石兰花,腰间缠香草。她采了那么多鲜花,只等交与恋人了却心愿。她不住地叹息,说自己住在竹林深处,终不见天,由于旅途艰险,独自来迟,就这样孤独地站在高高的山巅,看彩云在脚下游来荡去。即便是白天,深山老林也非常幽暗。雨神说不定什么时候就扫下骤雨,吹起东风,这是与人间绝然不同的境界,甘苦自知。

她唯独缺少一个恋人。试想,在深山竹林野物相伴中上下求索,追逐至爱,这只有一个山鬼才做得到。这简直非有一种伟大的热烈和渴望不可。自然之神就像自然一样狂野。

在这里,纤细的诗人实在厌烦了世俗的纠缠,他把情感洒向野水荒渡,雾霭山峦。如果他自己化为常居山中的异性,那么他遥望和牵挂的那个人又会是谁?如果他是一个误闯入雾霭之中的男人,就一定会走向那个山鬼。

3

山鬼要让进山的男人乐而忘返,像一切情境中的女子一样。她发出哀叹,恐惧衰老。为采摘灵芝,她走遍山间。到处都是乱石和纠扯的藤蔓。她住在松柏下,饮的是山泉。所以只有她才像杜若一样芬芳,身上没有一丝浊气:这正是诗人所追求向往的品格。

她在这儿为美而独守。她只渴求一个人,并坚信他会在渴求中出现。当他一步闯入林莽,就会落入掌中。他会被自然所掌握。自然是一个温柔的女性,能够孕育一切。

山鬼开始怨恨那个一直不能出现的人。她甚至想象对方也像自己一样渴念,只是不得空闲;有时候又想象对方正将信将疑……总之人和精灵的结合就是这样步步坎坷。

这种奇异飘忽的爱情,仿佛真的隐匿在大地上,山脉中,需要寻找。只要执着,就会梦想成真。

山中雷声隆隆,阴雨绵绵。深夜猿声悲啼,风扫落叶,思念公子,忧愁无尽。

在这里自然之灵渴望着人,渴望着人的走进。自然等待和需要爱的征服——这真是诗人所发掘的至美至大的哲思。每一个神都是情种,每一个精灵都会挚爱。可怕的只是世俗的罗网,是它的隔绝。千呼万唤,终不能迈出半步。这使我们想到河水泛滥,大山崩塌,暴雨飓风,一切一切的事故、凶灾,都是因为人世间没有爱,没有爱的沟通。

这作为一个命题,至今仍然重大和迫切。多情而伟大的洞察,就在眼前。

这种祭祀之歌,应该入耳入心,直到永远。

国 殇

1

追悼为国牺牲的阵亡者。

一开始就是对战场和阵地的描述：吴戈犀甲，短兵相接；旌旗蔽日，箭镞乱飞，勇士争先；敌兵如云，冲入阵地；马被砍伤，车轮深陷，战鼓咚咚。惨烈，悲怆，惊心动魄。这是《九歌》中唯一的一曲铿锵高昂之歌。这儿再也没有柔弱纤细的哀男怨女，没有那种"美人"的缠绕。这种铿锵凄凉的音调，由男女灵巫口中呼出，足以悲泣鬼神。在整个《九歌》中，它有一种奇妙的对应和映衬关系——其他都是情思与爱意，是留恋和徘徊，是闪动的眸子和传递的心曲；唯此走入了另一面：撕裂、割伤、死亡，是黑夜，是苦难人生。由此爱才显出了奢侈和分量，也显出了意义。

追悼人鬼，回到一种大悲悯。这些为国阵亡的青壮年本应是诸神护佑的对象，但却消亡于沙场之中。

2

神灵为这场天昏地暗的厮杀而震怒。但神灵没有介入。

全军将士捐躯茫野，一去不归，走向平原，走向遥远长旅。长剑强弓，身首分离，雄心固在，这就是楚国的男儿，大地的英雄。他们勇敢而又英武，最终保留了不可凌辱的刚强。

诗人说他们身既死，灵魂却不灭。他们是鬼中的英雄。

仿佛《九歌》中所有的神，只能护佑人的日常生活，而到了非常态的厮杀，神灵也就无能为力。神灵的震怒，是因为感到了沮丧。

他们是壮士，更是青年，是失去了神灵护佑的生命。

礼 魂

这是最后的典礼。九歌已尽，祭祀的尾声。放松和超越中唱出一支送神曲。互相传递鲜花，轮番舞蹈，美女忘情歌唱，兴奋到了极点。春兰秋菊，祭祀不断。

这是盛大的节日，人与神的相诉。这是人在生活中开辟的一个特殊空间，以此滋养精神，增加希望，获得勇气和信心。

在礼尽曲终之时，我们仿佛看到被祭祀的诸神带着满意的微笑飘飘离去。他们会记住这场盛筵，记住欢迎和款待，并且从此不再忘记：他们的世界与人的世界不可分割。原来人神交替，互通有无，这才组成了宇宙。

从威厉的神到多情的神，从惨死的人到悲苦的人，这就是人生万象。与神沟通，与鬼沟通，给祭祀者一个永远的警示：生活中有无处不在的鬼神大睁双目。他们在目击，在注视。你不要忘记，不要忘记修饰，不要忽略内美，山川大地，天上人间，都有眼睛。

这是一种参与，更是一种关怀和监督。失去了这一切，才真正寂寞可怕。

天　问

1

作为一部真正的史诗，它堆满了问号。如果说历史需要记述，还不如说历史需要质疑。最伟大的质疑从来都直指本源。比如远古开端一片混沌，天地没有形成，它的传述也就成了问题。关于开端的质疑是最大、也是最彻底的。谁能够认识和辨明光明与黑暗的原因，阴阳和元气三者结合，谁是本源谁是演化？九层上天，谁来筹划？伟大的工程，谁来初创？

关于远古的情况，诗人的认识显然不愿停留在神话上。他追究的是第一次推动。直到今天，这种质疑也仍然不能消失。也许就为了相似的设问，现代科技竭尽全力。但统一和确定的答案是没有的。这里值得注意的是，现代更多从科技的角度去提出问题和解答问题——其中的大多数却没有诗人这种形而上的追究。他们没有这种忧虑的特质和素质，更没有如此包容的胸襟。这是技术和信息时代的人类不断拓展科学技能，同时又不断萎缩精神的一个典型案例。

"惟兹何功，孰初作之？"这个设问其实可以说包容了古今中外一切的大问题。所有问号都从这句设问里滋生。它既通向远古又通向了现代，直到今天。人类在探索客观世界、不断走向开阔的同时，也在走向一种局限。

技术往往有两面性，一面是理解，一面是遮蔽。诗人比起现代人，则处于更为朴素的一个时代，那里当然没有技术主义的干扰。他可以使用朴素的概念，面对苍天、星辰、大地、莽野，以及与之纠缠一起、密不可分的种种神话传说，做出自己的判断。人与客观世界之间除了间隔一层神话，再没有技与术的屏障。这反而使他看得更辽远，问得更彻底。这儿是一个悖论。

这不仅是诗史的开端，而且是探索史的开端。精神和物质，客观与主观，两个方面的开端。这就构成了一颗人类艺术史上的皇冠明珠。不仅是深邃的主题和复杂的设问，更重要的还有这宏阔浩瀚的思维，循环往复的忧虑，瞻前顾后的回旋；迷茫和清晰，犹豫和坚定，繁杂与简化——这一切综合凸显和塑造的诗人形象，在很大程度上都超过了《离骚》。它是《楚辞》中，乃至于整个人类诗史上最伟大的创造。

2

既然天在转动，那么它就应该有个轴承。它的轴承如何联结，又联结在何处，天在哪里安放？既然天在上，地有传说中的八柱擎住；而与天对应的地，东南角又为什么倾塌？九重天的边缘怎么安置怎么联结？天边有数不清的角落和弯曲，怎么知道它的数目？天与地又在什么地方结合？十二时辰怎样划分？太阳和月亮怎么存在于天上？群星如何这般陈列？

从今天的眼光看，诗人的这些设问或许绝大部分已得到解答。但这只是从科技的意义上——或者说诗人的迷茫直到今天也没有完全驱除。比如说天边的角落和弯曲，比如说群星的罗列……现代科技也很难解答宇宙的广瀚以及类似银河系和太阳系的数目。况且，这里更多的设问远远超出了科技，有着另一种隐秘。这儿所表现的人性和激情，生命探求欲望的强大，它的力量；生命的奥秘——这是生命最伟大之处。诗句记录下的这些奥秘，至今仍然存在。

3

诗人开始问得更加具体。从太阳出走之地到晚上停宿之方——它从天明走到天黑，共走了多少里？还有月亮的德性：如何死去又如何发光？它腹中甚至还蓄养了一只兔子；还有传说中的那个女神女岐，无婚无夫，九个儿子又来自何方？那可怕伤人的大厉疫鬼伯强住在什么地方？而祥瑞的惠气又在哪？黑暗和光明是否有个开关？当东方没亮的时候，太阳在哪里躲藏？

数不清的问号重重叠叠，甚至有些冲动和紊乱，好像随想随问，想到哪里问到哪里。这是一种急促、忘情和沉浸的结果，使全诗滋生出繁复深奥、率性纯洁之美。奇巧与条理，有时候是一种小道。伟大的史诗不取小道。

"夜光何德？"德是德行和品质。在这里，诗人把月亮视为一个生命体，追寻它的本质。的确，偌大一个天空，没有什么生命能够像月亮那样死而复生，而且还养育一只兔子。月亮太阳，都是极为巨大的关照，可是诗人又把目光投向了一个神女，想到了她的结婚和生子：没有丈夫哪来儿子？他表示了疑惑，隐去了回答。

这里诗人并不认为太阳是唯一的光源，甚至也不认为是天地间最重要的光源。他认为黑暗和光明是由于一种东西的关闭和打开。而大厉疫鬼伯强和惠气之间的复杂关系，对于天地之间的平衡力制约力，直到今天也仍具深邃的启示性。

4

关于洪水的记载很多，我们的历史在很大程度上是由洪水的漫溢止息而蜿蜒前行的。鲧不能胜任治理洪水的重任，可是许多人为什么还要推举他？尧帝于是让鲧治水，但没有事先试验他的本领，结果这种任用换来的是巨大的损失。还有鸱鹰和鲧的奇怪行止，鲧的模仿和听信，这一切都包含了何种隐秘？鲧治水顺应了众望，而且意愿良好，尧帝为什么还要把他杀掉？而且在这之前还将其长期囚禁在羽山——这一切到底为了什么？

这是传说中的历史关节，谁也不能把它追究明白。历史的细部是难以展放的，任何尝试都会无功而返。但这些又必须深究，因为它关乎到现在。古代帝王，他的臣民，奇妙的关系、任用、重责，一直到今天都足以引为训诫，成为诗人心中难以破解的案例。

诗人开始从天上、从宇宙之巨说到了人事之微。上天与万物往往有一种奇特的对应关系，天之不测，预示了人之不测。世事纠葛言说不尽。对比中可知，尧帝比楚怀王也好不了多少，他们都有无上的权力，随意诛罚。在这里鲧的命运实在令人怜惜——流放而后诛，这是何等的残酷。

最难解的是"鸱龟曳衔"一句。鸱鹰在天，大龟在地，如何相衔接相拖拉？

它们又预示了什么？或者"鸱龟"原本就是一种动物也未可知。或许它们是某一种伟力的象征，是鲧所迷信的一种力量。

5

大禹是鲧的儿子，却并非母亲所生，而是从父亲的肚子里直接变出。诗人对这样的变化感到惊愕。这里诗人表达了对历史细部的怀疑，自己也感到无能为力。他凭什么改写历史呢？他找不到其他的依据；所以古今来那些蓄意改写历史的人，对于历史的刻记和烙印总是非常在意，或磨灭、擦掉，或利用纷飞的传媒让其变得混乱。诗人认为无论如何大禹继承了前人的事业，总算继承了父亲的遗志。

使人感到费解的是，儿子为什么采取了与父亲完全不同的方法？洪水的源流多么深远，大禹竟然能够将它堵塞；他还把土地分为九等，不知这样划分的依据是什么。还有应龙划地，河海流向，这些更是一些千古之谜了。在这一切成功的背后，到底包含了父辈的哪些劳作？儿子实际上又做成了什么？这些也都不得而知。历史的功过真是难以评说。

历史的哀伤已经无法医治。有人认为历史问题"宜粗不宜细"。可是诗人在这里却反其道而行之。他一再努力展现细部，有着强烈的道义感和理想主义情怀。既不能把一切推到命数上，又不能完全跟从成说，这就是他的痛苦。这种痛苦那样真实和陌生，今天的人已极不习惯于这种痛苦。盲从，跟从，或者故意悖谬，已变成某种当代时髦。

6

远古的一场山河巨变，山倾地陷，大火从天而至，不知过了多久才尘埃落定。从此大地分为九州，河水改道，百川归海。这类似于今天我们所知道的陨星对地球的轰击——神话中则是共工大怒，头撞不周山，引起大地东南方的倾斜，江河土地重新安置。

时间可以抹平大地的创伤，却抹不掉心头的恐惧和疑问，它环绕千古。诗人不得不问：他深深地怀疑共工的力量。

在这里诗人并没有天真到把神话当成真实的历史，而是以审美的口吻来谈论，似乎还有一些调侃。古人尚不知道地球是圆的，他们认为东西南北四极框出了大地的面积——那么东西和南北之间的距离究竟哪个更长、更大？从南北看地形是狭长的，那么它比东西距离又长出多少？这在当时不能不说是一个大胆的质询、是极为宏阔的视角了。从现代天文地理学的意义上看是一回事，从诗人的朴素直感宏大观照上看又是一回事。他所观照的不是脚下的方寸之地，而是真正意义上的大地，是蓝色天宇下的山水河流，所谓的九州，它的总和与起源。共工头颅之硬，颈部之雄，竟然改写了当时的天文和地理。

共工作为邪恶的代表，显示了不可战胜的某种威力。恶必然战胜善，恶可以改写历史，主宰沉浮。至少从局部，从单位时间内看，这是一种不变的真实。但这一切都需要存疑。因为只有挂满问号的历史才富有活力，才趋向真实，才可以借鉴，才能多少驱散一些迷信和人造的雾障。

7

昆仑山是传说中的神山，居住众神，而且又是大河源头。诗人无数次谈到昆仑，谈到它的"县圃""九层增城"，它的四方大门以及来往于大门的未明之物。昆仑山的一道大门甚至是飓风的通路。在当时，由于没有能力遥测和鸟瞰，感觉上某些山脉就是重要的地理坐标。

而且昆仑山还是精神的坐标：既然聚集了众神，那么就该有巨大的主宰力。它的风云变幻，门开门启，都会影响到人类社会。

问天，不可不问山；问山，不可不问昆仑。昆仑山直到很久以后才变成了实指，变得具体也变得世俗。山脉世俗化的过程，也就是人类长大的过程。但这种长大，却付出了更多的代价，这就是浪漫的丧失，想象力的萎缩。有时候对于天地万物的所谓现代的科学的理解，反而留下了盲角。而这种盲角恰又是古人目光洞悉之地——感悟和想象，这在人类的文明史和探索史上是永远需要的。

诗意的触角无所不达，而技术的尺子长也有限。山的含意是历史赋予的，像泰山、峨眉山，所有的名山都有自己的神灵。它们有精神而又有灵魂，似实而虚，似虚而实。这些隐秘是诠释不尽的，如果一直追问下去，就可以追问出一部长长的变异史，追问出一部斑斓的往昔。

每一座山都印遍了古人的指纹，留下了心灵的代码。

8

　　我们今天看上去异常生僻陌生之物，在诗人的时代倒极有可能时常提起，所谓的众所周知；但知而不问者必然居多。人们总是愿意遵照一些惯常说法，熟视无睹，化传说为客观，化神奇为平凡。而诗人却能在内心深处将其还原为固有的深奥与险峻。

　　太阳光照大地，烛龙的眼睛却灼灼发光；太阳还没有升起，日落之处的大树花瓣发出光芒。冬天温暖之地，夏天寒冷之所。诗人深居楚地，遥看天河，游思四极。他甚至问哪里有长成树林的石头？哪里有会说话的野兽？哪里有无角之龙驮着熊出游？甚至是九头雄蛇在哪里出没？一切的牵挂、费解，都奔涌而出。

　　这些烦琐的思绪就是如此地纠缠了一个无比纤细的诗人。有的是传说，有的是实指，有的是见闻，有的是遥感。石林在桂林，当代人可以有一个微笑的回答。冬暖和夏寒之地也不难相告。但对于当年的诗人而言，这些还需仔细探究。总之这些设问中不断地透露出个人无比渺小、世界浩瀚苍茫、怪异难测的觉悟，使人隐隐感到有一些是传说和神话——但即便如此，它的形成又有几分实际依托？可见从太阳运行，日落之地的神木，到石林与雄蛇，这种罗列重叠也需要一种勇气。而从写作学的意义上看，也大有一种巨笔扫过摧枯拉朽之势。

　　从纤细到宏巨，只在一念一问之中。

　　特异而广泛的兴趣，巨大而缜密的关怀，就在这种重叠中显现。

9

诗人常常叹息:生也有涯,老之将至。于是自然而然想到寻找一个不死之国——它在何方?听说那里有一个巨人,他在看守什么?那儿有一些神奇的植物,神奇的花;还有一条巨蛇,能够吞下大象。可见这巨蛇有多么大。有些水像墨水一样,能够染黑人的手脚。传说中青鸟居住的三危山又在何方?那里的人长寿不死,难道就活得没有界限?还有人面鱼身,吃人之鸟。说到鸟,它们也不可轻言。比如乌鸦,竟居住在太阳中。后羿射落太阳的时候,乌鸦的羽毛都散落下来。

这一切的奥秘如果说是神界的奥秘,还不如说它们本来就藏在人间。是耳所闻目所视,标化出的知觉的极限。而诗人的野心,在于要突破这些极限。

实际上这是一次伟大的延伸。人生短促,不可穷尽。巨鸟大象,蟒蛇怪树,都难以目睹。它们在远方,在遥想里,就成了永久的深奥。这深奥反衬着短促的人生,更让人气馁和焦灼。然而它们构成了一种背景,足可让人托放灵魂。诗人与一般人的不同之处在于他能够生命不止追问不息。也正是这些追问,交织描绘出一幅幅瑰丽的图画,映现出一个个神渺的世界,给我们当代生活和未来留下一道深不可测、却又是斑斓闪烁的背景。我们人类将从这个背景里走上新的世纪。它是我们的出处和来路。

10

诗人最难以遗忘的是爱，是浸渍身心的情感。一些伟大人物功勋盖世，他们的威力和他们在生活细节上的怪异以至疏漏，都同样让人惊异。

像大禹全力投入治水，还能下来视察大地，结果在涂山国遇到了一个姑娘，在台桑这个地方与之结合。这当然是出于爱恋，也为了生育，为了后继有人。其实台桑的结合只是一时快意。使人不能理解的是，像禹这样一个人物却在追求片刻之欢，如此急于发泄自己的欲望。也就是台桑之快，生下了儿子夏启。

无论是因为肉欲还是爱恋，结果都是极大地影响了历史。这就是夏启的故事。

大禹本来把帝位禅让给益，可是儿子夏启为他守丧期满，立刻想夺取帝位。益将其拘禁，启又逃脱，寻机杀益，获得帝位。当年很可能因为夏启是大禹的儿子，所以益没有将他杀掉，结果导致了自己的失败。益作为后继者竟然失败，最终大禹的儿子倒继承了帝业，这是冥冥中的一种力量吗？他与涂山国的姑娘结合于台桑而延续了自己的血脉，又使之成为真正的继承者。

新的统治者夏启并不是一场正式和郑重的婚姻产物，但还是借助了血缘的力量。在这儿，诗人又一次表露了他对血缘的敬畏、对其中所蕴含的神秘性的迷茫。

11

历史上的恩怨纠葛,总是深深地缠住诗人。夏启为了巩固自己的统治,朝见祭祀,奏起《九辩》《九歌》。然而就是这个夏启,出生后却杀害了操劳的生母,并使她尸骨分裂。所以到后来夷羿的降临,正是上帝的旨意,是一种报应因果。夏朝本来应该迎来复兴,可惜夷羿又胆大妄为地射瞎了黄河之神河伯的眼睛,并娶了洛神为妻。这一切到底因为什么?夷羿凭着善射,加上一张好弓,猎取大兽,用最肥美的献祭来祭上苍,也难以讨得上苍的欢心。报应终至,夷羿的大臣与其妻纯狐私通,他们一起筹谋害了夷羿。

就是这个凶蛮不可一世的夷羿,尽管有着那样的良弓和威力,最后还是被家众杀而烹之。

互相剿杀追逐、鲜血淋漓的历史,让诗人惊愕。这其中的定数又在哪里?血缘的力量,上帝的旨意,个人的不义,因果的报应,一切真是让人望而生畏。这究竟取决于神力还是人力?胜者往往得到了一切,囊取了一切;然而纵观历史,有的人物是胜败交错,得失参杂。即便是夏启,也有奏起《九辩》《九歌》的时候。

12

评判命运和历史,不能简单地套用"多行不义必自毙"的公式。比如鲧治水,当年经历了多少险阻,传说他死后还向西奔走,因为高山峻岭的阻碍,变成了黄熊,这才穿过羽山。在那里,西方的神巫又把他救治。整个过程烦琐曲折,谁能够叙说。就是在那里,鲧教会了百姓播种黍米,大兴农事,开垦荒地。这是多么伟大的事功,勤勉的政治。可是死而复生、劳作不息的鲧,还是遭到了放逐。他究竟有多大的罪行难以饶恕?

诗人历数的如果仅仅是传说,那么不可忘记的是,这传说正是在历史中形成的,而历史又来自人心。在无纸无笔的年代,一切唯有依赖口耳相传。这说明人们在内心深处不愿饶恕鲧。鲧是一个真正的失败者,尽管他生出了一个伟大的儿子。

诗人对鲧的厄运,流露出说不出的同情。于是他复述历史,罗列传闻,设问不停。这里面当然隐含着对楚国现实的联想和判断,但这些判断都赋予了往昔。从楚怀王以来,国事与人事,战争与和平,忠臣与佞子,宠爱与放纵,一切的一切都似有缘由又混乱不解。如果说鲧死后尚能够力破险阻,感动神灵,为民造福,重修政绩功事,那么身处逆境的有志之士呢?如果说鲧最后还仍然遭到放逐,那么现实的志向又有多少必要呢?最后的结果又是什么?

这些当然都不可不深长思之。人的进退得失,有时就在一念之间。

13

人世间本来就有着各种各样的怪异,它们绝非常理可以贯通。比如《列仙传》上写了崔文子向王子侨学仙,王曾经变为一条云气缠绕的白霓,给崔送来仙药,而崔在震惊之中挥起刀戈,击打白霓,结果不仅仙药落地,同时还有一具王子侨的尸体。崔把王的尸体用筐子盖上，只一会儿，尸体就变为一只大鸟，声声叫唤着飞走了。

王子侨死而复生的故事有些费解，因为这不符合阴阳消长的法则：阳气失去了，他本该死亡，为什么还能变成大鸟鸣叫？他原来的躯体又到了哪里？天上的雨神让那只大鸟降下雨水，那大鸟又究竟用什么办法兴起风雨？传说中的风神是十二只神鹿，模样怪异，一身八足两头，那为什么鹿会长出这样的形体？

这都是不灭的传说，然而听来言之凿凿。没有这些传说，就无以解释风雨雷鸣。

诗人疑惑的倒不是传说的真实，而是古人怪异的思路和奇妙的想象，是传说与史实的差距究竟有多远，是这些传说缘发的根柢究竟何在。诗人恍若感到：将偌大一个世界交给这些传说和想象去分解是多么危险！然而同样让诗人感到无奈的是，这一切传说早已经化为了永恒。他只能设问而不能更改。他失却了这样的权力。

14

传说中，巨鳌顶起大山，而那座神山却始终稳定不动，连同陆地都由巨鳌负载。放弃了舟船到陆地上行走，又怎样迁移跋涉？更有甚者，那个与夷羿的妻子私通的佞臣，生了个儿子叫浇，浇竟然与嫂子私通；而夏朝的少康驱赶一群猎狗打猎，却顺便杀掉了纵欲妄为的浇。浇的嫂子为浇缝补衣裳，恣意骄奢，结果也掉了脑袋。

这就是从夷羿以来仍然没有完结的故事，仍然被流传的灾殃。它们之所以被流传，是因为不是发生在野，而是发生在朝，它们实在事关国运的兴衰。乱臣贼子妄为，必不会有好的下场。而当时的楚国，也急需少康这样的人物整饬。

至此，诗人的追问愈显得缜密细致，自然也更加烦琐曲折。掌故、流言、国运，纯粹的神话和神仙异术，囊括一体，表现了一种伟大的迷茫与洞察。紊乱琐屑之中，凸出了一种穷尽疑难、追索不止、执着顽强的性格。就在这历数疑问之中，那由于时光的漫长而显得模糊的往事关节开始显露；它们再一次在诗人的擦拭之下变得簇新发亮，暴露在世人面前。诗人让其经受阳光和现实的风雨，让其分解和风化，吹到楚国的土地上，为现实的生化和发展增加历史的养料。

15

"汤谋易旅"一句的"汤"字有诸多争议。或理解为"佯装"，或读"浇"为"傲"。但无论如何主语都应该是浇。他整顿队伍，究竟怎样使其壮大？他灭亡了斟寻两国，取胜的方法又是什么？浇的父亲曾是有穷国的君主夷羿手下大臣的儿子，骄奢淫逸。关于他的历史，在诗句中反复出现——或者是出于反复探讨的兴趣，或者是源于学者们经常疑惑的"错简"——竹简的错乱引起语义的含混、层次的紊乱。但这很难说影响了《天问》的总体美。从某种意义上讲，这反而加强了它的繁复之美，加强了它细琐曲折的审美倾向：或者干脆称之为"错简之美"。

与不义的浇取得胜利相似的还有桀。他兴兵攻伐蒙山国，同样得手，但得到了什么却不得而知。也就是伐蒙之役，夏桀得到了美女妹嬉。而一个柔弱的女子，究竟有什么恣意妄行，在后来受到了商汤的可怕惩罚？从诗句中可以看到，诗人对于女子在历史中的影响、她们所扮演的角色、她们的行为，比如宠幸、失意、受惩、婚嫁、易主，总是分外敏感，多给予记载和追问。

有名的贤君舜，年轻的时候曾为孤独失恋而忧伤。那么主持婚姻大事的父亲为什么让他这样孤单？而尧帝却在事先未打一声招呼的情况下，让两位女儿亲近了舜。从这儿可以看出，诗人如果说对历史入迷，还不如说对人性入迷。因为人性决定了历史，改写了天道。男女情长的力量胜过了军旅和刀剑。

诗人洞悉人性的奥秘，注意到了女子柔弱似水的性情，怎样改写和改变了强大的国运。他意识到在阴与阳、柔与刚的奇妙组合中，历史和战争的棋盘就常常紊乱和改变了。这些富有色彩、难于咀嚼的人情细节，使《天问》诸般重大的问题、宽阔的视角没有变得中空和失度，没有显得旷敞和大而不当；使宏大的追问变得柔和，富有人情味，具有了人性的温暖；同时也没有使千古谣传止于虚幻，它几乎不经意地指出了它的爱恨悲欢、它是一段欲望交织的历史编年。暴君与狂人，贤帝与巨腕，有着相似的欲望与失意、亲幸和背弃，一切都留下了不灭的痕迹。

这使人想到诗人在其他诗章中，比如《九歌》之中所反复咏唱的神的爱恋，以及神与人的情感交流。天上人间，原来无一不是情感的世界，欲望的世界。就是这样才使整个世界变得轰轰烈烈，生气勃勃。茫茫大地，浩浩夜空，充溢其间的只是情爱与欲望。是它们促进了造化，筹划了生长，维持了延续，强化了旋转。一切再造之功都归于它们。

16

诗人问：一切事物，当它刚刚萌芽时怎样做出预料？比如商纣建造了十层玉台，谁又能看透他的最终目的？他高高在上成为皇帝，人们推举他又有什么理由？作为历史上有名的暴君，纵观他们兴盛的历史，类似的感叹我们并不陌生。这究竟是因为天意，还是因为人世的糊涂蒙昧？是忽略了事情的萌芽，还是活该如此？如果一切都要追问一个因果和根柢，那将是难而又难。

再比如人面蛇身的女娲，这种怪异的形体到底是怎么弄出来的，难道这不是天生的吗？是人力所能够改变的吗？诗人在这里又回忆起贤帝舜。当年他对两个混蛋兄弟亲切和蔼，一腔手足之情，但最终他们还是要加害于他。这两个兄弟像恶狗一样疯狂咬人，舜却没有招致危败。这是伦理的强大，是道德的力量吗？这里面就没有天命吗？我们隐隐听到诗人这样询问。

有一些成功和失败，其因果缘由都隐而不彰。比喻说吴国能够获得长存，屹立于江南，很重要的一点就是吴国获得了两位大贤大才。这儿诗人又极大地肯定了人力，肯定了人道胜过天道。一位国君长治久安与获取贤才忠良有着重要的因果关系。

在此诗人不能不想到自己的命运——他对楚国是否等于大贤大才？而今天的楚王被宵小围困，能够长治久安吗？自远古以来的体制变迁既如此浑茫，又如此清晰。诗人指认、追忆、佐证,还有长长的惊叹,连同费解,都记录下来,以证明不废的人心和天道。

17

所有谋取天下的人,都无不对上帝表示敬畏,用最好的祭器,最精美的肉肴供献,结局却大不一样。

暴君夏桀同样接受了上帝和祖上的庇护,但最终还不是"灭丧"。剿灭暴桀的是商汤,暴桀的灭亡让民众大悦。他们究竟为什么喜悦?

这等于问为什么顺乎人心?看起来这个问号再简单不过,实际上又真的如此吗?历史常常被简化,因而也就被误解。一些细节因为缺乏目击者,或者因为目击者失去了记录的权力,我们也就丧失了历史的书记官。那么这种喜悦中到底埋藏了什么危机?包含了什么误解?也就不得而知了。人们只习惯于喊一声"暴桀",随即省略了一切。众口一辞,往往具有排山倒海的力量。

"暴桀"之"暴",其根本缘故恐怕还是因为未得善终。而未得善终的缘故又会是相当复杂。只有胜者才不受谴责,因为谴责者所冒的风险往往比想象的还要大得多。而胜者一切的得意和美事,似乎都是顺理成章。

在此诗人又问到了那个有名的美女简狄。她曾住在九层瑶台之上,由一个叫作"誉"的古帝王把她娶走。"誉帝"必酷,且极为狡猾。他用凤凰给美女送去聘礼,当时那个美女真的就那么欢心?再比如殷朝的君主亥,一直秉承了父亲的美德,为人善良,最终却败往他国,放起了牛羊。这一切如果愿意追究，也就无有尽头，无有终结，会是永恒的悬案。

一个人即便有强大的悟性，其感悟的生发还是需要根据。流逝的时光宛如一条莽河，人们从哪里寻索这种根据呢？

18

同样是那个失败的王子亥，他走向了末路之后，却像变了一个人一样。他败走有易国，沉迷女色，走入淫乱。这想必是一种绝望的表现。一个人绝望之后，常常寻求性的止痛药，然而往往也无济于事。

一个民族，一个人，当开始选择这一剂止痛药的时候，也就意味着真正的末路了。王子亥最终丧命有易国。他的兄弟恒在亥死后显然有一场奔波，但也未见得建立什么大的事功。总之亥恒二兄弟在有易国的磨难悲欢难以言说，有得有失，得势时勤勉，失意时淫乱，在事物的两极徘徊。亡走有易国之后，他们并没有砥砺意志，卧薪尝胆。

"平肋曼肤，何以肥之"，这两句的主语，有的释为姑娘，有的释为牛羊。因为亥的淫乱并不产生疑问，所以主语应是姑娘——她们的身体如此丰满，肌肤润泽，而且肥硕漂亮。

那里适合放牧，显然水草丰饶。在这样一个国度里，亥恒二兄弟也就很容易荒废事业。他们的选择合乎情欲，却有悖于理想。在这里，嗜好和理想发生了冲突。究竟是嗜好重要，还是理想重要？

19

到了亥的儿子上甲这一代，其行为就活像亥的当年了。正因为他，有易国的人民再也无法安宁。但这里上甲必有事功在先，即他用某种办法征服了有易国，于是才有能力危害有易国的人民。这个胜利者纵欲忘情，很像他的先辈，一塌糊涂不得善报。而就是这样乖戾奸诈的人，他们的后代却如此兴旺长久。

这里诗人非常重视得意与失意者对女人的态度，并不视其为生活小事。他联想到成汤王到东部地区的一次视察：他一直走到有莘，本来在这个地方有求于一个小臣，结果却得到了一个高贵的姑娘。按照《吕氏春秋》的记载，这个小臣叫伊尹，是在水边的一棵空心桑树中被一个姑娘捡到的。如今他成了这个女子的陪嫁物。

当年暴桀把成汤拘押在重泉，他又犯了什么罪过？汤与桀之间就这样结下了怨仇。汤要起兵讨伐暴桀，就必须挑起事端，那么这个过程又是怎样？旧事萦回，林林总总，琐屑不已。

从空心桑树到小孩的抚养，暴桀与汤王的结怨，全部纠合在一起。这非得一个深通事物奥妙的人而不能采取如此视角。因为事物的真相原本就是这样参差错落，互为因果。也只有这样理解历史，理解转折的变故，才会接近真相。也就是这样的设问和不厌其烦的重述纠葛，才能显出历史的丰腴。诗人谈论众说纷纭的商朝，却重述了一个又一个小故事。这些小故事环在一起，不能分解；而弄通这些小故事，需要花费无穷的功夫，既得治史，又得制神话，还要焕发极大的想象力。更早的一些古人，他们的嗜好、偏执、莽撞、狂暴，惊人的鲁莽和惊人的智慧，以及耸人听闻的淫乱，都交织在这一个个小故事里。

这就是商朝，承前启后的商朝。

从这儿可以看出王朝和帝国之间的反射投影，它们的似曾相识。尽管它们改变了年号、法度，甚至是语言和服饰，但有些最基本的东西却没有改变。

20

在历史上周武王伐纣，八百诸侯到盟津与武王会师，在甲子日这一天，各路诸侯攻下了殷都。这当然是一个历史性的大事件，被后来的史书谈论不休。可是任何大事件都隐去了一些细节和微妙关节，比如各路诸侯怎样履行武王的约期？在当年，那些将士凶猛如群鹰，飞翔搏击，桀骜不驯，又是谁、是什么力量使其能够在这一历史的机会中凝聚一起？还有，纣王已死，武王却去砍击他的遗体，他这样做周公就不赞许。从这里可见周公与武王的区别。周公心存内在的刻度。

整个的过程，周公一直帮武王谋划。纣的灭亡本来是顺应天命，而完成天命的时候，周公却又发出了叹息。此处甚为微妙。这等于一个人发现了为之奋斗半生和终生的事业，却正在走向理想的反面！巨大的遗憾和内伤裹在其中，这种痛苦是难以言明的。

在这里，武王砍击失败者的遗体之举就流露出胜者的偏狭、阴鸷和争夺者的恶习。而周公对此举的不赞许，就显出了他的明净。对于武王而言，周公有着绝对的道德优势，二者胸襟和气度区别甚大。这儿有诗人伟大的洞察，同时又反映出写作学上细节的力量。由一个微小的局部，迅乎转向谋国与天命、胜利与叹息，这样一些至大至远的问题上。

接着又是最后的总结和追溯。上帝把天下授给了殷王朝，其根据是什么？又为什么殷王朝建成了，而上帝又听任它灭亡？作为殷朝的罪过，其主要的方面又在哪里？

这儿诗人并没有把一个王朝灭亡的原因简单化。而我们更多地看到后人在归结失败者的时候，使用的是既肯定又逻辑的语气——既然那样，就必然如此；并且例举事件，寻觅主客观原因，然后一言以蔽之——事物的真相往往并非那样简单，多行不义也未必自毙，昏聩小人也难保就不长久。各种力量可以纵横交织，矛盾的双方可以彼此胶着。有相持，有敌对，有合作，还有在某一时期的和谐统一。罪恶在一定的情势下可以覆盖，甚至会以相当完美的形式表现出来；而暴虐有时候又可以遮去善行。善与恶在哪里分界，在哪里汇合，又在哪里抵消？

在诗人的设问中，我们隐隐感到他渴求着辩证，只有辩证才能排除片面。而片面是无处不在的，正是片面造成了误识。

21

还是具体到讨伐纣王的那场战争。当年八百诸侯都争着派遣部队，这些力量究竟如何调集？这种空前的积极性，协调一致的步伐，令人快慰也令人生疑。大势已成，何等快之。这就是所谓的墙倒众人推。不过追究这场战争的一些细节也颇有趣，可以设想：当时的部队并驾齐驱，形成两翼夹击之势，那么各自部队的统帅又是怎样运作？

到了西周第四代的周昭王，携带重兵，南巡到了楚国的境地，那一次他却丝毫没有讨到便宜。当年的周昭王征伐楚国，作战于汉水，突然天色阴沉，鸟兔四窜，结果周昭王的军队大败。这一次南方征讨满足了什么贪求？据说当时的楚人曾经欺骗他，说要向他献上一只白色的野鸡。难道堂堂一个周昭王，真的就为一只白色的野鸡走向了失败的南方吗？

一只鸡毁了一个帝王，这里面却没有调侃。

到了第五代君主周穆王，却是一个驾马驱车的好手，喜欢游览。他四方游走，到底在寻觅什么？这些君主帝王，他们的脾性和爱好竟是如此不同。到了西周最后的一代君主周幽王，得到了一个惊世骇俗的美女褒姒，结果贪婪美色，不理朝政，最后莫名其妙地被诛杀。

从"会朝争盟"，到最末一代君主"周幽谁诛"，从"苍鸟群飞"到"美女褒姒"，这其中经历了多少兴衰变故，耗去了多少流逝时光。这里面有飞驰电掣的骑兵队伍，又有妖人夫妇当市的叫卖——传说伟大的周朝一旦遇到"桑木弓"和"箕木袋"就会灭亡，恰巧这对妖夫当时叫卖的就是"桑木弓"和"箕木袋"。于是后来有了美女褒姒，美女褒姒又使周朝灭亡。

当一个美女是多么不幸，当一个惊天动地的美女也就更加不幸。一般红颜尚且薄命，像褒姒这样的美女又该怎样？她带着永世的非议，无人为她正名，只有诗人在这儿写下了她的名字，并对她的归宿和过程提出了疑问。传说宠爱褒姒的周幽王为博得美女一笑，不惜连连点燃烽火台，于是造成了后来的西周灭亡。如此看来，这是一个昏聩的国王面对一个伟大的美女。昏聩如此，美丽如此。怪罪美丽还不如斥责昏君，如此昏君统治的帝国又有什么意义？褒姒的美是永存的，而帝王社稷都是一些似曾相识的东西，它们的建立、延续，说到底都非常概念化，从兴盛到衰败的轮回，很难有什么新意。而褒姒却不是一个概念化，不是一个庸常。褒姒的美可以征服帝国，可见当时的帝国是丑的。丑陋帝国的消亡原不足惜。

22

诗人反复地叹息天命，不明白它究竟护佑谁惩罚谁。在这儿诗人例举齐桓公，指出他曾经九次会盟诸侯：这有点儿像周朝的那次会盟；但同样的会盟，而且是九次，最后齐桓公还是落了个"卒然身杀"的结局。再说殷纣王，他的性情残暴，糊涂和昏庸竟达到了这样的程度——是谁，是什么因素使他变成了这样？当年他厌恶疏远辅佐他的贤臣，却重用那些佞臣小人，这到底是为什么？有名的忠臣比干到底怎样触犯了他，遭到他的压制和埋没？那个大奸臣雷开倒是俯首贴耳，结果就受到了纣王的赏赐和拜封。

有时候因果并不难寻，难寻的是为什么会形成这些因果。

在后来显而易见的一些事情，在当年却混乱得难以置信。特定的时空有着特定的逻辑，所以理解往事才变得如此困难。心障形成了眼障，在眼障的阻碍下，人要清晰地看待事物是极为困难的。每个人都生活在情与境的综合制约之中，人要清晰明达，就必须既借助于情境，又能够超然于情境。

诗人在写到"比干何逆"一句，不能不想到自己的命运。比干的"而抑沈之"，与自己目下的境况是何等相似。楚怀王时期也有"雷开"和"比干"，难道他们的命运也将完全相同吗？这真是不寒而栗的预想。但是诗人拿来警策楚怀王之流的是殷纣。

殷纣的结局又是什么？是被胜利者砍击遗体，是"会朝争盟"之后的灭亡。

23

诗人认为圣人都有相同的美德，而结局却不相似。敢于直谏纣王的梅伯，大概算是一位圣人了，结果却被纣王剁成了肉酱。据《史记》记载箕子算是纣王的亲戚，也因梅伯之祸吓得装疯卖傻。诗人在这里对谏死敏感，他本人就多次受到直谏之害。梅伯的例子是极端的例子，所以在这里被特意提出，具有非同寻常的意味。既然有了最残酷的例子，对于诗人而言的楚怀王的现实，也就并不可怕了。

君与臣之间的奇特关系不太好理解，因为这里面往往含有对人性最大程度的考验和展现。箕子是纣王的亲戚，尚且那样恐惧而拘谨。更有甚者，当年的后稷是帝喾的儿子，而喾却厌恶他，以为不祥，一再地抛弃，好不容易才活了下来。其原因不过是喾的妃子姜源，当年一次行走的时候踩着巨人的脚印而心动——这时候怀孕生下了稷。这是《诗经》中的记载。

因为配偶踩着巨人的脚印而怀孕，就这样恐惧忌恨。如果真的是史实，这该是多么深刻。一个帝王怎么会允许自己的女人踏着巨人的脚印，这似乎意味着她在复制巨人。即便只是一种象征，也过分刺激。至于巨人的脚印让女人心动，这个女人也必定是不凡。崇尚巨人，从巨人的身躯到精神；她接受了强烈震撼，而给予对照的，恰是她身边的世俗帝王。在这样的情绪下生出的儿子，就不由得让帝王疑惧和忌恨。所以后稷一生下来就被抛在水上，幸亏有群鸟给予温暖和保护。

这个后稷成长起来，持弓打仗，并获得了指挥大权。令诗人费解的是，就是这样的一个人，最终却为帝王容忍下来而且兴盛长久。

后稷的命运引起诗人的深长思索——从出生到作为，似乎都有些耐人寻味。他尽管最初使帝王惊惧并被抛弃，但毕竟还是帝王的血脉嫡生，所以活下来，并且建立了自己的功业，得以发挥自己的才能。如果换了其他人呢？那么即便有此殊能，依然前途未卜，遭到更大的厄运也不会让人感到奇怪。

在此，不能不使人想起楚怀王以及他的继承者与诗人的特殊关系。那种特别的情感和友谊还不足以确保诗人远离灾殃，其原因就是因为诗人有迷人的"内美"，直谏的勇气，那种绝对不同凡俗的纯洁——鲜花一样美丽、兰草一样芳香的气质。是这些使他显得形单影只，这真是俗雅有别。好像命运在人一出生的时候就各自确定了，连上天都不能更改。

当年的周文王号令天下，正逢殷商衰败之时。那时的周文王执掌大权，真有一扫腐朽之势。他驾驭局势就像手持鞭子放牧一样，毁了宗庙，取代了殷国，带着多年的财产积累迁居岐山，而百姓却一直跟随。这是一种何等的力量，不仅有武功，而且还有文事，有道德——是这些加在一起的力量。他的力量之大，使诗人感到迷惑。

这样的盛况，也许诗人相信不会再出现了，特别是在他所置身的楚国。今非昔比，道德不同，功业也不同。

在这个时期的诗人，以他的荒凉心情，还能够回忆什么？他只能咀嚼历史，从中寻一些重大发现和细微末节。

河流从一张痛苦而痉挛的思维之网里流过，滤出了万千滋味，大小事件。而且这些事件和细节还在不断地堆积。

24

一再从诗人脑际划过的，是那个纣王超出想象的残暴。纣的帝位和权力，以及可怕的结局，分外引起诗人的警醒。纣王有迷人的宠妃妲己，据传说她是狐狸所变，这当然是因为她过于可爱和美丽，就像当年的褒姒一样。担当恶名的只有美丽的女人。只要她们的美丽伴随着一个王朝的衰亡，那么美丽不但不被人纪念，反而一定会被人诅咒。仿佛一切都毁在这美丽上了。正因为美丽遮住了一切，满足了一切，纣王对所有的直谏和规劝都听不进去了。文王在当年接受纣王分赐的肉酱时，也必定向其做过劝阻——但既有如此暴君，王朝的命运已然注定，谁也无法挽救了。

懂得如何任用贤才、能够从善如流的周文王，特别打动了诗人。当年的姜太公沦落市井，文王还是找到了这个非凡人物。姜曾摆弄刀子大声呼叫，文王听后还是同样喜欢。就是这样一个文王，后来的武王讨伐纣王时，还用车子拉着他的灵牌以激励自己，强化自己的决心。

诗人急切的思路纵横驰骋，由文王而武王，然后又是晋献公太子申生的自杀。他追索其中的原因：太子之死感天动地，那么对他的死，有谁感到了畏惧？

诗人在设问中存疑，畏惧者必定与自杀者的死因紧密相连。朝代更迭，相伴君侧竟是如此恐怖。在这儿很容易就身败名裂，留下千古奇冤。诗人在这里或许埋下了一个叹息，即自己离帝王太近，又处于一个急遽变革的时代，难免招致杀身之祸。这时他的思维充满了矛盾，在各种对比参照和纵横罗列中，竟一时不知如何是好。

各种问号挨得太近，它们有时不免衔接突兀。历史跨度既大，事件反复跳动——每逢这时，研究者就以为"错简"。实际上，诗人如此命运，如此情态，在心中翻阅千年历史，打发寂寥愤懑，刻下无尽悲欢，想得太多太远，时有恍惚错乱也远不足奇。如果说是"错简"，那么原本在诗人脑海中就已经错乱了，而不需经历地下几千年的沤制。

这种错乱反而造成一种浑茫和纠缠交错的风格。这恰恰是《天问》一个了不起的美学特征。

25

当时的人都有一些神秘的想象，而这些想象长久以来又形成了固定格式，难以改变。他们固执认为：帝王的权力是上天赐予的，那么帝王的所作所为，兴衰变异，都应该由上天来定。既然如此，上天在赐予帝王权力的时候就要告诫在先。但是，既然他们是受命治理天下，上天为什么又常常更派和取代他们？

这种对于神灵的极端性敬畏，在诗章中比比皆是。这是诗人理解政治和社会生活的一个重要前提和根本依据。这种依据在诗人看来绝不会错，尽管也时常质疑。

这种质疑，在今天并不成立。但是今天对于上帝的完全漠视以至于抹煞，也未必就是好兆。现代人完全漠视冥冥中的力量，把一切无知和费解之物一概斥之为迷信。如果上帝作为一个概念，理解为未知的制约之力笼罩之力、强大的客观力量、神秘的能源——理解为这一切，以作为现代技术时代的巨大参照也许更好。如今在世界各地数不胜数的飞碟事件、史前文明的发现，已完全不是现代物理学所能解释的东西。作为现代人，我们也许不止于《天问》的一百七十多个问号，而应更多。

一些幸运的小臣引起了诗人的思忖。比如当初的伊尹，在汤王那儿只是一个不起眼的人物，后来却成为汤王的重要辅佐。他最终为王朝效劳，以至于在宗庙中世世代代享受祭祀。这是何等的荣耀。还有吴国寿梦子孙，从小遭受排挤流亡，到了壮年却英武奋发，盛名赫赫。那个有名的长寿的彭祖，曾献出鸡汤：天帝没有品尝，却也获得了很长的寿命。他到底能活多久？还要一直活下去吗？

一个人的命运就是如此难料。从不得志的臣僚到长寿的彭祖，难道都要取决于天命吗？如果真是这样，诗人也就无计可施了，只好安于命运。在这儿，长寿的彭祖和鸡汤连在一起，让人神往。像这样一个善于熬制鸡汤的人，最终活到了八百岁；而那些争夺权力显赫一时者，却没有几个颐养天年。命运多舛的诗人对于长寿的彭祖而言，只是短短一瞬；可见长寿对于诗人也充满了诱惑。

这些质疑和设问中埋藏着多种选择——彭祖一途只是一闪而过，它与精神至上、浪漫气十足的诗人格格不入。

26

有一些小动物、小事件，也许会引起大的启示。比如传说中有两头蛇在中原争咬一种草，周厉王看了却感到震怒。像蚂蚁和蜜蜂一类那么微小，却具有顽强的韧性。像伯夷兄弟当年采薇，受到了女人讥讽，正在绝望之时，一群神鹿却保佑了他们。它们为什么来到了首阳山？又为什么喜欢在这里停留？这似乎也充满了奥秘和偶然。还有当年的秦景公，有一条咬人的恶狗，他和弟弟为什么偏要得到，甚至用一百辆战车去交换？最后却弄得连爵位也丢失。

蛇、蚂蚁、蜜蜂、鹿和狗，这些动物连接着一些有名的事件，所以不能被人忽视。动物在这儿变得神秘，富有魅力，它们已经融合在周朝的演变之中。救了伯夷兄弟的那只鹿是白鹿。而秦景公和弟弟一心要搞到手的那条恶狗，也想必不凡。猫和狗与人的关系自古以来就格外密切，它们已成为经典性动物。

"中央共牧"一句，有人理解为在当时的历史条件下共同治理周王朝之类，但联系下面的蜂蚁鹿狗，还是理解为传说中的两蛇争食更为贴近。

27

《天问》接近尾声，质询逼近诗人自己。"薄暮雷电，归何忧"？诗人正为自己对归来生出如此的忧愁而感到疑惑。既然楚国的威严已无法保持，对上天也就不必苛求。遭到放逐，隐居山洞，也就不必再说什么了。诗人对楚国的命运并不看好，但对楚怀王在某一天的觉悟和改正却仍抱有期望。吴楚长期争战，吴国却多有获胜，在诗人看来这都是非正常事件。

就在这样的设问之中，却又忽然想起楚令尹子文是一对淫乱男女——他们穿墙幽会，在村头丘陵野合生了孩子……这样的行为却有这样的好结果，诗人也感到费解。楚文王死后，堵敖继承了君位，其弟成王杀他而自立，却得到了一个忠信的名声得到表彰。

至此，一百七十多个设问戛然而止，言犹未尽，让读者不知所之。宏文巨制，竟能如此结束，若非错简，也是特意手笔。

仔细想来，交错设问，原本就没有终止。举重若轻的落定，反而是最好的招数。这里没有刻意求工的痕迹，与它开篇的工整、隆重和郑重相比，结尾倒显得特别草率。而这种草率却强化了一种悲凉无望、喃喃自语以至无声的感觉，强化了对命运、国运、功业人事等等天地人神万般事物的不确定性和浑然苍茫无解的那种感觉。

就此，诗人塑造了一个伟大迷惘者的形象。

伟大的关怀才有伟大的迷惘，无穷的追问才导致了迷惘。然而这迷惘，比起墨写的历史却显得更为睿智和清晰，而且光华四溢，美不胜收，天地万象都囊括一体。

九 章

惜 诵

1

这是诗人最痛苦的时刻,郁愤在胸中积累,难于容纳,即将崩溃。为了自拔,为了阻止那个结局,他唯有倾诉。然而又没有倾听者。

尽管诗人一开始就使用了确凿的口吻,但仍能让人感到他在以怀疑的口气说服自己。诗人需要平衡,以对付充满劫难和跌宕的命运。这种追溯和诉说充满了忧思、愤懑。由于关系到生存和死亡,所以在陈述之初,诗人就"指苍天以为正",甚至可请五帝来公平判断,请六神来对质澄清,让山川之神陪审,让最贤明的君主舜的法官辩明是非。

如此隆重、严厉、审慎,完全称得上是一场审判。当然这首先是对自我的审判。怪不得有人将"诵"视为"诉讼"的"讼"。但这儿的"诵"实在只是"陈述"的意思,是吟味的意思。自我吟味,声音低沉,却是发愤以抒情。诗人只有冲破心狱方可生存。这一场陈述的确是生命攸关之举。

他惨遭流放之后,不仅是失去了物质上的依托,更重要的是失去了精神上的依托。他的境地不仅尴尬、危厄,而且是绝对孤单。无人倾听,无处申辩,却仍在一种情结里不能自拔。最可怕的是他完全清楚这会造成怎样的伤害,但又无力自救。于是,"惜诵"就成了一种求助手段。

2

与《离骚》反复宣称和强调的一样，这儿仍是对国君的竭尽忠诚。国君当然还是指楚怀王，诗人心中不灭的"美人"。千头万绪的怨楚，实际上简明如一，即"美人"对自己的误解、因忠诚而招致的忌恨。诗人从不轻佻取宠，以至于引起群小围攻，谗言致祸。

在这里，忠君成为判断是非曲直的最重要的前提。

众人所仇视的无非是他总要先君而后己，总是一味地忠诚。忠君成了诗人生命中最重要的内容。诗人在这里不无觉悟地提到，他只思念国君而不管别的，所以与众人把仇恨结下。为了忠君，一切都不在话下，都不管不问。既然如此，结局应是有所意料的。而且他还想到，因为他的心志专一毫不犹豫，所以也就不能保全自己，这样一来国君就成了唯一的护佑。一旦失去了这个护佑，那么他就一无所有。

他悲叹："疾亲君而无他兮，有招祸之道也。""疾亲君"即急切地亲近国君。这是一种彻底的依附。诗人之所以对这种依附并不觉得难堪，是因为他信奉从未怀疑过的一个原则。

3

诗人坦言，对于楚怀王没有人比他更忠，并且使他忘记贫贱。一心侍奉国君毫无二心，却对邀宠的旁门左道迷惑不解。这就与一般的跟从权贵有了区别。不为邀宠，不计贫贱，从而赋予"忠"特殊而固定的内容。这里的忠君等于事国。可以说明的，有当年诗人顺乎大势和国家根本利益的一些主张可以例举；而邀宠的佞臣，也并非不想跟随国君，他们与诗人的区别就是不择手段，是置国家的根本利益于不顾，直取宠爱。

最糟糕的事情果然发生了，忠诚受到了惩罚和围剿。诗人没有意料，众人嗤笑。责怪和诽谤已是家常便饭，有一百张嘴也说不清楚。郁闷的感情难以抒发，压抑的思想不能表达。没人与之沟通，文字无以表达。这真是进退两难，愈是不说愈是无人理解，处境愈糟，误解愈深；申诉已找不到对象。这时的国君完全不屑于倾听。人生进入最糟的一种窘况。

4

诗人曾让神巫占卜过一个梦。当时诗人梦见自己登天，魂到中途却失去了渡船。梦的象征性何等彰显——但不可以理解为"一步登天"的梦想，因为诗人在其他诗章里常常提到天上的神游——只可看作一种浪漫而远大的情怀。神巫的见解道尽世态炎凉。当然这是诗人借神巫的嘴，从事物的另一个方面表明了他的人情练达。可见诗人并非不懂，而是不为。在他看来只要有悖于原则，一切也就不足取。

诗人似乎早就明白众口铄金的道理，指出登天不能抛弃梯子。他人的话的确重要，比如晋国太子申生有多么孝顺，父亲却听信谗言而不再喜欢；鲧当年治水，功败垂成，可能也是因为过于耿直。这都是一些简易直接的道理，心藏丘壑的诗人不至于糊涂到一窍不通的地步。

他是一个纯粹的忠君者，所以他更多地毁于纯粹，而不是毁于忠君。诗人所要辩明和审视的，其实只是自己的"纯粹"二字。他没有办法怀疑这种纯粹，当然也就无法放弃和否定往昔的行为。"释阶而登天"的"阶"，即是步骤，是周旋，失去了周旋，欲速则不达。而一切的周旋，都不是纯粹者的强项。像诗人这种浪漫心性，纵有再彻底的洞察也无济于事。

5

诗人借灵巫之口说出了另一面的道理后，开始长叹。这等于自问自答。他认为自己原来也听说过类似的道理，只觉得言重，并不在意，时至今日才全都明白——"要九次折断臂膀才能成为好的医生"，真是吃一堑长一智，恍然大悟。然而这种觉悟来得太晚；还有，对于诗人的改弦更张而言，也不是觉悟与否的问题，而是品质问题。生命的独特决定了道路的独特，即便重新设计自己的生活，又有怎样。心理障碍，理想冲突，还有其他——这一切无法脱身，无法挣脱。

世道险恶，上藏弓箭，下设罗网。如果徘徊等待，寻找新的时机，诗人又担心再遭祸殃。如果打算远走高飞，君王又会追问去处。一个人要走邪路是很容易的，避重就轻也非常简单，唯不能够违背的还是自己的良心。

他在设想各种可能。与曾经的迷茫紊乱不同，这里倒是分外清晰明智。可见诗人并非是深陷困境，胶着于某种僵直偏激的思路，而是在陈述处境、分析出路。他这时格外率直。这种率直恰恰是一种清纯的人格写照。

6

心中郁结，走投无路，胸背像开裂一样疼痛，接近崩溃的边缘。对于命运的揣测回顾，对于往昔的陈述和吟味，沉重犹如泰山。纵然有诗人一样丰富阔大的内心世界，也难于容纳。

他阴柔内向的性情帮助消化愁楚。他必得寻找新的寄托，在旷阔和宽容的自然中消融自己，润化和改造自己。这是他逃避毁灭和死亡的唯一途径。

像过去一样，他把心情转向鲜花和香草，把木兰捣碎，把蕙草揉细，舂好申椒，作为自己的食物；既栽种江离又培养秋菊。他希望在春天让它们作自己的干粮。

这实际上是精神的自我饲喂。古往今来，这正是许多洁身自好者百试不爽的方法，甚至是唯一的方法。

他们在这种精神的自我饲喂中变得强大，生命得到延续，不仅没有干瘪枯萎，而且还渐渐变得丰腴。

诗人说他一再地追索，一再地念想，其实只为了一种自我申明，为了独守，为了在一种深思熟虑的状态下洁身自爱。

涉 江

1

再次向南，即将渡江，此行既远。这条江成了人生的刻度。在南行前夕，或者是刚刚涉江之后，诗人再次用自语和吟唱来宣泄和安慰。他必须从这个过程中吸取力量，以支持生命，以锤炼信念。

在异常险恶和日常的消磨中，这越来越成为一种必需。一个灵魂在客观世界里的冲撞、困窘，有时会引起主观世界双倍的倔强和执拗。诗人必须自我肯定，自我说服，必须把美好的记忆擦得雪亮。

所以，他在一开始就指出晚年所爱的绮丽服饰是从小就开始的；身悬长剑,头戴高冠,身佩美玉,灿亮华丽,一如诗人内心。然而社会污浊,流放开始。

那就走吧,向远方高驰,新的生命开始,神奇的旅途展开。我背弃的是人间,我奔往的是天上。

2

我的飞车由青龙白龙驾起,与贤明帝王舜一起游览美玉园圃;我在众神聚集的昆仑山上,以美玉和花瓣作食物,永生不死,寿命宛如天地一样,光辉如同日月一样。就是这样清纯美好的生命。

"南方的蛮夷同样不会知晓,我一大早就将渡过湘水长江。"在这里他并没有"高驰不顾",所以当回头眺望时,仍在寒风里发出叹息。马行山湾,车停芳林,小船逆水,波浪拍桨。这是怎样迂回曲折的道路。湍流旋涡,必有一场拼搏;长长旅途,必然险象环生。在具体的描述中,再不见美玉花瓣做成的食物和结伴的贤帝,也没有了寿比天地、辉同日月的豪情。

极不平静的心情,恍恍惚惚的心态,一会儿抱有绮丽的畅想,一会儿又跌入现实的低谷。这都预示了诗人在急剧的痛苦和激烈思索之后进入了一种超常状态:愤懑、危险而又紧张。当他在旅途中稍稍平息的时候,只能发出一再重复的自我宣示——只要心地正直,放逐再远于我何伤。

3

尽管不断砥砺意志,疲惫的折磨仍让其慨叹不已。这儿的困苦非常具体,前景和心路同样迷茫。山林幽暗,密不过人,高山蔽日,雨蒙山谷,这是猿猴的世界。他一个人住在山中,生活毫无乐趣。

往日与"美人"相伴,遭到群小围攻,但毕竟不是猿啼深山雪困高丘。过去是流言飞溅,现在是莽林孤单。刚刚逃脱沸水,又猛然投入寒冰。他只好再次自我叮嘱:心志不改,宁肯一直愁苦穷困。

4

在这种贫穷潦倒、懊丧到极点的独处中,吟味和安慰的方法已经用尽,时日却漫漫无边。他仍然像以往反复做过的那样,去设想和回顾,寻找比自己更不堪的人物。他们如果是作为榜样,还不如说作了不幸的参照,以在对照中获得稍许安慰——试想自己毕竟没有像残暴的纣王手下的比干那样被剁成肉酱;不像那些不得志的贤人一样,装疯卖傻剃去头发,出行时衣不蔽体。对比之下,又显出了处境的差强人意。

诗人只对比了境遇的差别,而没有对比品质。后一种对比是极为敏感的,因为诗人对自己的清纯、忠信、唯美,这人类诸种最美好的品质是绝不怀疑的。

正是这种强大的自爱给予力量。这种强大的自爱甚至在很大程度上牵引了向上的精神。诗人对于美的玩味、欣赏和依赖,对于自己心灵与躯体的抚摸、辨析和亲近,也许真的是世无匹敌。他作为一个独特的生命标本,可以存放万世,使人类在对比和关照的同时,发掘和认识生命奇迹。

诗人在苦难跌宕的人生之路上贡献给世界的,恰是一种个性的魅力。人们如果不愿放弃领受奇迹的机会,那么首先要在诗人面前驻足。神奇斑斓的楚地孕育了这样一个精灵,她与山河同在,甚至更为永恒。因为久远的时光已经把斑斓的楚地在很大程度上改造得面目全非,只有周身缀满兰草和鲜花的诗人永生不变地矗立在那里。

5

尾声冠以"乱曰"两字，让人想到齐声合唱。一种超越于独声吟味和自诵的外部声音，一种具有一定客观性的和声。但实际上这只是诗人心壁所发出的回响，是诗人最后的肯定和申明；是强化理念，是对自我的总结和点评。

高贵的鸾鸟和凤凰，一天比一天飞向遥远，如同诗人的这次放逐南行；只有燕雀才巢筑堂前。如此同时，在那个地方，在"美人"四周，却围满了恶臭，芳洁无法近前。昼夜错乱，时节反常，一切全都变了。

就这样，一个孤苦顽强的灵魂，在僻地他乡飘忽。

这种毫不含糊的肯定和归结，这种绝不谦虚绝不掩饰，恰是一种精神高高在上的自我标榜。它由于一种直畅和淳朴，而得到了升华和谅解。

哀郢

1

公元前二百七十八年，秦国攻破楚国首都郢。失郢之哀，痛断心肠。

诗人像过去一样畏惧上帝，认为是上天的昏聩无常才使老百姓遭此厄难。战争年代兵荒马乱，百姓苦难没有尽头，妻离子散，呼号逃亡。其实诗人自己早就流离失所了。他当年走出郢都城门时是何等悲伤凄凉——此一去不再复返，没有尽头，一片迷茫……这儿仿佛能听到诗人的抽泣和哀叹。

民族的危难，这次以国都失守崩溃的形式显现出来。祖国到了最严重的时刻，一切真是触目惊心，不堪回首。国运的险恶先以诗人的放逐作为开端，又以失郢达到顶点。

事实上天道运行会遵循固有的循环，它并不以某个人的意志而转移。但某些个体却常常把这个过程推向了极端个人化和情感化。秦国的破楚以及平定六国，强大和统一的力量，在当时或许不能改变——我们这儿只从审美的角度，从生命个体的魅力，从这期间所传递出的永恒诗意方面，去理解其意义。

此刻的郢都已和帝王的形象联系在一起，更让诗人想起与之不同寻常的过往。一切都成了往事，繁华、恩怨、叹息，无数的故事，勤恳而舒畅地服侍"美人"的岁月，还有误解和中伤的无边忧虑，都在这次灭亡中得到了清算。

然而内心的清算是无头无尾无边无际的，它们恰像刚刚开始。

2

继续向南。在流浪之途，在郢都崩溃时节，诗人仍为自己不能再见君王而哀怜。奇怪的是无论是楚怀王还是顷襄王，在这儿都没有受到诗人过多的指责和抱怨。

君王是帝国的代表，他总是一再显示其神秘性。皇权无论隐含了多少残暴和污浊，却仍能时常构成极大的想象力和吸引力。这是弱小无测的个人命运在潜意识中的运作结果。个体的软弱、依附等行为，都是在不自觉中悄悄发生的。这对于一个倔犟的诗人而言也不例外。

王朝和权威有时是靠奇怪的东西支撑的。这种东西甚至在崩溃之后很长时间还会存在。诗人为首都的沦陷而大哭不止，珠泪滚滚，边哭边行。他感到失却了真正的家园，心灵的坐标也随之失去。从现在开始才算是真正的漂泊和流浪。故地、乡土、君王、社稷，它们在诗人心中掺杂一起，成了奇怪的混合物。如果说艰难困苦、贫穷无告最终使诗人走上轻生之路，那么还不如说是这种混合物的蛊毒，是它们左右他，让其痛不欲生。

流浪之舟向东，过洞庭入长江，远离世代居住之地。每个时期有每个时期的地理观，当年的诗人不仅感到抵达地理意义上的生僻和蛮荒之地，而且还落到了精神的荒园。心灵上没有了依偎，整个人都在恍惚。诗人在哀伤痛苦的质询中，人生的小角度不断变换，大角度却从未有过变更。这才是诗人之哀，生命之哀。他的埋怨、愤慨、怒斥、哀恸，复杂而单调。一再重复的声音，一再强调的理念，绝少出现新的意绪。

这样的循环往复和重叠，反而产生了一种拙讷纯稚之美。机灵的现代主义当然远离了这种美；十九世纪的写实主义也远离了这种美。那是一个既浪漫又纯朴，既依附又自为的时代。那个时代，诗人更多地是被一种自然精神所指示和引导，连悲悯都带上了端午节的粽子味。

3

离郢都愈远，愈是另一种境界。诗人到了夏浦，不断登上水边高地回望。郢都的危难，战争的龌龊，说不清的污垢和恐惧，他不仅没有畏缩，反而时刻都想飞回。郢都与"美人"的力量结合一起，构成了巨大的磁性。在这儿他不仅是个游子，而且还是一个亡臣，甚至更像一个失恋者。他的半个生命，或者是一多半的生命都留在了故地。

而夏浦这个地方由于远离战乱，州土平乐，反令诗人悲哀。这儿纯朴的风气不仅没有安慰不宁的灵魂，反而徒添伤痛。

这里的人都问：你乘着波涛从何而来？渡过长江又要到哪去？

这些人竟然不知都城变为荒丘,真是闭塞糊涂得可以。无知的隔膜加重了他的痛苦,构成了新忧旧愁。诗人感叹时间快得令人难以置信,一转眼离郢已经九年。而且长江夏水,旅途遥遥。

实际上既可涉来,就可涉去。不是不可涉,而是放逐之令并未因郢都失守而取消。君的威严,臣的忠诚,是这些构成了长江夏水。

诗人哀君哀郢,却很少自哀。真正让人哀叹的还是诗人自己——不仅是他的命运,他的蒙冤,还有一颗难以舒展、跟从与驯服的灵魂。

4

这哀歌到了最后,仍未超越往昔的牢骚。已经是无数次絮叨、忌恨;不被理解的忠心、小人的善于奉承、内心的险恶;并且再次例举往昔贤君尧舜高尚的行为怎样遭到众谗嫉妒。在君王那里,诚实的美德受到憎恶,言辞的贿赂欣然接受。蝇营狗苟者连连升迁,真正的贤良俊才只能远远躲开。

这样的牢骚比附以及浮浅道理,既难以打动别人也难以打动自己。这只是此时此地心灵的微弱回声——然而必须有声。这是最后的诅咒。这诅咒只是隐隐指向君王,指向那个人所代表的崩溃的命运;它强烈弥散出的,却是诗人对于郢都的挚爱,对于故土的留恋:永远向往岁月的芬芳。

5

最后又是尾声,是略为超然的歌声,是主题和归结。这时的歌声好像是诗人长长的自吟背后的绵绵不绝,像一个诗人沿江游走的画面之后的背景音乐。

放开目光四下观望，盼望何时返回故乡。鸟飞再远也要回巢，狐狸至死头朝山冈。我确是无罪而遭流放，这一点真是依然难忘。

歌声多么悲凉凄怆。然而谁也听不到谁也不理解。这声音洒落茫野，异地他乡，连点回响都没有。这哀伤之声并非独立之声，这哀伤只可以杀死自己，使他脉动愈来愈细，最后直到没有。

抽　思

1

诗人仍在末路上挂念君王。

想到那个容易发怒的人，伤心而又愁苦——来日无多，穷途将尽，却不忘用这样的言辞表达一片深情，敬献给"美人"。这儿的国君不是顷襄王，而可能仍是楚怀王——他们有着更深的情感渊源，也使诗人最不能忘怀。情感之复杂，超出了想象。

敬畏、爱戴，灵魂与肉体加在一起的总和，都找到了归宿。楚怀王不仅是他政治理想的寄托者，还有其他。诗人的无数长叹、诉说，奔走呼告，都以怀王作为中心。他肉体在流浪，精神却并没走远。

诗人实际上只是楚怀王一颗痛苦的卫星。

他在天宇里环绕和旋转，在即将销毁的时刻，还仍然向着那个中心；当它焚毁、化为灰烬时，还要投向那个中心。急遽的旋转，微弱的光焰，在宇宙中只是那么一闪。

2

在所有的长吟悲叹中,这是一段最能引人注目的怀念。

他回顾过去的"美人",即国君与他曾经有过的一个约定:两人到了黄昏岁月还要相依为命。

这是怎样的一个约定,已稍稍超越了君臣的情愫和期望。也正是因为这种非同一般的情感相依,所以后来的冷落也就格外残酷。它带来的后果是何等可怕,简直是翻江倒海,是不可遏止的思念之火,这火足以焚毁他的肉躯和灵魂。

诗人叹道:那个约定是多么靠不住,你只在半路上就反悔了,生出了二心。想法变了,约定毁了,"他一再夸耀的只是自己的长处,总向我显示自己有多么美好"。"现在才明白这些话全不可信,并且常常迁怒于我。多想找个机会表白,但又害怕不敢。当把全部想法向他陈述的时候,他却装聋作哑"。

这些入木三分的诉说,令人垂泪。相信诗人在那个美好的时刻忘记了一切,既忘记了君臣之礼,又忘记了二者的其他区别。看上去君与臣脉脉含情,携手而行;实际上伴君如伴虎,这个"美人"反悔起来是很容易让人闻到血腥味的。因为对方拥有绝对的权力,也就可以发泄绝对的兽性。这里的情感难以约束人性,因为人性由更复杂的因素组成。

此刻回顾这样的交往过折,简直是一种情感自戕。诗人感到"美人"不仅是因为拥有重权而显得高大和强悍,还因为具有一种阳刚之力而让人依附——阴阳失去了平衡,和谐的世界就毁掉了。

3

诗人认为自己是"切人"——可以理解为"恳切老实者"——正因为此才不会讨好，众人才把他看作眼中钉。

这与刚才的回顾多少有些矛盾：臣与君有过那样炽热的情感，还说不会讨好。难道那仅仅是一种自然滋生的关系吗？大概这种好也非讨得，而是顺理成章地产生。众人的怨恨更可理解：因为他遮去了一片光阴。他还回忆：自己当初讲话耿直明了，劝告何等明白，"美人"即便采纳一点儿也不会落到这个地步。"只有我讲这么多这么恳切，我是希望'美人'更美！"

实际上当时的诗人除了维系他们之间的情感以及发言的权力，其他一无所有。他因为忘记了一切而播下灾难。讲的话太多就成了噪音，拥有绝对权力者是不喜欢耳边嘈杂的。这时候他已经带不来愉悦，而只令"美人"厌烦。

他例举三王五霸，以殷代的圣贤彭咸作为效法。他为"美人"寻找榜样的同时，也为自己觅到了另一个榜样，以为只要双方如此做下去，就不愁取得不朽的名声，这名声会传遍四方。

多么迂腐执着，仅是一厢情愿的设计。一般而言，诗人在当年逾越了作为一个下臣所应该遵守的界限，所以多少有点咎由自取；但从另一个方面看，他们毕竟有过情意绵绵的约定，那么国君也多少逾越了一条界限。所以他们几乎是在相同的情境中，各自朝前稍稍迈出了一步。这就是悲剧的根源。

结束这悲剧的唯一办法，对诗人而言就是能够稍稍超越。然而这似乎是不可能的。

这种超越会毁掉千古绝唱，毁掉灿烂诗章。

4

有一段"少歌",相当于和声或终结,或低吟浅唱。这是一种综述和归结,即"总而言之"。

"倾听心情,从早到晚;炫耀美好,傲慢不听。"倾诉的主语是我,炫耀和傲慢的主语是那个"美人"。实际上在使用各种言辞、变换各种角度的表达和呼告,其意旨非常简单。由于情感在不同时期的波动,对"美人"会有一些特殊的理解和要求,比如说指责国君对那个约定的反悔……这中间隐隐透露君臣之间的情感关系有了某种复杂性和不确定性。二者之间的平等和亲近,在这归结和低吟中得到了进一步的肯定。这种肯定流露着一种解放感:从一种权威的恐惧中解放出来,即从权力和义务走向了情感和人性。而这之前,权力和义务与深切的情感不仅是纠缠不清掺杂一起,而且常常是前者压过后者。

5

诗人将自己比喻成一只鸟从南方飞来,飞到汉水之北暂且栖息。这是怎样的一只鸟?羽毛如此丰满美丽,却离群独处于异地他乡,没有伴侣,没有知交,也没有任何沟通者。它在这儿望远山涕泪交流,对流水声声悲叹。

类似的意象和情绪在诗中比比皆是。这是美遭到了遗弃,在悲境中的不能自拔,是思绪上的重叠紊乱,是悲愤孤苦、绝望之后的一种非正常状态。因为一种情感已经走到了极端,所以再无其他顾忌,于是放弃世俗的本能遮掩,走向彻底的敞开。因为诗人失掉的是最重要的东西,等于失掉了一切。

他可以尽情孤芳自赏，尽情自怜自爱，尽情表达失意和思念、窘境、呼唤，以至于诅咒。

6

诗人埋怨初夏夜长得简直像一年。这儿离郢都太远了，他在梦中竟然让自己的灵魂一夜回返九遍，连自己都惊叹，惊叹与众人是如此地不同。

在这里诗人又一次提到了媒质，即沟通者说和者。

这使我们想到在整个的放逐中，诗人或许请人在楚怀王或顷襄王之间作过一些解释的工作；或没有成功，或根本就没有把意思转达到。正因为这样，那个"美人"竟然不知道"余之从容"。这里的"从容"理解为举止状态尚可理解；如理解为"风度从容"也未不可。因为被遗弃者是极愿意向另一方显示自己的所谓"从容"的。如此不堪，这种"从容"的违心表达则愈显出一种悲苦和潦倒，也反映出维系生的欲望之堤即将坍塌。这道堤坝将随着郢都的崩溃而崩溃。

大势已去，思念无以附着，于是真正变成一个孤魂，在茫路上游荡。这个灵魂可以一夜回返九遍，说明实际归路之不通。这时他当然找不到"美人"，而且找到了也没有用。那只是一种精神上的狂想和安慰。这一点诗人总还是清楚的。

7

又是"乱曰"，是全诗的归结，全曲的余音，即"最后的话"，回答"最后又能怎样"。

无非是溯流而上，急切回顾，"聊以娱心"。从政治的角度讲，过去诗人是重要的，而今已成"赘疣"。这种"赘疣"的感觉和描述，出自诗人之口，说明了一种清醒。

但更多的时候他不能这样确定自己。在这种时刻，一个被遗弃者仍然用"美人"来指代国君，可见已无可救药。直到最后他还为没有"行媒"而忧虑，仍然构想与君王的联系，幻想靠解释破除误解。

他似乎不能明白来自另一方的遗弃和厌恶，早已是不可逆转。忧愤与绝望连同肉体上的痛苦，僻地他乡的孤单无告，一起磨损脆弱敏感的神经，让其像一个痴人那样日复一日地重复无边的呓语。这些呓语尽管由于诗人独特的才能、因为一些奇妙的想象和比喻而多少冲淡了它的烦琐，但毕竟是词语的河流凭贯性冲涮而下。它的延续只起到强化状态的作用，而失去了真正的深意。

另一方面，又因为这是自我挽救和自我安慰的声音，是一个生命用精神漫游的方式所做的最后挣扎，几乎是声声血泪，所以又难以当成一般的痴人呓语。

怀 沙

1

不知这个孟夏是否与写作《抽思》的那个孟夏是同一个夏天，但境遇和情绪完全相似。仍旧是忧愁悲哀，是急切奔向南方。在反复咏叹同一种事件和主题的来回咀嚼中,诗人的思绪呈现一种时而错乱时而又极为清晰的奇怪状态。仅就怨恨悲苦、失意怨忧的状态和情境的表达而言,这已经是空前绝后。

滔滔孟夏,草木莽莽。类似的哀伤,类似的宏阔与简洁,在诗章中随处可觅。诗人伟大的洞察力和创造力,由国事转向了内心,转向自我和自然,就马上变得神奇,文势汹涌一泻千里。

但这些诗章如果稍稍脱离了审美,就会让人产生厌恶的情绪。

汨罗之畔,长发披肩,诗人以哭当歌,愁肠百结。这种苍白痛苦的面孔,踉跄奔走的身影,仍多少显出了丰富中的单调;作为人生的一种尾声,也就不仅单调,而且显得过于漫长了。

这种漫长当然同时也显示了一种生命的顽强,是珍爱自身,做出无数次挽救的努力过程。

他的追索与辩解首先是使自己厌烦,然后停止。这种停止也将意味着走到了生命的尽头。

2

诗人一次次进入无序的自语。比喻,辩解,反复阐明失意的原因和道理。不过稍有不同的是,诗人在讲自己的"常度未替""前图未改",反映的不仅是一个坚定和固守的形象,而且还是一个保守的形象。

他在遵守一种前人的法度。在此,为了讨君王欢心而乖巧善变,还是坚持原则、固守正常的法度而不变;顽固反对变革,并不以君王的喜好而随意迁就——这二者之间该有明确的界限。可惜这些界限没有着力彰明。

可以得知,诗人的不幸在很大程度上来自坚持原则的固守。这里强调的是政治原因，而在别的地方，更多的却是围绕情感因素。当然有时这二者之间又难以区分。作为一个钟情的诗人，他更多的时候不愿从政治角度去阐述问题，但后人通过文字给予的解释，却又过分地政治化，而没有充分给予人性和情感的观照。这同样是一种失误。

楚怀王对于诗人的厌恶可能有多方原因。但厌恶和疏远是一种情感，情感有时候是抗拒分析的。诗人的痛苦和悲哀有时也源于对"美人"的这种顽强分析：分析一种不可分析之物，所以只能走入进一步的迷茫和痛苦；在厌恶与喜欢的问题上，大多是不可争论的——正像嗜好不可争论一样。

3

诗人对于庸常和平俗的傲视随处而见。他并不怜悯它们。因为庸常和平俗往往是对杰出的覆盖，是对真理的歪曲，它们往往是阴谋和欺骗的最好合作者。邪恶总是接近它们，与之联手大行其道。由于对事物的认识发生了致命的错误，有时虽非蓄意，也会造成极大的危害。上下不分，颠倒黑白，这会是经常发生的。这样的结果就常常是"凤凰入笼，鸡鸭自由，美玉和顽石混而为一"。

这是智者常有的悲叹。

诗人对自己的强烈肯定，对"党人"的不屑和愤恨，在此又往前推进一步。他不止一次得出结论：自己的厄运有一多半或全部，正是因为自己过于杰出，即所谓"怀瑾握瑜"。在此他有难得的觉悟，即认为自己好比一辆车子，负担和装载得太多，所以也就陷入困顿，寸步难行。他太能用情，也就陷入自我煎熬。入世太深，思虑正道太重。这对于诗人孱弱的臂膀而言，必然不堪其重。

伟大和杰出是一种存在，可惜不会长久。它完全不适应混浊的现世，这就是诗人的觉悟，也是诗人在决定结束自己之前的一个可怕的结论。它真实得可怕，而且毫无反省，这在自我鉴定方面简直是空前绝后。这也是勇者最后的行为。

4

　　离乱途中，诗人贫困潦倒的形象可能更易受到群狗围攻。他写到的"吠所怪也"，既是一种真实的写照，也是一种贴切的比喻：否定英雄和怀疑豪杰本是庸人的常态。这样的群吠围攻很快让他想到放逐之前的遭遇。

　　里里外外的美好，人所未知的潜能，仁义道德累集一身，谨慎而忠厚，这一切都白白生在了一个混浊险恶的时代。像尧舜那样的贤君已经不能再遇。圣贤生不同时，商汤夏禹离我们太远，远得甚至无法思慕。

　　对于自己才德和品质的认识，一次又一次推向极端，给予失败者以最热烈的颂扬。英雄末路，邑犬群吠。他企盼尧舜和夏禹，从而对那个"美人"做出了一次最大的否定。那个"美人"是群犬的豢养者，起码是怂恿者。

　　在谴责和怨恨的发泄中，凡是涉及到"美人"之处，诗人都小心翼翼；但在肯定自我的时候，却总是一次次达到了迷乱的热度。

5

　　既然如此，就要及早做出今后的打算。诗人稍加冷静，开始认为不必再怨恨愤怒，而要克制内心，自强不息；既然历尽忧患也不能改变，那也只有在心中立起一个榜样。

诗人本来一直向南,这儿又写到"进路北次",看来是道路弯曲。本来要尽可能地想得开一些,舒展一下愁眉,可惜总是面临着秦兵压境、战事危急的时刻。

诗人的个人困厄与国难连在一起,公敌与私敌纠缠不清。无论是遭逢的时世还是个人的处境,都糟到了极点。从世俗意义和个人生存艺术而言,诗人所思所想所行都一塌糊涂;但由于一意孤行而激发和造就的毁灭之舞,它的炽亮耀眼的光环,却会高悬于历史的星空之上。

6

尾声是"浩浩沅湘,分流汩兮"。舒阔的大像,气度非凡。于人生于世道,波澜不测,前途遥渺。就在这样的历史长流之侧,诗人怀着美好的品质和激情,踽踽独行。伯乐已死,骏马何用?诗人只好消极地安于天命,等待那个未知。如此倒也能够"定心广志",再无惧怕。

每一种情绪的涌起和失落,都像波涛一样层层叠浪,无穷无尽。永久的叹息伴着无边的黑夜,诗人终于呼出:"死亡已是不可避免!"

对生命不再怜惜,在这最后的时刻,诗人再次明告君子圣贤:他将以他们作为自己的榜样。

《怀沙》可以视为诗人的绝唱,因为这里不仅有激烈的言辞,还有决绝的言辞。这儿除了强化和重复以往诗章的意绪之外,再就是宣告了死亡。

思美人

1

此篇可能是诗人作《怀沙》之前,心情与处境尚好些的作品。

尽管也是涕泪不干,身在放逐之中,但言辞较《怀沙》温和,思绪也平缓流畅。这同样是一篇独语,独语时凝视的只有一个"美人"——楚怀王——终其一生不能忘却、直到最后在情感上仍然相依相伴、连自己都说不清是亲近、惧怕,还是忌恨才好的人。尽管他的全部不幸都起因于这个"美人"的震怒和遗弃。他为这种友谊和机缘的丧失而愁肠百结。

但这里看不到多少对于权力的向往,对于优越生活环境的留恋,更多的却是其他。

像过去一样,即便最沮丧无望的时刻,诗人也能触发奇异的想象,随手拈来极妙的比喻:想让浮云在自己与"美人"之间传话,让鸟儿捎信;只是担心在厄运降临的当下,云神不肯讲情,鸟儿又飞得过快过高。

2

在这无法沟通、命运难测的围困中,他一次又一次宣告永不变节,永不屈志,宁可忍受终身的失意,也要忠于往昔的一切,忠于"美人"——这条道路令他车翻马颠,但心中还只有这条道路。

在历史上也许很难找到这样的怀念和这样的忠诚。这使人不禁想到:昏聩的楚怀王也许有难以估量和猜测的魅力——个性的魅力。像诗人这样缜密特异的思路,集天地之才于一身的人物,竟最终都不能将其解脱。

对于一个统治者，任何简单化的贬抑都很容易，但回到具体情境里的考量和分析却要复杂困难。在这儿，个人功业和统治策略固然重要，但一些因时间而湮灭的感性记录呢？比如说他的眉目、气息、举止、神态以至于服饰——作为一个生命的形体韵律，这一切所综合表达的那种不可再造的迷人之光呢？想象斑斓的一个浪漫诗人，不可能简单地陷入愚忠。具有最活泼思维的还是诗人，他会极端化地追求完美。他一生远离污浊崇尚清洁，大概不会念念不忘一位浑身浊臭的昏君。治国不力，王朝塌陷，这与个人魅力大抵无关。

3

失意中仍然让那些无头无绪、奇奇怪怪的想象来充填自己，是因为太过空虚。想象中他重新驾起千里马，赶车的竟是周穆王时期最善于驾御的造父——他真使用得起。这和以前用龙驾车，让雷司和云神伴随左右一样，全是一些狂意放情，是虚幻的止痛药。诗人任何时候都来得及浪漫。

悠悠驱车，任它慢行。车子一直走到汉水源头之西，走到黄昏。这大概是一段舒缓的旅程，诗人说他"吾将荡志而愉乐"，沿江夏向前，把放逐当成了旅游，努力排遣忧思。

看来那个"美人"带给他的没有多少欢愉和宽慰，而只有大地河流才能让他真正舒畅。如果这个"美人"不是楚怀王，而是一个具体又真实的女子该有多好！如果在放逐中有这样一位异性相伴多好！看不到这样的痕迹，看不到这样的思恋；而如此情爱在诗人身边却是一种真正的和谐美——配以香草、鲜花、流水。然而没有。这里，一个男性的孤单竟类似于女性的幽怨——

思念一个权高位重的男人。

4

诗人作为一个爱花者已是人人皆知。他在放逐之路上又开始采集草木，甚至到长洲上去摘取宿莽。像往昔一样，他拔取一些好看的植物左右佩带——如此爱好披挂香草鲜花，无论是得意还是悲伤；无论是权倾一时的朝内重臣还是荒郊僻地的流浪野汉。悠长含蓄的性情，委婉多思的秉性，这一切绝对应该远避苦风凄雨。但可叹恰恰相反——再也没有这样的人生温室。

这个生命将和他佩带的鲜花一块儿枯亡。他佩带、徘徊、思念，尽可能地消除忧愁，而且有心写出这样的句子："观南人之变态"——可以设想无论是南方人还是北方人，朝中人还是乡下人，他们眼里的诗人都会是真正的"变态"。

也就在这种观赏之间，诗人心中暗暗洋溢喜悦，愤懑得到宣泄。然而这种缓解何其短暂。他仍然想到了香花和污垢，想到了花香的散发，想到了外表与本质的美好，想到了恶劣处境中的声名远播——这条格外沉重的思路开始破坏安闲舒适的旅程。

"美人"的思念带给他的感想是复杂的，揆情度理，这时候他更多惆怅而很少怨恨。美好的时光占据了主要思路，他在心中发出呼唤，同时手摘鲜花，手握芳草。

5

他想让薜荔做自己的媒介和使者去献球果，但又不愿上树采摘；想去采下荷花帮自己说合，又怕下水湿脚。这些果与花显然都是献给一个人的。过于殷勤，心生不快，诗人开始犹豫不决。

他在旅途上一看到美好的植物就想到了一个人，想到了采摘和奉献。这只是触景生情，真要去做当然又不现实。

诗人在任何时候都难以背叛固有的理念。这不仅让人想到往昔，想到那段时间里"美人"对他有过多么深刻的征服。

惜往日

1

在诗人所有诗章中，此篇最为明确和具体地写到了政治行为和政治理念。而且一开始就没有像过去那样纠缠于个人恩怨情感，而是谈深受国君信赖，领受诏令和清明时世；遵奉先王功业，法度严明，依法治国；将政务托付给忠诚的大臣，心中装满国家机密。诗人把一些最重要的事项历数一番，进一步确认自己在国家政治生活中的地位，即历史的地位。

这儿的记载较以往郑重，有录以备考的意味。值得注意的是，诗人第一次承认自己有过失，即"虽过失犹弗治"：由于有功于国，所以深受信任，君王对他的过失并不惩处。

2

可惜这种重权在握、不受君王惩处的岁月未能持久。遭到厄运的原因，诗人自以为是心地纯正忠厚以及格外严谨,即"不泄"。"不泄"是独守和掌握,有大权独揽的意味。这就排斥了其他臣僚的参与,所以嫉恨和谗言也就接踵而至。要害是君王听信了这些谗言,含怒带嗔,不愿过细分析——结果是群起而攻,形成了一种合力,进一步作用君王的视听。君王将诗人远远放逐,全不顾往日情义。

当年楚怀王何等愤怒,从"盛气志而过之"一句可以想象。这种暴怒对于诗人是致命一击。他直到最后的时刻还在回想那个可怕的场景。

从语气上看,它较《涉江》,特别是《思美人》,显得沉郁而镇定——仿佛来到了最后的诉说,先是低沉的重复,然后是无声无迹地告别。

3

最后的自语,含着血泪。他觉得阳光无所不照,唯有他永远遮在阴影之中。站在沅湘的深渊旁,马上就要忍住一切跳下去,身死名绝。可惜那个昏君一切都不明白。在这儿诗人第一次把心中的"美人"视为昏君,可见抱定了死的决心。

他开始有了以往所没有的勇气。他认定那个"美人"失去了任何准则和判断,让一棵芳草在荒芜中淹没。如今,表达情感和陈述心情的机会已经失去,所以他唯有一死。他牵挂的是君王身侧再不可能拥有忠臣,那里已被小人围拢。

这是诗人最后一次牵挂。

4

即便是这个时刻,诗人脑海里仍然充斥着古代贤人遭遇明君的故事,并一次次从头历数;除此而外还有那些君王听信谗言不辨是非的最后追悔,因此而遭受的忧患和危乱——更有一些知恩图报的君主,在恩人死后穿上丧服前去哭祭。

最后的情节使诗人不可能不想到身后事。那个"美人"会为他穿上孝服来到江边吗?真是连想也不敢想。

诗人直到死亡的边缘,也未能把自己的思维推进一步,仍旧是知遇明君,感恩图报,忠诚守节。他心中萦回的仍是一系列明君和忠臣的形象。如果他能从这个行列里迈出半步,那么也就得以生还。可惜这已断不可能。他所做的一切,回忆、诉说,只有一个作用,就是一步一步把自己推向深渊。

然而就是这种至死不悟,才有几千年文史法典中的备受推崇。

诗人究竟是个伟大的爱国者,还是一个杰出的浪漫天才?

实际上他的依附和忠君,怀念"美人"的声泪俱下,反复申明的怀才不遇,岂是"爱国"两字所能搪塞敷衍?作为一个放逐的贵族,失意的臣僚,他的独自哀戚并没有什么美感。

他的不朽,是作为一个浪漫天才的那种无边的铺陈和幻想,是那种纵横与驰骋,是那种挥洒自如和情感的饱满,是冲决一切形式堤坝的酣畅与勇气,是用令人眼花缭乱的斑斓镶嵌和改写中华诗史的伟大功绩。

作为那个"美人"的盟友和忠臣,他的死原不足惜;而作为一个民间和大地的歌手,他的死让江河垂泪,高山垂首。

5

迷乱的低语在延续:芳草污垢的混杂,贤人遭受的嫉恨,"美人"芬芳所招来的嫉妒；君王深受蒙蔽，阿谀者天天称心。以香草自娱，以美女自况。

这种呢喃无力、重复、烦琐，是生命的尾声。

6

"愿陈情以白行兮，得罪过之不意"，这流露出诗人以往的辩白曾招致了进一步的惩罚。这些辩白可能在放逐之后，也可能在放逐之前。这样，申辩本身就令人恐惧。

而到了最后，到了时下，继续辩白对于诗人既不敢又不必，因为他认为自己的冤情一天天分明，它们清清楚楚简直就像天上的星星一样罗列，一仰脸就可以看得见。这种自信，这种自我清醒，是多次的痛诉造成的。而对于他人，对于他心中时刻不忘的"美人"而言，很可能早就成为往年陈迹，遗忘和淡漠了。

他即将告别人世，已经抱定必死决心。但这个时刻，他担心未来楚国的命运就像失去了控制的奔马或无人划桨的竹排，必将充满危难，后果不堪设想。

在这历史关头，人生路口，他因恐惧祸殃而宁可死去。这祸殃既指自己，也指心爱的祖国——这二者有时是完全一样的。但诗人常常把楚国的兴衰灭亡看得高于一切。尽管他在《哀郢》和《涉江》以及一系列的诗篇中更多地申诉自己的怨情和委屈，但也的确留下了"长太息以掩涕兮，哀民生之多艰"这样感人至深的诗句。

伟大的牵挂，不灭的遗憾，有目共睹。这些牵挂，这些诉说和呼告没有尽头。所以诗人说："不毕辞而赴渊兮"——走向深渊，话还远未说完。只可惜那个昏君什么也不懂。

诗人并不期望以死来换得君王的悔悟。最后，就是纵身一跳。

橘 颂

1

这也许是诗人所有诗章中最完美、最独立的一首。轻灵飘逸而又不失厚重，虽没有后来的巨幅长吟所拥有的更为开阔的意象，无所羁绊的铺陈和幻想。

但《橘颂》却是从未有过的清新、真挚和饱满。

诗人一开始就说橘是天地所生的好树，说它来到南方生长是一种命运。它想固守这种命运。它根深蒂固，是因为领悟了天命，意志专一。

诗人面对一棵橘树而有所领悟，怦然心动：自己宛若这样的一棵树。想必诗人在树前多有徘徊，情真意切，目光所及，满是情意。抚摸、亲近，寄托心志，一腔热忱和依恋。由具体爱橘树，到多次移情。这儿没有流于简单的比喻，而是爱得仔细和真实。

2

上帝对它的缔造完美无缺，比如其叶片、花朵、枝条和果实。其色泽、其内瓤，一切在诗人看来都感到新奇喜悦。这不是一种玩味，而是一个人在英姿勃发的年纪，对于一棵植物的由衷感受。

橘树一切的美，都来自对南国的固守，来自对使命和来路的领悟。失去了这些它将一无所成。由于它吸收了南国的阳光雨露,才变得"文章烂兮",变得"精色内白"。

3

诗人赞美它幼时的志向与众不同:独立不迁,绝不随意改变自己的立场,坚立于一个广大的世界。这是一种远离世俗喧闹的独守,是凛然自为不从流俗——何等珍藏自守和谨慎,永远也不犯过失,保持美好的品德而无私心,简直和天地共长共生,协同一致。

诗人围绕橘树有了极为深刻宏远的觉悟。橘树之所以茂盛,是因为坚守了自尊,因为清醒独具的品格和谨慎自知的蕴藏,因为美好无私的内质,与天地气韵和谐一致的气度。

至此,另一个形象,诗人所期待的形象,已经呼之欲出。

4

果然,诗人开始发出浩叹,希望自己和橘树共同成长,与橘树的友谊地久天长。而且对橘树进一步赞美:"美德丽容"。异常端庄,笔直挺立,纹理美好——作为一棵幼树,你简直是我的师长,你的品行可以比得上殷代的义士贤人伯夷,你永远是我的榜样。

由此可以推论,这是诗人早年的咏唱。那时候他的心情还没有变得恶劣,目光还没有被阴云遮蔽。哀怨无踪,忧愤无形,只愿以树为友,自我砥砺。整个诗章都散发着一种橘树的清新气,一种可人的芬芳;它的整个气韵像年轻向上的诗人一样,清新、爽利,孕育无限生机。

悲回风

1

旋风乍起,摇撼芳草,让诗人愁肠百结。他担心它的生命被损伤。那微小的风声是肃杀之秋的先导,使诗人想起往昔。谗言宛如回风,所以自己的命运来到了晚秋。这种独处和孤苦既是一种命运,更显示了一种区别。因为芳草和枯草堆积一起就没了芬芳;只有鱼类才炫耀鳞甲,蛟龙总是隐藏。不同的草不会长于一地,香草只在深山僻地发出幽香。

比起诗人已有的悲怆和痛悼,沾血带泪的追究,这些词句显得繁复和直白。所以有人认为此是汉人借诗人之口抒写寄托。

2

长期颠沛流离之中,诗人时而激越时而安静,时而清醒时而迷茫。他明白未来时日只靠私下表白,自己咀嚼自己安慰。以前的远大志向宛若浮云,安慰自己的最好办法就是不断地、无休止地怀念古代圣贤,折取芬芳的植物。他在荒僻之地徘徊叹息,流泪不止。失眠之夜显得格外漫长,整个人被悲伤压抑,醒来后也还是游荡。

令人惊心的孤独。这种焦愤足以把一个最顽强的人击败,因为他抵挡孤独的武器少得可怜。他的全部思路只能把他引向进一步的孤独,引向精神的荒凉高原。

诗人多次尝试"逍遥",但始终逍遥不起来。更多的是满腔悲悯,是长叹,是急促憋闷。醒来后的从容和周游总是无济于事。诗人已是满目悲秋。

3

这里有一个极为生动和概括的比喻,即诗人把无数的忧虑搓成了佩带,把无限的愁苦编成了背囊。他折下神树的枝条挡住阳光——害怕阳光,希望荫蔽。孤独总是和幽暗连在一起,光明属于他人,灿烂属于他人。

自寻幽暗和悲苦,听任狂风吹抚,一切视而不见,只有一颗心激如沸水。

秋风萧瑟,又是一年。一年的结束,诗人却想到了自己的一生。香草枯萎,树叶飘零,花朵凋谢,香气散尽。这就是生命的终结和轮回。诗人在这儿想到了突然死去——他已不堪重负。他泣哭、徘徊,寻找出路,像莽野上的一个弃子。

郢都才是他的家。家长是君王,是思念的中心。

4

他为自己的难以解脱而痛苦,寄希望于效仿古代圣贤彭咸的处世风度。他不止一次提到这个名字,可见吸引之强烈。为了摆脱登高远望,看不到其他,只有渺茫静寂。在这无形无声之境,没有思念是不可能的,但思念只能加强悲寂。

这对于一个曾经身居要职的楚之栋梁而言,如此的人生跌宕所带来的悔痛真是难熬。恐惧和悲凉相加,狭促的思路和忧闷的心绪相应,"穆眇眇之无垠兮,莽芒芒之无义。声有隐而相感兮,物有纯而不可为。"

宇宙之渺,天地之阔,无声而感,无形而造,这是个体对于大千世界的感悟和把握。然而即便有这种思维的力量和无上的本领,仍不能驱赶绵长忧思。入世既深,回返也难。

一个与君王相伴的臣子，曾经倍受恩泽，那么如今的痛苦也只有死亡才能遏止。

5

他梦想自己的魂魄登上峻峭的高山，坐上虹霓。他可以舒理长虹，抚摸青天。这个超越而神奇的世界到底不同凡响，在这里可以吸吮甘露，含漱冰霜，凭靠昆仑俯瞰，依附岷山眺望。云滚滚奔涌，江滔滔澎湃。好一个长江，"波声汹汹""纷容容之无经兮，罔芒芒之无纪"。浪涌推动，曲折奔腾。

"轧洋洋""漂翻翻""翼遥遥""泛潏潏"，语势强劲，文气充盈；畅快淋漓固然有余，但缺乏诗人其他诗篇那种丰腴中的节制，倒多少有了一点汉赋的韵致。整个一长节辞章灿烂，却稍嫌突兀，归结得极其简略。

6

尾声：从希望落空到哀悼的忧惧；想顺着长江淮河飘流到海；见了黄河又想起殷纣时期的忠臣申徒狄背石自沉的往事。

既然多次规劝君王不被采纳，投水寻死又有何益？

尾声的归结过于周到顺畅，让人想起是后人对于诗人命运的推测和归纳。因为诗人本身在愁苦的呼告和长诉中，不可能将未来关节一一点到。如果作为他人的揣摸和描述，倒也得体。

比较《九章》中的其他篇章，《悲回风》显得逻辑外露，情感飘忽，许多地方文辞胜意，缺乏内敛和节制，也没有其他篇章的张力。

招　魂

1

一般认为这是诗人为楚怀王招魂。

在巫阳正式降临人间招魂之前，先要有一个总的交代，等于是全诗的序言。而在这序言的前一个部分，又是诗人的自述。这些自述等于是序言中的序言——寥寥数笔，总结一生。

从年幼开始自我肯定，一生清白廉洁，保持盛德，同时指出深受世俗牵累，心蒙污秽：这一切君主难以考察，所以才"长离殃而愁苦"。这些自述和表白等于简历和自我鉴定，并透露出所招之魂与自己的关系。这其中起码有如下几层意义：

一是招魂辞制作者诚信美好的品德，他的清廉纯洁。这成为其道德依据、优势和资格。再就是他的不幸遭遇与那个被招者的直接关系——正因其"无所考"才造成了自己的流亡和愁苦，那么在这个时节亲撰招魂辞，必然更具感动之力，也隐隐表达了一种昏君与良臣的巨大差异，进一步巩固了诗人的道德优势，显示了对君主无比的忠心和爱戴。

2

也许是这种隐情和恳切诚挚感动了上帝。上帝唤来招魂的使者巫阳,告诉保佑和辅助的愿望,让其招魂。而巫阳的回答至为巧妙:一是招魂并非自己职责范围,如果一定让我来做,那么必须告诉这事已过时限,附着灵魂的身躯已经坏掉,灵魂归来恐怕已无用处。

这儿既表明了招魂之难,同时又表明楚怀王死去的消息传抵流放的诗人必定已有一段时日,超过了招魂术所规定的时限。

但尽管如此,一切仍要顽强地进行下去。

3

于是巫阳招魂开始。开篇即是一声凄长、深情而又不乏严厉的呼唤:"魂兮归来!"下面的整个招魂辞都是以巫阳的口气呼出。这与被招者有着一种奇特的情感关系:既不是神与人,也不是神与君,更不是臣与君,而是神职人员与亡灵的关系。整个语气中透露着诱惑、恐吓,甚至是蒙骗;当然更多的还是劝慰和热爱,并且透着深深的怜悯和遗憾。虽然被招者贵为君王,但一朝魂魄失散,立刻像一个失家离土的孤儿,任性而迷惘。这就需要居高临下地诱导、劝阻,甚至是微微严厉的呵斥。

这种招魂术,平时用在一切被招者身上。但这里被招者是楚怀王,巫阳的口气和使用的形式,与被招对象的对应之间,就产生了复杂而有趣的意味。

这实际上是招魂辞的制作者——诗人与那个君王的复杂情愫的一种体现。

它指出灵魂离体，流散四方，抛弃安乐的居所，必不吉祥，于是马上有一声凄厉的招唤。为了让魂魄返回，必得从天上人间、东南西北六面合围困住灵魂，使它难得突围；唯一的一条路却大敞着，那就是它的安居之地，它的身躯所在之地。

以东南西北为序，那么首先要考虑东方对魂魄的吸引。

神秘的东方啊，那里最为可怕，有巨人身长千丈，专门品尝人的灵魂。那里不是日出之地吗？那儿十个太阳轮番出生，晒得石头都要化掉。但那个专门品尝灵魂的巨人对这种炎热却习以为常。魂魄敢去吗？

4

再就是南方。南方是黑牙纹身的野人，他们祭祀的时候就要使用人肉，连骨头都要剁成烂泥。其实这是一种食人土著，食人番。不仅如此，最毒的蝮蛇，可怕的大狐狸，九头毒蟒，飞来蹿去，真是可怕到了极点。阴森恐怖的南方啊！

奇怪的是招魂辞中尽管写到自然环境的恶劣，毒兽的凶狠，但首先摆在前面的可怕之物，无论东方和南方都是——人。东方有"巨人"，而南方有"黑牙齿的野人"。可见在诗人眼里，在所有可怕的动物之中，人，败坏了的人类，其可怕总排在第一。

5

西方的恐怖还要超过东方和南方。那是一片荒漠，流沙把人埋进深渊，尸骨难寻。退一万步讲，即便挣扎出来，无边的荒漠也难逃一死。大象一般的红蚂蚁，黑色毒蜂有葫芦般大，除了茅草没有一棵粮食，没有一滴水，人一沾土就要腐烂。总之那片险地、荒漠，广大无所极限。

在巫阳眼里，西方除了恶劣的地理环境，凶猛的野物，突出的一点就是无边的荒漠。这和当代地理的西部概念是完全一致的。

6

剩下了北方。在巫阳看来那儿犹如今天的北极，由于过分寒冷而"不可以止些"，那里"增冰峨峨"——当年靠想象描绘了北方极地："增冰峨峨，飞雪千里"，何等准确！

正像对于西部的想象符合现代探险一样，对于北极想象的准确也同样使人感到不可思议。这种依据显然不是来自探险和地理考察，而只能来自人类奇妙的知性。在卫星照相术和现代地理考察远未发展起来的远古，曾有人大肆发挥自己的想象，绘出了"天下地域图表"，其中的准确度有时简直可以跟今天的图表产生某种吻合。

7

四方固封，灵魂逃匿也只有上天入地。那么巫阳接着就是对于向上去路的封杀。

实际上，在诗人的其他篇章中，天上是至为美好的，有琼台、龙马、诸神、美女。而此刻那儿却变得虎豹充斥，怪人挡道，有成群的豺狼。那里特别有一个九头怪人，它一天能拔掉九千棵大树，还乐于把人吊起游戏，游戏之后再投入深潭。天上当然离上帝很近，可是这儿的上帝好像并不管事。

8

既不能上天，又不能入地。地下城府的恐怖大概无须多言。谁不知道地狱？果然巫阳说地下的魔王身体弯曲，双角尖锐，两爪沾满鲜血。对于土伯的描述极尽想象，这通常是雕画于墓地棺木上的一种神兽，可是在地下它们竟长着虎头三目，身躯如牛，通常以人作食。

巫阳终于封杀了六个方向，而且一个方向比一个方向更为险恶可怕，灵魂自然无处逃匿。这些恐吓斩钉截铁，冷酷无情——只有这样，才能使后来的"怀柔"变得分外动人和有效。

9

六路皆封，唯有一路大敌，那就是"修门"。引领者是本领高强的神巫。他引导时面对灵魂，倒退后行。在修门之内，一切都已备好，一切都为了迎接高贵的灵魂。

门内有秦国的熏笼，上面系着齐国丝绳，盖着郑国的笼衣。齐国东夷族是桑蚕纺织发源地，想必有最好的丝绳。这都是天下最好的物器。这时候声声呼唤高高响起："魂兮归来！"

到此为止，整个招魂的过程都一直在一种刻板的、程式化的格局中进行，有条不紊，而且题旨鲜明。整个诗句的着力点趋向一致，有一种简洁、单纯和率直之美。对应简单与刻板程式的，是关于四方上下狂放的想象和逼真的写照。在叙写具体的恐怖和对生命的拒绝方面，丝毫不留余地。这使人想到流放中诗人的一些极端感受。还有，当他在招魂程式中把这种感受传递给无情无义的君王时，流露出如此的泼辣、直接，也难免透出一丝快意。只有在这个时刻，他才一改往日的哀怨与悲戚，几乎在用另一种口吻宣告：世界对于任何人、任何一个散离的魂魄而言，都是同样冷酷和险恶。

魂魄流浪，诗人流浪；魂魄离开的是"美人"（楚怀王）的躯体，而诗人离开的却是楚国的国体。诗人放逐，灵魂即无所依附。

如此看来，这些十分表面化的天地四方的罗列与描述，就颇有了一种发泄和警策的力量，隐藏了另一些内容。

10

进入修门之后,灵魂得到的是生前的居所。这儿何等宁静安乐。高房大屋,深深庭院,楼台亭榭;从雕花的红门到堂前的栏杆,依山临水,小溪纵横,微风阳光,蕙兰飘香。这一切对诗人而言是再熟悉不过。他不过借巫阳的口叙述了一个帝王生前的享乐。

在这样美妙绝伦的环境中,别说托放一个灵魂,就是托放更多的灵魂,也会一起得到安逸。

整个招魂诗可分为上下两大部分:以前尽是惨烈和劫难,之后即是歌舞升平,芬芳阵阵。在色调和氛围上两个部分对比强烈,在陈述描绘的形式上却同样遵守了僵硬的程式。对应四个方向和天上地下的,是进入修门之后的一个个空间、一个个过程。

11

先是修门,后是厅堂;现在又走进内房,即所谓的"登堂入室"。这儿不仅是华丽非常,光洁明亮,而且一切是如此的具体,簇簇如新。翠色羽毛掸子挂在玉钩上,锦被上的珍珠与饰物正一闪一闪放光。丝绸轻软,罗帐低垂,还有帐旁的美玉,五彩的织品。这些奇珍异宝既非同一般,又难以诉说。好像主人刚刚离去,一切都在等待主人的触摸和挨近。如此的物质奢华,让人难以割舍——你的归来就是再次的拥有;你的离去就意味着永远的失去。

这是物质的诱惑,是为了让灵魂睹物生情,让其追念和回想。

12

正像招魂辞的前半部分愈来愈恐怖一样,后半部分叙写人间的丰饶美好时,总把最诱惑、最迷人的内容放在后面。终于,美女们出现了。阵阵兰草的芳香中,十六位姑娘分为两班。她们要在这儿侍候过夜,轮流当值。各国公主美艳绝伦,丫鬟美女发型各异。她们充斥深宫后院,美好姿容一个胜似一个,脸色娇嫩,体魄健壮。诗人在这儿使用了最细腻的笔墨,从她们的面容到内心,从脸蛋到身材,那蛾眉,那轻柔一瞥;如脂似玉的肌肤,脉脉含情之瞳。没有人比诗人更懂得楚怀王,懂得究竟是什么才对他构成了巨大诱惑。这些美艳,除非帝王而不会有别人来享用。所以就此来看,有人认为《招魂》一诗系宋玉为诗人招魂一说,也难成立。

"二八侍宿""九侯淑女",这显然是针对帝王。因为失去的魂魄是返回旧地。旧地必须有固定的陈设和人事流动,可以强化,但不可以有体制上的大肆更动。如果是招诗人之魂,那么他进入这样的厅堂居所,面对着蜂拥而入、充塞深宫后院的美色,只会恐惧,以至于仓皇出逃。

13

这里再次谈到幕帐、厅堂、四壁和屋顶,谈到栏杆、池塘、荷花、兰草、玉树。稍稍地打乱了程式,而且有些内容上的重复。唯有一点新意,即是写到了穿着豹皮、雄赳赳的卫士。他们一个个站在台阶两旁;提到了舒适的车辆、步骑、随从。从程式和逻辑上看,整段都可以前移,移到蜂拥而至的美艳之前。

14

在罗列了对于生命的诱惑、浓笔重彩的"色"之后,就是"食"。看看祭祀亡魂的供品吧,各种米麦,精细非常,苦咸酸辣,更有甘甜。炖得烂熟的肥牛之腱,还有调味羹汤,甲鱼、羔羊与甜浆,更有飞禽浓汤,这一切都"厉而不爽些"。此后又是各式甜点,蜜制糕饼。这儿的"琼浆蜜勺",即现在的"酒糖蜜"。这儿的"酎清凉些"一句,又可让人明白当时的冷饮。这颇符合现代宴席的规范——主菜之后的甜点和冷饮。这说明几千年来口味依旧。即便是最豪华的宴会,比起诗人的叙写也要显得简陋和寒酸。在关于整个宴会的最后一句是:"敬而无防些"——没什么妨害,且放松畅饮与大嚼。

人在享用美艳与美食的同时,还要提防顾忌,这就会大大抵消幸福感。而对人的提防,正是诗人一生的心病。所以他在这儿几乎是不经意地提到了"无防"二字。因为仅仅从诗意的递进上看,"无防"是有些突兀的。

15

在色与食之后,开始描述人的色相与食相,以及二者派生的东西。盛筵正在进行,所谓的"肴羞未通"。古文有时像异国文字一样,诠释和翻译必会造成传递上的损失,所谓"美文不可译"。"肴羞"译为美味的食物,"通"译为"遍"——这似乎未错,但却很难传达原字所弥散出来的精神。

整个的《楚辞》,整个的屈原艺术,都有一种模糊美,即写意美。它的凝练以及不确定性,都在审美中得到了某种程度的强化。它们所传递的意象指向无限。而诠释和翻译却使之走向局限。逻辑的剖析和语意的指定,使我们失掉了真正的《楚辞》。

酒足饭饱之余,女子乐队开始演奏。钟鼓齐鸣,既有旧歌名曲,又有新创歌舞。"扬荷"大概是楚国的合唱名曲,留在最后齐唱——这使人想起在某一种节令里、在某些集会结束时所必要唱起的一首歌。只有这样仪式才有个收束。

最有趣的是"美人既醉,朱颜酡些。嬉光眇视,目增波些"——十六个字中尚有两个语气助词。活画通脱,难以尽言。醉酒、朱颜、酡——酡仅仅能解释为脸上泛红或酒醉之色吗?它还让人想起美女的失态之色,美女的憨傻与喜乐。在这种情状下她们多了点儿野气、傻气和勇气。从艺女子,水性洋溢,是欢乐和吉庆不可或缺的角色,古今皆然。她们的服饰、舞姿,当然不可不细细道来;质料、款式、长发与鬓角,娇艳陆离,而且"二八齐容"。她们跳郑国舞,奏楚国歌,更有吴歌蔡曲,而且都使用大吕调来唱。真是异国风味,五光十色。

这是食、性、色的荟萃，用音乐和女色来陶，用美酒来醉，笼统谓之"陶醉"。使流亡散失的魂魄陶醉，让其醉而忘归。

16

仍然是食色之余的眼花缭乱，是略显紊乱的酒后场面。这种紊乱活脱脱凸现一场立体的欢乐，使欢乐本身有了厚度，也增加了广度。男女交错相坐，"乱而不分"，可见他们在相依相傍。这时候衣带冠帽也随便乱放，没有了次序，没有了座位，似乎空前杂乱。这儿没有了往日的尊严体统，也冲决了官场的礼节，所谓的欢乐之极、率性而为。看郑国卫国来的美女何等妖冶——派头十足的欢乐宴饮，常常杂有一些异国女子，只有如此才显得意长味足。

不同的国度有不同的风习，所以玩乐的姿态才"杂陈"。作尾的楚歌就是刚才的一曲"扬荷"。唱完之后开始下棋游戏。关于下棋博弈，有极为精彩简练的描写："分营并进，遒相迫些。成枭而牟，呼五白些"——因棋局的危急而大声呼唤，这种呼唤与刚才的曼舞笙歌又是多么不同。温软浮靡的酒筵上有些峻厉的声音，从而显出了丰富和繁杂，更加强了喜庆的高潮感。

17

美食酒筵，歌舞升平，伴随着精神和艺术的最终升华：琴瑟奏起，诗人们"结撰至思",开始用心考虑诗文。这些诗句使用了那么多华丽辞藻,欢乐达到顶点。共同朗诵新诗,一起唱和,伴着美酒痛饮。而且这种欢乐一刻也不曾停止,真正是通宵达旦。其情其状,已是登峰造极。这实在是魂魄的安乐之乡。

就在这样极为畅悦、喜庆气氛达到顶点的时刻,又伴随着凄厉而热情的呼叫:"魂兮归来!"

至此,那极为程式化的关于东西南北,以及天上地下四个方向对魂魄的紧紧相逼的描述,巫阳引导飘荡的魂魄走向故居;对于堂室、美色与酒筵,音乐与服饰的描述,一场酣畅淋漓的铺陈业已完成。只有诗人才有这样的勇气,这种勇气既是个体的卓越才能,又是时代的审美特征。极力渲染而不显得浮泛,既遵守巫术乐曲的法度和体制,又有刺目的个性和强烈的质感。诗人随意挥洒,自然熨帖,从无干瘪。

《楚辞》作为先秦文学与精神的代表,处处涌现这样的大度与生气。及至后来,汉赋失之华丽,唐诗稍嫌雕琢;至于南北两朝,已是靡靡之音。

18

长长的尾声开始了,这是诗人所有作品中最长的尾声。它与招魂曲的序诗相对应,招魂辞的作者又一次走到前台,唱道:这是新的一年春天来临,我仍被流放匆匆向南,绿草齐叶,白芷萌生,江两岸连绵丛林,片片沼泽,辽阔荒野,苍茫无垠。

比起刚刚消失的繁华和热烈，真正由"乐极"走向"生悲"：诗人之悲。

魂魄已招，流浪的诗人却命运依旧。强烈的反差，强烈的对比——诗人对那个"美人"（君王）的心意已尽，再无遗憾，于是放心而凄然地重走自己的末路。

19

在这凄长的放逐之路上，招魂之后的个人独行中，诗人不禁想到了当年伴随君王出猎的情景。这或许是一场招魂引出的激烈回想：青马驾车，千乘并发，火把点燃了树林，把个黑夜映得火光冲天。步行者，一马当先者，多而不乱的猎队，左弯右转的前进——这时候一切都跟随君王，唯恐落在后面。由君王亲自弯弓发箭，直到把大兽围剿一空。浩瀚的狩猎，生气勃勃的阵势，一闪而过。这都是往日的奇观。

20

白天即将过去，黑夜就要来临。这是诗人自己的黑夜。长长的招魂，壮烈的回忆，漫漫的行走。看眼前大河芳草，青草掩路，江水流淌，枫林一片。

多么美的春色，可惜美不逢时，只让人黯然神伤。然而在这个时刻，诗人却又发出了那声凄厉而热切的呼喊："魂兮归来！"

唯有这最后的呼唤是留给诗人自己的。

流亡已让诗人丧魂失魄，魂心俱丧，他实在需要为自己招魂。

"哀江南"，江南哀！江南之哀，诗人之哀，忠君者之哀，思美人者之哀，高冠长佩者之哀。

诗人的哀痛，是永恒的哀痛。

一九九九年三月十一日草稿于枫庐
一九九九年六月二十日二稿于济南
一九九九年七月十二日三稿于济南

芳心似火
——兼论齐国的恣与累

《芳心似火》书影(韩文版),
韩国 Book pot 出版社二〇一一年版。

各版本的《芳心似火》

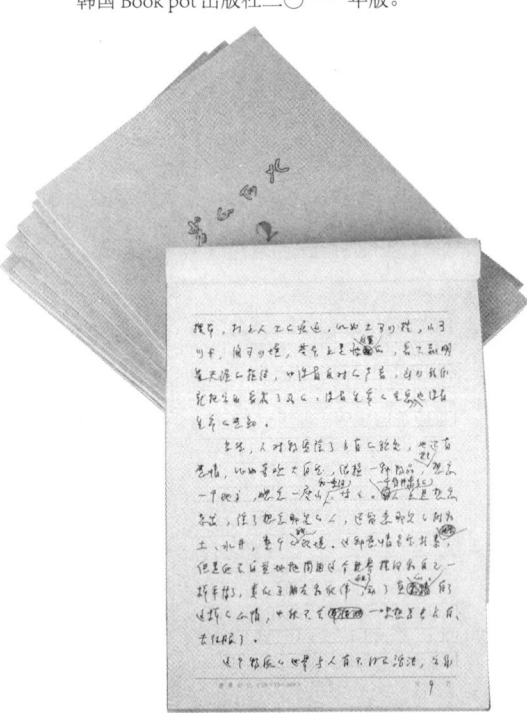

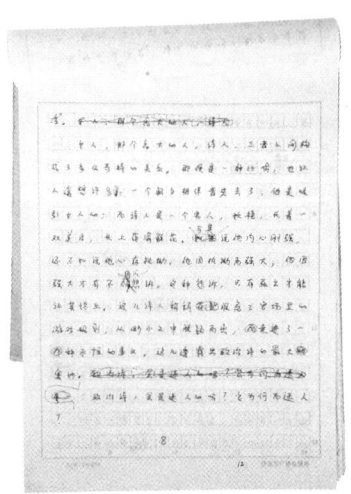

《芳心似火》手稿

第一章

何为芳心

说到"芳心",人们会想到可爱的女性,想到少女那颗萌动的爱心。在一些特殊的时刻,她那颗心散发出来的芬芳,的确能把一个热恋中的男人熏得跟跟跄跄昏头昏脑。"芳心"似乎真的能够如此,能够让男人陷入某种情境而不能自拔,或幸福得要命或痛苦得要死,让两种情感都达到了一个极致。这才是真正的幸福,是忘我的苦求,这时他即便是九死一生、即便是遭遇了千难万险也在所不辞。这种情形虽然不一定每个人都亲身经历过,但每一个人都能够想象它,都能够理解它。

只要深深地爱上了一个人,就渴望得到爱的回报。这回报是双方的,彼此之间逐步热烈起来明确起来,也就算水到渠成了,即所谓"赢得了一颗芳心"。

既然是这样,那么"芳心"就是少女之心、热恋之心?是男人想象和期待的那颗怦怦跳动的心?

两个人,彼此之间,从深情的一瞥到相守一生,白头偕老,这中间还要经过许多阶段、许多变化呢。最初赢得的那颗"心"究竟能够保存多久的芬芳,这还是一个未知数,是一个奥秘,一个问题。真的,那颗曾经让人死去活来的"芳心",如果能够在一生中一直这样保存下去,那该是怎样巨大的、相互赐予的幸福啊。这当然是一种最大的人生奢望。

一般来说，女子遇到一个足以吸引自己的男子时，就会萌生爱意；反过来也是一样。从开始相识，到产生多多少少的交流，或者以目光，或者以语言，一场恋爱就是这样发生的。这时两个人都会脸红耳热，一听到对方的名字就显得羞色难掩，手足无措的样子。如果在人丛中投来他（她）的目光，一种难以掩饰的慌乱和甜蜜会令其浑身战栗，简直无法支持。如果这段时间两个人不得不分开，那么日思夜想的都是对方：一举一动仿佛都在眼前，能够看得清清楚楚，而且无论相隔多么遥远都无法阻断。最不可思议的是，她（他）的气息甚至也会像她（他）的身姿和面容一样，清晰地、一阵阵地从脸前飘过。

这就是爱的气息，它会从远处飘过来，即便是千里万里也遮挡不住。这当然是因为一种极度的思念造成的，是意念和情感反应在鼻腔上的错觉。不过这一来却真的帮我们弄明白了一个词儿、弄明白了它的来源，这就是为什么叫作"芳心"。原来心真的是有气味的，恋爱中的心果真是芬芳的。

人们把女子比作花朵，所以惯常也就将"芳心"专门用在女子身上。其实无论男女，只要陷入深爱的时刻，那颗心都会是芳香四溢的。这不会有什么异议。

年长的人回想起自己的青春年少，常常会停留在一些恋爱的场景中。他们一辈子经历了多少事情，忘掉了多少事情，可是唯有那些热恋的情景总也忘不掉。一切都清清楚楚。那时候一颗心都快跳出来了，月光下、树林中，默默相视、欲言又止，是这样的一些时刻。再接下去，就是更具体的交流了，是一切更加明了之后的一些故事，是彼此终于走到了一起、结合在一起。长期积存在心中的爱火就此剧烈地燃烧起来。

由于每个人积存的数量不同，燃烧的时间也不同。但无论烧得多么持久多么激烈，最终还是要一点一点冷却下来。对许多人来说，的确就是这样的一个过程，因为只要有燃烧就会有灰烬，有熄灭的时候。有人说灰烬下面是火种，说不定一阵风吹过，还会重新燃起一点火苗。是这样的，但像最初那样剧烈的、熊熊燃烧的情状大概不可能再有了。

《托尔斯泰传》上记载，八十高龄的老人因为与夫人见解不同脾气不合，曾经不停地吵嘴，有时竟然吵得厉害，两人一连许多天互不搭理，就这样一直僵持下去。托翁比夫人大很多岁，像是一位兄长兼父亲一样的角色吧，对夫人还是不能迁让。可是有一天半夜老人实在忍不下去了，就敲开了妻子的门，一推门就道歉、赔不是。他说自己这天晚上想起了两个人初恋时的种种场景，直说得热泪滚滚，紧紧抱住了自己的老伴。

这一夜，老人似乎又嗅到了当年的芬芳，虽然这气味可能稍纵即息，但这已经足以让他满脸珠泪地去敲妻子的门了。

我们可以想见，所谓的"芳心"，就是从爱意刚刚萌发的一刻、直到两相吸引剧烈燃烧之前，这中间的一个时段。它可以很短促，也可以很漫长。有人可能问，它真的会很漫长吗？在获得这个答案之前，我们不妨先作一个理性的推导，把心想象成一种可燃物：它的芬芳，是因为虽然几次接近了燃点，却终于没有呼呼燃烧起来。可见这需要多么高的控制力。然而这是可能的、必要的吗？

我们都知道，在两颗心的熊熊燃烧之前，正是生命的一种特殊阶段。而处在这个阶段的生命是最幸福、也是最有张力和创造力的。这其中蕴含了一种莫名的、无穷的力量，以至于在想象中它具有无限的可能性，是最为激动人心的时刻,是人的一生中最有光彩最难遗忘的一个阶段。

但它终究还是要燃烧起来。

芳心是温文的,却孕育和积蓄了人世间最大的热量。为了表达这炽烈这热量,这种种的蕴藏,每每要发生一些连当事人都为之震惊的事情。这会儿将激发出多少歌唱多少眼泪,多少奔跑多少呼求,无边的相诉,彻夜无眠,连笨拙口讷的人都变成了诗人。

用鲜花来比喻爱人之心真是准确极了。花蕾初绽,花开花败,真像人的一生。它从含苞欲放再到绚丽的"怒放",终于走到了自己的顶点。最后就是缓缓地凋谢,是落英缤纷了。

人生如长恋

人的一生也不过三万天左右,是长还是短?是难还是易?每个人感觉可能有所不同,但大致还是能同意一个说法,即人是匆匆过客。可是三万多天即便匆匆,过下来也并不容易。每个人一生的经历都像是一部内容丰富、跌宕起伏的大书,绝不会枯燥得没有看头。人活在这个世界上,无论成功或失败,实际上都是一次长长的苦恋,从对这个世界的相识到相处,从满目新奇到见怪不怪,这其中包括了兴致勃勃的投入、热烈忘情的追求、剧烈严峻的冲突,再到一点点冷寂下来,再到最后的分别,就是这么一个过程。

物质的世界让人活下来,人的一生都要处在物质的追求中,从来不会停止。人会以各种方法去追求物质,并且会因为这种追求而满足和喜悦,或者是痛苦失望。

千变万化的物质世界对人来说是处处神奇的，要最终赢得这个世界，那正是人的梦想。对于有些人来说，世界上的物质只是攫取的对象，它们是被动和木讷的，没有心。物质怎么会有心呢？石头、水、树木和沙子，以及金子，还有楼房之类，从没听说哪一样是有心的。心是一个生理意义上的器官，扑扑跳动，一般人当然是这样理解它的。古时候的人以为心是会思索的，所谓"心想事成"，心是可以思想的。而现代科学又否定了心的想，认为只有大脑才是思索的器官。我们平时所说的心，当然是指心灵的范畴，是生命的个性和意志之类。

由于物质世界可以在一定程度上接受人的摆布，留下人的痕迹，比如土可以挖，山可以开，海可以填。它们基本上是被动的，看不到明显无误的拒绝，也没有反对的声音，所以我们就把它们看成了死的：没有生命的气息，也没有生命的喜怒感知。

人对物质除了占有的欲望，也还有感情，比如喜欢大自然，依赖一种物品，甚至想念一个地方，如思念一座山和一条河，等等。一个背井离乡的人总是想念老家，除了想念那里的人，还留恋那里的树和土、水井，整个的自然环境。他的这种感情虽然朴素，但是已经在不自觉地把周围这个世界摆得和自己一样平等了，类似于朋友和伙伴的关系，而且动了真心。有了这样的心情，也就不会一味想到去占有、去征服它们了。

时间久了，我们会发现这个物质的世界与人有着不同的活法，它们其实也是有心的。不过它们的表达方式与人不同，所发出的声音也不同。它们的拒绝和反抗其实人人都不陌生，那会更巨大更可怕，有一种不可抵抗的排山倒海的力量。我们周围的这个无心的世界一旦撕破了脸，会给人凶暴残酷到极点的感觉。看来不是这个物质的世界无心，而是我们自己无心，我们完全无情无义地对待它们，它们才会这样怒火满腔，这样无测和残暴。

人要赢得这个世界，最终还是要赢得这个世界的心。追求它，依恋它，小心翼翼地与之相处和过往，就像对待一个恋人那样。这时候的"它"应该是"她"或"他"，对其绝对不能粗暴和莽撞。人一旦起了占有心攫取心掠夺心，一切也就相当危险了。说到恋爱，我们知道，最美好最动人、最令人难忘和充满创造灵性的那个时期，还是相对含蓄克制、两相吸引的阶段。人要设法维护和保持这个阶段，将这样的日子拖延得越长越好。有大智慧的人，一生都要与爱的对象保持这样一种关系：相敬如宾。

不仅不去占有和攫取，就连剧烈的燃烧都要回避。因为过度的炽烈不会是一种常态，它留下的只会是冷却的残渣。一个征服者和强暴者，最后会发现自己成了一个最可怜的人，他会变得一无所有，只能在孤独的虚脱中苟活下去，结局可能比想象的还要可怕十倍。

人一辈子走在物质的长路上，这样一直走下去，走到自己的结束。所有的酸甜苦辣都来自周围这个物质的世界，人只要活着，就无法摆脱它，愿意不愿意都得跟它相处。人出生后就与"他"或"她"结识了，这就有了生命间的相互吸引。但人到了最后总算明白，原来世界上的一切都是有生命的，也就是说都是有心的。只要是心，就不能掠夺和占有，也不能极尽撩拨之能事，不能让其一口气烧成灰烬。

要让心长久地保持一种芬芳。

古代智者

古代智者，也就是人们常常说起的那些"高人"。一说到他们就很容易想到一些名人逸士，想到一些有闲和有钱的读书人、不得志的仕人或隐者之类。这部分人当中或许真的包含了一部分智者，因为他们在人生颠簸中经历了大起大落，又读了不少书，总会感悟出一些特别的见解。但要从根上说，真正的智者还是那些没有脱离劳动的智识阶层，这部分人才是最健康的人士，是文化的传承者和实践家，他们不仅知道一种文化中最珍贵的部分，而且知道其来由和精髓，并且会在生活中不断创造和延续这种文化。

人一旦脱离了劳动就变得愚笨了，这里指的是体力劳动。脑力劳动虽然也算劳动，但与活动四肢肌肉的劳作仍然有不少区别，它还解决不了另一些生命问题。不停地关起门来运用脑筋，脑子可能会灵活，但气血周流却要受到阻碍，肌肉也会僵持萎缩。而有些聪明的思想是人在体力劳动中一点一点产生的，是一个人亲手抚摸这个物质世界时才能产生出的一些感悟。有一个说法叫"劳动人民最聪明"，指的就是体力劳动，它不过是从一个方面说出了事物的真谛罢了。

如果只是一个体力劳动者，而不是一个尽可能多地吸纳了传统文化积累的人，也只会是普普通通的众生，难以成为杰出的智慧人物。杰出的智慧人物往往爱山水，爱自然，喜欢田园生活，不害怕辛苦的劳作，同时又离不开思索和悟想。思不难，悟比较难一些。这种悟虽然不是佛教上说的"开悟"，还不至于那么玄妙，但也是可感而不可言的内心所得。思就是常常想一些问题，想得多了头痛了，就停下；一停下，可能就悟出一些生僻的道理来了。

这些道理可不是平常的思想，它是很能解决个人问题、人生问题的。而通常人生的苦和难，就是因为这些问题不能解决，才一点点堆积起来的。

智者是因为选择了一种良好的生活方式、并且一直坚持下去，才成为智者的。选择本身也是一种智慧，这智慧引领他走上了不同的生活道路，而他在这道路上又能越走越深入、越彻底，直到走上了一般人绝难抵达的好去处，于是也就可以称为智者了。生活中，人与人的差别的确是很大的，从历史上看，圣人之类确是有的，但却未必为当时的人所能认可和达成共识，而是过了很久之后、最好是几代人几百年过去了，人的情感能够平静下来超脱下来，渐渐想得明白了，没有近距离的刺激和火气了，才愿意承认他们的。

人性是很奇怪的，它在近距离中往往是挑剔的和愤愤不平的、排斥的。一个近在咫尺的杰出人物顶多是得到一些较多的肯定，能这样就已经相当不错了；更多的时候倒有可能遭受极大的否定，甚至让其备受煎熬，一生充满了磨难。这方面的例子总是举不胜举。孔子一生如何，大家都是知道的，他的奔波之苦、几次经历的死亡威胁，说起来真是一言难尽。所以我们现在一说"智者"之类，往往就要说古代如何如何，这是因为愤愤不平的嫉妒之火熄灭了，不再为了一时快意和其他而使性子了，问题于是也就容易谈得清了，讨论起来更方便，每个人的本来面孔也就看得见了。

平时说的"仁者爱山，智者爱水"，是经过了一种长期的观察和经验、历时长久才得出的结论。古代心智发达的人士，他们的确是寻山逐水而居，饮清泉，食地粮，没有过分的口腹之欲，只求一个朴素自然和新鲜。腐败的食物他们不吃，一般人也不会吃；只是许多的腐败一般人不会察觉罢了。水、空气和吃物，都有极新鲜和不太新鲜、以至于开始腐败这么几个层次和阶段，只不过智者在所有这些东西入口入身的时候,变得极其敏感和挑剔而已。他们无一不热爱体力劳动,筋骨韧壮而柔性,衣裳随意舒适,这有利于举手投足。可以设想,在入口入身之物的选择上是如此,那么入耳入眼之物当然也是同样。如《高士传》上说了一个叫许由的人,他因为听了不好的话,就跑到河的上游好好洗了一遍耳朵。这可能是一种稍稍夸张的记录。但这个故事也道出了一种真实的心境、一种追求、一种人生智慧。看起来对人的这种种要求未免太苛刻了,实际上也是非常朴素的。

智者一切方面都力求简单一些,使用"减法"生活,不在人生之途上不停地添载和叠加什么,因为那样他就走不动路了。洗耳朵就是一种减法,洗去了不洁之物,洗得心上轻爽。新鲜的饮食也是一种减法,不让腐败和陈旧在躯体里积存,以此来求得肉体的轻爽。智者当然是饱读之士,但所读却绝不局限于墨写的文字,不是天天去搬动竹简和纸张之类。对他们来说,阅读的方法太多了,天地万物都是书籍,劳动其实就等同于翻动书页,锄地差不多也算书写,间苗简直等于减删文字。把一块田园收拾得可心可意,绿莹莹的,当然可视为一大篇锦绣文章。这也不仅仅是巧做比喻,一个有情怀的人心里一定会有这些吧。

一些变馊的空气、食物,也包括人,智者是要远远躲开的。他们深情专注的眼睛怎么会落在馊物上。这不是傲视群众的那一类行为,而是一个人珍惜生命价值的朴实做法。直截了当地离开,拒绝,选择,只不过是重新组织一下自己的生活。亲近另一些可亲近之物,也是投身到平凡之中,那里也是群和众,他并没有孤独。

高处不胜寒,曲高和寡,都不是智者的生存状态。智者尽可能地宽松和知足快乐，并且有日常的劳作，有不断采下来的瓜果和不断结识的朋友，有足以糊口的物质收获。智者的小日子和许多人的大日子不太一样。那些大日子倒有可能是孤独的，而小日子是自足的快乐的充实的。小日子不温不火，不伤害自然，并与自然唇齿相依。这是一种相亲相爱的田园感觉。

古代没有多少大工业，所以也就不能指责他们有落后的农耕思想。农耕和田园牧歌那时还是一种客观实在，是那个时期确定存在的幸福，也成了后来相当多的现代人苦苦寻觅的一种境遇。可惜难得。不同的生活方式就会培育出不同的人格品质，古代的智者在口耳鼻舌身诸多方面，不过是追求鲜活清新的，这也是合乎生命规律和现代科学的。

人和芳草

读过《楚辞》的人，都不会忘记诗中写到的那些芳草，那个花团锦簇的世界。诗人全身都披挂起香草和鲜花，将此视为美的极致。这也是对人格操守的一种象征和比喻。诗经里也有大量类似的文字。诗人不仅披戴鲜花，而且还啜饮露滴吞食花瓣，可以想见这是一个怎样清洁和高贵的生命。

现代人室内也有插花，当表示爱意和敬意的时候，也会献上一大束玫瑰之类。饮食中也少不了用香味植物做调料，有的地方还保留了食醋菊、饮用花蕾茶的习惯。这是从古代流传下来的风气，它表现出人与芳草不可分割的亲密关系。但是现代的花房比起古代"遍野斑斓皆为我拥"的情势，还是有极大的区别。现在不过是意思一下，是程式化的点缀，是商品化工业化时代生活流水线上的一部分。

　　古人当中痴迷和沉醉于自然芬芳的人更多也更深，他们专注到了今天的人难以理解的地步。屈原和孔子都极为推崇兰花，陶渊明则植了很多菊花。古人写下的花谱花纪不计其数，关于它们的栽培方法甚至是各不相同的性情和姿容，都有详细记录。有人从极安逸的居处搬到了一座荒凉的山坡下，竟然就为了能够推窗赏兰。北宋的林逋，即那位写出"疏影横斜水清浅，暗香浮动月黄昏"的著名诗人，一生爱梅惜鹤成癖，结庐孤山，没有家室，自谓"以梅为妻以鹤为子"。想一想搬家定居从来都是一件慎重的事，这不仅麻烦，而且常常要影响到日常生活的方便。所以被一种花所吸引以至于迁居，就可以想象是怎样罕见的人了。问题是古代类似的人举不胜举，因为此种理由而举家迁到山中野地者大有人在，他们都是花痴，并且这种痴劲要大到足以说服家人一起行动才行。离开市镇村落，去开辟一块田地耕种糊口，只为了一片鲜花一窗野色，这在今天真是不可理喻的事。

　　他们相信花的气质和香味可以与人发生更深刻的联系，于是就千方百计与之建立起特别的接触方式。不仅是嗅和食，而且还悟出一种特殊的观花法：微眯双眼并轻轻使用目力，就像害怕目光灼伤了鲜嫩的花瓣一样，只浅浅地将目光落在花朵之上；而与此同时，内心里泛出的却是一种吸纳力，这力量会将鲜花的热情和洁美，顺着视线摄入自己体内。当然这只是一种想象，但这样的想象实施久了，也就成了一种修身的方法。

　　不仅如此，各种花束的性味功能以及它们的品格作用，在日久厮磨中都会摸得一清二楚，就像朋友间相互早已熟知了脾气一样。他们将不同的花草置于不同的地方，或厅堂或廊前，或卧室或户外；有的在视界之内，有的在嗅觉之间。有一种树木的果壳到了秋天会在风中发出动听的声音,那么这种树木就栽到了房前屋后。

古人还将花草做成各种香囊戴在身上,置于案上,既是一种上好的手工,又是怡养性情和改变周边气息的方法。令美好的气味无处不在,并且这气味又因人因地因时不同而各个不同,真是一件美妙的事情。它们的气息把全部空间都占据了充满了,人活动在这些空间里就是来往于它们的世界中,呼吸着它们的呼吸。现代工艺制作的香水,其中最高级的即是从花草中直接提炼,而非化学合成,可以说是提取和集中了花卉的精魂。但是这又缺少了制作香囊的享受,没有了亲手摘取花草和将其相互搭配的快乐。

当时人们用花草制作的各种薰香已经数不胜数,方法精良到了不可言喻,既有香膏、香条、香饼,还有香匣。檀香丁香木香乳香麝香都是最常用的,像馥兰藿香甘松柏香白芷芸香大黄也不少见。制香饼时还要使用蜂蜜和榄油。有的香饼会做成狻猊和小兔的形貌,有的还要装入可爱的小动物模型中,让淡淡的香气从其口中徐徐吐出。嗜香的人认为不可一日无香,他们的居所也就终日为花香所笼罩了。

花草的食用是更为要紧的事情。不知有多少种花卉被食用,做成茶饮和糕饼。玫瑰花瓣粥,松子糕,松粉丸,桐籽羹;甚至将松脂熬制成强身的丹丸。花草的根茎和叶片都是盘中餐,是比地粮还要珍贵的摄生养护之物,人们很早就相信它的功用,并且认定这已经超出了生理的范畴,而会从更高的精神方面补充自己。

如此信赖和迷恋花草的并不全是闲适富贵之人,更不全是衣食无忧的一班浪子。恰恰相反,辛勤劳作的人更有亲近山野物产的机会,也有更加深入的体味。有人甚至一生处于贫寒状态,像陶渊明,常有饥饿忍耐的时候,却能爱菊。贫富从来不是中国古人衡量人格高下的标准,并认为富而不仁还不如贫而好礼,看来对物质贪欲的腐蚀性早有警觉。所以爱花不但不可以看作人的闲情逸致,相反却折射和表达了他们的心愫和品性。

朴素而精致的生活并不是金钱所能买来的,金钱在许多时候倒是排斥自然人性的,使之不能健康。大自然的芬芳似乎集中体现在一些花草的身上,但究其实,更是普遍蕴含于万物之中,关键是人的眼睛能否看到,人的嗅觉能否闻到,人的手足能否挨近。人与自然世界以及全部物质之间的关系,就应该像初恋一样,需要一种有所克制的深爱,一种依赖和念想。强大的生命必然有强大的欲望,不同的人,不同的民族和不同的时代,在欲望的表达和遣使方面竟是如此不同,所以最后的结果也不同。人对花草的芬芳具有神秘的向往,可人又不是蜜蜂。花朵对蜜蜂有更实际的功用,对人,更多的却是精神方面的助养。所以人对自然界里千姿百态的花草树木的迷恋,是很值得琢磨的一种现象。

不熄的丹炉

人的急躁不安和歇斯底里,极大地破坏了周围的世界,更毁掉了自己的平和与安宁。有人说这些毛病的根源,起码有一大部分是来自生命的焦虑,而焦虑又来自对这个世界的观察。因为人发现所有的物质,凡是没有心的东西,都往往有更长久的寿命,不要说山脉海洋,就连树木房屋板凳,其中一些自己亲手创造的东西也远远超过了人的寿命。人生原来是如此地脆弱和短暂，这让人感到荒唐和残酷，有些不像话。人怎么会甘心如此呢，当然要想想办法。结果想了几千年的办法，仍然没有多少效果。而人又不愿认命，所以这种折腾就一直进行下去。

宗教解释和安慰了人的生与死，减少了人生的一些困苦。所以宗教永远不会消失。有人对宗教的怀疑和厌烦多极了，但宗教还得延续下去，就像生命还得延续下去一样。宗教表达了人类有所作为的另一个方面，它并非是完全听天由命的。这是人类面对苍茫的生命向上仰望的一种方法。

还有低头向下的俯视，这就是求助于山川大地和海洋。这种方法更实际也更切近一些，于是就有了维护生命的诸多办法，比如草药学的形成，比如更激进更不耐烦的长生不老术，再比如炼丹的秘窍：在光天化日之下或一些隐蔽的角落里，冶炼仙丹的炉子就支起来了。这些炉子从几千年前直到现在都没有熄灭，只是冶炼的方式有所变化、炉子也大为不同了而已。

古代一些大权在握的人，比如帝王们，会有一段时间专注于这种冶炼的事情。他们迷信于一些方士的玄谈，梦想长生不老，所以最想结交的就是神仙。有些专门研究冶炼仙丹的就成为帝王们的亲近人士，这些人当中有的可能真有本事，他们并不完全是江湖骗子。至于丹丸，有没有长生不老的神奇功力是一回事，是否有助于身体健康又是另一回事。书上记载有的帝王死于丹力爆发，中了丹毒，这是不容置疑的。不要说古代，就是今天对一些再普通不过的维生素药丸，也充满了争论，有的说可以延长寿命，有的却说害处极大。总之对于丹丸一类有个漫长的实验过程，是需要综合考察的事物，难以一时定论，焦急也没有用。

古代炼丹的人以及服用者，大半是心智健全且较为聪明的人。虽然这当中也有一些太过急于求成的人，但总的来看仍然还不是一群荒诞之人。从花草之类合成丸散膏药，发展到用炉子熬炼矿物，让其发生化学变化，做出一粒粒丹丸，是在医学养生上性质大变的事情。中国古代医药的开始，有不少来自感性而不是理性，发挥主要作用的是形象思维而不是理性思维。一种植物草木以及其他东西，往往是看上去投脾气、模样好，以至于引起了喜悦和联想，就拿来试食。冬天长青的用来御寒，大风中直立的用来防风，就这样试来试去，有时还真管用。

想象离不开形象，而形象思维又会把人的思考引向遥远。渐渐医家的始祖们尝起了百草，传说中有具体的神农等，其实大概是无数人的综合之力，是漫长的时间的积累。一个人的智慧大小是一回事，时间的大限又是一回事。一个人生命的长度毕竟有限，千万人的生命连续并集中起来，能量也就大了，这巨大的成果也会让个体生命难以理解。

炼丹的人用晶亮的松香、光滑的玉石、闪烁的金子，甚至是落地成珠的水银之类熬炼起来。他们相信如此美好可观之物，必然会有完美神奇的功效，结果有时得手，有时失算，中毒而死的事时有发生。当时没有化学知识，却在进行一些化学反应的险事，结果炉子炸了，人熏得七窍流血，都是曾经有过的。炼出了一种丹，近水楼台先得月，炼丹的人先服下去，几天过去不仅没事，还有腿脚轻快两眼发亮的感觉，于是也就以为大功告成了。最终怎样，还要经过长期的观察。当时没有化验这一说，也没有白鼠试验，只有大家多吃，坚持一段时间才行。这有点拿生命开玩笑的意味，但也没有更好的办法。

当代人有了医学化验、药物毒性测试的方法，也只是与古代相比较而言的一点进步，对更深的利益和危害的认识，还需要更远的未来。这个过程是没有尽头的。化学合成的药品，说白了就是形状功能不同的各种丹丸，它们是现代丹炉以流水线方式生产出来的，产量之大，足以进入寻常百姓家。其中的一些最新最奇的丹丸，一般人大概仍然还得不到，所以这些情形与古代比较起来，也并没有发生太大的变化。

最有名的求丹帝王大概就是秦始皇了。这个人有大能量大成功，统一了中国，所以依照前面的道理所说，也就更加追求长生，更加深入地思索过这一类问题。他统一中国后寻找各类人才也就容易了，特别是炼丹的、谈长生不老的人物，那会儿一抓一大把。从东方海边来的方士进了长安，一时身价倍增。这些人在后来的记载中都声名大坏，被说成了专门骗人的家伙，其实是不对的。秦始皇一班人并非那么好骗，他们当时面对的不是骗子，而是一帮科学技术人士。对于最时新最前沿的科学技术，还真需要一点接纳的胸襟和勇气，这是从古到今都能相通的道理。对新事物，必要十全十美十拿九稳万无一失才干，这个谁也不敢保证。科学允许失败，并且允许多次失败、最惨重的失败。以秦始皇的雄才大略，他未必不懂得这个。

方士们当中肯定也有一些怀有政治抱负的人物，这是自然而然的，他们不全是纯粹的专业人士。这部分人对秦始皇而言才是危险的。不过大多数方士还是一心追求长生之法的，他们有东方的技术和心得，要对千古一帝贡献出来。

齐国怪人

方士和长于神仙术的人主要来自齐国。一说到了齐国，就需要多费一番言语了，因为这实在是一个大不平凡的地方。齐国的边界一再变更，随着国势的强弱或收缩或舒放，但大致还是今天的山东半岛地区，它西到济南，南到泰山，腹地是胶莱河以东。它的国都在今天的临淄一带，往北不远就是大海，国土三面环海，有鱼盐之利，不仅富庶，而且由于接近苍茫大海，国民的性格和思路也就大不同于内地。

西边紧靠齐国的是鲁国，因为没有海，风习气象也就大大有别。鲁国产生过圣人孔子，他生前奔走过许多地方，到过那么多诸侯国的腹地，但齐国的心脏地带，也就是胶莱河以东地区，却没有去过。当年方士的看家本领，其实就是孔子不愿谈论的那些"怪力乱神"。这些方士从齐国大学者邹衍那儿得来灵感，采纳和实践了他的"大九州"学说，幻想寻找海外天地，认为海中真的藏有神仙。这些方士主要的聚集地就在今天的蓬莱龙口莱州一带，还有东边崂山和荣成海角那些地方。他们当中有许多人由于亲眼见过了海市蜃楼，所以谈起神仙现象也就言之凿凿。沿海地区打鱼的人多，遇到的各种海象多，登临和观测的岛屿多，口耳相传的故事也多，所有这些交织在一起，也就形成了海边人特有的想象力和思维方式。

在内地的人看来，方士们都是一些怪人，远在咸阳的秦始皇等人最初见了他们，也未必不会惊讶。方士们身上携带了仙丹，肚子里还有一套寻找神仙的方略计策，这都是关系到人生根本的大问题，怎么会不引起秦始皇的极度好奇和向往？对他来说，长生不老在这之前只是一个梦想，在这之后却忽然变成了可能，那么鼓励和尝试也就是自然而然的了。上有所好，下必效法，一时间咸阳城里就有了许多齐国的方士，这些人身穿华丽的东方丝绸，与天下最富有的大商人一块儿来到了秦国都城。方士入秦是历史上的重要事件，这个事件延续下去，竟导致了后来的焚书坑儒，又是中国历史上发生的更大的事情了。

一般来说，焚书坑儒的起因是秦始皇被方士欺骗后的盛怒，并由此而巩固了专制统治，维护了思想上的禁锢。但这大致也是一场东西部文化上的大冲突。因为沿海和内地差别太大，齐国富裕奢华而且开放，军事上却败于秦国。齐国人的优越感有一部分集中体现在方士们身上，这些怪人到了咸阳会有何等表现也就可想而知了。富裕开放之地的人到了以农为本的西部，总会有一些难以掩藏的傲慢气，这种傲慢气难免刺激他人。怪人的长生理论、神仙言谈虽然诱惑人，却也容易被当成一派胡言，因为大多数人与他们还是难以沟通。对付怪人的办法，在一个不知民主为何物的封建城郭中，杀伐就成了最简单的选择。

有些方士吓跑了，有些方士杀掉了，有些方士还在观望。而此刻远在齐国东部沿海，怪人们的大本营，正孕育着一场更大的阴谋或计划。说到底还是地理环境决定了文化传统，这种传统会长久地维持下去，滋生出一个个代表人物。齐国从建制上被秦国灭亡了，但它的文化风习直到几千年后的今天也还存在，更不用说当年了。齐国都城以至于东部腹地的富庶繁荣气象，也会让人一直怀念下去。

齐国是怎么强盛和富裕起来的，大可以讨论。但总的看似乎可以认定：它如果没有吞并东部的莱国，从而将东海地区纳入版图，要变得如此强大也是不可能的。莱国占据了东部,是最早的丝绸业发祥地,还发明了炼铁术,拥有世上最大的粮仓和最多的骏马,还是水稻最初的栽培者。这里被称为东夷。从记载上看,莱国被齐国所灭是齐襄公六年。但莱国并未就此消失,而是继续东迁,成了历史上所说的"东莱"。大多数专家认为,东莱的国都就在今天的龙口市归城村,那里直到现在仍然存有古城遗址。不管怎么说,齐国最后完全囊括了莱国,于是东部沿海地区成为它最重要的经济带,使其富甲天下。

考察齐国的山水才能理解它的独特文化。这是中国北方最不寻常的文化支脉,今天虽然保留了下来,但因为儒家文化、西部的农耕文化成为了主流,齐文化已经面目模糊起来。从地形上看,它就像伸进大海中的一支犄角。这犄角与日本列岛、辽东半岛及朝鲜半岛遥遥相望,此呼彼应。犄角上有一些林木葱郁的山峦,如栖霞的牙山和牟平的崑山、龙口的莱山以及青岛的崂山、莱州的峿山,等等。这些特别的地形地貌,也就形成了文化的皱褶,里面夹杂有各种奇特的人物传承。比如道教,就在这里找到了最好的生存土壤,道教大师丘处机就出生在栖霞市宾都里,这里至今仍有他生活和传道的踪迹,著名的道教圣地太虚宫仍然残存。荣成的铁槎山、青岛的崂山、牟平的崑山,无一不是道教重地。

西部人眼里的怪人,在齐国东部则是见怪不怪。就在秦始皇大肆杀伐方士的年代里,东部沿海仍然活动着一大批方士。秦始皇焚书坑儒后曾经东巡,走到齐国琅琊一带又杀了一些方士。然而当秦始皇继续向东,渐渐抵达方士们老巢的时候,却有一个人敢于大谈长生不老神仙术,并主动求见了秦始皇。

徐　福

这个因为胆大包天而名传千古的人,就是徐福。《史记》等正史上记为"徐市",后来不知怎么通作"徐福"。可能后来人着眼于他成功地欺骗了秦始皇,出逃成功,总算为齐国出了一口恶气,算是修成了大福吧。可见这个人的手眼心术非同一般。

徐福是齐国海边的一个方士,这是没什么争议的。有争议的只是这个人更具体的籍贯以及最后的出航地。有人认为他是胶东半岛南部人氏,也有人认为他是蓬黄掖即今天龙口一带的人。至于出航地,从古航海学的角度来看,也只能从龙口或蓬莱湾过海,先抵辽东半岛,再逐海岛链往东,这样才能不断规避风浪和补充淡水,最终抵达朝鲜或日本。当时的航海条件也只能如此,因为徐福出航的时间整整比哥伦布早了一千七百多年。所以说这是中国航海史上的大事件,虽然最初只是求仙寻药的借口,最后却从许多方面产生出了历史的大意义。

徐福要取得秦始皇的信任,就得冒着杀身之祸把谎撒圆。以前的方士试了多次,结局是身首异处。秦始皇修长城,平六国,书同文车同轨,统一度量衡,干的都是前无古人的大事,是所谓的大手笔。这样一个人对一些谈天说地的海边怪人随手杀上一批,应当是很小的事情。但现在的问题稍稍有了不同,就是他已经年老体衰,自觉来日无多了,豪气虽然还在,但已经不像过去那么长了。他几次来东方巡视,其中一个主要的目的就是想亲眼看一看神仙出没的大海,心里想的依旧是一件最最要紧的事情,那就是长生不老。

这之前他也服了不少丹丸,可能有些效果,但功效不能持久。受道家异术的影响，他还试过其他一些不可思议的健身法，如有的书上说他甚至接受过采阴补阳的损招。一切极端的方式都试过了，还是不能阻止衰老的脚步，那就得下更加坚定的决心了。想一想以他这样的身体和年纪，坐着一辆马车从咸阳赶到胶东海边，那该是怎样的长途苦旅。可是这在他看来差不多是和死神赛跑。所以这一次他就近与徐福谈论寻找仙山的事情，内心里还是抱了一个很大的希望。

徐福不仅有多次出海远航的经历，精通大九州学说以及诸多方士的技术，还一定会有相当高明的表达力。直到今天胶东都流行一个说法，即"黄县人的嘴"，说的就是这个地方的人特别会说话，有超人的说服力。徐福对秦始皇说了求仙之苦、多次不成的症结所在：海里由于有大鲛拦路，根本不能靠近仙岛。他认为要想一举成功，必须再做更周到更严密的准备，把困难和艰险想得更足才行。他提议要打造更坚固的楼船，形成一个浩大的船队，并且要配备最好的弓弩手，还要载上五谷百工和三千童男童女。

他提出的船队和粮草武装之类今天倒好理解，但把那么多童男童女拉走就不好琢磨了。这种明显的移民嫌疑，秦始皇怎么就没有察觉呢？这次大王竟然一口应允了，命令从广大地区寻找面貌娇好的男童女童。今天有人推论出一个令人信服的解释，即徐福当时要以祭祀的理由说服对方，说既然是一桩伟大庄严的求神使命，那就需要非同一般的仪式，到时候需要最隆重的生人祭。他以献给海神一大批美物为借口，生生把三千青春运到了海外，这真是一个大胆的计划。可是他真的成功了。

秦始皇也许是为了验证徐福的话有多少真实吧，记载中他亲自率人沿大海走了一遭，从古黄县一直走到东邻的福山，然后又去荣成成山头，还亲手射杀了一只大鲛。这使他对大鲛的存在以及拦路一说深信不疑。这次东巡，除了射鲛，他还登上了龙口的莱山，这在当时是一座名山，上面是月主安居之地，建有一座月主祠。他祭了月主，然后又祭了日主，日主在荣成成山角，那是海的最东端，是太阳最早照亮的地方。

秦始皇登基之初就上了泰山，搞过声势浩大的封禅活动。可见他对于神是多么敬畏。这在现代人看来有些愚昧，觉得他在浪费工夫。其实无论是帝王还是平民，有所敬畏总比没有要好。敬畏可以约束自己的行为，修葺自己的内心。毫无敬畏的个人和群体往往是非常可怕的。徐福利用了秦始皇的敬畏之心，而他自己也是充满了敬畏的人。现在胶东一带还有许多当年徐福出海祭祀的地点，一些关于他率船队出海之前举行祈祷仪式的记载。方士本来就是言说鬼神的，这种言说对他们来说不可以看作是一种策略，而是真实的认识、是一种世界观。大海深处出现的海市蜃楼现象，还有无边无际的大水，对他们都是无尽的想象和神秘。

有人推测徐福是齐国隐藏下来的学人，是暗中与秦国对立的代表人物，只不过以方士的身份遮人耳目罢了。他船上真正装载的，主要还是一些思想和政治人物，不过这会儿化妆成了技术人士。这种推测当然也能成立，因为自从焚书坑儒事件发生之后，一些学术思想人物流散到了各地，他们的生存压力一定很大。秦国的文化政治中心在咸阳，它的威慑力自西往东会逐步减弱，于是越来越多的异端人士也就流向了东夷，即胶莱河以东的海角地区。但这里对于他们来说，恐怕也不是什么长久之计，早晚还是有个移民海外的问题。

可能是秦始皇的第二次东巡，过琅琊时杀掉了许多方士儒生。这次大屠杀发生的时间和地点都是极具威胁和刺激性的，于是徐福率人出走，已经是十二分紧迫的事情了。

结果徐福在两到三次探索性的出海之后，最后一次终于成功了。正史上记载他的浩大船队逃到了日本外岛，得到了一大片"平原广泽"，于是自立为王，再也不回故国了。直到今天的韩国济州岛等地，还有徐福路过的遗迹，而日本的许多地方这种遗迹就更多了，并有不止一处徐福登陆纪念地。一个人就这样成了王子，而且带走了一大批能工巧匠、三千个童男童女。这一切都足以引起后来人的羡慕和想象，所以把"市"字改成了"福"字，也是自然而然的事情。

向东方

秦始皇最后一次东巡完成了一些大事，其中最主要的当然是派遣了这支徐福船队。至于东部沿海的考察、大海风光的绚丽奇异，从一开始就深深地吸引了他，不然也不会有接二连三的远行，车马劳顿对他来说已经很不适宜了。虽然当时他的年纪只有五十左右岁，但他这五十年干的事情可不一般，太多太大，足以折寿。古人的寿命要少现在许多，可是他们用来做事情的时间仿佛仍然充裕。这在许多考察历史的人看来常常感到吃惊，因为以古代的人来比今天的人，今天的人不仅成熟得太慢，而且还显得成事不足。关于寿命，有人推论今天的人活得久，主要是药物的发展，是对生命规律的认识提高了。也就是说，"炼丹"还是有用的。现代丹炉仍在熊熊燃烧，不同的是，它经过了几千年的改造之后，已经不需要再架在山野里了。

但是也有个说法，即我们寄身的这个地球转速越来越快了，所以从计数上看，我们的七八十年与古人的六七十年相比，在总量上也差不了多少。这只是一种想象，虽然现代科学测量已经断定，地球自转的速度确是加快了。

不管怎么说，秦始皇最后一次从东部往咸阳赶的路上，真的是上气不接下气了。与他同行的有丞相李斯和大内总管赵高，这两个重臣就像他的左膀右臂。这样一路上可以商量处理所有的国家大事。他们回程走的路还是靠近大海，大致是顺着渤海湾往西绕行。帝王的心不同于一般的心，令他满足和向往的常常是最辽阔最伟岸的事物，所以面对崇山峻岭或一大片平原会神往，见了浩淼连天的大海更是感慨万千。秦始皇的晚年与大海结下了不解之缘，这可以有多方面的解释，但与一种帝王的人格气质，仍然有深刻的联系。

大约走到了沙丘一带，也就是今天的河北省内一处海滩上，秦始皇的生命抵达了终点。他死在了东巡之路上，这大概是连他自己也料想不到的吧。本来为了求长生而来，却连赶回家的时间都没有了，时间对他来说就这么突兀地结束了。地球仿佛停止了转动一样，整个东巡的车队都被巨大的恐惧笼罩了。可以想见随行的文武大臣会有多么害怕，其中的李斯和赵高慌得大概不知怎样才好。他们为了遮掩皇帝死去的真相，害怕闷热天气中散发的尸臭泄露了秘密，就在大王的寝车上装满了鱼虾。就这样，一车臭鱼烂虾，陪伴了千古一帝最后的旅程。

秦始皇的一生，最险峻难忘的一些经历都与东方连在了一起。首先是他的姓氏，有人追根溯源，说他的祖上其实就是东海人。嬴姓来自东部沿海，这对一个西方渭河流域的霸主来说可不是小事，因为这是血缘的追认。所以当秦兵一路向东打过来，他们攻城略地的时候，秦始皇内心里或许会有极其复杂的感受。这种"打回老家去"的代价真是太大了。但这毕竟是一种帝王的统一大业啊，一旦开始就再也停不下来了。

他晚年一次次往东颠簸，不顾路途遥远身衰体迈，除了受寻找三仙山、长生不老的念头所吸引，可能还有更深层的血缘的力量，有认祖归宗的奇怪宿命在起作用。统一大业完成以后，已经平定的六国财富异珍尽可以全部集中到咸阳，这时候最让他惊喜诧异的还是齐国，从文化到物产，这个东方大国都让人啧啧称奇。丝绸骏马和最锋利的宝剑，黄金白银，奇装异服，更有高大俊美的齐女。齐国沿海一带是有名的出美女的地方，她们一个个明眸皓齿，从肌肤到说话的音调都与内地大不一样。早年秦始皇娶的齐妃就是齐国人，这是最受他宠爱的女人，他们生下了一个英俊的公子，就是扶苏。

齐国都城临淄的繁荣被无数人说过了，那里有天下最多的富贾，最长的商业街，最大的踢球场，还有名震天下的稷下学宫，有迷人的韶乐演奏，有卖艺也卖身的歌妓。这些在以前都是耳闻，除了少数往东经商的人和出使的官吏，对大多数长安人来说都停留在口耳相传的阶段。不过那些偶尔来到长安咸阳的齐国人也加剧了这种传奇。来到这里最多的是绸缎商和盐商，再就是游学的各类人士，特别是神秘莫测的方士们。

从临淄往东三百里就进入了东夷莱国的地界，它才是隐在齐国身后的神秘之地。这里无边的膏壤连着大海，大海又连接了天外，最怪异最费解的事情就在这一带频频发生。其中不可胜数的当然是神仙故事，这是沿海人与另一个奇异世界交往的记录，原来人与神的分界就在这里。秦国有渭河大平原，良田千顷，可是这与大海相比就算不了什么了。大海无边无际，其中有时隐时现的岛屿、有茫茫水雾,那里的一切都是未知数。关于这些不能抵达之处,一切也就只好听任方士们随口演绎了。秦始皇越是到了晚年就越是知道,齐国虽然被武力征服了,但这其中真正的隐秘还远远没有打开,这里等待他进一步征服的东西,还有许多许多。

于是就有了秦始皇晚年的东方之旅。以当年的马车而论,从西到东走上这么一趟,费去的时间和精力在今天看来真是不可想象。究竟是一颗多么固执的心、多么巨大的吸引力,才能让年迈的帝王走上这个可怕的旅程,也就只有留给后人去猜测了。就这样他上了路,而且一连走了三次。如果不是最后一次沙丘上的死亡阻止了他,他还会将这种旅程重复多少次呢?谁也无法预料。

秦始皇死了。他的遗体被运回咸阳,葬在了渭河大平原上。直到今天,他的巨大陵墓都没能完全发掘,所以今天的人还不知道它的浩大规模,不知道他最后的地下宫殿是怎样的。只不过挖掘出小小的一角,就发现了一大片令人震惊的兵马俑:这些陶俑甲胄在身,神情肃穆,又威严又迷茫地望着一个方向。

那是东方,是齐国的方向,是茫茫大海的方向。

第二章

古登州

秦始皇一意寻找的三仙山叫"方丈、瀛洲、蓬莱"。后来人只把"蓬莱"用来指代仙境。古登州的府置被命名为"蓬莱",后来成了一个县,再后来又成了一个市。它与所谓的"金黄县"紧紧相邻,当年的登州府衙就设在两县交界处。实际上这两个县许多时候是合而为一的,它们地形地貌相似,民间风俗口音也无不同一。一个"金"字就说透了一方土地的富庶,比如这里紧靠大海,占尽了大海之宜,土地肥沃,物产丰富。古代这里并不产黄金,邻近的招远市才盛产黄金,至今仍旧是全国第一金都。从历史上看,登州没有发生过特别大的天灾,日子还算祥和安逸,因为紧靠仙气缥缈的大海,有名的海市蜃楼就常常在这一带发生。终于,在八十年代中期发生的一次海市,被一个电视台记者拍成了片子,从此神仙的演绎不再仅仅止于口头了,就此留下了永远的踪影。

有人猜测这里离海中的三仙山最近,出门找神仙方便,所以也就获得了"蓬莱"的命名。传说中的八仙最初就是从这里过海的,他们当年停留歇息的地方如今成了一座天下闻名的楼阁,叫蓬莱阁。站在阁上,面对的就是滔滔大海,它的光色可以在短时间内不停地变化,有时碧波万里,清晰得一直能望见很远处的海岛,只见它们隐隐约约在海中排成了长练,像一些散落在水中的村庄。最近最大的一个叫长岛,这是海边人最早登上去实地勘察过的一个地方。长岛很快有了移民,几百年过去,如今这个最大的岛屿也变成了一座繁荣的县城,城里人的口音与登州人完全一样,风俗也一样。这些最早的移民在当年一定做过神仙梦,只是定居下来之后,就要慢慢回到现实中了。

登州一带是齐国灭亡莱国之前,莱国的一个重要地区,可以称为它的心脏。如果考古学家所说的归城故城真的是莱国东迁的都城的话,那么古登州的前身与一国都邑也就近在咫尺了。中国最早的炼铁术、丝绸纺织,还有水稻的栽种,就是从这里开始的。这个小小的海中犄角竟然是中国工农业现代化的一个摇篮,真是不可思议。如果当年的齐国未将这里纳入自己的版图,那么也就不会有令天下目瞪口呆的繁华了。如果硬要做一个比喻,可以这样说:当时其他地方的人进了一次临淄城,就好比今天第三世界的人去了一趟曼哈顿。而支撑这超级繁荣的,主要是古登州地区。

登州的确是个人神交会的地方,稀奇古怪的传说和事迹很多,谈论神仙术和长生不老的人很多,所以就成了方士们的大本营,成了道家的胜地。有人甚至说这里至今还有不少仙人混迹民间,当然可视为无稽之谈。传说中长生不老的人有名有姓,籍贯清楚,而且什么人曾经见过、正在干什么营生,等等。传说这些人都是因为无意间吃了一种长生不老的东西,也就永远留在了世上;而且这样的结果也并不让他们愉快,因为人生不易,长寿也有长寿的烦恼。这里地处富庶之乡,历史上出过一些富甲天下的豪门大户,所以一代代积累的稀罕宝物时有出世。至今这里民间收藏的名贵字画、珠宝之类都声名远播,是四处搜罗古物的人最常光顾之地。传说莱国最好的宝剑前些年曾在这里一显真形,只可惜昙花一现,很快就隐匿不见了。

不止一出戏是关于古登州的。但最好看最好听的，还是程派名剧《锁麟囊》。这出戏是程砚秋请翁偶虹先生根据民间流传的一个真实故事改编的，这之前已经有人演绎过。戏中说古登州一个姓薛的大户，女儿在出嫁途中遇上了大雨，在春秋亭避雨时认识了另一位出嫁的女子，这女子一贫如洗，哭得可怜，大户的女儿就顺手将盛满宝物的锁麟囊赠给了她。受赠的贫苦女子嫁到了莱州，它与登州邻界，就在西边不远。几年后登州发大水，姓薛的大户被冲得家破人亡，当年千般娇贵的薛湘灵一路流浪讨要到了莱州，幸运地被当地姓卢的豪门搭救。想不到这个豪门的女主人就是春秋亭里接受厚赠的人。于是两位夫人结成了金兰之好。

如果没有那次相赠，莱州的卢家就没有后来的发达。那不是一般的赠予，而是大到了让人不敢相信的地步，看囊里装多少珍宝啊，它们"光华灿烂"：夜明珠、紫金簪、赤金链、八宝钗钏等，价值百万，足以保证受赠人半生衣食无忧。这个故事太离奇了，可是发生在古登州却让人不能不信。因为这里的确是产生豪门和豪举的土壤。姓薛的大户娇女心生怜悯，而后挥手就是百万，可见她的豪迈和阔绰。接受的人惊慌不已，相赠的人却轻松自如，就像压根没有发生什么似的。这个故事吸引了那么多人的好奇心，让一代代击节叹赏，这除了故事本身的魅力，也还有程派艺术的美妙。

《锁麟囊》作为写古登州的代表性表演艺术，隐隐囊括了地方文化的神韵，植根深长，这需要细细品味才行。它有东方的水气，有神仙气，有古登州的华丽和富贵气。正是这种气质，在齐国最强盛时期的临淄城占据了统领地位；但是随着齐国的衰落，它也就渐渐化为了骄奢淫逸的腐败气。总之任何一种艺术的来源都可能是复杂久远的，比如看一条河，我们看到的只是它下游的大水，却不可能一口气追溯到远处的山峦里，而那里边才是它的发源地。

安静的力量

传说中的八个神仙开悟得道以后，由蓬莱一带驾云过海，往三仙山飘然而去了。这个故事其实就来自齐国人最高的生存理想，即早日做个神仙。修炼和思悟，迷恋丹丸，并最终得以成功，超凡脱俗，可以移民到神仙界里去，这是许多人梦寐以求的事情。这和徐福当时游说秦始皇的口径是一致的，徐福自己半是幻想半是现实地实践了几次，最后真的率领一支浩大的船队驶入了茫茫大洋，再也没有回来。

胶东以至于海内许多地方，至今还能找到一些高人静修之地。这些地方有的是有名的观和寺，有的是深山僻处，有的直接就是洞穴。莱国古地的遗风一直流传至今，直到现在，保留在民间的还有各种各样的修持，关于修身养性，私下传递各种秘方以及喜好膏丸丹散的人，仍大有人在。七十年代的农村赤脚医生制度，就曾经和这样的传统在一定程度上结合起来，于是那时随处可见一根银针一把草的简陋，与一些深奥奇妙的修炼方法兼施并用。有时神汉巫婆同时也是赤脚医生；乡村里的太极推手、武功师，这类人随处可遇。在集市上，貌不惊人的卖菜老农很可能就身怀绝技，一时兴起，能够于静默片刻之后，当众挥臂断石。

莱国大地上曾经遍布民间的禅房，当然这是隐姓埋名的，是人们相信和实践安静修身之所。许多人都懂得，只有安静下来，内在的力量才会一点点集聚和滋生出来，这犹如沙坑滋水，在缓缓无声间充盈。有人忙碌一天之后，于空闲里盘腿坐在炕上，双眼微眯，两手抚膝，让气息徐缓漫长起来。这种情形是常见的，至今也是如此，已经成为他们平息劳累的一种方法，一种习惯的姿态。由于莱国人于两千多年前频繁移民东海，所以日本韩国等地区，那里盘腿而坐的人与胶东一样多，而且诸多风俗气质也极为相似。

安静的方式及其焕发力量的功能，是齐国东部方士们发现和传布的。这种方式又与后来的佛教禅事融合起来，二者嫁接得天衣无缝。安静作为一种文化，已经极大地影响了人们的日常生活和行为方式，还有各种艺术。能够安静下来的人，通常被视为极有力量、起码是潜藏了某种大能量的人，这种人或者体能过人，或者思想过人。

古人的茶道、围棋、抚琴，都以安静功课为根柢，传递出一种深长的静思意味。直到现在，如果能遇到一个自然深入的老者，看他品茶下棋，或者听他弹琴，会发现流露在外边的表演招式几乎没有，而给人流畅舒服的感觉，十分熨帖。这种生活举止甚是雅致，同时又很朴素，一点做作都没有。就连武术也是如此，凌厉的肢体动作都是配合呼吸、在沉静的气息间隙里有节奏地展开的，如果在这些动静结合上稍有紊乱，也就全糟了。

大诗人杜甫有一篇名作叫《观公孙大娘弟子舞<剑器>行》，写的就是观看名家弟子的一场剑舞。大舞蹈家公孙大娘是唐玄宗时代的宫廷艺人，最擅长舞剑，舞的时候要穿严整的军服。她舞技精绝，令人叹为观止。杜甫说当年的草书大家张旭，就是观看了公孙大娘的舞剑才发生了顿悟，从而使自己的草书大有长进的。"昔有佳人公孙氏，一舞剑器动四方。观者如山色沮丧，天地为之久低昂。"没有什么语言比大诗人的文字更为出神入化的了，四句，即留下无限的想象，其情其景会因读者的不同而演幻，以至于无穷。文字或者夸张，因为只有这样才能稍稍抵达那种实感和认识，说到底还是一种朴素的表达。他说她闪烁的宝剑就像英雄后羿射下了九个太阳，矫健的身姿就像驾着飞龙在天上翱翔，"来如雷霆收震怒，罢如江海凝清光。"从极度的暴怒狂野，到一瞬间清水凝止的安谧，是何等的节奏、何等的动与静。这期间必然配合了舞者的呼吸，表现了她超绝的功力和一颗沉稳的心。

安静是浮躁的对立，而浮躁来自追逐的欲望。安静是生命的力量，也是生命的艺术。生长于这种文化土壤的完美，骨子里是安静的。比如说京剧，尽管有震天的锣鼓，它给人的综合感觉仍旧也还是安静。戏中人的体态韵律，念白以及音乐，都给人这种静远超脱的享受。中国的古诗和美文，也无不如此。无论是台上戏文的念唱或供案头枕边阅读的文字，都留下了或隐或显的气口，这些气口就是为呼吸准备的，是艺术创造者沉潜的痕迹。这时的安静会化为无所不在的东西，从舞台人物的一招一式、从唱词和音乐，也从文字间透露出来。

西方的艺术暂时还不好说。但东方的艺术确是这样的。总的趋势是静，不仅是戏剧和诗文，更有绘画和书法，其中的上品莫不有安静的气质。吵吵闹闹的往往是一些更通俗的艺术，但即便是这样逗乐打趣的技艺，做到了一种极致，也会给人一种安静感。

古人举大事之前往往要有一个仪式，就是沐浴更衣，焚香独守。这无非是使自己处于一个相对超然的空间，以摆脱世俗之忧，求得一种沉潜，即是为了一个安静。因为只有这样才能获取力量，一种内在的力量，而不是虚浮的力量。有了这样的力量，定在一个地方可以牢实不倚，移动出走也会步步踏实。可见，一种自觉不自觉的禅性，就这样贯彻在许多人的日常生活当中，以至于化为莱国人的习俗，流传很广，直到现在，胶东地方也还能够看到这种情形。

一些不严肃的人

古代很出了一些滑稽人物，就因为他们太有趣，所以那些事迹书上记了很多。这其中最有名的大概要算淳于髡和东方朔了，他们都是齐国人：淳于髡大概是东莱人，东方朔则是齐国西北部沿海人。总之他们是海风吹拂下的宽袍大袖的人物，行为有些吊儿郎当，不太中规中矩。他们好像不太正经说话，谈问题好做比喻，听起来没有那么严密的逻辑，动不动就是"我听说"如何如何。这样所谈的未必真实有据，可以更自由地表达自己的意见，同时又不必负有具体实证的责任，给自己说话办事留下了许多方便。他们的谈吐当然也有强大的内在逻辑，只不过听起来看起来随随便便、甚至是嬉皮笑脸罢了。

这些人面对有权势的国君之类，要施展自己的抱负、施加自己的影响，非要具备致命的说服力才行。这方面他们与鲁国的孔子及弟子就差别很大了。孔子也是很幽默的人，因为高智商的人往往内心世界极为丰富，他们肯定是多趣而不枯燥的人。但孔子毕竟是极其讲究礼法的，在许多情况下庙堂规范还是要遵守。关于他曾有过很有名的一句话，即"子不言怪力乱神"。孔子虽然并非不苟言笑的人，但从记载上看，他在国君面前礼节周备，算是言行有度的人，没留下什么过分惊悚骇世之言，也没什么滑稽可笑的地方。

而齐国的淳于髡和东方朔之类，大有夷人的野性气，大概保留了不少海边"海客谈瀛洲，烟波微渺信难求"的味道。淳于髡动不动就打比喻，不开玩笑不说话，被后世喻为滑稽大师。其实他在以最生动的语言方式来说服别人，阐明事理，在语言上技高一筹，有时比干巴巴的讲理还要有效有力得多。他对主持齐国政务的宰相邹忌说过极有趣的一段话，如："将猪油抹在棘木的车轴上，是为了使它灵活转动，但是，如果车轴的穿孔是方的，抹多少猪油也无法转动。"再比如："狐狸皮的袍子尽管破了，但是不能用黄狗的皮来补吧？"这里既用植物又用动物做比，讲的即是进谏和用人的深刻道理，使邹忌大为钦佩。齐国要打魏国，淳于髡对齐王说：齐和魏，一个是天下跑得最快的狗，一个是海内最狡猾的兔子。可是狗和兔子绕着山跑了三圈，翻过山又来回五次，最后都疲惫到了极点，累死了，一个农夫过来就装到了自己的囊中。他说现在，等在一旁的秦国和楚国就是这样的农夫，他们正等着捡死狗死兔子呢。这样一比，齐王也就害怕了，立刻停止了伐魏。

东方朔在大臣和君王面前常常也是巧话连篇，令人捧腹，像一个喜剧演员。他就不像淳于髡那么幸运了，只成为权势的花边与点缀，朝中有人甚至将其看成一个弄臣。这给他的内心造成了极大的悲哀。不严肃的人有了两种结果，一个是显，一个是沦。后世的传说中，郁郁不得志的东方朔滑稽依旧，最后干脆变成了神仙，归入了虚无缥缈之中。在民间，他竟然成为相声表演艺术的鼻祖，还成为四处讨要的丐帮的神圣。

齐国方士们谈天说地的语言风格的确影响了很久，波及和渗透到了文化政治及日常生活中，以至于形成了某种地域性格。徐福如果没有超人的想象力和游说力，怎么会带走一支庞大的船队，从秦王眼皮底下溜走呢？至今在半岛地区还流传着一种说法："莱州人的鬼，黄县人的嘴，蓬莱人的腿"，说的就是莱国最有代表性的地域特征："鬼"是指心智，"嘴"是指能言善辩，"腿"是指勤于奔走。可见有了这三项，再大的事业也能成功。从心智、说服力到行动的果决和勇气看，莱夷地区即齐国东部的人确是高人一等，这种特征竟然从古至今一直保持下来。

胶东人这样形容能说会道的人：死人都能说得活。的确，在一个动之以情晓之以理、同时又不断喻之以利、亦庄亦谐的海边说客面前，能够抵挡得住、一直不为所动的人真的很少。据记载，民国时期曾出过一个笑话，其主角就是一个老黄县人。这个人姓梁，不知为什么忽发奇想，想在当政高层走上一遭，显示一下自己的本事。据说这不过是一个稍稍识文断字的老农，其貌不扬，矮小且有点罗锅，却能搅起不少的波澜。他通过地方官吏上达一个宏愿，说要献出自己的万贯家财用来抵抗外侮，言之凿凿，终于层层感动，最后真的被国民政府请到京里，从部长到最高执政皆出面接见叙谈，正经款待了一番。结果当然不过是老农的一个玩笑而已。他虽然来自一个富足的地方，自己却实在是一个穷人。

这个真实的故事不仅是一出闹剧，其中也蕴藏了发人深省的意趣。有人以此嘲笑当局的愚蠢，却忘记和忽略了两个最大的要素：一是古莱国地方自古诡谲，常出产一些不严肃的人，这些人有非同一般的想象力和言说力，并非一般人士所能抵御；二是古登州地区豪富辈出，他们当中富可敌国的望族绝不罕见。正是因为如上两条，那些经多见广的衙门和政要才会从头至尾配合这场荒唐的演出。

齐国人淳于髡和东方朔，还有晏婴，都是风趣多智的代表人物。他们对待经国大业和有为的国君，虽然使用的是颇为滑稽的劝喻方式，但骨子里却是士人的忠信，是言必信行必果的风度品格。而对待暴君的绝望，他们的表现往往一如徐福等方士们，会以过人的心智谋划一个骗局，先以卓越的言辞打动对手，再以大胆的行动付诸实施。几千年下来，齐国东部这种海天连接、海市蜃楼频频发生的奇特环境里，的确产生和孕育了一大批有奇才异能的人，他们的足迹遍布世界，哪里留下了他们的身影，哪里就会发生一些有趣的故事。

游 走

半岛东部原住民被称为莱夷人，他们的来路颇费猜详。考古学家认为其中的一部或大部，在更为久远的时代曾经奔走于贝加尔湖以南、直到胶东半岛这样一个极广大的地区，属于强悍的游牧民族。当年辽东半岛以南的老铁山海峡还没有发生陆沉，就是说从古登州到东北，整个这一大片水域是不存在的，那时还是通途。这些人或从南向北，或从北向南游荡，最终从严寒地带一路南下，在四季分明土地肥沃的半岛地区定居下来。新的地理环境让驾驭骏马的民族渐渐收心敛性，植桑种稻，成为精致农业的初创者。考古发掘已经不断证明，与同期相比，这里出土的陶器是天下最为精美的。他们在这里建立了莱国，最兴盛的时期地域极为辽阔，不仅囊括了现在的半岛东部，而且西达黄河、南抵泰岳，差不多与后来齐国最强盛时期的疆界吻合。

这个莱国在狄戎东进的过程中时有变故，经历了不少残酷的战争，原先与之联合的部族也发生过背叛行为,所以疆土还是一点点萎缩了,渐渐只剩下了胶东半岛部分。最危急的时候,这个国家的一批精锐还曾穿越老铁海峡北上,也许要为一个民族的大撤离做好探路的准备。当然这都是后来人根据考古的推断,只比一般的想象坐实一点罢了。

不管怎么说,莱国人比较起来还是不够安分的一类,这就不同于一般的农耕民族。他们游牧的野性潜伏在血管里,一经呼唤触动就要蹿跳出来,恢复起游走的老习惯。所以即便经过了许多代以后,当后来半岛出生的人早已忘记了先祖的来路时,血脉的力量还仍然在起作用。这就好比一个人夜里常常做一个相同的梦,梦境在醒来后总是不愿消逝,并且觉得这个未曾去过的梦境之地不知什么时候真的光顾过一样,因为那里的一切实在太熟悉了。这种情形可能就是血脉的作用,是血脉的记忆。

莱夷人的骏马后来少了,并非人人都能骑在马上,但是远行的心事却是人人都有的。翻翻史书,会发现这里有这么多的男男女女抵达四面八方,他们当中的一部分人由于举事不凡,最终青史留名了。秦国统一中国之后,都城不再是临淄,而是远在天边的咸阳。这个西部城郭对大海边上的人而言是多么遥远和陌生,不过就像当年游走临淄一样,他们很快就不畏艰难地一路跋涉到了咸阳。他们总是像孩子一样好奇,想亲眼看一看这个政治经济中心,看看自己能否对这里施加一些影响,多多少少改变它一点什么。

结果就是齐国方士的大批西进,是齐国商贾频频出现在咸阳街头。这在当时,对于相对封闭的秦国而言是个不小的冲击。如史书所记,他们当中的不少人直接影响了秦国的政治,与当政人物多有接触,甚至和秦始皇本人取得了密切的联系,一度还让其言听计从。莱夷的这些人游走成癖,玩耍游戏的心也太重，这就与纯粹农耕立国、严刑峻法的秦国人在脾气上犯冲。所以说后来发生的焚书坑儒事件，也不能完全从政治背景上寻找原因，其中还有一些虽然微小、却不能不予以正视的问题，这就是海边的人与西部的人脾气犯冲。

不甘寂寞，生性好奇，活泼多动，同时又野心勃勃，可以说是齐国东部人的特征。这些特征后来真的影响了齐国的文化和政治，以至于可以说，齐国的政治文化观整个就是莱夷人的。看齐国从王子到大臣，一个个都是这样的风格，他们衣袖常舒，甩甩达达，像是一天到晚被海风吹拂一样。这些人虽然身居高位，言行却颇不稳重，有时冲动得很，行为常常有些夸张。比起邻居小国鲁国来，齐国显得水汽太重，远没有以土为本的鲁国夯实，可以说不够庄重。齐国越来越像一个游玩的地方，而不是法纪礼仪的严整之邦。当然这是指它的后来，是从齐桓公齐威王一路下来，到了齐闵王这个时期的情状。

近代人有一个壮举，就是东北三省的开发。这是一个漫长的、艰苦卓绝的过程，很难简单加以概括。但有一个事实是难以否认的，就是无论是起初还是最后，走在前边并且人数最多的，还是齐国东部、即被古代称为东莱的这些人，具体点说就是今天胶东半岛地区的那些人。这些人在两三代以前就开始过海，最先踏上了东北阔土，然后一代代接续，使这场规模浩大的移民活动持续了整整两个多世纪。如果我们从更早的氏族血脉和文化上寻找答案，就会想到老铁海峡陆沉以前的那些故事。可以说，没有比半岛上的人再熟悉东北、再想念东北的了。那是他们的祖先曾经反复穿越的一个开阔的空间。

除了向北，再就是向东。东方的淼淼大水阻隔了跋涉，却因此而引起了更多的想象。造船业发达起来之后,东莱的渔业国内第一。可是有些连航船也难以抵达的深处,也就只有依靠幻想了。他们以为海市蜃楼只是远处场景投射在这里,更深远处必是仙地了。后来在稷下学宫名声大振的邹衍,就出生在齐国的一个贵族家庭里,他最有名的学说就是"大九州"说,提出了阴阳五行自然学说的理论模式,但又与道家有所区别。在他看来,中国只是一个"小九州",是世界的一小部分,只占天下的八十一分之一。他到底是怎么推算出这个比例来的且不论,但其开放的宇宙观倒是令人钦佩。他认为中国之外的九州,"乃有大瀛海环其外"。这种博大和浪漫并非人人认可,比如同为齐人的刘勰在《文心雕龙》中就批评邹衍:"邹子之说,心奢而辞壮。""心奢"与"辞壮"尽管用在这里是贬义,但实事求是地说,也算道出了齐人特别是莱国人的某些特征。

至今,走遍日本及朝鲜半岛,可以发现当地有许多人的祖先系齐国东部移民。一个游走四方的民族的确发现了不少新奇,他们边走边看,不断寻找新的机会,主要是商机,是肥沃的土地和壮丽的山河。如果有机会从政,可以管理社会和民众,他们也会毫不犹豫地露上一手。

许多狐狸

蒲松龄是典型的齐国人。他一生的大部分时间都在淄川这个地方生活,出生地是淄川县的蒲家庄。直到今天村庄东头洼地上还有一处泉水,泉旁有一棵古老的大柳树,于是这里就被称为柳泉。他转述的狐狸的故事,实在是脍炙人口，可谓空前绝后。他之前没有这么精彩的狐狸故事，他之后别人最好也不要写了，因为不可能再写出新的意趣。这里之所以用了"转述"而不用"创作"，就是想强调一部聊斋的记录功能。它是一部民间故事的搜集总汇，专题就是一种动物。至于说搜集者的个人才华、文学修养，那自然是不必怀疑的。转述的准确和生动，还有文采和凝练，都是这部书得以传世和不朽的重要条件。

齐国地区特别是东部沿海一带，谈论怪力乱神的人很多，并且作为一种代代相传的传统保留了下来。这种风习不是某几个人的力量促成的，而是自然地理环境生成和演化的。这里到处丛林茂密，动物穿梭往来，茫茫荒原又连接了大海，人在这种极为复杂旷远的背景下生存，是要处处看大自然的脸色的。鸟号猿啼，海风呼啸，都会动人心弦。一些不可思议的人与事，一些不仅仅是迷信的奇异经历，在这里往往越传越多。

狐狸的足智多谋为动物之首，已成为不争之论，它的娇美妩媚也为人所公认。但是狐狸能否真的幻化成人形并如此深刻地参与世人的生活，比如与人调笑甚至结为夫妻之类，现代人大多持否定态度。可是如果深入民间，了解一下那个特定的历史时期，情况可能就大大不同了。百分之八十的乡间老人至今仍认为狐狸确是具有奇才异能，能幻化出人的形象。至于它们最终与人结婚生子的事，倒是需要审慎对待。一般认为狐狸操弄人的语言并与人有一定程度的交往，这是不必争执的问题。

这种认识的前提是要回到过去的乡间，即大自然丰盛充沛的时期。后来城市连绵了，人烟稠密了，不要说一只老狐狸成长起来没有机会，就是一般的小狐狸也不多见了。动物与人一样，一只超乎寻常的狐狸也是从"群众"

中产生的，如果它们的数量急剧减少，根本就形不成"群众"，单独的有大能力的个体又怎么会出现呢？所以这是很好理解的。总之关于狐狸的故事，在齐国东部的莱夷之地，许多年前是多到了不能再多的地步。不仅多，而且这些故事当中的一部分还有可以查证的实据，它发生的时间地点以及目击者姓甚名谁，全都一清二楚。

如上的背景，就是蒲氏那部狐狸书产生的根源。后来人特别是文体家研究家，总是要从中分析出"刺疾刺腐"这一类政治意义，对蒲氏一心一意讲故事的兴趣却要全部忽略了。这是不对的。蒲氏首先是信服那些故事，有好奇心和热爱心，而后才是记录和转述。正由于这种信服和不疑，才会有兴味盎然的传达。他的某些存疑，其多多少少的保留态度，只在某几个故事中留下了一丝痕迹。

至于记录者借一个现成的故事议论开去，或将自己的心情暂且寄托一下，这也是可以理解的。问题是后来人诠释它们的时候，功利心太重，主题先行的老毛病又犯了。其实古往今来的一些大写家，他们之所以有那么大的成就，主要原因就是有恒久而朴素的兴趣，对生活的兴趣，对细节的兴趣，是这些让他们发生了极大的兴味，以至于不能终止。而作为作品和作家的评论者，就远不如作家本人放松了，阶级斗争的弦往往绷得太紧了，总是想从字里行间找出更多的什么来。实际上没有什么，故事就是故事，狐狸变人就是狐狸变人，读者要能够沉浸于其中好好欣赏，能够高兴一番才是最主要的。

狐狸故事最多的，至今也还是胶东的蓬莱、黄县、掖县三地，即古登州一带。这一带南部是大山，如有名的莱山牙山蚕山都在南边；北部一段是丘陵，再就是平原。如龙口（黄县）的山地丘陵平原的面积差不多是各占三分之一，另外再加两个岛屿、一个半岛。类似的地形地貌特征在胶东十分常见。民国以前的胶东林木葱茏，再早的时候更是野气悍然，真有点古书上所写的"人民不胜鸟兽虫蛇"的味道。直到四十年代初期，这里的人与动物交往的怪异传说仍然铺天盖地。真正驱走了动物并同时也消失了它们的故事的时间，只是近二十年，即东部沿海城市化步伐加快的时期。

狐狸成了精就变为"狐仙"，是仙家的一种，地位当然要高于普通的人。所以过去的半岛人有时是要敬奉狐仙的，有事情还要找狐仙的牌位祷告一番。仙的概念在这里根深蒂固，它仅次于神。在半岛的传统中，类似的各种动物只要经历和德行达到了那个标准，都有成仙的可能；当然成仙数量最多的还是人，其次就是狐狸；有的甚至还是黄狼。黄狼常常只能修成"半仙"，德行一般不高，大不如狐狸。这种种顽固的认识，植根于海洋渔业传统，是与茫茫海雾水天一色的大背景连在一起的。

狐狸的故事如此普遍和繁多，实际上也反映了一片土地上的生存状况。动物只是大自然派出的一个使者，是大自然庞大肢体上生出的灵活的手足，用来不停地搔动和抚摸，它触到了人的痒处，人就高兴了。所有谈起这些动物仙迹的人，不论他是哪个阶层的，都会兴致勃勃，言之凿凿。他们最不愿见到的，就是听者的怀疑表情。因为承认了这些故事的真实性，也就等于承认了一个地方的优越和高人一等。这仿佛等于说：没有狐狸的地方是不值一提的；或者等于说：我们这里有狐狸变成的美女，你们不羡慕吗？

怎么会不羡慕？所以这些古老的故事如果仅仅是书上写的、口头流传的，而现实中根本没有，那毕竟也会是一种遗憾。

从蒲氏的书上看，狐狸把人害掉的几乎没有。这就说明大自然是值得信赖的，神仙以及动物参与的生活才是丰富多彩的。再就是这本书时时提醒我们不要忘记，齐国，特别是胶东半岛，那里才是狐狸的老家。

一只大鸟

人与许多四蹄动物的相同之处，就是能够在泥土大地上奔走穿行。鱼游于大海江湖河流，人偶尔也可以学一下。可是人无论如何不能飞到空中。鸟儿在高空里翱翔，这种大飘逸大自由真是令人羡慕。人的梦想之一就是能够像鸟一样飞到高空。于是古代真的有人模仿起鸟来，在身上绑了翅膀和尾巴，但扑动了许久也没有飞起来。还有人试着到崖上跃飞，结果是严重的跌伤。

齐国东部地处海滨，河流沼泽又多，从来都是各种鸟类的天堂。像鹭鸟和天鹅大雁等大型鸟类，莱国地区是最多的。这里的人和鸟相处的时间长了，关系也不同于内地人。鸟儿们频频出现于人的视野之中，久而久之也就影响了人们的生活和观念，大家也就自然而然地常常谈论它们，并与之发生一些联系。有些关系到国家兴亡的大事，有时竟然也要与鸟扯在一起。

那个有趣的淳于髡曾与齐威王有过一次著名的交谈，这次谈话不仅重要，而且与一只大鸟有关，它就在历史上被永远地记录下来了。面对"好为淫乐"的齐威王，淳于髡笑嘻嘻地说：咱们国家有只大鸟啊，它蹲在王宫里，三年不飞也不叫，你说这只大鸟想干点什么？齐威王听了，知道对方在讽刺自己，就回答道："此鸟不飞则已，一飞冲天；不鸣则已，一鸣惊人！"这个齐威王不仅聪明机智，而且在回应中把隐在心里的豪志全都说了出来。

后来的事情大家知道，齐威王对自己的期许没有放空，他治理下的齐国进入了盛世，是齐国历史上最强大的时期之一。

齐国与楚国的外交修好在当时是非常重要的，为了共同对付最强大的魏国，这次齐威王特别派遣能言善辩的淳于髡出使楚国，备下的国礼竟是一只大鸟：天鹅。淳于髡用一只大鸟笼子装着天鹅出了城门，只走了不远就把它放飞了。见到楚王时，他只提着一只空空的鸟笼，说：齐王派我来给大王献上一只天鹅，路过一条河的时候，我不忍心看着它渴成这样，就把它放出来饮水，谁知它一出了笼子就飞走了。我对不住大王啊，又羞愧又害怕，真想死了算了，可又一想人们会议论，说大王您为了一只鸟让我丧了命，这对您对我的名声都不好。再说这不过是长翅膀的东西，我买一只差不多的顶上不就完了？可如果真的这样做了，那不是欺骗大王吗？我想逃到别的国家避难，又怕两国交好的大事给耽搁了，于是只好前来谢罪，把这些如实说出来，大王您就随便惩罚我好了！

淳于髡的这番话真实而有趣。结果楚王很受感动，不仅没有责怪他，还大大地赏赐了他。

今天看这个外交故事不仅是好玩，而且还多少有些怪异，怪人带了一件怪礼物：大鸟。天鹅在齐国是很多的，而在楚国就未必多，所以才能成为国礼。这让人想起现在中国的大熊猫，因为稀珍难求，所以我们国家就常常隆重地赠予他国。但熊猫毕竟是即将灭绝之物，体量又大，而且即便是当国礼，一送至少也是一双，显得分量很足。当年齐国的天鹅却是很多的，再说不过是一只鸟,又送上一只,不免令人觉得礼物太轻。可是从另一方面看,这确是一种高贵的飞禽,形体优雅,静如姝女,傲似雄鹰,正可以一飞冲天、一鸣惊人。它所代表和象征的意义,可能是非常深远的吧。

庄子开篇讲了一个更为奇异的故事,他说北海有条鱼,名字叫鲲,它的身体极大,不知有几千里长,忽然间就变成了一只鸟,名字叫鹏,身体更大,它的背不知有几千平方里宽,奋力高飞,翅膀就像天边垂下来的一大片云彩。庄子这里说的"北溟",一般说来在更遥远的极地,但其大鸟的灵感可能就来自近处的渤海湾。可见在高空里翱翔的大飞禽给人的想象是无限的,它的确代表了无限的自由和高远,所以古人就用"鸿鹄之志"来形容伟人。

在莱国,鸟的传说是很多的,比如一对道士常常在一个观里饮茶,某一日却化为一双灰色的大鹤腾空而去。再比如一个修道的人死去的一刻,正好是一只大鸟穿云西行的时候,下边的人都听到了它在扑扑拍翅。还有的书上记载,一对贵族兄弟突然反目,其原因竟然是为了争夺一只雄鹰。

鸟与人的关系在莱国一带,的确是值得好好探根寻柢的。莱地考古发现的一些精美的陶器,或饰以鸟纹,或做成鸟形。而莱夷部落就以大鸟作为自己的图腾。当时东夷的某个国君到鲁国访问,鲁国贵族叔孙昭子问:听说你们都是用鸟名作官称,这是怎么回事啊?国君答:我们老祖宗即位时,正好有凤鸟飞来,所以就以鸟纪事,以鸟名作官称。在国君的解答中,让人觉得最有意思的是,这个国家的历法官、执政官、手工业官、农官这四大类,都由鸟来命名;凤鸟、燕子、杜鹃、鹌鹑、锦鸡等,分别掌管春分秋分夏至冬至立春立夏;鱼鹰、鹞鹰等,则管军事和法律。

东莱族本身就是一个庞大的"鸟"群。有人说"夷"字，就是"燕"的方言古称。上古滨海地区的确为鸟类的天堂，这里百鸟翩飞，一片喧哗，是一个生机勃勃的鸟的世界。

海边五神

齐国最重要的神有八个，分别为天主、地主、兵主、阴主、阳主、月主、日主、四时主。这八个神无分高下大小，分散在齐国境内的四面八方。与秦国的神大为不同的是，这些神主要分布在大海边上，如八神中竟有五位住在东部半岛，靠近渤海和东海。阴主在三山岛，属于今天的莱州；阳主在烟台芝罘山；月主在龙口莱山；日主在荣成的成山；四时主在胶南市的琅琊。

这说明滨海地区云雾缥缈的环境最有利于神的诞生与居留。一种与大海紧密相连、难以分隔的思维，主导了齐国的宗教生活。而这种思维恰恰是莱国人所拥有的一种传统，是与西部内陆地区大不相同的。一个地方的人考虑问题总要受环境的影响，在一睁开眼就是大海的地方，思想也就不能不长久地围绕着这片无边的大水了，许多幻想也由此产生出来。在东部人眼里，神仙出没与海市蜃楼是不可分开考虑的，神仙显然就来自大海深处，他们抵达陆地的时间或长或短，但总是要来这里转一转的。所以每个神仙在海边陆地上都建有祠，这等于是神仙的行宫。至于这五个行宫为什么选择在这些地方，大概也是从漫长的观察中形成的。

比如日主在成山，那是因为它是胶东半岛最东端的一个岩石突起，是太阳最早照亮的地方。阳主、阴主、四时主和月主，都在离大海较近的地方，这显然是当地人对神仙的旅行诸项有过周密的思考。他们大概想到了路途遥远和沿途劳顿这些问题，不想让神仙们上岸后再跋涉许久才得以安顿。还有一个最重要的问题，就是要为神仙们寻觅一处上好的地方住下来，这当然要找当地自然风光最好的地方，要让神仙一眼看上去就喜欢才行。

现在看，东部半岛这五处神仙居地都好极了。它们离海近，上路才便利；因为海边的人认为神仙既然来自大海，那么走水路显然是更习惯更方便一些。每个祠都有自然地理的优势，或建于林木葱茏的大山，或筑在水汽缭绕的半岛，每一处环境都让人流连忘返，神仙也必定喜欢。这些神来自海天一色的茫茫世界，是与人间沟通的秘密使者，是保佑一个国家一个民族兴旺发达的希望。人的全部未来就寄托在这些神的身上，人将一代一代不遗余力地寻求与神灵建立联系的方式，于是就有了各种祭祀的仪式，有了供奉和修行。

国君和他的子民在管理国家和劳作之余，要花费许多时间去拜祭神仙。而有一些宗教人士就不是业余的了，而是拿出了生命中的绝大部分时间，专门用来接近神灵。他们是专业侍奉神仙、寻找神仙的人，是一个民族中的神仙专家。这种专家在半岛东部是最多的，究其根源无非是这里拥有得天独厚的条件，不仅神仙多，而且离神仙近。由于这里的人常年与大海打交道，所以就连普通的渔民都有自己的传奇经历，连大字不识一个的村民也能说出许多海市幻景。这些都大抵与神仙有关，等于是近水楼台先得月。

由此可见，盛产方士的齐国东部地区也就必然形成了最权威的神仙学说，这种宗教观念又会极大地影响到一国的政治经济和文化，并且由东往西一路蔓延下去，最终抵达了西部咸阳。所以秦始皇统一中国之后，虽然施行了严厉的法律，以法制国，许多方面都要整齐划一，极大地钳制思想，实行了文化专制，但唯独在宗教信仰方面不是这样。秦始皇无法拒绝东部半岛蜂拥而来的神仙思想，尽管他后来愤而坑杀了一大批言说神仙术的方士和儒生们，但弄到最后还是要举手投降，并且不远千里，亲自登车去东海边上寻找神仙了。

在秦始皇三次东巡的记载中，就有前去祭拜莱山月主祠的行程。此外他还拜了成山日主和琅琊四时主，可见他并不怀疑和否定齐国八神的正当性。这之前，即他统一中国三年后，还封泰山、禅梁父。梁父即是齐国八神之一的"地主"。历代的帝王都想搞封禅，但在秦始皇之前因为各种原因都没能实现。泰山和梁父都在齐国境内，齐国的齐桓公称霸海内后最想做的一件事，就是封禅泰山和梁父，却遭到了相国管仲的反对。管仲的理由极为有趣，他说能够封禅的古代圣王需要十五种祥瑞出现才行，比如说东海出了比目鱼，西海出了比翼鸟，而现在这些一样都没有出现，我们又怎么可以封禅呢？于是齐桓公就犹豫起来，这件好事也就没有办成。比翼鸟是怎样的我们不知道，比目鱼也肯定不是今天海洋生物学上的那种鱼类，它们的出世必定是极其罕见的事情。

东部半岛的神仙传统源远流长，以至于成为一种特定的文化土壤。从战国时期的方士到后来的道教，这里一直是神仙文化最繁荣兴盛的地区。王重阳在陕西一带创立了全真道，却一直未能取得长足发展，最后不得不烧了终南山里修道的茅庵，一路往东跋涉到了胶东半岛，在登州一带扎下了根脉，并由半岛人丘处机将全真道推向了全面繁荣的时期。可见这里才是人神频繁交往之地，所有的玄思以及神仙事情，在这里办起来就方便得多了。

东莱和西莱

直到现在，胶东的龙口人还常常说某某人是"西莱子"，他们很容易就能从一个人的口音上做出判断，语气中颇有些排斥的意味。其实如果从源头上论，西莱恰恰是莱国被齐国东驱之前的时期，是莱国最兴盛发达的阶段，国土面积一点也不比齐国全盛时期少。它的北部直抵大海，南端连接莒国，西南部包括了莱芜，国都大概在胶莱平原的淄河流域中下游。后来姜姓被封到了山东半岛东部，那是西周安定和开拓边疆的一个重要步骤。姜姓初到半岛的时候简直无法立足，土地狭小，仅仅存在于鲁西和半岛之间的一条夹缝里，要想生存下去，就不得不与强大的莱国周旋。姜姓最初做出了许多妥协，尊重莱国人的一切风俗习惯，绝不冲撞冒犯。莱国人世代久居东部最富庶的平原，那里物产丰富，是自然条件最优越的地区，农业技术先进，手工业也十分发达，这些都远不是西周所能比拟的。

齐国能够与莱国争斗较量还是很久以后的事，他们之间经历的相持阶段大概很长。莱国与齐国人争夺营丘的战争在历史上记录下来，这个营丘估计就在淄河流域，如果不是当年的莱国都城，就是它在西部的一个重要城市。营丘易手，是莱齐之争的一件大事。齐襄公六年灭莱，指的就是莱国的营丘失守，开始往东迁移的事件。这一役莱国的国力受到了严重摧残，但远没有到了丧国的地步。莱国迁到了一个叫"兒"的地方。这个"兒"被许多专家判定为今天的龙口市南部一个叫"归城"的村落，并有大量考古根据。现在的归城古城遗址还有一截高大的夯土城墙，它被认为是东迁之后的莱国都城遗址。

这样以来，龙口就是莱国东迁之后的国都，这个时期就是所谓的东莱，与东迁之前的莱国相对应，那个时期也就称为"西莱"了。在龙口人的眼里，西莱是一段失败的历史，而东莱才是莱国站住脚跟并再次兴盛的起点，也正是在这个过程中归城成为一国之都。事实上半岛东部蓬莱黄县掖县一带，从东迁以前就一直是莱国的中心，在这里，往西可以统领黄河东岸一带广大地区，往东则连接起最东端的大片滨海土地。因为齐国的东进，莱国这会儿不得不收缩到自己最传统的疆界之内，以归城为中心建立起新的国都。这个东莱于是不仅成为东迁以后的产物，而且还是回到传统领地的开始。以前莱国定都于淄河流域，可能完全是出于扩张版图和控制领土的考虑。

东莱不仅是莱国的经济文化和政治中心，而且是后来整个齐国强盛繁荣的发动机。没有这个海角的渔盐之利、商业和手工业以及农业的繁荣，就没有齐国海内称霸的实力。在中华文明漫长的积累形成当中，以前我们过多地谈到了中原文化，却多少忽略了中华文明的多种多样性，这其中尤其包括了发达的东夷文化。从考古上可以鉴定的一个事实，即莱国特别是东莱，在文化积淀上要远远发达和早于中原地区。在龙山文化时期，东莱的制陶技术称得上是天下第一。当时的"蛋壳陶"，如薄胎高柄杯，陶胎厚度仅半毫米，盘口部分只有三分之一毫米不到。如此薄胎器皿即便用今天的现代工艺仿制，也是颇为困难的一件事。这种陶器从形制到工艺，都可以称为全世界远古制陶艺的精华。在工艺流程上，当时莱国已普遍采用了快轮技术，这是质和量的一次飞跃。总之无论在陶器的科学性、艺术性和多样性等诸多方面，它都代表了中国新石器晚期的最高水准。同样根据考古发现，早在七千年前，莱夷人就已经在半岛东部创造着悠久的文化了。莱夷古文化有着自己的发展序列,并且对中原古文化有着深刻的影响,这种影响是由东至西,一直延伸到商周时期,可见莱夷文化对中原的影响是十分显著的。比如这里的陶文,被公认的我国最古老的文字,就要比商代甲骨文早上一千多年。

以此来看,以前所形成的中原才是中华民族文化摇篮的传统观念,起码是片面的和不准确的。在中国这样一个多民族国家,文化是由多种族支融合而成的,而东方莱夷是一个有着自己灿烂文化的庞大部族,曾经对中华古老文明做出了卓越的贡献,是最重要的源头之一。

我们大致可以说,东莱是齐国逼迫莱国东迁至半岛东部的一个时期,这个时期从物质和文化的发展来看,并没有呈现衰落的征兆。齐国的版图因为营丘之役而扩大,但莱国因为回归了它的传统领地而进入了新的巩固和发展阶段。它最后的结局,是与齐国田姓氏族的不断合作与摩擦,并在物质与文化两个方面进一步融合起来,从而使齐国成为天下最强盛的国家。这时的齐国版图与莱国最兴盛时期已经差不多了,但齐国似乎一直很难控制自己的东部。从历史记载上看,齐国与东迁之后的莱国并没有发生激烈的交战,而所有大的战役,都发生在西部、南部、西北部一些诸侯国之间。这时可以说莱与齐在政治和文化上都得到了高度的融合,东莱已经成为齐国最富庶的腹地,是齐国的强国之本。在齐国整个的兴国之路上,东莱都起到了决定性的作用。

西莱是半岛东部人对莱国东迁之前的一种称谓;东莱是以黄县(龙口)为文化政治中心的一个时期,它的边界概念大致等同于今天的烟台和威海青岛三市,一度还要加上辽东半岛的一部分。莱国发达的手工业、商业,特别是盐铁制造业、精致农业,以及完全不同于西部地区的发展观念,都成为齐国最基本的特征。我们越是到了后来,越是无法分清哪些内容和特质属于东莱,而哪些又属于齐国本身。如果说齐国在名义上取代了莱国,那么莱国则在政治和文化上全面地改变了齐国。而正是这后一点,才从根本上影响和决定了齐国未来的命运。

第三章

棋形不好

相传东莱自古就有许多高超的棋手和琴师,还有一些擅长舞剑的异士。传说海边上最有名的一位棋手终日面对一个棋盘、两个棋罐,静待高手前来对弈。远远近近听说了有这样一个人,就赶去与他下几盘。都说这位老人棋技高超到了极点,几乎没有人能够战胜他。但到了后来人们才发现,有时候老人赢了棋非但不高兴,还要发出长长的叹息。原来他不仅要赢棋,还要摆出一局好看的棋形:结局时棋子摆出的形状不好看不美观,比输了棋更让他遗憾。对他来说,赢了棋且棋形好看,才是最高兴的事情;输了棋但棋形尚好,也还不错;最糟糕的莫过于出现一个丑陋的棋形了,这时无论赢输都让他败兴。

究竟怎样的棋形才算好看,大概局外人没法知道。讲究棋形,对他来说就是重视下棋的全部过程,重视每一个局部,而不仅仅是那个结果。结果只是整个事件的一个组成部分而已,它代替不了其他的部分。这种风格和习惯最后影响到了很多人,不仅是齐国,还有周边一些国家,甚至波及今天的海外地区。最高明的棋手对棋形有一种苛刻和痴迷,只片面追求赢棋的人,往往是品级较低的。

相传那个莱国人由于过分注重棋形,终于导致了连连失败。不少虚荣的毛头小子也拥到老人那里，以赢了老家伙多少盘棋而自傲，到处标榜自己。他们发现老人输棋越来越多，却越来越高兴。这种情形只是到了许久之后，才发生了一些微妙的变化，因为老人按下一子的时候几乎不假思索，出手飞快，双眼眯着，似乎不再仔细分辨棋局，却能十有八九赢棋。这样的对弈进行下去，不知多少人败下阵来。大家这才弄明白一个问题，就是老人的棋术已经达到了这样的境界：出子不加盘算，直奔心目中那个好的棋形，而这个形又随着棋局自然而然地在棋盘上衍生出来，就像一朵花在阳光雨露下自然而然地开放一样。随着一个理想棋形的生成，一局棋也就完成了。老人眼里只有一个完美的棋形，而不知道输赢。老人满脸微笑看着终结的棋盘，这时并不关注也不知道彼此谁赢谁输，而只知道这局棋的形态是美观的，他因此而满意和高兴。

世上的许多事情与莱国人的那一盘棋是一样的，其中所包含的道理其实都是相同的。手段与结果，这二者之间的关系，莱国人用一盘棋表述得清清楚楚了。有人为了最终能够取胜，任何手段都不会顾忌，哪里还会在乎什么棋形的美丑。而那种极度追求完美，信守一种义理的观念，会在生活中形成很大的影响，以至于成为一种根深蒂固的文化，改变一个时期的政治和经济格局。

人们耳熟能详的那个宋襄公打仗的故事，今天看就不仅是有趣和可笑了。那是一次楚国前来进攻宋国，宋襄公亲自率军自卫的战役。那一天黎明时分，楚军开始渡河了，有人向宋襄公建议说，敌军渡到一半的时候我们就杀过去吧，这样一定能够取胜。宋襄公说：我们在人家渡河的时候就开打，这算什么仁义之师！等到楚军全部过了河并开始布阵时，有人又劝宋襄公：趁对方乱哄哄地布阵，我们发起冲锋吧。宋襄公制止道：人家还没布好阵我们便开打，这也称不上仁义之师！一直等到敌军布阵完毕，宋襄公这才宣布开战。他在整个战斗中身先士卒，一直冲在最前头，以至冲到了敌阵中央，身负重伤，英勇无畏。

这个故事中的宋襄公被后来人称为"蠢猪"。可也就是这个极其"愚蠢"的人，当时领导的是一个非常弱小的宋国，却能够在春秋时代位列五霸之一。整个故事的确是发人深省的，宋国的军队当时面对的是汹汹来犯的敌军，而不是什么演习和游戏。在生死存亡的紧要关头能够信守义理，遵循战争规范，不能不说体现了人性中最为宝贵的一面。这种时候是掺不得假的，人性的尊严或无耻，可以表现得淋漓尽致。这从另一个方面检验了人的勇气，即在最危险的时刻能否维护心中的价值准则。这需要多么强大的恒念。这在只问结果不问手段的人那里，永远也得不到理解。

手段与结果往往会相互弥补和相互映照。以卑劣的手段获取的胜利往往是局部的、暂时的、难以持久的。粗卑的胜利仍然还要以最终的失败作为结局，这在人类历史上是常常得到了证明的、绝不鲜见的。伟大的文化和传统，有时候真的会孕育一次失败，但这并不是最终的结局。前面说过，最理想的棋局，当然是美好的棋形与适时而至的胜利双双来临。

人在生死之间的选择，的确最能够凸显一种文化的力量。伟大而优雅的文化所具有的决定力，常常会以一些不可思议的、极端的例子表达出来。往前翻一下史书，人们会记得有一个叫嵇康的人，记得他的"广陵绝响"。在即将被处死的一刻，嵇康对刽子手提出了一个奇怪的要求，就是让他最后弹一支曲子。他弹了一曲"广陵散"，说此曲从此已成绝响，然后从容赴死。

另一个真实的故事离我们稍稍近了一点，就是清末的谭嗣同。他是参加变法的"戊戌六君子"之一，事发后清廷残酷镇压，大举搜捕乱党，谭嗣同本来是最有条件逃脱的人，却在最后一刻放弃了出逃，慨然受死，要"死得其所，快哉快哉"，以自己的一腔热血唤醒一个沉睡的民族。他的一段话足以惊栗万代："各国变法，无不以流血而成，今中国未闻有因变法而流血者，此之所以不昌者也；有之，请自嗣同始！"离我们更近的例子是瞿秋白，他在行刑者面前说的最后一句话是"此处甚好"，然后唱着国际歌慷慨就义。

人生犹如一盘棋。可见从最初的一枚棋子落下，直到最后的终局，胜负是一回事，留下怎样的棋形又是另一回事。

性情和衣衫

看古代京剧的中外人士常常惊叹于剧中人物服饰的美：那不是一般的美，而是令人炫目的美、历久难忘的美。这种美不是浮泛的华丽造成的，更是色彩的斑斓，剪裁的高超艺术，以及与人的形体性情的全面和谐。它既取得了令人惊艳的戏剧效果，又给人朴素真实的感受。每一场古代传统剧目，又同时是一场成功的服装表演、超级的服装展，所不同的只是没有做作的模特儿走在特别的台子上、迈着矫情的猫步而已。那种猫步走了一遍，会提醒人们这只是一种表演，是并不切实的生活，等于中看不中吃的炫弄艺术。

也有人会说，中国古代服饰与戏剧中的打扮仍然不是一回事。当然如此，比如说各个朝代的服装都有变化，而京剧或许没有充分表现出这种变化。还有一个问题鲠在人的心里，就是一般人会认为，戏剧艺术中的一切都是高于生活、比生活还要浪漫的，就是说它必定是给艺术家在舞台上再次完美了一番，实际生活中肯定不是如此的。京剧的写意性质、浪漫精神，会使出现在其中的一草一木都沾上这种意味。一句话，演戏是演戏，真实生活中的着装又是另一回事。

但从考古发现以及相关文献记录来看，古代戏剧中展示的服装并没有过多的夸张。这可以从沈从文先生编撰的《中国古代服饰》得到鉴证。沈先生的严格学术态度是足以采信的。总之我们大可以确信那些带有美丽花边的彩色长衫，的确是穿在了古人身上的，那种绚丽缤纷的颜色，也是真实地出现在当时的生活中的。

这就带来了一个问题，就是某种深深的遗憾，它让我们惋惜：这么好看的服装为什么就一下子变换了消失了呢？我们会自觉不自觉地暗自比较一下，问一句：现在的服装就一定好于古代吗？如果不是，那么为什么我们会在穿戴方面发生了审美上的倒退呢？

我们现在的着装习惯是经过了一代又一代演变，慢慢地形成的。所谓的习惯成自然，渐渐我们就不会觉得衣装改变成现在这样有什么不好，相反还觉得挺合体，合乎性情口味，甚至还在心底庆幸：幸亏没有生在古代，不然就要穿那样肥大宽长、花花绿绿的衣服了。这种认识的同时，还会多少觉得古代人比今天的人笨拙许多，他们也不嫌麻烦，把衣服搞得那么花哨土气，还要多费上几尺布匹。从服装再联想到其他，又会觉得中国的落后也与服装有关，这种不利不索的打扮真够别扭了，当然不利于剧烈的竞争，久而久之也就落后于世界了。

反正从哪个方向想似乎都有道理，不是好得很就是坏得很。不过尽管如此，京剧服饰的华美，倒是很少有人不愿承认的。这种美其实是一种客观存在，它也并非仅仅是为了让人觉得实用。美不完全是实用的，美的这种不实用性，也是美的有机组成部分。

现代人对古代服装的不耐烦，也是因为性情决定的。急急躁躁的日子，每天的忙碌和穿梭，频繁的通讯消息，最现代的交通手段，等等这一切都促使了人的性情的改变。孔子时代要坐牛车马车，那时的人也并不觉得慢。今天的人坐飞机轮船特快列车，也并不觉得多么快。埋怨速度不够会是永远的，惊叹和满足于交通工具的快捷总是暂时的。使用惯了电子邮件的人，再让他为一封信跑邮局，一定会让其觉得麻烦极了。可是许多现代人都发现，我们的忙碌和事情之繁多，并没有因为交通工具和其他方面的现代便利而得到缓解，相反是更加忙碌和更加马不停蹄了。时间对于我们现代人来说，好像过得更快也更加不够用了。

原来我们大家一起坐到了现代的流水线上，我们的一切活动于是再也由不得自己了。我们必须适应这种机械的速度和节奏，这些可不是我们哪个人说了算的。我们如果认识到了这一点，能够超然物外地打量我们自己被束缚在流水线旁的情形，一定会痛苦和同情自己。可是我们却没有办法摆脱这种局面。我们真是又可怜又无奈的现代人。

这就是我们不懂得古代服饰的美、也没有机会尝试那种美的根本原因了。我们只要安静下来，让心放平，就会接近和欣赏那种美了。那样的舒适宽松，那样的色彩，又怎么会不让我们身心愉快呢？有人又会说，那样好看舒适是自然的了，但不利于过日子啊，每天忙成这样，怎么穿那样的衣服啊。看来我们失去了享受美丽衣饰的机会，其中有一个原因，就是被生活所迫。

可以想象，古人在劳动中也不会穿某一些质料和样式的服装，他们也会考虑怎样更便利，怎样珍惜自己的好衣服。对劳动服装的要求，古代和现代也不会有什么大的不同。我们在这里比较的，只是古今服装的基本样式，比较它在日常状态下的一些不同。

中山装和西服比长衫好看吗？女子的现代套装比刺绣华袍好看吗？这些都可以比较。至于舒适，今天的服装显然不如过去的柔软随意，不如过去的宽松。今天的衣服越来越像盒子，像可以装卸的零部件，越来越挺括硬实。而古代的服装如果比成一幅画，它更多地是随形走笔，一切都迁就和尊重了人体的曲线。比如现代人自以为讲究的西装，肩部的方正挺实是由压袖机压出来的，袖子和前后衣襟都要趋向机械般的整合统一，这与温暖柔和的血肉之躯、与人的形体是相抵触的。它掩盖了人的形体曲线，以很不自然的方式把人装进了一个盒子里。

有人可能说，牛仔裤之类的紧身衣服正好相反，它更大限度地贴近了绷紧了，使人的形体更加真实毕肖地凸显出来，这不是更加随形走笔吗？当然不是。这是对人体舒适放松要求的最大一种伤害，最大的一次背道而驰。人体与服装的宽松合作，那种相互爱惜的美好关系，完全被破坏了。正是通过服装，人体被现代人的特殊理念、概念化的生活态度给绑架了、捆束了。一切紧到不能再紧的现代服装，不得不使用超强的布料和特别的针线来缝制，因为不如此就不能有效地束缚身体，身体的张力就会使服装绽开。可见现代的衣服在许多时候是与生命的自然相搏斗的，是一种不合作的反抗关系。

现代人在剧烈的竞争中，即便脖子上结了领带、穿了最昂贵的衣服，脚上是万元一双的皮鞋，所谓的西装革履，也不给人一种优雅感。因为这里是竞争的甲胄，而不是躯体的伙伴。这是生存的需要，是另一种战场上的迷彩服、制服、军服，它们式样统一，没有个性和情感，不是那样自由放达的产物。

中国人的服装从学习胡服，再到几百年来的接受西方文化，才逐渐演化到今天这个样子，一点点习惯下来，完全没有了不安和对过去的留恋。今天如果有男人穿上长衫，有女人穿上比旗袍更华丽的绣袍，走上街头以后，一定会引起惊讶和讪笑。相反的是，如果女人穿上了露脐衫、甚至穿上了露出半截屁股的衣服，男人穿上了更加荒诞的西方嬉皮士的那套行头，却不会让人感到有什么怪异和大逆不道。

那些美好自然的服饰，是来自一种美好自然的性情。野蛮的竞争改变了人的这种性情，也就丧失和丢弃了相应的打扮。可是有勇气的人又怎么会甘心这种状况呢，我们于是就要十二分地怀念那些棉质丝质、最朴素又是最华丽的传统服装。这是我们民族的形式，它还会让我们寻找相应的内容。

点心和千年膏

如今，只有在一些交通不太发达的地方，才能有些出乎预料的相遇。在古登州地界里，在一些偏僻的山区和乡村的内部，直到今天仍会找到一些祖辈不曾丢弃的器具、以及相应的生活方式。因为它的健康和实用，所以也就存留下来了。这里直到五六十年前，每个新成立的家庭还要有一个精致的炕头多屉橱，它会一直伴随这家的男女主人白头偕老，并会传给下一代。这种炕头橱打造精良，一般用最好的木料和工匠，漆成朱红色或原木打蜡，那些抽屉都镶了青铜拉手，雕了花饰。这是一个实用的器具，更是一个工艺品。它摆放在炕的一端，上面是高高叠起的绣花被子。

在那些小小的抽屉里，藏有传统的滋补吃物，无论是一天中的任何时辰，主人都可以取来食用。它们有的只是最普通最常见的田地出产，如果实和种子，如花蕾和叶子，问题是它们一经制作合成，贮于罐子装于屉中，再经过一段时间的养护，也就成了居家之珍。人生的辛苦和欢乐都会强壮身体和意志，同时也会耗失生命，而这些多屉橱里，就有对这些问题的理解和回答。这种理解和回答是在漫长的时间中形成的，要拉开抽屉才能看得到。

首先是各种点心。古登州人能把松子饼做成银元那么大，把各色豆子做成莲蓬状的糕，把杏仁和其他果核磨成粉，把莲子百合山药配为蜜粥。槐花和桂花，茉莉和玫瑰，还有覆盆子、野莓果，无数的类似花果与根茎的泡制品，都由祖传的方法精工制作。它们需要的是耐心，并在这种过程中好好享受了一番。每到了夏天桑葚成熟期，都要暂且放下其他活计，采摘一大批，然后用陶罐熬制，火候到了再投入枣花蜜，收成紫膏。嫩茶尖芽与豆蔻甘草，糯米与黑米，葛根与陈皮，粳米与木瓜，山楂与栗子，白术与菖蒲，种种多到不可胜数，或做成糕饼，或熬为蜜饯，或收成膏丹，一并贮在炕头多屉橱中。

无论是农耕或其他营生，辛劳都同样需要补偿。劳作既然有些收获，这些收获就要得到巧妙的使用。与现代人的大量攫取动物蛋白作以滋补不同，炕头多屉橱中装的东西大多由山野田产做成，所以它们的效果也就大有区别。被杀戮的动物的冲动和热量会积蓄在人体中，由口腹的路径进入血脉。这种长期的积蓄当然会有效，它会使人不再平和与安定。而草木籽实会收伏燥火，于长夜里缓缓滋养生命。劳作一天，茶饭温饱，入夜或黎明时分抬手取一点膏饼汤汁，小酌畅饮都行，那种滋味和气息是很好的，它令人想起山峦和平原。太阳月亮底下，树木稼禾之间，这样的情景气氛环绕着人，当然是有助于安怡和健康了。

把劳动和收获集合起来，把果实和花朵的精华集合起来，放在安歇处，放在铺盖下边，情同手足地相依相偎，没有比这个再美好的事情了。因为胶东近海风寒湿大，所以这里过去家家都筑有一个大炕，炕宽大结实，上面铺了苇席，再摆上多屉橱这样的木制艺术品，一种温吞吞的家居气氛一下就浓烈起来。到了近代，西洋物件多了，这些物件与海边的传统格调不同，情趣犯冲，于是屋内摆设开始弄得不伦不类，斑驳陆离，再后来就是年轻人的追新求洋，一顿砸炕撤橱。受到株连的自然还有绣花大被，多屉炕头橱更是未能幸免。往日家家都有漆成五彩、烫金点银的坐式时钟，钟旁还有手绘陶瓷帽筒，这些也一块儿不见了。帽筒开始是用来摆放帽子的物器，后来就演化为一种瓷器艺术，上面手绘的花卉与人物情节精美绝伦。奇怪的是这些传统摆设，一度被当成了最土气最丑陋的东西，都被年轻人扔掉了。

失去了一个炕头多屉橱也许事小，里面装的东西一块儿没了事大。想一想家家再没有了这些膏与饼，时间一长制作之方也就失传了，连同采集和熬制的快乐也就没有了。更大的问题还不止于此，因为物品不仅悦心，最重要的还是使用，传统有效的大滋补没有了，人的韧性和力量、平静和蔼的心态也都没有了。不少年轻人会嘲笑老人对过去的牵挂，会讥讽这种迂腐的推理，可是他们年纪轻轻就咳嗽，腰酸背痛，就是对其最好的回答。更不要说现代人的急躁火暴了，这都是失去了炕头多屉橱的结果。这样说是极而言之，当然不是指一橱之失就会造成如此大害，而是指一种传统观念的丧失，是它的被丢弃造成的不良后果。

多屉橱中的东西各有不同，它们在老人那里一律被称为糕点和千年膏。千年，当然是长寿的意思，不过也包含了千年传统和历史的意思。这就是文化的积累方式，千年膏中蕴藏的东西可不仅仅是物质，而且还有思想。居家过日子，保存生命力，这些观念并不单纯。这些观念的改变，就会带来整个社会行为的改变。全社会的行事方式都改变了，这个世界就会走向另一个方向。

年纪稍大一些的胶东人必会记得，过去的海边一带都是坐在炕上吃饭的。不论什么季节，餐桌都要安放炕上，全家人坐在苇席上，盘起腿挺起腰，用这一餐饭。如果家里来了客人，主人更要陪客人坐在炕上用餐，其他人则要退到别处凑付一下。客人通常被礼让到多屉橱的那一面，身子可以倚到一叠大花被上，并衬托着精制的雕花橱柜。这时的菜肴即便简单，也于朴素中透出格外的温情和热烈。酒要热，不能喝凉酒。盛菜的器物可以是粗瓷甚至陶钵，但要非常洁净才行。

如上这些都是古登州的习俗，更是由莱国人传下来的。莱国人文明发展较早，礼仪周备，他们追求自己的舒适生活，懂得犒赏和慰劳自己，当然算不得什么错误。他们的奢华和铺张也有，但这大致局限在上层政治人物那儿。一些豪门地主和大商贾，也少不得学习官家气派，但大多数人家即便富足起来，也还是生活得很有节制，讲究朴实的礼法。如京剧《锁麟囊》中说到的登州富豪，他们家就礼仪有序，一个千娇百媚的千金小姐尚能有那样的同情心，做出那样的义举，这肯定与平时良好的家庭教育、对仁义的贯彻和提倡分不开的。过去我们总是批判豪门与某些不义之人的行为，说他们"满口仁义道德，一肚子男盗女娼"。"满口"是好的，"一肚子"是不好的，不能一概加以批判。"一肚子"与"满口"常常是、也恰恰是最没有必然关联的。

热乎乎的炕没有了，千年膏也没有了，一些东西都失传了。这既不是吉兆，也不是进步。

羞 涩

羞涩是怎么回事，大概无须过多解释。人在什么情况下会害起羞来，其情形和表现又是怎样的，都是人们最为熟悉的。可是我们冷静下来或许又会发现，羞涩作为最基本最常见的一种形态、一种表现，却变得比过去少得多了。它竟然越来越少，在有的人那儿差不多已经消失了。也就是说，生活中出现了一批不会羞涩的人。这究竟是生活的进步还是相反，倒需要仔细琢磨一下了。羞涩是人的本能之一，就像人天生会痛苦喜悦大笑和哭泣一样，可是今天，唯有这种本能在急遽退化。在现代社会，羞涩常常被视为最大的缺点之一，它正被人努力地克服着。

一般认为，女人特别是少女是最易害羞的，并且因为这样反而变得更加可爱。但现在的情形显然有所不同，这样的观念正在发生改变。不少女子比男子更加泼辣或至少是同样泼辣。走在大街上即可发现，女子着装远比男子大胆，暴露的身体更多，而且毫无难为情之处。越是现代化的繁华都市，男女也就越是大方，像袒胸露背的服装、紧绷躯体的牛仔裤和高吊裤、超短裙之类，都是从繁华的大城市传到小城市以及乡镇的。乡下人从很早以前就知道，城里孩子大方，城里的女孩子更大方。

现代人对于古代人，特别是那时女子的羞涩有十二分的不理解；更有甚者，还会对这种羞涩的状态产生极度的排斥和厌恶感。古代人讲男女授受不亲，男女在一起多看一眼都不宜，那会显得无礼。夫妻之间也讲究相敬如宾，举案齐眉。一些有修养的体面人家，夫妻之间要维持一种必要的、相宜的尊重和敬爱。这在当代人看来是可笑和虚伪的，更是迂腐和麻烦，是二百五。我们看古代京剧，常常会发现一些类似的情节和场面，看到夫妻之间的敬惜与恩爱。他们之间礼数颇多，称谓也讲究，煞是可爱和有趣。这种情景不止戏剧中有，文字作品中也多有记录和描述。

通常人们认为那只是艺术的夸张。但从纪实的文字和传统的要求来看，那种情形确是实际存在过的，在某一类人当中，很大程度上确是一种常态。这种礼仪和行为不仅仅是富贵之家才尊行的，也不仅仅是贵族的生活方式，而是一种能够恪守传统的人所必要实行的。古代提倡的"贫而好礼"，绝不是一句空话。贫穷构不成嬉闹狎昵的理由，富贵也未必是相敬如宾的条件。一切都是习俗和传统、文化与格调决定的。当这些最宝贵的中华资源丧失殆尽的时候，美好的行为反而会成为令人嘲弄的把柄。

社会的大环境与家庭的小环境势必紧密相连一起。我们实在不能指望一个笑贫不笑娼的时代、一个以性解放为实际追求的国度里，会有普遍的、相互敬重的恩爱夫妻，会有那样的一种伦理秩序。中国古代文化中异性之间的矜持和恪守，是这个世界上最引人注目的部分，它虽然在讲两性关系，影响和制约的，却是全面的社会政治以及精神生活，是整个社会的人际关系、以及延伸开来的全部的秩序。古人讲的"万恶淫为首"，就是讲了某一种行为准则对其他全部关系的决定性作用。这种理念发展到了极致,又会产生出最死板最黑暗的所谓"贞节文化",但这又是另一个问题了。

德国的大文学家歌德看了一部叫《好逑传》的中国言情小说,其中写到了一对相互羡慕的美好男女,在一起深夜长谈,而后和衣同卧一床,却毫无侵犯的故事。歌德对这个情节大加赞美,并由此对神秘的东方展开了想象,说那个叫中国的地方的人真是崇尚礼数啊!他们竟然如此克制和纯洁!他们所拥有的文化真是高级,真是我们西方人难以企及的。歌德认为这种男女关系所透露出来的,是一个东方民族最令人神往和尊敬的东西,作为一种文化,是人类历史上最完美最神奇的部分。当然了,歌德在想象中把陌生的中国更加理想化了,但他的伟大洞察力,却使他并没有陷入根本性的误解。是的,他说得对,中国古代传统中,的确有这种恪守的要求,有这种严格的男女界限,有这种两性之间的文化制约。

男女的这种同眠而互不侵犯的情状,并非完全来自双方强大的克制力,还来自一种文化的约束力。在一种特别的文化背景下,人的克制力才会最终产生效果。人的羞涩感,正是因为触动了文化传统的制约边界时,才会出现的。同样的一个场景和经历,有人浑然无察地就过去了,有人却会羞愧难掩。在五六十年前的胶东,曾发生过不可思议的真实故事:一个刚过门不久的少妇,因为无意中被公爹碰到了一个尴尬的场景,竟然上吊自杀了。类似的故事那时并不鲜见。而且最让今天的人费解的是,那种所谓的尴尬也不过尔尔,并没有什么了不起的。这就是羞涩的力量,它大到了足以逼迫一个少妇结束自己生命的地步。

直到今天,我们仍可以读到七八十年前一些知识人的夫妇通信,从中可以感受到那种难得的温情和敬意。这些信件中充满了关切和思念，却又丝毫没有令人难堪的放肆和轻浮，即便在第三者看来，都会有一种特别的感动，这种感动的力量并非一般的情理所致，而是恩爱夫妇间充满着异性之情的敬重，是由此产生出的超越一般的非凡格调。也正是这种格调，加强而不是削弱了两人之间的恩与爱、情与意。

礼俗上陷入混乱无序的时代和社会，必然会以金钱和欲望作为推进的动力。这样的社会生活当中，一切都会是赤裸裸的。不仅是两性之间鲜有羞涩，就是其他一切方面也都没有了羞涩，通常认定的无耻之举竟可引以为荣，可以拿来炫耀。男女之大防虽然未必可行，两性之间的放肆倒也大可收敛。人仍然需要一些适当的羞涩，这时候发红的脸庞并不难看，相反倒显得更健康和更自然。禁欲主义让现代人嗤之以鼻，但纵欲主义倒有可能是更坏的东西。羞涩感的保存，是正常的人性的保存，与禁欲主义大概无关。

袖中藏物

有一种情形每每让我们今天的人感到费解，以至于要找一个通古的大师询问一番才好：为什么古人常常要把东西装到袖子里？尽管他们的袖子又长又宽，可是要塞上东西当口袋用，恐怕也十分不便吧？而且这样还不安全，因为一甩手走路东西就会掉到地上。以此来判断，古人的衣装上面可能没有口袋，即没有装东西的地方。这样一来，他们衣袖的用处也就很大了，变得远比现在重要。直到今天，文雅一些的说法，对那些随手偷走别人东西的做法，仍然叫作"袖走"或"袖去"，这显然就源于古人袖中藏物的传统。

在古人那儿，衣装除了有御寒遮体的实用，更多的大概还是从可观赏的艺术品的角度去考虑，所以一般不再钉上一个口袋。在他们看来，口袋可能更像一个不太雅观的大补丁。如果有一个暗口袋，装上了东西鼓鼓囊囊，也会破坏了衣装的和谐美观。这时衣装的唯美主义，理所当然地排斥了实用主义。一些小东西如果随手可携，也就顺便装到了衣袖里。问题是这样一来也就无法甩着手走路了，而只能抄着手走、背着手走。这样的走法也就无法急匆匆地快行，可见与当时总的生活节奏、人的舒缓步态是吻合的。在今天，把随便什么东西装到袖子里，就真的不可思议了，真是连想都不敢想。

用袖子装东西的时代，相对来讲人的行动会安稳许多，不会有匆促的步伐和惯常的那些大动作，这可能也是古人的日常情状。生活中的实用主义，从服装的演变上看也是非常明显的，比如说衣兜的出现，可能就是一例。现在即便是讲究的西装，上面也有不少兜子，它不仅是实用的，而且还成了一种装饰，可见实用本身也成了一种美。

古人如果需要拿走更多的东西，袖子也就装不下了。看来袖子只能等同于今天的衣兜，是用来装一些小物件的，比如手巾和纸片之类。如果西装的口袋中塞上过大的东西，穿在身上也要别扭了。古人要提走一些大宗东西，文雅一点的话，也不会装到一只布袋里，而是包裹到一个包袱里。身穿长衫，腋下夹一个包袱行走的人，直到五四时期还可以见到。直到今天，在一些东方国家的老派文人那里，也常可以见到夹着包袱登台授课的场景。这不但不被看作土气可笑的举止，还是一种高古文雅的表现呢。

将物品包入布料中，与投进布袋里，二者之间的感受是有差别的。包裹物品的过程包含了仔细和谨慎，而塞入和投放的对象只会是袋子。棉质和丝质的方巾做了包袱，包裹时要先将物品放到正中，再逐一合上四个边角，会是一种很美好很自然的动作。与袖中盛物相同的是，包袱中的物品也是需要小心夹持的，因为稍有大意就会将东西散落和遗漏。而装在皮包或布袋中的东西就没有这种危险。可见包袱的使用，同样与舒缓的步态、相对平和的生活节奏相协调。古代的意象与风气就这样渗透在举手投足间，其中当有时间的隐秘贮藏着。如果今天的人一味模仿古人，必要使用包袱并将东西塞入衣袖，那么行动起来稍有孟浪，一定会把其中的物品撒个满地。正像有人刻意地穿上古时长衫上街一样，让人看了觉得十分不自然、也不舒服。这些拟古人士并没有考虑别人的观感，也没有养成那样的温文和习惯，传统的斯文并没有化进血液里，所以另一种滑稽也会滋生出来。

  骑马民族的服装和携物习惯，必然与农耕民族区别很大。马的速度和四处驰骋的品性，也决定了马背人的烈性和品质。他们可能更快捷，并会在生活中的一切方面体现出来。没有皮包口袋的牢靠，是不可能在原野山峦间急速奔走的。同样，因为袖中藏物并抄手背手而行，也不会是他们的风格。一只衣袖，这在今天的人看来是再简单也没有了，在古人那儿却隐含了这诸多的意义，既实用，又雅致。一些常用的汉语词汇，都在反映着过去的实际情形，如"袖手旁观""袖珍""挥袖而去""领袖""袖里乾坤大"，等等。

  说到"袖珍"，都知道是精致小巧之物，与粗糙的大物两相对应。它还有一个隐含的意思，就是此物与人的亲密程度高，有更加令人喜爱和把玩的特征。一些书籍和其他物件，一旦冠上了"袖珍"二字，便有了美好亲昵的性质。外国人也懂得这个道理，西方人就有一首小诗赞美这个，其中的两句译过来是:"凡物玲珑且娇小,铭记心中难忘掉。"

古登州人有一种叫"袖狗"的爱犬,随主人出门时不是牵住和相跟,而是装在袖子里。因为这种狗长得实在太娇小了,性情又羞却内向,平时就乐于藏在主人袖中。主人抄手而行或坐下时,就可以随时把玩抚弄,可见这才是真正的宠物。但袖狗的功用其实还远不止于此,它还能在关键时刻起到保护主人的作用。袖狗虽小,但毕竟是一只犬,不是兔子和猫,一旦火爆起来也算得上面目狰狞。那时是这样的:主人对来犯者一扬袖子,它则顺势蹬住袖子的边口,一纵而出,直取咽喉,给对手来个措手不及。

如今这样的小宠物可能还有,但装在袖子中的大概没有了,因为时风大变,连登州人也不再拥有那样宽松的大袖子了。

千年宣

宣纸是中国的一大发明,是值得好好炫耀的好东西。谈到中华文明,有一部分就是萃集在这种特殊的纸上的。它宜于保存,虽然又薄又皎,柔软如丝,却有千年不毁的顽固性,并非脆弱之物,所以又有"千年宣"之美称。一张上等的宣纸,不必着墨,只要放在面前就可以有一番好观赏,得到一种身心的愉悦。它素洁的质地,均匀的纹理,出乎想象的柔韧,水一般的随性润滑,都让人爱不释手。怪不得一张上好的古宣会有那么昂贵的价格,因为它实在是太可爱太难得了。它自身所凝聚的传统与智慧的美,怎么形容都不过分。

宣纸引诱人们去绘画或书写，同时又使人不忍玷污它的洁净和清白。一张宣纸摆在那里，似乎就足以代表了东方，尤其是代表了中国的艺术和中华传统思想。洁白无一字，却似乎写满了思想，充满了意味，这真是一种奇妙的纸。文化人爱纸，最爱的还是宣纸，连不识字的人也会把一张丝绸般细润的宣纸爱护下来吧。

所以人们对那些糟蹋宣纸的人最为厌恶。什么人最能糟蹋宣纸？当然是那些拙劣轻浮的"书法家"和"画家"，他们最不懂得怜惜，对洁白的质地没有敬畏，所以随意玷污也就不足为奇了。尤其是进入现代，有的书画人士越来越不耐烦了，恨不能挥笔就是千幅，纷纷丢弃了工细的笔触，美其名曰"大写意"和"文人画"。这样泼辣无畏的挥洒会耗掉多少宣纸，想想真是让人心痛。绘画本来即是一种缓慢的功夫，是镌刻心迹的一种方法，恰如大诗人杜甫所说："五日一山，十日一水。"古人一张画会画上几个月，其过程就是一种享受，其成品也合乎价值。如元代黄公望的《富春山居图》，一直画了三年。俄罗斯大画家列宾的《伏尔加河上的纤夫》前后竟画了十年。这使我们理解了什么才是大匠气概与生命的耐力。古人的狂快之画只是偶尔为之，那不过是偶有挥洒的一次即兴情逸罢了，是工细之余，是长久脚踏实地奔走后的一纵一欢，并非是常态；即便是以快画为长技者，也同样构不成画界的常态。中国艺术即是一种写意，绘画的工细和粗放都是写意，所以绝不可按笔触的大小来论写意的"大"或"小"。至于"文人画"，那也是文章之外的业余逸兴。这种逸兴当然也会换来另一种艺术的灵性，使之成为生命特质与个性情怀、以及学问修养的全面综合。但画家本身毕竟首先要是知识文人才行，这是一个无法省却的前提。

西方绘画艺术似乎也走了与东方相同的路线，即纷纷让画笔潦草起来，从印象派一路下去，粗放得不得了，同时也有些艺评家，让深奥的理论跟上来，说的都是这些现代艺术的特异与卓越。其实现代的狂放仍旧包含了对伟大传统的绝望，对完美的绝望。比如毕加索，没有他少年和青年时代的写实杰作，谁又会承认他中后期的"胡闹"？大师的顽皮和胡闹自然是有理有力有节，可以做一个非凡生命的统一观，而不仅仅是截取这最后一段的放纵。这种放纵有少年青年的功底和能力在垫底，并时时有些回光返照，所以才有了固有的价值和评论方面的复杂性。但如果说这些放纵就是他一生最好的杰作，那只是类似于"皇帝新衣"的说辞。一个声名卓著并不断得到众人诠释的艺术家，在某个领域某个时期也就有了"皇帝"的威权，他的赤裸无物也就没有人敢于指出了，要实话实说，也只能等待纯洁无欺的小子来做了。

古登州人从殷实富裕之家到平民百姓，最愿收藏字画，所以该地区一直是现代收藏家最愿光顾之地。黄县城一户有大来历的人家，四十年代中期被毁家，仅名贵字画就焚烧了整整一天，那真是艺术珍宝堆成了山，可惜当时的人正拼死投身到战争当中，顾不得也认不得这样的珍宝。古登州人历来有一个美好的传统，就是在秋天里烧制出上好的木炭，以备大雪封门时生起火盆。这火盆差不多要被家家端上炕桌，旁边即是笔墨宣纸，然后开始了暖意融融的写字作画。那些大字不识一个的老太太也能画出相当不错的梅兰竹，那些忙了春夏秋三个季节的男子要站在炕前，看一家妻小写字描花。这里每个大村落或城镇都有自己的书画名家，其作品与大地方的名流一起得到了保存。今天，胶东一带书画市场上常常出现一些没有名头和来历的古书画，打眼一看即是杰作，大半也就是一些功底深厚的地方名家所为。他们的画名还没有记载到书上，可是他们手下的功夫却并不含糊，格调气度也别具特色。

人世间最难识别和鉴定的，也许就是艺术作品了。宣纸上的痕迹格外晦涩，无论是字还是画，墨分五色，俗眼迷离，非得有修养有品格的人才能指认优劣高下。所以自过去到现在，那些无才无品的书画家往往要躲避方家学人，却会极力接近商官人士，因为那些人的目的只有一个，即为了借助于金钱和声势的力量。可是久而久之，这不仅于事无补，还会成为人们鉴别真伪艺术家的一个寻踪方法。文学也是如此，文字艺术的内向性一点也不亚于书法绘画，它寻找的也是相应的心情和灵性，没有这些，也就不会识别和呼应。所以自古以来对于艺术的胡言乱语和颠倒黑白是最常见的，因为诋毁杰作和吹捧劣作既不犯法，又不会让人觉得格外刺耳和大逆不道。但由于书籍可以印刷，宣纸可以保存千年，所以留在上面的痕迹也就可以交给久远的时间了，可以让人在漫漫时间的长河里去识别，这时的人才能心眼具明起来。

一些寻觅古宣的人在胶东地区来来往往。还有古墨，一方芬芳四溢的名墨同样价抵千金。一个地区艺术的发展总是和传统密切相关，而一种传统的形成又有极其复杂的原因。富庶的古登州一带是齐国的腹地，也是莱国的经济中心，比如当时最先进的科技工业就从这里兴起。炼铁、渔业、丝织和陶器制作的兴旺，同时也促进了文化的繁荣。神仙术和方士的行径与正统儒学相抵触，但是却与某种浪漫飘逸的艺术声气相通。莱国不仅从经济上壮大了齐国，而且还从文化和艺术上强化了齐国。后来齐国闻名天下的学术和思想，还有音乐，都可以从中嗅到东部海角的浓烈气息。

虚妄的美食

半岛东部素以美食之乡著称，当今华宴上流行的程式，最主要的部分即承袭了古登州。这是一个源头极远的过程，一些菜肴的形成可能要追溯到更远的莱国时期。当齐国与东莱合而为一之后，齐国大宴即变为半岛东部的风味格局。今天的所谓"鲁菜"其实是"齐鲁菜"的简称，它包含了鲁国和齐国的传统菜式，二者虽有交叉合并，但区别仍然是明显的，包括装食物的器皿，也都各个不同。齐国把莱国餐宴的丰盛排场演绎到了极致，从典籍记载上看，那种浩大奢华真是让人无话可说。君王的宴饮要配以舞蹈和音乐，在一些礼仪场合就更是夸张铺陈到了极点。有的君王简直是逢宴必舞，要那么多艺妓簇拥，奢侈之极。书上记载一个君王对下臣有怨气出不来，竟然请他走进厅堂的同时，让艺妓们边舞边唱，唱出的词儿就是专门编排了羞侮这位下臣的。今天看这个故事有点可笑，同时也会觉得这个国君太过恣意妄为、荒唐和孩子气，却没有孩童那样的可爱。

奢华的宴饮程式需要丰饶的物质做基础。物产丰富，膏壤千里，海域奇珍，这些都是奢华铺张的条件。虽然说荒淫无度的国君大有人在，他们可以在民众饥困食不果腹的情形下奢靡依旧，但这种饮食文化最初的源头，还是要来自一种丰厚的物质。美食从民间诞生，尔后得到长久的流传和发展。一些传统的好吃物可以在长达几千年的时间里被不断认可，以至于成为一个地区的保留节目。任何地区都有自己的美食，它们是这个地区历史传统的组成部分，是从民间到庙堂的共同拥有。

即便在极度贫瘠的地方，也仍然有上好的吃物，有让人垂涎的东西。这与该地的物产饮食习俗有关，更与当地人的特殊口味相联系，说到底还是水土问题。地方美食不可以取代，一种极普通极简单的地方名吃，连最名贵的山珍海味都不能替代。有人将其归结为一种文化，从形而上去加以解释。其实说白了，最直接的原因就是它们好吃，能代表一个地方的特殊滋味，令人入口难忘，回味无穷。

因为怀旧，人们越来越发现自己在经历了漫长的革新之后，忘掉的传统太多。于是寻找过去，接近以前的记忆和生活，就成为现代人的一种共同趋向。因为社会变革愈来愈剧，西方化的进程差不多有了二百多年，这同时也是一个抛弃和疏远国粹的过程。传统美食作为其中的一个组成部分，也被遗忘和丢弃了不少。特别在这近六七十年里，广大农村一度要吃大食堂，城市要凭票供应粮油，个体小店纷纷关闭，大家已经没有心情也没有条件吃到一餐传统美食了。偶尔有些例外，就是任何地方都有一些嘴馋的人，他们要挽起袖子制作一点自己品尝。可惜这不过是一种个人行为，又是急匆匆的，往往得不到什么真味。再到后来是更加剧烈的变革，比如从文化革命到自由市场，在这样的状况之下当然不会有传统的复兴。

大食堂和凭票供应制度不是东方的产物，肯德基和麦当劳当然也不是。但这一切都加剧了对传统美食的覆盖和遗忘。好在物极必反，时代走到了今天，总算有人出于各种各样的原因，重拾过去的东西，比如从商业利益或个人兴趣出发，力图恢复一些地方美食。可是这样做的结果并没有获得多大成功，大家往往是乘兴而去，败兴而归。为什么？就因为现在的人觉得宣传上有些言过其实，那些名气大得吓人的传统名吃不仅口感平平，而且干脆可以说不好吃！上年纪的人也认为它们已经大大不如记忆中的口味了，或者说差得远,似乎与过去的美味有着天壤之别。有人将这一切变化全部归结于手艺的不正宗,或原料的不地道,后来却发现并非完全如此。

结果一些传统美食店不是关门,就是仅仅挂个名头,在内容上进行了彻底的调整和改变。人们对所谓的美食很失望,但又无可奈何。普遍的认识是:现代人正彻底告别了物质匮乏的时代,所以不会轻易获得口味上的满足;而那些"传统美食"只是贫穷年代的命名,是那时候的印象罢了。也就是说时代变了,标准已经完全不同了,现在的食客好比乘坐在一条时代的航船上,再去寻找过去的"美食",已经等于刻舟求剑,成了一件很荒唐的事情。

这种认识只说出了一半真相,更深层的原因也许还要探究。因为从记载上看,几百年前或上千年前,连那些达官贵人也不否认它们的好吃。可是这部分人完全没有物质匮乏的问题,他们的味觉不可能因为饥饿而出现大的偏差。分析下来看,只可能因为我们这个时代的水土发生了变化,变得已经远远超出了预料,以至于我们每个人的味蕾遭到了严重的伤害。

这可能并非是一种耸人听闻的说法。因为在人与物质的关系上,在我们已知的历史上,似乎还很少出现像今天一样的不节制。口腹之欲已经被空前调动起来,暴饮暴食已是常事,固有的饮食方式与生活方式正在发生质变。不仅是口腹,就是眼睛和耳朵,也都经历了一个由大素到大荤的过程。也就是说,从物质的味蕾到精神的味蕾,全都一块儿给荤油塞住了。而那些传统食物的内美并没有什么改变,改变的只是我们自己的品尝能力。像现在流行的肯德基炸薯条炸鸡块,还有意大利比萨之类,无论从饮食科学还是其他层面上看,都显得过于简陋,可是它们却成为一大批孩子的嗜好。可口可乐不过是一种复合糖水,且不利于健康,有人却愿意用它取代最有魅力的茶叶。

这个趋向看来一时还不能停止。事实上，只要对物质有一种不可遏止的饕餮心，就不会品味真正的美食。从入眼入耳再到入口入腹，道理无不如此。毫不夸张地说，我们已经处在了一个又可怜又危险的境地，已经麻木到美丑不分香臭不辨。这个趋向似乎是近年来才开始的，可是翻一翻历史，却能发现在齐国全盛时期的临淄城里，这一切已经在发生了。当年半岛上物质和精神的全部丰饶，都被临淄人过分地享用了。这种暴饮暴食一直延伸过来，走到今天，又悄悄地与现代商业社会的贪婪融合成一体。这才是一股不可以中断的欲望之潮，它就源于我们的血脉深处。

第四章

对不起它们

传说中,圣人孔子的女婿公冶长懂得鸟语。这会是一种多么非凡的大本领。圣人择婿的标准不会含糊,仅凭懂鸟语这一条来看,公冶长就是一个异常特别的人。关于动物是否有语言有思维,一直是人类极想知道的一个秘密。我们称动物为"它们",对其既无比地友善又无比地残酷。我们与它们之间的关系真是纠缠不清,一言难尽。在漫长的历史中,我们从它们当中选出了一些代表,如猫和狗等,来与我们做更亲密的接触,来陪伴我们,使我们孤单的心稍稍得到了一些安慰,生活中的不安也得到了一点缓解。猫与狗的柔顺和勇敢,还有聪慧和忠诚之类,常常让人叹为观止。"它们"是多么浩大繁杂的一个群体,可是仅仅派出了猫与狗这两个使者、两个灵物,就使人类有了无穷无尽的话题,有了无穷无尽的依恋,还有无穷无尽的故事。它们以完全不同或似曾相识的风度和姿态,赢得了人类的好奇心和同情心,还有发自内心的爱意。可是人类对于动物的暴虐,也往往集中在这两个生灵身上。有人说到了狗,并从自身的经验和观察中得出了一个结论,说"只有人对不起狗,没有狗对不起人"。

多么朴素的一句话,却道出了一个普遍的实情,一种最真实的人与动物相处的历史。事实真的是这样。生活中有人对动物千疼百爱,视如家人,有的却正好相反。刚刚说到的狗,它们对主人的忠诚始终如一,这是不容置疑的。可是人在特别的境况下却会轻易地伤害它们。它们被伤害甚至是被残害的历史,是我们大家都熟悉的。有人说得更好,他们认为狗身上充溢着一种不可思议的、巨大的激情,这种激情对于我们人类来说可真是一个谜啊!人只需要注视着它的那双无辜和纯洁的眼睛,就足以引起长久的反思,引起内心里的羞愧。比起它的无私和热情,它的纯粹的激情,老于世故的人倒也显得可悲。

说到动物,齐国东部的人格外爱马。祖居于这个地方的人与骏马的关系太密切了,可以说是与之朝夕相处,相依为命。更不能忘记的是,他们的祖先曾经骑着骏马,穿越了陆沉前的老铁山海峡,在登州海角与东北这片辽阔的地域间跋涉,经历了艰苦卓绝的生活。当他们在胶东半岛上定居下来之后,首先就是培育起天下最漂亮的马群,它们在原野上奔驰的时候,就像大地上流淌的油脂。在他们这儿,如果有哪个人敢于伤害和虐待他的马,那在当地就成为一个为人不齿的家伙。在半岛东部,传统的体面男人必有骏马、宝剑、雄鹰和狗。他们觉得有它们一路追随和相伴,也就温暖和安全了许多。女人则有自己的爱猫。直到今天,上年纪的老婆婆端坐街头,十有八九要怀抱一只美猫。

从天地人三者之间的生存伦理来看,能够与动物产生深刻情感的人,才算得上是健全和自然的人。麻木而残酷地对待周围的其他生命,比如找一切借口杀伐动物和树木的人,其实是一群暴躁的变态者,是被群居生活弄得极不正常的一类,与这样的人相处实际上是很危险的事情。只有人群而没有其他生命的闹市,那不过是一种孤独的群居。现在看,人类正在一天比一天更加走入了这种孤独。

猫和狗挽救人类生命的故事层出不穷，记载中马也多次在战场上搭救了主人。真实的情况是，它们只要与人相处就会产生感情，就会做出各种回报，这方面人们是不会怀疑的。但真正深入和更加厚重的回报，并不是那些具体的事例，不是书上记录和媒体报道中那些动物助人的奇闻，而是其他。动物对人的最大回报，其实就是日常的陪伴与共同的生存。由它们与我们一块儿生活在这个星球上，看上去许多时候好像彼此并不搭界，显得若即若离，内里却有着深层的联系。我们与之呼吸着同样的空气，饮用着同样的水源，都一块儿从这个空间里寻找生活下去的资料。它们在日出日落间的奔跑鸣叫和飞翔，还有月下的安息，都证明了这个生存空间的安全、充满活力和生命的正常有序，这就从根本上安慰了我们。如果我们彻底没有了这种安慰，前面说过，那就会是一种大孤单，那样我们人类本身将变得非常危险。当我们与它们切近地接触，与之对视，也就是四目相望的时候，还能感受到来自另一种生命的目光，所谓的心灵之窗。它向我们的这一次敞开决非小事。许多人会想起这样的时刻，因为它的眼睛会给他留下很难忘记的印象。

人类情感麻木的时候才会冰冷无情。他们一旦变成了这样，就会毫无怜悯地杀伐动物。这种杀虐不仅规模大，而且历史长，使用的手段十分残酷。有人会想出各种各样的办法折磨动物，从这种折磨中获取邪恶的快感，并从它们身上获取利益，两手沾满了罪恶。物质欲望覆盖和遮蔽了人性，人就成了最残酷的动物。比如人竟然在活熊身上常年插了导管，以源源不断地取得胆汁；为了得到鲜嫩的肉品，竟丧尽天良地直接从活驴身上选择部位割取。那些现代化养鸡场，则让每只鸡一生固定在不能移动的极小空间，将其当成了工业生产流水线上的一个机械零部件。凡此种种数不胜数，也不忍列举。

只是没有人问一句,人类这样干下去,不害怕什么在暗中诅咒我们?

一时难以回答。人们只看到了降临在自身的可怕的灾难,比如恶性疾病和瘟疫的肆虐,还有一瞬间令几十万人丧生的天灾。在这种生命无力抵抗的脆弱面前,人类除了必要的坚强,还需要更多的对于其他生命的怜悯,需要唤回自己麻木的情感。人类或许会于某一个可怕的黑夜,隐隐听到动物们发出的诅咒之声。这诅咒真的是施向人类的。

人类无论愿意与否,事实上都在接受这种诅咒。如此之多的诅咒散布在天地之间,我们人类又怎么会受得了呢?要知道这既不是迷信,也不是超验意义上的假设,而是心的逻辑,是现实中无法回避的一个大问题。它将越来越显赫地摆在我们面前。有人于十多年前提出了一个假设,就是人类如果有一天完全摆脱了食用动物,能否走入全新的完美呢?这个阶段将是空前的文明在发生,无测的灾难也会相应地降到最小。总之一切都是一个重新开始。这种设想不仅与佛教教义完全吻合,还包含了世俗生活的直接觉悟在里面。

事实上人在冷漠无情地对待动物的同时,对自身的伤害也是同样惨烈的。这种惨烈由于没有直接感到剧痛,所以也就被忽略了。但它的结果一定会以其他方式复制和散布开来,比如战争和种族迫害、人与人之间骇人听闻的酷刑,这一切都类似于残害动物的一场场复制。原来人性的丧失,就是在这种残害动物的尝试中逐渐完成的。人对动物施暴的过程,也是双手沾上鲜血、耳郭听到嘶喊的过程,这种颜色、这种声音一旦渗入心底就会驻留不去,罪孽感一方面折磨了我们,另一方面又在奇怪地诱惑我们。

我们像孔子的女婿公冶长那样,具备与鸟对话的能力,大概是一种奢望。但是亲近动物,与之发生更多的交流,这种可能却一定是存在的、并不十分困难的。这些事情看似简单,却真的是我们生存中最大的一项幸福工程。

一棵树

谈过了动物,那么植物呢?如果找一些极端爱树的例子,莫过于前些年来自西方的一则报道:一个男子与他喜欢的一棵树结婚了,而且郑重其事地举行了婚礼,并在树旁搭起了新房,要与之共同生活。这则消息尽管以庄重写实的手法刊登出来,也还是让不少人作为笑谈,并不能认真长久地对待这件事。但也有人一直记住了它,至今说得出这个人的国家和名字,还在对这个事件品味再三。一个男人与一棵树结了婚,说明他将这棵树观察了许久,或相处了一段时间,感知了它的脾气乃至于性别。他可能认为对方是一个女性,可爱到难以分离的地步,最后非要两相厮守才行。至于说他是如何取得这棵树的同意的,我们却不得而知。任何合法的婚姻都要两厢情愿,既是严肃的婚配,对方的情感和态度就绝对重要了。看来这个男子对于这棵树,会有其他人不知道的一些交流方法,但这也仅仅是猜测。

与树结婚是否为西方的荒诞且不讨论,但是一个人会对一棵树产生深刻的感情,这倒是常见的。胶东半岛地区有很多爱树成癖的人,这些人情感丰富且非常善良。蒲松龄在书中记下了有人爱树成痴、一棵花树感动幻化成少女的故事。一棵花树化成了少女,她一定是十分清纯可爱的。这让人想起一棵亭亭玉立的紫叶李,它在风中摇动一树红叶和枝条的样子,真是美到了极点。我们不记得那个西方男子爱上的是一棵什么树,但它肯定有令人一见倾心的美丽。树木的美不知被多少艺术品赞颂过,这种种赞颂都浸透着人的情感啊。

胶东的一位老人庭院里有一棵大树,据说这树是从老人小时候就有的,他平常在树下歇息,也无微不至地照料大树,为它捉虫和浇水。有一天这棵大树突然生了病,老人急得团团转。当时为树治病不像为人治病那样方便,因为那会儿有赤脚医生,还没有树医。结果虽然想了不少办法,这棵树还是渐渐枯萎,几个月之后死掉了。从这一刻起,老人就渐感不适,后来竟卧床不起了。赤脚医生赶过来打针,老人拒绝说:不用费心了,它去了,我也去了。赤脚医生又惊愕又觉得好笑,照样给他打了针。但全都没用,老人两天后真的去了。

还有一个孩子,出生后就一直在门前的一棵柳树上玩耍,父母一旦看不到孩子,准能在这棵树上找到。这棵大树也真是生得茂盛,令人注目。有一天突然来了一群人砍伐这棵树,他们要用它去做一件什么器具。这棵树虽然长在了这一家的门前,却是属于集体的财产。小孩子疯一般扑到树上,搂住它哭,家长也哀求那些人放过这棵树吧,宁愿拿出一些钱来。那些人怎么肯答应这样荒唐的事情?照旧还是砍树。可是孩子死死抱住树干。没有办法,只好由两个大汉上去扭住孩子,拖开并紧紧按住。孩子发出了吓人的哭叫声,这声音最后把全村的人都引出来了。树砍倒了,再砍去那异常茂密的树冠,截成了一段一段木头。这时孩子已经哭得奄奄一息了。

可以想象,这个孩子受到了多么深重的伤害,他一辈子都不会忘记这个经历。

有人回忆起自己的童年,记得最清楚的往往就是房前屋后的大树,有时关于某一棵树的印象会异常深刻。因为他走开了,它还留在原地,因为它是一个不能走动的生命。现代科学发现了植物的感知能力，比如用一种仪器测出了它们面对砍伐时的恐惧。这为我们怎样理解植物找到了实证和理论根据。但这只是一个开始罢了。

有极端爱树木的例子，更有它的反面，这种例子倒是更多。简单一点讲，起码在这一百多年的时间里，在许多地方就是树木日渐消退的历史。任何地方，人们回忆起过去，最常说的一句话就是：我们那儿有多么大的树啊，现在都没有了。或者要说到一片片树林，在树林里的一些经历。奇怪的是，只要是一大片树林或一棵棵大树，总是很难幸存下来，它们总会在各种借口下被赶尽杀绝。比起会跑会动并有一定抵抗能力的动物，人对付树木要简单得多也安全得多，因为它们连抗议的声音都没有就倒下了。人在动手杀伐树木的时候更想不到报应，想不到对方是一个在太阳下存活了几十年或一百年的生命，没有一丝怜惜。他们不会想到，自己其实只能算作它的晚辈，只不过是一棵会移动的小树，像树一样，也是站立的；树有根扎下去，而人没有根。真实的情况是，有的人是有根的，他的根像树一样深扎于土地，只不过肉眼看不见这根。像树一样有根的人，一般来说才会爱树、体谅树。

衡量一个现代人是否在物质的世界里蜕化和变态，是否正常和健康，其中有一个最简便易行的方法，就是看他能不能对一棵树或一片树发生情感上的联系。比起爱宠物，比起对一些动物产生感情和依恋，爱树木要更难一些。因为动物有声气目光，有明显的回应，这些特点和人比较接近，所以尚可以交流。而人与植物的交流，就需要人自己去动感情了，需要自己的感悟力了。人的生命力中有一部分是用来共同生存的需要，那就是友爱和仁慈，这也是与生俱来的一种能力，只可惜后来一点点丧失了。人恢复了对于其他生命，特别是不能发声不能移动、与人完全不同的那些生命的交流，回到了这种本能，人性也就得到了全面的苏醒和修复。爱上一棵树木的英俊和气质，这并不是虚妄可笑的事；对树木有怜惜有向往，有潜对话，这样的人才算是完美健康的。由这种人组成的现代社会，才会具有温情和理性，人与人之间才会感到幸福。不然，人与人的相处只能变得紧张和危险，因为侵犯会在全无预料的境况下突然发生。所以说我们生活在一个异常危险的世界上，我们实在是处在这样的一种危境之中。

三返和定居

胶东半岛中部的栖霞市由山地组成，俗称"胶东屋脊"。这里多山而且秀丽，有温泉，是历史上道家的活动场所。地理决定人事，这在栖霞似乎又是一个证明。比起周围的县市，唯独这里没有海岸线，是半岛中间凸起的一个高地，是坚实的岩石。而半岛其他地区大都由大大小小的海滨冲积平原构成。栖霞是半岛的内陆兼高地，让人自然而然地想起海边仙人的藏守之所，想到一个特殊的攀登和观望之地。事实上这里出现的文化人物较之其他地区，显得更扎实也更有内容。这一切的发生可能都不是偶然的。这里曾有过一些重大的、足以影响到中国文化史的历史事件，比如道家代表人物丘处机和滨都里、全真道与太虚宫等。

栖霞同样是一个神仙传说繁多、蓄志修身传统深远的地方。在大大小小的山峦间，在纵横交织的泉间河流间，常有一些寂寂无声的有趣人事。如栖霞西部的蚕山脚下，直到七八十年前还有独居的老人，而这个老人并非修道的人，而是普普通通的山民，有家小和田产营生。他进山独居的故事不仅真实，而且在当地人人知晓，可以说近在眼前。

起因是有一年春天，年过半百的他翻山越岭到另一个镇子上去，回来的路上口渴难忍，正好遇上一处山泉，就伏下身子喝了起来。谁知他擦擦嘴巴站起时，才感到这不是一般的泉：特别清冽甘甜，让全身有一种说不出的爽气。他看着泉水不肯离去，又伏下喝了一会儿，直喝得腹中饱涨这才开始赶路。又翻过一道山梁，抬眼都能看到自己的村子了，他却再次挂记起那处泉水，于是又顺着来路返回。好不容易重新找到了那处甘泉，他伏下身子又是一阵畅饮。

这个故事本来讲到这里也就差不多了，可实际上并非如此。真实的情况是他再次踏上归程，连翻两座小山，眼看就要到家的时候又犹豫起来了。他心里有了更大的担心，就是害怕这一回家真的就要弄丢了那个泉子。这一想他就焦急起来，决心再次回返：不光要畅饮，还要看准路径，把通向山泉的参照物一一记住，再做上记号，以便将来能随时找到。

就这样他第三次返回，回到了那个山泉旁。

栖霞山区的泉水是很多的，每到崖下石间，淙淙渗流和大小活泉并不罕见。可是能够吸引一个山里人三番回头畅饮的泉，却也少见。就这样，他回到了村里后又高兴又遗憾，不过总算能够记住那个甘泉所在的位置。从这一天起他的生活就发生了某种变化，这一点连家里人都看出来了。他忘不掉那个泉。他的一家真是不错：妻子贤良，儿子孝顺，有几亩祖传的山地，日子过得还好。这一年他正好五十岁多一点，身上还有不少力气，可是却不知道该使向哪里。有一天他终于对妻子提出一个想法,说在村子里住了好几代,如今实在待得有点腻了,想搬到一个新的地方去试一下。妻子问他要到哪里去?他就说起了那处山泉。

妻子和儿子当然不会同意。荒凉的大山里没有邻居,还要重新盖一座房子,这是不可能的事情。当时山里的房子小而结实,大都是祖传下来的,要自己重新开石头买瓦块木梁盖一栋新房子,从来都被视为一件大事。可是这个人不顾家里人的反对,也不管他们怎么泣哭挽留,只决意要走。妻子问他:是不是上次进山遇见了老道?山里有什么蛊惑了你?他连连否认。就带了一点米和几件陶罐,带了几件开山的家什,他在一大早就走了。临走告诉妻子儿子:等他拾掇好了之后,就回来接他们。

就这样,他又找到了那处山泉。泉旁几十步远处是一个陡坡,他就在那里凿了起来,一直凿出了一间小石屋。这间小石屋仅能容下一两个人的样子。他先定居下来,然后一有空闲就向四周扩展这石屋,一点一点凿出了隔间,还挖出了窗户,连窗户的棂子都是石头凿成的。在小石屋旁边是一块地,也是他垦出来的,上面长着绿油油的蔬菜和粮食。

家人来到时都惊讶得很,不相信是他一个人干的。这几间石头屋子有窗户有炕和锅灶,简直样样周备,竟全是一凿一凿开出来的,这可能吗?他告诉他们:大山只有一个坚硬的壳子,你只要真的挖进去,它就是软的,像豆腐一样。他们当然不信。不过饮用这泉水时,他们似乎都明白了,妻子对儿子说:不是别的,就是这眼泉水把你父亲迷住了,他天天喝它,喝出了一些古怪念头,也长出了新的力气。

妻子领着儿子下山了。他一个人住在大山里,全村人都视为奇迹。有不少村里人也摸索着路径进山看了,喝了泉水,擦干嘴巴夸赞一番,最后还是要离开。

这个人不回家,妻子和儿子就每隔一两个月上山来找他一次,顺手捎来一些吃物,也捎回他在山里栽种收获的东西。最难过的是春节,村里鞭炮响起来时他们就尤其挂念山里的人。妻子只得让儿子央求父亲来家过年。可他一次也没有下山。就这样,父亲在山上,妻子儿子在村里,直到很多年过去。妻子去世时嘱咐儿子,要把自己埋在丈夫的小石屋旁边,儿子答应了。

又过了许多年,儿子最后一次去山里时,发现那个小石屋里一切依旧,唯独没有了衰老的父亲。他在母亲坟前等了许久,父亲还是没有回来。他到大山四周去找去喊,都没有声迹。

从那以后,山上的老人就没有了。村里人都说他成仙了,还说他从离家出走的那一天起,其实就已经变成了一个老道。只有儿子坚决否认这个说法,说父亲从来没有当过老道,他是和大家一样的人,只不过是发现了一眼好泉;他最后离开了石屋,可能是又发现了一眼更好的泉吧。大家没法反驳他。

赠香根饼

从栖霞大山往北不出三百里,就到了黄县北部。这就是所谓的"金黄县"。这儿从丘陵直至平原,南北长二百里。古登州时期的海滩平原丛林茂密,野物纵横,只偶尔可见一点稀疏的小村落,基本上是莽野的模样。当时这里的荒林只有熟悉小径的猎人和采药师才敢进入,一般人都在边上转悠。

一些荒诞不经的传说总是与这样的环境相联系，所以这一代的奇闻轶事多得不得了。关于动物精灵的故事更多，传统的狐狸和黄狼的传说，在这里得到了大面积的肯定；对它们的异能，几乎所有人都深信不疑。在一些村落，竟然出现了宗教崇拜方面的怪事：既信佛，又信狐仙；有的人家在后来天主教基督教传入时，还在笃信前二者的同时，增加了新的西教。直到三四十年前，还有人在丛林深处发现了一处"蚂蚱庙"。原来是因为蝗灾频仍，当地人实在畏惧，也就建起了这样一座庙宇，专门用来供奉蚂蚱的神灵。小如拇指的蚂蚱竟也能够成神，可见这片荒野的怪异有趣。这大概与更原始的万物有灵论相去不远。

　　从县志上看，这一带地区基本上没有大面积的天灾，一些地震海啸之类大灾几乎没有发生。记载中，最严重的地震不过是摇塌了烟囱和颓墙，震源远在渤海湾深处。还有过一次大海潮，即现在说的大风暴潮，海水也不过浅浅漫过了不足五里。但由于蝗灾和旱灾，发生过几次饥馑也让人胆战心惊。这场饥馑一开始是从远处发生的，渐渐漫延过来，最后抵达了平原地区。最初的日子就像京剧《锁麟囊》里演的，大户人家纷纷施以善举，开起了粥棚，救了不少像薛湘灵这样的人。但灾害时间一长，一点稀粥总归是解决不了问题的，更大的惨相也就显露出来了。饥饿如影随形的日子，在中国农村的记忆里是那么深刻。

　　现在的人也许会觉得奇怪，海边的人如果遇到了大饥荒，难道就不会往海上跑吗？大海里有取之不尽的资源，那里有营养丰富的海带海草，更有捕不完的鱼虾，海边上的人又怎么会活活饿死呢？这只是一种简单的推想。在当时的条件下，不要说鱼虾，就是树皮叶子都会剥下来的。饥饿让人失去了最起码的拼挣能力，面对大自然的暴虐已经惊慌失措。再说水中捞生哪有那么容易，这不仅需要水上技能和体力，还需要工具。在短时间内集中起一大批船和网，这是不可能的。

《锁麟囊》中记载的那个薛湘灵沦落到了莱州，今天看是一次长长的流浪。因为从登州到莱州足足有三百里，这对一个饥寒交迫的弱女子来说是不短的一段路程。现在要说的故事正好反过来，是一个莱州的弱女子一路流浪过来，要到登州坐船投亲，躲避灾难。当时的莱州到登州沿海一带正逢百年不遇的饥荒，而这个女子一家都先后饿死了，只剩下她一个人。就像那个剧中的女子一样，她也是一个极其善良的人，在家境好的时候曾援助了许多贫民度过艰难，最后自己也走到了沦落他乡的境地。

这个女子原以为进入了富裕的登州，一切都会好起来，谁知一路上连一家粥棚都找不到。再加上灾区暴发了瘟疫，往往是整个村子都找不到一个人。她惊慌地逃生，饥渴让她几次倒下又几次爬起。就这样跌跌撞撞往前赶，最后闯进海边荒原里来了。当年的荒原是莽林，是兽比人多的地方。

她迷失在丛林中，不识东西南北，也辨不清海浪和林涛的声音。当时正是枯春时节，荒林里没有一点可吃的东西。她赤手空拳，只携了一个包袱，里面是捎给亲人的一双布鞋。就依靠一点微薄的希望，盼着能快些找到那个登州码头，这才没有倒地不起。就这样咬着牙往前走，直到失去最后的一丝力气。在倒地的一刻，她好像看见了前边的树隙里闪过一个苍白的屋顶。

那是一座林中茅屋，屋顶的茅草被雨雪洗白了。就像当年的薛湘灵得到了奇迹般的救助一样，她也被茅屋中的一位老人救下来了。这位老人一人独居，须发斑白，好像已经有一百岁了。但老人精神健旺，腿脚利索，坐在一旁看着她,手边是一本打开的书。她醒来后看到的就是这样一位老人,同时还闻到了满屋的香气。老人扶她起来,给她吃了些粥,让她慢慢恢复了一些力气。没等老人问起,她就哭诉了从莱州到登州这一路的惨状。白须老人一声不吭,只抬头看着窗外满地的枯树。

女子在茅屋住了两天,第三天执意启程。她跪谢老人的救命之恩,一直不语的白须老人才摇头说:你走不出这片林子,从这里往东有一百二十里,你就是不迷路也不行啊。老人说着从炕头橱子中找出了几个大如鹅卵的糕饼,一捧出来,扑鼻的浓香让她泪水都涌出来了。她吃了一口,觉得满口满颊都是香的,这香气再进入肺腑。她一连吃了两个,再吃第三个,老人阻止了她。

老人为她备了一个兽皮水囊,又将十枚香饼装在一个粗布口袋里。老人一直将她送了很远,指点了路径,让她白天循海往东,入夜则找草窝眠下,睡前须点燃一种薰香:它只要燃起来,就不会有任何野物敢来侵犯。老人嘱咐说一定要按时安眠,只有这样才能走出这片荒野,并让她记住:一天顶多食上两枚香饼,这样即便五天赶到码头,食物也绰绰有余了。女子再一次跪谢,又问这香气特异的糕饼是什么做成的?老人告诉她,这是入冬以后采集的各种香甜的根茎,晒干后捣成粉,又经过几次蒸晒做成的,人食后可抵大饥馑,可壮筋骨长力气。

女子一路上每日只食两枚香饼,只觉得浑身都是力气,腿脚强健,只用了三天时间就走出了荒原,找到了登州码头。就这样她活了过来,得以与亲人团聚。后来她一次次讲述被搭救的经过,并将余下的一个香根饼珍藏下来,一直传到了后人。所有听过这个故事的人,都认为那个林中老人其实是个神仙。

砸 琴

在古登州和莱州交界那儿有个临海的城镇，那里素来出一些有意思的人物。他们在当时没什么名声，只是到了后来人们回忆起来时，才觉得这些人的特异。他们在世时与邻人一样，挑担荷锄，做些田里营生，穿戴举止似乎也没有什么两样。再说平时大家都忙于生计，讲究的都是田里的话头，哪里有工夫注意另一些琐屑。

其实一个地方的文明根柢不可能发起于一朝一夕。传说这个城镇是颇有来历的，它是上百年前受秦人追杀的一支人的藏匿地，准确点说就是那个骗了秦始皇出海求仙的徐福的后人，这些人为了避难，就先后逃到了这个荒凉僻远的地方。那时这儿可能只是个小小村落，并没有稠密的人烟。初来者行为低调，与当地人没有争性，一般人也只把他们当成了沦落的难民。当地人不知道这其实是一个望族，不过是溃散了而已。他们来的时候也不可能带来满囊满柜的书籍，可是学问会装在肚里，家教和传统也要随身而来。就这样，他们改名换姓，不再姓徐，而是姓曲之类。因为"曲"与"屈"同音，内中藏下了一个冤屈的意思，也藏下了一个委屈自己的意思，反正是要好好安顿和忍受下来，准备有朝一日东山再起。

这个城镇的壮大发展，有人认为除了新来的曲姓的缘故，关键还有另一些徐福后人的陆续加入。反正这里后来姓曲的越来越多，只是到了几十年后才突然增多了徐姓，可能是有些人年代久远以后改回了本姓罢。这里的人格外少言寡语，做事扎实但不事声张，喜欢晴耕雨读。开始的几年里他们主要是垦田务农，后来才下海捕鱼。这其中驶船的好手极多，他们好像天生就习水性通海路。更有人会医病，会看星相和算卦等，反正懂得不少稀奇古怪的事情。夜里读书的人多，弹琴作画的人多。有一次一个下乡巡视的官员远远听到一个草寮里传出了琴声，就让轿夫停下来。这个官员在原地静静地听了许久，最后下得轿来，踉踉跄跄地奔到那个草寮跟前，这才发现是一个白头老翁正闭着眼拨一把破琴。官员施了一个礼，然后问老人话，老人竟两耳全聋，只张着嘴巴唔唔应答，嘴里没有几颗牙齿了。官员流连了一会儿才遗憾地退去，说可惜不能交谈，原来这里有这么一位高明的琴师！一年后官员再次寻找那个草寮，有人告诉说那个老人已经过世了，起因就是弹琴时被一个人冲了，说上年纪的琴师最忌抚琴时被人冲惊；就这样，老人一病不起，不出半年就走了。

镇子里有不少坚持练字的人，这种传统一二百年里都没有断过，直到今天依然还有一些地方书法家。由于书画同源，画一手好画的人也不少见。所以到了近代，有不少仿制古代名家的作品，这样做并非为了市利，而是为了挂在屋里自己欣赏。后来有人专门去那儿收购这些字和画，以用于官商往来。现在那一带只要出现了假画，第一个想到的就是有人从那个城镇买来的。

琴棋书画，琴是摆在第一位的。琴是中国古琴，但延续到后来，各种琴都受人喜爱了。这里的人特别喜欢一种蟒皮制成的琴，因为它的声音仿佛来自海滩深处，听起来格外撩动人心。许多人听了，都觉得这声音有一种说不清的诱惑力。由于专门的乐器店少见这种琴，所以就要依仗当地的制琴师傅。有名的师傅都是祖传的，他们个个身怀绝技，遵守传儿不传女的老规矩。爱琴的人不一定是弹琴的好手，他们只是爱，只是精于收藏而已。收藏是一种奇怪的嗜好,是一种癖,一旦迷上就很难改掉。

那儿有一位有名的制琴师,出自他手的琴在方圆几百里都享有盛名;他会制作好几种琴,然而最有名的还是那种蟒皮琴。城镇的一户收藏世家存有一把上百年的古琴,一切保护良好,唯有蟒皮裂开了。无奈中也只有找这个制琴师傅重新镶造了。内行人都知道,一把琴的高下贵贱,最关键的就是这蟒皮的搭配与选择,更有制作功夫的粗精。凡艺术都倚仗灵感,制琴当然是门大艺术,而这门艺术的穴位就在琴体与蟒皮之间。收藏家因为爱琴,心思不用在别处,所以家里的经济营生一般,虽然不算家徒四壁,可也好不了多少。他好大年纪才娶了一个妻子,两年后生子,老年得子疼爱得不得了。平时他和妻子与孩子是须臾不能分离的。

他的家住在城镇边缘,靠近一片林子,这里常常有一些野物跑出来玩,他与妻子从不伤害它们。有一天妻子正在家里灶上忙着,刚刚学会走路的孩子就出门去了,她一时也没在意。不知过了多久,突然不远处传来了尖叫声,她一听是自己孩子的声音,就不顾一切冲了出去。原来孩子只戴了个红肚兜,这会儿蜷在一个草垛旁边,不远处就有两只豺狗模样的东西,它们一纵一纵地围着孩子跳,只是不敢近前。她拿起柴棒驱赶它们,到了跟前一看,只见一条不大的蟒蛇用身子围住了孩子,高高探起的头颅四处盯视,身上满是鲜血和伤痕。她吓得不敢喘气,定下魂来才知道是这条蟒蛇刚才与两只豺狗搏斗,救下了孩子的一条性命!她呼叫孩子时,那条蟒蛇就用嘴巴摩挲着孩子的腮,孩子很快就不哭了。这时蟒蛇才把身子放开,在一旁看着她把孩子抱起,缓缓地爬回了林子里。她最后一眼记住的,就是这条蟒蛇脖子处有一块金黄色的大斑。

男人回来后听过了这场历险,特意去找过那条蟒蛇,但没有找到。这时他的宝贝古琴已经送到那个师傅手中许久了,对方回答说这种事急不得。大约又过去了一个月,制琴师傅终于把修复的古琴拿回来了。这一天算是一个重要日子,男人见了古琴就忘了一切,他洗了脸洗了手,又换了衣服才去接那把琴,就差没有焚香沐浴了。制琴师傅当即拨弄了那把琴,声音韵味真是好得不能再好了。这把价值千金的古琴就算重生了。

师傅走后,妻子凑近了正在低头抚琴的丈夫,抬头端量了一下,突然大声喊叫起来。她说她认得这蟒皮上的斑纹,这肯定是那条蟒蛇的皮。她这一叫,男人脸都白了。他赶紧放了琴,然后出门追赶制琴师傅。

他拦住那个人,开口就问蟒皮的来历。师傅说:要为这把古琴寻找合适的蟒皮就难了,所以才拖了这么久;家中贮存的所有原料都不合适,而自己又是个追求完美的人;这种琴需要配的是年纪合适的雌性蟒皮,还要是有"金环扣"的,就是脖子上长了一种奇怪金斑的,这样的蟒皮会发出一种"金声"。师傅长叹,然后一脸欣慰说,他为了这把古琴不得不四处寻觅那种蟒皮,几次都想作罢,巧的是本城一个老猎人告诉他,说海边林子里就发现过这种蟒,于是他约了好几个猎人,徘徊在林子中一个星期才得手。

男人一声不吭回去了。这时妻子已经把那把古琴归到了专门的屋子里,这里藏有几十把琴。男人脸上一点血色都没有,他对妻子点点头,然后操起一把锤子就进了藏琴的屋子。

他一口气砸毁了所有的古琴。

失灯影

直到现在,古登州一带还有一个村子叫"灯影"。但这个村子是否就是过去那个得而复失的地方,人们还说不准。近一二百年来的变化之速,真可以说是沧海桑田,从古登州府置往西直到屺岛、三山岛,现在都成了人烟最稠密的地区。而不足一百年前这里只是荒野,二百年前则是莽莽苍苍的林子,除了偶有渔人猎人在浅近处光顾一下,还没有什么人敢于深入。

那时候这里的人走夜路,如果到了荒凉地方,最喜欢也是最害怕的,就是前边遥远处出现一处闪烁的灯影。本来有了灯火就说明有了人气,就可以安慰一下黑夜独行的心,可还是忐忑不安。因为那时的荒原人烟稀少,怪事太多,不仅仅是传说,即便是真正让人恐惧难解的遭遇,常走夜路的人也会说出几件。比如当时最盛行的说法,就是如果在荒郊野外看到舞动的火球,最好不要挨近,那是年老的狐狸在炼丹。按当地公认的看法,差不多任何一片原野都生存着几个年迈多智的狐狸,它们为了长生,竟能够像这一带曾经活跃过的方士们一样,炼制一种神秘的丹丸。狐狸在日出之前,一般是午夜前后的时辰,就要操练起这个行当,所以人们远远看去就是几点亮火在跳。

除了狐狸所为,还有其他不测,如有人就在挨近了荒郊的一点光亮时,才发现这是一处瓜棚,柱子上挂了一盏灯笼;有人坐在灯影里,问他话只不答,赶路人忍不住拍拍他的肩膀,这人一回头把赶路人吓个半死。原来黑影里坐的是一头老狼,刚刚吃了一个人,正坐在那里舔嘴巴呢。类似的警戒故事很多,一半是口耳相传的野趣,一半是当时的真实经历。时过境迁,现在这一带入夜常常是灯火辉煌,早就没有黑夜中星星点点的光亮了。现在所忧虑的只是太热闹了，是人气过盛，除了人什么都没有了。

年纪稍大一点的当地人，至今还记得老人的叮嘱，那就是夜间赶路时，遇到前方有影影绰绰的灯火一定要绕开走，而且绕得尽可能远一些，千万不要回头。这是防止那种非人的灵物被人打扰之后突发脾气，它们这时加害于人也说不定。一般来说，有灵性的动物除了极个别品行不好的，一般不会向人施以损招。动物与人一样，也有个思想品质的问题，那些邪气未敛的动物一旦获得了本事，就会炫耀技能，傲视人类，常常把整整一座村子搅得鸡犬不宁。所以在海边村落里，一直流传有动物与人斗智的故事，同时也就自然而然地保留了一种专门的职业，那就是驱邪的法师。这些法师怀揣法器，如拂尘和铜镜，如装了朱砂的布囊和盛雄黄酒的小瓷瓶等。

除非真有必要，受到野物骚扰的人家是不会请法师来的。一般先是祷告和商量，是劝说，请那些暗中作业的野物离开吧，大意是我们应该两不妨碍，各自生活，我们人过日子也不容易啊，等等，以激发出对方的怜悯之心。这样做有时也能奏效；如果实在不行也只得请法师来了，那样事情的性质也就起了变化，变成了敌我矛盾，非斗个你死我活不可。法师的性格可能因为其职业所决定，他们个个铁面无私，心肠很硬。而村里人包括一些受害者家属，对已经告饶的动物还是愿意放过一马的，这时最大的障碍倒是法师，他们摆出一副执法如山的架势，决不通融。结果被降服的动物在受尽折磨之后，几十年修炼的道行也毁于一旦，这是它们最畏惧的下场。

就在这样的村落里，有一位顽皮少年，他像大多数野孩子一样好奇，聪明却不喜读书，愿意冒险，越是家长禁止的事情越是要尝试一番。他多次在夜间独自一人跑到野外，总想遇到一两桩怪事。有一次他真的在野外瓜棚那儿见到了悬挂的灯笼,也真的发现了垂头反坐的人。就像传说中那样,他伸手往那人后背一拍,结果却大失所望:转回头来的是一个上年纪的看瓜人。对方看清了是个孩子,立刻叫出了他的小名。这使他觉得实在无趣。离开瓜棚又往更深的林子里走,这在一般人是绝对不敢的,因为一旦迷路麻烦就大了。

经过了多次冒险,这个孩子胆子更大了。有一次他不知走了多远,感觉就快听到海浪声了,前面还是黑漆漆一片林子。突然他看到了树隙里有一二点灯影在闪烁,心上立刻怦怦乱跳,有不可抑制的兴奋涌出来。随着往前,那灯影竟扩大开来,渐渐显出了街道的形状,原来是一个藏在林子深处的小小村庄!这一下他就放开步子往里闯了。

进了小村,马上有些比他还小的孩子围上来看,一个个毛头毛脑分外好奇,问他是从哪里来的、叫什么,等等。他们告诉这个小小的村子叫"灯影"。他和他们玩得高兴,又跳又叫,玩捉迷藏之类,累了就随他们进小茅屋吃各种果子。他从来没见这么多野果,一大摞摆满了桌子,一些上年纪的老人坐在桌旁,见他吃过一个又递过来一个。这些野果甜得很,结果他一口气吃得肚子都圆了。左右小孩子有男有女,扯上他的手跑到街上,还让他去一个地方打秋千,看另一些有奇才异能的孩子在大树梢上蹿跳。他惊得合不上嘴,因为这是从来没有见过的。午夜过了,村里的老人扯着他的手,让另几个孩子把他送出林子,叮嘱说:回家吧,再不回你家老人该急了,有工夫可以再来,不过对谁也不要告诉这个灯影,要不你就来不成了。

他心里揣了个秘密,到后来每隔几天就到林子深处找这个小村子。他走熟了路,为了不再迷失,就在沿途做了一些记号。这个叫灯影的小村成了他的乐园。他在这儿有吃不完的好东西,比如果子,野蜜;还有看不完的趣事,比如连年迈的白发婆婆高兴了也会扔下拐杖,灵活无比地翻起跟头、或跃上树梢。他把自己村里才有的一些玩法教给他们,比如踢毽子,等等。这个小村从老人到小孩都喜欢他。

这样过了半年,让小孩子愁闷的事情发生了,这就是家里人要送他去很远的一个镇子上学,那里有一户亲戚。这是不能逃脱的事,他只好找一个夜晚到灯影告别了。小村的人也舍不得他,都说你只要不忘路,过多久来都行,这儿会一直等着你。

这个孩子上了外地的学堂,中间只回过一二次村子,也去灯影欢聚过一次。又是几年过去,他长大了,聪明过人,没费劲儿就考中了功名。上任后忙于应酬,一连多年后才有空回了一趟老家。因为身在官场,一时忘了灯影,可是一回村子就想起了它,于是就打听起这个村子。村里人摇头,从老到少竟没有一个人知道附近还有这么个村庄。他觉得奇怪极了。

这天他实在忍不住,就脱了官服,按照小时候记住的路径往林子深处来了。他料定一定会找得到,因为一个村子既然落成了,哪能轻易挪动呢。可惜他花了大半天时间,直到天黑,把记忆中的那一带找了个遍,就是没有小村的影子。就在他失望之极往回走的路上,也许是有什么在怜惜他吧,一抬头竟看见了影影绰绰的光亮。他嘴里说着"就是这儿了",赶紧奔了过去,到了近前只见一个老人坐在那儿吸烟。他当时并没想别的,没觉得一个老人坐在荒野里吸烟有多么不正常,只脱口问:灯影在哪?

老人把烟嘴抽出来,说:它还在原来的地方。他说:那怪了,我怎么就是找不见哪?老人说:灯影的人厌弃官人,躲着你。他惊讶说:怪了,我脱了官服啊。老人哼了一声说：这也没用，灯影的人鼻子尖，他们远远一嗅就知道了。

龟又来

很早以前，海边上常有一些孤寂的独居老人，这些人一般都是以海为生的人，上了年纪不能出海了，就专门留下来看守渔铺。这个营生年轻人做不了，因为他们熬不得这份孤寂。在春夏秋三个渔季，海边上热闹，吃的东西也多；到了漫长的冬天和初春这一段就不好过了，大雪封了海滩，这里除了个别禽鸟什么活物都没有，守铺的老人就得学会自己打发时间了。他们要赶在入冬前准备大量的柴火和吃的东西，还有其他一些杂七杂八的物件，因为大雪封地以后想出门都难。

这些看渔铺的老人当中十之八九是独身，也有的是喜好海上生活，不愿和家里人掺和。男人一个人过惯了，就特别听不得家里人的热闹。有的男人把孤单当成了福气，自己在海边听着海浪，看着日出日落，一过就是几十年。他们是海上的老把式，年纪比他们小的渔人都不敢逞能；因为海里的经验太复杂，需要一辈子的经历才能积累起来。平时打鱼吃饭是一回事，来了危急又是一回事。守铺子的老人大半都经历过几次劫难，他们遇事不慌，一肚子的主意都闷在心里。当年的海滩上十里左右就有一个渔铺，这是一两个村落合伙捕鱼的老窝，一年到头都得有人守住。遇上大风浪渔船出事的、打夜海的人上不了岸的、冲来海贼打斗的，都需要一个有本事的老人出面摆平。那些平时咋咋呼呼的鱼老大,一到了紧急关头就没了主意。

　　守铺子的老人自己也不知道更喜欢哪个季节。因为渔季年轻人多,他们在一起闹腾,还有买鱼卖鱼的一沓子事情,大伙在一块儿也挺充实的。可是这时候吵得慌,不安静,耳朵疼。只等人全走光了,船靠了岸,桨搬到一边,网具扔到铺子上,这才算是开始了真正的日子。老人搬出干鱼和各种酱菜,烈酒,还有除了渔铺哪里都没有的一些专门吃物,比如说剧毒河豚肉、大粒鱼子、蛤和蛎腌制的酱。这些特别的吃物专属于看铺子的老人,是孤独换来的口福。奇怪的是十里之外的铺子主人并不轻易出来串门,一到了冬天都爱缩在自己的火炉旁边。大概就为了保持一个完整的冬季吧,他们一个比一个更能熬得住。这些人都有一身翻毛大皮袄,脚上穿了生猪皮缝成的草窝鞋,它的名字很怪,只一个字:绑。穿了绑可以在大冰雪里自由穿行,脚一点都不冷。大狗皮帽子护住头脸,哈着白汽去海边捡些浪印上的蛤和虾,那就是一顿好生活。

　　有人背后传言,说别看这些老家伙一个个表面上清苦,其实大雪天海滩上正是会友的好日子。他们说老人在渔季里交上了个把赶海的婆婆,她们专在冬天去会守铺子的男人,这时才叫静僻,两个人把铺门一关就过起了好日子,天天喝酒。这种情形实在是夸张了。有家口的老人,家里人少不了常来关照他们,送些吃的东西,走时却带走了更多的东西,这都是老人平时积攒起来的。家里人一来老人就驱赶,可是赶走了又来。他们不放心让年纪大的人独守在大海边上。可是那些没有家口的人就没有这些问题,他们仿佛不会生病也不会死,最后连多大年纪了也没人说得准。问一个守铺子的老人多大了,他会装模作样地掐掐手指头,说出的却是二十年前的年龄。

有个老人有家有口，年轻时打鱼，上了年纪不顾家里人劝阻，偏要留在海上守渔铺。当年的林子密野物多，半夜里只要海边没有打鱼人亮起的火把，就会听到沿海传出的鬼哭狼嚎声。那其实不过是野狸之类追逐打闹、再加上林木呼鸣的声音，是天籁的一种。有人就演绎说，这儿有一代代海上淹死的人，他们的魂灵流连不去，到了夜里就此起彼伏地呼叫，一个个鬼都开始想念家乡了。这些恐怖的情景在看守渔铺的老人那儿简直不值一提。只有冬夜，这种情形才为之一变：大雪大霜一降，仿佛能杀百躁，所有的声音都突然消失了。只要不是大风天，大海也会安安静静。老人说他们一辈子盼望的，就是这样的安静。这样的安静一年里只有四分之一多一点，所以异常珍贵。老人喜爱下棋，冬天里没有对手，就一个人在棋盘上摆弄子儿。

有一年秋末，几个年轻人在河口附近逮住了一只龟。这只龟中等大小，因为受了伤，前肢左上方有一道深深的割痕，所以没有及时逃脱。就在他们要烹杀这只龟时，老人赶到了。他劝说他们把龟放掉，只没有一个人听。没有办法，老人就从铺子里取出了一大笔积蓄，将受伤的龟买下来，然后用大背篓把龟背回去。一连多少天老人都照料它的饮食，还取了自制的草药给它疗伤。一个星期之后，这只龟完全康复了。它离开时，朝老人深深地磕了几个头。

从那年冬天开始，无论是多么大的风雪，总会有一个黑衣老人赶来与他下棋。这个黑衣老人看样子有七十多岁，长了一口细小坚硬的牙齿，能咬碎核桃壳。黑衣老人的棋艺一般，但也足以陪他玩了。他们闲了就扯一些海上事情，守渔铺的老人常常被对方异常丰富的海洋知识、五花八门的水上见闻所吸引。他们就这样成了好友。黑衣老人对自己的来路遮遮掩掩，他也就不再打听。有一天黑衣老人打起了瞌睡,不小心露出了左边肩膀,让他一眼看到了一处不小的伤疤。他马上想起了那只老龟。

一连七八年,那个黑衣老人都来和守铺的人一起过冬。这一年老人的身体出了点毛病,从春天开始就剧烈咳喘,有人就通知了他的家里人。家里人要把老人接回村子,可是老人一定要坚持过了冬再说。家里人明白,他这样的境况,能不能过去这个冬天还是一个问题呢。他们差不多要抬上老人走了,老人硬是不同意。

可是这一年冬天的雪太大了。也许就是因为大雪的阻隔,那个黑衣老人第一次失约了,没有按时出现在渔铺里。老人病得不行了,他的老伴只好陪在这儿,为他端水端药。老人常常让老伴为他去门口张望一下,问有没有一个黑衣老头正往这边走?就这样整个冬天都过去了,老人再也挺不下去了。刚刚开春,老人就闭上了眼睛。这一天老伴正哭着,一个黑衣老人一边大咳一边推开了铺门,然后一下跪在了地上,大声说:我来晚了!我来晚了!我这个冬天害了一场大病,没能来陪他下棋啊。

第五章

中医难觅

古代名医扁鹊被誉为能够起死回生的神医,关于他,最有名的故事是他曾四次为齐国的国君看病:第一次指出对方的病在皮下,第二次指出病到了血脉,第三次指出病到了肠胃,最后一次发现病已到了骨髓,已经不能医治了,然后就赶紧逃走。这个故事记于史书,广为流传。扁鹊是古代名医中的齐国人,用他自己的话说,即生在齐国渤海边上。中医的"望闻问切"诊疗方法,就是他创立的。他的了不起之处,在于既能继承齐地养生重药的传统,又能抛弃方士的那些玄虚,特别厌弃巫术,一生只注重脉理。

扁鹊的足迹差不多抵达了当时的所有国家,成为天下最负盛名的医生。妇科、儿科,眼耳鼻喉诸科,都留下了他的神奇业绩。自古以来,最杰出的专业人士与经国之才总是充满了风险,这其中的危难主要来自嫉妒。比如扁鹊,最后没有死于当时的战乱和饥饿,竟死于秦国一个姓李的医生,此人自知医术远不如扁鹊,就差人暗杀了这位绝代名医。

中医难觅,好中医更是难寻,这已是人们普遍的遗憾。了不起的扁鹊死于非命,因为他的超绝医术不容于世。这似乎是一个宿命和象征,说尽了中医的深奥和不测。千百年过去,又出了一些大医家,一些医圣和药神,人们耳熟能详的就有孙思邈和李时珍,有张仲景。这些人物在今天的人们眼中,已经近乎于神而非活生生的人。他们遥远地消失了,高翔于太空,脚踏的这块土地上好像早就没有了可以托付的人。这几百年里,每个地方也曾经拥有过自己的名医,常常屈指可数的就是"四大名医""三大名医",等等。但是他们的时代也很快就过去了,大约以六十年代中期为界,名医基本上销声匿迹了。再到后来,几大名医的说法想都不敢想了。如果听说某地有一位医术高明的老先生,那种崇拜和惊奇就已经不小了。

直到今天,高明的中医可能还会是一位长者,他不一定有飘飘白须,但也必定是面目清爽,看上去神气笃定。手段高明的中医不可能是一个气量狭小、文化浮浅的人,他应该是深得中华文化真味,能够沉于水底的大鱼。从某种意义上来说,自古而来中华文化的智性和底蕴,也许没有存于声名远播的学府,倒有可能藏于这些阅历深长的医家。中医的思维最集中地代表了传统的方向和深度,是一旦偏离了这个方向和深度就要灭亡的一门科学。所以,这就是中医难觅的一个根由所在。

比起西医,中医的根脉更是深植于土地之中,是伴万千自然生命而滋生和成长的学问,它有着最直观最朴素的一面,又有着非要冥思和悟想才能深入的奥秘。脉相,气,穴位,阴阳,这些都无法通过物理解剖去印证。而西医把人体看成了一架类似于有活塞和输油管那样的机器,所以西方有一本书就叫《人是机器》。西医的发展,也的确在沿着机械理解的精微和深度,一步一步深入下去,从解剖术一路走下来,直到了基因这一步,未来还要往前。这当然也是了不起的学问。可是人毕竟还不是机器,人还有微妙难言的情感,特别是有灵魂。灵魂就神秘了。而中医,一开始就没有背弃灵魂,相反一直贴着灵魂往前小心翼翼地摸索,于是就找到了穴和气,找到了任督二脉,这都是玄妙的东西。这些东西,即便最前沿最现代的基因学说,在深度上也难以接近它。

人天生就有神秘的感受力。这种神秘性是与生俱来的。中医在可传授与不可传授这两个层面上前行、对接,这就产生了所谓的神医。神医即是在不可传授的那一部分走远了。而名医和好医,则是在可以传授的那一部分掌握了。可传授的部分不仅是中医药理脉相方法之类,还包括它独有的悟想思维方式,它形而上的质地。

中医的形象思维和感悟方法,还有更奇特的不可传授的那些部分,一直是西医思维的嘲笑对象。这其实是完全不同的两个世界,是不同维度的世界,二者是不能对话的。中医界在一二百年里最试图与西医对话的人,恰恰也耽误了自己,是造成自身事业失败的原因。"中西医结合"的提法是对病人而言的,而不是对医生而言的。医生需要各自守住自己的世界,一旦离开了这个世界半步,也就不能正常呼吸了,还谈什么生存与发展?

现在的某些所谓中医,完全将中药当成了西药使用,肿则利水,热则施寒,寒则加热,燥则润,湿则下,直接就找那味药。其实中药哪有如此简明和直接。中药是五光十色世界里的一朵一花一草一瓣,它们交互辉映,是你呼我唤的关系。它们的协同合作是很微妙的,是通神通性的,是活的而不是死的。人体的脉络机能与天地呼吸日月星辰,这些天大的学问连在了一块儿,所以说一名合格的中医,连最起码的品级也要有大心志大胸怀才行。这不是要求太高了吗?是的,因为这实在是没有办法的事。比如有些药,非得下弦月时吃才好。一味药连接了天文地理,这是怎样的精微。现代人迷信于基因和纳米之类,还有染色体。可是古人早在几千年前就将投放药物与月亮星辰统一考虑了，这又是什么染色体呢？

西医从机器这个角度去理解人体，也可以走向无限的精密，并非浅薄之学。有人在识得中医奥妙之后就不无偏激，说中医才治病，西医治什么病？有的稍微宽容一些，也说西医是"头痛医头，脚痛医脚"。这些当然是出气的话，是对于深邃精微的传统医学被误解冷落之后的愤慨。但愤慨之辞也有引人深思处，是对另一种思想方法的补益。"头痛医头脚痛医脚"的说法虽然将西医简单化了，却没有什么根本性的歪曲。比起中医的全局综合和无微不至的缜密，比起中医"治于未病"的思维，西医的确过于具体和单一了，实在是比较机械的学问。所谓西医对人的诊治，真的像是对一部机器零件的修复和更换的过程。

为什么西医向前看的时候多，而中医向后看的时候多？就是说，西医不断依赖和寄希望于新的科技进步，以加强自身的治疗手段和认识能力、发现能力；而中医则更多地向后看，要不断挖掘经典，将经典发扬光大。平心而论，属于中医本质方面的发展，如认识和诊治手段，并没有随着时间的推移而有多少进步，反过来直到现在还仍然在不断地发掘经典中的深义，以此来深化中医。这种一个往前看、一个往后看的差异，恰恰也是一部分人背弃中医的理由。

实际上西医的观念确立的时间并不长，它的体系的形成历史很短，即便往后看，也没有多少实践经验和理论深度，也只好往前看。更重要的是，西医离开现代科学的发展和发现，几乎就不能成立，它的本质属性就是往前看的。而中医是根植大地的心学，几千年来人与大自然建立了最直接最朴素的依赖关系，而这种关系的性质随着时间的发展而发生了变化，就是说人与山川大地上的一切，那种朴素亲密的关系不是变得越来越强，而是变得越来越疏淡了。于是人关于自然大地的悟想能力，最强大的那个时期已经过去了。人类经历的千万年的历史，它所包含的全部悟想和经验成果，也就成为永远挖掘不尽的宝藏。

所以处于一个现代科技的世界上，机械逻辑的探求正步步走向深入，而由此带来的表面化和简单化，还有片面化，必然要伤害到中医的思维。真正的中医越来越难寻觅，这很可能也是人类的宿命。

百草和文章

熟悉中国文学史的人会发现，一些大文人同时往往也是好医生，或者是对医学有着相当程度的理解；有的虽非专业行医人士，却道出了医家未能道出的玄机。曹雪芹是一例，苏东坡也是一例。类似的例子太多了。苏东坡有过一句常被医家引用的名言，叫"大实若虚"。反过来观察那些有名的大医家，差不多也个个都有坚实的文章功底，他们的医学著述，特别是留下的医案，其描述真是生动透彻到令人拍案的地步。文人有时忍不住要给人讲一点药方，或医家忍不住要铺展一番辞藻，都是因为二者内里相通的缘故。

识得百草即成医家，百草生情即变文人。形象思维的生动，辩证思想的精密，都是好文章才有的属性。有些文学家在一般的居家生活中不但给自己治病，还给一家老少开方，结果也会留下一些手误；除非有了难缠的疾患，有的文人雅士是不找医生的。也有的文章高手与医家是密不可分的朋友，他们交往密切，互通有无。像一些出家人，居士，常常也是探究钻研医术和养生的高手。那种清寂的生活既有利于养生，也有利于思辨，于是就出了文章，也出了草药方剂。苏东坡自己琢磨出的药方不少，烹调的窍门也有一些，与一些官场朋友来往唱和，应酬中也时有处方互相赠予。一些和尚道士赠给苏东坡的验方，被他当成了最宝贵最慷慨的付与。

过去的文人常有治世的责任，其中的大多数本身就是一方官吏。治世与治病的原理，在许多方面都是相通的。这等于说在用两种语言表述着同一种道理。写一篇大文章也差不多像是治理一个大社会，词汇即是众生，结构即是组织形式。阴阳关系，辨证施治，这些医家的基本理解方式，也是对于人类社会的认知方法。一篇文章的完成，需要面临无数次的判断和斟酌，作者的器局见识都反映在其中了。而对于整个社会的复杂情形，人的治理也面临着类似的决断和思索，都需要相当严密的运思，需要有全面把握的能力。在传统文化中，中医、文人、官吏，这三者的身份虽然有时是统一的，有时是分开的，但内在的一致性却是从未变过的。

一个糟糕的治理者，在施政中或者是一刀切简单化，或者是取其一端不计其余的片面化，都不是好医家的特征。文章有起承转合，有逻辑的周密，有文气文采，这些都恰恰像医家手中的百草调剂。传统文章不是今天学来的西文格式，没有那样的洋八股的腔调，好文章与大地气脉总是息息相通的。现在的一些文论，即便是谈诗论艺的，也满是机械化学的气味，是现代工业的说明书性质，没有生命的肌理脉动，也没有人性的温热。像古人的以诗论诗，品味和欣赏，中医把脉式的思辨和感知，现在已经极其罕见了。

好中医的缺失与好文章的缺失，在步调上其实是一致的。如同医家表面上的深刻化和逻辑化，实际倒是一种简单和粗陋；至于一些手术器械的强求和使用，对于文章的肌理只能造成破坏和割伤。中医对于卫气营气、任督二脉的理解，运用到文章里也是一样。现在的时髦文章则完全不讲文气，只想学点西方的理论皮毛，搞出一套机械的浮浅的临床论证之类。

古代文人喜欢丹丸的故事很多。除了一些人的贪求长生急不择食，吃了一些急进的丹丸发生了不测之外，许多人都是顺应天然。他们很能炮制一些滋补的吃物，这其中也包括秘不示人的丹石。炼丹曾经在魏晋时期成为部分文人的时尚，以至于有人因为热衷于此而耽搁了诗文。大诗人李白是一个求仙心切的人，其丰富和趣味非常人所能比拟。他对一些金石丹丸专家、一些道士的迷恋，在行踪之间处处透露，也屡屡被诗章记录下来。"一鹤东飞过沧海，放心散漫知何在？仙人浩歌望我来，应攀玉树长相待。尧舜之事不足惊，自馀嚣嚣真可轻。巨鳌莫载三山去，我欲蓬莱顶上行。"另有一诗说："海客谈瀛洲，烟涛微茫信难求""青冥浩荡不见底，日月照耀金银台。霓为衣兮风为马，云之君兮纷纷而下来。虎鼓瑟兮鸾回车，仙之人兮列如麻"。可见他对东海里的三仙山、对于神仙如何向往。这种追求仙境与寻觅仙药的心情都是一回事，所以才有一个叫徐福的人率船出海，求的就是长生不老之药。李白也挂记着徐福。

有些文人吃过了丹丸，按要求披头散发在花草树木间行走，说为了使丹丸发散。这种情形多么有趣。食丹的人并非因为生病，而是依据中医"治于未病"的原理，追求超强的体魄。个别误食了丹丸的人在地上滚动，那是体内的丹丸热力烧灼起来。巨大的化学能量把他们几近摧毁，会给他们一个教训。但最终他们仍然还是迷恋于炼丹，因为那时还未能分得清百草组合的美妙与金石冶炼的区别，在不知不觉中将中西医结合了一下，结果化学变化发生了：一股陌生的力量将人击倒在地。

总之中医与文章难分难解。在有的人那儿，可以说是医随文生，文助医传，二者之间互为襄助。可以设想近代文事的繁荣与传统医术的复兴，或许该走一条统一的轨道，因为它们的思路看来十分近似。

书　生

"书生"通常是指读了很多书的人，可仔细推敲起来，人们并不一定这样认为，更多的意思倒是指那些食书不化的人，与"书呆子"的称谓有点接近。但二者仍然有细微的差别，书生在"愚"的程度上，可能要低于书呆子。观察读书人是有趣的，他们其中的一部分人虽然也把许多时间用来读书，却要将一生中的极多精力用来攻击读书人。这样的人最后就不会被称为书生，更不会被称为书呆子。李斯就是这样的人。他当年在秦国，一开始并不如意，当地人就把他看成不折不扣的书生，他因此也饱受冷落，在心里留下了很大的阴影。即便是后来发达一些了，也仍然被定位于一介书生。他的文采和笔力是不容怀疑的，眼光和气度也非同一般，这由那篇《谏逐客书》即可证明。能写出这样文章的人，应该是能够应付极复杂世界的，算是一个智慧人物。果然，他后来成了中国文化史和政治史上最著名的一个人，做过轰轰烈烈的大事，名字与千古一帝秦始皇连在了一起，分也分不开。不过他也没有逃过人生的大厄，并在身后留下了可怕的坏名声。作为一个饱读之士，他彻底背叛了自己原来的阶层，由此而发达而显赫，也由此遭到了最残忍的杀戮。

李斯在秦国的经历似乎说明，一个读书人无论受到怎样的压抑和屈辱，或享受到怎样的荣华富贵，都不必以读书人的身份为耻。从表面上看，秦国是以战争取得政权的，而战争又要依靠野蛮的力量，所以依附秦国政权的知识人往往有一种自愧不如的感情。这感情鲠在心里，会让其造成深刻的自卑和误解，从而在人生道路上做出最愚蠢的选择。知识人当中只有一部分人能够超越这种情感的局限，能够依靠自己的心智和知识来一番俯视。像孟子到了齐国，虽然也曾想借助齐威王齐宣王的力量来推行自己的政治理想，但实在只是把对方看成工具而非大脑，视其为二流人物，内心里的正气是非常浩大充实的。他的那句"吾善养吾浩然之气"，并非是一句华丽的大话。

在孟子前面的当然还有孔子。从一生的行迹上看，孔子比孟子的颠簸多了十倍，坎坷也多了十倍，可是孔子的内在强度和气概，并不亚于孟子。不仅不亚于，而且还要超过孟子，所以说孟子只是亚圣。那种在权力面前极度的困顿甚至尴尬，正好反衬出一位理想人物的强大。对于客观世界的改造治理，智识人物有一种顽强的主导性观念，这观念超越了一般的集团利益，更超越了眼前的好恶和冲突，所以在一般情况下，他们与权势人物对不上口。思想的强大，有时会让人望而生畏。表面上却正好相反，那些被武力簇拥的庙堂倒令人恐惧。其实没有比这些庙堂再脆弱的了，因为世界上还找不出一座屹立千年的庙堂，孔孟等人却不可摧毁地存在了一两千年，看样子还要存在下去。

从战争的局部看，野性和勇力是制胜的首要条件。可是从战役和战略、从决定权力根本性转移的暴力行为上来看，也仍然需要战争的艺术家，他们也是书生,只不过是另一种书生而已。齐国的马陵之役、围魏救赵,倚仗的主要还不是大将田忌之勇,而是孙膑之智。在戏曲中被反复吟咏的三国故事,其中的赤壁之战也倚仗了一个通达阴阳的书生,而不是刘关张。现代战争是怎样进行的似乎更无须多说,生猛和强膂更不可能是制胜的主要条件了。再说勇气和力量这些东西,它们的呈现方式也不仅仅是在战场上,或主要不是在战场上。一种心志的坚守和实践的韧性,倒是需要更大的勇气。孔子孟子荀子等圣贤,首先就是在勇气和意志方面,感动了一代又一代人。

一般人认为生活中的"书生"是可爱的,而"书呆子"是令人惋惜并多少可笑的。其实要把握好这二者之间的微妙分寸,可以说太难了。做一个可爱的人还是令人发笑的人,实在也由不得个人去选择,而只能由植于心头的文明去决定了。一种文明种植到心上,也就会终生携带,在关键时刻会左右他,决定他的荣与辱、生与死。一些现实人士最愿嘲弄的就是智识人士,这是中国近一百年来、特别是五六十年里才巩固起来的一个奇怪传统。文人既然可笑,那么它所对应的野人又该如何呢?其实离开和抽掉了文化和文明的质地,其他还能够成立吗?

文明对人的制约力是惊人的。一个古登州人叫王懿荣,就是因为发现了甲骨文而声名显赫的那个人。一般人还以为他是个学者,其实他是清朝的高官,曾三任国子监祭酒。他身为高官却厌倦官场,当时一肚子的好学问没处投放。加上生逢乱世,心里充满了矛盾,不知该兼济天下还是独善其身更好。他的后半生基本上就在这两难之中过完,最后画上了那个惊人的句号。在近代史上,大概登州人,或者说莱国人,最让世人震惊和骄傲的,就是这个大学者大勇士大官员了。这三者在他身上得到了多么完美的结合。

当时清廷腐败之极，面貌俊美的好皇帝光绪受制于太后，不能一展抱负。一些有志的知识人对光绪寄托了多少美好的希望，最后却落个失败的惨局，连光绪本人也郁郁而终。王懿荣就在这样的背景下艰难地生存着。当登州一带外寇入侵民生涂炭的时候，王懿荣竟然辞职还乡，与黄县的一个亲戚筹集资金兴办团练，要与敌人决一死战。这在清朝将领多有畏惧的情势之下，一介书生却显示了超人的凶猛。那些办团练的艰苦卓绝，感人肺腑的故事，在胶东一带搜罗不尽。最后的日子来到了：八国联军攻进了北京，太后和皇帝都跑了，可是王懿荣等人却进京顽抗，拼死一挣，并提前挖好了一口大井，准备在最后的关头跳井自尽。这个关头真的来到了，他于是写下绝命书，尔后毅然跳了下去。他的妻子随后，紧随的还有大儿媳。

这种忠信勇敢大半来自所谓的"书生"。能够逃脱却甘愿受死的，还有以前说过的谭嗣同。他们这些人可能不仅被后来人看作"书生"，还要看作"书呆子"。连同要求弹一曲《广陵散》再死的嵇康、唱罢《国际歌》再死的瞿秋白，都会被看成同一类"书呆子"。然而，人类历史、中华历史上，没有这样的呆立不动以至于化为顽石和钢铁的人物，这个民族不是太可怜了吗？人类相信和向往一种文明，当然是向往它所具有的伟大力量，这力量大到不可思议，大到让人临死不惧，这才称得上文明啊。

而所有的野蛮人，他们的勇气就是无畏地破坏人类已有的一切文明，内心里百无禁忌。他们的到来，从自然环境上讲，可以在几十年时间里让树木全毁，绿色不再；从社会环境上讲，可以用各种借口杀戮知识分子，可以公开和大肆嘲弄文化，甚至蔚然成风，让民众在不知不觉中以知识为耻。

人类创造了文明，从而生活在这种亲手创造的成果里，这就是一种规范和安全的生存。理想的生存其实应该首先让每个人都成为书生，而后再说其他罢。

商人举贤

齐国历史上曾经出现了几个大繁荣时期，有人认为是三次，也有人认为是两次，即姜姓统治的齐桓公时期、田姓统治的齐威王齐宣王时期。姜太公初封齐地的时候，地域狭小，好在他能够因势利导，与莱国人相处得融洽，尊重他们的礼数和风俗，这才站住了脚跟。齐国建国后与莱国人当然也发生了一些争夺和斗争，但主要是做了许多融合的努力，只用了五个月的时间就向周公报告，说已经完成了初步建国。而同时受封的鲁国，却整整用了三年的时间才向周公报告建国。二者建国所用的时间相差悬殊，却并不说明齐国面临的局面有多么简单，实际上倒有可能更复杂。当时占据东部半岛的莱夷族经济与文化都极其发达，渔盐资源丰富，实力强大，远非初来乍到的姜姓政权所能匹敌，所以后者只能走一条沟通合作的道路。这条道路的确立只是迈向繁荣的第一步，还不能称之为齐国的繁荣。

第一个繁荣期当是齐桓公时期，他终于成为了春秋时期的霸主。谈到齐桓公的霸业和齐国的繁荣，就不可能不谈谈一代名相管仲。可以说没有管仲的才能得到全面的、淋漓尽致的发挥，也就不会有齐国的强大。关于齐桓公与管仲的恩怨与合作，成为历史上一段有名的佳话。齐桓公曾中过管仲射来的一箭，巧的是这一箭恰好射在了衣服的扣环上，等于是捡了一条命。齐桓公非但不记这一箭之仇，最后在他人的力荐之下，竟然任用管仲为相。后来齐桓公对管仲信任到了无以复加的地步，大小事情一概由他去料理，自己倒也省了不少心。齐桓公是个有名的淫乐之徒，这样就可以拿出大量的时间玩耍了，把治国理政的一沓子烦琐全部交给了管仲和一个叫鲍叔牙的人。当时他把管仲的地位提得很高，称其为"仲父"，朝内所有事项，只要有人来禀报和请示，他只回一句话：问仲父去。

齐桓公的放任与信任，既解放了自己，又解放了管仲。管仲的聪明智慧不容置疑，从他采取的一系列治理步骤上看，可以说在很大程度上是把齐国作为一个商业集团去经营的，并最终获取了最大的利益。一些历史学家和政治评论家，往往将一个时期一个国家和地区的经济状况作为唯一的成败标准，所以也就更有理由将齐桓公的政权给予极大肯定。至于齐国在历史上所遭受的惨重失败，齐桓公后期的惨状，却很少从管仲一手料理的繁荣中寻找原因。其实任用管仲的开始，既是经济迅速发展的开始，也潜伏了严重的政治危机。这有点像大学者黄炎培所谈到的："其兴也浡焉，其亡也忽焉。"败亡的种子是由齐桓公和管仲一路播下去的。

管仲出身商人。他当初与鲍叔牙合伙经商，获利后总要比对方多取一些利益，其他人厌弃这种做法，鲍叔牙就替他打圆场，说他穷怕了，多拿就多拿吧。后来管仲又与鲍叔牙一起从军打仗，一遇到危险就躲到后面，逃得最快，这势必引起其他士兵的怨怒，鲍叔牙又为他找了条理由，说他家有老母，他是害怕自己被打死没人养活母亲。就是这个管仲，不久之后在两个争夺君位的公子之间做出了错误的选择，竟然射了其中的一个，只差一点就把这个公子射死，而这个公子正是后来的齐桓公。可以想见新即位的国君该是多么痛恨这个管仲，而这时又是鲍叔牙为其说情，这才免其一死。鲍叔牙是最了解管仲的人,就是他后来倾尽全力向齐桓公推荐管仲的。

管仲的一系列改革不可谓不巨,其重点始终落在发展经济上。这似乎是自然而然的事情,因为没有巨大的经济实力,就不可能有强固的国防,其他事情也办不好。但问题是获取财富的同时还要有更长远的政治规划、有对社会全局的把握,谋财的手段也要正当。粗鄙的财富既不光彩,也不能保持长久。管仲所倡导的方法睿智而果断,其中有许多可以借鉴的治世良方,它们都属于历史智慧的结晶。所有繁巨的改革计划虽然一时不可尽述,但需要冷静反思的方面也实在不少。

首先是"女闾"的设立。"女闾"就是妓院。在春秋时代由官方公开设立妓院,可以想见是多么大胆的一个举措。而且当时的妓院规模非常大,据记载大约有近两万家之多,按当时稀薄的城市人口和较小的社区规模来看,这可能是一个惊人的数字。历史记载西方最早设立官方妓院的国家是雅典,那是公元前五百九十四年的事情,而管仲却远远走在了前边,至少比雅典早了五十年。管仲设立妓院的首要目的是为了充实国库;另一个目的是讨齐桓公的欢心,因为这个淫乱的国君总是难以餍足。第三个目的则是为了延揽人才。管仲认为齐国要兴盛,必须召集一批头脑活络的人士,而凡是这样的人士大多放荡不羁。管仲的改革措施中,规定了布衣可以为卿,也就是说,只要有利于国家施政所需要的人才,一概不讲出身,皆可委以重任。

任何一项重大的变革,都需要一批相应的人才去推行。出身商人的管仲最初在贵族集团中不受欢迎,他必须尽快纠集自己的行政力量。他设置的一项广受注目、令后人大加赞赏的政策,就是"举贤"制度。这是在广大地区展开的大范围的人才搜集活动,并且形成了一个制度:地方官员在每年正月参加朝会时都要做两件事,一是报告政事,二是举报贤能。地方官如果没能按时举荐本地的贤能之才,就要治以"蔽贤"之罪。这就打破了贵族垄断政事的世卿世禄制,为当政者根据实际政策的需要任用官吏,打开了一条宽阔的通道。但是通道既宽,行走的人物也就非常驳杂,选取什么样的人,将成为问题的关键。

从管仲设立女闾以及举贤制的操作中,可以想见他获取利益和选取人才的急切。后者当然是为前者服务的,要使自己的政策能够得到有力的推行,就必须拥有一大批这方面的得力执行者。这样做的结果,就是一大批经营型实用型人才得到了使用,导致了齐桓公经济上的空前繁荣;但这繁荣的代价也是很大的,那就是过分张扬了物欲声色,使整个社会的伦理体系遭到了破坏,国家自上而下大面积腐败,拥有无限财富的齐国政权竟然摇摇欲坠,开始崩塌。

隐士的儿子们

谈到中国传统的文化和政治,隐士常常是一个很大的话题。似乎没有隐士,就不成其为一桌丰盛的文化筵席。结果是真假隐士充斥其间,让人谈论来谈论去,觉得十分有趣,但却并没有掩去这个问题的严肃性质。鲁迅在当年嘲讽过这一现象,说真正的隐士是很难见到的,因为人一旦深入山林劳作一生,别人就不会知道;而声名在外以至于显赫起来的人,又怎么会是隐士呢?这话真是一针见血。鲁迅先生说那些所谓的大隐士们,平时无声无息地悠游自在，"泰山崩，黄河溢"，他们都目无见耳无闻，但若有谁议论到他或他一伙的，虽然隔了千里之远，虽然只是半句之微，他便立刻耳聪目明，"奋袂而起"。"奋袂"二字真是最生动最形象的文字，把假隐士的可笑可悲之状活画了出来。

所以我们谈论的隐士，仍不能保证其货真价实。隐士好像与任何事物一样，都是一种相对的概念，即同一个人或不同的人之间，前后左右地比较一下才这样说罢了。比如一个人过去是显宦，后来归于了田园生活，对比一下也就说他"隐"了；再比如那些按其地位是可以从政做官的人，却甘愿当一布衣，旁边的人也就以"隐士"称之。《论语》中记述，孔子和弟子在途中遇到了一个老农，这个老农评价孔子时，惊人地出语锋利且极为不凡，弟子回来报告了孔子，孔子就认为那人其实是一个"隐士"。可见这一类人物至少已经存在了好几千年。

但总的来说，一个心怀大志且有本事的人，是不会在正常状态下安心做个旁观者的。大半是有难言之隐，是出于各种原因，比如对这个世道说不上话或压根就不愿说话。传统的隐士当中有绝大部分人是饱读诗书的，或者先前已经有过出仕的经历。可见出世议政，条件是必须先做个有学问的人，要是个文人，尤其在古代，文人与仕人常常是一体的两面。这些人即便做了隐士或准隐士，一般来说还能过上安逸富足的日子，甚至因为这一隐，便有了更大的清闲而生活愈加幸福，也就可以花许多闲暇做文吟诗，绘画抚琴什么的。他们的文与诗正是隐退的副产品，既在当时怡养了性情，打发了孤寂，又在后世留下了绵绵文名，真算是一举数得的好事。

正因为隐士们的闲适富庶，没有生存之忧，所以古往今来总是有不少人羡慕这样的身份，也乐于标榜这样的身份。清末的窃国大盗袁世凯一面觊觎大位，一面却隐退到老家，泛舟湖上，还留下了一张垂钓图。可就是这样一个大"隐士"，后来却做出了那样的惊人之举，一屁股坐上了皇位。可见假隐士如果不是最终沦落下去，倒是需要世人好好提防他们的。

那些因为各种原因疏离了社会，退出了权利或社会中心的人物，大半各有自己的苦衷。一些有良知的知识分子即便在显达的位置上，内心里也充满了无处倾倒的痛苦，他们总是在"济世"与"独善"之间犹豫着。他们最后必要从中选择一条路，这不过是个时间问题。以前议过的古登州人王懿荣，就是这种痛苦者，但他直到最后都没有选择隐，一方面是当时国事垂危容不得那样做，另一方面也有点来不及了。

一个人只要是真正起了隐退之心而非虚假的表演，其内心必定是经历了极大的痛苦。他们的疏离是自然而然的行为，所以绝不会大嚷大叫地走开。真正的走开是痛苦和解脱、还有另一种笃定的心情交织在其中的。而选择了大嚷大叫的离去，往往是有着别样的企图，像前面说过的袁世凯，只是形隐而实显的心谋计策罢了。还有一些非隐不可的原因，这时就由不得当事人去选择了，比如前面说到的徐福一族的后人，他们面对秦人的追讨也只得改名换姓过日子了。总之这种种原因都能造成一批人的退守，以至于沦落民间。他们只要没有机会重新浮出水面，一两代之后也就与一般民众无异了。在莱国这个地方，从古到今有过多少王权变迁和氏族兴衰，真可以说是三十年河东三十年河西，一些主动的隐士和被动的隐士还不知有多少呢，这些人到后来已经无法考证和追究了。

如果一个显要的人物隐下来，其后代或许就要有所不同，所以这就说到了隐士的儿子们。这些在底层和民间生存的一代,与父辈相比平实朴素了许多,因为他们一启步就是要从泥地蓬蒿间奔走的,没有尝过庙堂台面上的滋味。他们与当地劳民的不同,只是有个家族传承的不同,是它在里面起作用,等于存了一笔心账。就是说年长的人会多多少少说起前边的一些事情,把两种天壤有别的生活感受传递给他们。这就让他们有了另一种志性,有了另一种端量岁月生活的目光,气度和胸襟就会发生多多少少的变化。即便是几代之后,隐士的后人也仍然有可能与众不同,因为说到底,一种文化承袭是难以消失得无影无踪的,它在很久以后都还会是有效的。往往是连家里老人因为守秘都难以说清自己的渊源了,一个家庭的气质和氛围也还是会与他人不同。而这一切,都会深刻地影响和决定一个人的成长。

血统论被批判了许久,因为那种血脉神秘的延伸不能得到有力的证明,并且单纯依据血统去论证人情物事也难免简陋。但是这并不能从精神文化的传承上,完全否定一个家族的传递关系,换句雅一点的话说,即精神的家族还确乎存在着。比起一直显赫的族群来说,沦落或隐匿的一代更有一种韧性,一种通达,一种对世道人心的知性和敏感。经过了一代或两代的截然不同的生存,人的心情是大大不同了。如果父辈真的有过"独善其身"的经历和节操,那么后一代的生存,必要同时接受蓄力和观察这两个过程,也就是说,他们生活在社会上,较其他人还是能够更清醒一些,有保持这种"内明"的条件。

所以说,古登州那一带正因为隐士多,于是从莱国到齐国这一段漫长的时间里,才有那么多人先后走上了辽阔的政治和文化的舞台。这究竟还是有缘由的,有许多足以发人深省的东西。

土语考

考察历史与文化，许多时候首先要从语言开始，从一种语言的流变开始。那么古登州作为莱国以至于齐国的心脏地带，在语言上有多少可以揣测的地方，从头寻觅一下可能也是蛮有趣味、有意义的一件事情。在一个地方，某种说话方式的流行或消失，都会有个过程，有个较大较深远的背景伏在后边。语言是群体选择和运用的东西，失去了群体的支持，这种语言就会显得呆笨可笑。人的从众心理，首先就是从语言上表现出来的，就是说一个单个的人会迅速跟上一个群体的说话方式，一小群人会极力跟从一大群人，边城会跟上闹市。在语言的传布和模仿的问题上，这几乎没有什么好商量的。这种选择大致上没有好与不好的问题，而只有新和旧、多和少的问题，也是强势弱势的问题。

语言又会影响到观念和其他东西，比如同一种表述的语气语调以至于词汇，就会导致一部分人形成大致相近的看法，虽然这种相近和统一会稍稍复杂一些。我们几乎可以说，失去独立的见解首先就是从失去自己的语言开始的。但是许多人又会尖锐地指出，各种不同观点和立场的激烈抗争，难道不是在同一种语言之间展开的吗？难道辩论的基础，不就是首先回到相互听懂这个大前提下吗？好像是这样。不过我们继续分析下去，就会发现：更深层的一致性和冲突性，其实还是隐藏在语言里。这种隐藏是很深的，深到了让人视而不察的地步。在语言的最里面一层，冲突的双方一定是各个不同的，正因为这种冲突又找不到相应的语言加以表达，所以冲突就会愈加激烈起来。

我们一般认为，任何一个民族的语言都是极精彩极丰富的，而很少去想它的其他弊端和局限。其实就某一个时期的群体语言来说,也可能会是比较贫瘠的。为什么?就因为都在忙着趋向一致,为了时髦和通俗,为了便捷,结果都在重复同一种语言,其基调、词汇、词序的排列方式,全都一样。这就带来了不可避免的单一和简陋,这个群体中如果个别人有了更复杂更别致一点的见解,就得费力寻找新的语言方式,这有点像古人讽刺出嫁的大脚女:"现上轿现包脚",有点来不及了。一个时期语言表达上出现的简单化贫乏化,主要是从众心理造成的语言遗忘,就是说大家的记性一块儿坏了,一时都想不起那些曾经用过的好词儿了。

在现代传播工具越来越发达的今天,闹市繁华之都与边地小城的区别正在抹平。就连远乡僻野也不例外,说起话来用词都差不多,除了口音统一得稍慢一些,其他方面学起来总是非常快捷的。当年秦始皇搞书同文,是统一语言文字的第一步,从那一天开始,这个统一的深度和速度就一天天加快了。这种速度不是因为王权的逐步强化,而是因为传播技术的日益发展。从造纸业活字印刷到电脑网络电视,有了它们,群体语言的融合强势也就无坚不摧了。比起词汇来,语气语调也就是说口音,统一起来就要慢多了,这里面有个奥妙,即东西南北地域广大,水土的差异太大了。原来口音最终还是由水土决定的,所以地方与地方之间只要水土不能交换,口音也就最终不能统一。普及同一种口音的工作做了近百年或者更久,但还是收效甚微,究其根源,就是每个地方的水土不一样。有个别口腔技能好的人,刚学会几句外地话,只要不能时时操练,很快就会被更强大的水土给淹没了。

如果语汇像口音一样顽固不移,那么一个民族的语言表达力也就会异常丰富了。文字的统一,并不意味着一定要全部削弱语言的个性和丰富性,这是两码事。有些生动准确、而且在历史上发挥过重要作用的词语以及表达方式，我们为什么要丢弃和遗忘呢？难道这不是最大的奢侈和浪费吗？不错，我们还在一路创造新词汇新说法，但这些新东西的普及不但需要大量的时间和金钱，而且有的新东西原本就不是什么好东西，作为一件新工具，使用起来有时是极不顺手的，还需要一个很长的适应期。

就像口音的坚定执拗一样，有的词汇还是顽强地活下来，不过它们活得很隐蔽，就像地下工作者一样。这些词汇的存活一般要具备两个条件，一是它处于一个特殊的地带，比如这里曾经是古代文化的繁荣地区；二是这个地区从地理位置上看远离现代文化中心。就是说，丰厚的古代文化土壤易于其生长壮大，偏远的地理位置又使其不易被现代语流大潮给冲走冲散。而现在的胶莱河以东地区，尤其是古登州地区，恰恰就同时具备了这两个条件。

直到如今，这里的确可以找到一些被广泛使用的古词汇，而且它们一点都看不出萎衰的征兆。比如即便不识字的老婆婆，也会说"能矣""甚好""矜持"等文辞。这里至今称向日葵为"转莲"，多么形象美丽，因为它是一棵随着太阳转动的莲花啊！葵花子即称为"转莲子"，仿佛口感也美妙了许多。对那些穷困潦倒的生存状态，当地人仍然沿用旧说："羸顿"；问好不好，则是"奚好"；如果有人突然发火变脸，甚至是伤口发炎，都一律称为"反目"。现在的城市人叫腌制的蔬菜等为咸菜，而这里的人则统称为更文雅的古词："瓜齑"。水果，统称为"果木"。如果一个小孩子上蹿下跳不能安宁，惹得老人心烦，老人就会举举拐杖，说一声："我打你何如？"

类似的词条与说法多得数不胜数，这需要一个词源学家、一个研究民俗和语言的人去挖掘识别才行。这些都是表达力极强的文辞，是从长长的文化河流里漂来的、没有被现代激流冲散的文明的硬结。这当然是至为宝贵的保存。可惜这不仅不能被外地人听懂，就是在古登州地界里，一旦有正式的会议场合，有人因为不小心随口说出了这样富有表达力的古辞，立刻就会脸红，认为说了一句"土语"，等于办了一件小小的不光彩之事。就因为这种对于传统和文明的羞愧，使操弄这一语言的人退到了后边，而时髦流行语却冲到了前边。语言和传统、雅致和文明，就是这样被一点点疏离和遗忘的。

无言与词费

对比那些侃侃而谈的人，另一些人倒是颇为落寂的，坐在一个角落里默默无言。侃侃而谈的人往往来自大地方，比如闹市学府；而沉默者一般是小地方的人，他们初来乍到。怎样才能与这个令人眼花缭乱的世界交谈和对话，一直是这一小部分人的难题。说话之难，这在他们来说是有深刻体验的。对于那些挥挥洒洒到处言说的人，他们不仅是惊讶，更多的还有惶惑。这些无处不在的成吨的语言既新鲜又陈旧，他们似乎听过了一千遍，但仍旧还是有一部分不能听懂。沉默者之所以沉默，就是他发现了自己的语言对方也听不懂，他与这个世界失去了交流的基础。以前也尝试过几次，结果就是因为词汇和言说方式的差异，给他人造成了许多的误解。因为说了还不如不说，所以他慢慢也就变成了一个无言者。无言就是无话可说；可是他心里的话又实在是太多了，他有那么多话要对这个世界倾吐，有的话甚至十分重要和急切，起码他自己是这样认为的。可就是没有办法，他找不到一个言说的场合，找不到完全听得懂的人。

可是肚子里装的话太多太久了，也会令人生病的。于是沉默寡言者就得找一个相对僻静的地方，滔滔不绝地说了起来，哪怕倾听者只是一些树木或一面墙壁。这情形又多少不同于自言自语，因为他毕竟还是选择和寻找了一些听的对象。它们没有只言片语的回应，没有任何赞同和反对的意见，这是他最不甘心的事情，只是没有办法。这些词语全都浪费了，这些词语同样可以成吨地计算。不过他又想到了那些侃侃而谈的人，那时听者与说者操弄的都是同一种语言，以至于分不出单个的人，因为所有的语言都混在了一起，这同样也算浪费了成吨的言辞吧。

看来词语在许多时候是廉价的，说了白说，不说白不说，浪费是在所难免的。那种古书中所说的价抵千金之言，看来只不过是关于语言的一种传奇罢了。还有一种说法，叫"一言丧邦，一言兴邦"，更是极度夸大了语言的力量。但是历史上毕竟有一些靠游说来谋生以至于显达起来的人物，比如战国时期那些纵横士，他们或主张"合纵"，或主张"连横"，谋划的都是国家兴亡的大事。当时那些野心勃勃或小心自保的国王们，被游说者弄得坐立不安。这些权力大到不能再大的一邦之主，这时竟然给放在了语言的夹缝中，显得左右为难。倒是游说之士倚仗着三寸不烂之舌，能够左右逢源，活得很潇洒。这些人除了有极大的说服力或蛊惑力，再就是掌握了一种通行四方的语言，从东方到西方，从中原到蛮夷，谁都能听得懂他们的话。

看来任何时候都有一个语言上的妥协和变通的问题。在春秋战国时期，不懂得繁华的临淄城和强悍的秦国咸阳的语言，大概是没有资格做一个游说之士的。东莱人如果固执地操着自己的古腔，无论有多少本事，在许多场合也就只好闭上嘴巴了。随着秦国的东进,当年那些雄辩滔滔的稷下学派也就星散天下了。这些人到底去了哪里还不可知,但一路往东是无疑的,那里才是安全的正途。因为东方不仅是海地茫茫的边缘地带,而且还可以离西方的秦国尽可能远一些。有人认为这些人并不甘心一下子放弃,而是在东部的某个地方重新集结了,在那儿再次形成了一个影子般的"稷下学宫"。这样说也似乎也有些道理,因为后来有一个地方虽然没有一个稷门,但其内容实在是非常接近的。

老黄县城西北十五里有个地方叫士乡城,就是因为当年聚集了一大批学士而得了此名。流传至今的一支当地古谣说:"西有士乡城,夜夜朗朗读书声",描绘和记录的就是那样的一番研读场景。按照当时稷下学派的风格,各路门派学子不仅是读书,而且还要激烈地辩论,要使各种思想剧烈交锋。这就不免有些吵。在士乡城西边不到五六华里,还有一个村子叫"儒林庄",这名称从古到今一直延续下来。这一批儒士学人的东进,究竟是在咸阳发生了焚书坑儒之前还是之后,现在已经无从考查了;但有一点可以确定,即肯定是发生在秦国统一中国以后。

从此之后齐国的士开始分化了,稷门下的辩士们先后走向了不同的人生旅程。有的随上徐福远航出海,有的西去侍奉新的强权,也有的潜隐下来,一代代过下去,终于成为古登州的土著。这期间他们必然经历了最激烈最痛苦的内心冲突,一时不知该何去何从。面对一个全新的世界,他们不知道该收声敛口,还是大声放言。达则兼济天下,穷则独善其身,又是这样的两难逼到了身边。这里的"穷"不是一个经济概念,而是理念和王道上的穷途末路。服务于一个从心里厌弃的强秦,这对于相当多的一部分人来说是不可想象的事情。古代常常说的"君子固穷",指的就是在这样的大是大非问题上的选择,"穷"既是结果,又是他们自己将自己逼到一个角落的必然境况。

比起这些无言的人,另一些西行的齐人却有了放言的好机会。他们去了咸阳,游走在同行的商贾和新结识的官宦们中间。为了自己的利益选择,他们可以操起一口刚刚学会的秦语。在他们口中,所有过去的同道、那些稷下学派以及全部类似的人物,都不值一提,既没有人格且操守低下,全是必然灭亡的齐国贵族的附庸和渣滓,是要随着太阳一块儿没落下去的人。他们尤其要嘲弄齐国的语言,特别是古登州那一带的土语。并且言之凿凿地指出,这种语言本身就充满了晦气,就像齐国的运势一样倒霉。

民族镶了金边

我们怀念和想象曾经在半岛地区以及其他地区里生活过的一些人。这是一部分特殊的人物,他们或者特别执着于一种思想,或者有着奇异的幻想,所言所行实在太与众不同了,所以怎么也难以消失,最后也就被记录下来了。有了他们,很久之后或从相隔遥远的地方回望这个地区,首先就会想起他们的言与行,他们的身影。比如孔子孟子,比如屈原李白、杜甫、苏东坡,有了他们,有了他们的思想和诗章,这个民族就变得熠熠生辉了,仿佛被镶了一道金边似的。

任何民族都是如此。有人说"吟唱诗歌不会劳而无功",大概说的就是这个意思。这里的诗是广义的,它也包含了思想与各种艺术门类。列举一下我们的邻居,那个地跨欧亚大陆的俄罗斯吧,一想到那片辽阔的土地,我们就会自然而然地想到普希金、托尔斯泰、陀思妥耶夫斯基,想到这一串长长的名字。有这些人的吟哦和沉思放在那儿,这片土地也就闪烁出金色的光泽。不仅是俄罗斯民族如此,任何一个民族都是如此,当远处的人、另一个时空里的人回望它们时,都不可能忽略这闪闪的光泽,因为这是耀眼的光,是一个民族精神的整体,它正透过其边缘放射出自己的光辉。色泽即精神,这是投射到远处的一种能量,是包裹之物,也是她的形象即面容,她的气质和风采。

无论孔子当年有多么奔波和懊恼,他的鲁国都因为他而光芒四射了。后来大一统的国家包含和消化了鲁国,孔子也就成了偌大一个国家和民族的象征人物。每逢谈论起几千年的历史,民族自豪感一旦洋溢起来,我们就会脱口说出一句:诗书之国。正是如此。一个诗书之国无论遭受多少困顿和挫折,还有什么好自卑的?还有什么不可能克服的?一个民族的巨大难测的张力,难道还不能让人从中感知?难道还有什么比这一切,能够更充实更集中地传递出她的全部信息?

他们的哀伤也是一个民族的哀伤。他们代表了同时代的人,甚至是不同时代的人,在一起经历时光的奥秘。民族的道路曲曲折折,几千年过去,难免会出现各种奇迹,他们本身即是最大的奇迹。任何国家都难免遇到各种灾难,各种动荡,各种荒唐和愚蠢,各种善良的人和正义的人。比如那些曾经分割大地执一方牛耳的所谓国王们,一个个有的残忍,有的荒淫,有的宏图大略,有的昏庸无能;有的仁慈,有的粗暴,有的还像孩童一样有趣;有的杀人不眨眼,有的多愁善感儿女情长。反正不论遇到什么样的人,那个时代都得忍受下来,与之相处。时光之母生下一些孩子来,就得眼含热泪扶养他们,无论她愿意还是不愿意。

这其间只有一些特别的观察者与思想者，他们才稍稍具有超越的目光，并且正在用这目光去打量一切。他们当时的各种言说和感慨叹息留下来，让后来人能够真实地回返到过去，如临其境。无论是怎样的风格和气质的不同，这些沉思者或吟唱者都能隐隐透露出心底的怜惜。他们怜惜苦难的大地和人生，虽然生逢其时，对自己的时代却像对待一本不忍卒读的大书。正是这种出自人性深处的怜悯，才使一部纷繁的民族史有了生命的体温，有了人的气息和灵魂。

我们读到当年淳于髡对齐威王用心良苦的一次次规劝，读到孟子对一个个君王臣子们不厌其烦的剖示和辨析，更有孔子对那些寡人们的引导，都会产生出一种蕴含了幽默感的焦虑。这种焦虑是古今共通的，而幽默却是后来人才能读得出的。除了淳于髡之外，一般的智者和哲人都是庄重深邃的，而国君们由于拥有决定权和采纳权，所以在交谈的现场就显得有些放松了，有时还咿咿啊啊的心不在焉，即"王顾左右而言他"，胡乱搪塞，有时又权作繁忙政事之余的休息和另一类娱乐，就像找人下棋差不多。他们不知道在胸藏万壑的圣哲们眼中，这一番心思就像孩童一样单薄浅近。圣哲是在怜悯中与之周旋的，没有这深长的怜悯，也许早就躲得远远的了，或者去做一个山中隐士也说不定。

一部《楚辞》和《论语》，差不多从两个方面概括了中华的心。绮丽完美和花团锦簇，更有忧愤和狂喜，有越乎凡众的放肆和想象，这就是屈原啊。而孔子强大的探究力和强大的克制力，一种永不妥协的固守和实践精神，又是另一条道路了。这两条道路都通向了一个追求，那就是真正的浪漫和完美。

一个民族竟然会发生这样的大奇迹,这样的大拥有,那么其他任何困苦可能也就不在话下了。

关于这金光闪耀的镶嵌,可以一直历数下去。民族与民族之间是不同的,但他们各自有着自己的荣耀。这当然不是唯一的荣耀,但我们说过了,它是金边,它是这个方面的唯一。近代国学大家王国维曾经列举了四个大文学家,说的是屈原、杜甫、苏东坡和陶渊明。如果把陶潜换成李白呢?如果再列举下去呢?如果除了文学再加上思想和哲学呢?这样扳着手指数下去,就会有一个长长的名单,它们连接起来,会像一条金链那样,能围着我们的民族绕上三匝。

这是多么美好的回望。我们有时也的确需要生活在这频频的回望之中啊。

第六章

踏歌声

有一首轻快的古诗让人难以忘怀，那就是："李白乘舟将欲行，忽闻岸上踏歌声。桃花潭水深千尺，不及汪伦送我情。"小诗明白如话，却绝非单薄浅直的游戏作。诗人乘舟马上就要离开桃花潭了，忽然听到岸上传来了"踏歌声"。这声音不仅让李白，也让一代代读者为之回眸，想看看歌声响起处的那个汪伦的样子。什么才是"踏歌声"，读者多有解释，有人甚至认为这是当年民间流行的那种"踏歌舞"，有其相对固定的舞姿和表演程式。其实大可不必这样拘泥于一个词语的考证，倒是简单些更为近乎诗情辞意，即那个可爱天真的汪伦踏着节拍唱着歌送行来了。

不知这位古人汪伦的年龄，只知他以好酒款待诗人，两人结下了淳朴的友谊。李白的性情已经从他诸多的诗文中泄露无遗，他是那么浪漫天真，喜欢结交一些异人，心比天高，豪放不羁。而这位汪伦大概也差不了多少，发现朋友已走，竟然唱着歌赶来，一个人在岸上啊啊唱起。这一幕不像实际生活，倒像是今天戏曲中的一个场景。但这又是真实的再现，不可能是李白的虚构。问题就在这里。一个大男子高抬腿脚踏出节拍，还啊啊有声，甩动着胳膊，煞是有情有趣。这情已被李白直写出来，并以深达千尺的桃花潭水之不及做比。文字画面韵致之间透露出的信息太多了，让人想起两个男子的彻夜长谈，把盏畅饮，更有潭边景色与人相谐，一个漂泊之人的知遇和感慨；这其中的意蕴之深，真是一言难尽。爱酒更爱山水和寻访的李白，一生写了多少天真可人的诗句，从诗中看，他结交的大多是一些趣味盎然的人，如果遇到一个声气相投者，两人必会有一场好饮。这个汪伦没有留给人更多的文字资料，我们对其也就无法知道得更多。但是他会"踏歌声"，这已经足够了。李白记下的是他们分手时的回眸一望，所见所闻也就是一个大男子的踏之歌之。烂漫的情致，令今天的人心向往之。

　　古人的纯洁质朴以及率性可爱，几乎总是这样自然而然地流露出来，怎么也无法遮掩。即便是以诗与思被后世称仙论圣的李白和孔子也不能例外。另一个例子是孔子，他曾问弟子什么才是最高的理想？记载中四个弟子各有一番不同的回答：其中的三个弟子都从不同的方面阐述了颇大的抱负，如用三年时间振奋国家精神的子路、用三年时间使一个小国经济繁荣的颜回、愿充当一个体面的外交官和司仪的公西华。唯有一个叫曾点的弟子，他回答得好像有所怪异和不同，似乎有点出人意料。这个曾点竟然说他只希望在天暖和起来的时候，邀约几位好友，再带上六七个小孩子，到沂河里洗澡，然后再登上高处吹吹风，一路唱着小曲回家转。这位曾点回答老师如此重要的提问，不仅没有一丝豪志表达出来，而且尽是玩的心思；玩倒也罢了，他玩得别出心裁，既要有好友相伴，又要带上一群小孩子，还要登高唱唱小曲之类。这真是孩子气太重，不像有出息的圣人弟子。谁知孔子听了这四个人的明志之言，直接就表态说：曾点的理想和我一样啊！

　　这儿的孔子多少有点像那个"踏歌声"的汪伦。但他们的身份有多么不同啊，一个是周游列国的夫子，一个却是村夫。两人相同的唯有真与趣，有那种不可泯灭的自然之态。这种学问的至深与情趣的至纯，二者竟然结合在一起，这种境界才叫高呢，只可惜愈是到了现代愈是难以一遇了。仿佛像模像样的人都要庄重起来，把自己的角色一演到底，稍稍离开不苟言笑的呆板也就完了。全是这样的角色，全要适应着这样的舞台，那么天地大戏场也就变得虚伪冷酷了，人与人之间开始丧尽了温情趣味，弄到最后，一个人连正常咀嚼和回味的能力都没有了。

现代人的寿命长于古代，可是从许多方面看，从心上看，现代人苍老的速度却又远远超过古人。古人即便到了老年尚能保持一颗充盈鲜活的童心，而现代人一入庙堂或商市就变得不可观了，他们看上去不是机械木讷，就是老谋深算，吐出口来的每一句话都远离性情，而且还要学得千人一腔。这种极度的畸形却又被视为最正常的状态，真是可怕之极。如果不是出于专门表演和仪式的需要，现代人已经不会"歌"更不会"踏"了，为了给一位老友送行而能够率性到啊啊大唱的人，一定会被视为精神病，被邻居看到即会传遍全村，成为历久不忘的一个笑谈。现代人在不该苍老的方面已经过分快速地苍老了，这种蜕化可能与越来越多地脱离自然环境有关。人类正不知不觉地走到了一个陌生的世界里，这个世界看上去虽然满是人的面孔，却不知为什么就是缺少更充沛的人的情感。

根据记载，孔子在七十三岁的那一年故去。他于逝世前做了一个梦，醒来依据梦境做了一个判断，以为自己要死了。这是迷信也罢，巧合也罢，反正一切真的如他所料，一代圣人如期告别了人间。有意思的是孔子给人庄严神圣的宗师感觉，自己却风趣了一辈子，连最后的告别都充满了这个色彩。他曾对弟子叙说了那个死亡的预言，并且在梦后一个人唱了起来，唱的是："泰山将要崩塌了,梁木将要毁坏了,哲人将要凋谢了"。他的弟子当时正从外地赶来,还没见人,只听了这歌就知道事情坏了,老师的身体将有大问题。

孔子一生是谦谦君子,可他在最后的歌里还是透露出自己是一位"哲人"。他在告别人世的关键时刻,竟没有守住自身的秘密,童言无忌般地将自己的谢世与泰山崩梁木毁的大事连在一起,做出了最严重的比喻。

其实孔子以及许多类似的古代圣哲,一生奔波的都是质朴的事业,是求真求实的工作。也正因为这样的质朴无华,反而要被物欲化的世界给深深地误解。他们的一生都像是在率真地"踏歌声",他们的一生都是热情好客、与孩童般纯稚的人,可以说一直都属于汪伦一族。

伟大的木车

现代人曾经沿孔子周游的路线走了一遍,目的只为了体验圣人的见闻和感受,还有奔波之苦。但这几乎是不可能的。因为现代人乘坐的是汽车,行驶的是平坦的柏油路之类,再说时过境迁,一切都与两千余年前大相径庭了。即便如此,沿旧路周游的现代人仍然还要感慨万千,说孔子当年可真不容易啊,他竟然走了这么远的路,去过这么多的地方。这还远远没有包括孔子当时重复行走、以及书中没有记载的行程呢。书上记下的只是他的行迹概要,是撮其主要的部分,又怎么会把全部的曲折劳顿都囊括进来呢?最关键的问题还有,孔子当年是乘坐了木车的,颠簸在一条条泥泞的土路上,于汗尘里挣扎,拉车的是马,有时也不免要乘坐牛车。这种缓慢使周游变得更加漫长了。

到底是什么力量让孔子走过了十四年的长路，后代人争论不已。极度的现实主义者绝不认可一位老之将至的人，会为什么仁义理念的推行而如此吃苦耐劳，甚至几次冒着死去的危险。在他们眼里全部复杂费解的问题，只可化为简单的一句话：为了做官。而什么才是做官、为什么才做官，他们只用一个装在心里的顺口溜儿就解释得一清二楚了：千里去做官，为的吃和穿。他们不太相信人世间还有另一类傻子，不相信理想这一类东西。一切都是利益，一切都是关于物质的欲望在推动，连孔子那辆老掉牙的木车，其真正的动力也是物欲。"天下熙熙，皆为利来；天下攘攘，皆为利往"，这本是司马迁对世人的一句讥讽，而不是居高临下的俯察，有人却常常拿来说话，以为是道尽了纷繁的人间秘密。

可是与这长流不息的物欲利益之河相邻的，果真还有一条蜿蜒的泥路，上面果真行驶着一辆不倦的木车。这是一辆吱嘎作响的、落满了两千年尘埃的、一直到今天还在行进的木车，一辆伟大的木车。

对孔子挑剔得最严厉的人，恐怕仍然来自于他生活的那个时代。他的颠沛流离中至少有一部分原因，就是因为这种种挑剔所致。他在旅途上逃出险境的情形不止一次，并遭遇过生命的威胁。古往今来，最杰出的人物总是难以容于当世，这差不多已成定理。时间再往前走，一直到了后代帝王这儿，他们才开始尊崇孔子，封其为"至圣先师文宣王"。可是由于帝王们治理民众的实践行径，与这种极度的尊崇发生了巨大的差异和矛盾，人们从中根本找不到那么多的仁与爱，所以就对历代帝王的用心有了怀疑。再到了"五四"时期，一群人干脆喊出了打倒孔家店。但是直接喊出打倒孔子的人并不多，可见这二者之间还是有一定的区别的。出于一己之私拿圣人开店，这当然是不能被允许的；但孔子本人究竟如何，需要怎样对待，即便在相当冲动的五四运动时期，一部分理性的文化人和革命者也仍然是很慎重的。

圣人也不可能是完人。因为人世间没有完人。连神仙也不是完美的，记得徐福为秦始皇出门寻找三仙山时，还要专门备下三千童男童女作为厚礼。那是因为当时在人的心目中，神仙也并非那么廉洁。但圣人毕竟还是圣人，作为一个后来者，如果是正常人而不是冲动偏激的儿童，那么对圣人的一味藐视甚至侮辱，后果只能是咎由自取。人们会在时间的长河里将这些人的所言所行检视一遍，从中发现一些极不可信的地方。而孔子的言与行已经被检验了两千多年，这是多么严苛的鉴定。这种鉴定已经早就超越了民族的界限。

也有另一些有志于新时代的新思维，认为无论如何，一个孔子使用了两千余年，这毕竟太陈旧了一些，所以也就大不宜于中国。于是不止一代人将民族的沉疴、诸多可怜可欺可厌之处，全都归到了孔子身上。这些人对孔子的考察研究之心已经没有了，剩下的只有淤愤，这淤愤来自追赶他人的急切。他们寄希望于新世纪的一场文化大扫除，认为民族的生机和前途都在此一役了。

旧的除去了，新的又将如何？另外，新与旧又真的会是好与坏的分野？在伦理思想生命这诸多领域里，新与旧又真的那么分明？地球和太阳对人来说是最陈旧的了，人却分秒不能疏离。因为人必须紧紧依赖它们，分离了即没有生存。而有的事物，比如一种思想和一个人，分离了或许依然能够生存，但这也将是另一种生存吧。

那辆陈旧的木车缓慢地往前行驶，讲速度和舒适远远比不上新式汽车，也更不如空中的飞机和水中的快艇。但是它贴紧了泥路，而且一直没有停止，于是在人的视野里也就成了一个永久的映像。

孔子是极为珍惜自己这辆木车的。两千多年前的某一天，他最喜爱的大弟子颜回去世了，一贫如洗的颜家人找到悲痛异常的孔子，说颜回一生都追随夫子啊，他现在有棺无椁，你就用这辆车子给他换一副椁吧。孔子因为颜回的死痛到了绝望，哭着："天丧予！天丧予！"但即便如此，却还是没有答应颜回老父亲最后的一个请求。就这样，孔子保住了自己的木车。这是怎样的一辆车可想而知，它与主人一起走了那么远的路，已经与之合而为一了。它成了孔子身体的一部分，它差不多已经是孔子了。

孔子乘坐在一辆木车上，我们再也不会嫌它缓慢。因为现代的一切都太快了，这一切都需要有一个缓慢沉着的永恒来平衡一下、衬托一下。而孔子的木车，就有可能是这样的一种永恒罢。

东夷之东

如果不是因为极特殊的原因，孔子的那辆木车在长达十四年的奔波中，一定会驶向东方。过了临淄再一直往前，进入齐国的腹地，也就到了东夷的大本营；甚至我们盼望这辆车子再继续往前，驶过古登州地界，直到抵达最东边，直到扑扑海浪那儿再停下来才好。就像当年的秦始皇，他由一种神秘的想法驱使着，直到晚年还往东去了三次，一直走到了天地的边缘。秦王终于来到了荣成市的成山角上，这里是深入茫茫大海的一块巨石，他认为这一来就到达了"天尽头"。

我们渴望孔子的木车也深入到东夷之东,内心里其实是有一个隐隐的想法,就是想看到"内圣外王"的老人和他的弟子,来到一个文化风习完全不同的大海边上,会有怎样的遭遇和冲突?这种极大的不和谐也许将造就极有趣的故事和细节。很可惜,他老人家直到最后也没有去过,于是我们渴望的故事也就一下子中断了。

孔子往东好像只去过临淄,在这座天下最繁华的都市里有过最大的精神享受,这就是那次得到广泛流传的美谈:听了韶乐,而后"三月不知肉味"。韶乐使孔子的陶醉,可能只是让他兴奋的诸种事物之一,因为当年的齐国都城正处于强盛时期,市相斑斓,种种奢靡且不论,一座人气鼎沸的城郭在长途跋涉的孔子眼里,一定会有非常强烈的感触。齐国的临淄如果是东行的最后一站,那么又是什么让一辆辚辚之车在这里停了下来?这些只可以让我们想象,并在想象中去惋叹了。

那个发明了炼铁术、丝织术的渔盐稻米之乡,是隐在临淄身后的一块美地,它就是所谓的莱夷。莱夷人将自己最好的特产源源不断地运送到交易前沿,占据了那个大都市里的主要市场。不仅是物产,还有人物,一些莱夷的代表人物这时已经活跃在齐国的文化和外交舞台上了。不知孔子在临淄盘桓的日子里,是否和莱夷籍的人交谈过?从记载上看,孔子很少与弟子谈过那个边远的东部,但他在心里真要完全将其忽略掉,似乎也是不可能的事。从行政隶属关系上看,西周将齐国封给了姜姓,国都设在临淄,国界在东部并没有明显的确认,而齐国国君对于强大的莱夷也采取了极灵活的态度,并非以讨伐为首要选择。尊重莱夷风俗,甚至沿袭旧制不变,是齐国得以立足的主要原因。由此可见，孔子所抵达的齐国，愈是往东，就愈是远离西周的文化，愈是一派夷地风光。而孔子是一直要恢复周礼的，他的东行，等于是离心中的那个周礼越来越远，而离无可奈何的悲伤却是越来越近了。

可是面对奢华的物质，特别是以盛大的韶乐演奏为代表的东方艺术，孔子又不能不为之所动。在这道精神与物质的双重屏障面前，多思的孔子似乎没有继续东行的决心了。他有一句流布甚广的名言，即"礼失，求诸于野"。整个中原地区都礼崩乐坏了，哪里还有礼呢？于是要找到佚散的礼，也只有到四夷蛮荒之地了。这有点像今天的学人所倡导的"民间"学说，将再造的生机寄托于边缘，而不是高高的庙堂。依据这个观念，那么莱夷恰好属于四夷之一，那里真该贮藏有孔子寻觅和推行的礼啊。于是我们就更加企盼那辆不倦的木车能够一直迎着海风往东驶下去了。

我们知道事实并非如此。如果不是因为上述理由的话，那么起码有些现实的因素可能也在阻止他的成行。这就是齐国与东莱境内的一些小国冲突趋于频繁。这些小国各自为政，相互联系松散，但似乎都不愿死心塌地归附齐国。齐国随着自身的强大，对这些小国的威慑也就加强了许多，齐国与它们也就常有打打谈谈的事情发生。为了安全起见，或许有人劝阻孔子和他的弟子不要再往前走了，说那里地区冲突很尖锐，域情十分复杂，等等。孔子和他的弟子会考虑这些因素，但他们心中更为明晰的可能还有其他，比如夷人与周礼的关系。他们怎么会相信东夷之东，那个完全的化外之地会有礼的存在？不仅没有礼，就是齐都目前这个花花绿绿的样子，其责任还要东夷人来负呢。那里是幻象频生的怪异不测之地，什么奇迹都有可能发生，但就是没有西周的礼。东夷没有礼的渊源。关于那里的一切，最好还是交给想象，而不是一次实际的探求。让自己的木车在东部最边缘压上一道辙印,这大概还为时过早吧。

于是历史就错过了这样的机缘。直到今天,古登州地区的人说起来还是感到深深的不满足,那就是周游列国的孔子竟然没能于百忙之中到这里走上一趟。这真是历史的大不公。虽然当时齐东地区的莱夷人与周礼没有什么缘分,但这里毕竟靠近大海,而大海可以海纳百川啊;说不定莱夷人能让半生奔波的孔子安顿下来,为他和一群弟子端上一碗鲜美的鱼羹和白米饭呢。他们甚至想象这种当地的莱夷文化与周礼也能亲近起来,一旦这样,二者的嫁接又会生出什么来?有人说其实这种嫁接早就发生了,比如在齐国都城临淄,那里靠近鲁国,孔子的思想比他本人早到了许多年,不少人也会说几句"仁义",说"礼义廉耻",可那又怎么样呢?临淄是结合的典范吗?这后一种说法并没有得到认可,因为绝大多数人认为,齐国的文化与鲁国还是差异巨大的,鲁国的文化就像其国家的弱小一样,在齐国根本就扎不下根来。齐国的一切仍然是以莱夷文化为主导的,它的文化如同它的物质一样,有一个半岛作为繁衍生长的基地,正在源源不断地滋生出来。

那一次孔子没有继续东行,一生也就再无机会去看那个海雾迷漫之地了。他年纪大了,再也不宜于远行了,这时正好他的母国鲁国的当政者怀念起他来,让人将他隆重地接了回去,并封他为受人尊敬的"国老"。从此孔子以这个身份多少参与了一些国事,并将大量时间用来阅读和编纂典籍,给我们留下了现在的《五经》。他还在晚年接收了更多的弟子,所有弟子加起来大约有三千多个,其中最出类拔萃的,有七十二人。

三月不知肉味

一支曲子演奏之后，竟然可以让一个听者"三月不知肉味"。而这个人不是别人，正是最懂得音律、在音乐方面见过大世面的孔子。记载中说，那一天孔子的马车正行驶在临淄街头，走到了大城南门那儿，遇见了一个小孩子，就把他抱到了车上；几乎与此同时，城中突然传来了演奏音乐的声音。孔子屏息听了片刻，立即吩咐驾车的人赶快挥鞭，驶往演奏现场。

孔子这一天听到的是《韶》。这是一支古乐，传说演奏时会有凤凰飞来，其吉祥庄重和华丽可想而知。韶乐到了孔子听闻的时间，至少已经流传了一千五百多年，可见是一支多么古老的曲子。可是这支古曲在齐国演奏又有了完全不同的意义，一方面齐国乐师技术精湛，另一方面已经有了更加盛大的演出阵容。齐国临淄的礼乐之风发展到了何等地步，今天虽然未可亲临目睹，但完全能够从一个叫季礼的吴国公子的赞叹中领悟和想象。公子观赏演唱"齐风"之后，连连惊叹，说它音调高亢、节奏舒缓、意境深远，有万物和谐的意象，"犹于汪洋万状之东海"。孔子闻韶留下了难以磨灭的印象，后来与鲁国太师说到了这次韶乐的演奏，就用了一个词："尽善尽美"！

为了重闻盛乐，人们寻觅有关韶乐的记载，再根据考古和出土文物的参考，尽可能准确地重现那个场景，真实完整地把一场早就谢幕的宏大演出再次开启。这样做尽管困难重重，但经过诸多努力还是能够恢复起一些古韵的。时光一晃就是两千多年过去了，这要复制许多乐器，还要重新掌握一些烦琐深奥的演奏技巧，真是一件十分艰难的事情。而今重奏韶乐，能否再次迎来凤鸟？但无论如何，人们还是将这场迟来的奢华音乐会定名为"箫韶九成，凤凰来仪",演出的地点就选在今天临淄的"齐国博物馆"中。"九成"是九个段落的意思,这是古代韶乐的结构。

演奏中使用的乐器有大编钟,有磬、埙、笛、箫、排箫、古琴、筝、木鱼和鼓,这些中国古典乐器交响共鸣,正符合古乐中"金石土木丝革匏竹"这八音的编制。如果不算夸张的话,是否可以说这是世界上最早的交响乐呢?有人曾说中国没有交响乐的传统,那么在齐国都城奏起的韶乐算不算呢?这场两千多年前的交响,竟让一个圣贤痴迷和沉浸到那样的程度。孔子实在没有办法形容那一次音乐大餐,于是就使用了长达三月不知肉的味道,来描述那种忘我之情和极度向往之切。

这不仅是因为有孔子那样的情怀和耳朵,而且还有活生生的临淄的富丽堂皇,有这个经济和文化全面发达的大背景。这音乐只是一次历史的和声,和的是东方的声韵和气象,这才是无可比拟的。在当时孔子所走过的长路上,沿途大多是贫穷和凋敝,是战乱和家族势力割据,强国富民的愿望只是一个梦想。而临淄的表象起码与孔子所走过的许多地方大为不同,这就不能不引起他的深长思之。以他的洞察力而言,齐国也并非没有什么危机可察可鉴,只是他仍然可以陶醉于一场精湛盛大的演奏艺术之中,这些都在情理之中。孔子一时忘情,并久久难以从这个氛围中走出来。

任何地区,只要经济繁荣,哪怕只是一时的繁荣,也会出现许多附带的产品。这包括官场的大排场大奢靡,饮宴的无节制,极大的人财物力的浪费,等等。还有一个副产品,即表演艺术的铺张和复兴。因为这种艺术与著作文章不同,它更多地倚仗物质行头,而不是沉潜下来的思想,所以表演艺术也多少等同于酒宴的兴致。只要舞乐伎工汇集一起,华裳一披,一切也就成了。

记载中齐宴之盛，盛到了无可比拟，那真是酒肉成河。与此对应的乐舞之类也就可想而知了，那时根本没有什么节制，通宵达旦也是常事。

但这些也是不可否认的繁荣，起码是表演艺术的繁荣。这种盛景即便是泡沫，在没有破碎之前也仍然是十分膨胀壮观的。权力是需要仪式衬托的，在某种意义上也可以说，权力即是仪式。什么权力即以什么仪式去表达，这都是相辅相成的。这个问题在孔子那儿其实是非常清楚的。孔子关于克己复礼的一整套思想中，有一部分就是胶着在仪式上。他对于受封的国君使用西周天子才能动用的祭祀场面，十分反感甚至表现出了稍稍的恐惧，认为这是大逆不道。最初看来这有点小题大做，但细细思忖也就会知道事情的严重性。因为仪式与权力从来都是等同的，是权力的外在符号。

从这个意义上来说，齐国的演奏艺术和歌舞之类，绝非娱乐的单纯，其背后必然包含了一个地区政治经济，以及其他诸方面的复杂信息。这些信息对于一个周游和目击者来说，是十分清晰的。韶乐之于齐国，正是一曲被东方强国重新诠释过的古乐，它虽然沿用了传统的体制，但几经镀金，变得更堂皇、更庄严，挟带了千年古风，如同洪流一样从临淄街头滔滔而下，又怎么会没有巨大的冲击力量？

闻古韶乐难，闻到这样的一场韶乐更难。所以这在孔子来说成了一个大事件，在后人看来也是如此，所以直到今天，临淄城里还有一处石碑，上书"孔子闻韶处"。因为有人听了一场音乐会而要刻碑勒石的事，可以说前无古人后无来者吧，就此也能明白韶乐对于齐国，更包括对孔子和他所代表的文化立场，到底意味了什么。孔子晚年的大工作之一，就是整理"乐"，它与"诗""书"等并列。可惜这部"乐"已经轶失了。我们可以想见孔子要整理和保存的这部"乐",其中的韶乐一定占有重要的篇章。

正因为圣人说过"三月不知肉味",所以引起的想象徘徊在人的脑海里,两千多年过去了都不能消失。今天,观一下齐风,听一次韶乐,可能是现代人最奢侈的要求了。这样的演奏不是什么西方交响乐,因为它涉及复古,所以远比那个要麻烦得多、困难得多。

东方与西方

在当时,人们的地理文化视野还没有充分打开的情势下,东方即齐国,西方即秦国。这二强分别代表了战国时期大戏落幕前的两极。两极文化差异巨大,民俗民风和治国理念一大沓子全都不同。在春秋战国的几个历史阶段中,这两极都有过此消彼长的不同运势,它们各自经历了复杂的变化,与周边国家的关系起起伏伏,一会儿好得称兄道弟,一会儿打得头破血流。国与国的关系,仍然是人与人的关系,这毕竟是在人性奥秘的大范围之内演绎的。两个国家就像两个人,或交好或反目为仇,都是正常的事情。

齐地东抵大海天尽头,而秦国处于最西部,二者相距遥远,它们之间直接摩擦的机会很少。但是夹在二者之间的国家却要频频变动和移位,这些国家的屁股坐在哪里,与东西两个大国干系甚大。所以这两个大国就不能抱定不干涉的信条,也不能不结盟。如果恪守这样的国家原则,不仅不合于现实,而且别人也不会相信。于是在春秋战国时期大小战争也就多得不能再多了,一个国家竟然像小孩子一样,说翻脸就翻脸。本来正与齐国好着,中间经一个能说会道的游士劝说挑拨一番,一夜之间就会倒向了秦国。在著名的"合纵连横"时期,那些一会儿"合纵"一会儿"连横"的摇摆屡见不鲜,从而也就对东西二极的命运有损有益,最终有了个结局,尽管这个结局来得很缓慢。

齐国因为政治经济的格局和独有的东方特征,大海的性格颇重,波浪起伏浩浩荡荡,冲动而夸张,十分浪漫。而秦国地处大平原,背倚山地,深沉内敛,脚踏实地,冷眼向东。比起齐国都城临淄,同一时期的咸阳生活还算朴素,或者干脆说就是简陋一些。这种不同却不完全是经济发达或落后等差异造成的,而同时还包括了文化性格的区别。就是说,秦国咸阳的钱虽然不如齐国临淄多,但就是有,也不会花在那些地方。守住一种清苦和简单,在咸阳的统治者看来很重要,因为只有这样才能凝聚起一身的精气力量。

在齐国歌舞盛宴不断、时有韶乐可闻的时候,秦国的音乐又是怎样的?说来今天的人不会相信,记载中堂堂的君臣宴饮歌舞,竟然是击着瓦罐拍着大腿,和着它们的节拍唱起来跳起来而已。可是这些参加宴会的人感到简陋了吗?非但没有,还照样处于兴奋激越和陶醉之中。按理说奢华之风是极有浸透力感染力的,从东往西一吹,几十年过去,咸阳人也就会扔了瓦罐的。可是事情远没有那么容易,在经历了商鞅变法之后的秦国,一切也就尤其理性整严,农业立国的保守性和坚固性,海风是难以吹进去的。

秦国在节制享乐的同时,精力财力也就更多地投放在基础设施建设上,在改进农业和加强国防两个方面,用了极大的力量。商鞅是一个伟大的实用主义者,封建理性主义者,考虑问题始终围绕了怎样强大秦国这个中心,从不分散注意力。在一定的历史时期,在国家兴亡的周期的局部,世界上还有什么会比实用主义更有力量？实用主义的切近性通俗性，都决定了它是最强有力的。特别是它的通俗性，可以使上到君王下到民众的迅速接纳和理解，也就是说大家都想尽快从中得到实惠。对比更辩证更复杂更长远的战略筹划，实用主义的战略和战术成本就要小得多了。

实用主义的反面是高瞻远瞩和华而不实，是近利远收和全局筹措，是瞻前顾后和情理双赢。比如同期的齐国正是威宣盛世，奢靡的潮水一浪高过一浪，富得流油并且因此傲视天下，不要说王公贵族，就连跻身临淄城的普通市民都极不谦虚，沾沾自喜，仿佛成了天下最阔绰最时髦的臣民了，其他地方都土得掉渣。这种情形，那个叫苏秦的燕国使者观察后有过一段美文，它将其好好描述了一番，其中有一句说临淄市民：家家都有多年积蓄，财富充实；人人意气风发神采飞扬。即所谓的"家敦而富，志高气扬"。有了这样的城市与这样的市民，一个国家的道路也就由不得个别智者的筹划了，它会固执地沿着自身的轨道往前滑行，最终到达一个可怕的地方。

齐国养士成风，建立有稷下学宫，那里集中了天下各种流派的大学者，又怎么会缺乏满腹韬略和眼光高远的人物？问题是这时候的齐国有了钱也有了势，已经极不冷静了，逆耳之言一句也听不进去。就这样，一个典型的东方大国矗立起来，国中还有一些富可敌国的王公贵族，这些人挟潮流之勇，是很能藐视礼法和成规的。在这样的国家里，不仅孔子不能久留，后来连孟子也要离去，再后来稷下学派的代表人物都一一消失了。虽然稷下学宫还在，但已经是名存实亡了，变质了，不过是一个国家的花边、一种用来观赏的点缀品罢了。这时的稷下学宫与刚刚建立的时候，规模上看也许并没有太大的衰减，但内容上却早就掏空了。

这期间很快活跃起来的就是那些纵横家了。他们积极在两个大国之间游说，不是主张合纵攻秦，就是设法连横，打破这种联合，以便让秦国各个击破。反正有点像下棋一样，这时对手倒没有看棋的人焦急了，这些人没有观棋不语的雅致，恨不得纷纷上去移动那些棋子。站在齐国的立场上看，那个张仪也就不义了，他本来是魏国人，竟然入秦作相，将许多人辛辛苦苦做成的对秦国的包围圈打破，最后连横成功，让秦国在大国博弈中胜了关键的一局。在秦国发展扩张的历史上，可能张仪的功勋仅次于变法的商鞅。

西方的秦国经历了商鞅的强盛之期，又有了后来张仪的连横功成，已经是一个雄踞西部的不折不扣的大国。而东方的齐国因为远离了秦国与其他诸侯国频频争夺的战场，有了更多喘息的机会，也就迎来了最后一个繁荣期。这种繁荣似乎超过了历史上的任何一个时代，奢靡的物质主义也就大肆泛滥起来，如火如荼，达到了空前的境地。就此，齐国也即将迎来一个盛极而衰的历史阶段，走到自己命运的拐点上。

冰冷的实用主义

终于说到了商鞅。这个因变法而强大了秦国，从而名闻天下的一代名相，是中国历史上永远也绕不过去的人物。中国七十年代言说"儒家""法家"成风的时期，有人就尤其推崇商鞅，大概也想在新的时代效法这个变法者，推行一种现代的严厉吧。商鞅的崇高地位是由变法而确立的，新法施行的结果就是让秦国达到了从未有过的强盛。但是那个时期的秦国，有人非但不感激商鞅，而且还充满了仇恨。结果一代名相死得很惨，被车裂。秦国的另一个名相是更后来的李斯，他的手笔也不亚于商鞅，协助秦始皇搞成了一系列重大变革，但后来的结局也与商鞅差不多，被腰斩。

秦国的复兴依靠严刑峻法，这始于商鞅。在他变法之前秦国还很弱小，无法与其他六国相比。这时的秦国亟需一个铁腕人物，所以可以说商鞅是应运而生的。从变法的内容以及实施的过程上看，商鞅称得上历史上真正的铁血人物，其心肠之硬、手段之酷、效果之巨、结局之惨，都难以找到超过他的第二人。因为其出发点的确为了巩固君王的统治，为了使国势振兴，所以当时的秦孝公全力支持他，也像他一样铁了心。在商鞅来说，改革一旦开始就不能停止，因为那些世袭利益集团全是凶猛的拦路虎，会把他吃掉。那么或者是将改革之车越开越快，碾死这些拦路虎，或者是成为他们的腹中餐。商鞅横下一条心，果决异常，有点像赴汤蹈火。他使用的方式实在残酷，以至于被描述为"渭水尽赤，号哭之声动天地"。然而这描述却并非夸张，记载中，反对变革者最轻者也要在脸上刺字，或者割去鼻子。他颁布的法律中有一种连坐法，是典型的轻罪重刑，规定五家为伍，十家为什，互相告发，同罪连坐，谁告发了"奸人"，就与斩杀敌人一样受到犒赏，不告发的就要腰斩。一家藏"奸"，什伍同罪；如果客店里收留了没有官府凭证的人住宿，那么店主人也要与"奸人"同罪。当时实行了户籍制，农民不得外出，不得经商，一旦经商，妻女就得充为官奴。结果触犯新法的人比比皆是，有时一天就要处死七百余人。

所有法律条文直接而实用，毫不含糊，如关于军功爵位，开列了二十等，军功的大小则简简单单十分明了，就按战场上斩获的人头计。农业方面按收获粮食布帛计，凡从商和荒地破产者，妻女一律没收为奴。要求百姓以官吏为师，焚烧诗书；鼓励层层告发；只要议论政令的，全都视为非法之徒，放逐边疆。

由此可见，后来李斯所做的一切，实在只是学了商鞅。不同的是李斯在统一了六国的更广大的土地上实行峻法，还可以让更加威猛的始皇帝为自己撑腰。所有这些残酷的、不可稍稍变通的法律，在治理国家方面当然是极度有效的。国家只要富强了，经济和军事搞上去了，制定法律和实施法律的人也就得到了根本的肯定，被封为伟大的变法楷模，民族英雄。这是人类历史上最大的谬误和偏见，其结症主要是因为判断标准出了问题，它过于单一、原始和简陋。在这里，经济和军事以及政权的巩固成了唯一的标准，而更为重要的一些指标，如民众的实际感受等等，却根本不屑一提。如果用儒家代表人物孟子贵民的信条来看，民众是远远高于社稷和君王的。

从某种意义上说，商鞅的强国之道也是祸国之道。民不聊生，伦理丧尽，酷法无情，这就使秦帝国灭亡的种子在强盛的同时，也深深地播于地下。而商鞅这个改革者的目标也过于简捷，可以说是目无旁视，直取利益，一切以秦国的兴盛、以巩固国君的统治为准则。从《商君书》中可以窥见商鞅的铁石心肠，其中写道：一个读书的聪明人就会使一千个普通人不听话，怠于农事倦于战备；民众不推崇学问就会愚钝，愚钝了就不会外出交际，不外出交际联络，国家就会长治久安，等等。他设置了农村户口制，从此也就将农民永世固定在土地上。他甚至赤裸裸地说：农民一心一意种地才能朴实，朴实了就会老老实实住在一个地方，不再喜欢到远处去了。商鞅对于国家的专制和安定可以说花尽了心思。只可惜，这种机关算尽忠心耿耿，巩固的是一个家国，残害的是一个民族。

秦国自商鞅开始的冷酷刑法，已经成为这个西部农业国的一种文化，干燥生硬可怖，流布和发展下去，又有了后来的焚书坑儒、大造阿房宫的苦役、耗尽民力的长城。更不可不提的是秦二世时期，当时国内基本上已废除了殉葬制，可是残忍的秦国统治者竟然将那么多征调来的青壮修墓人全部活埋。他即便对于皇室内部也同样残忍，竟然下令杀尽后宫所有无子女的宫女、以及宗室诸公子、公主或大臣。

世界上的变法者代代不绝，凡变法就会有利益的重新分配，就会有流血。但如同秦国的变法那样残酷无情的，还不多见。同样，像秦国的变法者那样视民众如草芥、极度残忍的辖制者，也不多见。如此变法，国家之强大可以预期；但这种强大会付出难以言喻的代价，而且也绝不会长久。在其强大的表层之下，包裹的正是满目疮痍。原来这貌似强大的外壳很薄也很脆，是极容易被击破的。

残酷作为一种文化的蔓延和流传，是颇为历代统治者所喜好的。但凡是残酷也就会有同样猛烈的回报，就像秦帝国的灭亡一样迅速、像那些君臣的结局一样凄惨。这似乎也较为合乎天地人三者之间的伦理秩序。

积累之难

国势的强盛，财富的积累，这些没有任何人会反对，因此追求它们的欲望也就显得自然而然。一个人和一个国家一个民族都是一样的，都有强大和富裕的要求。在这不倦的不间断的追求中，往往也就用尽了各种办法。任何办法都要做出努力，任何努力都要付出代价，任何代价都要最终偿还。偿还份额的不同，也就决定了最后的那个目标有多大价值了。如果是得不偿失，那就索性一开始就不干好了。问题是这并非一眼能看得穿的小账目，而是一种历时几十年上百年、投入几百万上千万甚至几亿人口的历史大运算，不仅是加减乘除，连更复杂的函数开方之类都用上了，谁又能一眼看得透呢？于是只好向着一个看得见的目标奔下去了，不再小心翼翼地约束着自己的每一步了。

　　齐国和秦国都曾富裕得不得了，强大得不得了。前者曾经富裕而强大；而后者主要是强大，后来也相当富裕。它们的结局似有不同，但最终都国亡民衰，一片狼藉，血流成河。由不可一世到灭亡衰败的这个过程往往并不长，可是会极其痛苦，这不光是心理上的痛苦，而是直接肉体上的伤害和无情的杀戮。比如齐国的那些王公贵族，在敌方的蹂躏中生不如死，死也惊心。即便是国家内部的逆叛争夺也残酷得吓人，像齐闵王，竟然被前来援救的将军抽出脚筋吊死在梁上。要知道当年的齐闵王是何等威赫，他与秦王同时称帝，已经是天下最强悍的国王之一，转眼却落了个这样的结局。秦国灭亡更是一夜轰坍，造反的项羽凶猛残酷到令人发指，在巨鹿大战中竟将接收的二十万降军全部活埋；攻入咸阳后，众所周知，又下令焚烧了集天下富丽与民生辛劳的阿房宫。进入富裕繁荣的名城临淄，更是烧杀抢掠，强暴妇女，再次活埋降军。

　　几乎所有王朝都走完了自己由盛而衰的旅程，这段路或长或短，只是没有一个例外，所以大学者黄炎培为其取了个名词，叫"周期率"。怎样逃脱这个"周期率",一代代人似乎都在想办法,但现在看全世界也未必能想出什么更好的办法。

齐秦两个大国,一东一西,都先后灭亡了。接下来有汉,有唐。盛唐的骄傲几乎成了每个中国人口中必念的事情。这个大唐是无可争议的天下大国,有数一数二的国力,财富与军力都好得不能再好了。不仅是物质丰饶,文化也灿烂辉煌,出产了煌煌唐诗,几乎令后人再也无法张口吟哦。据称当时出使大唐的外国使者都对盛世之状目瞪口呆,他们竟第一次看到,连大街上的树木都在节日里穿上了绫罗绸缎。那时还无法计算大唐的财富占整个世界的几分之几,但比例一定是相当高的。这个大唐也灭亡了。

即便是极大地耽搁了中国现代化进程的大清,也有长达几百年的历史。它曾经拥有自己的鼎盛期,有乾康时代,那时的大清也不是世界上的弱国,而是从国家财富到军力都走在前边的列强。有人曾计算出,当时大清帝国的国民生产总值占了世界的五分之一,现在看由于这个数字过于翔实和庞大,只可存以备考。但无论怎么说,这个大清远不是后来不断割地赔款的那个样子,那是末路王朝的事情。从不可一世的帝国到末路,这条路不长也不短,不过总算走到了尽头;进入了混战不宁的民国,一切也好不到哪里去。

有人会不无天真地想:如果是真正好的朝代,就完全不必换来换去,那样又危险又麻烦,常常弄得民不聊生元气大伤,还不如一个到底呢。诚然如此。问题是怎样熬得下去。换个说法,一个国家一个民族的生机怎样才能保存下去?更具体地说,人们所追求和创造的物质财富,怎样才能确保它不再流失,一代一代积累下去呢?

要回答这样的问题就必须理性地分析一番,就要好好看一看了,看看在人类寻求的所有事物中，最容易取得的是什么？最不容易取得的又是什么？它们又有怎样的特征和怎样的不同？这样分析下来，我们会吃惊地发现，人世间唯有财富的追求欲望才是最强大的，人对物质的欲望从来都不可遏制，这是十分自然的一种力量。与此相似的还有安逸享乐，它与物质追求的欲望其实完全是一回事。正由于这种欲望的自然而然，所以就一个阶段来说，一般是会顺利实现的，就是说在没有特别的不可抗拒的灾难发生的情况下，财富一定会或快或慢地积累起来。因为这都来自人的本能。所以我们会看到，历史上任何一个朝代，只要有了一段时间的安宁期，财富就会得到一定程度的积累。随着财富的积累，国家机器如军备等，也会相应地得到加强。

还有另一种比较好积累的东西，就是科学技术这一类。我们会发现从结绳记事、石器时代一路走来，技术进步并没有因为战争和灾难的发生而要一切从头再来。原来人类认识了一种科学自然规律就可以传递下去，技术发明要忘记也难，因为它一旦成为大家的拥有，也就会被继续传承下去。就这样，天灾不断人祸也不断，人类富得流油又穷得精光，然后再富；可是科学技术却基本上是一路向前的，一直走到了今天的原子、基因、纳米、航天，还有网络之类，并且还会继续走下去。

财富和科技是这样积累的，它们似乎在一定的条件下都没有问题，都相对容易一些。财富积累的条件是社会安定；科技积累的条件与财富大致相同，但它的要求更宽松：只要人类不灭绝，就会接力般地向前发展。这二者积累的情形是这样的，那么最难积累的又是什么呢？显而易见，它是让人类社会免除战乱和灾难、获得安定的那种方法。换句话说，就是逃出那个可恶的"周期率"的方法。原来难中之难，即在于此。

我们经历和创造了几千年的文明史，一种使社会安定的思想方法，还是没有得到有效的积累。因为这说到底属于人心之学，而人心是最富于变化的；而且每个时期面对着各种复杂的情形，人心又大为不同。人性是各个时期都相近的，即孔子说的"性相近"；可是圣人还说过一句话，即"习相远"。这些人性的习气习性是因时因地而变化而组合的，于是经过了新的变化组合之后，一切也就大不相同，不好掌握了。从历史上看，无论多么好的思想和崇高的品质，都会有人批判质疑；无论多么伟大的设想，都会被挑战和争论，最后或者被搁置、或者被推翻。即便连圣人孔子的"仁"和"义"，也几乎弄到了不能立足的地步。由此看，思想和伦理范畴的东西是最不容易积累的，它的不能积累不能进步，也就导致了其他，比如战乱和种种人祸，全都来了。人祸从来大于天灾，这是人类历史得出的又一个结论。在人祸面前，人类千辛万苦积累起来的财富，甚至是一个传递了几百年的王朝，一夜之间就被扫荡一空了。

有人还曾经将逃出"周期率"的希望、将国家强大的希望寄托在科技的振兴上。表面看这似乎是一条捷径，进步的科技会直接强国强军，而国强则不败，民族则安宁。其实际却远远不是如此，有时甚至相反。因为科技决定不了国力投放的方向，它只能加强国力；如果强大的国力用反了方向，国家和民族也只有加速失败，甚至毁灭这么一条路。事实上，人类的科技从来没有像今天一样发达，也从来没有面临着今天这样的灭顶之危。人类正企图从自己的毁灭之剑下边赢得逃生的时间，这就是对核战争的全力遏制。今天的世界各国在阻止核战爆发上所花掉的时间与精力，更有财富，大概早就难以计算了。而且最主要的是，科技是一种可以得到有效积累的东西，它将或快或慢地一路向前，即便像第二次世界大战那样的大灾难，也依然如故。核能的飞速发展期，恰恰在全世界打得不可开交的上世纪三四十年代。

正因为思想伦理范畴的东西最难以积累，财富与国家的强盛也就难以持久，甚至连较长时间的保存都做不到。聪明的国君于是就千方百计地积累思想、想象治国的各种办法，如齐国的稷下学宫的建立，就是人类历史上最引人注目的一个创举。这场人类历史上的思想家大聚会，前后经历了一百五十余年，规模不可谓不盛大。但这种大积累的努力同样失败了：在齐国畸形繁荣的物质追求当中，在不可阻挡的享乐奢靡的浪潮中，这个学宫逐渐给挤到了边缘，最后给挤垮了。从此，几乎再无人尝试这种从形式到内容的思想文化的大积累了。而且具体到稷下学宫，那里面派别林立，各种不同的学说吵翻了天，几乎不是在讨论，而更像是在打架，这就更进一步加重了思想和文化、也包括伦理和道德这一类东西，它们到底能不能得到有效积累的质疑了。

从怀疑积累到厌恶积累、仇恨积累，于是就走到了秦国的焚书坑儒这一步，有了这样极端的例子。

看来思想与文化的积累才能最终确保物质的积累；而思想与文化的积累是一个更复杂更艰难的过程，它的曲折性与冲突性会出人预料地巨大。但人类如果没有足够的耐心与恒力，不能去继续发展这种积累，等待人类的只会是更大的浩劫。人类的坚韧和宽容、对物质主义的警惕和反思，大概是确保思想文化积累的一个最基本的前提罢。

一条不归路

至少在长达五六百年的时间里，东方人从西方的文艺复兴运动那儿受到了启发；而西方人自己，则在当时尝到了冲破禁欲主义、思想大解放的美好滋味。那场运动使文艺和科学都得到了空前的发展，经济突飞猛进，就连宗教本身都兴起了新的改革，获得了新的生机。值得注意的是，这里有"复兴"两个字，也就是说"恢复过去的兴盛"的意思，而不是一味往前。他们要恢复的是古希腊古罗马的传统，要再现那个时候的辉煌。但实际上这在一部分人那儿是真诚的，在另一部分人那儿，只成了反抗现实的一个借口。

这种情形是经常发生在历史上的。我们最熟悉的还是孔子的"克己复礼"，他要复兴的就是西周的伟大文明，这里面包括诗书礼乐全部的思想和艺术，还有政治制度等等一系列规范。于是近代人批判孔子的时候，就抓住了他开历史倒车、妄图倒退这个小辫子。其实孔子还不至于蠢到了要让一切都回到过去。他实际上也是以"复兴"作为借口，来反抗和改进现实的东西而已。他为了说服别人，标明自己没有推行新的一套，没有那样的野心和狂妄，进而提出了一个有名的观点，以此当成自己的行为准则：述而不作。"述"即是转述，转述西周的、古代圣贤的思想；"作"即是个人的创造和发挥。孔子这样讲无非是担心自己的权威和说服力不够，于是就全力拉上先贤为自己开路。这实际上仅仅是一种策略而已。没有自己的创造，没有自己的主张和观点，这怎么可能呢？即便真的是在阐述先贤的思想，也还有个谁来做的问题，阐述者既然是孔子，他也就拥有了解释权，怎样运用这个权力，那就要看孔子自己的了。

这是第一层意思。第二层意思，就是新的不一定就是好的。尤其是思想和艺术以及社会变革这类事物，往往是相当复杂的，并非会一路进步下去，而是好坏彼此嵌镶在一起的。孔子的"复兴"，也就包含了怎样选择的问题。选择古代那些好的、今天仍可以借鉴的东西，这又有什么不对？孔子和西方文艺复兴那些执行者的相似之处，就是洞悉人性的隐秘。人性中有个极坏的毛病，即不相信近处的和现在的，而较能够相信远处的、另一个时空里的东西，对离自己远一点的东西较能有个公平心。这差不多是"远来的和尚会念经"的道理，所以孔子他们也要请出远来的和尚。

时间过去了两千多年，许多时候的中国是尊孔的，但后来就不同了，受西方文艺复兴运动以及其他的影响，我们全力冲破的就是孔子的儒家学说对人的束缚。可见历史开了怎样大的一个玩笑，两千年前孔子发起的"复兴运动"所取得的宝贵成果，却在后来的思想解放运动中给全力扫荡着。中国的模仿者忘记了一个借口和方向，即没有像西方人当年那样，也找出一个恢复的榜样。而孔子当年却有一个恢复的榜样，那就是西周之礼。

一场运动没有自己民族的方向和榜样，这运动也就变得非常复杂了，但既是一场模仿，也就自觉不自觉地将西方的那一场场运动作为了自己的方向和榜样，即也要说冲破宗教禁欲主义，反对神性，提倡人性，诸如此类。孔子成了替罪羊，因为儒学也称为"儒教"，这也可以算作"宗教禁欲主义"吧！这一场冲突的荒唐在于，儒学远非西方意义上的宗教，它恰恰是关于现实社会的学问和思想，是人生哲学，它甚至不谈论"神"。

即便是西方的那场文艺复兴运动，也有其现实的背景，那就是新兴阶层的享乐主义在从中支持。新的现实势力的鼓励和实际保护，才有西方思想界的那场运动。那虽然不能说是一场新的权势阶层与知识分子的合谋,也可以说是相互配合利用较好的运动。而到了中国的那场思想解放运动当中,现实的背景也没有什么两样。倡导冲破禁欲主义及旧的文化保守主义的知识分子,与那时的新兴阶层和权势人物的要求,实际上也是配合一致的。

我们仔细看一下,世界潮流尽管在禁欲与纵欲、保守与开放之间互有摇摆,但起码在这五六百年的时间里,甚至是今天,总的方向还是朝向了解放和冲决发展的。从思想界艺术界来看,那些要更激进地解放欲望的倡导总是得到了鼓励;反之,则受到批判和嘲笑。对此稍做分析即可发现:知识阶层的这种倾向,同样得到了现代权力阶层的鼓励,成了现代享乐主义者的天然盟友。这里的问题只有一个,即知识分子有没有自己的独立思考?有没有关于这个世界的现实的理性?如果一直沿着这个"解构"和"解放"的方向往前就是正确的,那么一切将变得多么简单啊!可惜,那将是一条不归路。

关于享乐,关于对物质和肉体的追求的合理性,今天的所有理由,仍然停留在西方文艺复兴时期那样的水平。理由停留在过去,世界却发展到了艾滋病与网络交相辉映的时代了。照理说,那些理由和依据理所当然地要有所改变和调整了,但可惜的是,一切都还没有。忙于享乐,已经来不及寻找新的理由了。解构,解放,纵欲,一直沿此目标冲涮下去,享乐主义和现世主义就是唯一的方向,唯一的真理,这些好像已经不再需要理由了。

就这样,因为一场盲目的、不需要合谋的集体参与,一个越来越危险的物质主义的世界,被我们亲手创造出来了。可是人类文明已经有了五六千年,也有人说是长达七千多年了,也就是说人类早就脱离了自己的青春期。而孩子式的简单的反抗心理,在人类文明发展的历史上,早就应该成为过去。同时我们会自然而然地想到，就一个具体的成年人而言，任何的借势起哄的行为，都不过是乱中取利的盘算和卑下。

第七章

怀念齐国

尽管历史是不能假设的,人们也还是在新的世纪里多了一些想象。想象一定包含了反思,这其中提出了另一些可能,可以供现实的人来参考。比如在中国的开放进程走了二十多年以后,再次回望中国几千年的历史,许多人都不约而同地想到了齐国,特别是想到了它灿烂的文化、发达的经济,尤其是它鼎盛时期所执行的一系列经济和文化政策。它看上去的确是一个理想的发达国家的模型,士农工商并举,科技进步,国强民富,有天下最繁华的都市,有名闻遐迩、历时一百五十多年历史的稷下学宫。在齐国最兴旺的时候,它的军队是同期各国之中现代化程度最高、作战最勇猛的,在战场上涤荡敌军,简直如同秋风扫落叶一般。这支军队给外国使者留下了连连惊叹。

我们现代人努力追求的许多个目标,都可以惊讶地从齐国发现。我们所极力寻找的市场的方向,也早在齐国的第一个繁荣期就达到了。不仅是经济,更有文化、体育,这一系列与国势匹配的所谓软实力,都走在了当时各国的前头。而后来最终统一中国的却不是齐国,这就给相当一部分现代人留下了遗憾,还有许多费解。秦国是一个农业国,它始终以发展农业、抑制其他产业作为基本国策,这一点从商鞅变法开始就从来没有改变过。何止是秦国,即便是统一后的千余年间,直到清朝末期,到最后,这个性质也没有根本的改变。中国农业大国的面貌和身份，其实是从统一中国的秦国开始确立的。有人预料，如果当时统一中国的是齐国，那么中国今天的面貌将会是完全不同的。这显然是合乎情理的一种推导。但是，齐国能够统一中国吗？

当时的中国还处于冷兵器时代，国与国之间的竞争，制胜的条件除了看财富的多寡，还要看"冷"的程度，就是说要比比谁更冷。那时的军事科技水平的高下，在战场上还起不到决定性的作用，无非是杀人刀剑的钢火如何。人的勇敢和粗蛮倒是战场上克敌制胜的重要因素，比起生活相对粗糙简单的西部人，齐国的士兵就娇气多了。这些东部士兵越是到了后来，就越是没有了早期那样的严整迅猛，尽管服装华丽、武器精良，可就是"中看不中吃"，厮杀声一喊，他们常常丢下武器就跑。在历史记载上，对后期的齐国士兵多有这样的讥讽。在拼死一搏的秦兵眼里，齐国士兵越来越像"富国娇娃"。

当秦国的音乐会上还仍然叩击着瓦罐拍打着大腿的时候，齐国已是盛乐霓裳，盛大的音乐会一场接着一场。临淄城内，连一般市民也溜狗踢球、鼓瑟斗鸡，等等。如此的声色物质享受秦国是没有的。这种差异意味着什么，在冷兵器时代的战场上也就有了清晰的答案。正如历史学家范文澜所说，在古代，较为先进的民族被较为野蛮落后的民族所战胜，是屡见不鲜的一种现象。这种情况可能仅仅局限在冷兵器时代吧。比较起物质丰富文化发达的东部地区，生活相对简单的西部人也就更不怕死。"连死都不怕了，还怕什么？"这其实是很容易理解的道理。

经过了商鞅变法之后的秦国，一切变得更"冷"了。严酷的刑法，无情的辖制，集中的权力，单一的思想，愚民的政策，所有这一切都有利于打造一个冷酷的专制帝国，让一部战争机器高效运转。而齐国接受的仍然是齐桓公和管仲的思想遗产，这个国家虽然几经起落，但总体上看还是保持了相当程度的富裕，上层生活依旧奢靡。从记载上看，当时齐国的工业十分发达，盐铁业占了天下总量的一半以上；商业繁荣，主要城市街道店铺林立，五业兴隆；娱乐区则红灯高悬，日夜笙歌。上层社会浩大的庆节不断，豪宴连连，一切都没有个节制。比起秦国的"冷"，齐国实在是太"热"了，以至于热昏了头脑，在极其冷酷的你死我活的战国时代，这种"热"最终也就导致了国家的败亡。

齐国的确是一个可资借鉴的最好标本。她在今天好像特别令人痛惜和怀念。一个西接中原、东抵大海的第一富强之国，一个最早融合了现代资本主义诸多管理模式的东方之国，一个尝试和实行了商业市场运作的消费之国，一个最早倡导百家争鸣的学术之国，在兴旺发达了几百年之后，竟在一夜之间烟消云散了，连个像样的废墟都没有留下。现在，临淄城外只隆起着一些高大的土丘，被称为"大王冢"，即为历代王公的坟场。它作为一个象征留在那儿，让人在记忆中重复那些格外有趣的故事。的确，齐国在这几百年里发生的故事大不同于其他六国。大概因为它三面环绕大海，怪异的事情太多，怪异的人也太多，而这些人一旦走向政治经济文化外交的舞台，演出的历史大戏也就格外精彩吧。如果在二十一世纪里做一个历史的回顾，回眸春秋战国时代，人们的目光就会不由自主地集中到齐国身上。

由于秦国统一了中国，它的治国理念影响了一千多年，所以在以前的历史视角中，它就一直处在了中心的位置。它的农业立国思想千年不变，中央集权的郡县制也千年不变。历代统治者曾努力将秦国确立的思想与儒家思想加以结合，后来却发现二者在深层上发生着严重的断裂。因为冰冷的实用主义、严酷的法制传统，与儒学的"仁政"思想是水与火的关系。历代执政者既想保持秦国的政治格局，又想吸纳儒学的思想形态，结果弄成了一件费力不讨好、总也做不成的尴尬事情。儒学在中国一直被尊为国学，实际上却成为知识分子手中的武器，它在许多时候是被用来反抗政治的冷酷的。

齐国的文化从来没有跻身于正统。它作为一种被消灭了的亡国文化，后来只有在民间流传不息，特别是在东部半岛地区，在古登州一带，仍然还算是这里的文化主体。这种文化既与冰冷的宗法专制主义格格不入，又与严整而温情的儒家文化难以融合。它是一种工商文明，与更热烈更浪漫的滨海文化融合一体，水气和神仙气扑面而来。这种文化在冷战和商战时期都不太能找到合适的土壤，只是存在着，暗暗呼唤着生命中的一部分能量，永远都不会消失。今天的改革开放中，有人试图将它与儒家文化结合起来使用，这虽然是一种良好的用心，但结局到底如何还很难说。

残忍和气派

"人之将死，其言也善"，这是孔子的弟子曾子说过的一句名言，它前边的连句是："鸟之将亡，其鸣也哀"。孔子和他的弟子说过了多少漂亮话，而且总是那么含意深远，咀嚼不尽。这里说的是人生走到了尽头，一切都放得下了，再没有强烈的欲望左右他了，他于是才有可能回到孩子一样的本真和实在，会对世界充满友善。这也许说到了人性的根柢上吧，我们发现西方也有个临终忏悔的仪式，大概也是建立在"其言也善"的可能性上，在"人之将死"这个基础上。观察一个王朝一个国家，也像观察一个人一样，要看看它在最后那个阶段的言与行；观察一个帝王一个国君，看看在他死亡的前后，他和他的国家里发生了什么。这真的是很有意义的、特别的时刻。

　　秦始皇死在东巡求仙途中。而围绕自己的死，早在几十年前他就开始准备了，即位后马上就兴建自己的陵墓，这甚至比修筑用以生前享乐的宫殿都早。这座陵墓的修建同样是一个豪举，在许多方面都创造了空前绝后的纪录。该工程是这样地浩大，以至于从全国各地征调了七十万人，前后费时长达四十余年，一直到秦国灭亡都没能全部竣工。陵冢高五十余丈，周围长五里有余，地下各式宫殿装满了奇珍异宝，以水银为江海，以人鱼膏为灯烛，防止盗墓，还暗设了各种弓弩机关。埋葬秦始皇时，为防泄密，将所有参加修建陵墓的工匠都活活埋掉。还有大批殉葬者，分别埋在陵园东南和西北的墓群中，年龄大多在二三十岁左右，其中有的是被杀掉的宫女和公子，有的是从六国征来的服役人员。坟丘两则和内外城墙之间、东门外，遍布大大小小的陪葬坑。

　　直到秦国灭亡之际，这一惊人的陵墓还在修建中，可以说这个残暴的帝国一边垂死挣扎，一边还在做这件身后事。人类历史上有许多凶残无道的印记，可是有哪一道印记，比秦始皇的陵墓更为深重和突出？

　　这是一座统一了中国的秦王的陵墓，那么一个小小的诸侯国君的陵墓又是怎样的？它又会奢华到什么程度？这里有一个曾侯乙的例子。曾侯乙是当时一个地位不高的小国之君，疆域很小。可是在湖北出土的曾侯乙陵墓，随葬品竟有一万多件，其中有全套的编钟编磬六十四件，著名的"曾侯乙墓编钟"就出现在这里。这套编钟的音阶结构竟与现在国际通用的C大调七音阶同一音列，十二个半音齐备，还可以旋宫转调。特别需要注意的是，除了这些极其奢华的陪葬品之外，还有二十一个殉葬人，她们全都是少女。

人们更想知道齐国国君的陵墓，想了解它是怎样的奢华。姜齐国君的陵墓在临淄故城内东北部，田齐国君的陵墓在临淄故城东南十一公里的泰沂山脉北麓。在二十余座姜齐古墓中，已经发掘的一座，大量随葬品全部被盗；墓的东西北三面有相连的殉马坑，就在这里，出现了殉葬马六百余匹。据推测这可能是齐景公之墓。

与秦王墓和曾侯乙墓不同的是，齐王墓中没有发现殉葬的人。而秦墓不仅是秦始皇，如更早的秦武公，殉葬者就多达六十六人。在齐景公这里，却一口气将六百余匹骏马杀掉用以陪葬，这种残忍和气派也足以震惊世界了。站在陪葬坑前看着一长排整整齐齐摆放的大马骨架，不由得就要在想象中还原它们的血肉之躯。

比较着不同的陵墓，这两个大国的性情与格局也就显出了不同。西风惨烈无情，杀伐的力度超出想象。这使人又一次想起商鞅，想起了他的冷手改革，那场染红了渭水的变法。从对国内不同政见者的杀戮，到一扫六合的声威，这一切之间总有一根线连着，都有铁与血的人性在，它们冷气逼人。而静静地躺在齐国君王墓侧的六百匹骏马，不久前还驰骋在齐国大地上，它们毛色油亮，在太阳底下像锦缎一样闪闪发光。

我们知道，东莱人的祖先钟爱骏马、擅长培育马群是举世闻名的。他们的这一传统延续到了齐国，这从君王墓中体现得淋漓尽致。阴间的帝王拥有一群骏马，那是何等的荣耀。就这样，六百匹骏马在毫无预料的情况下结束了自己的奔驰，成了王权的牺牲。

帝王陵墓中展现的一切，可以说是奢华中的奢华，残忍中的残忍。因为这是走到了生命的终结处，是贪婪的身后，是把梦想带到阴间。从秦始皇即位就开始兴建自己陵墓的举动来看，他是极为相信另一个世界的，对死后的权力与荣华毫不怀疑。他继位时刚刚十三岁，亲政时也不过二十二岁，就是这样一个稚嫩的青年，竟动手为自己打造起一处超豪华的地下宫殿，真是令人匪夷所思。

但即便是秦始皇，最难以放弃的仍然是现世的享受。他几乎为自己的阴间生活准备好了一切，应有尽有，可还是无比留恋人间，这由他的三次东巡求仙可以说明。他还想在神仙的帮助下长生不死，幸亏没有得逞。

华车和酒杯

衣食住行中的"行"，从来都是生活诸项中的大事，从古代到现代，人们无不为此绞尽了脑汁，科学发明中的一大部分聪慧都交给了这些方面。现代的行比起古代，多了空中一项，而地上又多了火车。古代的北方重车而轻船，因为绕行在国内的水系少，所以人的注意力大都放在车子上。今天的人能拥有一辆豪华轿车，也视为一件美事。各种各样的车子都制造出来了，像特制的加长轿车，看上去像一条大鲨鱼，里面变得更加宽敞，内设案几并装足了各种酒水饮料，摆弄出一副小客厅的样子，供车内的人边赶路边商谈事情，满足一下奢侈感。其实哪有那么紧迫的事情非要在车上解决不可，不过是摆谱儿，尽可能将"行"与"住"结合起来；更有甚者，还将行与宴饮结合了起来。行发展到了这一步，算是走上了更高级的阶段。

今天行的享受已经是五花八门了，这要依赖科技水平的发展给予的支持。新型客机增添的某些专门设施，已经能让乘客有置身于豪华宾舍的感觉，他们不但在机上可以享受大餐，住大套间，还可以坐在大办公桌前像模像样地办公，可以与世界各地通话传真、无线上网，可以尽情地洗浴，更不要说其他一流的服务了。飞机尚且如此，火车就更不在话下了，自上个世纪就开始奔驰的豪华列车，上边发生的一些奇妙故事已经多次拍成了电影。总之现代人正在将超级速度和超级享受合而为一，正在从根本上改变行的性质。行不仅是为了赶路，为了从甲地到乙地的奔波，还尽可能地包括了赏心悦目的旅途风光、美味的品尝、恰到好处的工作量，以及其他一些想得出来的种种享受。

其实从更早的时候发明的轿子看，有人也开始在想这些。它可以大得吓人，也奢华得吓人。轿子算是以人为轮的车辆，车辆则是以轮代步的轿子，它们都为了乘坐。乘坐者中的一部分是极为挑剔和骄横的，他们有时很兴奋，有时很厌烦，有时怪癖多得惊人，正走在路上就想做一些五花八门的事情。看来速度是一种很奇怪的东西，它能让人变得比平时更加无所顾忌，更加骄奢淫逸。古代的帝王，那些无道或相对荒唐一些的，车船和轿子中既少不得美食，也少不得美女。那算是一路行走一路调笑，一路谈论一些国家大事，一路生出一些古怪的念头。这些事项如果发生在豪舍厅堂里，让人觉得一点奇怪都没有；可是在旅途中，在并未停歇的赶路的同时做下这一切，帝王的心情也就大不一样了。帝王在武力征服江山的时候是一回事，得了手，闲置下来又是另一回事。他们这些极端的现实主义者，许多时候又需要一些极端浪漫的物质享受。

春秋战国时代,世间公认的最会享受生活的人,就是齐国人了。这不仅因为齐地物产丰富,还因为这里的人特别想得开,连做神仙的事情都敢想,所以个人的日居生活也就多了些怪异招数,变得格外丰富多彩。一些富有闲情逸致的人,生活中的衣食之忧解决了,然后就尽想一些怪谲微妙的事情,发明一些助兴好玩的东西。这种风气集中起来,达到一个顶点和崭新水平的,也就是齐国的宫廷了。君王和世袭大贵族们并非把许多精力花在治理国家上,而是专注于游玩享乐这类事情上。连其中的一些所谓盛世有为之君,如齐桓公这样的霸主,也只是把日常事情交给下属办理,下属勤勉有为如管仲者,事情也就办得好一些。记载中,齐国君王们的确是一些很会玩也很贪玩的人,他们一般都好色,好吃,好大型的舞蹈和筵饮,更好豪华的车辆。

说到车辆,齐国的车也就值得好好炫耀一番了。东方大国之车,也就相当于今天的专机专列。当时的齐国君王们乘坐的大型车辆是怎样的,今天已经无可细考,但出土的贵族实物中不乏车乘,它们即可用于推想。仅就这些来看,已经是惊人地奢侈了。这些车子大小不一,形制各异,有四马有双马,有轿车也有敞篷跑车。最豪华的不仅是彩绘绚丽,内置厚厚的红毡地毯,而且也像现代豪车一样,有柜几和精致的酒具。这些青铜酒杯与今天的杯子大不相同,它有鸟喙状的饮口,有双手把持的杯沿立柱,可以想象饮酒者那会儿双手拇指按定两根立柱,仰头豪饮的模样。

由车中的杯子想到其他,会对边走边饮的君王们有些担心。因为当年车子皆为木轮,车上又没有减震装置,道路也没铺柏油,当乘车的人就杯畅饮时,一个大颠簸就会磕去他们的门牙。这是毫不夸张的。可是即便有着这样的危险,也仍然不能阻止他们的奢华。看来将行与食结合起来的欲望,追求这种享受的欲望，是那样地不可遏止。

齐国的高级轿车选取最好的木材、由最精良的工匠打造而成，最早时候的轴杆，要使用上等的坚桦做成，而坚桦当时只在东部莱山才偶尔一见。车厢的装饰美艳富丽，极尽雕琢之能事，可坐可卧。车顶冠盖十分招摇，饰有流苏，奔驰在大道上，远看就好似雨后生出的巨蘑，五彩缤纷。这样的车子再配上四匹快马，速度也相当可观罢。

战国时期关于各种车子和行路的记载中，常有一些令人难忘的故事。如一位饱学之士受到某国君王的款待，将要上路时才发现车子坏了。正在为难，国君就慷慨地将自己的专车借给了他。下面就写到了这位学士一路的幸福：真是从未乘坐过的华车啊，其舒适其速度令他一路惊叹！结果从一个国家到另一个国家，所花费的时间只是平时的一半。可见当年的车辆优劣高下，使用起来差异是何等巨大。也由此可知，君王们在专门的交通用具上所花费的心思也并非多余，它实在是一个国家的财富和地位、甚至是科技水平的一个体现啊。

最繁华的都市

如果要从春秋战国时期找一个天下最繁华的都市，大概没人会错过临淄。一说到这个大都会，就得再次引用一个叫苏秦的人的话，因为这个人关于一座城市和一个国家的描绘，十分逼真传神，一直作为生动的美文保留下来。这段美文并且不可以用白话诠释，因为一经译为现代汉语，味道就多多少少地改变了。苏秦是一个大游士,从古书所录行径来看,他的品德面貌有些模糊,有时还多有矛盾。但有一点似可肯定,他在当时是一个真正经多见广的人物,在中华大地上纵横穿梭,是一个周旋于君王身侧的基辛格式的人物。他这样记述临淄城:"临淄甚富而实,其民无不吹竽鼓瑟、击筑弹琴、斗鸡走犬、六博蹋鞠者。临淄之途,车毂击,人肩摩,连衽成帷,举袂成幕,挥汗如雨,家敦而富,志高气扬。"

从这段话中足可以看出一个足迹遍天下的人,对这个初识的东方都会有多么惊讶。不足六七十言,所传递的信息却丰富之极。我们直到今天,透过这段文字的缝隙,似乎仍然可以望见一座闹市的辉煌灯火,闻到它的人声鼎沸。这里没有记录一座大城有多么华丽高大的楼堂馆所,也没有说它的街道有多么宽阔,而只写了它所容纳的人口,他们生活的情状,特别是这些人的精神面貌。苏秦是一个长于言辞的人,不止一个战国时期的君王被他说服,所以可以想象他特别擅长文学修辞,所言难免有些夸张,但细节却并未失实。他所说的"无不",我们大致可以理解为"多有",也就是说临淄城里做这种事情的人很多。他们喜好音乐演奏,热衷于体育活动,城内主要街道万头攒动,以至于"挥汗成雨"。这显然是一个集商事与娱乐于一体的现代都会,吸引了成千上万的天下好事之徒,他们从四面八方云集而来。

这种情形正是历经了齐桓公和管仲的盛世之后,由齐威王继续推进的结果。临淄城正在走向自己的极盛时期。这里不仅有东部沿海莱夷地区丰富的物质支援,有天下闻名的大商贾的经营,还有稷下学宫的学术声望,有最为自由开放的意识形态。正是这些因素综合在一块儿,才使临淄成为天下首屈一指的花花世界。管仲当年在商业与经济上的大胆设计,使齐国的这个主要城市工商业大兴，全面激活，胆大恣意的各色人物都跑到这里来了。这方面，从古至今的道理都是一样的，一座城市里如果没有几个放荡的浪子，没有几个一掷千金的豪士，没有一批常做惊人之语的怪客，这个城市就会变成死水一潭。而这些人物的聚集，前提就是没有拘束，是宽松的环境和极好玩的去处。而这些正是齐都临淄的特色，它早在管仲时期就万事俱备了，单等那些特别的人物前来光顾了。

一个国家的主要城市特别是国都所在地，说白了只是各地物产和人物的汇展中心。它会准确地辐射出一个时期的国民精神，性格以及其他，就像一面镜子。司马迁说到东部沿海的齐人，曾经这样概括他们的特征："其民阔达多匿智，其天性也""其俗宽缓阔达，而足智，好议论。"司马迁将这些齐人喜欢议论、多有智慧，以及宽松徐缓的性格、开阔放达的心态，视为一种"天性"。这种地域特征实际上就在后来造就了齐国经济的飞速发展，国力的日益强大，以及文化和学术的全面兴起；至于方士和道家的集结，工商业的繁荣，体育和博彩业的发源，都是这种地域人文结出的现实之果。离开了土地对人格的培育和支持，离开了一种地理环境，一切也就无从谈起了。

令人不可思议的是，在西方现代社会才出现的一些市相特征，早在当年的临淄城已经开始具备了，什么博彩斗鸡，豢养宠物，酒肆歌伎，那会儿就完全称得上是一个声色犬马的花花世界了。中国人于几十年前还不敢言论更不敢染指的一些场所，在几千年前的临淄城却是堂而皇之地存在着。那些几乎遍布于普通市民中的享乐，那些消遣和游兴，都多多少少散发出一些西方现世主义的气味。这里不像是一个典型的东方封建古城，而更像是一个新兴资本主义的摇篮。无怪乎在今天这个经济上奋力追赶列强的时刻,有人不无遗憾地一遍遍想到了齐国。他们大概是把目光转向了临淄的缘故吧。的确,不说它的声色与热闹,单讲它的煌煌稷下学宫,这座开办了一百五十年的学府,一座相当于现代社会科学院的上层建筑的巨大机构,哪个知识分子又会不为之深深动容呢?经济、旅游、学术、商业,无论从哪一个方面讲,齐国临淄在当时都足以拔得头筹。

今天得到世界承认的一项体育运动项目的发源地,即足球,就是临淄。当时叫"蹴鞠",一种皮革缝制的球,按规则游戏,玩法与现在的足球略有不同。足球目前是典型的西方长技,但这并未妨碍它源于东方;正像乒乓球起源西方,却被东方人玩得神乎其神一个道理。繁华之都临淄常有盛大的足球赛事,这一点竟然也合乎现代城市的特征。苏秦记录的市民长于体育和艺术,闲情逸致甚多,这也说明了那是一个衣食无忧且安定知足的时期,在这个时期的临淄城内,当一个普通市民尚且要"志高气扬"!这该是多么传神的赞誉,它足以令当代的城市人羡慕之极了。今天的城市人让外地游客看出那样骄傲的神情,恐怕是很难了。这种心志和神气是一种自然而然的流露,它要来自一种非同一般的个人感受。

今天,临淄旧城的发掘是一件引人注目的大事。考古学家果然从这里发现了许多惊叹不已的事情。比如设计精巧的排水系统,比如城区街衢的分布,比如水道与护城河,比如新城老城的演变,比如美丽的池水亭台。可惜一切既已失去,也就无法加以复原,只有墨写的文字还存在那里,风雨都磨洗不去。

最老的凯恩斯

西方有个叫凯恩斯的经济学天才,是英国十九世纪出生的人,于上个世纪四十年代去世。到现在为止,西方还没有哪个经济学家的影响力超过了他,原因就是他的方法对于发展现代经济更为实用,效果显著。这许多年来,西方世界基本上是以他的思想,作为整个宏观经济学的核心。他的理论著作对于一般人来说或许深奥,那一大堆学术名词解释起来颇为麻烦,但简单点说,就是以社会总需求为核心,以扩大消费来发展和刺激生产。

他由此提出了一系列政府干预的方法,比如调节消费倾向、投资引诱等等。他指出影响消费倾向的主观因素极为重要,并明确指出这其中包括了心理因素、社会习惯和社会制度。也就是说,要提高消费倾向增加消费总量,就要让国民养成大把花钱的习惯,还要有地方花钱;而这后一条,当然与一个时期所采取的社会制度有关。

这是典型的资本主义的聪明,如果说它从经济理论和学术意义出发,还不如说是从人性和人的欲望出发。在他这一套理论的指导下,西方经济果然经历了相当长的繁荣期,而且这个时期直到今天还没有终结。他于是理所当然地被誉为西方经济的救星。西方冷战的胜利,凯恩斯当然是拔得了头功。

其实东方早就有了凯恩斯式的人物。这个人没有他那样一部《就业、利息和货币通论》,但对其中的主要观点却是相当熟悉的。这个人就是春秋末期的齐国人,是齐桓公时期国家的实际治理者管仲。一说到管仲,许多人必要去找那部叫《管子》的著作,以为读这部书才可以弄懂管仲。其实未必。因为这不是管仲当时的言行记录,更不是他亲手所写,甚至连能否准确地记述他的主要思想都成问题。如果将这部书与凯恩斯的观念对应来看，非但不够接近，而且还大相径庭。

原来《管子》是许久之后，由齐威王齐宣王时期的稷下学宫编纂而成的，其中的内容已是当时学者所写，是他们将自己的理想境界以及治国理念，记到了《管子》名下。在这部书中，儒学精神已经成为它的核心，如"礼义廉耻为国之四维"等等，可能与管仲根本搭不上界。

管仲可没有那么高的调子。他更务实，更注重开放，更少一些"礼义"之类的禁忌，一切都从实际出发，极为通晓人性的奥秘，很懂得调节一个时期人的消费倾向，改变和引导社会习惯，并从社会制度上加以变革。这些都与现代的凯恩斯是一样的。他的所有变革措施都紧紧围绕发展生产，而且始终以扩大消费来刺激生产，强化生产规模。在这方面，管仲虽然是生活在春秋时代的人，可是他的头脑一点都不老旧呆板，许多方面比今天的年轻人还要激进得多。这确乎是一个超越自己时代的不凡人物。

当那些稍为僵持和死板地划分历史时期，如确定奴隶社会封建社会和资本主义社会等不同阶段的人，可能在管仲这儿会遇到一个难题。他人在春秋，思想却跑到了凯恩斯那儿，而后者是西方资本主义经济学之父。原来无论是几千年前或几千年后，人性终究还是一样的，经济学其实与文学一样，最终还是要建立在人性的基础上。好的经济学家仍然要洞悉人性。这也是治国理政的规律吧。凯恩斯的经济学理论是充分人性化的，他采用的严谨的学术语言，不过是另一种人性的图谱和解说词罢了。而回到管仲这儿，他就将一切来得更简单了，干脆不需要这么多解释，而直接放手去干就行了，直接将这些理念交给行动就得了，这样不是更快吗？

果然很快。短短三四十年，齐桓公时期就由一个从战乱中刚刚立足的弱国，一跃而成春秋首霸，这种情况是姜太公受封于齐国以来，姜姓政权从来都没有做到的。管仲的大胆举措首先是合了齐桓公的脾胃，满足了他的口味。管仲面对的国君实际上就是一个最好的欲望的标本，这个人的一切需求哪怕稍稍得到一点满足，那都是不得了的消费。齐桓公的荒淫无度是历史上最有名的之一，而他当政期间齐国经济的振兴速度，同样也是历史上最快的之一。

大概当时的所有诸侯国当中，还没有哪个国家像齐国一样重视工商业。以临淄城为例，当时的工商从业人员已经占到了总人口的近三分之一。为了鼓励工商，国家从税率政策上给予了极大的优惠，并大大放宽了出入关税及市场上的商业税。除此之外，令人大开眼界的是，管仲竟然在齐桓公的宫中设有七处市场，并设有"女闾七百"。按一间二十五家计算，这个妓院（女闾）的数量实在称得上是庞大了。妓院设在了宫中，齐桓公当然感到十分方便。另外这些妓女也用来接待四方客商。记载中，这里为各国来齐的客商建立了专门的馆舍，而这些人经营的货物越多优待就越高：一辆车者白吃；三辆车者白吃并供给牲口饲料；五辆车的大商人除享受以上所有待遇外，还要配给五个妓女服侍。正因为类似的制度，齐国才商贾云集，临淄遂成为天下最热闹的地方。

仅仅从管仲在齐桓公宫中设置"七市"和"七百闾"的情形来看，就可以知道他在引导消费和提倡生产方面走了多远。同时，与现代的凯恩斯如出一辙，除了由政府来引导消费倾向之外，管仲还积极调节投资，以种种措施，全方位地刺激齐国的"有效需求"。他也像凯恩斯一样，极为注意消费倾向的波动，流动偏好状态的波动。他在社会制度的改革与调整方面，都紧紧围绕了扩大消费这个主题。

在现代资本主义的商业运作体制中,性事从来都是一味重剂,在一个时期一个地区,一种泛性的心理,与一种激活膨胀的消费倾向总是有着密切的联系。管仲当年正是从社会变革与发展经济两个方面,采取了与现代凯恩斯极为相近的思路。可惜他的这一思路,在后世人为他纂写和编辑的《管子》中,并没有得到准确的表达。

稷下学宫

书写政治史和文化史的人,只要一提到"稷下学宫"四个字,立刻就要肃然起敬。中国人乃至于东方人都会将其引以为荣,充满了自豪感。这不仅因为一座巨大的学术殿堂出现在春秋战国时代,还因为它历时如此漫长,并且与一些伟大思想家的名字连在了一起。著名的"百家争鸣"之说也就由此产生,它作为一个得到普遍认可的学术准则,正为全世界所接受。稷下学宫每每作为一个巍峨耸崇的形象,屹立在中国文化史上。如果说齐国的君王们尚做了一些大不平凡的伟业,有过一些惊世骇俗的豪举,那么这个学宫的建立以及能够持久地矗立,就算是它的一个至大成就。

稷下学宫因为建在了临淄的稷门而得名。它由齐国的齐桓公田午时代所创建,截止于齐国的终结之期齐王建,总共有一百五十年左右,跨越了几代人的时间。初创时期的齐桓公田午,并非以管仲为相的那个齐桓公,而是田姓取代姜姓"田齐"之后的首位国君。为了区别他们二者,通常称后者为"齐桓公午"。他究竟是因为羡慕前一个齐桓公的振兴伟业还是其他,才取了一个与之相同的名字,现在已经不得而知了。但仅就其兴办学宫招徕天下名士的胸襟来看,即可判断这个人有着非同寻常的文化与政治抱负。没有稷下学宫这样的思想和学术的奠基之作,也就不会有后来紧随其后的"威宣盛世"。谈历史说变迁的人士,常常轻许"盛世",可是只有深入齐国威宣时代,才会对这两个字有着更深切的理解,同时也会对"盛世"的源头与稷下盛况连接起来,知道一切并非是空穴来风。

通观齐国历史,可以结论说"稷下"兴则国运兴,"稷下"衰则国势危,"稷下"灭则齐国终。而在稷下学派形成之前,任何一个繁荣兴旺之期,都具有百家汇齐的思想奔放和挥挥洒洒,有"稷下"的隐隐萌芽。所以说稷下学宫诞生于齐国,而不是秦国或其他地方,当有一个历史的必然。如果没有莱国人士"好议论"的传统,没有东海的洋风鼓胀,没有方士和商贾的交错奔走,没有盐铁工业的大规模兴起,没有半岛游士频繁的访谈和聚会,又怎么会有稷下学宫的最终矗立呢?就这样,一座伟大的学府合于时而生,可以说是投和了天地人三者的因缘。

到了齐威王齐宣王时代,稷下学宫已经进入了自己的鼎盛期。这时它已经拥有天下最负盛名的学者和文学家,他们人数已达数千,从淳于髡、邹衍再到荀子和孟子,列为上大夫的就有七十多人。这些人待遇极为优厚,居有豪室,出有华车,像记载中的孟子,出门时常常有四五十辆车子跟随,那在当时会是多么浩大的一个车队,又该是何等壮观。这种浩浩阵势对于一个学者是否相宜是一回事,它只是从一个方面反映出当年的稷下先生具有怎样崇高的地位,这又是另一回事。他们的作用,在国民生活中十分显赫。这些稷下先生任务明确,即"不治而议论",个个可以大胆放言,人人都要著书立说。学宫于是成为那个时代最大最深奥的思想库,也是文化交流中心。那个时代,中国这颗扑扑跳动的文心,显然就在稷下。这个可资仰望的高点和中心往四下里辐射,同时也吸引和汇聚了天下所有的智慧人物。战国时代几乎所有在文化史上居有一席之地者,莫不于稷下留下了自己的足迹。诚如司马光《稷下赋》所言:"致千里之奇士,总百家之伟说。"

谈到著名的"百家争鸣",就不能不稍稍描述一下学宫里"争鸣"的盛况和场面。这种"争"与"鸣"并非完全停留在著作中的观念冲突上,也不仅指一般的学术宽容,而有时直接就是表现在日常形态和生活情状上。记载中学宫里常常口枪舌箭,交锋激荡,辩论之风盛大无比。有名的辩士历数不尽,风格迥异,像滑稽多趣的淳于髡,滔滔雄辩的孟子,天生的辩才田骈;更有邹衍儿说鲁仲连等人。这些人为了一个道理可以毫不相让,那时候据理以争,互不迁就,既可以冷嘲热讽,又免不了言辞刻薄,人人争先恐后,个个咄咄逼人。这种辩理驳难,有声势,有气概,如同战场上的一决胜负。像有个叫田巴的辩士,他在辩论中竟然能"一日服千人"。由此我们可以想象一个逻辑清晰口若悬河的人,让一千个好汉轮番上阵的情景,那真可叹一声"何其快哉"!这种场景在中国似乎独一无二,世界少有;只有玄奘出使的那个西域经院,在记载上有过众僧激辩、轮番驳难的大阵场。这种文化与思想的赫赫壮观之势,如今真的已经成为历史。

唯唯诺诺或智者不言,已成为小时代的特征之一。文人学士,或各自为工,或言不及义,都以隐藏自己的观点为能事。应景文章或巧言趣话尚且能为,一到了见血气见器局的大智慧,也就萎缩再三,常常以迅雷不及掩耳之势,退居到自己学术的小小螺壳里去了。而稷下先生们既有学术,却无螺壳,一个个既呈赤膊之勇,又有丘壑之像,显然为一个时代最强烈的声音,再大的喧哗都掩藏不住。

有趣的是齐国的君王们也时不时地加入到这种旁听和辩论当中。直到今天,阅读他们与辩士学者们在一起的那些记录文字,真是情致和机智幽默具在。孟子、淳于髡等,都与君王有过不止一次对话。现在看,君王们爱好"文学游说之士"是真实的,但他们对那些深入高阔的理论又未必能够完全理解。于是学者们为了让他们听懂,就尽量深入浅出地讲解一番,或做比喻,或以古为鉴,要有很大的耐心才行。而这时候的君王也颇为可爱,或故意搪塞,或正话反说,有时也未必不吐露几句心里话。记载中的威王特别是宣王,对浩大的学士文人队伍是十分看重和自豪的,他们以巨大的财力和精力来兴办这一跨世纪的文化工程,决心搞成千古盛事。但他们对于学士们那些高阔的言论虽不能接受,却并不驳斥;对其中一些虽然深刻远大,但与眼前利益不无冲突的思想计设,则三拖两推地应承下来再说。

从骨子里讲,齐国君王们与真正的学术与思想,更有文学艺术,有一种难以融合的深痕在。他们的爱更多的是权力的变相与宽容,是一种概念上的拓新和依赖,不但未能在情感与观念的深层上与之走到一起,就连真正的接近都很难。什么高堂大屋,上大夫的优厚待遇,出门的五十甚至百辆随车,这一切固然壮观,颇有声势,但形式的意味毕竟重了一些。真正的学士和思想者渴望得到的会是这些吗?这种声势除了能够使齐国爱士的名声远播天边,将无数有着学识抱负的名利之徒吸引过来之外,剩下的还有什么?从这些巨隆的设备和超越的排场中,我们仍然还能看到专制统治者与思想智识者之间深深的隔膜。我们于是也就会多少晓悟当年孟子的几次离开学宫、更有其他一些杰出人物走开的真正原因所在了。

当时的学士和思想家中的深邃人物，并没有什么庸常文人的虚荣气，他们胸怀的当然是实际而高远的目标，是关于社会人生的真学问。这种朴实的施政治理之学，是全面性的思维。这样的思想家与轰轰隆隆的文化学术的形式主义终究是格格不入的。纵观齐国的稷学之兴衰，多么吻合地贴切着齐国的政治和经济。到齐闵王和齐王建时代，稷下先生的声音终于成了君王们的刺耳之言，他们当中的最优异者竟然要冒着杀头的危险进言、最后还要急急潜逃。

稷下学宫历时一个半世纪，而后消亡了。天下于是再没有这样的学宫，当然也没有了它用以立足的齐国。

旷世大言

人们翻阅齐国的历史，会时时有另一些疑惑在。比如在它经济最鼎盛的时期，恰恰也是稷下先生们最活跃、稷下学宫最发达的岁月。那么人们不禁要问，经济与学术和艺术的发展真的会同步吗？或者这仅仅是一种巧合？或者后者真的需要以前者作为基础？这些问号要逐一回答起来，可能会是一篇篇烦琐的文章，然而这里却又不能不稍有应对，因为它是谁也回避不了的。

至于当年齐国经济与文化的关系，其间的相互依赖和支持的程度，并不能像一道数学题那样分毫不差地演算出来。但它们之间相互紧密地联系着，这却是千真万确的。我们现代人常说的一句话，就是经济搞好了，可以兴办文化及其他各种事业；那么反过来也可以说，只有办好文化及其他各种事业，才会有经济的长远发展和保持。短期的物质利益倾向、只顾眼前的行为往往是得不偿失，这是历史留给我们的深刻教训，可惜当代人一旦忙于发展，也就没有几个人会记得住。齐国经过了管子和晏子这一类精明人物的治理，国力增加不少，虽然这中间的几次折腾也搞得精疲力竭，但一经恢复还是欣欣向荣。因为底气还在。有了钱就可以做一些排场的事，如稷下学宫的建立，就是最大的排场。

学宫的规模和学者的数量，宏大的建筑与显赫的阵势，都让人想到了形式主义，想到了一种文化和思想的"大排档"。这说到底不过是一种官方的粗放设计，它还需要学者们通过自己的不懈努力去填充起具体内容。一种思想和文化在多大程度上影响了社会生活，又怎样化为国民的意识，现实中留下了多少难以洗磨的痕迹，这才是鉴定它的最重要最可靠的标准。对于文化和思想这一类事物，齐威王父子更看重的可能还是它的花架子，他们宁可往这其中注入自己的内容，而不是相反。这就是很麻烦的事情了。

而稷下学派既然汇集了天下最锐利的思想，一切也就由不得君王们的心愿了。齐国国君知道总是搞叶公好龙那一套不行，所以一度也只得听之任之。于是一些旷世大言也就纷纷出笼，它们不仅震响了当时的庙堂，而且还记载于著作流传到久远的后世。如果统计一下，按时间算，可能中国历史上产生振聋发聩的大言最多的，就是稷下学宫时代了。大言逆耳，大言惊心，大言奋民，大言误国，反正怎样理解都可以。不过如果一个泱泱文明古国，回头一看连几句掷地有声的大言都没有，那也太可悲了。而且，在经济腾飞市场繁荣、商业流通变着法儿发达的临淄城，如果没有稷下学宫的"大言"来平衡一下"大物"，那就会阴阳失调，齐国的腐败也就更快了。是的，"大物"的时代尤其需要"大言"。

稷下学人的一些言论说得太好了，有底气，有义理，有可供一代代人穿凿的深度，有耐得住几千年咀嚼的意味。它们放之四海而不显得曲折隐晦，置于私室也足以洞照心灵。这些言论中给人印象最深的有淳于髡、孟子、邹衍、荀子、宋钘、田骈、慎到、环渊、王斗和颜镯、儿说和田巴、季真和接子、尹文和鲁仲连，这个名单还可以一直开下去。由于这些人处于不同的学派，即能够从极为偏僻处发起论述，揭去遮蔽，使各种观念交锋激烈。我们平时说的"话不说不明，灯不挑不亮"，就是这个道理。为了明晰，需要他人充分说话；为了光明，就得不断挑剔。就这个意义上来论，"大言误国"之说是完全扯淡的。"大言"不仅不能误国，相反是"禁言误国""小言添乱"。言路通畅，人人平等，绝不能捂着对方的嘴放言。

《孟子·滕文公下》记录了一个场景。也就在这个场景里，孟子为我们留下了千古名句，他的这段话竟成为中国人立身的最高理想，成为中华文明中最激动人心、最有感召力的一次言说。迄今为止，世界上出现了多少英雄人物和豪言壮语，但像孟子这段话说得如此铿锵又如此真切、如此有说服力、如此切实不浮的，几乎还没有过。当时有个叫景春的人和孟子在一起，对方说到了天下沉浮，连连感叹说：像公孙衍和张仪这样的大外交家纵横家，真是了不起的大丈夫啊！瞧他们一旦发火了各国诸侯都害怕，他们安安稳稳待在一个地方，天下的纷争也就平息了！孟子对这种浩叹当场给予了驳斥，说：他们算什么大丈夫！真正的大丈夫应该"居天下之广居，立天下之正位，行天下之大道；得志与民由之，不得志独行其道；富贵不能淫，贫贱不能移，威武不能屈，此之为大丈夫。"

在孟子眼里，一个男人为了自身的一点利益摇唇鼓舌，跑来颠去搞合纵连横，翻云覆雨，追求富贵，害怕贫贱，屈服于威武，其实是非常可怜的。这种认识，使人看到一介书生的孟子，具有何等的气概，他在权力面前不亢不卑，顽强地坚持自己的理念；他手无寸铁，却耿直坚毅到不可摧毁不可侵犯的地步。这种情形让人想起了他的另一句名言："我善养吾浩然之气"。

这样的大言之所以让人不敢滥施妄议，那是因为它正义充盈，无私无隐，更因为言说者的一生行为都在为这些言论做出最好的注解。孟子的一生不仅有出行相随几十辆上百辆华车的显赫，更有迁徙艰难的困窘，可以说是大起大落，宠辱未惊。"故天将降大任于是人也，必先苦其心志，劳其筋骨，饿其体肤，空乏其身，行拂乱其所为，所以动心忍性，曾益其所不能"。我们完全可以相信，孟子所列举的这些险象与艰辛坎坷，他本人也肯定未能幸免。

"大匠诲人必以规矩，学者亦必以规矩。""夫人必自侮，然后人侮之；家必自毁，而后人毁之；国必自伐，而后人伐之。""说大人则藐之，勿视其巍巍然。"这些千古不朽不易的名言，仍然出之孟子。一部《孟子》，尽可阅读一生，其中处处可见大言，这些大言真可以说是"旷百世而一遇"啊，与他老师的老师孔子交相辉映。孔子的语言更简洁涵蕴，孟子的语言则像金属一般震响。圣贤来自千古文明的滔滔河流，如果简单凭好恶来阻拒他们，就好比抽刀断水一样无聊而无功。像现代全球化这等"大物"之年，我们两手空空，除了以"大言"去加以平衡，恐怕也没有更多的好办法了。网络时代的汹汹水流也许有更多的淹没，可是网络在驮载"大言"行走的速度方面，大概也是毫不含糊地高效率吧。

　　齐国的君王们兴稷下，倡百家，叶公而不好龙，飞龙就可以自由翱翔于临淄街头。君王们不免有好大喜功之嫌，像搞商业批发一样搞起了"思想"和"文化"的大宗买卖。但大思想也需要大舞台，有了稷下学宫，也就有了大思想的汇集，有了一百五十年的延续。这是一段囊括了几个君王轮替兴亡的时间，不可谓不漫长。我们在历数一些文化和政治历史事件时，常常发现百年即是一个值得铭记的大时段，凡事物一旦超越了百年，那就得格外隆重和慎重地对待它了。所以，我们的文化史上必将永远地记住一个名字：稷下学宫。

第八章

称霸者

说到中国的春秋五霸,第一个想到的会是齐桓公。因为他的齐国是五霸之首,是天下最强大的国家,又是最早称霸的国家。霸主就是多国会盟时的盟主,是能够以威信和实力号召其他诸侯国的一方。齐桓公是姜太公建立齐国之后,整个姜姓政权中最有作为的一个国君,也是将齐国推向最昌盛阶段的一个国君,他和他的齐国,一直是研究春秋战国时期政治经济文化的一个最好的标本,其中的许多指标极具分析的价值。不谈齐桓公,即无从谈春秋。即便从人性的丰富有趣、从一个人的经历和人生旅程的跌宕奇峭来看,齐桓公也比其他国君更有可议之处。

齐桓公与一般概念中的政治人物不同,即不是那种四平八稳的性格,而是所谓的性情中人,一生充满性格上的冲突和矛盾。他有时老谋深算,有时又稚气可爱;有时斤斤计较,有时又慷慨大方。许多时候像个急公好义的侠士,恨不得时时为朋友两肋插刀,另一些时候却又胆怯自私,畏首畏尾。他在政治生涯中颇为高瞻远瞩,目光远大,可是却失于狭仄的宫廷视野,最后铸成了大错。他一方面胸襟开阔,能任用管仲这样周密敬业的人为相,另一方面却喜好献媚奸佞之徒。

关于他的好色,已经在当时和后来成为广为议论的事情。荒淫无度如齐桓公者，可能不是太多。历史上有一些奇才异能的人，其中有一部分是淫荡之徒；还有些大作为的人，其中有的也怪癖多多，不可理喻。齐桓公就是一个集淫荡与怪癖于一身的有大作为的人物。他在生活细节上荒唐可笑，可是绝不平庸，在愿意认真动脑的时候，甚至可以称为极智慧的人物。从记载中看，他甚至吃过人肉，但却并非是那种残忍之极的家伙。如果将他与上下左右的君王们当中做做比较，他甚至可以说是一个"善良"的人，还有点多愁善感和意气用事。

许多书中写到了一个极尽攀附之能事的坏家伙，这个人叫易牙，听说齐桓公遍尝天下美味，唯独没有吃过人肉，竟然亲手杀死了自己的孩子，烹了奉上。这是一个过于极端的例子，虽然记在史书上，但大可存疑。不过齐桓公晚年身边有三个有名的小人倒是真的，他们分别叫竖刁、易牙和开方。单从这三个怪异的名字来看，是奸佞小人一点都不让人吃惊。三个小人把年纪越来越大的齐桓公伺候得无微不至，同时阻断他的政治视听，最后竟然代其发号施令了。出奇恶毒凶狠的小人佞臣，借助的恰恰是一国之君的无上权威，这权威愈大，小人就愈恶，这几乎成了历史的通相。

齐桓公一生的大手笔，进一步反衬了他凄惨的晚年，那个结局似乎令人难以置信。因为一度兴兵救急，扶助了许多中原弱小国家，并几次为西周王室解围，所以齐桓公的齐国成为中原地区实际的执牛耳者。他的无私慷慨的行为，当时也为他博得了其他国家的推崇和信任。在位近五十年，算是风风火火的一生，做成的大事情不胜枚举。在最强盛的年头里，齐桓公简直是有求必应，抱打不平，什么西戎北狄、东夷南蛮，只要有谁敢来进犯中原，他都要挺身去管。孔子后来感慨道：幸亏有齐桓公啊！要不是这个人保护了中原这些国家，咱现在就得受那些野蛮人管辖了，大家都得穿野人左边开大襟的衣服了！孔子的话中有多多少少的幽默在，但却是道出了一段严峻的历史实情。这完全说明了齐桓公对整个华夏文明的贡献，可以说在历史的紧急关头，正是他挺身而出，才保卫了中原文明的延续和生存。

就这样，本来是一个大荒唐之人，却同时做出了不可磨灭的大贡献，这就是复杂的人生际遇和人生呈现。由于功劳太大了，国家太强盛了，这样一个性情中人少不了就要骄傲起来。他后来在诸侯国的会盟中就不像过去那样礼节周备了，而是面有自负之色，说话极无分寸，在各国的君王面前显得高人一等。而过去的齐国是极注意笼络他国的，这仅仅从国家财富的使用支配上就看得出来：用来外交、接待外国宾客的钱，要占国家总收入的三分之二。可以想象这是怎样重视修好、又是怎样的排场啊。

齐桓公把治理国家的主要工作交给了管仲，这是他一生成就霸业的关键。管仲是精明透顶的商人出身，理财增支开源节流方面是顶尖好手，并能为推行一系列富国政策制定出相应的用人条例，因此迅速形成了自己的经济班底，将世袭贵族的垄断权力一再削弱。齐国的事情看起来一切都由管仲料理，实际上外交与军事用兵之类大事，仍然要由齐桓公亲自掌控。油盐酱醋之类琐细交出去了，他才能有精力和时间处理一些国际问题，也有时间去享受娱乐，搞一些男女事情。齐桓公把许多宝贵时间用在了淫乐上，记载中他除了要亲幸众多的妻妾，还要到当时的妓院去游荡一番。

这是一个精力过人的国君，同时懂得大处着眼，小处眯眼，用人不疑，放手让射过自己一箭的管仲去操劳国事。这种情形不是到了晚年才出现的，而是在管仲刚刚接受任用时就是如此。管仲年纪大，他索性唤对方为"仲父"。

如此称呼，还有什么不好说的？作为管仲，那就不仅是相了，还是一国之君的长辈，所以往日里骄横一方的齐国贵族也就不得不收起威风了。

由于正襟危坐的史家太多，所以有时面对一个时有嬉戏之心的国君，也就多有贬抑。齐桓公是一个好色之徒，留下的口实甚多，于是也就难以确立良名。再加上他晚年的屈辱，与一生的豪业相去甚远，这也容易让后人轻薄于他。但如果冷静下来，将功过分开来看，事情也许就会稍稍有些不同。现在一般的看法是，齐桓公时代有一个伟大的相，却有一个荒淫的君。这种解释与历史的实相有可能相去太远。一国之相要有作为，离开了君的支持将难以施展；另外，君的凄惨处境，与相的许多实际政策也未必无关，二者势必是难以分扯的那种关系。他们正是相得弥彰，一起兴盛、一起衰败。管仲早一步离世了，但他在很大程度上已经铸定了齐国国君的未来，包括齐国的未来。

古老的公社

如果不能回望一下为相的管仲，再稍稍深入一下他对齐国的具体治理，那就未必能够理解齐桓公和他的霸业。以前我们谈论使秦国走向强大的变法者商鞅，认为他是一个以法治国的"法家"，一个实用主义者。其实比较起变法的幅度，齐国的管仲也并不小于他，而且动手要早得多；只是管仲与之相比，走了一条尽可能依顺和利用人性的道路罢了，于是就显得相对温和一些，似乎没有造成血流成河的局面。两种变法的不同，除了来自变法者本身的人性与理念的差异，更重要的还是由所处的环境而决定的。因为要在民风放达民力深厚的齐国搞商鞅那样的酷治，可能是寸步难移的。

秦国是一个农业国，民风粗砺豪放。而齐国是工商渔盐发达的滨海国家，民风曼逸谲异。管仲自己就出身于商人，而非仕人或农民家庭。这样一个从小生长在物质流通和商品交易环境中的人，对人性与利益诸方面的关系当然非常熟识练达。所以管仲的改革就能够从自身经验出发，从齐国的现实出发，从获取最大的物质利益出发，依据所有这一切去制定出一系列的方针政策。他的变法中有许多部分是让民众高兴的，因为最初看起来还是合乎人情人性的。其中有些部分就不太让人高兴了，因为它触动了某些人的既得利益，所以这一部分施行起来既然危险，也就得运用委婉，并更多地借助齐桓公的推力了。

兴隆商业和工业，加强物资交流，提倡更多消费，刺激服务娱乐业的快速增长，让临淄城尽快热闹起来，这都是人们向往和喜欢的方面。追求享受、追逐物利，当是人性中最强有力的一种欲望，以调动这些欲望为目标的变法政策，不仅不会大面积地积怨为仇，反而会得到积极的拥护。所以还从来没听说过管仲的变法搞得血流成河这回事。

由于得到了商人工人和农民这三大部分的支持，权益受到一定削弱的世袭贵族们虽然不满，也难以掀起大的波澜。更主要的是，世袭贵族们一旦适应了新的改革思路，反过来就会成为变革的最大受益者，因为他们以自己的政治地位和经济地位来介入工商活动，又远非一般人可以与之竞争的，所以在这种政策下，政治豪门一般都能够快速地转化为财富的豪门。如此一来，他们也会转而拥护管仲的改革。最初的变革得到巩固之后，更深入更大胆的变革也就全面开始了，是这些愈加细致和有力的具体措施，才让齐国彻底摆脱了旧有的面貌，为齐桓公的称霸创造了物质条件，使一国之君在诸侯之间说话的口气变硬了。

管仲最大胆的举措之一，就是将民众按职业分为士、农、工、商四类，并让他们分业定居。不同职业的人要分别集中居住在固定的地方，如士要住在清静之地，以便于思想和研究；工住在靠近官府处，以提供制造服务的便利；商要居住在热闹的市场边上，为了经营方便；农民则住在田野之间。且不论这种分类居住的优劣长短和得失了，要命的是规定中这些人的职业要世代相传，不能变更，"士之子恒为士""农之子恒为农""工之子恒为工""商之子恒为商"。让这些人按职业住在一起的另一个目的，就是让每一种职业者的后代，可以从小耳濡目染，早早熟悉和喜欢起这种行当，也就不再想干别的了。

这种分工其实就是为国家组织了四路"人马"，而且连居住地区都固定下来，户口严密，职责分明，流动困难。这种管理的集中和强化，真是前所未有，后来罕见。这其实是一种最古老的公社化，其中的组织格局也颇为相似。如乡中还要分为"轨、里、连、乡"四级，配套的军事组织也同时设立了，"轨"中设"伍"、"里"中设"小戎"、"连"中设"卒"、"乡"中设"旅"。这样一来，五个乡即可有五个旅，而五个旅就成了一个军。可见周密设置的行政组织中，已经隐含了一个庞大的军事组织，这正是"藏兵于民"的思想，是一个为后来广泛借鉴的理念。所谓的"全民皆兵"的思路，已经蕴含于管仲当年的乡村变革了。

工与商的阶层是不需要打仗当兵的。管仲的公社性质的组织体系，其意义主要是体现在农民身上。就这样，在确保了兵源和吃饭问题之后，管仲也就开始放手大搞他最熟悉和最注重的方面了，那就是为整个国家囤积财富。囤积财富依靠的主要不是农业，而是工商业。这在当时的所有国家中还是一个创举。也只有齐国才有渔盐铁织等深厚的工业基础，这个基础一开始在东夷莱国，后来又扩展到国都临淄一带。有了工业的基础，也就有了商业交流的源头，所以大力促进物资的交换和流通，也就成了当务之急。管仲于是以临淄城为商贸中心，广集天下商贾，千方百计地让一些大商人在这里住得下，玩得好，来时口袋鼓鼓，离开钱都花光。可见他那时的兴商招商之举，与今天并没有什么两样，因为古今来人性都是一样的、差不多的。

管仲的制约方式、公社思想真是无孔不入。不仅是士农工商四业分居管理，连服务业娱乐业也是如此。比如妓女们全要编成"女闾"，一共七百闾，每闾二十五家。这些"女闾"其实属于公营企业的部分，设在宫内，有官妓公营的性质。管仲最初提议有此设置，借口是城内有许多人娶不上女子，说有那么多单身男子在临淄城里来来往往，应该考虑到这些人的苦恼才是。对此从来爱好和神往的齐桓公立刻同意说："善"。

于是临淄就成了全国的"首善之区"。务实、顺势、迎合和睿智，是管仲改革的主要特点。如果这样的举措还不能够振兴一国的经济，那是不可能的。同样，如果这样的举措还不能够涣散一国民众的精志、颠覆传统因袭的伦理，那也是不可能的。如果说商鞅以其冷酷的实用主义强大了秦国，那么管仲则以热烈的实用主义繁荣了齐国。前者的后果是更冷酷的反弹，招致了秦国灭亡；后者则加剧了齐国的腐败和颓坍，让齐桓公很快走向了末路。

我们在全面思考管仲变革的时候，常常为其超绝的精明和细密周备的治国思路所叹服。一国之相比若管仲，真是难得。他在齐桓公骄气横生的时刻能够不断地提醒规劝，并在晚年多次告诫齐桓公不可亲近佞臣。但这既是明澈和远虑，又是为了当时的施政大局。齐国强大热烈的物质追求的局面已经压倒了一切，在这种局面下，一些传统的克制力和伦理禁忌已经全部崩溃了，这并非某个人所能力挽的。于是接下去发生什么危厄都是难以预料的。就此而言，齐国之兴与齐国之亡，管仲都负有不少的责任吧。

好色的国王

说到好色的国王，有人以为又是在说齐桓公了。其实这一次却不是指的他。国王好色并且能够自己直言不讳的，是姜姓齐国被田姓齐国取代后的另一个盛世明君，这个人就是赫赫有名的齐宣王。齐宣王与其父齐威王，还有更早的齐桓公，这三个人都是非常有趣的，同时也都是创造了齐国的辉煌历史的人。看来做一个"有趣"的人并不容易，这不仅要有丰富的人性，还要有才能和气度、有创造力这些东西。

春秋战国时期许多著名的、脍炙人口的对话，都是在智者与君王之间展开的。对话的双方，一方智力超群，一方权倾朝野，这两种极为不同又极为相同的人物展开对话，必定会产生异趣。二者之间的不同是明显的，其相同之处，是指一个对社会治理拥有巨大的权力，另一个却拥有巨大的心智和知识，总之都是拥有"巨大"的人。以巨大对巨大，对起话来就会外松内紧，摩擦以至于冲撞起来，都会显示人的不同情怀和器局，听起来看起来都很好玩。这些话留下来，会有深刻的启迪性，对当时或后世都要产生深远的影响。

比如当时的齐宣王与孟子有过一次交谈。孟子那会儿可能刚刚执掌稷下学宫，也可能是游学来到了稷下，反正齐宣王恭恭敬敬地请教这个名位很高的思想家，一口气谈了不少。孟子这时候已是声名远扬于诸侯列国的人物，这次来齐国，随从的车辆竟然浩浩荡荡，齐宣王都要亲自去迎接他。也有人认为孟子这次来齐，与稷下学宫的那些"上大夫"不同，已经是直接位列卿相，是有官爵的人。不管怎么说，他们仍然是以君王和学者的身份相会和交谈的。

孟子对前几代的名相管仲治理齐国的方法并不认可，所以他这次对齐宣王讲的是"王政"，即王道仁政，这里的"王"当然是孔子"内圣外王"的"王"。面对孟子的治国理想，齐宣王一方面称赞这都是很高的目标，很了不起的思想，一方面又装出一副颇为自责的样子，实际上是在搪塞孟子。他说自己要贯彻落实这些思想是很困难的，为什么？就因为"寡人有疾"。他说我这个人啊，有毛病啊，然后就历数了自己的几大毛病：好乐、好勇、好色、好货。好乐一般解释为喜欢音乐，也可视为喜欢宴饮舞乐等等享受；好勇则是喜欢炫耀武力；好色自然是喜欢美色；好货当然是喜欢财富。此时的齐宣王在经历了父亲齐威王的昌盛之后，已经是天下最强大的国家了，燕国使臣苏秦所赞扬的那番话，就是对齐宣王说的。这时的临淄已是"连衽成帷，举袂成幕"了。

讲到"好乐"，齐国有"韶乐"，而且连一般市民都"无不吹竽鼓瑟，击筑弹琴"；讲到"好货"，已是"粟如丘山"；讲到"好勇"，齐国的军队是"五家之兵，锥如疾矢，战如雷电，解如风雨"。可见当年的齐宣王已经有足够的资本骄傲了，也就可以向大学者孟子毫无顾忌地说出"寡人好色"

这句话了。从齐国的奢华淫靡之风来看，从齐桓公一直历数下来，好色者不乏其人，在淫荡事项中做出惊人之举的国君也并非一代，比较起来，齐宣王的"好色"并不算突出和有名。

值得注意的是，这场得到广泛引用的对话是在一个名叫"雪宫"的地方进行的。"雪宫"让人联想到俄罗斯沙皇的"夏宫"，估计也是王室用来避暑的一处华丽宫殿，所以齐宣王对孟子不无骄傲地问："贤者亦有此乐乎？"一问之间，一种可爱的浮浅之态也就流露出来了。可见志得意满的齐宣王此刻心情很好，他觉得邀天下最负盛名的学者来此一游，共享美色，放松地闲谈一番，也不失为一桩快事。问题是孟子这样的圣贤到底是非同常人，君王的礼遇和迷人的华居之类并不能让其走失了心性，他不仅能够坦然处之，而且照旧抓住这一机会对一国之君循循善诱，委婉形象、细致入微地讲解起治国兴邦之道来了。

本来齐宣王回应他的所有"毛病"，即寡人之"疾"，都不是什么认真作答的好话。孟子又是何等聪明敏捷的人，他怎么会听不出来呢。但他最有趣最巧妙的地方，是对这些公然的嬉闹和对抗非但毫无责备之词，还一概都说"好啊"，一概加以肯定。这大概大大地出乎齐宣王的预料吧。齐宣王内心里的得意于是也就受到了摧折，在这场语言的机智交锋中，权力者尽管拥有天时地利的支持，也还是处于下风。孟子机巧地把随口吐出的赞叹引申开来，借古喻今，举了许多例子，把齐宣王致命的"毛病"一一化解转移成施行"仁政"的优势和条件，并且说得文理通顺，逻辑严密，无懈可击。

说到这儿，这场对谈的趣味和意义，也就尽在其中了。

国家富强到了齐宣王时期，也就由不得当政者不骄奢了。可是理想与境界高远到了孟子这样的地步，也就难以满足于齐国目前的富足和强大了。也许在孟子眼里，齐国的一切离仁政还差十万八千里呢，也许这个所谓的强盛之都正危机四伏呢。事实肯定会偏向孟子的洞彻，偏向于他的忧虑。齐宣王本人虽非齐桓公当年那么淫荡无度，国政也远远没有后者晚年那样的危象，但国家积累的问题仍然极多，上层的奢靡腐败和底层的民生多艰，同样显豁地对比着。这些正在不断地发酵和酝酿，到了他的后辈齐闵王时期，一切也就更加突出地暴露出来，以至于弄得不可收拾。

孟子的"仁政"思想当然来自孔子，他正是在孔子的基础上开始了自己的新思维。这种源于鲁国的儒学之于齐国，会有极难融合的因素，因为它继承了西周正统的礼与义，又生长发育于内地平原，要在风土迥异的齐国落地生根可能是大不易的。齐国当年是与鲁国一起被封的，都是周室的嫡脉，西周王室曾经叮嘱它们之间永世不得相冲突。可是后来鲁国越来越弱小，齐国也就瞧不起这门穷亲戚了。两国不仅时有争执，而且齐对鲁还有过攻城略地的不义之举。对于齐国来说，儒学等于是"小国大言"，根本打动不了齐国的心。

齐宣王并不是一个十分好色的君王。说到底，他最喜好的还是称霸中原，是一统中国，一直梦想取得当年西周那样的地位。"好色"是他自己说的，这往往并不能作数；而"喜文学游说之士"，却是正史上清清楚楚记载下来的。所以稷下学宫到了他这一代，也达到了最为鼎盛之期。

狂欢的集团

对于民众来说，厚厚宫墙之内的生活总是十分神秘的。所以关于"揭秘"之类文字，从来都是大有市场的。一般来说，人民对于国运颓衰时期权力阶层的骄奢淫逸特别痛恨，而对于相对繁荣时期的那些国君和王公就宽容多了。这种不同的标准可以理解，但宫墙之内的生存状态却不可不清楚一下，它的性质也需要多少鉴定一番。即便是春秋历史上所标明的"盛世"，也仅仅是相对于战乱频仍民不聊生的时世而言，真实的情形仍旧是民众劳伤，贫富差异巨大，许多地区灾难严重，饿殍遍地，衣不遮体食不果腹，还要承担沉重的徭役。而且所谓的康宁昌盛之期总是如此短暂，其代价又总是如此之大。一方面是世道大乱之后的初治就被叫成了盛世，另一方面又极有可能是刚刚初治不久，等待他们的就是"盛极而衰"了，是更加混乱和黑暗的局面。

春秋到战国以及许多时期许多国家，总而言之是乱世多而治世少；其中的治世，又往往是虚假的上层的繁荣，是用中心城郭的热闹遮掩了大部分国土的凋敝。民众的内部，最大面积和数量的劳动者，不仅不是这种繁荣昌盛的受益者，相反还是为这表面的盛局付出最多的不幸者。大面积的呻吟由于官衙重重，江河阻隔，巷深野远，压根就传不到中心地区去，更不能影响到宫墙之内的生活。可以设想，如果无数劳民的疾苦喊叫如同鼎沸，离那些上层人物的酒宴近在咫尺，这豪华的通宵之欢又怎么进行得下去呢？所以自古讲究一个"宫帷厚重"，就是为了隔音，为了安稳，这样可以眼不见心不烦，内外有别，互不干扰。

可以想见，无论是春秋战国的盛世还是衰世，都有一个与天下民众沿不同轨迹运行着的集团。说他们是"集团"而不称其为行政机构，是因为许多时候这个团体只有利益的盘算，而少有什么理想。为自身利益的处心积虑，操劳勤政，与对国民更深远一点的前途的设计、一点志向，是完全不同的。那时候还不是"国家"，而是可以嫡传的"家国"，所以即便是良相良臣的服务，也只是护家的好手。再好一些的，只是在护家的同时，对民众多有体恤而已。民众是极易感恩、极易挂记上层的好处的，所以只要稍稍体恤一点、哪怕只是说了几句空口白话，尚未来得及实施这种种恩惠，也要感激再三。史学家特别乐于记载上层的种种恩泽，包括他们准备实行的一些恩泽、一些言论和愿望。

奴隶社会与封建社会罪恶之深，真是罄竹难书，这种罪恶不必去翻什么书本笔记，只需从墓葬出土那儿即可清楚。一国之君必有浩大的地宫，个别君王竟能耗去几十万人的劳动、几十年的时间为自己打造阴宫。地下陪葬的除了最奢侈的珍宝，还有生生杀死的骏马和其他，特别是少女，是童子，是宫娥和无数青壮。可见他们恨不得让整片国土都为自己陪葬。事实上，他们这个狂欢的集团早在生前就葬送了整个民族的前途。从这些阴森森的肃杀之间，我们很容易就明白了这些政权的气味和颜色，那就是漆黑的死亡和绝望，是应该永远承受的诅咒。

这些集团中，即便是倍受后来人赞誉的圣主和明君，也仍然是一场狂欢的主持人，是永久隔膜于民众和理想的人。当年的理想是"仁政"，那时还没有"理想"这个词汇。除了主持者，还要有加入者，加入者通常是世袭的王公贵族，再就是有本事能办事的群臣。总之任何时代的盛宴都要凑够了人数才行，寥寥几个人是成不了筵席的。由此也就再次说到了齐桓公和管仲，因为他们之间的关系颇能说明一些问题。显而易见,齐桓公是主持者,而管仲是新加入者,因为他既不是世袭的贵族,又不是过去的近臣,而只是一个被举荐的商人。

管仲尽心尽力,为这个集团办了许多事情,在相位上待了四十多年,功劳首屈一指。他为当时的齐国更有后来历代的治国人士,都提供了极其宝贵的经验。但如果有人将他当成了十全十美的榜样,这就需要讨论了。否认管仲的贡献和精明细致,或者否认他的勤勉为政,都是错误和偏执的。但是无论如何他是"家国"之相,是这个狂欢集团的一员,并且一生都参与了这场狂欢,这也是不容否认的一个事实。厘清了这个问题,其他的也就不难梳理了。

过去讲事情论阶级,现在说道理要讲立场。管仲的立场说到底还是站在齐桓公的一边,是站在这个君王的当世,而不是齐国的将来;是站在这个君王的宫墙之内,而不是民众的陋巷里。他的一切勤勉与操劳,都是围绕着这个出发点,而少有其他。他所付出的,齐桓公已经一一回赠;甚至还在这些付出之前,就得到了对方丰厚惊人的赏赐。这就由不得管仲不尽心尽力了。

齐桓公拜管仲为相,生怕他出身平民人微言轻,无法行使威权,就大出所料地封其为"仲父",并当众呼之;齐桓公给了他最高的名位,一切甚至远超齐国的世袭上卿,而上卿是除了齐国公室之外最显赫的贵族。这样一来管仲的地位也就仅仅次于齐桓公本人了。除了名位还有实利,齐桓公封给管仲七千五百户的市租收入,后来的重赏又不计其数,据史籍称,管仲之富可以比之于齐国公室。而公室的收入是多少?是当时齐国赋税的一半以上。除了管仲的巨富,齐桓公还重金赏赐了贵族和功臣,于是就这样形成了一个极富的、高高在上的特权阶层,即一个狂欢的集团。这个集团的种种奢靡享乐已被大书特书，这里就不必再来饶舌了。

既然如此，一般而言管仲又怎么会不去全力以赴地施政？正因为他的才华得到了淋漓尽致的发挥，齐国的财力物力也增加到了空前的境地。齐桓公除了"好色"，还像后来的盛世之主齐宣王一样，极好物质财富，即"好货"。人怎么能不"好货"呢？管仲即把增加物质财富当成了最重要的、甚至是超越一切的现实目标。现在看，他的功绩与缺陷几乎全部纠集于此。一生致力于"仁政"的孟子对这种做法大不以为然，即便是后来极大地融合吸收了实用主义，培养了韩非和李斯这样的所谓"法家"代表人物的荀子，也对管仲这种极端的实用主义给予了否定。荀子肯定了管仲的"上忠乎君，下爱百姓而不倦"，同时也说："有大忠者，有次忠者，有国贼者。以德复君而化之，大忠也；以德调君而辅之，次忠也；若管仲之于桓公，可谓次忠矣。"他最终对管仲的结论是："管仲之为人，立功不力义，野人也，不可为天子大夫。"并最终给管仲定了性，称其为"小人之杰"。

这里的"小人"与"大人"对应，不是现在所理解的"狭促小人""奸佞小人"的意思，而是从人的器局境界处着眼。通俗一点说，荀子认为他是一个过于实用主义的杰出人才，缺乏更高远的理想，注重当世之"功"而不能胸怀长远之"义"。荀子对于齐国灭亡的总结是颇为确切中肯的，认为其结症即在于统治者"不修礼义"，唯利是图，玩弄权谋，于是国家就没有了未来。孟子和荀子所要求的，其实就是给一部分人划了一条底线：作为一个相国之才，无论从君王那儿获取了多大的利益，都不能加入那个集团，不能一起狂欢。

这种狂欢其实就是一场物欲的燃烧，它从一个集团的内部开始烧起，逐渐烧成不可遏制的熊熊大火，烧成大地一片焦黑。

恣意的代价

历代权势阶层要形成自己的统治集团，都要与这个时期的某种社会力量加以结合。在齐桓公时期，是世袭贵族与管仲为代表的工商势力的联合。这种联合由于集中了传统政治权威和社会上的大部分财富，所以当时在齐国是一种最强势的组合，国内不可能有任何可以匹敌的第二力量出现。工商阶层如果单单以人数论，当然远不如农业人口众；但在齐国，这却是一个极有实力和历史的特殊群落，控制了盐铁渔织以及所有商品的流通，等于是扼住了一国的经济命脉。管仲的改革虽然让盐铁变为官营，但却不可能彻底抽掉和摧毁原来的产销体系，而是只能改造和利用这个体系。

管仲时期的治国模式和经营理念，对齐国后世的影响非常深远。强大的物质积累是谋求霸业的君王们梦寐以求的，而管仲的最大功绩就是完成了这一积累。无论是齐威王的儿子齐宣王还是孙子齐闵王，都基本上延续了这样的发展模式。工商业在齐国全部产业的比重中所占的份额，自很早以前就是所有诸侯国中最大的，这就成了齐国特殊的国情和现实。对比齐国，一个最为不同的例子就是西部的秦国，在那里，从商鞅到李斯，没有一个为相的人敢走管仲的道路，相反他们还要制定严厉的法律，全面限制工商业的发展。所以秦国的统治集团内部，不可能形成代表工商利益的阶层，而只能是新兴的地主势力与王室权力的联合。齐与秦这两种不同的政权组合形式，当然反映着不同的政治内容和施政方向，也是决定今后统一路径的最重要的因素。

比较起来齐国更像一个现代国家，物质丰富，五业并举，一度还拥有天下第一流的学术与艺术。可以稍稍展开一下想象，如果不是处于冷兵器时代的战国，那么在军事方面，齐国将有足够的财力开展军事科研，并购买和研制最现代化的武器，国防应当是完全不成问题的。因为它的工业力量和制造技术天下无敌，支持这种军事扩张的物质基础是非常牢固的。但这只是一种假设，是今天的思维；那时的现实是，七个诸侯国都处于大致相同的军事技术水准，即大家都处于冷兵器时代，战争武器科技含量的高低，还不足以构成决定胜负的关键因素。既然如此，那么一切也就是另一回事了，这就极有可能造成一个相对"开放"和"现代"的国家，反而在战场上处于劣势的尴尬局面。而这种局面在古代是经常发生的。

不过，未来的决战是一回事，现世的享受又是另一回事。齐国国君以及他们的整个集团，正在全力消受丰盈的物质。声色犬马自然不在话下，更为奇异的追求也接踵而来。齐桓公公开宣称人世间所有的享乐都已尝试过，唯有人肉还没有吃过，于是就有了易牙献子的骇人听闻的记载。君王殿阙无数，宠幸无数，却还要巡游于官设的妓院。以管仲的殷勤和智慧，集结财富的能力是第一流的，服务的周到也不会有问题。上有所好，下必效法，所以许多年后苏秦所描绘的临淄城的"盛况"，其中透露出的市民的享乐主义，也就不足为奇了。

一代霸主齐桓公大概梦中也想不到会有这样的终局。他的晚年虽然仍旧拥有天下最强大的军队，却不能将自己解救出囚禁的高墙：几个佞臣竟然在宫廷混乱中筑起了四面大墙，把齐桓公囚在里面，使外界不能与之沟通。这时的赫赫霸主不仅不能威令四方,连喝水吃饭都成了问题,他向一旁的妇人索要吃的喝的,妇人回答:"哪里有啊!"齐桓公竟然被活活饿死了,死后近七十天无人过问,蛆虫都爬到了户外。

齐宣王时期是更有名的"盛世",享乐的资本似乎也更大了。当时有人对他说:世上所没有的良马和良犬,以及王嫱西施那样的绝色,如今您都有了。齐宣王要建造一个宫室,面积竟广达百亩,堂上住得下三百户,结果征调了全国的人力物力盖了三年。齐国不仅有雪宫,还有渐台、祭台、瑶台、柏寝台等,到处都是华丽的宫殿,专供君王们游乐。

齐闵王在经历了威王和宣王的两代强盛之后,势力远在其他诸侯国之上,骄横到不可一世,竟然称帝,四处征讨,惹得人怨沸腾。这个时候稷下学宫已经完全变成了装点门面的东西,学者们如果敢于议论政事,就会遭到程度不同的贬斥,有的甚至被残酷地当街杀戮。结果一些最重要的学者先后都离开了齐国,有的是冒着被杀的危险急急出逃的。这时候的齐国已是上层纵情享乐,下层绝望无为,国势羸弱,民心涣散。曾经强大到无可比拟的齐军,竟然在拼死进逼的敌军面前一哄而散,成了一时的笑柄。

不久前还傲慢不可一世的齐闵王,被进犯之敌一口气赶出了临淄城,华美无比的宫殿给洗劫一空,敌军搬运珠宝奇珍的大车日夜忙碌。齐闵王逃到了东部小国,最后竟然被赶来救援自己的将军用最残忍的方法杀死了。

接替齐闵王的人虽然又几经磨难勉强复国,但齐国的气数已经差不多了。就这样,地处东海富甲天下的泱泱大国,很快就要走到了最后的旅程。这期间的接续者也曾经图强思变,再次振兴稷下学宫,甚至把出走他国的大学者荀子又请了回来,让其第三次做了学宫的"祭酒"。可惜一切已经太晚了。

在财富积累到一定程度，物质主义闹得沸泛盈天的年代里，经过几代齐国君主毫无节制的挥霍，精气早就耗尽了；可以说这个国家已经被物质所累，被奢靡所伤，毒至骨髓，病入膏肓。就这样，在恣意放纵了几代之后，到了齐王建这儿也就该结束了，它终于永远地画上了一个句号。

与对手跳崖

越过几千年，再次回望那段风云激荡的历史，总是心潮难平。这其间发生了多少奇迹，出现了多少杰出的人物。无论是军事，经济，文化和艺术，都有让人惊奇到目瞪口呆的瞬间，那真是精彩极了。我们忍不住要在心底里发出追问：难道那样一个时代就这么过去了？就这样白驹过隙般地一闪而逝？要知道那毕竟是长达两三千年的积累啊，起码也积累了一些感慨和经验，还有一些惊心动魄的故事吧。可能我们现代人感受时间的坐标总是太小了，我们可以直接经验和间接经验的事物往往不出百年。我们所亲自参与进来的这场现代的积累，一切故事不过才刚刚开始呢。

但有一点可以肯定的是，我们的故事和几千年前一定会完全不同，起码在形式上会是如此。但从另一方面看，我们的故事也仍然是关于人的故事，所以二者之间的差异也不会差到骨子里去。也就是说，我们还是在从人的意义上，演绎着一场与两三千年前差不多的故事，只不过我们的服装已经换掉了，看上去仿佛大为不同罢了。这故事的实质仍然是国家的兴衰，即有的国家消亡了，有的国家沦落了，有的君王被囚被杀了；有一些杰出的人物，他们或者因为出色的治理，或者因为光芒四射的思想和艺术，或者因为纵横捭阖的外交，终究令人难忘。总是只要有国家和民族，有人，总要有这样一些故事，只是故事中说到和涉及的事物名称要变更一下，比如关于时下这个年代，记录中就要出现一些诸如"登月""火星探索""纳米""基因""网络"之类词汇，让它们夹杂在后人的表述里。词汇是要换一下的，但"人"这个角色不会换，他们的思维方式也不会换。

从几千年里看，我们会得出一些结论，寻找出人类社会的一些规律性的东西。比如在积存和保有这方面，我们就会多少发现一点奥秘。因为这才是最重要的，因为几千年几万年下去了，人类忙了一代又一代，总要有些经验留下来吧。所以经过总结历史，我们会发现：在这个世界上，最容易和最快的积累是财富，但它难以保持；最不容易中断的积累是科学技术，但它会带来伤害，以至于灾难；最难以积累的是美好的思想和情感、以及管理这个世界的方法。

这就是关于我们这个世界的结论。很可惜，它是悲剧性的。

就为了从根本上改变这个悲剧，几千年来不少人动了许多脑筋，可以说是开动了思想的机器，开足了马力。春秋战国时代是颇为特殊的一个历史时期，那时国家林立，各自图强，各种发现和可能都涌现出来，人在苦难和丰饶的大地上可以自由驰骋。那么多的言说家思辨家应运而生，著书立说，开门收徒，百年学宫也应运而生。学士为了落实和践行，可以从一个国家到另一个国家，直至许多个国家。就是这种极端的活泼、大幅度的尝试和选择，才产生了学术和思想的极度繁荣，出现了诸子百家。在美好的思想与情感方面，我们则收获了孔子、孟子和荀子，收获了屈原、李白、杜甫，等等。

在管理这个世界的方法上,诸子百家出了不少主意,给人印象最为深刻并且最为令人信服的,可能比较起来还算是孔孟荀三位。他们是集大成者,是真正的人杰。他们之间虽然也有相当的不同,但在根本性质方面,却是大致统一的。他们三位将儒家的"王道"和"仁政"的思想,一步一步引向了深入,并落到了实处。他们总是以接力的方式,从前人思想过的地方,再次开始思想。

一说到"王道"和"仁政"这些词汇,现代人总以为是空泛的形容词一类。其实正好相反,它们是相当系统和具体的,是一个严整缜密并且可以具体操作的思想体系。当这些体系需要落实到生活中去的时候,也就有了记载中的一场场交谈,那是他们与君王们的过往。这些交谈大致有趣也有益,但最终的结果总是令人失望的。君王及其他执政人士是不会采纳的。虽然倾听者有时也忍不住赞叹一番,但赞叹之后还是要我行我素。

因为比起切实而又长远的谋划,实用主义总是更有吸引力。从历史上看,如果遇到一个勤恳的、精明且高效率的实用主义者,那么不仅当时的君王,就连后世的人也要赞不绝口,大呼"伟人盛世"了。比如商鞅和管仲二相,就是两个最好的例子。他们以不同的方式展开了大幅度的变革,并且全都使自己的国家由弱转强,称雄于世。他们的方式不同,但相同的一点,就是两人都采用了极端实用主义的施政方法,都高效快捷地获取了物质利益,强化了国家机器,同时两个人都漠视和破坏了社会伦理秩序,远离了"仁政"。用荀子的话说,就是他们"立功不力义"。改革者为什么要"立功"?就是因为"功"在当世;为什么不着力于"义"?就因为"义"在长远。

我们所有的人都生活在当下,而非长远的那个结果中,无论那个结果有多么美好。为了长远、为了长治久安，就要对于眼前的急切欲望有所克制。而克制总是痛苦的。当时的任何一个君王，都不会放弃高效的实用主义，不会施行"功""义"并重的长远大计。商鞅的严厉法制强国强军，更有管仲顺乎人性欲望的囤积财富，怎么会不在短时间内使国家振作和强大起来？虽然这只是阶段性的、历史局部的；但是任何一个国家所要面对的危机，也都是在一个阶段一个历史局部出现的。可以想见，任何长远的宏业还没有来得及开始呢，国家却要灭亡于历史的局部，这种境况又有哪个当政的君王不感到恐惧呢？

古代有商鞅管仲，近代西方又出了凯恩斯那样的人。凯恩斯不仅像管仲一样洞悉人性的奥秘，熟稔于消费和生产的一整套关系，而且还能够运用西方的数理逻辑，严密地加以诠释和论证，这就进一步夯实了消费主义的理论基础。消费主义和物质主义的学术化，会使这个"立功不力义"的世界变得更加振振有词，而后更加无可匹敌。

是的，世界发展到了今天，现代化进程已经遇到了空前的挑战，这种挑战分别来自大自然，来自世界伦理秩序的混乱所带来的道德沦丧。但说到底全部问题还是出在"人"本身。消费主义物质主义越来越呈现出不计后果的局部取胜、阶段取胜的倾向，令人望而生畏。今天，当消费和欲望的巨人一路东进，类似于孔孟荀等美好的构划、一种产生于几千年前的东方治理思想，是根本无法与之抵抗的。

摆在我们面前的难题就在这里。说起来很简单，这就是失败于当下还是失败于长远的问题。但是，任何失败都意味着结束。

当然无法结束，也不能够结束。于是只能重温商鞅和管仲，并且还要翻一翻凯恩斯。这等于是用对手的方法来应付对手,以求得发展和自我生存。就像中国通俗小说中常说的一句话,叫作"情知不是伴,性急且相随":都知道这样做将没有明天,但却一时没有更好的办法。这样做,说白了就等于和对手一起跳崖,厮打着扭扯着,一起往崖畔上走去。

阳火与阴毒

中国传统文化中的"阴阳"学说,构成了一种最基本的表述方法和思维方式,是东方的智慧和哲学,既深奥又通俗。万物都分阴阳,都可以进入这种理论和思维的模式,从而走向思想的辩证和深刻。世人通常都认为,"阴阳"说是由最朴素最形象的自然观,走入了揭示事物内部规律的一种哲思,真是了不起的文明智慧之果。如果引用其他的理论其他的文明,完全可以不讲"阴阳",但不讲它们,它们也仍然存在,阴和阳似乎是先于人类的认知而放在了那儿。用最直观最朴素的眼光来看,人世间什么事物可以没有阴阳呢?从巨大到微小,又如何能够没有阴阳的呈现呢?

在我们已经了解的西方文明中,好像就没有这样的认识和表述。他们可能用其他的术语替代了,或者整个的思维方法就完全不同,就像西医与中医压根是两大体系一样。我们都知道,中医与西医可不仅仅是医学本身的差异,而是集中代表了东西方两种不同的认知方向、两种不同的文明。在今天的医疗界,在面对身体治疗这个要命的事情上,有人完全相信中医,有人却正好相反;也有人二者兼顾一些。但显而易见的是,要彻底抛开哪一方,现在已经是很困难的了。

如果直接将西方和东方文化纳入"阴阳"这个框架中，那么西方可能属于"阳"，而东方则属于"阴"。西方的物质主导性、其直观通俗的逻辑架构，都给人"阳"的感觉，就是说比较阳刚的；而东方的悟想通幽、精神的内在性和居中性，显然有"阴"的性格，是相对阴柔一些的。这样划分并非一种严格的量化和科学鉴定，因为东方和西方的文化都呈现出复杂的格局，其资源和最后的形成，说起来都烦琐之极。这样以阴阳来讨论，只是为了表述上的方便，是大而化之和简而言之的方法。

两种文化各有利弊，不能互相取代，和气的现代人就聪明地说要相互学习。不仅是东方西方这样的大跨度，即便在欧美各国，他们虽然极具文化上的血缘关系，相互也有许多不同，而且总是标榜这些不同，最后说一句"相互学习"了事。以一种文明取代另一种文明，往往是极粗暴的事情，从智慧上来说也是极傻的事情。

文明是否先进和优越，也并非是由科技水平和科技成果的普及这一项来决定的，更不是经济发达与否决定的。比如说，最早造出了大炮并用这一工具征服掠夺了安居的民族的，科技倒像是先进了不少，但这一举动的文明程度显然是不高的；非但不高，还很野蛮，是野蛮人的行为。文明也并非是谈吐和着装的问题，不是衣服新旧的问题。有的人手表眼镜俱在，西装革履领带飘飘，手提皮箱健步如飞地到了一个地方，马上指责这个地方的人不讲卫生，随地吐痰，等等，极不文明。但他此行的目的，却是要设法毁掉良田千顷，将最具污染的西方淘汰项目搬迁到此，毁掉这里持续了三千年的美好田园。这一比较我们就会发现，手提皮箱的文明的原告者，原来是更为野蛮的，他心里怀了更大的掠取的野心。他的行头不错，但那是用来遮盖野蛮躯体的一些道具，等于是化妆的功用。

所以说看一个民族和一个人是否够得上文明，标准千万不能太简陋，不能表面化皮毛化。当年孔子坐在老旧的木车上四处周游，有时饥寒交迫半路兴炊，吃穿难免要凑付一下。可是他所游说的对象们，那些王公贵族和国王们，个个豪车华屋左簇右拥，穿的全是华服。但我们都知道，孔子及弟子们还是要更文明一些。

列强要侵略一个民族一块土地上的生存，其借口往往是要用文明去拯救一片野蛮之地。他们要探险、要为这种大举登陆做好准备的工作，比如说从一个大陆往另一个大陆的移民，第一步先要有人"发现"一番。典型的例子就是哥伦布的"发现新大陆"。"发现"说的可耻在于，这片新大陆上的居民已经生活了几千年，却算不得"发现"。哥伦布顶多是来到这片大陆的新的客人，倒成了一个如入无人之境的"发现"者。

西方人曾把非洲的黑人当成动物贩卖装船，这就是更优越的"文明人做的事情。比起被贩卖的人，开动轮船手持武器的人才是真正的野蛮人。野蛮人一直伪装文明人，装得时间久了，连深受其害的非洲人东方人自己，也糊里糊涂认了命，认为人家才真的是文明的代表。

其实文明的主要指标，最高的指标，不会是财富和科技水平如何。因为以这些为量化指标，野蛮的行径就会在光天化日之下得到推广。文明的指标，说到底还是要看人与客观世界，即与他人、与自然万物相处的方式如何。这种相处方式的不同，产生的结果也就不同了。如果这种相处的方式是以掠夺他人、给他人造成痛苦为前提的，或者是给自然界造成极度破坏、以至于让人无法好好活下去的，就是一种野蛮了。从另一方面说，支持和助长这种野蛮行为的文化，就是比较野蛮的文化了。我们判断一种文化、一种文明的本质指标，也只能如此说吧。

这样粗略地比较一下，也就不能简单地轻许文明于富人了。国家和民族，运气多变，风水轮换，文明却是长存的，哪能稍稍穷上几代，就诅咒起了自己的文明呢？现代资本发展和扩张的推进器里，如今填装的已经不是石油，甚至不是液态氢，而是欲望的浓缩剂和类似的高效固体燃料了，它由此而带来的高速度也将是无与伦比的。在这种速度面前，东方文化的阴柔和温文，将远远不能望其项背。

这种剧烈的摧枯拉朽的推进，显然更像是一场熊熊燃烧，它将烧毁一切。

如果说西方文化是"阳"的话，那么它是具有"阳火"的。中医面对"阳火"，大概会开出滋阴的药方。我们这样讲，并非将东方的传统文化说得十全十美，因为任何一种文化一旦走向了自己的畸形，都会产生出可怕的后果。阳有阳火，阴有阴毒，这也是绝不可不警觉和自省的。总之按中医说"阴"和"阳"必要各自守正居常，它们二者处于同一个世界，是一种相互依存的、缺一不可的关系。也只有如此，这个世界才会完美地存在。

东方这种阴柔的文化在历史上曾经制造了多少怵目惊心之祸。讲韧忍，则出现了权谋；讲秩序，则有了官本位；讲贞洁，则大立贞节牌坊；讲天地人合一与阴阳平衡的健身之道，则出现了采阴补阳、红铅（初经）白铅（初乳）这一类邪术；更有刑罚上的凌迟，民间害人的蛊术和咒语，罪恶的宦官弄权，等等不一而足。可见阴毒之害，并不让于阳火。

一个最没有希望的世界、最颓丧的时代，在东西方交流愈加方便的时期，在网络传播日盛的现代条件下，恐怕会集阳火与阴毒于一身。如果这样的不幸果真降临，那又该是怎样的一个时刻。

五六十年前甚至更早，中国人曾经把萎靡和颓败的责任全推给了孔孟，把心里的愤愤之火烧在了儒学身上。但是冷静思之并进而引用事实说话，我们就会惊讶地发现，这两千多年的历史上，何时施行过孔孟荀等理论和主张？我们只看到了三位圣贤苦口婆心的劝诫和辛苦一生的游说，更看到了施政者的拒绝。东方国家的帝王除了一度高耸过儒家的商标，或者砸毁这些商标，并没有一年或一天真正实行过他们的主张啊！帝王们顶多像当年的齐宣王那样赞叹一声："多么伟大高远的思想啊！"然后就王顾左右而言他，顶多说一句"寡人好色"之类的轻谩调侃之语，便将其束之高阁了。要知道这一束，就是两千多年啊。

美好的月光

在这个世界上，大概吟咏月亮最多的一个人就是李白了。那轮皎月高悬天幕，引发了诗人无限的想象。到了万籁俱静的夜晚，天空会呈现出更深邃的紫蓝色，月亮又将冉冉升起，升到半空，升到正中的天宇。李白把盏邀月，一个人沉醉于最神奇的银月境界中，把另一个仙境中的别样世界和生活，尽情地想象了一番。他在迷醉的间隙里又惆怅起来了，长叹道："永结无情游，相期邈云汉"。那个"邈云汉"不仅是李白，也是多少人心中的一个谜、一个结。李白对"邈云汉"的月中宫阙的神往，与对海客传言的瀛洲,都是同一种心情,是相类似的遥遥寄托。李白生前曾念念不忘齐国人的那一次远航,一直挂念着那个叫徐福的人,不知他此行收获可丰?总之,李白一生都梦想要上天入海,既不甘心也不安于这片陆地;而这片陆地,正是悲喜交加的人间。

上个世纪五六十年代,世界上发生了一件划时代的大事,那就是苏联和美国前后登上了月球。他们拍摄了月球照片,发出了许多报道,让全世界的人屏住了呼吸,惊叹和喜悦了好久。可是唯有我们东方的一些人,起码是古登州一带的人,固执地认为苏美诸人登上的,并不是我们仰头所见的这轮皎月。他们登上的还不知是哪一颗星球呢,如此荒凉干燥,无绿色无湖水,更无仙山琼阁。那是个水晶之国啊,里面有嫦娥和玉兔,还有个叫吴刚的人。古登州一带的人于是在心里叹道:幸亏咱古典知识稍稍丰富啊,要不就一定像这个世界上的许多人一样,被大鼻子们给蒙住了。

的确如此。西方人登上了月亮是千真万确的事实,但他们登上的,并不是李白指认的那一颗。

于是我们知道了,天上的月亮原来不止一颗,如果从世界的另一边或另一个方向看,可能也就会寻到不同的月亮。可惜,其中的一轮月亮竟是如此地凄凉荒芜,这可是由登临的那些人亲口说的。而我们的那轮月亮是那么美好,而且我们也是有证据的,即古书上常说的:"有诗为证"。

我们的月亮与酒和诗,更与鲜花和爱情分不开。月下漫步,情侣班班,虫鸣露湿,远笛悠扬,是这样的情致。芳心萌动的时候,人是最幸福的时候,这幸福将人逼得受不了,也就只得跑到月亮地里去了。的确,在那样的年纪和经历当中,人人心里都有这样的一轮皎月。那是怦怦心跳的夜晚,那时的一切都镀上了一层银晖。

我们以前曾经讨论过什么才是"芳心"？到现在我们终于更加明白了，那就是在皎洁的月光下跳动的一颗心，它有月光一样的清纯和遥远，有它一样羞涩的外表和内在的热烈。与这颗芳心相匹配的，就是月色下的这一切，大地、河流、树木、清风和夜鸟，以及天空这片稀疏的蓝宝石一样的星辰。

在这样的月色下，那颗心才能如此地跳动。这是人生所能遇到的最美好的一个世界，人大概就是为了与这个世界相遇才投生的。在这个世界里，嫉恨和憎恶，苦难和战争，血和泪，这些不幸都离我们十二分遥远。为了贪婪地占有而进行的拼死争夺也消失了。只要这样的一轮明月在，那就意味着美好的日子仍然在前边等着我们。

说到这里，古登州地界上的人就开始同情起另一些人了，那就是没有这样一轮皎月的地方、那些在荒凉之地上生存的人。那些人又将如何进行月下漫步和独酌？如果深深地爱上了谁，一颗心扑扑跳动起来了，又实在按捺不住的时候，又该跑向哪里呢？他们实在想象不出来，于是开始为之扼腕叹息。

至于有人登临的那颗月亮是怎么变成那样荒凉的，大家都百思不得其解。但他们宁可相信那轮月亮最早的时候肯定不是这样的，它一定与这边仰头可见的皎月一样清纯如水，也曾经住有嫦娥一类美人，也有过捣药的小兔等动物。它变得如此惨不忍睹，千疮百孔，如同经历了一场最残酷和最持久的战争似的。于是他们不能不回忆和联想起春秋战国时期，想到秦国与齐国的争霸，以及无数次诸侯国间的征战，想起令人胆战心惊血流成河的日子。想到这里,一切也就不难明白了。是的,只有经历过几千年的争夺和杀戮,才会明白这是怎么一回事;只有不可遏制的贪欲之火一场接一场烧下去,才会把晶莹剔透的一轮明月掠劫一空,弄成那么凄凉的一片狼藉。

他们忍住阵阵心惊,在这样美好的夜晚,最想向另一些人讲述的,就是关于几千年前的那个东方古国,也就是齐国的故事。这曾经是他们的母国,一个伟大的国家,拥有巨大的财富和同样巨大的贪欲,最后这贪欲之火熊熊燃烧起来,直到把大好河山一口气烧成了灰烬。这场大火一直烧了两千多年还没有熄灭,它扬起的烟灰飘上空中,使我们的这轮明月开始变得稍稍暗淡了。这才是最让人惊惧和遗憾的事情啊。

是的,大家果真发现,我们头顶的这轮月亮真的不再那么明澈了。这个改变让人有了揪心之痛。如果灰尘和烟雾继续向上升腾,总有一天这轮月亮会变得像雾中赏花,时隐时现,直到完全消逝。这是想都不敢想的事情啊。那么摆在我们面前的首要和迫切,就是让那场古老的燃烧完全熄灭下来。因为唯其如此,我们才能永远享有这片美好的月光。

月色下,人人都拥有一颗芳心,它是热恋之心,激越之心,思念之心。然而芳心似火,它说不定在某一天就会呼呼燃烧起来。原来所谓的芳心,就是那颗爱心,就是把炽热加以收敛克制、保持了一种适度和温文、还没有开始放肆燃烧的心。

偶尔燃烧一次也许不可避免。但一直燃烧下去,直到烧成了熊熊野火,一切就会化为灰烬。

人与这个世界真的是一次长恋,从相识开始,到日后的相处,再到热烈的燃烧,烧到熄灭的冰冷,最后也就迎来了迫不得已的永别。原来人要经历

"识、处、热、冷、别"这五个不同的阶段。原来在人的长长短短的一生当中，最难忘记的还是那颗芳心。

无论是人还是其他，万事万物都有一颗芳心。人需要赢得大自然的芳心，地球的芳心，上帝的芳心。

让我们仰起头，好好凝视这轮皎皎的月亮吧，它是整个天宇的芳心啊。

二〇〇八年七月十八日
二〇〇八年八月二十一日
于万松浦、常胜村

也说李白与杜甫

《也说李白与杜甫》书影，
中华书局二〇一三年七月版。

二〇一四年夏在万松浦书院

二〇〇七年十月十五日文学班上
五所高校研究中心　田恩华摄

第二研修部　田恩华摄
学者楼全貌　田恩华摄

前 言

这是一部"万松浦书院二〇一三年春季讲坛"的录音整理稿。全书由听课者做出电子初稿,由陈沛、张洪浩二先生编订。他们为此付出了很多劳动。作者在这个基础上再进行补充和订改,成为现在的书稿。

这算不得一部古典文学研究专著,而仅仅是一部阅读者的"感言"。还由于它是与听课者"对谈"中形成的文字,所以口语化较重,所涉猎的问题也十分繁杂。

为了阅读的方便,订改时将口语枝蔓加以删削,并核对增补引用的诗文;同时为每一节拟出标题,把相同或相近的问题集中到同一大题目下,仍保持原讲坛中形成的七个单元(七讲),等于做了一种"合并同类项"的处理。

尽管有了如上一些补拙的工作,但薄弱浮浅的质地仍旧难以改变,谬误肯定很多。作者期望通过这种方式与读者交流,获得更多的学习机会。

二〇一三年十一月

第一讲：李杜望长安

三种讲学方式

万松浦春季讲坛又开始了。这里不同于学校老师的授课，所以特别希望大家能够参与进来，形成对话。因为只有以平等求真的态度相互交流，甚至冲撞起来，有些问题才能越辩越明。所谓的"教学"，从古至今大概有这样几种方式：

一种是我们都熟悉的"例行授课"，就是老师在讲台上讲授。这也是现代教育的一个基本模式，大中小学都是这样的。特别是自二十世纪九十年代以后，大学纷纷扩招，于是就需要更多的阶梯教室、更多的教学楼，甚至连夜间也要上课，要大规模集中授课。这样的好处是能让更多的人受益，缺点是听课的人太多，他们很难参与讨论，提问不会多。这里还有一个特征，就是大致要依据课本——按照课程的设置去进行，要诠释课本，循着教学流程从头至尾讲下来。所以我们可以称之为"例行授课"。

还有一种是"设坛讲学"：设一个坛，一个人在那讲学。有人可能认为书院就是"设坛讲学"，不，眼下万松浦书院还没有这样的资格和能力。"设坛讲学"对讲授者的要求非常高。一般来说，这个人需要在某些专门知识方面有很高的造诣，有极好的个人修养；这个人往往是、最好是某一学科某一时代遗留下来的人物，他沉浸在过去的世界里，跟自己所处的当下形成了一定的间离关系。由于他是这样的一个人物,所以才能够把专门的知识以个人的立场、个人的感悟方式传递出来,并在这个过程中不断加以扩充。他通过这样的讲学整理自己的思想,将其传承下去。他对知识有深刻的记忆力,对所授内容有独到的见解。这种人才有资格设坛。

也许我们可能听说时下哪里正有人在"设坛讲学",在尝试这种教学方法。但是在当下视野中,实在说目前还没有见到这样的人,没有见到这样的"坛"。也许讲学者觉得自己还不具备"设坛讲学"的资格——这里大半不是指他的知识不够,而主要是因为他当下的生活状态不宜。前边说过,能够"设坛讲学"的人基本上是跟整个时代有所间离的,就是说这个人大致要处在世俗生活的孤岛上。他拥有个人的空间和闲暇,在那儿反思一些问题,咀嚼一些问题,觉悟一些问题。他跟当代所流行的各种知识常有隔离。而且最重要的是,这一切绝不能是一种生活姿态,而是一个人所固有的生命品质。也就是这样的一个人,他送给别人的才会是比较独特的、陌生的、真正个人的东西。

放眼教育的历史,写《道德经》的老子大概有这样的能力。民国时期有几个。到后来的陈寅恪、马一浮,他们大概也有这样的资格,设坛与否又是另一个问题。我们会发现,这些人多少是上一个朝代的遗老,是留下来的极少数。这样的人才会把一些陌生的东西送给他人。有人可能问:孔子是不是在"设坛讲学"?好像也不是。尽管孔子有一个杏坛,一摇葫芦就"发课",但他在早期可能也属于"例行授课"。

孔子当年教授的算术、射箭、礼仪等皆有蓝本,他个人创造的东西不一定很多,而且都是那个时代的学问。孔子是一位教育家,是面向社会公开招生的第一人,是"例行授课"的开创者。后来,随着孔子的经历越来越广博,思想越来越深入,而且强烈地参与了当时的社会生活、文化生活、政治生活——这种参与性很好,可以获得各种各样的知识,但也因此而使他进一步丧失了"设坛讲学"的资格。

为什么?因为"设坛讲学"有一个条件,就是这个人相对于他所处的时代必须有一种特别的关系——与当时的文化生活、社会生活是有相当距离的。总之这需要是一个极其寂寞的人,与社会流行的常态有隔膜的人,相对封闭的人。它是文化和思想、学问与专业凝结起来的块垒,而不是汹涌的水流。如果是水流,浪花溅得再大,也只能顺时间的流向涌去,不能送给这个时代孤僻的、专门的、陌生的、个人的见解和知识。所以孔子直到后来也不是"设坛讲学"。

今天看《论语》,它有大量了不起的言论,影响了中国几千年的文化,影响了学术,影响了道德,塑造了一个民族的性格,特别是文化性格。孔子是中华民族文化传承的代表性和决定性的人物。《论语》是以什么方式产生的?这就是我们今天要讲到的第三种方式:"对话明辨"的方式。

"设坛讲学"是一种,"例行授课"是一种,第三种就是"对话明辨"。

孔子后来与前期不同,从"例行授课"转向了"对话明辨"。一方面是因为他的谦虚,另一方面是他根据需要,采取了新的讲学方式:跟弟子对话。弟子颜回、子路,他们一个个问起来,他就解答。这中间还有辩论,很多东西也就在这个过程中变得更加清楚了,孔子自己的思路也得以进一步理清。

苏格拉底也是如此。有人可能认为苏格拉底以他的雄辩、逻辑、深邃和特立独行的性格,是完全有资格"设坛讲学"的。但他仍然不是。因为苏格拉底也是一个深入而强烈地参与当时的文化、政治和社会生活的人,每一条思想脉络都与当时的社会肌体相通相连，所以他也无法与自己所处的时代隔离。他跟弟子也是采取了"对话明辨"这种方式。

书院采取的是"对话明辨"的方式吗？我们当然向往这样一种境界，只可惜讲授者没有那样的器局和才具，仅仅要学习和采用那种形式而已。在对话交流的状态下进行，参与者变得很重要。所以这里特别希望大家能自由地提出问题，尽可能地多谈，放松开敞地谈。讲授者更想在这个过程中提高自己。

如果当年苏格拉底没有那些好问的弟子和朋友，一些卓异的思想就不会迸发出来；孔子没有子路和颜回等人参与，《论语》也不会产生。

这三种方式中，最高的品级当然是"设坛讲学"，虽然这种方式也并非没有缺点。但是在我们的视野里，起码至今还不见这样的人出现。四十年代到香港去的钱穆先生办了书院，他在那里也不是"设坛讲学"，而是"对话明辨"；到西湖边办复性书院的马一浮先生或有设坛的资格，因为他基本上是生活在另一个时代的人了，而不是生活在新的时代里，算是上一个朝代的遗老。大概辜鸿铭也可以，那也是生活在个人的、另一个世界里的人物。这种人好像被完整地移植到了新的时空里，所以他们就可以在很大程度上自说自话。这是最高级的人物。

如果一个人跟当代思潮搅在一起，无论有多么广博的知识，多么博闻强识，都会多多少少失去独语的资格。对于自身所处的这个时代，他既是一个强烈的参与者，就是多元里的一元，成为纵横交织的当代文化思潮的一部分。所以这种人不能够"设坛讲学"。能够做这种独语的，肯定是每个时代里最稀薄的异数，他们为数极少。

第二个品级就是"对话明辨"了，因为这也需要主讲人有相对广博的知识，有执拗的个人见解，有学术立场、社会立场，有很高的理想。

第三个品级就是"例行授课"，这个难度似乎不大，照本宣科就很好。但是做一个好的老师，一个名师，大家都知道有多么难。

这样讲并不是把三种方式完全对立起来，不是要划分得那么清楚。很有可能"设坛讲学"者因为各种条件不是最好的，满足不了那么高的文化期待和历史期待，因而也并没有做得最好。另一方面，"例行授课"中出现了非常优秀的个体，老师能够坚持个人的理想和话语，也会不同程度地传达一些陌生而深刻的、新异的内容。

现在是网络时代，我们到一个地方听演讲或授课，会发现听众常常是无精打采的，他们在玩弄手机，发短信，或看看报纸翻翻书，并不好好听讲。在这个传媒特别发达的时期，听众已经充分领略过各种各样的观点，包括语调，都已经相当熟悉了。想在不同的场合听到一个人说出新异的东西非常之难，无论这个人多么能言善辩，都很难把属于个人的、比较新颖的观点送给他人。听者现场感受到的这一切，全都被无数次地重复过了，从内容到口吻、表达方式和个人姿态，甚至连手势和使用的语汇都差不多，他人还怎么有兴趣听下来？

所以说这也不能完全责怪听众，更不能过分埋怨讲者，因为他们全都一样，身陷网络时代，已经再也没有条件生活在个人的空间里。台上台下的人每天看到听到的既是同步的，又是相同的，连风里面都是各种似曾相识的声音和观念，一个人无论有多么强大的能力、贯彻力和记忆力，都很难守住自己的世界。

如果"例行授课"者能够掺杂或临时焕发出一点个人的东西，让人听到与惯常的语调和内容迥然不同之物,听者就会渐渐收起涣散的眼神,把手中把玩的东西放下来。

可见这三种授课方式,并非一定按照我们的排列顺序,一个好于另一个。同样是"例行授课",有人一堂课下来就是比较精彩的个人演讲,因为他能在这个看似平常的过程中表达出极不平常的东西,这就是他的个人独语部分。

这三种讲学方式在历史上起到的作用是不同的。书院想走第二条道路:"对话明辨"。

在今天,这三种教学方式也许将发生一些转化——课堂将越来越多地用来讨论和解决具体问题,所谓的传统的"例行授课"大概会变得少一些。

这次讲坛的主题是"李白与杜甫",希望大家一起探讨这两位伟大的古代诗人。

独孤明

那些能够"设坛讲学"的人肯定是了不起的,他们的听者一定也是很幸运的。他们须具备极大的力量,将相当陌生和别致的知识与观念传达出来,以此激发别人,唤起非同一般的情怀。人需要从一个高点上得到刺激,这样才能走进生命的激越状态。

然而这样的人实在是很少的,起码在我们的视野里很少。这种人到底有什么不同?这里可以用一个古人的名字来概括,这个人生活在唐代,是唐玄宗的一个女婿,叫"独孤明"。现在姓"独孤"的可能不多,至少没有听说过。

唐代这个姓氏可能不少,如著名的文章大家、诗人独孤及——他与李白也是同时代的,两人有文字之交,写过《送李白之曹南序》。还有一个古代的将军也姓独孤。关于独孤明的记载不多,只知道他是信成公主的男人。如果不是因为李白,可能今天谁也不太注意这样一个人了。说到李白的时候往往要提到独孤明,这个人对李白曾经很重要,当年提携过他,与之有过一些交往。李白大半为了个人的发展才跟他往来。

李白在失意的时候给独孤明写了一首《走笔赠独孤驸马》的诗,回忆他们的友谊和分别后的苦恼、沦落,以及仍然希望对方能够助他一臂之力的心情。这里说的"独孤明",就是借其表面字意:一个人既要"孤独(独孤)",还要"明"。"孤独"是一个基础条件,一旦失去了它,"明"也就失去了。现在好多人恰好相反,不是寻找那种状态,而是极其恐惧孤独、害怕寂寞。一般人有了专业成就还大不满足,还要做一个闻人,并以此为荣,习惯和得意于这种生活。但是他失去了"独孤"这个基础和条件,也就丧失了强大的发现力和感受力,没有了"明"。

一个人只有生活在个人的、有所隔离的封闭空间里,才会有一些完全不同的、极其偏僻和深入的发现。既要"独孤"又要"明",讲的就是清晰和洞彻,是距离的功用和能量——他不再是一个搅在一团世俗生活中的人,而是一个目击者和思悟者。思悟和思考还有区别,悟是冥思玄思,是心的力量而不尽是脑的力量。世界太大太复杂,需要生活在其中的人花费大量的时间去辨析、思索,时刻保持强大的理性。拥有清澈的个人世界,同时还要拥有一个混沌的个人世界,这样的人才会超越一般的智慧。

这样的人可以称之为"独孤明"。

两次进长安

庄子有句话被很多人引用过:"举世而誉之而不加劝,举世而非之而不加沮。"这句话很了不起。他赞扬这样极端的人格与力量:整个的世界都在否定他,他却不感到沮丧;整个的世界都在赞誉他,他也不会更进一步去做这些事。像这样的境界谁能抵达?大概没有一个人能够做到,包括庄子自己大概都很难吧。但是作为一个理想至境,作为一个很高的目标,却实在不可以不想,起码要向往才好。

而李白这一生,他的"劝"和"沮"总是十分明显的。有人说李白一辈子到过一次京城,也有人说两次,郭沫若先生在《李白与杜甫》这本书中做了考证,认为是两次,这大概是切中事实的。李白第一个老婆是前宰相的孙女,她有很多人脉关系,所以李白才能够在三十岁以前到过长安。这次到长安对他的一生非常重要。因为李白三十岁左右已经对自己的才华十分自负和自信,不再能忍受平凡的生活淹没自己。他写过一篇《大鹏遇希有鸟赋》,其中就充分表达了这种心情。他将自己比喻为"大鹏"。

这个赋写他在山里遇到一个道士,这人叫司马承祯,年龄比他大得多,谈吐不凡。道士说李白是个少见的青年人,俊朗,清爽,有一股仙气——后来许多人谈到李白的时候,比如身在朝廷的大诗人贺知章,都说他身上有仙气。李白的个子并不高大,曾有人估计大约在一米七之内;但为人很豪放,稍微有点狂妄、爽朗、痛快、利落,持剑而行,游历四海。这样一个人是可爱的,有很强的"观赏性",让人有耳目一新的感觉。他是个富家子弟,穿着不俗,见识过人。道士当时和他交谈得很愉快,对他大加赞赏,是可想而知的。

李白把他们的这次相遇写成一篇赋，赋中说这个道士很了不起，是一种很稀有的"怪鸟"，而他自己就是那个"大鹏"——这里对自己有极高的期许和肯定，而第一次进长安，就是一次"京漂"，是第一次展翅高翔的尝试。

李白这次到长安结识了许多人，其中就有唐玄宗的女婿张垍，还有唐玄宗的妹妹玉真公主。这两个人对改变他的命运当然是很重要的。除此之外，李白在京城还尽可能多地结识了一些名流，这些人对他第二次进京起到了关键的作用。

当时张垍让李白住到修道的终南山里，说玉真公主有个别墅建在那里，在那里等候公主是最适宜的。结果李白住在那个空旷的房子里等待皇帝的妹妹，最后不过是一场空等。好在快要离开长安的时候，玉真公主终于跟他见面了。所以可以说，没有第一次长安之行就没有第二次，而这两次长安之行又成为支撑他一生的精神慰藉，是其中最重要的内容。

李白第二次到长安已经四十多岁了，当时一得到诏宣兴奋之极，写了那首著名的七言诗："仰天大笑出门去，我辈岂是蓬蒿人？"一般人都认为这是由一个叫吴筠的道士将他推荐给皇帝，可能同时还有其他人的举荐，比如玉真公主的美言。当年的唐玄宗特别喜欢求仙事业，少有例外的是，当一个皇帝取得政权并最后巩固的时候，就要想长生不老的事情了，这和秦始皇是一样的。这种事业与打天下不同，倚重的不是文臣武将，而是方士和道士。吴筠在当时是很有名的一个道人，唐玄宗把他弄到长安切磋修道，吴筠就趁机向唐玄宗提到了李白。

皇帝宣诏李白进京做了供奉翰林，这是诗人一辈子最高的荣誉、最辉煌的人生经历了。他后来的诗中时常提到这段荣耀，表达了无限的怀念和渴望。

这成为李白一生中最华丽的乐章。

李白的功名心,围绕这些的全部行为,既有文化心理因素也有其他。他的言与行成为历史,已经不可变更,后人可以说他媚俗和庸俗,难脱战国以来游说之士的窠臼;但即便如此也处处显露出某种诗人的单纯气——这应该是天生的性格因素在起作用,如过分地情绪化和外露,这在处处讲究中庸的中国文化里将格外刺目。

不可忍受

尽管如此,今天的许多人还是会原谅李白。设身处地想一下,一个诗人有了这样的一些经历,招入朝廷接近唐玄宗,做翰林待诏,自然会引以为荣。人们会以这样的人之常情来设定和原谅古人。但是如果结合李白一生跟达官贵人的过往,因巴结攀附留下的大量文字来看,又会觉得不可忍受。比如作为后来人的大诗人陆游看了这一类文字,就心生厌恶,说李白这种人活该要一辈子落魄:"一生坎壈"。

"坎壈"即困顿不得志。如果通读了李白的诗文,有人会觉得陆游这种激烈的言辞算是苛责,也可能有人认为并不过分。陆游言外之意是说李白的下贱,说像李白这样不能自尊自贵的人,一生就应该充满折磨,落得这种命运也算活该,并不为过。

其实李白的性格因素中比较一般人更是充满了矛盾。他在结构作品抒写情怀的时候,感性世界是那么丰富,判断事物是那样缜密和深刻,一丝一毫都不会偏差，处处表现出超人的能力。我们知道写作过程中既需要充沛的感性，又需要理性的强大把握力，小到每个字词的调度、段落的起承转合，大到通篇思想与逻辑层次，都要凭借超绝的把握力和判断力。李白在这方面具有卓越的才能，但在另一方面，在人事机心、世俗物利的处理上，在与权势交往、自尊和隐忍等复杂关系方面，又表现出相当的混乱和昏聩。他是一个巨大的矛盾体。

当他得志之时，曾在宫廷上有过十分传奇的表演。尽管诸多事迹已不可考，只在民间传流很广——皇帝让他写一个诏书，李白即趁机逞能显傲，让皇帝的宠妃杨贵妃研墨，让权势显赫的高力士脱靴……这十有八九是民间演义，而不会是真实的细节，但肯定也不尽是空穴来风。在人们对他的行为逻辑推理中，他就应该如此玩弄皇帝身边的权贵，出一口恶气；从另一方面来说，这种骄纵姿态也是软弱无力的表现。与此相伴的另一个记载，说唐玄宗看了其言行表演，私下里跟高力士说李白，谓之"此人固穷相"。

再看李白诗词之外最著名的文字：《与韩荆州书》。李白才华飞扬，狂傲不羁，不愿或不能通过科举道路去当官，他觉得那样太麻烦；还有一个假设，就是当年的李白很难通过科举审查这一关，因为他的出身有问题。但无论怎么说，一级一级地考取，这极为刻板的程序很不适合一个拔地而起的天才。他想的是一步登天，比如让一个有足够影响力的人物直接推荐给皇帝。对此他非常自信。所以他就给当时一个极有权势的"韩荆州"写了一封自荐信：自己多么有才华，多么了不起，而"韩荆州"又多么伟大。他对这个权贵人物的颂扬达到了耸人听闻的地步，用语是极为夸张和肉麻的。作为历史名文，后来的《古文观止》等重要选本都收入了。

人在利益面前竟可以如此，似乎更让人难以忍受。

这只是从旁观者的超脱立场而论的，如果从另一方面来看，也可以说无论李白多么不堪，人们或许还要对他网开三面，允许其"胡闹"。我们不可能再有第二个李白—— 一个国家有没有李白将是大不一样的。当然这也是意气情怀，从理智上来讲一切又当别论。这里不能不更多地谈到唐代风习，考虑当时浓烈的"干谒"传统。这是一直从战国时期承续下来的，到了宋代才变得式微——宋代人对汲汲于做官、到处跑官要官感到极大的耻辱，正像钱穆先生总结的，那时的读书人"以清淡自甘，以骛于仕进为耻，更何论于干谒之与请乞矣。"

宋代以来，知识人的这种恪守被固定下来了。

非虚构的力与美

一些文章和虚构作品不一样，是真实的记录，它的力量和美也在这里。像通讯报道、报告文学、书信、谈话录、政论文章，都是不能虚构的。它们就应该真实，这也正是它们的价值之所在。

有人可能习惯于像写小说一样构思自己的记录文字，这是一个陋习。有人讲这样也可以写出个人的心理状态，因而多少还是有益的；但我们要求的这一类文字，一般要是佐证性质的、应用性质的。

比如说传世散文集《古文观止》中收录了很多名篇，里面就有大量的实用性文字。《史记》是实用的，它记录历史，被称作中国第一部信史；《出师表》是实用的,成为千古绝唱;李白杜甫那些自荐表、投书和干谒文字也都是实用的。这些都是中国文章的代表作。许多古代名篇集锦都要收李白的《与韩荆州书》,因为直到今天看这仍旧是一篇美文,并且可以作为一个方面的标本,含有无与伦比的丰富信息。这篇文章的局限我们前边讲了许多,但就文辞本身来看却是生动奇绝的,表现力是第一流的。

中国古代实用性文字中出现了这么多美文,跟"散文"这种文体尚未获得"独立"有关。古代"散文"的文体意识还是比较弱的,虽然出现了唐宋八大家。散文作为一种文体真正获得独立意识,极有可能是从五四运动开始——散文自此开始从书信、表、谏和史志里分离出来了。不过这种分离性越走越远,对于这个文体的利弊到底如何,还需要冷静分析才好。

看一篇文章的角度有很多,如果我们从文字的力量,从它的认识功能看,要超越李白的《与韩荆州书》就难了。那种对仗,那种气势,率性与畅利,还有文字的华丽,都不是一般的篇章所能比拟的。这是天才的文笔,是不可重复的。这篇文字塑造了一个最鲜明的人物,就是李白自己,而这种塑造的一大部分效果,或许是作者当年完全没有预料的。他要突出作者个人的才华与能力,以便让权力者看重;但是通篇文字所塑造的"李白"其人,却远远超出了他自己的主观意愿,让其始料不及。文中活跃的"李白"生动无比,需要多么强盛的生命才能活画出这样的一个形象。辞章调度自由,灵动,干净,所有表述都缩为最短的距离,形成最强的发力。溢于言表的东西很多,作者冲动急切的性格,不顾一切的勇气,一蹴而就的决心,势在必得的抱负,所有这一切都纵横在尺幅之间。

我们既要沉浸于文章之中,也要跳跃到文字之外。读者一旦成了冷静的观察者，结论和感受就有一番不同了。看文章有好几个角度，作者的主观愿望所规定的只是其中之一。比如有人可以从很多方面谴责李白，表达自己的遗憾，从道德层面、精神层面、社会层面和政治层面；但是另外还有一些元素，这或许又会引起绝然不同的情愫，比如对一种天真无忌的天才青年的欣赏，对一个心机浅近却又豪情万丈的诗人的欣赏。这一切对读者来说都是极复杂的综合，有些还是相互矛盾的。

由此我们又可以深长思之，得知古往今来为什么把这样一篇文章当成了不朽的美文。文章所流露出的那些经不起苛求的东西，难道还不足以伤害我们审美的味蕾吗？可是它的认识价值也就统一在其中，它的丰富性也就体现在其中。没有它，我们怎么能更好地理解李白？怎么会更深入地了解那个时代？于是我们一定会因为这篇文章而心怀感谢。

《与韩荆州书》这篇奇文，说到底今天看就是一封"求职信"。作为美文，艺术上自然是成功的；但作为求职信的实用价值，却是完全失败的。它把对方和自己都夸过了头，只顾笔下快感，大快朵颐，实在有些傻。作者好像只为了满足自己的快慰而写，倒不像是为了求职。如夸对方："有周公之风，躬吐握之事""君侯制作侔神明，德行动天地，笔参造化，学究天人"，说自己："十五好剑术，遍干诸侯。三十成文章，历抵卿相。虽长不满七尺，而心雄万夫。王公大人，许与气义。"最不可思议的是后面很不谦虚地发出请战："请日试万言，倚马可待"；更有："而君侯何惜阶前盈尺之地，不使白扬眉吐气，激昂青云耶？"这简直像是威胁对方了，隐下的意思就是：如果你不举荐我，实现不了伟大理想，耽误了我，可要负全部责任！

如此求职的结果是可想而知的。韩荆州并没有举荐和提携李白，这封求职信于是只获得了文学上的成功。就这个结局来看，韩朝宗这个人是十分理智的，中规中矩，并不太有幽默感。他竟然对作者没有充满好奇，比如见见这个人。从今天的角度来看，这封信倒为韩朝宗扬了名，如果不是李白的缘故，谁又会关注历史上的这个韩氏？他未助李白一臂，却凭借李白而流名千古，也算得上一件趣事。

可见中外历史上有一些奇文，并非是没有严重瑕疵的，如果一味陶醉在这些文字里不能做超越观，当是很大的遗憾。若能在文章中进出自如，不时退出到文章之外，读到的东西就会更多。

李白的文字让我们始终看作千古名文，像金属铸成的一样，不可更动地写在历史之中。我们应该从中接受更多的信息，获得更大的启迪。不然就是误读和浪费。

孟子与国王的谈话

在较长的历史时段中，我们很可以正视一些东西。比如一篇给韩荆州的自荐书白纸黑字放在那儿，后人怎么评价？有人说李白固然是狂了一点，但用词是多么生动、多么直爽，算得上夸张而不失自尊。"不失自尊"这样的评价古人今人都做出过，令人稍稍不解。因为我们从这篇文字中的真实感受并非如此。

这里说到了基本的判断力，因为无论是为文还是其他，这都是至关重要的。如果换位思考，作为那个韩荆州，接到这么一篇出奇肉麻的奉承文字、自夸文字，会觉得对方正常吗？会放心地重用这个人吗？他必会依据字里行间的气息自忖自度，怎样处理可想而知。

李白是那么了不起的一个诗人，那么有才华，有时候却又显得那么弱智。他的诗文中几乎所有的自荐文字都有类似的倾向，即轻狂与浮夸。如果说宋代以后才有了知识人的自立和清流意识，那么仍然可以说他们依据了前一个时期的榜样，不过这是不同的榜样而已。知识人面对权势的基本姿态，我们可以从更早的历史时期寻找一些案例，将其加以分析和对照。比如回头看战国时期的孔孟荀，看稷下学派那些知识分子，注意他们跟庙堂的关系，会得到相当不同的启迪。

即便是盛唐之前的魏晋，还有特立独行的"竹林七贤"。一些杰出人物追逐了另一种时代风气，较之前人更加退步了，这是令人痛苦和惋惜的。从这个演变的轨迹上，我们会总结出很多东西。

不妨以孟子见齐王为例。齐王在当年是一个不得了的人物，他的国家在当时是第一强国，那时最具有统一力量的还不是秦国，而是齐国。齐国创办了辉煌的稷下学宫，在政治、经济、外交、军事各个方面都是天下第一大国。齐王这样一个人跟当时最有名的大学问家、大思想家孟子见面，选在了一个叫"雪宫"的地方。它大概相当于今天的钓鱼台国宾馆、俄罗斯的夏宫之类的皇家园林。齐王嘻嘻哈哈，十分得意地问：你们大学问家也喜欢这种地方吧？谈话就这样开始了。

《孟子》里面的记录很有意思，齐王的傲慢轻薄之态跃然纸上。孟子也跟他打哈哈，却趁机导入严肃的话题。在傲视一切的权力面前，孟子并未失去内心里充盈强大的中气，总有一股浩然之气在支持。他循循善诱地向对方灌输自己的思想，劝解和引领。这是强健的能够独立思想的个体的力量。理性给人力量、立场给人力量。权力者最后坦承自己"寡人好色""寡人好利"，而后孟子又是一番指教。这真是一段极有趣的谈话。

我们这里将李白和孟子做以对比，可以发现孟子是哲学家和思想家，而李白是诗人，他们的表达方式太不一样，最明显的是理智与感性之别：一个严谨，一个漏洞百出。总之对李白，也许仅仅从社会学的角度来评析还远远不够。

精神的太阳

在五千年的文明史上，中国知识分子很说了一些漂亮的大话。可是这些大话离现实生存状况又差得太远，这就让我们不敢正视这些掷地有声的人格的宣言，就像不敢正视太阳一样。

精神的太阳和现实的太阳一样，之所以不敢正视，就是因为它太灼人太强烈了。但是没有它的光和热，万物都不复存在。人们平时不敢正视，甚至常常忽略太阳的存在，却难以否认一直依赖它的事实，就连地球也要围着它旋转。精神的太阳也是这样，它高高悬起，提供给我们生存的全部热能。

精神的太阳由整个人类历史，包括中外古今一切精密深邃之思凝聚而成，渐渐形成了巨大的体量。比如在中国，人们说得最多、争议最多的还是孔子和孟子。一本《论语》成为民族精神的基础，或者反过来，成为一代代人痛心疾首的心之大患。再说孟子，别的不讲，只讲他言说什么才是"大丈夫"的一段话，就让我们难以忘怀。这确是掷地有声的大话，是从古到今必须有人为我们厘清的大是大非、一次民族和精神人格的大界定。

孟子的那段话涉及几个人，就是李白在诗文里多次提到的苏秦和张仪等人。这几个人本来处于很卑微的社会地位，只凭借三寸不烂之舌，奔走于权势之间，就能够一朝显贵。这样的行迹在李白诗里留下的烙印特别深刻，看他的诗文，其中几次提到了大说客苏秦这一类人。这些人的命运轨迹很能刺激李白，显然产生了极大的感召力。当然敏悟如李白者也不能说全是羡慕，不能说毫无矛盾心理。苏秦一类人本来一无所有，为了出人头地到处游说，无所不用其极。李白的诗"归时倘佩黄金印，莫见苏秦不下机"，就是临别出门时对妻子说的一句玩笑话。这里指的是苏秦带着盘缠去各国游说，归来时一无所有，正在织布的老婆见了他都不理的一些记载。

但是后来苏秦终于成功了，再次归来时成了一个显要人物，身佩六国相印，显达富贵，老婆这一次吓得话都不敢说了。有人就此议论说：苏秦这种人多么了不起啊，真是大丈夫！一介布衣，凭一张嘴巴就可以达到那么高的地位，真是何等了得，好样的——他们只要动动嘴巴，活动起来，那些国王们就再也不得安宁，非常惧怕。孟子说：

"是焉得为大丈夫乎？……居天下之广居，立天下之正位，行天下之大道，得志与民由之，不得志独行其道，富贵不能淫，贫贱不能移，威武不能屈，此之谓大丈夫。"

孟子这里对苏秦张仪之流嗤之以鼻，说他们算什么大丈夫！摇唇鼓舌之徒而已，于阴暗处使些投机的伎俩，全无是非正义，一切都为了自己的显达富贵，只算是一些卑琐的小人。

再看张载，他有一段话也是影响深远的，这里说的也是知识分子，当然是大丈夫了："为天地立心，为生民立命，为往圣继绝学，为万世开太平。"这些话初听起来觉得大而无当，但细想一下不过是对知识人的基本要求，并不是什么不着边际的大话。关键是对一个"为"字的理解，这里是指对天地之心的参悟和知之后的选择和作为，即"参悟了天地之心而为之立"，下面的句式及意思也应该这样解释才好。这些话诚切而朴实，更没有什么虚妄自夸。张载说的不过是知识人追求真理的性质和意义，是正当的人生道路的选择。

类似这些伟大的思想李白和杜甫心里都有，也肯定受过这方面的影响。张载是晚他们许多的后来者，但其思想仍然是大儒一脉。李白杜甫对孔孟极为推崇，其中李白受道家思想影响较重，比杜甫更重。但是他们面对个人生存的现实，急于入世，急于做大事情、大丈夫，有时候手段与目的就会有所分离。李白受到苏秦张仪这一类人的启发和召唤，很想走一条"终南捷径"，连科举都不屑于参加（或不能够参加）；杜甫年轻时在洛阳考过进士，没有考上，所以才去漫游。

孟子关于"大丈夫"的言说，张载等人的言说，表现出的气魄和气概是永远不可轻薄的，它们的确塑造了一个民族性格中最卓绝高尚的部分。

苏秦的老婆与李白的老婆看上去都差不多，都对丈夫的游手好闲表示了拒绝，但实际上仍有许多不同。李白的第一个老婆是前宰相的孙女，姓许；第二个老婆没有详细记载，只知道她是山东鲁西人，即李白为学剑术待下去的那个地方。她求仕的心没有那么强烈，胸襟比较现实，只是过日子，讲究开门七件事,柴米油盐酱醋茶。李白到处走,总想做官,结交一些有趣的人。李白的好奇心太大了,听说哪里有道士和奇士就要造访。他天性活泼好动,一块儿过安分日子是不行的。所以他最后被第二个老婆赶走了。山东这个地方出过圣人,女人心里的主意比较大,总算没有被李白"倚马可待"之类的才华给吓住。

杜甫对家庭的责任感是很强的,与妻子相濡以沫,虽然也有不得不离开的时候。他一生只爱夫人杨氏,并且拒绝当时的声色场所,结婚时三十岁了,比杨氏大了十岁。他约有二三十首诗涉及杨氏,其中最著名的是《月夜》,写到妻子和孩子,算是典型的爱情诗:"香雾云鬟湿,清辉玉臂寒。何时倚虚幌,双照泪痕干?"可谓缠绵之极。

我们用中国传统文化中正反两方面的一些例子,分析知识人复杂的行为、各种各样的倾向,找出今天与往昔的异同,正视其面临的巨大危机、困难和不可逾越的障碍。当年那些精神障碍究竟有多大,今天又有怎样的变化?当年面临的一切与今天的最大不同是哪一些?今天这样一个网络时代在做人、立言等各个方面,与一两千年前相比自然非常不同,但是其中有些最基本的精神指标会改变吗?这需要我们深长思之。

李杜与孔孟求仕

如果说李杜汲汲于求仕是继承了一种儒家传统,也许没有人会持异议。但时代有别,具体情形也就大为不同,这其中的许多问题和差异还需要做进一步的分析才好。比如说孔子和孟子，这两个人也多与官家周旋；孔子虽然做过高官，但更多的时候是在威权面前碰壁，非常落魄。"文革"时候搞"批林批孔"运动，持这种观点和认识的更多起来，认为孔孟不过是坚持"学而优则仕"，一切皆为做官。好像当时儒家的代表人物与李白杜甫他们并没有什么区别，真的如此吗？

看孔子和孟子的言论行为，不能不说他们是为了落实自己的主张和抱负而奋斗了一生。给我们直接的印象就是，他们有安顿人民生活的一整套理想，并且为了实现这些理想而不辞辛劳，四处奔波。他们必要借助于行政力量，需要施展行政力量的一种环境。所以他们的行为是自然而淳朴的，可以说，他们是有很强行动力的思想家。他们的行动和思想是统一的。而且正因为他们的生命质地如此，当面对权势人物的时候，心态与言行和李白杜甫等也就有了极大的不同。他们更有道德的高度，更有思想的深度，而且在处理与权贵的关系时，也更有气度，真正算得上"不失自尊"。也就是说，他们既要达成自己的目的，手段却毫不拙劣。

纵观李白和杜甫，却不尽是这种情形。尽管他们二人关于治国的豪志都散布在诗文之中，但其中主要还是感性地把握世界。他们是艺术创造者，是诗人，在极力地、完整地表露个人政治抱负的时候，除了发出一些原则性的大言之外，并没有更具体的设计。就我们目前看到的文字而言，还没有多少稍稍可信的计划细部。孔子和孟子则不同，他们是思想家政治家，有自己的思想体系和治国理念。他们游说的过程，总是以推销这个体系为中心，为了说服权贵施行，这就与李杜的"干谒"有了重要的区别。孔孟与君王的摩擦与矛盾，有一部分与屈原是相似的，即来自于政见的冲突。

李白和杜甫跟当时占据主流的庙堂人物有多少政见冲突？我们寻遍诗文，看不到更多的具体和细部。在唐玄宗重用安禄山的问题上，杜甫是焦虑的，但宰相张九龄表现得更为峻急，连杨玉环的哥哥杨国忠这样的人都很激烈，可见这只是朝野达成的共识。其他方面表现政事主张的言辞，尽管李白和杜甫也时有涉及，但大致还是模糊笼统的。有些豪言，如李白的"达则兼济天下，穷则独善其身""修身齐家治国平天下"，等等，都来自前贤，既无错误，也没有个人创见，更算不得政治方略。

总之李杜的求仕，并没有与权势者在理想和政治理念方面产生多少原则冲突，其不平之气也主要不是在这个层面上，更多的还是求仕不得之失意。儒家代表人物如孔孟则要大气得多。孟子"好为帝王师"，极有胸襟和气度，他与齐王的一些谈话今天读来多么有趣，其中不难看出循循善诱和多多少少的教训气味。孔子及其弟子要实践自己的政治主张，就要研究理政，这和一心求官的欲望有着天壤之别。这样说并非指李杜就是这样的"欲望客"，而是说他们与孔孟求仕仍有很大的区别。

杜甫一方面"干谒"不成，另一方面又"以兹误生理，独耻事干谒"，内心的矛盾令人同情。李白也是一方面"干谒"，一方面又写出"功名富贵若长在，汉水亦应西北流"，这两个李白都是真实的。以那样的绝世才华还要那样没有自尊地乞求，会是多么大的痛苦。中国社会极少尊重"人"，也就谈不到人的尊严。从这个意义上讲，这是社会的罪恶、文化的罪恶。

讲到李白杜甫与庙堂的关系，可以认为李杜身上有中国知识分子的问题，如对权势的依附和巴结，人格不够独立；但还有另外一些重要原因，如李杜对长安的念念不忘之中也包含了所谓的"信仰"，这和屈原的忠君是相同的。

中国人没有"上帝"的概念，常常以一国之君替代。皇帝被看成是上天派来管理地上事务的，于是也叫"天子"。西方是君权神授，东方是君权天授，农民起义也要假托一些灵异现象，表示自己受上天指派。一个人可以不依附权势，但不能没有神和天。如果一个民族没有具体的信仰，或者在信仰中没有具体的神，那么对皇权的信奉就会演变成信仰。所以李白杜甫心系皇帝和朝廷，有一部分当是"代信仰"的意识在起作用。

李白诗中每每提到长安，一生无论身在何方都心系长安："正西望长安，下见江水流""总为浮云能蔽日，长安不见使人愁""客自长安来，还归长安去。狂风吹我心，西挂咸阳树""一为迁客去长沙，西望长安不见家""长相思，在长安""长安如梦里，何日是归期""西忆故人不可见，东风吹梦到长安""闻道金陵龙虎盘，还同谢朓望长安""遥望长安日，不见长安人""西入长安到日边"。

可见"长安"已经成为一种精神动力和信仰。

杜甫《秋兴八首》的主题即是"望长安"，由长江风光写到曲江风光，由夔州写到长安，再由长安写到夔州："每依北斗望京华"。穷瘦苦老病，即将死去，杜甫念念不忘的依然是长安，坚贞如此，顽梗如此——也许只有信仰才可以抵达这个深度。

思　君

李白在流浪困苦中念念不忘唐玄宗的恩宠，写道："长安宫阙九天上，此地曾经为近臣；一朝复一朝，发白心不改。"在这里他自比屈原的流离与忠君，像屈原那样一刻也不曾忘记那个"美人"。那个"美人"就是天下最有权势的皇帝，他真有那么"美"吗？虽然这里的皇权多少有点"代信仰"的作用，可毕竟还有诸多复杂的信息透露出来。

如果指"美人"们的道德情操或身心姿容，还不如说是权力带来的恍惚迷离，是情感的变态。权力这种东西是极其古怪的，它能使一个清晰过人的聪明人变成愚夫，变得比儿童还幼稚。杜甫也写过"每饭不忘君"这样不可思议的话。这些话或许也反映了一种极其复杂的心绪，但还不能简单地认为这只是诗人的一种表白，而多少应看作是皇权对人的一种异化。

后来人对李杜的概念化印象中，只记住了"狂傲"与"忧愤"，往往抽掉了他们"白发心不改"和"每饭不忘君"这种顽固的"长安情结"。其实一直到生命的最后，这仍然是他们两人的一种寄托和心愿，是无法摆脱也不曾摆脱的。当然我们也会从他们的诗句中找到许多悔悟和埋怨，甚至是一些痛快淋漓的句子，可惜这仅仅是激愤之言，还远远比不上思君爱君那样的冷静与执着。

他们两人对屈原的怀念寄托着敬重和认同，但与屈原又实在是不同的。分析一下屈原与李杜的异同，这很重要。屈原与楚王的分离，也有失宠的痛苦和不甘，这一点仿佛与李白被逐、"赐金放还"差不多，但实际上压根还是不同的。屈原与楚王有非同一般的亲近关系，有长时间共事的过程，甚至参与了内政外交、制定国策等一些至大事项。有人认为屈原只是一个贮于宫中的可有可无的游戏闲人，这是与实不符的。这样一个人与楚王无论在国事还是个人交谊方面，都是深陷其中的，他们一旦发生了矛盾，对其中一方特别是屈原来说，当然是刺激深重的。所以我们读屈原的诗，对他的重重纠缠不能解脱，对他的神迷错乱幻觉环绕，总是特别能够理解和体谅。

李白与唐玄宗的关系则简单了许多。无论在个人关系和国家政事方面，他基本上没有涉入很多，只是浅尝辄止，基本上是个门外的观望者。李白与杜甫对君的忠诚与思念，更多的还是渴望"进入"，而不是离开之后情绪的激烈反弹。因为他们都没有真正"进入"过。杜甫没有，他只见过离开长安的唐肃宗，而没有见过盛唐时期的唐玄宗。李白也没有，他只是作过翰林待诏，或许见过唐玄宗几面而已。"天子呼来不上船"，那只是朋友诗中对他狂放之态的想象，并非是确凿的事实。由此来看，李杜和屈原的艾怨、思念以及性质，其中的差别的确非常之大。

屈原诗中除了思念"美人"，更多的还是纠缠于政见的不同，是这种遗憾和痛苦，充满了对国家未来命运的担心。这就将自己与被思者（美人）的地位扯平了，是大大超出一己情感的。而李杜的思念，则是仕途不顺者的思，是抱负不展怀才不遇者的思。

我们谈论忠君的话题，一定会想起长期以来对于"君"的理解，因为总有这样的观点：中国古代的"君"其实是代表了国家和民族的，忠君也就是忠于自己的国家，所以也就无可厚非。这种讲法虽然不能说完全错误，但基本上是错误的。因为语境是不能轻易抽离的，前提也十分必要，比如我们这里谈的李杜，他们所忠的"君"是极其具体的。就是屈原所思念的那个"美人"，也轻易不可以换成别的对象，他就是楚怀王。

大用是书生

我们从生命的角度去分析一个人的文字，是理解美文最重要的途径。它记录生命，从生命出发，又回到生命，是生命的自语和对话。如果从这些诗文中读出一个生命的内质，其余一切都好理解了，修辞研究等等也就简单多了。

"文章千古事"，即因为文章是了不起的生命之痕，是生命的指纹。这指纹在人世间没有其他相同的。

李杜是"书生"吗？普遍的看法是正因为他们是"书生"，所以才在官场上连遭挫折和失败。有一句话流传很广，叫"百无一用是书生"——说的是一个人被大量的书面知识所困，一辈子也就没有大的作为了。这其中有说得对的部分，即严格来讲，苦读是伤气的，而这个"气"不是一般的"气"，是维系着人的心志体魄各个方面的。显而易见，一旦伤了这个"气"，也就失去了生命的冲决力，无胆无魄，什么大事都做不成——或许心里明白怎么做，但行动力毕竟差了一些。

可是李白和杜甫的行动力却一点都不差，他们上京下府，在社会层面上看也十分活跃，而且活动半径很大。勇于接触一些很难接触的人，这是看一个人行动力如何的重要指标。看来当年的书面知识并没有伤害李杜二人的"气"。

至于"书生"本身，那倒是一个基本条件，是做大事情的前提。身为"书生"而没有伤"气"，可能才是最重要的。相反的，如果一个人不是"书生"，做任何大事业都要先打个折扣。首先要是"书生"，其他可以另说。大政治家，大商人，大慈善家学问家，一般都是"书生"所为。连一个"书生"都不是，还能指望他什么？大格局大境界往往是谈不上的。严格地讲，单就从政而言，在现代社会，在正常的人文社会里面，不是"书生"，就没有资格做"治"的工作。

在古往今来的各种"吏"当中，"书生"往往是清廉的。清廉好办，"书生"最容易做到，但有为就必须有勇气了。这里又说到了"气"。被书伤了"气"的人是不可能有什么作为的。有人会说"书生"好像什么都懂，但政治上大半是幼稚的。所有关于"书生"的议论都是嘲笑这一类人，嘲笑他们从政的简单和低能。其实这是极大的误识，是大错而特错的。"书生"的清明细腻决定了其洞悉力和把握力的强大，但唯有一条：一旦被书伤了"气"，政治作为也就没有了，因为行动力没有了。

总的看，即便是一个冲动的艺术家，比如李白这种人，也比那些玩弄权术者在政治上清晰和成熟。那些专门做官的人，心思都用在人事机心方面，不会深入考虑怎么安顿民众生活。安顿民众的生活必须是超越个人利益的，需要达观和理性、没有私心。有人问，"安顿民众的生活"能概括政治的全部吗？比如外交怎么办？体制机构怎么办？可是再问下去，所有这一切难道不是最终都要落在安顿民众的生活上面吗？人文，道德，教化，所有这些都是民众生活的组成部分。

李杜既然没有被书伤"气"，而且仍然那么热衷于政治，为什么最终却不是一个成功的政治家？答案也许是清晰的，即因为他们的这种"气"仍然过多地注入到了纯粹的政治本身，而没有专注于"人事机心"。这正是他们最可爱的方面。

可见"书生"之好，就是他们的人文关怀力，这才是为官从政的基本素质。

如果一个书生读书即为了做官,满脑子都是为皇家着想的奴才性,那就真的是"百无一用"了。

从政与为文

谈到艺术家和知识分子,人们往往会说他们感情饱满,艺术天资很高,很有才华;另一方面又常常表现出政治上的幼稚和弱智。这种说法也许已经成为社会通识,其实在很大程度上是谬误和浅见。因为这种说法的根本错误,就是把"政治"和"人事机心"混到了一起。

实际上即便像李白这样一个冲动浪漫、常常是不靠谱的诗人,也在诗文里流露出自己的治国雄略,尽管笼统却也算相当美好的设想,很是令人赞叹。至于孔子孟子等圣贤人物,非但不是政治上的低能儿,反而真正是社稷道路的大设计者。

这里首先要界定"政治"是什么?政治当然不是玩弄权术,也绝不等同于人事机心。前边说过,政治就是安顿民众的生活,就是治理社会。至于怎么安顿民众的生活,怎么治理社会,稷下学宫的学人、历代知识分子,都有过非常美好也非常现实的设想。这一部分人从政治上看恰恰是过于专业了,考虑问题都很认真,只是很少着力于人事权变那一套策略。权术不是他们所长,如果在这方面有所长,也就背离了政治的专业,更不会写出那么好的诗章,表达出那么好的思想。

历史上几乎所有的文人和思想家,在政治上都是比较成熟和高明的;相反,那些专门做行政管理的统治者,他们在许多时候不得不陷入令人厌恶和恐惧的权斗,并直接导致政治上的褊狭、昏聩和腐败。因为他们不得不专注于人事机心,不能像对待真理和专业那样从事政治,其中的一部分最后只能成为政事上的昏庸者和小人物,让自身道德败坏下来。

有句话说"自古文人多良吏",谈的即是知识分子与政治的关系。单论这部分人在政治上的成熟度,非但不亚于那些政治上的所谓专业人士,还因为其富有政治理想和贯彻力而获得了更大的成就。说到底从政与为文是一致的,一篇文章要写好,起承转合,段落思想,一切皆需要良好的判断力和协调力,而这些能力同样是治理国家所必不可少的。为文涉及无数的细节,从局部到整体的关照,需要无数解决实际问题的方法。而政治也是如此,治理国家,安顿民众的生活,最需要回到细节,回到复杂的、具体的判断上来。这才是政治的真正含意。

我们长期以来将政治真正的本质的意义抽掉了,偷换成等同于权术和人事机心这一类低俗的概念,是十分可悲的。

好的政治不会是权谋密室那一套,而中国自古以来的宫廷斗争太多了。这正是一个族群的不幸。在这种有毒的文化中,哪怕是抱着美好的抱负去治理天下、安顿百姓生活的文人,到头来也无非要效忠皇帝,最终落入诡谲庸俗的权谋圈套中。他们所能做的,用鲁迅的话来讲无非就是"帮忙"和"帮闲"——帮忙与帮闲不成,就从廊庙跑到山林里抒发自己的不平。鲁迅先生还说,"中国文学与官僚实在接近"。

是不是"良吏",最重要的指标还是要看人文精神对从政者的影响力。古代科举考试要考四书五经,儒家经典对人的品德有制约性,虽然这种制约力极其有限，但在专制国家里仍然是十分可贵的。

如果有人问李白适合不适合搞政治？一百个人里面会有一百个人说，李白是一个好的诗人，但不是一个好的政治家。理由就是因为李白在政治上失意了，搞砸了，而在艺术上却取得了辉煌的成就。但这样讲也许忘记了：历史并没有把李白放在一个从政的位置上。既然没有经过这方面的检验，一切到底如何也就很难说了。

谈到历史上的大文人大诗人的从政作为，苏东坡的例子不必说了——中国古代那么多政治上失意的文化人和艺术家，其实他们都可以是杰出的政治家。比如王安石等既是文人，又具备强大的行动力，这种人应该是很多的。但他们从来不是一个狡猾的权术家和权谋者。李白有那么高的社会志向，要他做一个治理者，怎么可能比一些庸常的官吏更差。

还有人可能会说，李白既然有那么高的抱负，要走向治理国家的高位，欲展鲲鹏之志，那么就应该允许他用各种办法达到自己的目的。由此又产生了另一种宽宥，认为他无论写出怎样取悦他人的文字，只要可以结交权贵抵达成功，似乎都是可以理解和谅解的。言外之意是等他真的走到了那个位置，也就可以施展自己的政治抱负了。许多人一直是这样考虑问题的，也就是将目的和手段分开，以所谓的"成功"论英雄。这正是人性中普遍存在的一种混世的黑暗逻辑，是导致人间悲剧和苦难的渊薮。究其根本目的，无论多么崇高，多么辉煌和宏大，都不可以用卑鄙的手段去实现。"目的"是"手段"一寸一寸积累起来的，而不仅是最后的那个"结果"。"手段"随时都在"结果"，一路都在"结果"。

有许多时候，实用主义者是只问"目的"不问"手段"的，可以用所谓的终极目标、崇高目标来为自己的卑鄙手段做出辩解。这只是一种欺骗,是哄骗他人上当。一路结果的恶劣手段,任何时候都不能被原谅。在这里,我们应该就"目的"和"手段"之间的关系,就政治理想和文学成就诸方面,来全面地认识李白杜甫等伟大的古代诗人。这种认识,可能对我们当代人更为重要。

人性的角度

中国还有一种"忍"的文化,比如一个人为了达到自己的"崇高目标",就可以忍受和妥协——"英雄能受胯下之辱""君子报仇十年不晚",等等。在这里,"目的"和"手段"的差异实在值得从多方面讨论。韩信曾有过"胯下之辱",但后来成为大将军,也便成为了英雄行为的一部分。但不要忘记"胯下之辱"仍旧存在,那是一种大辱。如果韩信没有这样的经历,他的形象不是更为高大吗?再说,如果一个英雄人物不曾耍弄权谋,不曾摇尾乞怜,难道会因为缺少戏剧性而留下什么人生遗憾吗?

为了成功,为了那个目标,一切的曲折忍让都可以理解和原谅,这成为一部分人的"至理"。其实这正是民族劣根性的一部分,是某些人习惯的"手段"与"目的"的"分而论之",不仅不能看成堂而皇之的理由,而且还是缺乏自我批判力的道德哀伤。

身份会影响和决定诗品,却不会是优劣的唯一凭据。有的大诗人直接就是皇帝的重臣,甚至皇亲国戚,比如清代那个纳兰性德。李煜是大诗人,也是皇帝，他的父亲南唐中主李璟也是很好的词人。苏东坡曾是皇帝的近臣，后来受了很多磨难，这之前之后都写出了很多杰作。韩愈，高适，莫不是身份显要的人物；辛弃疾则是将军。可见高位与低位并非判断诗作优劣的依据，也不是人格的依据。古今中外这种例子还有很多，比如被称为美国"诗人中的诗人"的华莱士 史蒂文森，一生几乎跟诗坛没有什么交往，是很成功的大商人，保险公司董事长，律师。再比如写出《失乐园》的弥尔顿，出身富裕身居高位，曾在克伦威尔执政时期担任国务院的外交秘书和新闻秘书，负责当时的宣传工作，还是首席出版检查官，却写出了《论出版自由》。

一切都需要以言与行作为评判的根据。诗人的"行"既是行动，也是作品本身，诗与文都是他们人生的重大行为。究竟留下了怎样的一些文字，这既是一个"行"的依据，又是"言"的物证。说到"行"，我们不能简单地说他们为封建地主官僚专制工作，就一定有不堪的人格。他们在"治"的位置上发挥个人的能力，如果能够推动社会发展，安顿民众的生活，这也诚乎可贵了。他们在那种社会和体制框架中努力做好自己应做的工作，当然无可厚非。尤其需要我们深思的是，今人未必可以居高临下地指责唐朝的体制，因为我们不能以简单的"进化论"的口气论世，认为今天的一切都是高于古代的。我们还需要向古今中外一切优秀的东西学习。

具体到一个人，还要看他为了进入那个体制的高层，或是进入高层之后，表现出的千差万别。这恰恰是最能够检验道德操守的。如果为了进入那个体制，达到高位而使尽伎俩，留下了许多不良的人性与道德记录，那将是另一个问题，必要受到追究。这些追究更多是留给历史的，那是一个足够大的近乎无限的时间，可以容纳无数人的评判。个人的言与行，诗人的言与行，是这其中最重要的凭据——除非可以推翻这些言行，证明这些记录是虚假的。

郭沫若先生在书中试图做"推翻"的工作——他在《李白与杜甫》中曾为李白的一篇自荐表申辩，认为是后人伪造的，但最终并没有得到佐证。

人性中最基本的一些东西是难以开脱的，这一点古今皆是。人性是很神秘的，有人讲人和动物的区别，即人会语言、会思想和劳动等等。但有人说动物也有语言能力和思想能力，甚至也有羞耻感和道德感。许多人的生活体验中，觉得动物与人的情感模型、智力模型是十分相似的。但《圣经》讲上帝按自己的样式造了人，所以人性中原本就有神性；而在造动物时并没有按照这种样式来造，所以动物性中没有神性。这就将人从动物里区分出来了，所以人有道德伦理和良知，动物则没有。人被赋予了一种向善的属性，他的追求完美、理性特征等是一开始就具备了的。从这个意义上讲，人作为上帝的子民应该是有智慧、理性和向善的。按这个宗教系统的讲法，人只有被魔鬼所引诱，才会丧失良知，陷入妄为的迷途。

关于"人性"的判断和表述，我们可以取三个中国哲人来做比较。孔子被称为"圣人"，再后面是"亚圣"和"贤人"，这样的称呼也许是有道理的。孔子谈人性，影响最大的是这样一句话——"性相近，习相远"。这句话包含了什么？这里的"远"一是指古人和未来的人，二是指地理距离。就是说在时空两个方面，离开多远的人其本性都是相近的。但是他没有讲人性究竟是怎样的。到了亚圣孟子，他说"性本善"。

而另一个儒家的代表人物，战国后期的荀子则进一步发展了儒家学派，他也谈到了人性。荀子是不得了的人物，不但文章言辞凌厉，而且将儒学深入推进到社会管理当中；当然这其中也有大量的"扬弃"。用以前耳熟能详的话说,他是儒学的"修正主义者"。李斯和韩非都是荀子的学生,由此可见荀子身上也有一些法家的元素。他如何看待人性?他的观点与孟子正好相反,认为"性本恶"。他的论据是,一个人必然要喜欢财物,贪图美色和享受。人必须经过学习,经过教育和熏陶,借助社会的一些良好制约才能变得更好,做一些好事。

今天我们不带成见地去比较这三种关于人性的论述,觉得谁最高明?好像孟子说的不够准确,他的"性本善"有些简单,因为"人性"之中显然还有其他,包含了各种贪欲。再看荀子的"性本恶",也不完全对。因为人性里毕竟有天生的良知良能,比如怜悯之心人皆有之,人性中天然地存在一些美好的东西,这同样是最基本的,是不需要教化即先天存在的。所以人性既不是本来的善,也不是本来的恶,而是一个难以言说的复杂体。所以孔子只说"性相近",并没有"恶"和"善"的界定,因为实在太复杂了。就此看,孔子是最高明的。

再进一步比较,可以发现《圣经》和孔子都认为人性可以在自身条件和外界环境联合之下发生改变。《圣经》说起初"所造的一切都甚好",但蛇引诱了夏娃亚当,他们因而产生了恶,接下来就要在神启之下向善回归。孔子也讲"人之生也直""天生德于予",又说"为仁由己",可见人的道德境界和美德既有先天所决定的部分,也要靠后天的自我努力,故在现实中有"君子""小人"之分。

我们正是从人性的角度来谈论李白和杜甫,所以对他们做出伦理方面、道德方面的分析,而不会仅仅拘泥于社会学的意义。

人性的变与不变

我们从李白和杜甫的文字中不难注意到：他们是那么敏感的人。这样的人一旦做下了有伤自尊的事情，会是非常痛苦的。比如杜甫，有一首诗里就说到他最感耻辱的一些事，叫作"干谒"——为了博取功名而奔走。像写自荐表、跑关系等，统称为"干谒"。"衣不盖体，常寄食于人，奔走不暇，只恐转死沟壑"，杜甫这样描述自己悲惨的境遇，但仍然恳求"伏惟明主哀怜之"。李白也回忆过当年"干谒"的狼狈："前门长揖后门关，今日结交明日改"。他们怎么会没有强烈的狼狈、尴尬、耻辱的感受，这在他们的文字里一再得到印证。

郭沫若先生在晚年也谈到了李白和杜甫不堪的一面，但是非常节制，常常是点到为止。因为这或许要产生一些现实的反思，是难以回避的。一九四九年前后，特别是当时中国知识分子的生存处境，对于郭沫若先生来说是非常清楚的。二十世纪六七十年代的杰出作家们在哪里？知识分子在哪里？有许多在监狱和农场里。有的知识分子只是苟活，或者被杀掉，已经不在人间。当时议论李白杜甫与权力的关系，就需要面对那样的社会现实，不由自主地产生诸多联想。同时我们不要忘记，郭沫若先生谈论这一切的时候，"文革"还没有过去，他自己正接连遭受老年丧子的打击。

在这种情况下，郭沫若先生能够如此论说诗人和庙堂的关系，已经是极为难能可贵的了。另一方面，李白让郭沫若特别珍爱，因为这是对他发生过重要影响的古代诗人，他不忍将其过于贬损。实际上把李白树成千古不朽熠熠生辉的民族诗人的，正是李白自己的文字；但同样也是这些文字，却差点毁掉了一个伟大诗人的形象。李白是一个饱含剧烈矛盾的人：一方面极其敏感和自尊，另一方面又极其麻痹，常常扔掉自尊于不顾。

这种情形我们不会感到陌生。因为中国的官本位思想根深蒂固，唯一的价值尺度就是官阶，一个人只要仕途顺达就算不容置疑的成功，仿佛不再有其他的尺度和标准。其实只要处于封建专制下的族群，就一定会演化和形成这样的一种价值尺度。绝对的权力意味着绝对的腐败，也预示了无所不能的野蛮。一个高度文明的族群一定会给艺术、精神、思想，给个体生命的尽情发挥留下充分的空间，形成一个色彩斑斓的生存格局。

封建大一统的专制社会，其权力不仅具有十足的野蛮性质，而且还会覆盖一切遮蔽一切，这时候就会让任何健康生长的机会变成一种奢望和梦想。

无所不能的权力会带来巨大的利益，因为依仗的是野蛮的力量。李白杜甫当年或许也曾把治国平天下、把为官从政当成一种"职业"去理解，这是他们书生气的一面。实际上这在封建专制时代是根本不可能存在的一种"职业"，官与民永远是欺压与被欺压，管理与被管理的一种关系。这里没有也不可能出现平等思想，更不能把这种抱负和理想拿到现代，拿到民主社会，不能从"管理国家"这个高度去认识。李白他们当时虽有书生气，但也不会傻到那个地步，把做官仅仅当成是一种"职业"看待。他们心里当然明白：这是一种无所不能的巨大力量，尊严，权力，财富，一切都会在官阶上得到体现、一切都要服从它的调度和笼罩。

从李白杜甫到现在，一千多年过去了，顽固的"国标"仍然没有根本的改变，这只能看成是一个族群的大悲哀。

二十世纪六七十年代讲"公仆"比现在多，出现的频率也要高得多。但怎么称呼其实是无所谓的,一切还要看实际内容。随着社会文明的不断进步,我们对李白和杜甫开始使用现代人的尺度,可以更深入更细致地解剖这两个艺术生命的标本。

当然我们不能去苛求古人,不能用一厢情愿的思维模式去评析古人。但人性中总有不变的东西,比如在权势面前、利益面前,人的高贵和自尊怎样安放,这仍然还应该是古今相同的。从这个层面上讲,今人仍然在为一千多年前的李白和杜甫感到遗憾和疼痛。

拾起理性

李杜的言行是他们自己的问题,在千余年的中国文化史上如何看待李杜,则是我们的问题。我们最熟知的是后来从民间到庙堂,对李杜诗篇的热爱与自豪。这是自然而然的,是不言而喻的。

有一位西方的权力者曾经说过这样的意思:一个民族记取她的辉煌和胜利,与记取历史上曾经发生过的令其耻辱和羞愧的事情,同样重要。这样的话令人警醒。对羞于启齿的伤疤,我们不愿记忆,而只想更快地将它忘掉。这不仅是虚荣的缘故,而且还希望让整个民族有个好心情。不过好心情与噩梦之间的关系,最后还得从头分析和面对。

一个民族是这样,一个人也是这样。比如对李杜在行为缺失方面给予有意无意的过分的宽容,一定会有后果的。我们对成功者往往是很能够原谅的,很难拾起理性冷静地对待。重大缺失甚至是不可原谅的那一部分,与他们辉煌的成就应该是两说的。我们的尺度如果在某些方面稍稍放松一点，就会形成一种骨牌效应——自封为"天才"者太多了，他们都会认为自己是拥有道德豁免权的人，于是就会放纵自己。

我们的文化老汤浸泡至今，其中的得失太多了。常说的"大丈夫能屈能伸"，用今天的流行价值观来看好像也没什么大问题，但这里是怎样的"屈"？围绕这个字到底要画一个多大的圈，就是问题了。忍受困苦、愤怒、饥饿、贫困、寒冷，在权贵的淫威下也绝不低头的"屈"算一种；说假话，苟且，委屈自己的良知，无所不为，这算另一种。这后一种"屈"就有点可怕了。

比如颠倒黑白，放肆地吹捧自己，见了有权有势的人一切都不管不顾，利令智昏以至于做出耸人听闻之事，这就让人不敢恭维了。这种认识并不是什么道德高调，要知道古人曾经有过更极端的要求，像许由，听了不好的话马上要到河里去洗耳朵。用这样的标准要求生活中的所有人，似乎太不现实。但不现实是一回事，这个事例所标志的价值观及取向，却是谁都不能否定的。

看一下李白写的那些表，其他的一些言论和诗，其中的一部分简直不忍入目，岂止是经不起苛责。我们不必要求一个历史人物和现实人物在精神上绝对纯洁，不必要求一个人为精神、思想和操守而殉命——这样的人是旷百世而一遇的悲伤决绝——但也不必向着相反的方向越行越远。

我们可以苛责李白或杜甫，但必须与中国文化结合起来。如果真的能够"拾起理性"，那就将自战国到唐代浓烈的"干谒"之风来一个梳理，找出民族文化基因方面的问题。这会是一个极大极难的工作，但却不能不做。中国文化原本就不是一种理性见长的文化，因此"拾起理性"是最难的。

杜甫的绯鱼袋

郭沫若先生说到李白与杜甫，对李白非常偏爱。李白是一个浪漫主义者，深刻地影响了中国的一代又一代诗人，包括郭沫若先生自己。所以他在《李白与杜甫》中，写到李白的时候就常常表现出许多宽容和谅解——虽然也表达了一定程度的痛心，但基本上是推崇和赞扬的。而对杜甫就不是这样，有时算得上是苛刻。

其实杜甫和李白在许多时候是十分相似的。我们常常讲李白是一个浪漫主义诗人，杜甫是一个现实主义诗人，因为二者在性格、在做人方面色彩迥异，他们写出的诗章也必然有一些审美差异，人生目标也不尽相同。可他们都是杰出的诗人，都生活在同一个时代，一些言行也相差不远。比如说对权贵的依附和借重，杜甫并不亚于李白。杜甫在推荐自己的时候，同样用词大胆而泼辣，很有自吹自擂的锐气。还有喝酒，一般都知道李白是一个酒徒，极度嗜酒，却对杜甫的能饮视而不见。

李白二次进京以后受到了皇帝的厚待，与权贵多有交往，并且一生都视这段经历为最大的荣耀。杜甫有过之而无不及，比如年老的时候，正赶上好朋友严武做了四川的最高长官，对方出于对杜甫的怜惜和敬重，就给皇帝上了一个表。结果杜甫得到了一个相当于六品的虚职，这就是后来人们常说的那个"杜工部"。从此杜甫有了一个表明职级的"绯鱼袋"，一直挂在身上。这条袋子给杜甫添加了许多荣誉和不便。他和一些年轻人同在严武的幕府中，因为披挂这个袋子，惹得年轻人嗤笑，最后弄得极不愉快。他在《莫相疑行》中写道："晚将末契托年少，当面输心背面笑"，指的可能就是这段经历。

李杜二人诗风不同，但就与权势者的关系而言，其行为方式算是十分接近的。今天我们把这两个标志性的、符号性的文化巨人放开展读，认真研究他们的文字，关于他们的许多记录，以还原他们的生活，得以总结和思悟，是非常有意义的。时代不同了，语境已经大变，但我们仍然会将他们与今天的文人，知识分子的言行加以对照，从中发现一些规律性的东西、似曾相识的东西。

杜甫到了身体极度衰弱的晚年，终于把这条绯鱼袋从身上解下来。在死亡的威逼之下，他已经顾不得那么多了。

比较陶渊明

就仕途的认识来说，李白杜甫与陶渊明的区别很大。就为官之途而论，陶渊明同样极不顺利，虽然很早就是七品，但后来还是弃之不做。我们只知道李白为求仕大费周章，最后没有成功，却不知道他如果获得七品的官职，能否有耐心长期做下去。我们知道杜甫做过七品，至于后来获得较高官阶而佩戴"绯鱼袋"，也并不是实职。

杜甫在《自京赴奉先县咏怀五百字》中写过"独耻事干谒"，但"干谒"却一度成为他的中心事业。李白在连续的挫折之后写道："安能摧眉折腰事权贵，使我不得开心颜""功名富贵若长在，汉水亦应西北流"。这些千古名句写出了李白内心的真实情绪，也和陶渊明完全一样，表达了愤怒和不屑、反省和自我批判。他算是背对官场吐出了一口恶气，这口恶气于是被后来人当成了最响亮的警句或宣言接受下来，长期用来赞扬李白的气节。实际上李白只是说了几句气话而已，说过之后该怎么做还怎么做，继续他的"干谒"之路。类似的豪言壮语并没有化为行动，这就是李白的人生悲剧。陶渊明的感叹、痛苦，和李白的这句诗所表达的几乎完全一样，即有名的"不为五斗米折腰"。但是陶渊明的不同在于他真的回到了自己的土地上，付诸了实践。可见他有了痛苦不只是说说而已。杜甫也回到过田园，那是在四川，有过不错的农事营生，规模还相当大，以郭沫若先生的考证足以算得上一个"地主"，而且雇有长工。但是杜甫仍然不算弃官为农的人，而是失去为官机缘之后不得已的某种选择。

如果说李白和杜甫的文学成就小于陶渊明，那当然不对。我们对诗人很难简单作比。历史上公认的是李白和杜甫的成就大于陶渊明。但陶渊明却是一个不可取代的诗人，是李杜在许多方面不可比拟的大诗人。如果说屈原李白杜甫苏东坡后面再加上一个最重要的诗人，那么许多人会加上陶渊明，而不是白居易或李商隐，也不是其他人。

可见陶渊明是一个拥有独特地位的诗人，实在是极了不起的人物。这了不起并不完全在于他的愤怒与痛苦、懊恼与觉悟，以及付诸行动的彻底性，但一定是与这些有关，这也是从古至今总是谈到的一个命题：人格与艺术的关系。

艺术问题是特别复杂的。有人说艺术的高度最终由人格的高度所决定，这也成了一个通识；但另一方面人格与艺术又会有所剥离，人格并不能完全等同于人的全部艺术。比如能不能在文学史上找到一个人品不那么高尚，或者是大有瑕疵的人，写出了绝妙动人、具有极高艺术价值的作品？大概可以找到。

人们对陶渊明及其艺术是有误解的。通常一谈起陶渊明，就会把他想象成一个"悠然见南山"的闲适田园诗人。他有这样的时刻和情愫，但同时又是鲁迅所说的"金刚怒目"式。不光如此，在中国诗人里边，还很少有人像陶渊明一样，能够直面死亡，做出如此彻底的表达。他敢于面对和正视死亡，是这样的一个诗人。

历史对陶渊明还是非常公正的。他的作品在很长时间里比较寂寞，不仅是他在世时，就是去世后很长时间内也没有人说他是个伟大的诗人。当时和后来一段时间内，一些稍稍重要的诗歌选本都不选他的作品。只不过最终诗坛还是渐渐认识到了他的独特与深刻，成为一个绕不过去的文学存在。历史上，有人甚至把陶渊明的地位提到李白之上。比如王国维写《人间词话》，例举最重要的诗人时，就曾把李白抽换为陶渊明。当然王国维在《人间词话》里对李白也有很高的评价，说过"太白纯以气象胜"。

陶渊明是一个知行并重者，其品格与艺术、生活情状各方面高度统一。他的纯粹性弥补了很多不足，其诗章呈现出可贵的单纯质朴的品质。比较他，李白和杜甫就缺少这样的质朴和纯粹性质。李杜的人生和艺术常常表现出巨大而尖锐的、无法弥合的矛盾，这一方面增加了他们的艺术魅力，另一方面也撕裂了他们的艺术。

足够大的树

关于李白和杜甫，更有韩愈等杰出人物留下的一些"干谒"文字，许多人会为他们感到惋惜。其实远早于他们的时代，那些"毛遂"们就已经很多了，纷纷"自荐"成为盛大风气，而且有着堂皇的理由：生逢盛世，敢不为君所用？"致君尧舜上，再使风俗淳"，这是杜甫《奉赠韦左丞丈二十二韵》中最有名的句子，集中说出了这样做的志向和理由。这样的情形以战国时期为最盛，到了唐代这样的"盛世"，也就延续下来并有了进一步的发展。

我们注意的往往是极有名的历史人物，其实比他们名声小一些的人即便做得更甚，却没有多少人援引。如唐人符载《上襄阳楚大夫书》中写道："天下有特达之道，可施于人者二焉。大者以位举德，其有自泥涂布褐，一奋而登于青冥金紫者。次者以财拯困，其自粝饭蓬户，一变而致于肤梁广厦者。"可见当时是颇有人寄托这"特达之道"的，梦想着"一奋而登于青冥金紫者"。这种"一奋"者从古至今总未绝迹，而且有古例可傍，所以此类风气只能愈演愈烈，闹成"跑官要官"的现代版，成为数字网络时代的另一道风景。

任何一个人面对时代的潮流、世界的潮流，都不可能岿然不动，只是程度会有所不同。举例讲大风来了，真正的大树枝叶在动，但主干是不动的；再小一点的树，枝叶动主干也要动；更小的树如灌木之类，几乎就要匍匐在地了。

一个人要有足够的自持力，就必须长成一棵大树。可是放眼看大地植被，最多的不是大树，而是小树，草木灌木最多。在这个风力很强的时代，只有长成一棵大树，这样大风来了，枝叶可以动一下，主干还不至于偏移。

但是一个人无论多么了不起，无论是多么大的树，丝毫不为所动也是不可能的。石头才不动，而人至多是一棵有生命的树。人和树是一样的，无论怎么高大，枝叶在风中总要动一动的，这是一个人回应自己时代的哗哗作响之声。能够这样已经很不得了，做这样的比喻也好接受。如果说一个人在任何的时代风潮中都毫无所动，都可以低头做自己的事情，打自己的主意，这样心如铁石的人几乎是没有的。

这也正是我们开始所讲到的话题，就是今天为什么找不到一个有资格设坛讲学的人。因为我们找不到一棵足够大的树，它已经像一个活化石了，那样就不为时代风潮所动了。他可以生活在个人的世界里，做自己的大学问，这样的人才有资格设坛讲学。一个人博闻强记，知道的事情很多，足迹遍及几大洲，穿梭在大学里，总是夸夸其谈，是电视台等媒体上的活跃人物，设坛讲学恐怕就难了。哪怕他算是一棵不小的树，每刮一阵风枝叶就会不停地抖动，无论愿意还是不愿意，都要用这抖动的声音去回应自己的时代，回应周围这个世界。

他的声音散布在风中，而这声音都是我们大家似曾相识的。

在真正能够设坛讲学的人面前，大家没有多少参与的份儿，而只有倾听的份儿，他送给我们的，必须是个人的声音。这声音我们会感到陌生，其高度达到了不容别人置喙的程度——一般人够不到他。

而我们自己是什么？好比草，好比灌木。

从李杜他们的"干谒"说到现代，我们惯于嘲笑单纯迂腐的"书生"，岂不知"书生"只是一个基础，其他另讲。连"书生"都不算的人，其实缺乏的正是一个进入人文社会的基础。在所谓的"英雄史观"那儿，从来不认为群众是真正的英雄。但事物可以从不同的方面去论，英雄就是英雄，英雄是不同类型的。单讲思想，还需要重视个体的力量，个体才有进行思想的巨大能量。所以我们应该强调做一个有价值的人，强调发挥个体的力量，修好个体。

修好个体的条件有许多，检验个体力量如何，其中的一条就是看其独处的能力有多大。

独处是一个了不起的能力，能够很好地独处是困难的。有人讲独处不就是一个人待着？是的，看来再简单不过，其实是再困难不过。环视周围，哪一个人能独自待下去，待得健康？一个人待得太久要出事，孤独症，忧郁症，各种各样的毛病都出来了。独处也并不是一个人在斗室里冥思，不是打坐——这些当然也是独处的一种方式；但是更重要的方式，是独自与另一个生命沟通和对话，比如阅读。有人说，一个人在那儿看大片，看图片网络，那不是独处吗？当然不是。因为跟这个时代最芜杂混乱的声音和声像搅在一起，是热闹而不是独处。

要沿用相对传统和沉寂的方法——一个族群使用最久的一整套系统符号，即语言文字——跟另一个时空里的生命沟通，这才是独处。

阅读是最好的一种独处方式。

一个族群的素质越高，独处的能力就越强。二十世纪八十年代中期去欧洲，下午四五点下了飞机进入市区，走在不宽的街道上——不像我们这么宽的大马路——只见一辆辆小车停在边上，街道静静的，一个人都看不到。当时觉得奇怪的是欧洲人口密度这么高，按我们的街上经验应该是人山人海才对。可是这里竟然一个人都没有。一连转了好几条街，几乎没有看到人，到处安静得很。

后来我们才明白，他们都在家里，在工作的地方，上班或忙自己的事情。总的来说他们独处的能力更强：在家里读书，听音乐，或与家人一起。个别人在咖啡馆里待一会儿，也是独自安静着。总之一个文化素质较高的民族独处的能力才强。而在第三世界，在文化程度相对较低的地方，连人口密度不太大的地区，任何时候到大街上去都是人流蜂拥，他们好像天天忙着串街购物。独处对他们而言是极难的一件事。

没有独处的能力，说明没有个人的精神世界，或者这个世界极其狭小。这样的人是无法阅读的。因为没法在精神的世界里遨游。有人说首先要解决温饱问题再讲其他，类似的话可以说上一代又一代，好像我们只配解决温饱问题似的，再往前走就是奢望了。这样我们也太窝囊了。

这里的阅读不是广义的阅读，而是狭义的阅读。再狭义一点，只读那些经典，各种经典。经典来自时间，不是来自乌合之众。一窝蜂拥上去的书往往是乌合之众的读物。好书也是能够独处的，它们不怕偏僻寂寞，那我们就来读它们。人的见解确实是有高低之分的，读那些高人赞不绝口的书，一般更会有意义。一个人不学习，连文明的基础都不具备，却化入了"群众"之中，于是就成为一些人开口必赞的"英雄"，这样的"英雄"多么可疑。

经典来自时间，要到时间的深处打捞。比如说读几百年前，几千年前，那个时候留下来的经典。时间是有积累有利息的。平时光知道钱有利息，可是时间的利息更大，时间是个很神秘的东西。我们读陈子昂、李商隐、白居易、岑参，读屈原李白杜甫张九龄王之涣，看西方的那些英雄史诗，如《贝奥武夫》，而后会惊奇：一个遥远时代中生活的人，怎么可以写出这种色彩和基调的诗章？它是如此地深邃迷人，如此地具有时光的洞穿力，其光芒一直投射到今天，投到我们的身上，还是强烈炫目。

这两天我们讲李白和杜甫，因为他们支撑着中国文学与东方文明的天空，是其中的两根支柱。既然如此，就可以拿出时间好好读一下他们的原典。中国研究他们的书汗牛充栋，有余力再读这些文字，看看他人是怎么看待李白和杜甫的？有些篇目可能是无聊的，因为从古至今都有个去伪存真的问题。在匆忙的数字时代里，我们花上一些时间研究这样两个人物，完全值得。

幻想和追求

谈李白和杜甫，在时下这个特殊的时期，很能够从一个方面拨动我们的心弦。

一拨从二十世纪五十年代一步步走过来的人，经历了各种各样的动荡和变化。仅就知识分子的地位来说，表面上看经历了几起几落，实际上却没有太大的、本质的改变。现在的许多文学作品仍然在写知识分子的苦难，使用了大量笔墨来写上一代人的不幸，而且都很真实。这应该说是很"现实主义"的，并不需要什么"浪漫主义"。

一些很不幸的代表人物丢掉或接近丢掉了性命，命运稍好一点的，也在监狱里度过了最好的年华。他们一路跌宕过来，经过了镇反、反右，最后好不容易等到了平反，已经是老迈之人了。八十年代之后的知识分子，已经觉得经受了沧桑巨变。今天他们在物质主义、欲望主义、商业主义的合力挤压之下，作为一个群体也产生了巨大的分裂。一部分人仍然不能从昨天的记忆里走出来，带着痛苦的回顾纵横思索，心理非常复杂和沉重。还有一部分人追随时代，与时竞进的能力很强，可以及时地投入到当下的生活中，对一切都很适应也很认同。

在这种时代背景下去看李白和杜甫的一生，会别有一种深刻的感受，体悟知识分子与庙堂的关系，悲剧感特别强烈。知识分子急于被庙堂所用的那种尾随、攀附的心态，在两个大诗人身上得到了淋漓尽致的体现。这其中给人的痛苦——那种痛彻骨髓的感觉，尽管经历了千余年，也仍旧是无法消除的。这种感受伴随了审美的始与终，算是一种特殊的阅读经历。这种阅读体验和经历会是中国独有的吗？

自然，李白杜甫与庙堂的关系一言难尽，他们身上既有知识分子的依附和巴结，还有另一些不可忽视的因素，这或许就是——信仰。当时的帝王被看成上天派来的俗世管理者，所谓的"天子"，于是对皇权的信奉就多多少少演变成为信仰。

早在春秋战国时期，中国出现了那么多标新立异的思想家。战国时期有严刑峻法的秦始皇和商鞅，有齐国的物质奢靡，但另外还有一个更大的奇迹，就是稷下学宫的建立。在经历了那么多朝代，在不同的文化格局、文化人物和文化潮流的演变之后，一路走到了所谓的盛唐，出现了灿烂的唐诗，其中就有李杜这两颗最耀眼的文学恒星。我们长期以来笼罩在盛唐诗歌的巨大光环之下，感到炫目，浑身流汗。

可是如果转过脸注视其另一面，又会觉得冰冷寒彻，有瑟瑟发抖的感觉。这里不仅指他们这两个杰出人物的悲苦命运，他们的晚年归宿，还有他们的心灵挣扎、对于庙堂的乞求与哀告，这声音一阵阵传到我们的耳膜中。

这种冷热温差之大，有时让我们无法消受。今天的知识人有什么期许？可以幻想和追求一种理想的知识人格吗？我们处在一个被冠以"全球化"的时代，一个网络时代，又将如何接受李白和杜甫他们那一代的遗产？

公德与私德

说到李白和杜甫等历史人物的言行，对其评议，有人认为也有个"公德"和"私德"的问题。这就使问题稍稍复杂了一些。怎样区别二者并做统一观，大概在许多历史人物身上都是个难题。评说一些特别的人与事，不光是中华文化有着"巨大的包容力"，外国也同样如此。"公德"与"私德"之不兼容，我们还可以举出一些更显著的例子，如明末清初的钱谦益，从文字记录上看也是一个很有才华但操守大有问题的人。钱谦益很了不起，在诸如文学批评、诗歌创作等很多方面都做出了很大贡献，是一个难以忽略的文化人物。国外的毕加索、海明威等人，都有好多事情可以谈，既有足以夸耀之处又有被人诟病之处。特别是雨果，莫洛亚写的《雨果传》是多么迷人的一本书，其中就写了雨果很多"私德"方面的问题，同时也能大处着眼，给予足够的谅解。

一个大天才，他做过的所有事情都在一个世界和系统里面。如果对其进行"解码"，我们也许会发现，任何一个生命体或其他物质实体，就像网络中的虚拟物象，全是由简单的几个数码组成的，这些数码在排列中只要错乱一个，全部就乱套了，这个"物象"也就没有了。那可以说是牵一发而动全身。所以我们对一个人物不可能只取其好，不取其坏，只取个人所喜欢的那一部分，舍掉个人不喜欢的部分。他的一切行迹似乎都是由一个整体生命所规定的，他必要沿着这个规定越走越远，不可以挽留，也不可以劝勉，不可以吸引也不可以改变。阅读这些人物的传记，我们常常会有这样的感觉。像李白与杜甫这两个人，就向着自己命运的轨迹一路走去了，谁也无法改变他们一丝一毫。

但我们以局外人的身份，如何来看待他们的世界，评价这两个已经完成了的生命的全过程，又是另外一回事了。我们在评判这些生命的时候，要有自己的理性、穿透力和觉悟力，以及我们对于道德层面和艺术复杂性之间纠缠难分的诸多关系的再认识，用我们的谅解和包容，更有期望的生命高度与之对接和对撞。拥有这种能力并且能够这样去做，对我们自己的精神世界和艺术世界也是至关重要的。

这可能只是一个幻想，一个奢望。实际上拥有这种能力的人很少，即便有也可能不被大众所理解。他们对那些杰出的生命看起来是苛刻的，实际上是平等的和理性的，是一种认识的深度。有人会疑问：后来者对那些天才人物怎么如此挑剔？其实更多的还是爱与理解，是远与近的交替打量，是两难的痛苦，是在这种关照下产生的自我愧疚，是感受人类共同的伤痛。在历史上的一些天才人物那里，优点和缺点会一起被放大。挑剔和否定是容易的，肯定也是容易的，但这种否定和肯定应该放在一个更大的生命框架中才好，应该有永恒性的观照，有这样的高度和判断力。这就必须摆脱小市民化的、庸俗用世的视角。

从这个角度讲，我们对李白和杜甫，还有雨果、歌德、托尔斯泰等百科全书式的文化人物，对他们的接近和诠释正未有穷期。他们也许会伴随我们人类的历史一直走下去，难以消失，后人对他们的再认识也绝不会中断。已有的结论将被重新打量，还有一些结论将被深化或改写。

但说到最终，"公德"和"私德"这种划分方法是很有问题的，这或许会将"道德"变成一个伪命题，将思维导入误区。"德"只有一种，不分"公""私"地完整寄存于活生生的生命当中，不可能被劈成两半。一个人如果将自己划出"公德"和"私德"去分别对待,那只能造就出一个伪君子。作为公众,对他人这样区别评判也不尽合理,因为所谓"公德"毫无疑问是在大众监督范畴之内的,而所谓"私德"即一个人和与生俱来的良知或道德律之间的关系。

《圣经》中讲到有人抓来一个淫妇到耶稣面前,要众人拿石头打她,以此来试探耶稣的态度,耶稣说:"你们中间谁是没有罪的,就可以拿石头打她。"结果没人敢抓起石头。这里并不是说违背了戒律可以不受惩罚,而是说解决罪恶的方式不是让一群有罪的人去审判另一些有罪的人。人人有罪,怎么有资格站在道德的制高点上去审判他人?我们常说的"良心的谴责",其实就包含在这个意思里面。

托尔斯泰和陀思妥耶夫斯基等人的伟大,不在于他们行为上的所谓"公德"或"私德"如何,而在于他们来自灵魂最深处的罪恶感和忏悔心,在于他们终生都在寻求真正的救赎之路——无限地朝向那个绝对真理的靶心校正自己的生命偏差,救赎自己的灵魂——这才是真正的道德。

不同的"机会主义"

不必讳言,李杜身上确有机会主义的元素。在艰难的进阶之路上,他们不可能完全摈弃庸俗的东西。比如在长安的辛苦"干谒",两人受尽屈辱却又乐此不疲。对这些岁月,杜甫和李白的诗中记录得最充分不过。"此意竟萧条,行歌非隐沦。骑驴三十载,旅食京华春……"这是杜甫《奉赠韦左丞丈二十二韵》中的句子,其中写尽了自夸与自怜,简直不忍卒读。"精诚有所感，造化为悲伤。而我竟何辜，远身金殿旁。"这是李白的《古风》第三十七首所写，是他被逐出长安后的惶惑与痛苦，为远身金殿感到莫大的屈辱。他先后与韩荆州、张垍、独孤明等官场权势人物迎合攀附，这个过程中有多少悲酸落在心底，也只有敏感的诗人自己知道了。杜甫更是如此，他一生不得不与之往来或接近的权势人物，有一些显然是让其非常痛苦的。比如他诗赋中歌颂的滕王李元婴、梓州的章彝、国相杨国忠、韦左丞丈济，都算是这样的一类。

利益与机会摆在那里，有时候是由不得人犹豫的。

但是机会相同，寻找这机会的人却可以是有大区别的。有些问题，有些人物，需要相当细致地辨析才好。像美国的庞德、挪威的汉姆生，都曾经跟强势的希特勒思维合拍共鸣，做过了一些附和的事情。而希特勒崇拜前人瓦格纳，喜欢瓦格纳的音乐和尼采的超人哲学。如庞德和汉姆生这类人物，当时总算是服从了个人的"感性"和"理性"，也许是从心底认定了反犹的正确。他们究竟是为了个人的进阶，还是其他，这的确需要分类甄别一下。

在巨大的物质利益、强大的权势面前所表现出的随和一致，我们必然要充满警惕。这个时候心中的机会主义要冒出来，就是人性的弱点。很显然，当我们对权势、潮流进行剥离和对抗的时候，很可能需要压抑机会主义。但有时也不完全如此——因为另一些时候，对于潮流和权势的反抗，也有可能是机会主义的变种——这种反抗同样是为了昭彰个人，比如为了口彩和其他利益。这后一种反抗其实与他们所反对的目标是一回事，在本质上并高不到哪里去。这极有可能是追随另一种权势和潮流，是无缘进入庙堂而采用的另一套计策和方法。

这两种机会主义,相同之处即全都失去了生命的纯粹质地,是为利益而搏。

所以无论是李白、杜甫、海德格尔、庞德,还是汉姆生、瓦格纳,他们有时候持什么政治观念并不重要,而观其生命质地是否纯粹才是最重要的。只要保有朴素的情感和认知,那么他们的创造力一定会是比较强大的,也是值得谅解的;反过来,当他们失去了这种纯粹性,其创作力也就大大地下降了。

瓦格纳是个很了不起的音乐家,他的音乐令人陶醉。像这样一类人物,他竟能在自己的生命创造上做得登峰造极,相当完美。这种完美只能是源于生命的纯粹。就这种生命的纯粹和热烈而言,是极质朴又极辉煌的。但这种纯粹和热烈却被后来的希特勒利用和推崇,实在有些诡谲和复杂。

但是许多时候,一些人的出发点和机会主义者仍然大有不同。历史道路、学术道路的选择,许多时候是由各种各样的原因造成的,绝不可简单论之。我们看待这些复杂的事物时,不能以世俗的成功与否作为判断的标准。

与李杜同期的一些文人,他们当中有许多是进阶有道并且大获成功的,这些人当中有不少留下了极其优秀的诗篇,却没有多少人对他们一路留下来的"干谒"文字一再追究,比如文章大家韩愈。韩愈的《上宰相书》《与李翱书》《上考功崔虞部书》,都算得上这类文字的至好标本。

第二讲：嗜酒和炼丹

李白炼丹

李白太过浪漫，所以让人觉得他终生追求炼丹、长生不老之术等一点也不意外。敏锐的人，好奇的人，往往都是很有才华的人。当年李白那么迷恋修道、炼丹，今天的人只当笑话去谈，事实上是未求甚解的一种表现。当年连皇帝都喜欢这些东西，社会高层的许多人都有自己的丹炉。只是当年的炼丹和今天理解的道家"内丹"有点不一样，"内丹"实际上是唐末五代时期萌芽，直到丘处机的"龙门派"之后才慢慢演化成熟起来的。气功也是"内丹"学问的一个分支。

当年道教起源时还没有练"内丹"这一说，他们是炼"外丹"，真的要支起一个冶炼的丹炉才行。包括皇帝等人爱吃的丹，大半都是用水银、雄黄等矿物炼出来的。李白和杜甫都爱好炼丹，他们炼的都是"外丹"。有一点是肯定的，他们这样做仍然是极有意义的，并不像我们今天看起来这么荒唐。把一些有毒的东西都吃下去了，这不是可笑和愚昧吗？实际也不尽然。

其实我们今天的人大部分也热衷于"外丹"，也在不停地吞下一些毒物，只是我们不能够正视而已。我们的认识还没有跟上去，不知道现在实质上也是在炼"外丹"。我们并不是丘处机龙门派的传人，练引导身体内力的气功反而不是太多。当时还没有"性命双修"这样的说法，也是到了唐末特别是

"龙门派"之后才有。"性"是精神心理方面的,"命"是生理身体方面的。当年李白和杜甫最佩服的一个人叫葛洪,葛洪就是炼"外丹"的大仙家。

杜甫诗中说"未就丹砂愧葛洪",意思就是:自己在这个方面差得远,尽管已经做出了极大的努力,也还是有愧于李白这个"葛洪"的提携。李白是一个非常有趣的人,他做什么事情都很认真。我们今天的人难以想象李白是怎样炼丹的。李白有钱,他跟从当时一些最有名的道士,立起丹炉。炼丹要有"大药资",这方面杜甫当然不如李白。杜甫说过,他炼丹不像李白那么有条件,苦恼的是没有"大药资"。

李白先后拜了几个很高明的道士。除了健康的考虑,另一方面炼丹也是求官的一个途径。当年上层社会的风气是好道访仙,皇帝和权贵都爱道,都访仙,都炼丹。所以只有走了这一路径,与权贵才有更多的共同语言,比如跟他们谈论道、仙、东瀛,谈论三仙山,这样一些时髦话题。这正是进阶之路。

从根本上讲,越是拥有大能的人对生命的奥秘就越是专注,他们这一生必然要穷究根柢。李白炼丹求仙、长生不老的念想一辈子都没有断绝,当是自然而然的。他不是一般的好奇和喜爱,而是极为认真和信从。他曾经跟一个叫高如贵的道士接受道箓——这是一个严苛的仪式,要筑一个坛,接受道箓者要七天不吃不喝,围着坛转圈,两手背剪,披头散发。很少有人能承受这个煎熬,有的人甚至半途死去。有的人没死,但已经被折磨得恍恍惚惚,仿佛见到了仙人。李白经历了这个,最终成为接受道箓的正式道士。而杜甫还没有走到这一步,那不是因为他的清醒和疏远,而是因为资本不足。所以李白是一个拿到了执照的真正的道士。

李白到了晚年,在去世的前三四年写了一首很长的诗,许多人没有注意,没有几个选本收入。诗的题目叫《下途归石门旧居》。这是李白用以跟吴筠道士告别的,郭沫若先生在《李白与杜甫》一书中极为重视这首长诗。李白在诗里总结了自己的一生:艰辛学道,官场失意,以至于走到了今天这一步。他对求道访仙稍微有一点后悔,但悔的并不是这条道路,而是自己未能取得成功。"此心郁怅谁能论?有愧叨承国士恩""挹君去,长相思,云游雨散从此辞""吴山高,越水清,握手无言伤别情",其中蕴含了极为沉重的情感,是风雨人生的过来心情。

现代丹炉

李白和杜甫炼丹成仙的心情一度特别急切,这在现代人看来不仅难以理解,还常常觉得有些可笑,会觉得两位大诗人竟然这样愚昧,以至于浪费了一生中的大部分宝贵精力,还有大量的金钱。李白只活了六十二岁,杜甫刚过五十九岁,两人都疾病缠身,晚境可怜。而为了追求长生不老,他们到处访仙,寻找大山里的道士,看来真是有点划不来。

但是如果还原一下当时的情形,我们也就不会惊讶了。当年没有今天这么多的中成药,更没有西药。我们现在有数不胜数的中成补药,还有从西方传来的那些补充剂胶囊,这些都是用来维护身体的。这其实就是今天我们追求的"丹",却没有谁觉得这种事情有什么荒唐。因为名字变了,不再称作"丹"了,究其实质却是一样的。我们现在的"丹炉"现代化了,电脑控制,正在世界各处不停地熬炼。现在的炼丹程序复杂之极,原料也大大拓展了。李白和杜甫那时候的"丹炉"里常有雄磺水银等有毒物质,很多人吃了生病或暴死。魏晋时期死了很多人,有的皇帝都吃死了,就是对原料缺乏科学认知。

可是科学发展到现在,我们还是不知道今天的"丹丸"是否就一定安全,同样一味补充剂,专家们说法不一,有的说大有裨益,有的说大有危害。可见关于"丹丸"的问题,人类永远要处在一个认识和探索的过程之中。从这点来讲,李白和杜甫一点都不可笑,相反他们是那个时代的先行者,是生活得十分讲究的一批知识人物。

当年李白杜甫他们喜欢的"丹炉",今天不但没有停歇,而且还利用了现代技术,比古代烧得更大更旺了。所有的中药厂、西药厂,都有自己的"丹炉"在熊熊燃烧。总之在谈论古人炼丹等行为的荒唐可笑之前,还应该冷静地想一想现代人对各种"丹丸"的迷恋。今天推销"丹丸"的人更多了,许多人还因此致富。不同的是今天的"丹炉"更多更大,也大大地现代化了,数量比过去扩大了几千倍。从东方到西方,到处都在"炼丹",只不过改了叫法而已。进入任何药店,都可以看到货架上堆满了花花绿绿的现代丹丸,我们百分之九十的人都和李白杜甫一样,时不时地吞食这些东西。

像李白杜甫这样的人只会更关心自己的生命,因为这是最根本的问题,没有生命了,其他一切都谈不上了。

郭沫若先生说李白在晚年谈到炼丹修道时十分愧疚,算是大彻大悟,根据就是写给吴道士的那首长诗。可是我们今天展读这首诗,却觉得更多的还是因为炼丹未成而滋生的痛心和遗憾,是他与吴筠的依依惜别之情。在他心里,那段修道生活仍旧是最值得留恋的黄金岁月。"云物共倾三月酒,岁时同饯五侯门。羡君素书常满案,含丹照白霞色烂。余尝学道穷冥筌,梦中往往游仙山。"总之直到晚年,他对炼丹事业还是一往情深的。

李白炼丹是对永生的渴望,是意识到了生命的短暂,更是被虚无所纠缠。他想成为超人,想突破人的局限,因此陷入了另一个更大的局限之中。李白对永恒的向往,不仅仅是期待肉体不灭,而主要是包括了灵魂的永生。

炼丹与艺术

郭沫若先生在《李白与杜甫》一书中,把李白和杜甫的炼丹、寻仙、寻求长生不老的愿望和行为给予了彻底否定,其实是大可商榷的。人对生死问题的关心是切近而自然的,人生不能不面对这些至大的问题,属于"终极关怀"。人在这些大目标、大思维之下有所行动,自始至终地探究不倦,当然是可以理解的。将李白和杜甫这样的天才人物,简单地归于迷信无知和愚不可及才是不可想象的。今天的人局限于物质主义,对精神和灵魂问题的关心程度反而不如古人,这甚至可以说是更大的愚昧。

也有人认为李杜局限于当时的科学知识水准,才做出了那样怪诞的选择。可是换一个角度看,李杜热衷于让身体接受矿物冶炼的试验,难道不是最接近当时的科学前沿吗?炼丹这种事是极为复杂的,道士即专门家。炼出的丹丸尽管也有化学反应致使有毒物质出现,让人受害,但大多数时候肯定也还是安全的,不然人们早就扔掉了丹炉。炼丹只可以看作药物合成研究的一个阶段,而不能简单视为古人的执迷怪异之举。这种研究直到现在仍在进行之中,未来也很难终结,看来还不能随便斥之为愚昧。

如果从信仰和哲学方面来考察，那就更不能全部否定了。人的信仰与沉思是自由的、深邃的，古人的形而上思维能力远不是庸庸碌碌的现代人所能理解的。一些悠思与玄想只有质朴的土地上才能生发，它们不会像科技一样线性进步。在思想领域，不能因为信奉一种主义而排斥其他主义。如果对李白和杜甫的信仰有了基本的尊重，就会在这种前提下分析他们的价值取向和艺术得失。

炼丹的鼻祖是葛洪。按照葛洪的理论，丹丸中最重要的元素应是金属物质，吃它们人才能长生不老；次要一点的是动植物，它只能强身健体、长寿，并不能长生不老或成仙。吃了能够成仙的必须是朱砂、水银、黄金白银这一类东西。可见这些大多数人是用不起的，也难怪杜甫发出抱怨。所以真正大力投入这种事业的，只有李白这种人才行，但也只是局限于前期。他的兄弟是巨富，父亲是巨贾，而且他本人曾经靠近皇帝，有过"赐金返还"的资本，有过一段花钱如流水的日子。所以他可以结交丹友，大开丹炉。

李白和杜甫处在葛洪的"外丹"理论、原始道教知识的笼罩之下，从养生的角度看有得有失，用今天现代科学的眼光看也不乏失误——我们现代"丹丸"是一些中西药片药丸，它们也常被查出毒副作用。所以这种事情总是得失互在的。在那个时候，第一流的天才、皇家贵族们都迷恋于炼"外丹"，这和今天有钱有地位的人更加注重药物保健是一样的。那时主张修炼"内丹"的"龙门派"还没有出现，葛洪的理论中也不见"内丹"的思想，所以一座座丹炉只得烧下去。直到现在，"内丹"的神秘性也横亘在大多数人眼前，反而可以掺杂许多邪说，令人望而生畏。所以今天吞食各种药丸的人，仍然要远远多于练意念引导术的。比李杜更早一些的大文学家思想家，如嵇康为首的竹林七贤,都迷恋炼丹,苏东坡也炼丹。

追求长生,挑战死亡,是人类自古至今都不会停止的思想和行为。这是关于生命的原初和本质、从哪里来到哪里去的一个质询,这种忧思发问在天才人物那里就越加强烈。一些了不起的哲思,都是在这个大质询之下产生的。如果承认李白和杜甫的思想与艺术,就不能完全否定他们炼丹求仙的行为;非但不能全盘否定,而且还要从他们的这些行为和思想中,看到真正深刻的现代意义。

李白炼丹与仕途的关系是清晰的,但与作诗之间的关系还待探讨。炼丹其实并不完全独立于他的诗歌创作之外,而始终是相伴相行并产生了深刻的影响。李白诗中出现云雾烟霞等大量意象,其想象力达到的极致、飘逸的诗风、自由洒脱的方式、神仙美学,这一切都离不开他一生的求道生活。

李白被称为"诗仙",这不仅指诗的内容常有神仙,而更主要的是气韵和神采。对神仙的向往深入骨髓,对长生的追求直到最后,正是这些左右了他的诗魂。

李白与东莱

李白和杜甫都是到处游走的,但李白走的路或许比杜甫还要长。古代的人一般来说走得比我们当代人少,除非是流离失所,要混生活和安顿自己。比较起来,古人比今人更能够"诗意地栖居",只不过因为交通工具的原因,走得很不容易罢了。如果仅仅按里程来计,古人一生跨越的地理空间一般要大大少于现代人；但是他们使用两足实际勘踏的自然山水，却要远远超过现代人。李白写大自然的诗篇比杜甫要多，在土地上留下的行迹比杜甫也要多。

李白和杜甫来没来过胶莱河以东？他们如果来过这个美丽的半岛该多好！但是除了文字记录中有一点李白东游的痕迹，再找不到更多的记录。这对半岛人来说是一个很大的遗憾。孔子也没有来过半岛，孔子如果来古黄县看看多好，但终究还是没有来。记录中孔子往东走得最远的地方是临淄，再没有继续走下去。

杜甫来没来胶东已经无考，但是有人认为李白《沙丘城下寄杜甫》这首诗很可能就是在半岛地区写下的。他们认为李白那首诗中的"沙丘城"就在掖县，即今天的莱州。其实这种推论是成问题的——"沙丘城"在今天的鲁西一带，而不是掖县。但是李白是到过崂山的，那里就属于胶东。"我昔东海上，崂山餐紫霞"——这个句子说明他走到崂山了，所以不去今天的蓬莱和古黄县一带，似乎是讲不过去的。

即便从逻辑上推论，李白到过胶东腹地也是非常有可能的，因为李白的脚更野，求仙炼丹、访仙的热情更高，行动力也更强。杜甫喜欢炼丹，但由于缺乏资本，没有那么多钱，虽然热望却不具备这方面的条件。李白既有热情又有条件，为此到处游走。胶东半岛是古代方士活动最多的地方，最具代表性的人物就是徐福（市）了。徐福这个人是海内闻名的大方士，就是《史记》上说的欺骗了秦始皇，带着三千童男童女到东瀛求长生不老药的那个传奇人物。与徐福类似的方士还有很多，他们后来演化在各种道教流派当中。

"三仙山"和徐福的形象是李白多次写到的。李白走访半岛地区，当是他人生的一个重要经历。他在山东的时间较长，这也是来半岛地区的一个重要条件。总之考察李杜去没去过胶莱河以东,是既有趣也有意义的事情。因为这个地方与其他地理板块在文化上差异极大,所以对一些著名人物的行迹寻索,实际上也是在做文化思想的研究。比如孔孟这两个儒家代表人物,考证中会发现,孔子是确定来过齐国都城临淄的,听过齐乐《韶》,说了"三月不知肉味"这样的话。但他没有继续往它的腹地进发,没有去过东莱地区。孟子虽然在临淄讲过很长时间的学,对稷下学派产生过巨大的影响,但从文字记载上看也没有东行的确凿证据。

我们研究李杜,就要对东莱给予极大的注意,因为那里毕竟是方士的大本营,是道家思想发扬光大的地区,无论是道家的内丹还是外丹学说,都在那里有了长足的发展。那里后来成了道家的圣地。春秋战国时期邹衍的大九州说,如果没有东莱文化的培育是不可能出现的。我们读李白杜甫,会感受浓烈的道家思想,他们一生都没有忘记求仙访道,直到最后还带着未能得道成仙的深深的遗憾。特别是李白,他的气质与东莱地区的海雾迷茫、东海诸岛的仙境传说是一致的。

李白诗中写到的道教圣地崂山,从地理位置上看靠近东莱的"犄角"一带,就是今天的青岛市。那里离八仙过海传说的蓬莱市已经很近了,所以他不去蓬莱沿海一带游转似乎不可想象。这一带的海市蜃楼是最有名的,所以也是方士们流连最多的地域。按照地理文化风俗气质来说,这一地区是最能够吸引李白的,也与他的诗性最为协配。他的诗中多次提到"蓬莱"和"仙山",虽然这个"蓬莱"还不能与今天的蓬莱市等同——那时还不是一个确指的区划地理概念——但"仙山"却一定是指那一带海域分布的列岛。

起码从文字记录上看,杜甫没有像李白那样东游莱夷。杜甫虽然也极为迷恋访道求仙，但投入实践的力量越来越少于李白，走的道家地场也远远少于李白。记载上他没有像李白一样正式接受道箓，而且在晚年的时候好像更多地转向了佛教。"老夫贪佛日，随意宿僧房""不复知天大，空馀见佛尊""重闻西方止观经，老身古寺风泠泠"……杜甫对多半生的访道成仙可能已经不存奢望了，于是对求佛反而觉得更为现实。成佛是人人皆可的，而成仙是难而又难的——大概没有人在一生中见过一个成功的实例吧。

杜甫的诗中谈到访道求仙的字句很多，却少有仙境的恍惚迷离之气。这与李白是大不相同的。如果说李白的那种气质不仅来自于仙与道的痴迷，还来自于豪饮，那么杜甫也差不多，也是一生嗜酒的。可见两个人诗的质地之不同，既可以看成是性格的原因，也可以看成是他们与道家的心灵距离实在是有很大的差别。

杜甫一生没有去过东莱并不奇怪，而李白在东莱游走却可能是如鱼得水的。

东夷与道教

李白到山东的崂山去访道，引人多方想象。但愿这里作为他的长久怀想之地，并没有让其失望。这之前他有许多时间流连在陕西终南山一带，还在山里长住过。当年的终南山有许多访道谈玄的人，这些人有的是真心修道，渴求长生之术；有的只是采用了这样一种求仕的方法而已，目的不过是为了做官。中国古代就是这样奇怪，有科考取士，有举荐为官，有行伍进身，还有隐身求仕的——当一个"大贤"隐藏到了大山深处，一经发现就要举报，那时这个"大贤"就得被请到朝廷里去做官了，不然就是对"盛世"大不敬——国家需要人才，一个身怀济世绝技的人不为国家服务，不为社稷着想，只图清闲，这是自私而无义的行为。这个逻辑讲起来是通的，理由也相当堂皇，可惜很容易被人钻了空子。为了当官反而远离官场，钻到大山深处，再找机会让人作为隐世大贤往朝廷推举，既有面子又有身价，还省去了冒死打仗立军功、科举考试等一大沓子麻烦。这样的做法，后来就被称为"终南捷径"。

这种捷径当然是当官的一条近路。不过也并非那么简单，世上没有免费的午餐，这其中仍然有大技巧和大难度。不过成功者总是有的，像唐玄宗时代被请到宫中去的道士就不止一位，他们一时身价倍增，不仅自己进了宫廷，而且尚有余力举荐别人。比如道士吴筠应诏入京后，就将李白推荐给了唐玄宗，成为李白终生感念之事。

李白在第一次进长安的时候，就曾经在终南山待过一段时间，一方面为了等待同样爱好修道的皇帝的妹妹玉真公主，另一方面也有求隐待诏的用意。不过那个时候的李白火候还远远不到，既无名声，也无足斤足两的人推举，所以还是空等一场。李白当时专心修炼的是"外丹"，对于长生之术的迷恋，一开始不能说全是求仕的机会主义心理，而大致还是真诚的。只不过他求仕的心情渐渐强烈起来，并且与求道之心相加一起，于是才有了一生迷恋道家的更大动作。郭沫若先生在《李白与杜甫》这本书中就道与佛诸问题将李杜做了一番比较，认为李白最后是悔悟了，而杜甫终其一生都迷恋道家，到后来还迷上了佛家。这样的结论可能不尽准确。因为李白直到最后也是向往道家的，而杜甫只是在当时上层人物迷恋修道的风气中跟进了一步，尤其是他所钦佩的李白如此爱好修道，更加找到了效仿的对象。杜甫在晚年的确是向往佛教的，但并没有背弃道家。

李白所到的崂山一带作为方士活动的主要场所，还要追溯到很久以前的春秋战国时代。这里是东夷地区，是欺骗秦始皇的大方士徐福一干人的大本营，同属于常有海市蜃楼出现的胶东半岛。徐福谈到的三仙山、长生不老药，时不时地出现在李白的诗中。帝王们江山安定了以后总要做长生梦，这几乎没有什么例外。秦始皇被徐福等方士骗了，但唐玄宗并没有觉悟，依旧将一个个道士请到宫中。再后来到了成吉思汗时期，这位悍勇的马上英雄还把道士丘处机请到了自己身边——这就是帝王与道士方士们的关系，总之没有多少改变。

终南山与道家的关系十分深远。直到李白以后的几百年过去，山中的隐士仍然很多。后来还不断有新的道教人物产生，比如王重阳就在陕西终南山下创立了全真道，只是没有发展起来。王重阳是这个教派的教祖，因为他是创立者。真正使这个教派发扬光大的人并不是他，而要留待后人。他在终南山一带没有成功，原因就是尚不具备天时地利人和的条件。王重阳实在没有办法，穷困潦倒一路向东，最后游到了徐福的老家胶东半岛地区。在这个仙气缭绕之地，一切大为不同，王重阳得以招收弟子，全真道就此发展起来了。

全真道是主张炼"内丹"的，将人体自身当成一个"丹炉"，而不再需要支起一个炉子去野外烧炼矿物。这种追求长生的方式既简便又奇异，仅仅依赖自身的省悟就可以了，如果当年李白和杜甫有知，在访道修炼方面一定会有一个大的转折，杜甫一直苦恼的"大药资"问题从此也就不存在了。可是这种"内丹"却需要更为艰苦的修炼，需要非同一般的身心砥砺。

创立新教的王重阳被看成一个革命性的人物，因为"修性"的观念从他这里开始进一步强化,儒释道三教合流也见端倪。但他当年没有什么完整论述,留下的一些文字也不太有趣。那些顺口溜,那些诗,那些传道的神神秘秘,今天看太过滑稽可笑,是很底层很粗疏的。这个人行为怪异,记载中他打爹骂娘、打兄弟,连同这些糟糕的行为一起,被神话者解释为另一种"度人之方"。这当然是非常牵强的。这样一个人在家乡不可能被认可,于是就流落到了胶东半岛。

大方士徐福的故乡容纳了他。这里的人只觉得他怪异和费解,但还是努力去理解。虽然刚开始愿意接近他的人少而又少,毕竟也有了一两个忠诚的追随者。王重阳置身于方士遗风浓烈的土壤,身在东夷文化之中,无论是栖霞这个"胶东屋脊"还是莱州一带、昆嵛山一带,离海越近越是适宜道家思想的传播——举目四望是大海,是苍茫海雾,虚无缥缈,无边无际。一个地域的文化终究还是自然的生长,靠一代代人培植起来。邹衍的"大九州思想"、关于瀛洲的思想,也只有在齐国的稷下学宫才能发生。

李白到了半岛的崂山,也就来到了方士的大本营,这对他来说一定是最重要的经历之一。

"性"与"命"

李白杜甫那个时期还没有晚唐的内修理念,更没有王重阳的新教,没有关于"性"与"命"的系统的道家理论。但我们不能说李杜思想中就完全缺乏类似的思考,不过是没有从这一系统的思想概念去表述而已。真正使这个理论成为完整体系的主要还是丘处机。全真教是道教改革的产物，注重研究和提倡"性命双修"。这是颇为复杂的一整套理论，只有这方面的专门家才讲得透彻。

丘处机有两点特别值得注意：第一点是强调"性"的修炼比"命"的修炼重要得多。尽管它们是一体两面，是紧密相连不可分离的，但修"性"更为重要，以至于到了晚年，他只谈"性"而不谈"命"。谁跟他谈修"命"的事，他根本不接这个话茬。但是在他前期的《大丹直指》这本重要著作中，谈的几乎都是修"命"而不是修"性"，可见他在认识上有一个提升和发展的过程。类似的书做文学研究的人很少关注，当代人读起来也有些费解，但对于李白杜甫及古代一些思想艺术的研究会有一点启迪。

丘处机这个人不同于一般的道家人物，他谈修"性"有一个要点，就是对于中国文化典籍的学习和吸纳。比如说儒家，还有佛教，甚至当时刚刚萌芽的一些哲学思想都不拒绝。这些成为他修"性"的重要思想和知识来源。他强调并借重儒家"仁"的意义，赞同和倡导入世、治国、平天下，关怀当代民生，而不是像过去的道教人物那样只讲清静无为，讲出世逍遥，讲玄而又玄。也正是有了这样的改变，所以他后来才积极入世，西去千里谒见成吉思汗，劝说这个外族征服者免除兵刀大祸。他一生都热心于入世做事，曾几次到京城求雨，积极为百姓谋划现实福利，而不是一味清谈超脱。他把这种功在当世、为老百姓做事、安顿人民生活的政治行为，看成了修"性"的重要内容。

如上的入世思想是道教改革中出现的，有力地为丘处机的全部言行找到了理论基础。入世是修"性"的一个重要步骤，不可或缺。弟子跟他学习怎样修"性"得道,他有时只简单说:要劳动,要辛苦,让他们不要厌烦世俗之务。这正是丘处机了不起的方面。

如果说传统的道教只专注于修"命",那么一座座熊熊燃烧的丹炉就是可以理解的了。这方面李白和杜甫是向往并实践过的。但是当时尽管没有邱处机的道教改革,没有修"性"大于修"命"的理论,尤其是没有积极入世的修"性"观,李白和杜甫也还是注重入世的,因为他们本来就是受儒家传统影响深重的,就此来看,和丘处机后来的新教思想也十分吻合。李白杜甫的炼丹访道与当时的道人仍旧是大为不同的,他们并没有一味沉溺在玄思之中。

李白写过"隐居寺,隐居山,陶公炼液栖其间。灵神闭气昔登攀,恬然但觉心绪闲",更写过"愿将腰下剑,直为斩楼兰""长风破浪会有时,直挂云帆济沧海。""仰天大笑出门去,我辈岂是蓬蒿人""谢公终一起,相与济苍生"……像后者这样表达入世有为的句子太多了,至于他的赋予表中,这种志向就更加强烈了。杜甫济世忧民忧天下的思想比李白还要重。他们首先是一个儒生,其次才是迷恋佛道的人。比较丘处机越来越注重于用世济世的道家发展轨迹,可以说在一定程度上是殊途同归的。

李杜的诗篇没有提到"性"与"命"的新教概念,但统一来看他们的诗篇,实际上是修"性"远远大于修"命"的。他们向往修"命",但最后单就"命"的层面来讲却是一无所获。对于他们而言,这真是对人生的一大纠缠。这种痛苦在他们的晚年显然是越来越重,虽然没有走到背弃的地步,但多多少少的失望是存在的。从这里来看道教的代表人物丘处机,从他的晚年舍弃谈修"命"一事,仿佛也可以窥见这种人生的痛苦吧。

宗教的包容精神是最重要的。没有包容就没有真理,真理性是在包容中趋近和抵达的。丘处机的新教思想接近解决了包容的问题，所以才焕发出勃勃生机。包容不是无原则的妥协，而是求真的结果。真理只有一个，但接近真理的道路和方法却不止一个。不包容，也就背离了寻找真理的热情和本愿，也就不算热爱那个"唯一"的真理。

丘处机晚年有一个失误，或者说是错误——一个技术性的错误，结果却引起了佛道相争。本来佛道两教到了丘处机这儿是关系和谐的，王重阳在这一点上做得非常好，他认为儒、佛、道都是一体的，虽然他文化程度很低，基本上讲不清楚，但有这个朴素的认识就很好。儒释道本来相安无事，但到了丘处机的晚年出了一点问题。起因是他在唐代大画家阎立本的《老子出关图》上题诗，结果惹出了麻烦。这本来是一件平常小事，却演化成了一个大的宗教事件。丘处机具体写了什么？大意是释迦牟尼的佛教也是道教鼻祖老子创立的，因为老子过关的时候那个守关的人知道来的是一个大学者，就让他留下一篇文章再出关，五千言的《道德经》就这样产生了。老子出关去了西天，在那里创立了佛教。这一来老子不光是道教的鼻祖，也成了佛教的鼻祖，合二为一，而且创立道教在先。

这种诠释当然让佛教徒不安和愤怒。丘处机的诠释既没有典籍的强大依据，又少了一些现世智慧，属于不智之举。这是他晚年犯的一个错误。人生到了晚年有时候是很成问题的。

丘处机年轻时候的韧与忍、悟与思都是令人称道的。他创办龙门派的时候，曾在终南山长时间不吃不喝，不停地登山、编草鞋，故意让自己的形体处于一种劳烦和苦累、无暇停息的状态，以求得内心的虚空。这种折磨肉身的行为与当时的道教并没有什么区别。李白受道箓时经历的生死考验，在正式的道教徒那儿是基本的功课,几乎没有谁可以逃脱。《大丹直指》主要讲的还是修"命"之术,什么"丹田搬运""守一"等玄妙,类似于气功理论。这些东西后来在他的实践和问道中很大程度上被否定了。

在新的道家学说中,"命"不仅是"性"的载体,而直接就是"性"的合成。它是从虚无中产生的,包含了最重要的一些元素,这些统可以称之为"性"。比如说自由、才华、德性,这些都是"命"里面一开始就包含的。所以过于注重修"命",最后转来转去还是要回到葛洪那个地方,将炼丹当成了道家的重中之重,却无形中忽略了"性",算是走进了误区。

"命"既是根柢和根本,又是一开始就包含了"性"的,无"性"也就徒有其表。它们二者的分离是不可能的。从这个角度谈到死亡,就是尤其重要的一件事情了——一个生命丧失了全部的自由、才能和品德,也就等于丧失了生命本身。

从这个意义上讲,我们对于李白和杜甫那时候痴迷于炼丹,就不再觉得可笑。这是对生命状态的深入探究,是那个时期的道家思想格外重视修"命"的具体表现。李白在《月下独酌》一诗中写道"相期邈云汉",就隐约期待了"性"的不灭、物质的不灭。这种灵光一闪在李白的诗中是并不罕见的,而在杜甫那儿好像还没有出现。

好在两个人既痴迷于"修"命,却并没有因此而放弃了入世济世的渴望,并且这渴望随着年龄的增长变得越来越强烈了。这种领悟到了丘处机那儿,就成为一种比较现代的思想:注重修"性"而不是修"命"。这会被指斥为"唯心主义",但是再想一想"唯物主义",也会感到它的脆弱:记住了小物质,忘记了大物质,忘记了物质的初始和本源,所以也有可能是一种简单化的思维方式——对于任何体系，哪怕是极其反感的体系，都要有勇气去面对，吸纳它可能包含的真理性。各种思想体系都是作为一种终极真理的假设，我们应该在对各种假设的质疑和包容中，完成一次"整合"，一次"解码"。

如果不相信终极真理，我们就会缺乏"解码"的热情，也从根本上丧失了道德感。道德和审美之间不是一种怎样平衡的问题，而审美本身就是道德。如果一味地标榜自己相信真理，却不愿意包容和质疑不同的思想体系，那么我们就会变回一个阶段性的、简单而狂热的偏执者，就会重犯粗暴的错误。无论是希特勒的种族灭绝，还是后来东方集团令人发指的残酷，都是因为缺乏对不同思想体系的包容，缺乏无处不在的质疑和"整合"，缺乏把各种思想体系都当成真理的"假设"的开放思维，所以最终走向了封闭和暴戾。

李白的"走神"

"李白斗酒诗百篇"，这是杜甫留下的一句人人能诵的诗。它由于最通俗最传神地概括了一位奇特的诗人与酒的关系，所以令人不忘。但是李白究竟是否因为豪饮才能写，这大概还是一个需要讨论的问题。我们知道，一个喝酒没有节制的人，原因不外乎喝得久喝得多，而后成瘾不能自控；这种饮而成瘾多半是因为贪杯难舍，或者是愁闷所致。大概李白和杜甫两个人更多的是为了排遣愁闷才要喝酒，最后也就有了酒瘾。一般来说给人豪饮印象最深的是李白，其实杜甫也是一位合格的酒徒，他的诗中也多有这样的记载。

一个总是在酒精中恍惚的人，能够写出李白那些绝妙和精美的诗句，这似乎大可怀疑。李白嗜酒，却未必于沉醉中写出了杰作。他可能醉后有过写诗的欲望，并且也写过一些，但一定是在醒后认真地修改过。酒对诗的重要，不是指一喝酒就有了写诗的灵感，而是指酒能在某种程度上使人获得生命的自由状态，而这种状态可以使人摆脱世俗规范。这里表面上看有些类似于西方的"酒神精神"——摒弃后天的文化影响，人类天性中原本就有某些相通之处；但细究可见，在李白这里其实更类似于中国道家的神仙态境。酒神精神是狂欢，是自由，与向死而生的悲剧有关；而道家却有逃避的倾向，与儒家形成了一种对立与互补。

李白的诗总体给人以幻觉感，缠裹了一层恍惚缥缈的"仙气"，加上多有与酒有关的内容，所以才往往让人与醉酒联系起来。但这样一来就把诗人特有的气质给表相化也简单化了。这种"亦幻亦仙"的思维特征，其实更多的还是和他的神仙思想有关。

当年的一些大道士都是李白的朋友，如司马承祯、元丹丘、吴筠、高如贵等。在初入长安的一段时间，还有中晚年的一些时段，他或者在山中独自修道，或者与道士们生活在一起。炼丹对他来说就是一种专业的研究和实践，这种生活对他的健康不见得有好处，但对一种诗歌艺术特质的形成一定是大有裨益的。神志迷离的远望，对神仙的无限向往，这既是他诗中一再出现的内容，更是诗的气质。这一点与杜甫的区别就很大。李白的天外飘游感浓重，而杜甫的大地辗转感强烈。可以说李白属于天空，杜甫属于大地，一个天上一个地上，所谓的"天壤之别"。

一个相信神仙的人，一个经常吞食丹丸的人，这样的人才会写出那种充满幻觉的诗章。李白的游历与杜甫的跋涉也不尽相同，他花费许多时间对名山大川的造访，是为了向往神仙和寻找道家。而杜甫越是到后来越是为生活所迫，是为生计奔波。杜甫和李白的诗中写了大量的人生之苦，但是给人的感觉仍然大有不同：李白常常为一些形而上的痛苦所纠缠，为神仙问题、再生问题、长生不老问题，是这样一些莫名的苦恼；而杜甫的苦与痛常常是极现实极具体的，贫穷、风寒、百姓、饥饿等，很少有李白式的"走神"和迷惘。这是他们诗歌气质上最重要的、不可以忽视的差异。

今天的文学，包括人文学科的其他部分，要么极为缺乏形而上的内容，要么让形而上的追求破坏并弄丢了生命经验的丰沛感受，成为干瘪空洞的、日常生活的对立物。

说到李白的"走神"，这里牵涉到了重要而复杂的问题。首先是闲暇——对比长时间的劳作，这时才有可能出现一种冥想和无所事事，白日梦，游离肉体的局限，走入沉思神游的悠然状态。这时可以听凭世界和事物自己运行，正是最富于创造的时刻。这种"走神"与社会功用观念相对立，比工作和工作中的停顿都要高级，进入了更高的秩序，成为一种超越平凡世界的独立存在的力量。它不是消极的，而是生命中的礼物——一件于无意间降临的厚礼。

杜甫和李白常常沉溺于酒中，以酒浇愁，可是杜甫的作品中却少有那种迷离和幻觉。所以说李白的这种诗的气质之谜主要不是因为醉酒，而是某种天性所致。当然醉酒跟神仙气质并不对立，醉酒带来的生理和心理上的自由，恰与天人合一的神游是一致的。

我舞影零乱

今天读李白,觉得最易懂最上口的那一部分,是最能够代表李白的。也许最能突显李白生命特质的诗之一,就是《月下独酌》:"花间一壶酒,独酌无相亲。举杯邀明月,对影成三人。……我歌月徘徊,我舞影零乱。……永结无情游,相期邈云汉。"这首诗里似乎没有什么重要的纪事,也没有什么触目的社会现实和尖锐的个人情绪,如此率性天真,却总是令人念念难舍,不得忘怀。

李白诗中,究竟有哪一首更能体现诗人的这种深不可测、悠思缥缈、神性摇荡?好像就是这首。他说一个人在花间月下喝酒,"我歌月徘徊"——月亮在那儿不动,怎么能徘徊?原来是诗人喝多了,一边舞动一边歌吟,恍惚间觉得是月亮在徘徊。好大的沉醉与忘我,好大的寂寞,好大的牵挂!"我舞影零乱",这一句倒是清醒,知道自己的影子凌乱了。可是这里稍稍需要注意的是,"影子"在这里不仅是他的倒影,而是一个有生命的平等的实体。这就大异其趣了。

最有意思的是,月亮也好影子也好,都跟他没有任何交流,彼此都是那样孤独,"永结无情游",这"无情"二字概括和参悟了多少生存的真谛。这儿是说月亮、影子、我三者之间的无情,还是说人来到世间的偶然性?说人与极其陌生又极其熟悉的这诸多因素合成的世界相处,有一种巨大的恐惧、惆怅和寂寞?一切都在这简单的几行字里了,在一场醉后的吟哦和舞蹈之中。"相期邈云汉"——未来,在邈邈星空宇宙里边,我们三者再相遇、再期待?会有这样的机会吗?诗人并没有回答,那实际上是大存疑虑的。

李白能吟能舞，特别是舞。他一个人在月下舞之蹈之，独自在酒后做这一切。这不是表演，不是小小的舞台之上，而是通常的生活之中，是在人生的大舞台上。可爱的诗人如李白才能这样。如果有一个男人喝醉了边舞边唱，在今天看就有些疯癫，大概这样做的并不会太多，在古代也不一定常见。

李白这首诗让我们从细处一讲就割伤了，无趣了。因为诗意的核心部分是不可言传的，它靠词语的调度，意象的营造，让神思与虚空衔接和连缀，泅化出无边无际的感觉，可以让人无尽地发掘下去。

唐诗历经了汉语漫长的演化时间，今天读来还如此平易。其中的阅读障碍大多不是遣词造句带来的，而是其他。这主要还是来自时代变迁的问题，如好多事物的称谓发生了变化，人名、地名、职务、习惯说法等，都发生了变化，是这些东西夹杂在诗章里碍事。

李白那些咏唱月亮的诗篇，其中的一部分对我们来说可能是恍恍惚惚的。反复看这些诗，也许总也不能全懂，只是越看越觉得大有深意存在。这里不是说字面的意思不懂，而是透过文字的更幽深处有什么，是这些不能全懂，不能掌握。从文字上看，无非就是写了人的一点惆怅、孤独、爱酒，以及思念、月光等。但是这温煦或洁白的月色下包容得实在是太多了。

他写"醉"，写"歌"，写"舞"，写"低头"与"举头"，本来还是很欢乐的，可是看后却常常感觉有一种人生的大悲哀在里面。这些文字间透出的悲凉也许远远超过了陈子昂的名句："前不见古人，后不见来者，念天地之悠悠，独怆然而涕下。"陈子昂给人以惆怅和无奈感，而李白却给人以可怕的伤怀与绝望。它们是不同的，力量和效果大为不同。

陈子昂的那首诗写得比较直接，其情绪是比较容易捕捉和理解的，对许多人来说都不会陌生。那都是归纳出来的大实话,可以迅速拨动所有人的心弦。这种感受也是人之常情,是人性和经验浅处即有的东西。这就像张若虚的《春江花月夜》里说的:"江畔何人初见月,江月何年初照人",这一类思绪离无常和悠远的感慨还不算远,稍稍跋涉总还能够抵达。因为讲到底,无论说还是不说,这种悲怀与无奈是人人都有的,也很容易形成通感。但不能因此而说它是廉价的,它当然是深邃、阔大、深沉的人类情感。陈子昂和张若虚在写人与宇宙的关系时,人是面对宇宙的,人在对宇宙发言,宇宙还是一个独立于"我"之外而存在的"他者";而在李白那里,人已经与宇宙混为一体了,难分难辨,人在宇宙之中,宇宙在人之中,彼此属于对方的一部分。

可是到了李白笔下就不同了,它微妙、曲折和形而上得多了。这不是一般人能够产生的思维和情怀。"我歌月徘徊"的恍惚,"我舞影零乱"的迷离,"永结无情游"的悲苦,"相期邈云汉"的呼告,以及这一切叠在一起而产生的冷凝凄美、怅怀心惊,更有永远无法穷尽的意味与想象。这个思维向度和深度都是人们很难体会和达到的,也不是一般人能够意会和表达出来的滋味。如果我们习惯于用惆怅、悲哀、孤独来形容,那么这些词汇再加一吨其他的词汇,也仍然不足以描绘它所给予的全部感受。这种无边和无尽感,就有点像音乐的功能了。在运用文字描述的一切形式之中,可能唯有诗是近似于音乐的。

诗毕竟和歌靠得太近了,有一些词就是用来唱的。有时候我们在电视上看到,一个老人竟然能将唐诗唱出来。当年的诗是怎样唱的,这么久了没有谁知道,也不知道他从哪里弄来的调子,因为古人没有留下录音。我们觉得那种调子很怪，不但没有被打动，反而感到滑稽。我们一点都没有回到古诗的氛围中去。我们觉得这种吟唱，离古人的情怀和质地非常遥远，只算是当代人的某种怪异的表演。

相反，在一个晚会上，一位老生演员用京剧唱腔把李白的一首关于月亮的诗唱了出来，却让人心旷神怡。我们可以循着他高亢古雅的唱腔进入李白的诗境，并引起无边无际的联想。当然这不是当年古人的吟诗之腔，只不过诗与京剧相挨相近，于今朝完美地结合在一起，反而能够传神。这种合二为一是一种美好的结合，而不是一次古怪的变异、模仿和强拟。任何人的艺术表现力都有其黄金期，那个老生演员正处于那个时期，艺术修养、年龄、思想、技艺，一切都综合地达到了一个炉火纯青的、最高最和谐的时期。他一下就把我们带到那种不可言喻的意境里去了，留下了一次最美好的回味。

迂回趋近

文学或艺术都是以诗为核心的。所有的作品，真正意义上的妙品和高文，天才之作，都是言在意外，意在言外。它的"意"完全不能等同于和文字直接发生逻辑关系的那一部分，而是"象外有象，境外有境"，它是一种气息，一种气味，或无色无味的充斥和存在。它将外露的和隐存的、显在的和潜隐的，所有这一切综合一体，形成一种非常复杂的功能，在另一个心灵里启动和发挥出来。这些真的是很难直接表达的，因为这是神秘的诗意，我们只能用那种迂回的办法、比喻的办法，来无限地趋近诗中所要表达的某种微妙之物。

一个欣赏者在转递感受的时候是这样，一个写作者也是这样。写作者把所有的字和词、语汇，都折叠得非常短小，让它化为绕指柔，能够无限纠缠，去一点一点接近那个目标、那个存在。这是运用文字的奥秘和方法。比如所有的文字都是直线，它要在最细腻的弯曲里运行，就要变得极短极微，变得极精密和极神奇。

那种微妙的诗意如果比作柔软的、随时变幻的曲线，那么使用语言去再现它，简直就是不可能的。因为组成语言的词汇是直线，它的单位长度再短也要妨碍使用，于是才有前面所说的"折叠"，让它变成最小、小到不能再小的单位。这种无限接近诗意的表述途径，就是一种迂回，因为舍此我们将没有一点其他的办法。

在阅读和欣赏李杜诗篇的时候，常常觉得离两位古人的情怀是这样地接近，但我们心里感受多多，却又难以转述。有时候觉得语言真是笨拙到了极点，因为我们感受到的那一切是无法用词汇再现的——尴尬的是我们手里只有语言。

李杜等杰出的诗人手里也只有语言，在这方面他们与我们是一样的。可他们是旷千古而一现的伟大诗人，是不朽的精灵。所以他们做出了语言的奇迹。

"灵媒"

读《楚辞》就要明白"灵媒"这个词。"灵媒"是什么？就是人与鬼神之间的代话者、中间的媒介。因为没有哪个鬼神会直接跟人说话，我们与它们处于不同的世界，只有某个人变为"灵媒"，才有了相互通话的渠道。简单点说，就是神鬼人这二者之间的"翻译"。

那些会巫术的、跳大神的，也就是传达鬼神意志的人，通常叫作"灵媒"。"灵媒"在平时就是一个普通的人，但当他通过一个仪式进入了那个古怪神奇的系统之后，也就有了异能，能够跟鬼神和人之间做双向对话。

诗人严格讲就是一种"灵媒"。在平时，在许多时候，诗人显得普普通通，因为他还没有进入诗意的捕捉和表达，也就是说还没有进入那个"系统"。要进入就要有个过程，这与巫术相似，往往是通过舞蹈等一套复杂的仪式，来变成"灵媒"。诗人运用韵律、韵脚，牵引一个时刻的特别思绪，进入独有的一番浪漫的想象，这个时候他便是真正的"灵媒"了，可以站在艺术女神与人世之间，进行双向对话。

从这个意义上可以进一步证明：真正意义上的艺术是没有"现实主义"的。"现实主义"只是进入那个仪式之前的普通人，是变成"灵媒"之前的状态，这个时候他与艺术女神根本不能通话。他没有进入状态，没有变成"灵媒"，不能向我们传达神的旨意。

读李白和杜甫的诗，会觉得他们说出的很多东西，营造的意境，那种出神入化的程度，真是超越我们现实人的思维能力太过遥远了。有时虽然出语平易，似乎常见，但最后却飘然离地，升入高缈，成为天上奇观了。有些句子一经组合就怵目惊心，让天地悲鬼神泣。比如我们吟哦李白的"两岸猿声啼不住，轻舟已过万重山"；杜甫的"观者如山色沮丧，天地为之久低昂"，多么浑然天成，又多么出神入化。

李白在长安遇到了大诗人贺知章。贺已诗名盛隆，官达三品，是能够接近唐玄宗的文人。他看到这个年轻人久久地端量,一边想象这个人如何写出了《蜀道难》那样的绝篇,最后吐口而出:"你真是个被贬下凡的太白金星啊!"从那时起李白就有了"谪仙人"的雅号。贺知章那时是什么样的拔尖人物?什么样的才俊没有见过?但是他为眼前这个年轻人的气质所打动,实在忍不住,让心中的惊叹飞出口来。贺知章认为这哪里是一个凡人所为,而分明是神仙所为,面前的人就是一个被贬后沦落人间的神仙。

在贺知章眼里,这个闯到京城里的小伙子太好了,形貌俊逸,英气逼人。他激动地把身上一个特别宝贵的金龟饰物解下来,赠给了李白。这个场景让李白实在难忘,于是以后老是戴着这只金龟,以作纪念。诗坛领袖人物对后进的提携是令人感动的。李白第二次进长安,也有贺知章的功劳。

最使贺知章惊异的,当是李白进入"灵媒"的角色之后,是那个时候的超拔脱俗的奇异表达。所以他的诗文像是神仙所授,而不像凡人所书。有人说李白醉酒之后才有这异样的神采,有所谓的神来之笔。他们的意思是豪饮正是李白成为"灵媒"前的那套仪式,于是古往今来不知有多少人学习李白,不停地纵酒。他们没有李白那么大的才能,在喝酒方面却模仿得很像,整天一醉方休。后来的这种人物很多。其实他们不喝酒还好一点,一喝酒更是一塌糊涂,行为举止更加不堪入目。

现代的伪李白们是吓人的,昏晨颠倒,斜眼看人,动不动就醉酒滋事,成天半醉半醒,有时在酒席上还会郑重地将一杯酒倒进他人的口袋中。尽管如此,也还是没有进入"灵媒"。他们呓语连连,但没有一句话是来自鬼神所授。

诗仙与诗佛

仅仅从记载上看，李白和王维这两个大诗人好像没有见过面。他们年龄差不多，诗名都很大。这两个人一个被称为"诗仙"，一个被称为"诗佛"，多么相近，却没有什么诗文切磋和交往的文字留下来，让今天的人觉得奇怪而遗憾。这里面的原因很多，如今已经不能猜度。比如即便是当代文人，哪怕两人时常见面，但由于各种原因没有留下交往的记录，也是有可能的——很久之后，人们也就不知道他们曾经在一起了。所以说文字的记载只是一个方面，没有，也并不能说明二者没有过见面。

但是我们又真的没有他们在一起的明证。唐代那个时期的有名诗人很多，可是好像都不太扎堆，这与今天的情形是大为不同的。一方面可能是交通不便，信息不便，所以要见一次真是很难。李白和杜甫一生从记载上看只有三次，但实际上几次就不得而知了。我们从留下的文字看，好像张九龄与李白也没有见面，但是李白写庐山瀑布的那首诗好像明显受到了张九龄的影响，这说明李白起码对张九龄的诗是十分熟悉的。杜甫有关于张九龄的回忆，但他们在一起的描述也不多见。李白与杜甫、孟浩然、李邕、贺知章、高适、王昌龄、岑参等在一起的文字记述是清楚的，但涉及更多的反而是其他一些人物，如官场人物和道士们。特别是后一种，李白和杜甫都是相当喜欢的。

王昌龄与李白、杜甫、高适、孟浩然、王之涣、岑参等人都是交情很深的朋友，但这些人之间有的却极可能一生未曾识见。李白写道："吾爱孟夫子，风流天下闻"，但记载中他和孟浩然在一起的时间也很短。杜甫怀念李白的诗很多，可是记录中他们在一起的时间并不算很长。还有写《春江花月夜》

的张若虚，一般认为他出生在初唐和盛唐之交，与以上的诗人更难有什么交集。留在《全唐诗》中的那个时期的诗人，只有很少一部分是彼此提到过的。这就是那个时代的隔膜与寂寞，在今天看有一种令人神往的荒凉感。

有人认为王维与李白的个人身世差异太大，这也许是他们未能成为朋友的原因。王维比起李杜二人幸运得多了，十几岁即有诗名，二十一岁得中进士。在诗歌和绘画两个方面王维的成就都是很大的，甚至在音乐方面也有很高的造诣。后来的大诗人苏轼评价说："味摩诘（王维）之诗，诗中有画；观摩诘之画，画中有诗。"王维是盛唐诗人的代表，留下的诗篇有四百多首，也算是很多的了。与李白不同的是，王维精通佛学，受禅宗影响很大。佛教有一部《维摩诘经》，就是王维名和字的由来。人们习惯上将他与孟浩然合称"王孟"。

王维官运较畅，做过监察御史、凉州河西节度幕判官，还有过半官半隐的一段生活：买下了初唐宫廷诗人宋之问蓝田山麓的别墅，修养身心。《王右丞集注》中的《大荐福寺大德道光禅师塔铭》曾这样记载王维："日饭十数名僧，以玄谈为乐，斋中无所有，惟茶铛药臼，经案绳床而已。退朝之后，焚香独坐，以禅颂为事。"

看来王维对于佛事的痴迷，丝毫不亚于李白对道家的深情，而且他们的诗歌写作显然都深深得益于这一切。可以设想王维的"茶铛药臼"就像李白迷恋丹炉，但他们的信仰取向又有佛道之别，这可能也是两位大诗人终生不交的原因之一——不过真实的原因也许远没有那样复杂，而是非常简单：仅仅由于性格差异，一个人就可以不喜欢另一个人。

李白的"道"、王维的"佛"，这种选择与不同的生命质地有关。李白也并不是从信仰的意义上选择了道,他同时也是信佛的,与儒释道三方面的关系都很大。唐朝虽然也有反佛的时期,但更有崇佛的阶段,尤其是李白生活的天元天宝年间,更是三教并存的时代。佛教在东晋时期就盛传并影响了文坛,到唐朝则得到了巨大发展,李白置身其中,一定会受到影响——他自称"青莲居士",与僧人酬答的诗也很多。李白有一首《答湖州迦叶司马问白是何人》:"青莲居士谪仙人,酒肆藏名三十春。湖州司马何须问,金粟如来是后身。"湖州司马对李白的信仰定位是有疑问的,所以才会问他到底是佛还是道?而李白回答:"如果我再转世的话,就是金粟如来了。"可见道与佛在他看来并不是那么界限分明。李白还写过一篇很长的佛教颂文,《崇明寺佛顶尊胜陀罗幢颂并序》,洋洋洒洒,气势磅礴,从中可以看出对佛教典故制度的熟悉程度,看出对佛法威力的敬仰。

可以肯定的是,李白对王维所知甚多,因为当时王维的名气太大了,不仅是官方地位诗坛地位,还有佛界地位——从"金粟如来是后身"一句可以看出,他对王维还是蛮敬重的,"金粟如来"是印度大乘佛教居士维摩诘的号,王维之名号即来源于此。李白此处提及,不能不联想到当朝诗人王维。

这样两个才华横溢并且性情特异的人物,如果有些交往,再展开诗文切磋,该是多么有意义和有趣的事情,可惜全然不见这一类记载。

古代文人不像今天参加这么多的笔会,更没有什么文学的专门组织,再加上交通工具的问题,所以他们相见的机会也就少多了。这其实除了小小的遗憾,更多的还是清静自守,可以少去许多麻烦。诗事可以商讨交流的固然不少,但更多依赖的还是个人的参悟。今天有了飞机高铁,有了电邮微信网络这一套,诗人的互通与接近太容易了,可是这样一来反而大大折损了个人的清寂之福。某个诗人在大山另一面的吟唱，在大水另一边的吟唱，已经是不可能了——他们不是相互隔绝或遥远地倾听、想念和想象，而是紧紧地挤在了一起。

李白的爱情诗

古代有人攻击李白的诗写得不好，主要的一条理由就是他的诗写喝酒和女人太多了。这样的理由有些牵强了，因为酒与女人不但可以入诗，而且同样会写出好诗。题材对艺术品质有决定力，但不会是全部。今天看李白的诗，尽管写了许多女性，但好像没有多少遣述个人情怀的爱情诗，这和李商隐等人是大不一样的。他写的许多女性诗，大部分是思夫的内容，是写她们的孤独寂寞与哀愁。这样的视角也许常见，但问题是李白总是能够化腐朽为神奇，什么东西一经他写就完全不同了。

李白的一些女性题材的诗作，并没有脱离中国大诗人屈原开辟的道路，就是将男女的爱情关系比喻为君臣的关系，这中间的艾怨嫉妒和离恨情愁，有了另一种意味。其中的一部分的确是借女人之口，写出了他自己的寂寞和愁苦。对于阴柔的艺术来说，权力有时候真的呈现出强烈的阳刚性质，这在许多类似的诗中都可以看得比较清楚，比如在屈原的《离骚》中就是十分明显的。诗人有极大的幻想和浪漫性格，有改变一切事物的巨大能力，但诗的艺术总的来说还是具有"阴性"的品质，而权力和社会现实却有"阳性"的品质。

这样讲并不是说诗和一切艺术一定要处于软弱的地位、被支配的地位，而是说它们存在方式的区别。艺术也正因为其阴柔的性质，才更加韧忍和绵长，具有了培植生长的强大的母性功能。这一点"阳性"事物反而做不到。有人可能从李白的作品中感受其男性的强悍与力量，感受那种"飞流直下三千尺"的豪迈，并且再敏感一些，直接感受其整体基调和色谱：高亢和明亮。但这一切仍然只是一层外部的色彩，其内在的阴柔性质还是占主导地位的。它全部的滋生和成长、蔓延和孕化的过程，是在一个相对阴郁的空间里完成的。没有内向的沉吟，独自徘徊，对世俗强光的回避，就没有这样绵绵不绝的个人倾吐。

李白这样一个到处游走、嗜酒的人，肯定要跟很多歌伎接触。再就是李白这样的一个人物，照理说应该是常常招惹事情的，他有多方面的过往，走的地方多，见的人多，爱美，好奇，浪漫。这样的一个人很容易陷入情感之中。但他为什么很少从个人视角写出男女爱恋一类的诗，这就成了一个谜团。当然也不是绝对没有，只是不多也不够彰显。他的诗中给人印象最深的还是关于自然风光、山川大地、酒、神仙与心志抒发这一类。女性诗歌数量不少，但给人深刻印象的，并不占多数。

好像杜甫这方面的作品也不多。他们两个都不够"缠绵"。

有人说李白是一个"永结无情游"的人。比如他怀念杜甫的诗不多，而杜甫写他的诗那么多。但是李白却写了那么多怀念道士、友人，还有怀念皇帝女婿的诗。有人说李白到处奔走，不是一个好丈夫好男人，对妻子儿女家庭不能尽责。比如他的孩子生下来以后，一会儿寄养在这里，一会儿寄养在那里。刚刚与家人团聚了，官家或酒肉朋友一招呼，马上又要走。

皇帝召见，李白很高兴，孩子拉住他的衣襟不放，他很痛苦。"仰天大笑出门去，我辈岂是蓬蒿人"，李白这时候仍然是大喜悦，因为有了发达的前景，并没有多少离开亲生骨肉的哀伤。起码从表面看，李白是这样一个人冲动漂浮的游人。

但李白在文章里经常讲起他的两个孩子，越是到了晚年越是如此。李白有没有别的孩子不知道，能够确定无疑的是有一个女儿叫平阳，一个儿子叫伯禽。经郭沫若先生考证，伯禽的这个"禽"字肯定是误写，他应该叫"伯离"。因为李白委托李阳冰为他的诗集作序的时候，跟对方交代了自己的身世和家庭。他说我的儿子叫"伯离"。也许在书写的时候"离"字加撇，误成了"伯禽"。周公旦的儿子名号"伯禽"，李白这样一个特立独行的人不太可能拾人牙慧。但郭沫若先生也很有意思，他说千百年都叫下来了，都叫"伯禽"，那我们也这样叫吧。

唐诗里好的爱情诗太多了，《诗经》里面也特别多。但是李白和杜甫所写的最重要的诗，脍炙人口、令人不能忘怀、成为经典名句的，好像这方面的不多。李白有一首诗，题目忘记了，好像也是写了男女私情，但不能肯定在写谁、写了哪一段恋情。像李白这种无所顾忌、挥挥洒洒、背着宝剑到处游走的人，总会旁逸斜出一些个人的情感，没有反而是不可理解的。

比较李白和杜甫，前者更应该是一个情圣。爱情对于浪漫主义者是非常重要非常强大的一个推力。它有时候甚至是首先用强大的异性之爱笼罩了主体，然后再转移到植物、动物、朋友，所有的一切方面，产生一些变异，化为一些即时浪漫的思维。所以如果考察所谓的"浪漫主义"作家，无论是小说家还是诗人，他们都有真挚感人的爱恋生活。李煜是皇帝诗人，也是最能爱的一个人。

对于李白这样一个人物，有人恨不能发掘出一大批爱恋诗来。李白的诗现在存世的有一千首左右，如果剔掉存疑的部分，还不足一千首。他的文章留下一些，大家并不特别注意，对这些文章谈得较少，其实这些文章的重要，一点都不亚于诗，同样是他浩瀚艺术宝库中极其珍贵的部分。

古人留下的东西跟今人不一样，有时古人的一行字就相当于今人的一篇文章，它非常内敛和简约。杜甫留下的诗比李白几乎多一倍。有人说这与性格有关，李白挥挥洒洒，走到哪个地方随手一写就扔掉了，或者喝了酒就忘记了，保管积攒的能力较差。杜甫不一样，他规矩，内向，心细，所以会有严谨的文学操作，比如把作品及时装订起来。而且杜甫还说，每一次把诗改完，一定要长吟一遍，听听顺耳不顺耳。李白没有这方面的记录。所以李白遗失的那一部分诗里是不是有另一些爱情诗，也就不得而知了。有人认为李白总是写月亮，而月亮下面谈恋爱才是最为相宜的。

李白离开我们一千多年了，留下好多生活的空白让我们去想象。有些事情如果在当时突出，离得遥远了，常常会随着时间放大而不是湮灭。李白在爱情方面没有得到放大。有人说李白除了一生娶的四个女人之外还有别的女人，但失于考证，只属于某种大胆的假设。

懂得异趣

也有人说李白非常浪漫——过于浪漫也就不在乎情感了，爱得不会深入。这是不能让人同意的,因为即便李白交往的人再多,也总有一些特别的友谊,这在他的诗里记录了很多。他与道士吴筠、大诗人贺知章,更不要说杜甫了,都是终生未能忘怀的朋友。连那个将他赶出家门的山东老婆,他也时常怀念,分手时还为她写了一首《去妇吟》,对她的主动离弃表示了理解,并能从中感受女人之不易。最能反映李白重情重义的例子,还是他和一位朋友同游南方发生的事。这位朋友死在半途,他无比悲伤地将其埋在了途中,后来又再次返回,将故友的遗骨遥遥千里背回了老家安葬。这个事件由李白亲自记下了。

即便是真的人走茶凉,诗人在阶段性的情感冲动里也会留下情真意切的诗,这并不影响他形成文字。再就是所有浪漫性格的人都是很多情的,说他们不专一不专注是不对的。

李白那首很有名的短诗《赠汪伦》,直白畅快而有趣,许多人张口能诵,可以说百读不厌。诗中的汪伦也是一个率性的人,他至少是一个成年人了,见李白要走,还啊啊大唱为他送行。"李白乘舟将欲行,忽闻岸上踏歌声",李白听到歌声回头一看,见汪伦正在那儿高抬双腿踏着节拍唱歌。"桃花潭水深千尺,不及汪伦送我情"——两个大男人这样分别,以这种方式,令人觉得十分好玩。据考证"踏歌"在当年是一种艺术表演形式,即高抬腿踏地而歌。在今天,这样为朋友送行是不可能的。

可见这种送行的方式让李白感动了,所以他就写到了诗里。李白是一个浪漫冲动的游侠,他特别懂得异趣,欣赏天真,敬重激情。

女性的宽容和浪漫

比起古代，我们身边有性格的怪人似乎少多了。有时我们也会遇到几个特别的"怪人"，但基本上不是真性情的表露，而是故意用力的表演，这不算什么。李白比杜甫更外露，也更有性格。李白是一个看起来比较奇怪、更可以欣赏的人，但有时好像也让人难以接受。违背常规的人看起来就会显得怪异，人们往往在背地议论时会加上几句不轻不重的谴责，比如说李白：一个身背宝剑的怪人，这个怪人如何寻仙访道，如何能喝酒，如何花钱如流水，如何出口成诵，等等。

孔子所说的"性相近，习相远"，太远了，就成了怪人。俄罗斯作家契诃夫在《契诃夫手记》里有一句话，说"女人都喜欢一些怪人"。这是他的细微洞察，大概不是戏言。这是有一定道理的。那些循规蹈矩比较严肃的男子，比较"正常"的男子，往往没有"怪人"更引人注意。当然这是一般而论，不算通则。但有鲜明外部风采和特征的男人，的确更容易受女人注意并引起她们的好奇，进而欣赏。

但在世俗层面上有时也会出现相反的情形。因为一般人要生活在更为现实的世界里，他们遇到一个说话一愣一愣、太有色彩和棱角的人，比如快言狂语的家伙，就会小心起来。这些人很难见容于周边。因为人性的缘故，这种情况从古至今大概都不会有多少改变，比如今天一个机构和单位里有这样的男子或女子，是很难被委以重任的。不过单讲可欣赏性，人们又极喜欢有趣的人。比较男人，女人天性里有更多的天真气和单纯气，她们常常有不同程度的幻想和浪漫的气质，所以一些在生活中所谓的"不着调"的角色，她们也能谅解和包容，有时还会着迷。比如我们一般人都觉得某某男子是一个"坏人"，可就是会有一个相当优异的女子矢志不渝地爱着他，就像某首诗里写的："跟随坏人，永不变心！"

"古怪"和"坏"有时也像某种知识学问，是有一种系统的，女人与之亲密接触才有可能进入这个系统，那时的判断和理解也就完全不同了。这种男女之间难分难解的关系，在外人看来总是十分费解的。从这个角度讲，李白这种人更容易被女人喜欢，也容易陷入爱情之中。比如他一生的四个女人当中，就有两个前宰相的孙女，这可能并不是一种偶然的现象。以当时李白的地位而言，按世俗的价值标准判断，这两次结姻都显得有些特别。第一次他只是一个商人富家弟子，虽有一定的文名却没有进入官场。第二次更有些出乎意料，因为这时候的李白不仅背运，而且年龄偏大了。宗氏作为前宰相的孙女家境好，人脉广，弟弟还在当朝为官。有人以李白是一个大诗人来解释这两次姻缘，说当时人们对诗人如何崇拜，等等。这大概只会是一小部分理由，主要的理由，仍然还是李白的个人魅力起到了决定的作用。

李白有诗名，但"怪异"的名声肯定更大。杜甫说李白"世人皆欲杀"，从这一句诗来推断，他的恶名在一个时期一个范围内可能是不小的。当时李白加入永王李璘幕府，受牵连下狱并流放，差点当成乱臣贼子以叛逆罪处死。宗氏当年还是相当优越的：一品朝官的嫡亲，兄弟在朝为官；来往的是当朝名流，如一同进庐山修道的同伴就是当朝宰相李林甫的女儿。

像李白这样的人，一旦与之有过具体的接触和深入的了解，其过人魅力也就不可抵挡了。宗氏面对一个走向末路的困顿书生，一个有过至少三次婚姻的大龄男人，要做出以身相许的决定肯定也不容易。这里面一定有许多理由，其中最大的一个莫过于爱情本身了。在爱情面前，在喜悦和倾心面前，其他的也就不算什么了。要说财富和官职，这些东西宰相的孙女一概都见过，唯一感到新异和稀罕之物，大概就是逼人的才华了。这才是天下真正的无价之宝。她的目光极为突出和非凡，她当然是对的。

李白与宗氏确实有感情，为她写了不少诗，如《秋蒲寄内》《在寻阳非所寄内》《南流夜郎寄内》《别内赴征三首》等。宗氏等女子的趣味并非一般精明世俗女子可比，往往有着特别的我行我素的爱情，有特立独行精神。在衣食无忧的前提下，她们的向往是十分特异的，希望追求更高更远的大体验和大实践。比如和李白生活在一起，不是需要相当大的勇气吗？比如和一两个人离开繁华的官宦之家，到庐山这样的地方去修道，作为一个女子来说不是足够离奇的了？像唐玄宗的妹妹玉真公主，像宗氏和宰相李林甫的女儿，她们都是长期专于修道的人，而不是图一时的新鲜和刺激。

李白在和宗氏结婚后不久也到庐山去了，两人志同道合，倾心修道。这该是另一种理想的生活，因为李白以前的许多精力都花在访道求仙这类事情上了，如今能和妻子一起潜入山中，也该是人生的大机遇大快乐了。可惜他仍然跳动着一颗儒家的入世之心，这颗心还相当活跃，太渴望建功立业了。于是当有人来劝说他加入永璘王的队伍，一扫胡人平定天下时，他再也坐不住了。记载中宗氏对此很不情愿，但李白还是拗着性子离开了。从宗氏这个角度想一下看，刚找了一个如此可爱的男人，刚隐到大山里修道，做伴的还有当朝宰相李林甫的女儿，显然是最幸福的一段人生。可是李白还是走开了，结果酿成了一生中最大的磨难——被捕和流放。

说到李白晚年的这次大不幸，还要好好感谢这位贤妻：宗氏和弟弟动用了朝中的人脉关系全力搭救,结果最终使李白获得自由,并且产生了那篇千古绝唱:"朝辞白帝彩云间,千里江陵一日还。两岸猿声啼不住,轻舟已过万重山。"

贵夫人

与李白相伴的四个女人中,起码有两个可以称之为"贵夫人"。她们对李白一生的命运起到了不可忽视的作用。第一个夫人对他两进长安是重要的,没有她就没有朝中的人脉。第四个夫人则挽救了流放途中的苦命人,她在朝中为官的弟弟曾一直陪伴流放者走下去。她们对于诗人究竟有多重要,无论是心灵的安慰还是实际的帮助,我们都可想而知。诗人与她们的这种关系,令人想起近代欧洲的一些故事:贵夫人们无私地支援那些大艺术家。这其中有许多是耳熟能详的,如奥地利诗人里尔克,俄罗斯音乐家柴可夫斯基。这个名单将会很长的,故事中的贵夫人都令人爱慕或钦敬。这些女人无一不是品质优异、见识远大、情怀高贵,她们全都宽容浪漫,能够理解和包容旷世之才。她们连同爱护和援助过的天才人物一道,成为不朽。

宰相是一人之下万人之上的人物,李白却在青年和晚年两次与相门结姻,当然不仅仅是两次巧合。女方是前宰相的孙女而且适合婚配,这个几率太低了。分析起来,一个是李白博交广游,遇到她们的机会可能稍多;再者渴望入世的诗人和郁郁不快的诗人,天生容易和一些富贵女人发生故事,这与他们强烈的功名心和价值观是紧密结合在一起的。可以给韩荆州写出那样一纸文章的人，也许不会忽视一个异性的社会身价。

当然这都是大胆而无聊的假设。但是作为女子来说，不言而喻，生于衣食无忧、钟鸣鼎食之家，比一般人更不理解现实的烦琐和辛苦，用我们今天的话讲就是考虑问题"不现实"。于是她们更有能力也更有心情去接纳和欣赏富有艺术气质的一些"怪异"人物。李白就是这些"怪异人物"当中最典型的一个。这些"怪异人物"看起来有些言行突兀，但我们说过，他们往往是具备一套自己的"系统"的，一旦进入，那将是魅力无限趣味无限的。

这样的例子多极了。比如意大利画家阿梅代奥·莫迪里阿尼，这个人虽然英俊潇洒，毛病可真不少，贫穷，酗酒，吸毒。从事西方绘画史研究的人对莫迪里阿尼会很熟悉，知道这是一个天才人物。这个人多少有点像我们的古人李白，不仅是嗜酒，而且同样不按牌理出牌，属于极狂放的一路。对于这样一个人，有的女人竟能深深爱怜不能自拔——那个"长脖美人"被他画了无数次，成为他的代表作。她爱到了这样的地步：莫迪里阿尼去世时，她怀的孩子就要出生了，她竟然在这时候跳楼自杀了。

一个有身孕的女人为爱情纵身一跳，这有点过分了。她有权力杀死自己，却没有权力杀死腹中的生命。但是那个时刻她已经失去了理性，被巨大的爱与痛所笼罩和控制。再比如毕加索，他的去世就像一条巨大的沉船，形成的漩涡把水面上的漂浮物都吸进水底——几个深爱他的女人都先后自杀了。

这些人的力量或魅力来自哪里？这些生命无一例外都带有严重的甚至是不可原谅的恶习和瑕疵，却让其他人着魔一般，连死亡都不再惧怕。李白可能也是这样的一种类型。诗性的浪漫需要相同的情怀去协配，二者之间拥有一种非常特别的语言，一般人很难与之对话。艺术不是什么专业，而是生命本身的放电方式，敏感的女性对生命深处的寻觅，对这一切的认知和迷恋，是无法用语言来形容的。她们当中的一部分特异者，简直就是浪漫的母亲，诗的母亲，艺术的母亲，是滋生这一切的母体。

另一位俄国贵夫人拥有一大片林子——有一部电影叫《卖掉的林子》，讲的就是柴可夫斯基和这个女人交往的故事。女人非常有钱，柴可夫斯基像李白一样没有进项，一心迷醉于创作。那位夫人太爱他的艺术了，一定要让他过上一种衣食无忧的生活，但条件奇特：按时资助却不能见面。这里让人猜想：或者是因为她太爱他的艺术了，担心现实中的人破坏了完美的想象，击碎了美梦。要知道这种情况在生活中是屡屡发生过的——作者与作品可以是不同的，有时作品会分离于作者。还有一个可能，就是那位夫人担心与作者见面之后会产生其他麻烦——她不能保证自己沉醉于艺术的同时，一定能够与创造这种艺术的人保持距离。她真是足够理性。

柴可夫斯基在贵夫人的无私帮助下，写出了一生中的大部分杰作。但后来柴可夫斯基还是太好奇了，终于千方百计地和她见了一面。后来不久——因为家庭变故等原因，那个女人就取消了原来的约定，卖掉了那片林子。柴可夫斯基与贵夫人之间有一些很动人的书信往来。

诗人里尔克跟李白一样，在很长时间里没有什么具体营生。他最好的诗就是在贵夫人提供的城堡里写成的，如《杜伊诺哀歌》。她们最高兴让一个诗人过着衣食无忧的生活，这是她们的快乐。总之没有那些贵夫人，也就没有了一些欧洲的大艺术家，如音乐家和诗人。

现在常有男子慨叹不已，嫌目前缺少过去那样无私而高尚的贵夫人。也许真是这样，因为时过境迁了。不过她们即便真的出现了，也不要轻易帮助一些浪子，因为这大概是划不来的事情：很可能只是养活了一些虚张声势的家伙，他们腹中空空，缺才缺德。

其实那些贵夫人后边还有一个了不起的男人。想想看，如果她们的丈夫斤斤计较，怎么会容许这样的事情发生：供养一个男子这还得了！现在如果有这样的一位贵夫人，一定会被丈夫揍得鼻青脸肿，说不定还会闹出人命来。这种事只有欧洲那些高贵的绅士们身边才会发生，他们乐于让自己的夫人去燃放生命的焰火，他们自己可以仰望夜空的绚丽。

所以从这个角度去考察炼丹和嗜酒的李白，会觉得很有意思。女人对李杜都是极重要的，这方面的研究却近乎空白。对一些古往今来的大艺术家，一定不能忽略他们与异性的关系——这不是追逐低级趣味，而是对艺术和生命的重要理解方式。她们庇护过他们，帮助过他们，温暖过他们，他们作为一个艺术精灵也就更加激越了。

这样谈论问题也许过于依从了男人的视角——女人在世界上的全部价值好像就为了成全男人，她们总在幕后工作，等着与成功的男人一起载入史册……真是悲哀。其实这些贵夫人也有多种类型，有的只是崇拜者，对男性采取仰视的位置；有的是平视的，并且很有才华，但在男权社会中得不到发挥，如艾略特夫人维维安，罗丹情人克罗黛尔，两人最后都被逼疯了。她们只是生错了性别，命运不济。除此之外或许还有第三种，她们是从高处俯视的，有才华并且强势，比如帮助过里尔克的莎乐美，虽未提供城堡，但在生命和艺术中一直指引着里尔克，像个舵手。

隐性的榜样

同是华语地区,如果到海外某些地方,会发现那里的人似乎要收敛和文雅一些。经过多年的传统和培植,各个领域的人物都会表现出不同的气质。诗人只是一个方面。大陆各个方面的人物一般来说都比较放得开,既无拘束也比较粗野。这都来自传统和培植。

当然诗写得好坏,也不由简单的外表所能决定,这其实是十分复杂的。要说行为开放,没有谁比李白更能放得开的了,他自己,他崇尚的那些人物,他的宣言,他和侠客的关系,都有点夸张吓人。

我们重视李白和杜甫这两个符号,是因为他们即便比起孟浩然、王维、白居易、杜牧、柳宗元、李商隐这些著名的诗人,仍然更能代表唐代的诗峰,称得上是群峰之巅。他们是中国历代文人中最引人注目的部分,是知识分子中的重要代表。从某种意义上甚至可以讲,他们传递和普及了一种生活方式,即艺术家的、诗人的生活方式。人们可以不同意他们的主张和行为,但事实上许多人的心里都装了一个李白或杜甫。

他们已经成为艺术家和诗人、文人们的一个隐性的榜样。

类似李白这种人国外也有,常在我们视野里的美国作家海明威就是一个例子。海明威也是一个狂放不羁的家伙,一辈子折腾之重,并不亚于李白。他除了不像李白那样一心当官走仕途,没有炼丹和求道,其余的大胆尝试一应俱全,同样嗜酒如命。当代作家似乎没人说"我要做海明威",但不少人心里真的装了一个海明威。到了开放的现代,保守内向的大陆艺术家抖掉了农耕社会的土末,其中的一部分也要学着酗酒,狂放,冒险,恋爱,就像海明威那样。

当然凡事总是有得有失，没有免费的午餐，这种欲望社会的潇洒对人还是会有很大的损害。

李白有一首很有名的诗，流传很远，就是那首《侠客行》："十步杀一人，千里不留行。事了拂衣去，深藏身与名。"诗中只表达了他对侠客的向往，并非记录自己的行为。他从小练剑，走到哪里都背着一把宝剑，小小年纪即把侠客当作志向和榜样。他一生背着宝剑走在路上，喜欢游侠生活。但是我们相信他本人并没有"十步杀一人"，而大致上还是一个内心柔软的文人。

魏颢的《李翰林集序》言之凿凿说李白："任侠，手刃数人"。这里的李白竟然成了一个杀人犯。魏颢并没有坐实的证据，不过是从李白的表白中，从对方崇尚侠客的诗文中推理出来的。

由这么几大块组成了李白的生命：好剑术，嗜酒，一心想治国理政，访道和炼丹成仙。这可能是李白生命中的几大要素。

李白和杜甫不一样，他有诸多理想，却唯独不太强调自己的文学理想。但是杜甫在许多诗文里都谈怎样炼字炼句，"语不惊人死不休"。李白或者是不屑于表达，或者是不太去想，想得不够系统。他为数不多的吐露诗的理想的，就是那首以"大雅久不作"为开头的诗章了。奇怪的是李白的几大抱负都没有取得成功，唯一成功的却是自己的文学。

由此可见文学并不是一个"专业"，它只是一种生命现象，是生命质地的自然表达。一个生命满载了正负电荷，一定会突爆出来，划亮这一道耀眼的闪电。

郭沫若先生从李白的诗中找出一句"我本楚狂人，凤歌笑孔丘"，因此判定李白是嘲笑孔丘的"楚狂人",结论说李白是反孔反儒的。实际上李白也是尊孔的。不要说他诗文中有大量尊孔的词句,就实际行为来看,其入仕用世的强烈要求,随处都透露出深受儒家文化影响的痕迹。

李白与杜甫一样尊孔:"我志在删述,垂辉映千秋",意思是我的志向在于学习孔子。他有大量诗篇涉及孔子的形象和思想。当然他也受佛家和道家的影响,尤其是道家影响最巨。他想平定天下,向人推荐自己的文字中总是一再强调这种豪志有多么大。他一生秉持的理念主要是儒家的。

许多写作者心中都有一个李白和杜甫:做李白还是杜甫?无论从写作风格还是人格构成、生活方式的选择上,都想从这两个隐性的榜样中选取一个。

浩然之气

几乎所有具备巨大创造力的人都有一个共同的特征:朴素和简单。人一旦有了机会主义和过重的名利心,就难以回到朴素的境界,就会产生表演的欲望,走向广告式的操弄。这极不利于能量的发挥,是生命的耗散。小智越多,大智越少。"聪明绝顶"者会犯最大的错误,而"傻乎乎"的人却在走一条大路。怎样使生命能量得到很好的保存,这是一个不小的命题。李白多么率真又多么骄傲——当他骄傲时就变得无力;当他回到李白式的简单中,就会写出那些不可思议的美妙诗句。

李白和杜甫经历了过多的扰烦,这使我们不由得去想:他们如果一生只做写诗这一件事该有多好!这种愿望和要求看起来简单,其实人世间没有谁能够真的做到。"做一件事"并不意味着其他事情都不做,而是指将主要的能量都凝聚和围绕在一个方面,一切都围绕着它、服务于它。

李白和杜甫却用大量的时间去求仙,"干谒",为基本的生存而奔波,但最终成为中国历史上的两个伟大诗人——他们不是在做许多事情吗?不是很业余吗?

就本质意义而言,也许人世间只有文学事业可以是"业余的",并且也只有这样才最为正常。作为心灵之业、生命现象,也只能如此。文学写作者不能是一个"专业感动者"。李白和杜甫就在这种"业余"的状态里,自然而然地留下了这些有韵的文字,这正是他们生命的痕迹。

稿费和专业作家制使文学艺术异化,演变为一个行当和职业,成为谋生获利的手段——所以才有如何博得更多人的喜欢,怎样才能卖得更好的问题。一个人不再专心于社会和人生,也不为形而上的命题所焦虑,最后连为艺术而艺术的那种巨大陶醉也会丧失。如果说艺术是生命的延伸,是灵魂的投影和反射,那也就只能看生命的质地和能量了。

李白和杜甫那些流传千古的辉煌创造就是如此。如果他们过分地在文学上寄托自己的功名心,过分地囿于一个专业一种职业,那将是断然难为的。这里的诗章只是他们求索真理、奔波生活的副产品。当然文学作为一个表达工具,也有极为技术化的部分,但那毕竟不是最重要的。

孟子说:"我善养吾浩然之气"。"浩然"这个词开始被广泛引用。他的这句话究竟意味着什么,包含着什么,为什么要这样讲,都得从头细思。怎么才是"善养"?什么才是"浩然之气"?什么才是"气"?怎么"养"?如果真的搞通了这句话的全部意涵,现代人不仅会有力量,而且身体也会更好。在时下这样一个物质主义时代、商业和数字时代，最需要也是最难得的，也许就是怎样蓄养这种"浩然之气"——个体生命与茫茫虚无相连接的含纳与觉悟，如此才会有那样的"气"。孟子自己认为"浩然之气"难以解释，但还是做了解释："其为气也，至大至刚，以直养而无害，则塞于天地之间"。这里除了强调个体与茫茫天地相接之外，还含有"正义"的意思。这种"浩然之气"应该理解为个体生命与宇宙、大自然之间有和谐共振的关系，气息彼此交通，从而获得并保持充盈纯粹正义的气息和能量。这种气息和能量不应该被破坏，但随着现代科技、世俗利害的逼近，我们离那种渺远的虚无、生命的觉悟、潜于心性底层的力量，已经是越来越陌生越来越遥远了。现代人类几乎完全丧失了那种气概。

孟子身处战国时期，那时候一切还比较原始朴素，世界还没有这么喧闹，但即便如此，他还是要强调养"浩然之气"。可见这种"气"是最不易蓄积，最易流失的。

李白和杜甫的那个时期比起现代的喧闹毕竟少多了。他们在应对外界事物的时候也比现代简单多了。他们的简单与朴素，正是他们所拥有的最了不起的一笔财富。我们读他们那些不可思议的诗篇，常常为其中伟岸过人的气魄所震慑，甚至常常产生出一闪之念：世上的伟大诗句已经被他们吟完了，后人大概再也不必尝试了。

是的，李白和杜甫那一代诗人，比较今人，更有可能蓄养起自己的"浩然之气"。

第三讲：李杜之异同

两个不同的符号

过去大家谈论李白，读他的诗很多；现在谈论李白的人很多，读他的诗却比较少。这种状态以后还会加剧，即不读原典，不求甚解，只把李白作为一个文化符号挂在嘴上。

李白到底是怎么样一个人，今天或许没有多少人去深入探究。我们专注于文学和思想，研究历史文化，那些有代表性的人物，比如屈原、李白、杜甫、苏东坡等，就是最好的标本，鲜活的标本——不仅是艺术和思想的标本，更重要的是生命的标本。他们能否永生，就在于当代人有怎样的心灵，如果有极其敏感的心灵去呼应古人，他们这些古人就会从千年间复活起来。

现在像李白杜甫这样的历史人物常常被符号化概念化了。一般情形下人们不仅不注意他们的生活细节，不考察他们做了哪些事情，有过哪些言论，而且对他们的作品也渐渐疏离了。我们当然还会念念不忘一些名句，却逐渐要忘记这些名句是谁说的，在怎样的情状之下说的。我们在生活中仍然经常套用一些历史上留下来的好句子，可是要注意的是，这些句子都连结在一些时代和生活的细节上——我们如果不能进入这些细节，又怎么会深知这些句子之好？

李白的一生，有几个人对他很重要。特别是拥有最高权力的唐玄宗，给李白这辈子留下了最大的念想。李白在作品里、记述中,不停地提到皇帝对他的垂顾。还有一个道士叫吴筠,他和李白是朋友,曾经一块儿炼丹,并向皇帝推荐了这个诗人朋友。另有一个人也喜欢炼丹修道,她就是唐玄宗的妹妹玉真公主。玉真公主对李白的重要,是因为她的身份,所以她对李白的看法不会是无足轻重的。再就是皇帝的两个女婿,一个叫张垍,据记载是宰相张说的儿子,一个很坏的人——李白做了翰林待诏一度很得意,但不久就被"赐金放还",据说张垍从中起到了很坏的作用;另一个女婿就是独孤明,李白离京以后还给他写过赠诗,其中写道"一别蹉跎朝市间,青云之交不可攀。倘其公子重回顾,何必侯嬴长抱关?"从中我们可以窥见很多隐秘心情,并想象出他们的一些过往。

唐代有那么多的大诗人,但很少有大思想家。这是一个时代的特征,究其原因可能非常复杂,足够我们好好探讨一阵子了。韩愈说"李杜文章在,光焰万丈长",以李杜为代表的唐代著名诗人的形象经过千年塑造,已经相当鲜明。但他们内在的特质、他们之间的区别,还需要我们深入细部去寻觅,这个工作远远没有结束。对他们的作品和生活有了学院派的许多考证,这是极重要的,但后人在这些工作的基础上还会有新的任务。网络时代不是白白来临的,它将有自己的发现。因为生活在这个时代里,就将接受这个时代的刺激,刺激不同发现也就不同,感慨也就不同。

我们这个民族的文化,比较起来好像缺乏一点自我批判和反省的能力。德国是怎样对待歌德的?人们熟悉恩格斯很有名的一句话,即说歌德既是一个伟大的德国人,同时也是一个庸俗的市民。可是我们对于李白和杜甫这样的人物,就很少有如此清晰和深刻的剖析。

我们谈到李白，就是一个诗仙，一个可爱的、飘逸的，充满梦想和狂放不羁的仙人——简直不像是生活当中的一个实有人物。越是到后来，人们越是把李白和月亮、狂饮，什么"斗酒诗百篇"的形象联系在一起。而杜甫则是一个忧郁的、多思的、贫困的诗人，是严谨的现实中人。大致印象就是这样，似乎不必往深处走了。

李白和杜甫一生坎坷，性格迥异，作为两个鲜明的符号，已经深深地植入了中华民族的心里。大概谁也不会将两个形象混淆，因为他们气质差异大，在漫长的阅读史中，人们已经把两人一些有代表性的元素给提炼出来了：一个狂放，一个严谨；一个在天上高蹈，一个踏着大地游走；一个借酒浇愁，动辄舞唱，一个痛苦锁眉，低头寻觅。中华的精神天空上出现了这样的双子星座，真是一个奇迹，他们对应着，辉映千秋。

有了他们的存在，我们平时引以为荣的"诗书之国"才能成立，文化上也永远不会自卑。不过余下的关于他们的事情还有很多，我们还要继续做下去。

来自碎叶城

我们要接上讨论一下李白和杜甫的出身，因为这仍然是不能忽略的关节。一个人由于出身不同，言行就会有所不同，性格也将不同。我们看很多著名人物的传记，对他们的出身都有浓墨重彩的描述。二十世纪八十年代以前，"出身"两个字要决定许多人的命运。那是血统论，很荒谬，因为它太绝对和太机械，也太简单，人的精神及性格因素与遗传的关系是十分复杂的，不能用出身来论断一切。将一种事物推向了极端，作为某个不可更改的原理和指标去使用，特别是运用在理解人性、处理人与人之间的关系时，就要小心了。出身问题作为重要的参照和准则时，弄不好会出现大麻烦和大荒谬。以前是以阶级斗争的眼光来关照出身的，或许这就成了一个很可怕的事情。

但是这并不意味着我们一定要回避这个话题。出身与人生的纠缠紧密、与命运的纠缠紧密是显而易见的，当然谁也绕不过去。一方面不同的出身决定了不同的经济与人脉基础，这对人的发展，特别是前期发展会有重大影响，这个道理是不言而喻的；还有一个人们通常忌讳不谈的问题，就是"性"和"命"层面上的——这里借用道家沿用的一个概念来表述，说一下精神心理以及血脉遗传的不同影响。当代医学已经确凿无疑地认证了与遗传有关的一些疾病，大家知道人的心理和身体状况，比如健康与否，有些疾病是不是发生，都与遗传有关。

但人们平时最忌讳最小心的还是道德层面、人性层面，忌谈它们与血脉遗传的关系。因为这是最复杂的东西，也最容易受制于后天条件，处于不停的转化和变化当中。当然生理方面也是一样，也要在客观环境里发生一些重要改变，这些都难以量化和掌控。

可是我们每个人会根据自己的人生经验去判断，一般来说谁都不会否认遗传的力量。比如同一些近亲血缘的人，尽管可以有大不相同的性格，但往往还是具有一些共同的特征：老实、内向、善谈或性格绵软、慈悲、多情、浪漫，等等。这些特征似乎真的可以不同程度地遗传。就此来说，我们过于忌谈是没有勇气的表现。我们需要面对一些难以面对的东西，只要不是走入更大的机械性的谬误就好。

李白出生在中亚西域的碎叶城，就是今天的吉尔吉斯斯坦境内。这方面虽然也有不同的看法，但基本上争执不太大。李白的父亲或者更早的几代，据说是从长安流离到那里的——或因为贬官，或因为战乱，或因为重罪，反正不能在京都生活了。李白在那里出生，五岁又随父亲迁移到四川青莲，所以李白还有一个号叫"青莲居士"。青莲就是江油县，现在改成市了。

关于李白，有一个"铁杵磨成针"的故事，小学课本里都有，就是讲他小时候观看一位老妇磨针受到了启发。如果真那样磨铁杵，直到磨成一根小针的话，李白也真的够傻了，并不聪明。这些当然都不足为据，算是民间文学。那块磨针的石头直到今天仍然摆在原地。

李白的父亲是个大商人，几个兄弟也是大商人，他就在这样一个富裕的家境里长大了。但是李白不满足于做一个商贾之后，因为商人有钱却没有很高的地位，中国一直是这样的文化传统，到现在仍无根本的改变。战国时期只有齐国比较推崇商人，那里经商不仅自由，而且还有较高的地位，而其他国家就不行了。齐国的文化与中原正统文化不同，是一种东夷文化，基本上是一种边陲地区的海洋和商业文化。像秦国商鞅时期经商甚至是犯法的，一旦发现就要关起来杀头。秦国最终统一了中国，所以这种文化流脉延至全国，不是一时一地可以改变的。

李白强调他是皇室李姓。唐代是李姓的天下，他自称是皇室的后人，还给自己排出了辈分，说到他这儿是第几代等。实际上这只是关于出身的修饰和创造，他自己在论资排辈的时候就极不认真，因为心里知道这压根是靠不住的。由于不当真，他跟皇室的人、李姓家族的人作诗酬答时，就常常出现这方面的矛盾，不仅是不严密，而且还相差甚远：就因为遇到了一个地位很高的李姓，按过去曾经有过的排序，本来对方应该是他的曾孙才对，他却尊称对方"叔"或"兄"。

可是从哪里寻找依据来否定李白自己标榜的出身？那可能是更难的一件事。当时有人质疑过，却没有用铁定的事实去加以证明。还有人做出了更悬的推论，认为李白是个外国人，比如大学问家陈寅恪，但他也没有拿出经得起推敲的证据。李白的行为举止太不同常人了，于是总能够引起多方的猜测和假设。只有一点是确凿无疑没有争论的：李白出身于商人之家。

杜甫是皇亲国戚

这种对于出生、身世的掩饰，如强调自己是皇室贵族血统的心理，在杜甫身上也同样明显。但杜甫真的是皇亲国戚，其血脉亲缘的线索非常清晰，他的曾外祖母是唐高祖李渊的孙女，应该算是母系血统的"王孙"，杜甫一生深以为荣。

一般人谈起杜甫，脑子里常常出现这样一个形象：干涩、穷困、刻板，生活在底层，一生坎坷。他的性格收敛而随和，包括严谨的中规中矩的诗风，都给人这样一个综合的感受。实际上单讲与皇家的渊源，杜甫比李白要深得多。单就现实机遇来看，李白曾经与皇家走得很近，近到了可以接近唐玄宗；而杜甫则是出身接近皇族，这二者自然具有完全不同的意义。杜甫的父亲曾是奉天令，还做过兖州司马。当时的"司马"是一个特殊的职位，一般在这个职位上的人都是仕途不顺者。比如白居易也做过司马，那也是他仕途上的一段坎坷岁月。但无论如何杜甫还是一个官宦子弟。他那首有名的"齐鲁青未了"的诗，就是去兖州探望父亲时写下的。

杜甫在作品中多次谈到自己高贵的出身，与李白不同的是，这些言谈都可以落到实处，即有踪可寻。李白的特点是夸张，将真实笼罩在纵情言说之中，使人既摸不着头脑又难以贸然否定。杜甫认为自己是陶唐氏尧帝的后人，并且在诗文里一再提到这一点。他的祖父杜审言当年是一位与陈子昂齐名的大诗人，是武则天赏识的人，曾被她亲授为著作佐郎；至唐中宗，杜审言官至修文馆直学士。杜甫谈到这样一位祖父很是自豪，写道："诗是吾家事""吾祖诗冠古"。

杜甫作为一位世家子弟，源头能够追溯到很远。他的远祖杜预，就是西晋著名的军事家和历史学家。有这样出身的诗人，并且对自己的出身意识十分自觉和强烈的一个人，心灵里一定会留下极深重的印记，并将自然而然地影响到他的言行。

难以直面出身

李白一直强调自己是皇族李姓的后人，却因为过于遥远而实在难以考证，所以这些强调就显得多少有些生硬和失措。这在人性里是一种非常有意思的事情，其实直到今天也不难让人理解。

一个人能够直面自己的出身，不为自己的出身而羞愧，有时候也是很难的。人很愿意根据需要，从不同程度上掩饰和夸张，甚至创造和虚构个人的血脉。这样做并非是一件小事,而是常常具有现实效用的。比如当代人也常常有意无意地暗示自己出身高贵——虽然只是一般小知识分子家庭或工薪阶层的孩子,但走到哪里都愿意讲"我们高干子女"如何,遇到一些事情就慷慨陈词地说:"作为我们高干子女来讲,可不这样认为",等等。还有的更甚,竟然要找一个同姓的古代高官做自己的先祖。

但也有相反的情形,那要在极其特殊的时期才会发生。比如在"文革"那些年,人们不但不能强调自己出身的富贵,还一定要往反里说。一个人绝对不能强调祖上有多少财产,也不能承认出过什么高官和大的知识人物。现在则不同了,这些都变成了很荣耀的事情了,可以算做另一种资本。而二十世纪七八十年代以前一定要强调自己的穷困,出身贫农还不过瘾,还要强调自己是雇农或更下层才好。那时还产生了一个特别古怪的职业:专门的"忆苦家"。

现在的年轻人一定会觉得奇怪,问专门忆苦有什么好?但当时确乎是这样。这些"忆苦家"在当时是很忙的,他们日复一日地穿行在工厂学校部队机关,到处忙着做忆苦报告。这些人并非一定是受了最多苦的人,而主要是靠一张嘴巴出名,在方圆十几里甚至上百里都很有名。听他们忆苦将留下深刻的印象。《九月寓言》里写过这种情形,那应该是没有多少夸张的。在忆苦大会上,台上的人一开始要慢慢讲,先做一些铺垫,渐渐就呼喊起来了。他们进入一些苦难的细节时,会发出一些凄厉的声音,喊叫:"拿刀来啊,拿绳子来啊,我不活了!别拽着我呀!"一时声泪俱下,让全场人都一齐跟上哭。

那时专门的"忆苦家"是很有社会地位的。这样讲一点都不夸张,因为那是一个畸形的年代。在忆苦的深夜，那种喊叫听起来就像李白的"两岸猿声啼不住"，既吓人又感人。当年有一首歌许多人都会唱，歌词里有一句很难让人忘记，说的是穷人在大雪天里讨饭的苦境与绝境："十个脚趾头，冻掉了九个"。那时候我们一方面觉得人生真是太苦太可怕了，另一方面也心存疑惑：怎么只剩下了一个脚趾？这大概会是大拇脚趾吧？

时代的风气就在两极里变换：那时极为崇穷，现在极为崇富。如果我们能生活在一个平常自然的、取其中间的时代该有多好，就是说生活在极富裕和极贫穷的中间状态就很好了。这样会更正常也更安定些。

事实上中国人在出身问题上很少会有平常心态，究其根本原因，无论"崇富"还是"崇穷"，都是极不正常的，这可能源于自古以来便没有生命平等人类平等的意识——由等级文化造就的人，而不是民主文化造就的人，所以才有这样的意识。我们这里也许实在没有西方那样的真正的世袭"贵族"，五千年来无非就是农民起义轮番上台：打倒老"贵族"，让自己成为"新贵族"；打倒旧地主，让自己再做新地主。如此循环往复。

李白和杜甫因为出身问题，在诗文中花费了极多口舌。因为无论是就社会环境还是他们个人来说，这似乎都成为一种很重要的大事。在这种情形之下，出身对于他们的行为、思想和诗风也就不可能不发生重大影响了，想要忽略都很难。

拔地而起的天才

有一些诗人和作家很不幸,才华盖世却天不加怜,很早就去世了。古代有王勃这一类早熟早逝的天才,而李白和杜甫只活了五六十岁。法国的兰波十几岁就写出了《奥菲莉亚》,四十多岁就去世了——他经商,折腾,最后还锯掉了一条腿。拜伦有残疾,后来得了伤寒死在战场。普希金、莱蒙托夫、叶赛宁……一些令人惊异的天才匆匆逝去。这种拔地而起的天才人物就像闪电一样划过,在苍穹里亮起刺目的光芒。

还有一种特别耐折腾的人,他们生命的河流特别漫长和开阔,像托尔斯泰、雨果、歌德这一类。这是两种类型,后一种往往更复杂也更具有综合性,他们像大象一样沉稳地往前,体量巨大。前一种卓绝罕见,发出绝唱,不可企及——这些人的不幸,不仅是生命短暂得像闪电一样,而且更是因为极度的特立独行,在世俗中安放自己的生命总是非常艰难。他们不被当世所容。后来人对他们的欣赏和赞扬,只因为是做了个遥远的旁观者,可以是放松和自由的,可以极大地超脱,所以才能够怜惜他们。我们今天的人总是不吝言辞地赞叹李杜,道理就在这里。

那些特异的天才人物,他们的一些举止在今天常常被看作是"行为艺术",其实他们自己并不觉得那是一种表演。但无论如何,他们的行为就艺术传播而言是有益的,因为越是招人议论就越是变得突出,变得难忘,变得形状鲜明;不利处是他们在这个过程中也被大大地简化、符号化了。

从另一方面看,他们的行为在不容于当代生活的过程中,也对自己的生命造成了很大的磨损和内伤。这往往就是他们过早消失、坎坷与痛苦的重要原因。

像李白这种率直放松和夸张的为人行事，在任何时代都是反世俗的，都不会成为处世的平均值，都将闪耀出传奇的色彩——既容易被人笑传，被公众注意，也会引起争执。人们一旦把注意力一齐投放在某个事物上，这个事物就在过分的聚焦中被大大扭曲了。一些艺术家也就这样被标签化和符号化了。

李白等人的可爱与可贵，在于他们对自己的种种行为以及后果都是不自觉的，也就是说自然天成水到渠成。无论是李白的荒诞不经，自吹自擂，还是不合人情的一些交谊方式，如对韩荆州突兀而孟浪的投书，似乎都有一些大可哀叹的原谅存在。因为李白这样做是出于一种特别的性情，是天性使然。他有时是一个长不大的孩子，有时又表现出艺术上的超人机心，有极绵密的运筹力。事物就是这么矛盾，这么相悖和不可化解。

作为一个艺术家，如果真是一个特立独行的人，那么更多的还是要表现在创造物上。而相反的是，有一部分人只在世俗和表面的言与行上大逆其道，有点"语不惊人死不休"的意味，但在其心灵的创造物中，比如诗文中，倒绝少刺目的大个性——他们是极为符合当时当地的精神和文化潮流，也是极为顺从的。可见这样的"特立独行"是需要大打折扣的，这通常只是一种表演，是为了引人注目、赖以立足混世的一招心计而已。这些人根本没有李白等人的异才，却极愿意表现出一种更加放荡不羁的样子。

所以在进行艺术与生活之辨的时候，我们需要非常地客观冷静，以便把一些人和一些事，把作品及其他放到时代和思想的坐标里细细考察。这里需要相当的理性。特别是现在的网络时代，大众很容易被一些尖音所吸引，被一些故意制造的现象、响亮的广告所诱惑，而这恰恰也是对方的目的。相反在这个时代,有一些默默无闻的安静的角落往往倒是很了不起的——他们的行为不具有广告性,甚至整个一生都没有什么可以被逮住言说的传奇环节,但却真正具有别样的意义和力量。

可以设想,如果是李杜活到现在,特别是李白这样的人,该有多么大的"点击率";可是另一方面也可以做出相反的推断:由于他为人本色,最终还不是表演,或许早已经被淹没在网络的狂涛之中了——网络时代的表演家太多了,真正的个性并不会出眼。在一个娱乐和广告时代,深入的理性思考很难进行下去。过度的喧嚣,发达的媒体,将把所有冷静的声音大部分遮蔽——那些本色的、深邃的思想家和艺术家,将一概进入沉寂的角落。我们为之痛苦,可又实在没有办法,那些符号化的、广告与娱乐化的、哗众取宠的种种尖叫,或将真的变为"成就"的有机部分。这就是网络时代的悲剧。

可见,即便是李白这样自称"楚狂人"者,也要惧怕时下这个网络时代吧。

李白的口碑

李白当年的口碑到底怎么样,这是许多人至今仍感兴趣的。谈到一个著名的历史人物,我们常常要考虑他当时的口碑。因为一般来说,人都要受世人、受周围环境对其评价的影响,这将塑造他、影响他甚至规定他。有的人受这种约束和影响要小一点,有的人要大一点——因为有人完全是看世人脸色行事的,也有人可以满不在乎地活着——但即便是最满不在乎的人,也一定会受到环境、舆论等的巨大限制和改造,这简直是无一例外的。

一个人真要做到庄子所讲的"举世誉之而不加劝,举世非之而不加沮",几乎是不可能的。庄子讲的不过是一个"至境",一个理想,一个永远可以努力,却又永远难以达到的崇高目标。

李白的口碑最初怎样不太好考,大概主要是"嗜酒"和"仙人"之类吧;但是到了后来就多有不良记录了。最典型最被人接受的是杜甫一句有名的诗里所透露的,那就是"世人皆欲杀,吾意独怜才"。这里好像清楚地说出了一个事实:世上的人提起李白都咬牙切齿,都说这个人真该杀,而我杜甫却与他们全都不同,太怜惜他的才华了。这么有才的人杀了可惜,但也只是因为其有才!从字面上看,杜甫并没有为好朋友做出什么有力的辩护——可能是欲辩无言吧。

但是这里似乎可以注意,李白是在获罪后的特殊时期才有了被杀之忧,并不一定是大范围里的恶名泛滥到了这样不可收拾的地步。再就是,在这个语境里,这个"才"可能不仅指才华和异能,还包括了他的人性之美。杜甫的诗中包含了有大才异能者不被世人所理解的大遗憾。

我们还要注意到,杜甫写这首诗的时间,是在李白折腾了一辈子,在快死之前,也就是"安史之乱"流放之后。其时李白已经是贫困潦倒,处境相当困难了。当时传说很多,有的说李白已经疯掉了,有的直接就说李白死掉了。杜甫对这些传说都有过强烈的反应,并且都写进了诗里。

李白的口碑一定经历了不同的阶段。最早人们会传说这个人的奇异与不得了:英俊少年,得志青年,出口成章;这个人多么狂放不羁,特立独行,携一把宝剑游走四方,而且极为富有,散财行义,聚友豪饮。这个人就像仙人一般出现在人世间,走到哪里都是一片好奇、惊羡、赞叹。估计大致会是这样。

当他被唐玄宗召见,在宫廷里做了一段翰林待诏的时候,其声誉一定是达到了顶峰,那时的口碑一定是好得不得了,可以说如日中天。在他被"赐金放还"时,一路上的口碑也不会太差。他个人的心情可能有点失落感,因为在宫廷里没有得到重用,毕竟被放还了。但是他终究有过那样辉煌的经历,尤其身上带了皇帝的手谕和大笔银子。所以他还是得意的、神清气爽的一个游吟诗人,在各方面都超人一等。

民间舆论一般是不夸倒霉汉的,如果要夸,也一定要等上一段时间。人们常说的民间对弱者的偏向和同情,总是要具备很多条件的,并不一定总是发生的。就人性规律和现实通例来看,民间逐富逐名逐势的倾向是难以改变的。所以李白的口碑好坏,相当程度上是随着他的荣辱沉浮而起伏的。我们教科书上总是说劳动人民喜欢李白,爱戴自己的诗人,这都是相当概念化的呓语。其实还是同时代的杜甫说得对,也更可信:"世人皆欲杀",这个"世人"不就是劳动人民?肯定还是劳动人民居多。劳动人民到了什么时候才赞扬和同情李白杜甫这一类人?要等到他们蒙上一层厚厚的历史尘埃,变成被许多人认可的大诗人之后。这时候"民间"也就一齐赞扬他们了。

李白流浪的时间长了,打扰的人多,交往的人多,加上终究落魄,慢慢地就把口碑搞坏了。一个没有生活来源,靠各种办法混生活的人,又有出手阔绰的习惯,这样的人要不贫穷潦倒也难,最终要保持一个好的口碑更难。我们都知道,"口碑"这种东西是极靠不住的,因为它要借助于众人之口才能形成。有什么比当世的"众人之口"更离谱更荒谬、更遥远更陌生?他们的言说由于不是出自个人的深刻感知和洞悉,也就没有了价值。

李白活着时打扰的人很多,被他惹烦的人一定也很多。他一旦到了在生活中站不住脚的时候,"口碑"马上就会很差了。每个人都处于"当世",所以民众的口碑一般还是要看庙堂,当一个人真的离庙堂远了,成为一个被逐者,那么他要获得一个好的口碑确是难乎其难!无论是历史还是今天,这种情形大致都是一个通例。在乌合之众那里,做人往往是很难的。有人会说到当代另一些现象作为突出的反例,什么对庙堂的反感和厌恶——那其实只是一种特殊时段、特殊原因才有的反应,并不能作为通例来看。奇怪的是,即便是庙堂和民众形成很强烈的对立关系的时候,某个人的口碑也要严重受庙堂的影响——进一步说,靠与庙堂对立而形成的所谓的好口碑,实际上终究还是以庙堂为坐标来进行判断的,并不是依靠对个体的独立认识和公正评判而形成的。

"乌合之众"与"大众"怎么区别?谁来为我们区别?前者是一个贬义词,而后者总有褪不去的光环。可是我们知道"乌合之众"总是打着"大众"的旗号,因为它要挟"大众"之威,谁也不敢指摘"大众"。现在看,要敬重"大众"是应该的,但要首先将其区别于"乌合之众",这个工作再难也要做。

"乌合之众"对于文化没有记忆力,从来谈不到理性,更没有分析力、传递力。一种文化、一种艺术一旦沦落到平面化、民众化、通俗化的包围之中,也就算倒了大霉。所以对李白这样一个深邃的、特异的,同时身上又有着许多不可原谅的缺陷的大诗人,他到后来一旦失去了庙堂照耀的光环,甚至被流放逮捕的时候,对于大众们也就等于一味毒药了。他的特立独行过去是美好的标签,而今就变成了人生灾难的药引子了。他这样的时候口碑怎么会好?不是一般的不好,而是大家都觉得这个人可杀而不可留了。可见曾经一度被民众欣赏、传为佳话的那些夸张言行,连同那些诗句,都一块儿跟倒霉的命运结合起来，全都变成了不容于人、不容于世的一大烂坨了。

从杜甫诗中可见，起码在蜀地，李白即将被杀的消息是盛传开来了。杜甫也是一个到处游走的人，他写这首诗的时候正是在四川，在严武的地面上。这里的最高统治者严武是杜甫的好朋友，而四川正是李白的老家，我们由此可知有关李白的可怕消息在自己的老家传播，这是多大的不幸。

齐鲁青未了

杜甫年轻时候的诗作保留下来的不是太多，如一千四百多首之中，到四川之后的就占去了百分之七十，而三十五岁之前的作品数量就更少了。如果将杜甫的诗按照编年体排下来会发现什么？一个显著的特征是更沉郁了，更怀旧了，更悲怆了；但从诗艺上讲却更周全了，更精致了，更丰腴了。前边或偶失于青稚，而后边的稍有雕琢——一个大诗人也不能幸免于人生与艺术的规律和格局。

有人会说杜甫比起李白的诗作来，其年轮的痕迹更为深重。的确是这样。杜甫在晚年的作品中凄怆浓重，这与早年是大为不同的。"万里悲秋常作客，百年多病独登台"，这样的著名句子只有后来才能写得出，也是最为典型的。可是就在这句之前还有一句更有名的，就是"无边落木萧萧下，不尽长江滚滚来"，这是多么开阔辽远与萧杀的自然秋象，而诗人在这种天象之下的悲悯与惆怅，又显得多么茫然无助、孤独和潦倒。即便是以豪壮之气见长的《观公孙大娘弟子舞剑器行》中，也透出了无比的哀伤和悲愁，有着令人痛彻的叹息："绛唇珠袖两寂寞，晚有弟子传芬芳""先帝侍女八千人，公孙剑器初第一。五十年间似反掌，风尘 洞昏王室。梨园弟子散如烟，女乐余姿映寒日。""寂寞""风尘""散如烟""映寒日"，是这些辞与意。

李白的狂放则多少掩去了这种年轮的痕迹，虽然仔细辨析仍然存在。即便痛诉狱中苦情和惨状的《万愤词投魏郎中》，也有豪迈夸张的句子："蓊胡沙而四塞，始滔天于燕齐。何六龙之浩荡，迁白日于秦西。"然后才是具体惨况的描述："恋高堂而掩泣，泪血地而成泥。狱户春而不草，独幽怨而沉迷。兄九江兮弟三峡，悲羽化之难齐。"像类似的悲苦之诗在他这儿是比较少的，即便有也透着奇特的豪唱风格。人们会稍有不解：都到了随时被杀之期了，而李白还有心情起劲地"拽"！这一类诗还有《南奔书怀》《在浔阳非所寄内》《九月十日即事》《临终歌》等，总让人感觉颜色还是相对明净的，调子还是昂起的，唤不起人们对杜甫那样的怜悯之情。李白性格中的乐观主义因子，使我们将他的狱中嚎哭读出了更多的怜爱，而不是同情。但不知为什么，我们会觉得李白比杜甫更孤独。他一生从前到后的七八百首诗中，前后一致的全是纵情豪歌，是虚无缥缈，是沉迷酒仙。这种风韵基本上是贯彻到底的。

杜甫的《望岳》《画鹰》《赠李白》等早期诗作，较之后期轻快单纯，也有更多的稚趣。"决眦入归鸟"，眼睛为搜寻归鸟都快瞪裂了；"侧目似愁胡"，鹰的眼神冷峻怪异而又陌生，就像外国人的眼睛似的；"方期拾瑶草"，期待和李白一同寻找长生不老的仙草。越是到后来，这种情趣就越是缺乏了——只是在成都草堂时期才写出了一些生活的逸情趣味，算是特别的一笔；更多的，仍代之以三十五岁以后的沉重记叙，更有晚年的凄苦哀号。

从诗的技巧和氛围上讲，中年丰腴而锋利的诗多起来了。到了晚年的《秋兴八首》，则从各个方面都达到了登峰造极的地步——有人甚至认为这组诗已经到了"增一字则多，减一字则少"的地步，认为已经是抵达至境的律诗典范。这样的赞美从方向上看是不错的，也是对杜甫艺术成就的最高颂扬。不过晚年诗的推敲斟酌与锤炼还是留下了痕迹，好在才华与经验悉数走到了一个极端的诗人，能够最大程度地掩去这些痕迹而已。

对比杜甫早期的诗作，那种青葱气象已经没有了。这是生命的必然现象，所谓的得失兼备，谁也没有办法。杜甫在早年探父期间写下的几首诗，特别是写岱宗泰山青色无边，地接齐鲁气势的那一句"齐鲁青未了"，即可用来形容一个大诗人初登诗坛的志向、它的锐利清新和朝气勃勃。杜甫这个人对山东的贡献可谓大矣，他的一句"齐鲁青未了"成为多么大的广告，后人真该好好感谢他。

任何一个杰出的写作者，最初一批作品总是具有极大的预示性，并包容了无限的可能性。仅从他们的人生阅历、阅读范围看也就那么大，直露而出的思想也许并不高明，在技术层面上也多有问题——但为什么早期的文字往往很受重视，有时甚至是传播最远、影响最大？就因为它们投入了一个人最饱满的生命，一些最初的新鲜体验都汇在其中了。作者个人甚至朋友、家族，他们所有的情感和牵挂也都帮助了他。他个人正处于一个非常强有力的生命阶段，正认真而专注地探索问题、思考问题。这种向上的强烈的探索热情，汇聚到文学写作中是最了不起的一种力量。所以仅仅从简单的字面上分析它们，常常还嫌不够。那一种激越、情感、单纯和勇气，其本身就是深不见底的。这些东西，个别专门的学问家也许会忽略掉，但写作者应该明白：它恰恰是构成作品价值的最重要的部分。

常人与异人

我们总觉得李白是一个"异人",而杜甫是一个"常人"。遇到任何事情,换回到今天的现实之中,我们当会更信赖杜甫这样的人,有什么事情交给他去办更放心一些。李白的脾气有些怪异,做事反复无常,全凭一时兴起,许多时候像个任性的大孩子——这样的人做诗当然好,做实务好像就有些问题。这个人在当年被称为"谪仙人",既然被"谪",肯定会有许多毛病,特别是性格方面的问题。他好像一直是飘在上面的人,离开土地很远,几乎成了一个"天人"。而杜甫无论写出了多少想象绮丽的诗篇,有过多少奇妙的设计,也大致还是一个生活在地上的人。我们更信赖后者。

谈了许多李杜之别,感受上的最大不同就是一个天上一个地上。这是性格的差异,生命质地的差异。说到"常人"与"异人"之别,古今中外其实都是一样的。在生活中,更不要说在艺术家之中了,大大小小的"异人"总是层出不穷,他们的存在,更是反衬出了"常人"之多。不过这里说的是真正的"常人",而不是"伪常人"。

杜甫就是一个"伪常人",也就是说他貌似"常人"而已,其实骨子里也是一个"异人"。杜甫只是外部色彩与李白不同而已。杜甫的异处比起李白来,大概更为隐蔽罢了。我们看杜甫的诗文,会发觉这个人的冲动思绪和别样感受,似乎并不比李白少到哪里去。这样的一个人怎么会是"常人"呢?

他对一生敬重和喜爱、好奇的诗兄李白抛出一句"飞扬跋扈为谁雄",高兴时呼叫"白日放歌须纵酒,青春作伴好还乡"!这同样像一个冲动无边稚气可期的人,简直一如李白。

说到这里,杰出的艺术家们不过是由两种人构成:"异人"和"伪常人"。如果真的要从他们当中找到一个真的"常人",那大概是难乎其难的事情。真的"常人"如果做了艺术家的工作,那一定是十分辛苦的。这方面从古到今都是一个道理。

比如将文学当成一种营生和一个专业之后,看上去大家都在低头写着,都在用文学这个武器发泄和表达自己,成色却大大有别。这因为人的差别放在了那儿。我们曾经有过多少好作家涌现出来,但没有具体的长时间的接触就不会知道,他们其中很有一些"伪常人",那种聪明和才华并不一定像李白那样闪露在外边,而更有可能是杜甫式的深藏不露。总之人和人看起来都差不多,五官差不多,还使用着同一种语言,情感表达方式也差不多,但其内在的差距真是大到了不可估量。如果有一种极敏的感知力,那么无论跟一个"伪常人"接触多么短暂,交流多么少,都会感到对方有一些特异的元素。

我们回忆一下在学界,在学术场合和平常的生活中,遇到了多少让人永不忘怀的特殊人物,这些人在表达力,在感悟力诸方面,其机敏和智慧会突然把人领到一个不可企及的高度。有一些特别高贵的人,也有一些特别龌龊的人;有很缠绵的人,也有很冷漠的人。他们真的是各种各样斑斑驳驳,令人目不暇接。那些让我们难以忘怀的人,那些或隐蔽或敞开的各种"异人",经过了残酷的时光的淘汰,一直留到了今天——将来还会存留下去,因为他们太与众不同了。

说到李白和杜甫,他们从三百年的唐代,从极为拥挤的唐诗大河中淘洗出来,这个筛选过程将是多么残酷。他们并不是一开始就走运的,要知道文运就像官运一样,从来都不是福星高悬的。李白出名早一些,但也有人把他的诗文贬得一文不值。杜甫则在很长时间里文名不彰,名声大起是在死后,大约在中晚唐时期。

时下的道理也差不多是一样分明:在十三亿人口里,一个写作者能够在寂寞中一直坚持下来将是极其艰难的。能够在长达十年二十年或更长时间里坚持写作,保持一种严肃的探求与追索,这意味着什么大家都知道。不要说这样一位作家能够步步递进和上升,就是仅仅保持在一个循环往复、迂回向前的状态已经相当不容易了。一个三十年前的歌吟者,如果在今天还能偶尔听到他不错的声音,这已经是非常之难得了。

在各种各样的艺术行当里,有哪一种艺术工作比文学更难?画家们可以一生画梅,稍作改变即无伤大雅;画竹子画虾,画李白大声称道的"大宛马",都可以无数次地重复下去。但是文学家们写出了一个构思、一个人物、一个主题,就要从此绕开,一生不再复回——不仅是他自己,即便别人表达过的,常常也要远远回避为好。最后这条路也只能越走越窄,直到难以为继堵塞不前。李白说"蜀路之难,难于上青天",这里的诗路,其实正是一条名副其实的"蜀道"。

康德认为诗歌赢得了超乎其他艺术之上的地位,它高于绘画(雕刻),甚至高于音乐:因为每一种美的艺术不仅要求有建立在模仿之上的鉴赏力,还需要思想的独创性。诗人比音乐家除了感官之外还要求有更多的知性,这就是为什么诗人中浅薄的头脑不像在音乐家中那么多;音乐仅仅作为服务于诗的载体,才成为不光是快适的艺术而且是美的艺术。同样在绘画中,自然画家只是在模仿,算不了什么;只有上升到观念画家,才是艺术大师。

康德关于不同艺术的比较,当属发人深省的哲思。

隐伏的血性

杜甫常被想象为一个谨慎的忠君者,一个终生对君王抱有耿耿忠心的臣民。这种印象来自他诗文中的一再表白,也由他的具体行为所印证:在安史之乱中,他为了奔向唐肃宗的阵营,冒着生命危难一逃再逃,可以说是历尽艰辛,九死一生,最后总算抵达了。他的诗章中道尽了人间的苦难,谴责中却总要小心地绕开"君",并且一再地表达对朝廷的忠贞不二。杜甫简直是那个时代人间苦难的代言人和目击者,集一切忧思于一身,却又总能忠"君"的人——仿佛那个时期的一切不幸与悲哀都与最高统治者无关,这不是最大的矛盾吗?

李白式的冲动与怨愤,怒而一掷的豪言,比如"何王公大臣之门不可以弹长剑乎""安能摧眉折腰事权贵,使我不得开心颜",类似的情形在杜甫这儿是不多的。他给人隐忍的感觉,即便是酒后之言也大大不同于李白。这主要是性格的原因。但从大量的诗中来看,杜甫对权贵的悲恨可以说更为深广,如泣血般书写了人间的苦难和挣扎,作为一个最细致最切近的目击者,那种痛和恨是可想而知的。

郭沫若先生在比较李与杜的论述中,对杜诗中最忧伤的部分加以拆析,认为这些诗大多是同情"富裕的农民""是站在地主阶级的立场、统治阶级的立场,而为地主阶级、统治阶级服务的。"他评论那首著名的《茅屋为秋风所破歌》,将其中的"大庇天下寒士俱欢颜"中的"寒士",解为"还没有功名富贵的或者有功名而无富贵的读书人",这就太过刻意地抠字眼了。通读全诗可知,这里的"寒士"显然绝不止于这部分读书人,而是饥寒交迫之中的所有人。

这些诉说人间万象、言说悲苦深重的记叙诗章,从诗学角度讲会有另一些弱点和缺陷,但主要却不是所谓的"阶级性"和"社会层面"的错误,也不是这些属性太弱,而是正好相反,它们是太"正确"也太"强烈"了,并且因为这些原因而在一定程度上削弱了诗性。强烈的控诉与悲愤,会压抑更复杂曲折的诗意的表达,将唯有诉诸诗性才能彰显的审美元素给过滤掉。这当然属于难言的写作学诗学的范畴,还可以专门讨论。这里只讲杜甫与民众的关系、与官方的关系。从后一层面来看,尽管杜甫不得不偶尔应付,不得不为了眼前的苦境和生存之需求助甚至奉承那些权势人物,但内心情感的重心是绝对没有偏向统治阶层的。我们这里不能简单地从诗文中抽离一些字词和句子作判,而是要从所有纠缠繁复的杜诗中感受所有的一切。

杜甫不但不是一个"统治阶级"和权贵富豪的"爪牙"和"帮凶",而且还是一个隐伏了血性的男儿。这由他诗章无处不在的控诉与揭露中透出,而这些文字是不能更动和改变的历史记录,也是一个诗人的心史之章。郭沫若先生用很多篇幅比较了杜甫与苏涣这两个诗人,其实这两个诗人在诗史上是极不成比例的,因为后者只留下了三首诗作,无论如何也没法完整地表现一位大诗人的规模与器局。但是诚如郭沫若先生所言,杜甫对苏涣是推崇备至的，而且使用的赞语也是少见的，甚至对李白和其他大诗人都没有这样冲动地感叹过。

　　杜甫与苏涣是很晚才认识的。这时候的杜甫已经相当困窘和潦倒了。苏涣是一个什么人？他一开始也有公职，后来却拉起一支两万多人的队伍造反，这使他成为一个在知名诗人中绝对少见的人物。这样的一个人，即便从仅存的三首诗中，也可以看出其锐利和冲击性格。或许也就是这种性格，才让隐忍怨愤的杜甫产生了向往和感动。杜甫是不会揭竿而起的，但他心里的愤火已经燃烧日久，他隐伏的男儿血性时不时地在涌动。我们不可能天真到这样的地步，认为他与苏涣的密切交往中，竟然对这个人的反叛之心毫无察觉。但是他和苏涣不但成为朋友，而且盛赞谓："老夫倾倒于苏备至矣。"

　　苏涣率众造反，当然是诗人中的异数。这个人留在全唐诗中的作品仅有几首，但一生创作的作品肯定也不在少数。郭沫若先生对于近代诗论家送给杜甫的"人民诗人"的称号难以苟同，认为真正配得上这个称号的当是苏涣。实际上就连"人民诗人"这个称号也可以质疑，这算是一种什么称号？即便采用这样的概念，这样称许也有些牵强和不通，因为是否具有强烈的"人民性"另论，单讲一个诗人，就留下的作品而言，苏涣还不能说是足斤足两的。一个艺术家的重要与否当然不完全取决于作品的多少，但要展现一条完整而宽阔的生命的河流，仍然也还需要相应的数量，这几乎是无有例外的。

放纵和克制

杜甫许多时候属于那种自我克制的人,在文明的汤水里浸泡日久,变得成熟而规范。他通常不像李白打扰的人那么多,也不是那样顽皮和出格。李白有时候实在做得太过了,当然这里不是指他的诗中透出的惊人消息,如"十步杀一人"等。

但李白的表演性有时候的确是存在的。他做好事的时候也有些夸张。比如说他和好朋友一块儿同游洞庭,好朋友死了,李白号啕大哭,把朋友埋了——多少年过去他还念念不忘,觉得应该把朋友葬回老家,于是就重回故地,用宝剑掘用手扒,最后将尸体背回那人的老家。这作为大爱大义的重要依据,被李白写在了一封自荐信里,以标明自己德义之高。这就是李白《上安州裴长史书》里描述的"剔骨葬友"的故事,通篇看也真够吓人的了。

李白常常表现出生命最大限度的天真烂漫,这时候他是质朴天然的;但另一方面,当他真的任性放纵起来的时候,又没有了边际,并首先对自己造成了伤害。这二者形成了极大的反差、极大的不和谐。或许没有那一面就没有这一面,所以一味地赞赏或批评都不行,令人感到有些两难。至于杜甫,一方面可以嫌他拘谨无趣,另一方面又会被他那种严谨和真挚所深深打动。

有人说李白这个人主要是因为嗜酒,酒喝多了才放纵和浪漫。但我们也可以反过来看,正因为他这个人天生放纵和浪漫,也才会时常纵酒。究竟哪是因哪是果?显然一切都取决于人的性情和品质。单讲诗中的酒气,杜甫并不比李白少到哪里去,杜甫写了多少饮酒的诗,但人生行迹却大大有异于李白。杜甫一生还有三次做官的阶段,这虽然是大不如意的、忍受的三个时期,但他却能大致按照官场规则认认真真地做下来。李白只有一个时期做了"翰林待诏",可是并没有很具体的职责,也没有细琐的官方事务,所以大致还算是轻松自由的——即便如此李白也还是做砸了。比起李白,杜甫的忍与韧、规范与恪守仍然还是明显的。杜甫的自由与放纵只在诗中表现出来,这时候才是他了不起的、最为宝贵的生命大释放。

自然天成

盛唐产生的以李白杜甫为代表的诗人群体,在中国文学史上达到了顶峰,与其他朝代各种文学品类的综合高度都可以作比,并且仍然会是一个高峰。清代同样时间很长,诗词积累的总量巨大,还有小说《红楼梦》的问世,但是综合而论,我们却很难讲清代的文学高于唐代。当然文学的量化比较也是极为复杂的事情,还不能掷一言而定论。

唐诗是在前人创作的基础上发展而来的。像一些代表人物如李白杜甫,他们受战国或魏晋南北朝时期的影响很大,比如屈原和陶渊明,都是他们最喜欢的诗人。在思想方面,他们则接受了孔孟和老庄,以及稷下学派的深刻影响。李白的《梦游天姥吟留别》是非常明显的,里面写了大量天姥山的神奇,所见到的仙人列队等神仙阵容,那些奇妙的比喻和联想,在屈原的诗里是常常出现的。

李白与杜甫不同,他写的律诗并不算少,但并不真正拘于格律,所以严格意义上的标准格律诗可能并不多。他算得上天马行空、不受羁绊,这与他的性格是相符的。总的来说，李白的诗比杜甫的诗更平易上口，读来十分轻快，好似张口即成的一般。汉语经过了长时间的演变，在一千年前的李白手中使用，其效果是今天读起来仍然琅琅上口。这些诗抵达了口语化的极致，许多句子都流畅无碍，自然天成。

杜甫的诗更合乎格律，从这方面讲也更严谨，但这是综合看其全部诗作的结论；就某一些篇章来讲，风格上也完全是爽快流利的。一般来说，同样的一个题材，由杜甫写起来就变得沉郁一些，以我们今天的耳朵来听，远没有李白那么轻快。"轻快"是轻松畅快的意思。比较而言，李白的诗相对平易好懂，光亮照人，而杜甫的则沉重、暗淡一些。杜甫像李白那么轻快的诗也有，但还不够多。杜甫在四川的时候听到安禄山的部队被歼灭，河南一带被官军收复，就写了"却看妻子愁何在，漫卷诗书喜欲狂。白日放歌须纵酒，青春作伴好还乡。即从巴峡穿巫峡，便下襄阳向洛阳"，真是轻快极了。不过像这样的诗句并非俯拾皆是，而要等到他有特别的时刻和心情才能创作出来。这样的诗句看起来倒很像是李白写的。

古人记下了杜甫这样的写作习惯：写下诗句后一定要反复吟诵，要听一听顺耳不顺耳、好不好，再决定取舍。他的大部分诗都称得上苦吟而得，正如他说的："语不惊人死不休"。这种诗艺的大志向自然会影响通体诗风，其严谨就来自极度的自我苛刻，其拘谨也是。惊人之语许多时候是需要打磨锤炼的，与追求轻快的诗风并不一定相符，有时二者真的不可兼得。杜甫的一些诗开头特别顺畅，比如《丽人行》："三月三日天气新，长安水边多丽人"，但下边两句称得上绝妙的文辞却显然要工于心计，也许需要多次打磨才能获得："态浓意远淑且真，肌理细腻骨肉匀。"但总的来说，由于有了开头的引导，全诗的气息似乎已经决定，于是这首诗的畅快感大致还能够贯穿到底。《兵车行》通篇都是民歌风，开头即是"车辚辚，马萧萧，行人弓箭各在腰。爷娘妻子走相送，尘埃不见咸阳桥。牵衣顿足拦道哭，哭声直上干云霄。"这首诗直到后面也毫无淤缓。正是开头的口语化带动和设定了全诗的气韵，到下面全是写实和纪录，是事件的叙述，只不过诗意似乎变得平淡起来。

比照千余年前，当代自由诗的口语化却成了问题。现在有些诗几乎是将生活中的日常口语直接搬进去，忘记了它们之间的区别。诗中的口语必是经过诗人严格选择和锤炼的结果，而不是简单的照搬。有人会问，既是"口语"为什么还要锤炼？回答是，因为它既保持了日常生活用语的特征，又须具有深化和协配具体意境及思想的强大功能，这对诗人来说就成了更为艰难的一种劳动，而绝不会是从便求简和得过且过。纵观李白和杜甫诗中那些口语化的句子，无一不是独具匠心的绝妙运思。

大舞者

说到李杜为代表的唐诗与时下自由诗的关系，我们不得不说，现在中国现代诗受翻译诗影响很大，相反受唐诗的影响却很少，受楚辞宋词的影响也不大。这个情形与纯文学小说一样，几乎是很难逆转的一边倒的情势。当然这绝不单纯是一个文学问题、文化问题，而是有着一系列极复杂的历史原因。但不管怎么说，最起码中国现代诗不应该是这样。因为仅就文学内部来讲，中国的诗与小说的出发地不一样，基础也不一样。

中国的叙事文学作品，特别是纯文学小说作品，在本土几乎没有深厚长远的传统，只是到了清末才产生了一部《红楼梦》，还有个别笔记体小说，算是有了一点基础。中国的小说大都是通俗作品，是武侠演义一类。作为后来的纯文学小说，也就没有了继承的母本。这和中国的散文特别是诗迥然不同。从这里说，中国现代小说受国外翻译作品影响大一点是情有可原的。但是诗就未必了，因为中国诗的传统是最丰厚的。别的不讲，楚辞、唐诗、宋词这三大块多么丰厚华丽，简直是无与伦比，中国现代诗不能去继承就极不正常。如果打开一本诗都是国外翻译诗的反射和投影，那还不如直接读翻译诗就是了。

李白和杜甫在当年做出了那么大的变革，那是他们的勇气。但他们首先也还是继承。李白的诗吸收汉魏乐府的东西比较多，他特别推崇南朝的鲍照并深受其惠：民间性强，口语化，非常自由。他在这个基础上才创造出很多自己的句式，尝试新的写法。在这方面，他不像杜甫那么循规蹈矩，所以收益更大。关于李白与乐府诗的关系，要谈的话可能是很多的，如他的乐府诗就写得最好，使旧乐府具有了新生命，变得更主观，更大胆，也更自由。即便是有些老派的杜甫，其诗作也比一般人想象的更洒脱，在继承前人的基础上具有不可替代的独创性，有重大的开拓意义。中国的现代诗学习和承续杜甫李白他们的传统，就一定会更加率真、自由和无所羁束，走向一个新的天地。

唐代后期有一位推崇杜甫的诗论家，说杜甫多么严谨，而李白就差多了，根本没有进入杜甫的堂奥，还没有沾边呢。他这样贬低李白，说明没有读懂杰作所需要的悟性。杜甫当然好，但我们却不能把他们两个简单对立起来。他说李白不合韵律，不合规矩，写得那样浅直，全是口语，因而瞧不上眼。

这样的刻板之论其实也变成了艺术上的无知之论。其实口语更可以是高贵的，诗人所采用的口语经过了精心酿造，而并非是直学日常生活的自然之舌。

否定李白者持论之荒谬，还在于将形式凝固起来，并将其高悬于内容之上。形式总要为内容服务，这是个不变的道理。但凡有大才华的人都不会满足于循规蹈矩，比如写诗，完全不必被那几个平仄和韵脚限制得不能伸展。自由如李白者，一定会让生命尽情地舞蹈起来，而生命一旦进入狂舞之态是再也没有边界的，上天入地不管不顾可意飞扬，这都有可能。那些刻板教条的诗论家并不理解这些有关生命和艺术的至性与道理，所以容不下任何一个生命的大舞者，不允许他们离开地面，不允许他们离开狭小的舞台。真正的大舞者能一口气舞到底，无拘无束，他们的舞台就在天地之间。

李白就是一个大舞者。杜甫也是。

我们盼望现代诗探索传统继承传统，就从李白的自由和杜甫的严谨中开始。

常有双璧

李白在山东住的时间看起来最长，但却很少安顿下来，其实是由此出发到处行走。这个人很不稳定，喜欢一种燥热的生活，不能在一个地方长久地停留。他在京城，在皇帝那里待的时间也不长，有的说一两年，有的说两三年，总之也是很短。如果说他在宫廷因为行为不当被皇帝驱逐了，也不尽然。记载上说他是被"赐金放还"，这更可以看成是李白本人待得不耐烦了，缺少官场上所需要的忍耐力,所以才导致了这样的结果。他在做翰林待诏的时候竟然写了很长的诗来讽刺同僚,而且还拿给他们看。同僚自然不悦,看了之后会报告给更有权势的人,李白怎么会混得下去。这个人总是对人世间颇不耐烦,于是不可能在一个地方待得长久,他的脚与心都是很野的。

这样的一个人为什么要来山东?郭沫若先生认为是为了"学剑"。这个理由真是够浪漫的了,却极有可能只是实情的一小部分。李白诗中明确写过自己为学剑来山东,但实际上是因为一些本族亲属在山东做官,如有的在济南做太守,有的在济宁那边做县令,李白来这里可以投亲靠友。记载中当年剑术最好的一个人就在山东,他由此而来并待下去,娶了当地人做妻子。他既好剑术侠客,又忙着求仕和炼丹修道,这大致还是归于文事的。

李白向往长生不老,向往侠义行为,言行属于比较开放的那一类。而杜甫则属于比较收敛的,作品给人"现实主义"的印象。他和李白色彩不同,并行在同一个时代,有一段时间还结伴而行,成为多么有趣的、耐人寻味的一片风景。纵观一国一区一地,最有趣的是常有这一类"双璧"。

美国的海明威和福克纳也多少有点像李白和杜甫。海明威豪情万丈,到处拳击、豪饮,还到前线去侦察,总是乐于冒险。这个人的可观赏性极强,很外向很有趣,随处都留下很多谈资。但是福克纳就内向一点,打扰的人也少一点。同时代同国度的这样两个人,也堪称"双璧"。

"双璧"须是具有同等地位和影响的,而且二者不能重复,不可替代,只有这样也才有价值。

古人重情谊

有人说比较起来，杜甫更重情义。理由是李白怀念杜甫的诗只留下两三首，而杜甫怀念李白的诗却有很多首——各种选本尽管没有收全，已经有近二十首了。

郭沫若先生在《李白与杜甫》里讲到了两个人的情感和友谊问题，非常有趣。谈到李杜的关系，有人替杜甫抱屈，认为很不平衡：杜甫那样怀念李白，李白却总是把杜甫扔到脑后，他俩的友谊不是一种平等的关系。郭沫若先生在书中否定了类似的看法，他说李白对杜甫也很有感情，写杜甫的诗也很多，有可能都散失了，比如在安史之乱中丢掉了。

是否真的丢掉了，郭沫若先生也不知道，他只是推测，尽管让人觉得很有道理。杜甫的诗没有丢失太多，那也是性格原因。李白这种人丢三落四，粗线条，写诗很多却不注意保存，随手扔下，或写在墙上就走人，类似情况极可能有。但是若论当年书写工具和保存方式，李白和杜甫都差不多，都经历了安史之乱，都经历了动荡的年代，都没有现代印刷术的帮助。

记载中李白的好友在当年给他编了一本诗集，还作了序。而杜甫当时却很少有这种机会。所以我们只按两个人的性格来推断，认为李白的诗丢得肯定比杜甫多，但实际上肯定不会差异那么大。李白究竟给杜甫写了多少诗，这不光无考，而且仅仅以此来衡量两个人的情感浓度也是远远不够的。

他们两人的友谊值得我们好好揣摩一下。从杜甫的诗中看，他怀念一个朋友达到了这样不能忘怀的一种程度：常常想着此时此刻李白在做什么。要知道他们主要是在山东共游了一番，时间不长，见面的机会总共不过三次。

杜甫却要不停地怀念李白的文与人，心里仿佛永远装了一个李白，写了那么多诗来排遣这种思念。当有消息说李白在流放当中死去了，杜甫简直痛苦极了，马上写了一首诗；当有消息传来说李白被迫害得疯掉了，杜甫也写了一首诗。

不光是杜甫，古代的诗人，也包括李白杜甫同时代的一些诗人，有那么多记述朋友相聚离散的文字。这总给人一个感觉：古代的人要比我们当代人更重情谊。他们那么实实在在地、情感浓烈地去牵挂一个朋友，真切朴直。当代人已经很少这样，如果不是故意将情感掩藏起来，就一定是丧失了这种能力。可能有两种情况：两个人在一块儿时间很长，看起来仿佛友谊很深，但实际上情感淡薄，离开以后想念很少或压根就不想，或有一点点想念但不愿过多地表露；再就是对于爱情、友谊的记忆能力是不同的，现代人深化这种人与人的情感的能力，咀嚼这种情感的能力，已经大大地不如古人了。

也许这是现代生命的一个总的趋向：情感淡漠、冷漠。古代人与我们有许多差异，其中最令人惊心的就是人与人之间的关系，从古至今变化之巨——情感的浓度与表达的方式都改变了。这或许是人的生命演化的一种大不幸。我们看到的不仅是李白和杜甫的关系，其他的例子更多。古人那么看重友谊情分，分离后常常不停地怀念。那些感人至深的友谊，在古代人那儿多到了数不胜数。随着现代社会的发展，各种交通通讯工具的发达，技术的飞跃，媒介的无孔不入和全面覆盖，竟然在很大程度上伤害和改变了人与人之间的情感状态。也许人的情感真的需要在安静独守中培植和孕育，今天的喧嚣之中，人的情感属性的确被伤害了。不仅是情感，包括人的道德感，也都会在这个过程中无可挽回地下降。因为一再地通过各种管道拉近对象，一再地重复繁多的信息,人的心灵就会疲惫,其道德冲动也就相应地降低。

对于情感,对于情谊的留恋,牵挂,怀念,这一切仍旧属于道德伦理范畴。也就是说,随着社会的现代化进程,人的道德感会不可逆转地、普遍地走向下降。这个判断是非常严重的,也是非常冷酷的。

仅以诗人们举例来说:二十世纪八十年代,一些文学人士在哪个地方开笔会,相见和分手都很难忘记。那个时候交通远不如今天发达,没有动车高铁,飞机几乎不坐,天南地北的人要见一面真是很不容易。有些好朋友相见之后会通宵交谈,分手的时候还依依不舍,因为不知猴年马月才能再见——他们就像李白杜甫曾经有过的那种情状,分别以后还是想着对方。

后来一切都变了,交通发达,电邮有了,手机有了,视频也有了,那么好的文学朋友见面后反而没有什么亲热的感觉了。正在会议当中,吃饭的时候才发现朋友不见了,问一句哪去了?说是提前走了。走的时候连个招呼都不打,更不要说依依惜别了。这按理说是很不正常的,但现在大家都习惯如此,认为这种冷淡反而是最相宜的,从来不觉得有什么不对。这在过去可能是很大的一件事,是失礼——好朋友走的时候怎么能连个招呼都不打,不吱一声就走?现代人的解释就多了,也仿佛很像个道理:为了利索,为了不耽误时间;大家都很忙,简直太忙了;朋友么,总有一别,反正再见也不难,于是,干脆,就走了。

如果现代人再像汪伦那样,在水边一边高踏双腿一边啊啊大唱为好友送行,那只会被看成一个精神病。

其实不是古人病了,而真的是我们现代人病了,变得唯利是图,薄情寡义,只把时间当成金钱。其实时间是无价的,友谊是无价的。这种病状到底是怎么造成的，倒需要我们好好研究。时代风习的演变常常难以追究，它既是个人的原因，又不能全让个体去负责。每一个生命都要随上时空而变易，想不发生变化都很难。现代科技的发展显而易见影响了人的道德感——友谊和情感是属于道德伦理范畴的——这样说等于判定我们现代人的道德品质普遍地不如古人了。的确如此，我们再也没有古人那样强烈的道德义愤。

仅就诗文来说，比如在另一个时间，另一个空间，另一个道德感很强的民族里，一个人如果写出了恶劣的文字，就会付出很大的代价。可是当下不但不一定，还极有可能受到很大的推崇——越是挨近低级趣味，越是围观红火；越是尽情倾倒肚子里的坏水，就越是被誉为"接地气"。原来我们的"地气"是这样地邪气充盈。我们荒谬之极，以至于常常把无耻当成了饱满的内容、才华和艺术本身。

杜甫李白那个年代对友谊耿耿于怀，对其他也是一样。

杜甫忘不了李白的样子：才华横溢，快言快语，比比画画，一会儿舞剑一会儿喝酒，出口成章。那样一个仙风道骨式的兄长，对杜甫构成了巨大的吸引和触动，是他终生都不能忘怀的，所以他一遍又一遍地写诗怀念、吟唱。

郭沫若先生说得对，李白对杜甫也未必是薄情寡义，他留下的诗少一点，或许是接受的触动不是特别大——两个人单讲怀念的程度，有一点不对等几乎是肯定的。这同时也可以看成是性格问题：虽然李白比杜甫大十一岁，可我们总感觉好像杜甫才是兄长。另外李白成名比杜甫更早，算是文学前辈，以两人资历和年龄的不同，杜甫这样做也是可以理解的。

同性之谊

人的思想情感是最为复杂的,正是这种复杂性决定了人与人之间友谊的复杂性。我们看古人的情谊,也只能从他们留下的一些文字中窥视一斑。我们总是说到李白和杜甫的友谊,特别津津乐道于杜甫对李白的深情厚谊。我们仅从诗章中读出的杜甫对李白的怀念和牵挂,可以说是自始至终,直到生命的最后——杜甫在告别人世前不久还有怀念李白的文字。他在极端困苦的境况下念念不忘的还是李白的蒙冤与忿恨,想着他的案情以及身体状况。可以说李白晚年的厄运与不幸,给了更加不幸的杜甫以极大的打击。

杜甫太爱李白了。他对这个年长自己许多的人有着十二分的敬重,甚至是依恋之情。他曾经跟随这个兄长奔走在齐鲁大地,并一直喜对方所喜,怨对方所怨,跟上兄长访道求丹,真心实意地爱上了道家生活。他对李白全身洋溢的逼人的热情与狂喜,感到了稍稍的惊讶和不适。所以他对兄长有过并无恶意的"飞扬跋扈"的揶揄,还稍稍讥讽其为大道家"葛洪"。李白在政界与游历等许多方面都是杜甫所不及的,这也是令他好奇的方面。李白的诸多行为杜甫是怎么也做不来的,并且也不一定苟同,但这并不妨碍他喜爱这个人,追随这个人。

李白在诗中不太提到杜甫,我们作为读者如果站在杜甫一边考虑,会有一种失落感产生出来——但我们从杜甫的诗中却丝毫看不出一丝这样的情绪。因为说到底我们并不是当年友谊双方的任何一方,不是身在其中的人。在杜甫看来,可能这种独自思念才是正常的,而那个仙人一样飘游在天空的神人是不必时刻挂念地上的人的。杜甫有一种脚踏泥土的生活态度,所以必定能够理解"谪仙人"的行为。有时候我们读着杜甫的诗，竟然会产生一些奇怪的错觉，就是他们的年龄要反过来。是的，只有李白这样的小弟才如此任性和率性，丢三落四，让人很不放心，让人时刻要想一想这家伙正在干什么。杜甫越是到了老年，那些怀念李白的诗越是令人感动，有时会让人读着读着忍不住流下泪来。

这是一种诗的跟随，情感的跟随，兄弟的跟随，更是一种生命的跟随。

我们读他们的诗，发现这两个人与另两个"小李杜"——杜牧和李商隐的区别太大了。后来的"小李杜"有过许多异性之谊，而杜甫和李白好像只有同性之谊。他们两人都很大丈夫气，好像不愿与小女子过多纠缠，心中只有社稷家国之类。这作为诗人来说难以满足当下许多人的期待，比如他们对君的思念，还不如用作对女人的思念更好一些。对君的思念一多，会被讥笑为自作多情和不自量力。这既是那个时代的风气，也是权力对人的异化。但我们以前说过，"君权神授"的思想在中国文化中是根深蒂固的，所以对君的仰视尚有一丝"神往"的成分，与今天的媚上媚权还不能完全对等。今天我们不难看到这样的情形：有人一见到位置较高的领导，不知不觉眼泪就出来了。这在人世间是一种莫名的感动和依恋，十分费解，似乎多少有点类似于接近异性的情愫。

在李白和杜甫所有的男性朋友中，在这些同性情谊中，我们见不到他们与"君"的那种情感类型。这是人类的别一种类型，需要稍稍做以区别才好。这种稍微有些奇怪的类型我们在读《楚辞》时也曾感受过一些，所以并不陌生。屈原怀念"美人"的诗句太多了，那种纠缠不已的情感让许多当代人大惑不解，以至于将其看成了"同性恋"之癖。关于屈原的这方面稍稍偏僻的研究以前也出现了一些，很能伤害人们对屈原的敬爱。其实如果从中国古代君臣特有的情感类型上分析，我们也就不必大惊小怪了。这种情感类型往往超出了同性的意义，那是特别的、介于二者之间的某种古怪的东西。

仅就一些特异的生命，比如一些杰出的作家而言，他们身上生命元素的构成比一般人要复杂得多——可能是后天发掘的原因，也可能是先天的因素，比如有些女性作家阳刚之气很强，文字颇像男性；还有些男性作家很女性化，文字绵软，在情感的进入方式上颇像女性。有的女作家的文字就像男性写的，比如尤瑟纳尔的《苦炼》《阿德里安回忆录》，简直就是男性手笔。这实在是比较复杂的情形，不能一概而论，好像某些大智者皆有一副雌雄同体的大脑。

同性恋作家稍多，中国不论，只说外国就有洛尔迦、兰波、魏尔伦、奥登、王尔德、惠特曼、斯泰因、萨福、罗兰·巴特、艾伦·金斯堡、伍尔芙、三岛由纪夫、让·热内、毛姆、纪德、戈尔·维达尔……生活中有同性恋倾向的人也并不鲜见，他们的能力和特质在传统世俗的拘束下将受到压抑和隐藏——只有在那种激情的写作之中，在进行人性的穿越、认识、夸张和想象等复杂的过程里，这些复杂的元素才会得到激发，然后也就表现出来了。比如说我们会突然发现一些超出一般的同性之爱，它们在文学表达中才会出现。一个男性会对另一个男性产生一种莫名的感动，这是对于力量和美、青春的自我印证等等诸多方面的吸引和想象的结果。如果我们不用弗洛伊德的学说来总结的话，就会发现这是一种相当陌生的情感，这种情感的调度和运用常常是一个真正的诗人才具备的。比如一个少女在写作中，突然表达了对一位妇人的莫名的依赖和热爱，这种不可抑制的爱好像是无法解释的。

所有真切描绘、体现、展露生命现象的情愫，都属于杰出的文学。所以在诗人和作家那里，同性恋的比例比较多，因为这种特殊的工作更有可能发掘和发现生命的复杂元素。有些人既是同性恋也是异性恋，这一点都不让人惊讶。我们现在之所以可以接受，是因为在医学上找到了染色体做依据，而过去是根本不会理解的。古人把这个叫"断袖之癖"，是一种大丑大忌。幸亏时代改变了——过去谈到一个男孩子非要变成女的不可，还特别喜欢男的，那么对待这种情形的办法非常简单，无非就是按住狠揍一顿，往死里打；现在则不同了，许多时候还变成了一种时髦。

干　谒

有人谈到李白和杜甫时故意将他们对立起来，好像非如此而不能有大见解、不能深刻似的。其实我们倒更可以将他们做统一观。他们生活在同一个时代，都是诗坛上的高峰人物，凑到一块儿，用现在的说法就可以叫"峰会"了。闻一多研究唐诗，认为李杜相遇，就是两颗星相遇，在四千年的中国历史里，除了传说中的孔子和老子会面，再没有比这两个人的会面更重大更可纪念的了。最重要的是，他们的作品究其实都可以说是"浪漫主义"的——说到底文学与艺术没有"现实主义"的，而只有"浪漫主义"，李白与杜甫就尤其如此。他们在一些生活细节方面也很相似：李白喜好炼丹求仙，杜甫又何尝不是。李白渴望当官，一辈子因为这个弄得自己非常痛苦和狼狈——虽然也曾有过辉煌的几年，从中获取得了莫大的快感，但基本上还是让这种欲望折磨了一生。从杜甫的诗文和自荐表中可以发现,他求官的力度也很大,在官场上也并非毫无得意可言,尽管坎坷更多。

杜甫在流浪长安的那些年,许多人都认为是其一生中最坎坷最不堪的一段岁月。郭沫若先生谈到,杜甫这一辈子有两个最困难的时期,其中之一就是流落长安。那一段京城滞留当然是为了做官。人在京城机会就多,出名、交往和巴结,一切都比较方便。但是杜甫的这个时期可以说苦极了,苦到什么地步?没有饭吃,常饿肚子,有时到了和乞丐差不多的地步。"骑驴三十载,旅食京华春。朝扣富儿门,暮随肥马尘。残杯与冷炙,到处潜悲辛。"这就是杜甫自己的描述。

最多的苦恼困顿与不堪,都来自两个人的苦苦求官"干谒"。这是令他们飞蛾扑火般的灾难性的人生情结,或可以成为知识人的永久之鉴。

并不是因为今天的道德标准提高了,才反复追究李白和杜甫;恰恰相反,是因为我们这个时代面临着又一次社会道德水准的大滑落,面临着中华文明的崩溃之忧,在一个恐惧和战栗的状态之下,才更需要反思。对他们的探究和追询,何尝不是直接面对了我们自己。这种追究对任何人都是适宜的,因为古今中外,没有谁会拥有道德或及其他方面的豁免权。

乱世跌宕中的文化人物行迹斑驳,会引起诸多联想和比较。李杜令人想起苏东坡和陶渊明——陶渊明的生活轨迹与李杜差异很大,比起苏东坡差异就更大。回到清末民国初期的王国维,又有了另一种揪扯之痛。王国维最终是沉湖自尽,面临时代的巨变和沉沦,他将自己仅有一次的生命殉了一种文明。回视历史,这种极端的例子竟然很多,可以列出很长的一个名单,更近的如陈天华、朱湘、老舍、傅雷……我们知道的仅仅是历史上这些著名的人物,无名的或因年代久远而遗忘者，也就不得而知了。

近半个世纪以来，为一种文明、一种思想和一种精神而舍弃生命的人有过，但更多的却是被迫害致死而不得不死者。随着一些历史材料的披露，惊人的史实常常要令人发指。时代变化了，但是今天的数字时代、物质主义商业主义时代，却有着另一种冷酷性和严厉性，比如它对人可以是腐蚀和软化，这种力量也非常之大，人要在这种环境中挺住也许更难。说起来有些诡异，同一个人，或许在物质生活艰苦、沮丧窘迫的人生际遇里，在危急严峻的历史关口能够挺住；而在软绵绵的食色性面前，在物质享受面前，却终于酥软无骨了。

我们今天苛求和追究李杜，又何尝不是一种反思和自警。

天才和时代

文章的优劣主要凭借个人的才能，这才能包含两个方面：先天的即生命固有之能；后天的经历和修养所加之能。这两个能力合二为一便是个人的全部才能。这种综合而成的能力是独自拥有的，是其他人不可以复制和分享的。艺术创作的能力尤其不能单单依赖学识——我们以前过分强调了后天的学习，认为所谓的"天才"是不存在的；今天我们越来越不相信这种武断的判定了，知道这样的认识是偏颇的。当年讲唯物辩证法的时候普及了一些简单的思维方式，比如对艺术的产生就有许多误解，不太能从生命的特殊性和复杂性出发，也不能从生命的原初本质出发。

李白显然就是一个难以企及的天才。杜甫由于过分用功，谈到在作诗方面的苦吟功夫，人们或许认为他只是汗水辛苦所成，其实倚仗的同样是不可企及的先天之才。而且单就李白来说，正是因为他拥有那种令人眩惑的天才，我们才更愿意原谅他的一切。杜甫则把自身的天才性稍稍掩盖了，所以我们总是以现实的思维去猜度和判断他，终究也有些误解。

天才是既不容否认也不容视而不见的。我们忽略了杜甫的天才，认为他是靠苦吟、靠费尽一生心血才达到了那个高度的话，那么对李白"天生我材必有用"的那个"材"，则没有谁会怀疑。用胶东人的讲法，会说李白"发小就是那么个物"，人有了天生的才能，这就一切可解了，用不着再费口舌。李白的诗给人张口就来的感觉，怎么吟唱都行，不必精雕却天然周正，好像不用修改也不曾修改过。

但实际上无论是李白还是杜甫，他们肯定要用心订改自己的诗作，不同只是改动的幅度和深度而已。一首诗在开始形成的时候气息不同，质地不同，订改的功夫自然也要不同。我们今天看李白的诗和杜甫的诗，其不同是明显的——其中有许多不同就在"轻快"二字上的差异。杜甫的诗只有少量会与李白混淆，那是"轻快"的；而大多数沉郁深沉之作，怎么也不会混同于李白。杜甫那些非常"轻快"的诗，总是被后人当作名句挂到嘴上，因为只有它们离嘴巴最近。

李白的诗大多数都像是脱口而出的，看上去不加思考即语惊四座，清新如洗，过了这么久的时间读起来还是这么顺溜，那在当时又该是多么"直白"！而现代诗人除非直搬生活用语，使了另一种性子，一般来说是最怕"直白"的。他们通常总是足够晦涩，以至于谁也读不懂——这样做也许是缺乏真正的才力,自有大苦衷在心里的。

李白的性格与创作理念是相一致的,他最讨厌"白发死章句"的儒生,而喜欢古风和乐府诗,并且在文学观上以"复古"自称,以对应当时的诗歌格律化。他说"将复古道,非我而谁?"他对于杜甫过于用力地写诗,写那么辛苦,似乎也不太同意,所以《戏赠杜甫》里写道:"饭颗山头逢杜甫,头戴笠子日卓午。借问别来太瘦生,总为从前作诗苦。"显然是对杜甫的"执着"而开的玩笑。杜甫在这方面的确与李白不同,倾尽全力作律诗,如他所言:"晚节渐于诗律细"。

现代诗人的"直白"有好的,也有不好的。有人最怕"直白",这往往是由于心里原本没有"诗",这才故意选择晦涩以掩耳目,可以说是"以其昏昏使人昭昭"。

所以面对李白这样的天才,我们许多时候不知道该怎样才好。对他的诗境顶礼膜拜,迷信般地敬仰,还是对其功名欲念表达不屑,哀其不幸怒其不争?看到他那些令人厌恶的恭维之词、稚言与豪言,那些让人看了之后极不舒服的部分,有时还是很沮丧的。关于李白的巨大矛盾与痛苦,可能一直笼罩着后来者。

分析一个天才的历史人物,有一个在其强光下不能正视的问题;还有远离当时社会状况,以及风习民俗等等,难以切近理解的问题。时过境迁之后,有些事情判断起来就难了。比如关于个人与体制的关系,有人会说那是盛唐,跟混乱不义的黑暗时代不同,李白一心要进入统治阶层可以理解——好像在那样的时代,一个人的求仕举动一定也是高尚的。这其实讲不通。这只是我们的假设。

当时究竟社会政治清明到了什么程度，还得打一个大大的问号。清明总是相对的，清明中的不堪与苦难，倒有可能是许多当世生活者所无法忍受的。有时从外部看倒是富裕了，安定了也清明了，内部却孕育着大危机，有大不公大苦难在。这样的清明也许正是产生大苦难的沃土，许多可怕的东西都在这个时期埋下了种子。

李白和杜甫的青壮年生活在盛唐时期，唐玄宗被认为是一个不得了的人物，他的前期国泰民安，边境安定，人民富裕，各国来朝，真是一个泱泱中央之国。王维诗云："九天阊阖开宫殿，万国衣冠拜冕旒"。在这样的一个所谓的清明的王朝里生活，一个有抱负有才华的人想办法到统治集团里去做事，施展才能，似乎无可厚非。人们会这样看问题：李白是遇到了一个天下大治的政治环境和社会环境，所以更愿意原谅他那种往上攀登的匆促和冲动。

但是回到人性的角度去判断，不管是哪个朝代，无论是政治清明的朝代还是政治昏暗的朝代，面对权势的基本反应都是一样的。作为一个有自尊的敏感文化人甚至是天才人物，李白与杜甫尽管诗风大异，性格大异，他们对"盛唐"的政治态度却几乎是相同的。而后人关于人性的内容，评判的标准，大概不应该因为朝代的不同而不同。这样讲就多少超越了社会和政治的含义，而是从孔子所说的"性相近"的那个"性"去谈的。

气杰旺

《古文观止》是一本好书，这几百年里不知有过多少散文选本，超过它的却不多。里面的确有许多好文章，表现了选择者的勇气和眼光。选者重文章质地，而不太在乎其他。

比方说《李陵答苏武书》，一般认为是伪作，该选本却仍旧纳入。李陵苏武两人是好友，李陵为自己投降辩白，写给苏武一封信。这封信是千古美文，看了以后无不感动。信中写他怎样受到皇帝的信任，怎样带兵出征，最后部队在多么艰苦恶劣的自然环境里与敌军战斗。最后是寡不敌众，将士流血拼争直到最后。这些厮杀场景如在眼前，没有经历过这场战争的人永远都写不出来。可见如果是伪作，那也绝不是一般的手笔。

海明威曾经就描写战争的问题谈过托尔斯泰，说托尔斯泰写战争是难以超越的，因为托氏本人就经历和目睹了死亡，闻过了硝烟的气味。而大量的虚构作品写战争根本就不对头。海明威经历过战场厮杀的血腥，他的评价来自深刻的心得。

这个选本里还有一篇方苞的《狱中杂记》，也是一篇名文。有人认为它的价值主要是写尽了古代司法方面的阴暗，有重要的社会认识价值，等等。可是它真正的价值还是在于对人性本身的认识深度。如其中写到了狱中各种各样的犯人，一两百人挤在一个大屋子里，瘟疫很容易繁衍起来，犯人常常得各种疾病，蔓延起来根本没法医治，死人很多。他说这许多犯人中有许多冤枉者，严格讲是无辜者——死亡是那么不公平，同样是在牢里经受了瘟疫，那些小偷小摸或取保候审的、误判的"好人"或轻罪犯却要先死。而那些杀人重犯，大盗和土匪，他们往往都不会死，都能扛过去——有的根本就不染这种病。

难道连瘟疫也害怕恶人？方苞发现了这其中的奥秘，说这些大恶之人有一个共同的特点,就是生命力特别旺盛,气粗胆大。他在这儿用了三个字:"气杰旺"。

这个发现,从人性、生理等好多层面让我们思考良多,看了以后怎么会忘记?大凶大恶似乎连死神都怕,魔鬼也要绕开走。这种大恶之人连瘟病都不沾。那一般的"好人"最容易染病,而且一得病就死。"气杰旺"三个字用得真好。平常说杀一个人者是罪犯,杀十万人者可能就是英雄了。一些大土匪身价了得,他们往往让真正的理想主义者礼让三分。因为他们的大恶逼退了所谓的原则,让理想低头,让强人俯首。这不是"气杰旺"又是什么?我们再没有其他解释。

历史上的大盗大恶体面地站在舞台上,这样的例子太多了。他们的力量是超越观念和原则的,无论什么势力都得与之讲和,都拿这些"气杰旺"没办法。他们抵抗各种磨难的能力超强。看来这不仅仅是生理层面的,而又实在与生命力有关。方苞是一个了不起的记录者和发现者,他发明的这三个字会让我们想明白许多问题,用来理解当今社会的很多问题。

"气杰旺"揭示了生命的重要奥秘,这里似乎偏重于邪恶的力量。如果我们反问一句:善与美是否也可以有"气杰旺"之喻?这后一种力量是否也能进入这样的理解范畴?

不知道。我们只能说这是一种专门的、特殊而费解的能量。

李白和杜甫的生命表情——仅仅相对于庞大的社会来说,基本上还是属于脆弱型的,他们身上的社会性都相当孱弱;但是对于民族精神与文化的创造与传承来讲,却又是相当强悍和顽韧的。也就是说,李杜从诗的方面表现了自己的大能,有种种不可不面对的强大的生命能量在里面,让一代代人都不能不正视他们的存在，这其中有没有类似于那种"气杰旺"的东西存在？特别是狂热如李白者，什么政商道仙豪饮剑侠军旅漫游无所不涉，算是一个奇异之极的生命，总让人有某种"气杰旺"的联想。这样说是忌讳的，因为我们不能将一个千古不朽的伟大诗人与方苞笔下的那些"大恶"相比较，但只讲其中不可理解的某种生命能量，似乎也没有什么不可以。

李白和杜甫一生可谓折磨不断，有一些坎坷也不是一般人能够抵挡的——即便挨过去、挣扎过去，也已经是气息奄奄遍体伤创了，不可能再有什么写诗抒情的兴致。要知道那时他们的诗歌写作并不是什么"专业"，也没有物质名声方面的诱惑。

杜甫在饱受凌辱的时候——这种情形并不少见，如早期在长安为求官的苦奔和狼狈；后来衣食无着，竟然到了与猴子们一起争抢山上野果的地步；安史之乱中从长安城九死一生的外逃；晚年失去了居所，常年漂流在一只小船上……即便如此，他却仍然写出了那么多动人的诗篇，有的算是泣血之作，有的是对美好自然的欢歌，还有的是对千古遥思的寄托。总之他没有被命运击倒，身上总有一股不可思议的顽韧让其挺住再挺住——这不是另一种"气杰旺"吗？

李白别的不要说，就说晚年冤狱和流放之期，也仍然写出了那么多令人惊叹的杰作，其中有一些还称得上千古不朽之作。如他听到大赦令从长江返回时写的那首"两岸猿声啼不住，轻舟已过万重山"，表现出多么惊人的生命激昂和爆发力。他在狱中受尽了煎熬，可以说心如死灰，竟然还写出了《万愤词投魏郎中》那样才华横溢之作——要知道这时候的李白随时都面临杀头的危险，事实上与他一起的同案犯几乎没有一个活下来，而他却有心情进行这样的"大创作"！这篇作品真是声情并茂，如泣如诉，长达三十八行："恋高堂而掩泣，泪血地而成泥。狱户春而不草，独幽冤而沉迷。……穆陵北关愁爱子，豫章天南隔老妻。一门骨肉散百草，遇难不复相提携。……"

李白杜甫的生命力远超常人，所以才能够带着无数的伤痕嚎唱，这在绝大多数人来说是绝无可能的。这样的一种生命，就其性质来说算不算"气杰旺"呢？大恶者以强旺不竭而存身立世，那么一个人要成就大善大美，需不需要这种百折不挠的生命质地呢？回答只能是肯定的。对于诗人来说，人世间也许有数不清的力量要毁灭他们，但他们却无数次地站立起来，并且连血带伤地走下去，吟唱下去——这同样也是一种"气杰旺"。

就此而言，李白和杜甫绝对不是什么脆弱的书生，而是两个有着惊人耐磨损力的胆大无畏者，是给苦难的人间盗来火与光的另一类"气杰旺"的"大盗"。

也正是如此，才逼迫我们一代代人不可不正视其存在。他们具有逼迫我们走入"生命现实"，承认其"艺术现实"的那样一种奇怪的力量。

大寂寞

谈到艺术创作如文学劳动，有个数量的问题。比如唐代诗人有的写得多，有的写得少。李杜自然是极多产的，他们留下来的可能只是一小部分而已。精神的体量与数量有关，但又不是同一个问题。现代写作者有的会不停地写，那极有可能是被一些现实利益所牵扯，是一种很值得怀疑的"勤劳"。古人则多少有些不同，因为那时写诗并不是一个专业，没有什么稿费制及其他。文学在古代不是商品，只是一种心情和心灵抒发，是真正的"生命放电"现象。

许多时候，一个写作者应该有勇气让自己懒下来、闲下来，给自己一点闲暇才好。衡量一个生命是否足够优秀，还有一个标准可以使用，就是看他能否寂寞自己。寂寞是可怕的，一说到人的不快，常常说他"很寂寞"。其实正因为寂寞，才会有特别的思想在孕育和发现。

通常越是素质低下的人越是吵闹，难以安静下来。闲散，闲暇，这往往是一个写作者必备的条件。写得多不一定好，一味"勤奋"也不一定好。

读李白和杜甫的诗，还有李商隐的诗，常常会觉得他们都很寂寞。有人可能不同意李白是寂寞的，因为总觉得他既是个好热闹的豪饮之人，一生的大部分时间都会和许多人围在一起。这实在是一种错觉。豪放如李白这样一个人，如果我们把他所有的诗作集中一起好好阅读，也就会否定原来的印象。我们会得出一个结论：李白真的很寂寞。他的那些情感一泻千里的诗行，实在是寂寞之吟。他太孤独，太寂寞，有时才不得不发出惊人的长啸。

他最有名的是"月下之吟"。这些吟咏正是独处的心得。除了这些明显的静思文字，另一些豪放的辞章也没有例外，同样是对寂寞的排遣。总之大天才总有大寂寞。

李白诗中的寂寞，常常是一个人面对浩瀚宇宙时的状态；而杜甫的寂寞，更倾向于一种人生况味。只有这种心灵的沉吟和体味，也才有人在天地间的旷邈无助感，有人之为人的苍茫无措感。这是人性的知与悟，而不是视野狭促的沮丧或窃喜。妄愚之辈一朝得势就两眼朝天，所谓的"咳唾成珠"，傲横得不得了。其实即便威赫的皇权，也只是一个极偶然和渺小的存在，如同书上所言："如同一层薄云，风一吹就散掉了"。所以真正强大的人还是那些谦卑的知悟者，是在任何状态下既不傲横也不自贱的人，是懂得天高地厚的悲悯者，是能够蓄养仁善和修持生命的朴实之人。

就此来说，李白和杜甫也是一样的。

第四讲：浪漫和现实

变得锋利

李白和杜甫是今天意义上的"作家"吗？当然是。"作家"应该是一个广义的概念。一个真正的作家应该是一个思想家，无论其采用什么文字形式表达自己。一个真正意义上的小说家当然也是一个作家。不过"小说家"和"作家"不是一个等同的概念。"作家"是一个泛指。"小说家"是"作家"当中的一种，他们拥有自己的表达方式。小说塑造人物，虚构故事，以叙事的方法完成自己。散文家一般是写实的，将讲故事和塑造人物的任务降到了次一等。诗人在文学写作中处于核心的位置，属于文学作家。

一个作家，哪怕是以小说写作为主，其作品也应该具有相应的思想含量。一个单纯的小说家是可爱的，但这必须是一个并非仅仅满足于讲故事的人。只是编织一个故事来娱乐他人，还远远不够。虽然一个故事可以包含各种各样的信息，但过分热衷于故事的讲述，就会是一个次一等的匠人。杰出的作家首先应该是一个思想家，也应该是一个道德家，是一个深刻参与所处时代的社会生活和文化生活、对这个时代怀有强烈责任感的人。这样他的故事和人物会变得锋利，会有力量，因为作家有力量。这力量当然来自综合一身的全部因素，而不可泯灭的道德激情正是其中重要的组成部分。

李白和杜甫作为两个杰出的唐代诗人，经历了盛唐时代的晚期，在他们生命的后半截，唐代社会战争纷起，国家遭遇了大劫难，民众生活苦不堪言，他们两个人也迎来了自己最坎坷的一段岁月。这前后的变化对他们都是很大的考验，既深深地折磨了他们，也影响甚至"援助"了他们的创作，在诗章里留下了深刻的痕迹。他们是生活的参与者，挣扎者，他们需要用行动、用诗章，不断地做出自己的回答和判断。

这是两个杰出的生命，也是两个极其复杂的生命。我们任何人都不该将他们简单化，更不能概念化。说到对他们的认识，首先要回到作品的细部，其次还有生活的细部，需要对人和作品做统一的考察。他们在那个遥远的时代里想了什么、做了什么，有过怎样激动人心的表达，抵达了怎样的思想和艺术的高度，呈现出怎样的道德感，这正是我们后来人特别需要关心的。

这里说的"道德"不是指一般世俗意义上的好与坏，而是包含了一个人心灵的性质、人与社会的关系、社会责任感的强弱，尤其要看一个人对自身的反省、对私欲及种种人性弱点的警醒和拒斥，看在这些方面达到了怎样的高度与深度。

历史上习惯于将李白和杜甫称之为"诗仙"和"诗圣"——通常这种称誉和概括并不错，但我们需要做的，是怎样稍稍进入更具体一点的把握。

顽皮和自由

有人用"顽皮"两个字来说李白，这好像是不错的，但总觉得还远远不够。其实可以找到更好的一些词，比如"自由"。"顽皮"常常跟"自由"联系在一起。而大家通常认为杜甫就不如李白"顽皮",是比较拘谨的、认真和严肃的。其实李白也严肃,在许多方面也是极认真的,比如他学道炼丹,就比杜甫更投入。当然对杜甫来说,这里面还有一些物质条件的限制。李白竟然花了大量时间并受了大苦,如正式参加了道士高如贵接受道箓的艰难仪式,如在大山中的往复奔波。"自由"与认真并不冲突,因为认真可以沿着自己的方向,去进一步强化自由。

字典上对"自由"有好多的界定——自由是最大的幸福,是生命最大的渴望。"自由"被不同阶层的人在不同的语境里引用、引申,已经谈得很多。但是对于"自由"这两个字的误解也有很多。"自由"很容易被人当成某种条件,如物质的和其他的诸类。"自由"是一个非常特殊的词汇,它本来是指来自生命本身的那种自然和流畅,但后来多被引申和移植到社会、政治、体制的空间里过分使用了,于是反"自由"的一些元素也就加了进去,从而戕害了它,使它多少有些变质了。

"自由"最初是从哪里来的?大地万物、所有生命都是平等的,这个"平等"就是从"自由"的意义上来的。生命是从"无"到"有",从"虚空"到"实在",这样产生的。既然生命都来自于虚无,那么它们从一开始就是平等的。生命从虚无中来到了我们所熟知的这个物质世界上,本来就应该是自由的。后天产生的若干观念,包括体制、文化的束缚,其中有一些要限制和改变这个生命本初所具备的一些性质,也剥夺了其本应享有的权利,破坏了原有的状态,所以它就变得越来越不自由了。

也就是说,生命一开始被创造、产生的时候,已经被赋予了一种状态和能量,我们应该从这个意义上去理解和想象"自由"这两个字的意涵。

再回到人类的那种"顽皮",我们会看到,小猫小狗和小孩子有好多方面是一样的。为什么?就因为后天的人的意识还没有浓重起来,生命是簇新的、自然的。这正是有了文化、被所谓的文明规定和限制之前的那种自由流畅,在这里所有生命都是一样的,都有这样的一种"顽皮",所以任何生命全都相似。动物和人的本初,有许多方面的确是一样的。我们甚至觉得一朵小花、一棵树木、一株草都是平等的,都具有那种"顽皮"的状态,自然的状态,更是自由的状态。这种"自由"无以命名,但真的是源远流长。

由于它和生命本身一样,都是从虚无中产生的、带来的,所以这种"自由"深不可测,是真正意义上的"自由"。这种"自由"随着生命在社会环境和文化环境里成长和演变,就慢慢被限制和改造了,最后或是一点一点失去,或是被虚假的"自由"所代替。比如我们人类在一种文化和制度驱使下的放肆,一种妄为,就远远离开了生命本来具有的自由。那种想怎么干就怎么干的野蛮和傲横,并不是真正的生命的自由。

任何一种文化环境都跟生命原初的"自由"有着相矛盾相抵触的部分。而那种生命诞生之初所拥有的"顽皮",延续得时间越长,人类获得的"自由"也就越大——我们说到的李白的自由,其中的一部分就是这样的性质。

当杜甫沉浸到生命的"原来"之后,也会有极其自由流畅的表达和呈现。他的"白也诗无敌,飘然思不群",这里的"思不群",就是因为超越了俗世规范的结果,跳出了常规的限制,于是就获得了自由。杜甫这里夸赞的正是李白的自由。其实李白一生对杜甫构成的最大诱惑,也来自这种"自由"。

李白和杜甫是文化的精灵、艺术的精灵。特别是李白,他令人想到最多的是两个词:"不羁""豪饮"。因为在这两种情形下他是最能够挣脱的。

他不停地挣脱，奔向自己原来的生命质地。我们走进他所留下的文字即生命的痕迹中，留下最深印象的就是极度渴望"自由"。他想遗忘，遗忘眼前，回到原来。他借助于酒，进入原来的浑茫自然。在没有自觉的意识下，他更是一个尽情舞蹈的生命。他醉酒后的天真吐露，他率性的仗剑浪游，那个形象都是自由的。他即便年纪很大了仍然童言无忌，并不工于心计，这就是一个大生命身上强大的自由的力量的体现。当这种"自由"被他不自觉地表达出来的时候，他的创造力竟变得令人难以置信地强大。这种给予一代代人强烈感染的力量来自哪里？就来自于我们每一个人心身内部，在不曾察觉的深处，在那里，我们都有自由的生命基因在渴望着，只不过是被李白的歌唱给唤醒了而已。

两种状态的衔接

"自由"或许有两种，一种是从虚无而来的万物统一的拥有，这种状态是万物自然具备的一部分，是某种神秘的巨大规定力一开始就赋予生命的。但是人来到这个世界之后，随着慢慢"懂事"，都要接受一种或数种文化，都要在某种社会体制的格局里生活，于是生命原初的那种自由质地也就染上了其他颜色，天真烂漫因而不再可能。这就是被文明所异化。人类在慢慢地被一种文化浸染的同时，也丧失了越来越多的"自由"，像小动物般的那种自然流畅的生命就会渐渐失去——每个人都在循人类文化之规，蹈人类文化之矩。这个时期有没有新的"自由"？仍然有，但它可能是衍生的，用理性驾驭和寻求的另一种"自由"。

我们有时会对后来追求和寻找的这种"自由"产生异议,因为它很容易跟天然赋予的"自由"产生对立。

人类的生命具有极大的觉悟性,懵懂中被赋予了"自由"的同时,也赋予了他作为生命的一种觉悟力和探求力。被赋予的这种能力,如果能够和生命本初的自由状态衔接起来,那么后一种"自由"就不是封闭的,而是积极和开阔的。这两种"自由"合起来,就可能是最好最理想的生命状态。比如说人生境遇里要处理许多现实问题,这些问题都是对人生的挑战,其差异是:要极大地扭曲本性以适应,还是从率性自然的快乐出发?因为这不同的选择,结局当然也是大为不同的。李白和杜甫为了现实的生存的幸福,为了求官"干谒",也只得违心地做下许多,结果是十分痛苦的,这痛苦主要来自他们的"自由"被侵犯。这使两个天赋感受力极强的天才人物疼痛到了极点。他们表现在这方面的痛苦和觉悟的诗句太多了。杜甫说:"焉能作堂上燕,衔泥附炎热?""世情恶衰歇,万事随转烛";李白说:"兰生谷底人不锄,云在高山空卷舒。""一朝谢病游江南,畴昔相知几人在""白璧竟何故?青蝇遂成冤"……

让我们再跟"顽皮"这个词汇连贯起来考察一下。如果说"顽皮"更多的是从"虚无"里带来的一种自然属性,那么人离开了"顽皮"也未必是完全离开了"自由"。因为人在进入一种文化,增加了对物质世界的认知之后,仍然能够找到使生命尽情挥舞、愉悦率性的空间——在这种空间里获得的"自由"仍然是有意义的,是极好的,尽管这个时候的"自由"不再能用"顽皮"这个词汇去界定了。

后一种"自由"是在理性的驱使下寻求所得，是一种理性的选择。这种选择有时候会受到一个生命天生所具有的良知的牵引，是出于一个生命极为愿意的天性部分，可以是一种很自觉的行为。所以说这是两种"自由"的结合。

中国文化相对于西方文化来说，所产生的等级和不必要的繁文缛节，更能压抑人的天性自由和后天的理性寻求。我们甚至觉得"李白"和"唐朝"可以互为标签——唐朝的李白，李白的唐朝；而杜甫似乎可以属于任何时代。李白更具有不会苍老的青春气质，这当然来自于他的"自由"。

才华的来处

我们常常在阅读李杜的时候生出声声叹息，认为他们是不可企及的天生之才。也就是说，我们并不认为他们这种神奇的想象力，他们构筑诗章的能力能够从后天学来。无论那些研究李杜的学术文章从现实中找出多少根据和原因，说他们如何努力、环境如何帮助和影响了他们等，也还是不能完全将我们说服。

比如有人会研究唐朝的政治与经济，还有文化和宗教，更有这两个人的经历、家族渊源等诸多因素。可是这些条件同样加在了众多的唐代诗人身上，也同样给他们留下了痕迹、帮助了他们，却不能将他们变成我们所看到的李白与杜甫——鬼斧神工，变幻莫测，邈远无边。这或许不是人力而是神力，不是学习所得而是天生给就。

什么是"才华"？这大概不能等同于"能力"。"才"是才具才情，"华"

是光华，是放射出来的耀眼光芒。任何事物一到了放光的地步，就不再那么现实感和物质化了，而往往成为很神秘的让人恍惑的东西了。所以我们总是相信"才华"和"能力"有所不同，它其中相当大的一部分大概是不可以分析论证的，也不可以从后天得到的。如此说"才"字其实就是指"天才"，"才华"也就是"天才放出的光芒"。

李白和杜甫放射出天才的光芒，这样说有什么过分吗？一点都没有。

现在我们当代人最愿意轻许"才华"，随便就把这一称赞送给某些人或某些现象，比如说对时下一些胡言乱语天马行空的想象、驴唇不对马嘴的表达誉谓"神奇过人的异才"，统统不问青红皂白地封为"天才"。其实这非但算不上什么"天才"，更不是什么"才华"，反而应该看作是最无聊浅薄的嬉戏和轻浮行为。那些东西无论从文化学、诗学还是从平常的生存秩序、伦理层面上看，都是不可以通融的。这些东西只有在一个物质主义欲望主义时代才有可能被这样肯定，才有围观者和起哄者。我们从理性从传统，从任何一个健康的方向，都只能排斥和拒绝。

到底什么是"才华"，"才华"意味着什么，也许真的需要好好讨论一下了。我们之所以将李杜作为标本，因为这样更方便，更能够切合问题的实际，能够讲个明白。"才华"和"自由"是一样的，都是生命本身天生具备了的一种属性和能力。这种能力，它的总量，当然因人而异，有高有低，但无一不有。它由什么决定？为什么会有诸多的不同和差别？因为任何生命形成的实在，其过程都要由无数神秘的、不同的缘由和因素规定着。比如说同样是两个人，都出生在同一天，他们的才能甚至性格却大为不同，这都是完全可能的。即便是孪生兄弟，父母遗传相同并占有相似的天时地利，他们从性格到能力也会有明显的差异。古今中外有很多人认为占星术并不完全是虚妄的，操弄者也并非是昏聩无知的人，还不能简单斥一句"迷信"和"唯心主义"就可以了结的。这种认识甚至可以看成是真正的"唯物主义"观念——人在哪个特定的时间出生，处于哪个特定的经纬度坐标系，这个时刻天体的交叉引力，还有潮汐地磁的变化，以及我们未知的各种因素，都在作用于这个生命的产生和孕育。

我们经常讲一个人是什么星座，其实真正分析起来会是细密深奥得很。一个占星大师也是了不起的，因为他能进入极其复杂的一个系统里面，将极细小的东西加以辨析，进行缜密的运思。如果说他这样做完全是扯淡，我们只以人生常识和经验来判断就不会同意，不会简单地加以拒绝和否定。我们知道用星座体系去解释人的性格、嗜好和行为的时候，常有一些验证和说服力。当然绝不能一知半解地运用占星知识，因为它是相当复杂的一套学问。生命从无到有产生了，这个生命拥有的才能，被赋予的能量和性质，在启始之初就已经固定下来。这是人的全部能力构成的一部分，另一部分将来自学习，来自生活经验阅历等等。人上了大学，读到博士，会增加知识，促进能力，却不会过多地改变其他一些不可学习的东西，如审美力。

后天得来的帮助和先天具有的才能是有区别的。这就像我们在说李白特有的"顽皮"和"自由"，那一切显而易见是天生就有的，无论后天怎样制约，也不能从根本上改变它的性质。因为这是生命的属性。后天所学到的东西，往往要受人类行为的规范、文化的制约，那是在一种规范和系统里掌握的知识——这一切既是有用的，同时又可能伤害人的先天才能，伤害其良知良能。后天增加的能力和因素不完全是良性的，有一部分跟生命原初所具有的良知良能并不能兼容——跟创造生命那一刻的给予不能衔接，也就造成了伤害。

比如说人的辨别力、直觉力、感性把握力、向善力、通感等，大都是先天给予的，那么后天的学习当中，增加的某一部分却恰恰会遮蔽原初的东西。人的知识增多的过程当中，先天的才能时常要被限制和约束。从这个意义上讲，最有意义、最大最不可取代的才能，正是生命一开始就被赋予的那些元素——这些元素常常是无测的，自由流畅的，最富有创造力的。

从这个意义上我们会发现，李白和杜甫的不一样就在于，李白所表现的诸种才能之中，先天的成分似乎更大一些。李白许多超绝的诗篇、一些句子和意象，如"但见悲鸟号古木，雄飞雌从绕林间""抽刀断水水更流，举杯消愁愁更愁""月既不解饮，影徒随我身"……仿佛是随手抛撒的千古绝唱，却有十分奇异的思维，得来全不费工夫，不事雕琢之功。这儿给人的强烈感受就是"天成"，而不是青灯黄卷所得。这种敏感力、表达力和幻想力必是天生具备的，学是学不来的。凡是大才华真的让人有一种天生如此的感觉，这样说并非虚妄和夸张。这作为才能的一部分，恰恰是最重要的部分，也最可珍贵。就艺术表现来讲，如果不任由这部分才华得到淋漓尽致的表达，那么不仅可惜，而且还一定会别扭局促令人不快。

从这个意义上进一步追认，会觉得所有的过分炫耀和看重个人才华者，都是极其浅薄的。因为说到底这才华是创造生命时的原来赋予，它并不属于个人。如果一个人连这点自觉都没有，总是无限炫耀并时不时地骄傲起来，那将是浅薄的，而且他自己也会受到伤害。因为看起来一个人只是自傲一点，其实却反映出他对生命本身的觉悟水平。

不能炫耀和骄傲

有天赋之才的人除了能够自安和平静，或许还应该感激和谨慎，因为对他们来说，这才华只是一种寄存关系。生命的性质本来就是如此的，这一点不一定每个人都具有理性的清晰，但或许隐隐有所悟知。所以当李白写出那些自荐表，大力炫耀自己如何拥有大能、如何了不起的时候，让人看了总是十分不安甚至厌烦。李白这时候对"寄存之物"的估计和认识既不充足又不清晰，说到底"才华"是不能这样去对待的。当一个人忘记了自己拥有多少"才华"，只让其自由地朴素地发挥，这时就会变得更强大、更可贵和更可爱。当他误以为"才华"仅属于自己，视为私物，并因此而表现出过分的骄傲时，也就没有了分寸，留下一些丢失颜面、让后人为其感到羞愧的拙劣文字。

这种令人不安的现象在战国时期特别多。那些"士"们为了得到权势者的重用，常常是口气特别大，态度特别激烈，行为特别冒进，有时还忘乎所以地威胁起能够决定其命运的人，仿佛对方不重用他一定会后悔，一定要在未来发生惊心动魄的大事似的。这种傲世自夸、泼辣激进的自荐，在长达两三百年甚至更长的时间里都频频发生，以至于风气大盛，形成了可怕的传统。唐代继承了战国，并且又有了新的发展。好像苏秦张仪之流越来越多，一旦不快快重用跑到了他国，国家也就危急了，要有亡国之虞。事实上这只是夸大其词，是"干谒"的套路而已。

李白和杜甫那些让我们不安的文字，从自荐表到诗，都在无一例外地炫耀自己的才华，并为此深深地感到骄傲。他们这时没有把才华放到那个原有的位置上。才华的赋予者是虚无中的某种机缘和力量，比起它来个人是多么藐小。当一个人把这才华归还到原处时，当他能够忘记自己的时候，往往就是最强大的时刻。李白和杜甫的创作中凡是最好的、最自然最感人的部分，无一不是忘我的歌唱。当他们把才华牢牢地记到自己账单上，忘乎所以并沾沾自喜时，其作品都是逊色一筹、令人不适的。这从他们留下的全部文字中是可以比较和验证的。

可见无论是多么有才华的人，炫耀和骄傲都是有可能发生的，也都是不当和浮浅的。在这儿才华虽然不是一个"公器"，但仍旧属于冥冥之中某种神秘的、无所不在的巨大力量——过于肯定自己的才华并以己为傲，也就等于无视那个力量，忘记了原初和根本。

致命的吸引

我们在感觉李白比杜甫更为顽皮有趣的同时，也会发现他更多的瑕疵。那些看起来不能忍受的缺点，乃至于让人厌烦的部分，我们宁可不去更多地谈论，甚至愿意给予原谅。这好像都是很自然的事情。

生活当中我们会发现，如果有两个朋友，一个没有明显的缺点，完全中规中矩，人也足够善良正派；另一个有很多的缺点和瑕疵，不拘小节，有很多缺点甚至是不可原谅的、品质方面的毛病，但十分率直有趣。跟这两个朋友交往的结果完全不一样。前一种让人觉得值得信赖，有事情会托付给他，跟他商量。但当冷静下来、孤独下来的时候，会发现自己更多想念的竟是有很多缺陷的那个人，因为他有更大的可观赏性，好玩和有意思。我们会追忆、想念他那些怪诞的举止，他的率性和天真烂漫。

为什么会产生这两种不同的效果？为什么那个有毛病的并且还伤害过你的人、让人难以原谅的人，有时会让你特别想念？这里面的原因是非常复杂的。原来后一种人身上那种从"虚无"中产生的万物皆有的自由流畅、自然的属性保存得更多，而我们自己已经失掉的某些东西，恰恰在对方身上发现了。这就造成了致命的吸引。在那人整个的顽皮率真状态中，会显示出一些不同于常人的特殊性，这就是许多人包括我们自己已经丧失了的那个"原来"。是的，这一切真的来自遥远的"虚无"，是生命诞生之时汇集一体的某些元素，它的名字叫"天然""流畅""浑然"，诸如此类。这就是真正的自由之母。我们仅凭个人的推导和直觉就会明白，"自由"和"顽皮"之间的确存在着这种关系。

李白就属于后一种朋友。他有时是多么可怕，多么不招人喜欢。在他写的好多自荐表里，给王公贵族的一些"干谒"文字里，只要作为一个正常的自尊的文明人，看过之后都会觉得深疼和羞愧。这种丢失了自尊的痛苦是属于李白自己的吗？不，它属于我们大家，属于我们所领受和认可的人类文明本身。这个"文明"复杂斑驳，但一定是掺入了人类诞生之初的良知，也就是哲学家康德所说的"心中的道德律"。我们每个人都在这种文明里，所以我们看了李白的那些文字才会感到深深的不舒服。

"文化"乃至于"文明"是什么？说起来复杂之极，要定义它一定是严密和复杂的。但它一定是有一个"系统"，这个"系统"因为地域和人种的不同而有所不同，但有相当的部分还会是一样的，这就是人类共同拥有的，是所谓的"普世价值"，是人类的良知良能。普遍共有的再加上地域和人种的个性，就是我们自己存在的这个"系统"。因为任何"系统"里面，后来形成的规范是占有极大比重的，因此我们从李白身上感到的痛苦和不安，有一部分就是来自文化方面的，而不全是最本质的生命原态中的。

相反李白流露天然率性的时候很多，这又让人极大地喜欢和怀念。很多人更多地喜欢李白而不是杜甫，是因为杜甫相对来说更中规中矩，不如李白自由。李白那些看似不假思索、读来琅琅上口的好诗，也就来自这种天性。在诗学方面，这应被看作很了不得的一种素质。对于一个从事艺术创作的人来说，维护这种"自由"，就是维护我们耳熟能详的、一直强调的那种"浪漫主义"；失去了这个"自由"，也就失去了"浪漫主义"，于是只得回到——"现实主义"。

关于"浪漫主义"，除了学院派还有庸俗社会学的染指和滥用，如"革命浪漫主义""积极浪漫主义""消极浪漫主义"之类。这儿已经明显地不再局限于文学艺术，而带有了浓烈的意识形态意味。"浪漫主义"早已被误读和俗化了。作为一种思潮，它是法国大革命催生出来的，当然最早从德国开始，而后传遍欧洲。代表性作家最初主要指十八世纪晚期至十九世纪早期的一些诗人，像华兹华斯、布莱克、柯勒律治、雪莱、济慈等，特征是形式上的反传统、强烈的情感流露、大自然与人的情感交融、作品主人公与作者本人的等同、为超越人类有限的可能而做出的勇敢努力……其实这种思潮只突出了区别于"现实主义"的概念，而"浪漫主义"本来就是所有艺术的内在品质，古今中外概莫能外，它属于一切民族和一切时代。

只有浪漫主义

这两个太好的标本可以用来分析很多写作学问题、文学批评和文学赏读问题。我们的教科书里反复讲的"浪漫主义"和"现实主义",就常常将他们作为最典型的例据。"浪漫主义"的代表首先是李白,"现实主义"当然是杜甫。两人诗风差异那么大,要予以区分,从学术的角度无妨使用这样的概念,要不就没法谈起,没法量化,也没法鉴别。但是我们从写作学的角度,回到体验和经验的角度,又会怀疑这种区分的准确性。有时甚至会觉得这样的划分伤及诗性写作的本质,以至于不得不辩。

诗性写作真的会有什么"现实主义"?

也许艺术创造只能"浪漫",只有一个主义,那就是"浪漫主义"。

李白和杜甫的个人风格肯定有许多差异,凡作家都会有差异,你有这样一种色彩,他有那样一种色彩。但这只是一种色彩而已。"现实主义"所谓的那几条原则,如写真实,写客观,除粉饰,去夸张,等等;还有什么典型人物、典型环境……这些说起来似乎条理清楚,但从诗性写作的本质意义来讲,都是极其皮毛和外在的,稍有写作经验的人都会觉得很隔,因为它并非来自内部经验的规律性总结。

任何的"现实"与"真实"到了写作者笔下都要发生变异,绝不会是依照"现实"的临摹。完全客观的描绘不会产生文学,而顶多是记者的笔录。诗性写作必须回到强大的主观性,这时候的心灵状态是激动、幻化和想象,是飞扬的才情,也只有如此才有艺术的发生。艺术的、诗化的表述冲动是不可缺乏的,一旦失去了它,也就回到了客观的摹写,回到了所谓的"冷静"和"现实",

这时心中那个艺术的精灵也就真的安息了。

现实生活的"真实"怎么可能等同于诗的"真实"？所谓的"浪漫主义"给予的感动来自哪里？当然是因为抓住了事物的神与质，把它推到认识的极致、情感的极致，所以才有那种不可思议的激动人心的力量。

从这个意义上讲，所有的艺术创造都是"浪漫主义"的，都是主观的，都是一种"化学变化"而不是"物理变化"。如果沿用"现实主义"的定义就麻烦了——什么才是它的"客观"和"真实"？按照现实发生的一切去刻板地记录？像记者一样追寻事件的细节并加以报道？冷静地传达事件的始与终？当然可以这样做，但这已经完全不是诗，而是通讯报道。

杜甫和李白的性格不同，他们两个人写出来的作品就一定会带有不同的色彩。这本来是极其自然的事情，是十分好理解的。杜甫既是标准的所谓"现实主义"，为什么他所有的好诗，激动人心拍案叫绝、轻快流畅、一般人不可企及的那种艺术表达，都是极度浪漫飞扬的？这其中尽是夸张和变形的表达，充满了特异的想象，表现了激越和冲动。"无边落木萧萧下，不尽长江滚滚来""漫卷诗书喜若狂""来如雷霆收震怒，罢如江海凝青光"，数不胜数。那种意象和感受，一瞬间的激动和把握，情怀的喷泻，绝不是什么"客观的""非主观的""除夸张""简单冷静"，这些定义远远不能概括。

对于"现实主义"和"浪漫主义"，我们今天的确需要从头辨析。比如李白是个"浪漫主义"的精灵，可是李白也有许多"非常客观"的描写，比如大量的记事诗。他把事物呈现在那儿，看起来是平静地、客观地摆放的，但往往就像飞机要停在一个地方、慢慢开始滑行一样，最终还是为了起飞。它有这么一个过程，一个相对平静的过程，如果一直这样平静，这样冷静，哪里还有什么诗和艺术？所以"冷静"和"平静"，还有"客观"，都不是艺术的常态和本质，而实在只是一种局部和一个表相。

所以从深部来讲，诗性写作是没有什么"现实主义"的，而全都是"浪漫主义"的。

"现实主义"和"浪漫主义"在教科书上拟出的几个条件，实在是有些勉强和表面的。它只是在作一般意义上的区分，是为了量化和类型化，是迁就学术的方便才制定出来的。这并非是完全荒谬的工作，但实在是可以更深入地做下去的工作，比如从不同的角度把诗学问题讲透讲深，划出某种理论和学术的限度。

作为一个更深入地了解文学艺术的人，似乎不必相信"现实主义"和"浪漫主义"的区分，因为它们原本就没有那么多的不同，凡是艺术，其本质都是想象，都是冲动和夸张，都是在充分个人化的把握下改变和异变的一个世界，是重新组合呈现的一个世界。

再一次说酒

过去爱用一个比喻，这里再用一次，因为不如此就难以补充说明上面谈过的"浪漫主义"和"现实主义"，因为这实在是一个很重要的学术问题、写作学问题。文学和现实之间的关系，和生活的关系，当是"酒"与"粮食"的关系。如果现实生活是"粮食"、文学是"酒"的话，那么这中间一定经过了个人这个酿造器，让其发生了难以描述和猜度的"化学变化"。

写作者是怎样的一个酿酒器，也就决定了他的艺术量级。他一定要使"粮食"发生化学变化，这是肯定的。从这一端进入的是"现实生活"，从另一端出来的是"文学"。如果我们同意这样的比喻，认为"酒"才是"文学"，"粮食"就是"生活"的话，那么谁能仅仅依仗把"粮食"压得更紧、磨得更细，就让它变成了"酒"？大概没有一个人会有这样的能力。拥有这种能力的人，才会是所谓的"现实主义"。

凡"酒"一定要经过酿造，让"粮食"发生化学变异，变成芬芳的美酒。只要离开了这个变异过程，它也就不可能是真正意义上的文学。由此看哪里会有什么"现实主义"文学？那种教科书上一再强调的"现实主义"特征以及诸多规定，其道理无非就是怎样保存"粮食"，而并没有谈"酒"的生产。

文学一定是浪漫的，诗一定是浪漫的，诗没有"现实主义"的，文学没有"现实主义"的。所谓"现实主义"和"浪漫主义"的界说，不过是把不同的人所表现出来的个人风格、色彩差异，强行拉到了艺术的本质差别上加以论述了，这样的理解只会造成对艺术创造的严重误解。仅仅是外部的色彩，比如说口吻、描述方式，将这些作为类型抽离出来，当成一种文学创作的原理，实在是小题大做了。

但如上这种分析或许并不影响学院工作。做学院似乎仍可有"现实主义"和"浪漫主义"这两个概念，但还需要指出这样划分的限度在哪里，它的作用和局限在哪里。其实细读作品我们就会知道，杜甫和李白都是"浪漫主义"的，他们虽然偶尔也"现实主义"一下，但那主要是为了作品的"浪漫"飞翔、一飞冲天而做的铺垫工作。其实完全可以不再死守这两个标签，因为凡标签都往往是简单化，会影响我们深入理解诗和诗人的。

刚才我们举例时，特别提到了杜甫的《观公孙大娘弟子舞剑器行并序》，那真是足够浪漫。

"昔有佳人公孙氏，一舞剑器动四方。观者如山色沮丧，天地为之久低昂。……绛唇珠袖两寂寞，晚有弟子传芬芳。"诗句刚健豪迈且又极度夸张，是不可再得的旷世绝唱。诗中溢满最奇特的想象：宝剑光芒闪烁如同羿射落了九日，舞者的骁勇之姿又如群神在驾龙飞翔。起舞好似雷霆震怒，舞终如同江海凝固，闪射清光。这种感受哪里还是什么"现实"，而完全是心灵的飞驰远翔，所以才有无可比拟的感染力和震撼力。这就是艺术的魔力，诗的魔力。

真正杰出的艺术都是极度浪漫和夸张的，灼灼闪光，反射出夺目的亮光，刺面的亮光，其艺术的强光使人不得不踉跄后退，这就是神来之笔。它当然是个人的，变形的，夸张的。其他一些仿佛纪实和写实的叙述、铺垫，在诗中既不可缺少，又为了抵达最终的目的，为了爆发和飞翔。到了关键时刻要裂变，要产生不可预料的巨大能量。这是最能代表诗的核心、高度和内涵的，也是与非艺术划清界限的根本依据。我们将这些特征称之为"浪漫"。

传统的说辞中，总是强调"现实主义"的典型人物和典型性格，客观手法，不夸张不粉饰，不歪曲现实——如此一说好像"浪漫主义"一定是"歪曲现实"的。其实"浪漫主义"必须抓住真实，抓住美的本质。我们普及的那种大众诗学，关于什么是"文学"的解释，有许多是似是而非的。说到艺术来源于生活，却并没有界定什么才是"生活"。说到艺术高于生活，却并没有分析它与生活有什么不同。艺术与生活哪里是什么高和强的区别，而是"粮"和"酒"的区别。它们二者有关系，品质却极为不同。

发现和遮蔽

说到盛唐的诗,就不能不说到一个最大的源头,说到《诗经》和《楚辞》。如果前者是众手合成的,那么后者却主要是个人的创造。所以总要说说李白杜甫和屈原的关系。

他们当有不同的世界,不同的境界。阅读感觉上,屈原比李白和杜甫的世界更宏阔更辽远,也更深邃。无论李白还是杜甫,都很难说超过了屈原,甚至不能说他们可以和屈原比肩。

随着时间的推移,人类社会往前发展,人对山川大地的感受、对真理的感悟和把握力,特别是对这一切的想象力、主观表达力,好像并不是一路往前的;有些方面倒有可能是逐步下降的趋势。比如说先秦文学比起秦代以后,总体看更有力量,特别是具备了更内在的强大张力。所以有人就说:秦代以后的文章他就不读了。古今都有人这样认为,并且不能简单斥之为浮浅和轻率之论。

李白和杜甫创造了那么灿烂的诗章,还有他们同时代的诗歌巨匠,无论把哪个样本抽出来,要跟屈原比较,都会发觉其中的差异,觉得缺少了什么重要的不可言喻的生命元素。把《楚辞》全部读过,再把李杜的文字全部读过,会觉得李杜的世界比屈原的要窄小。李白的想象天马行空,缤纷绮丽,但仅仅就此而论,也仍然要比屈原逊色,这看看《离骚》和《天问》就一清二楚了。当然时代不同了,生命不同了,他们之间也有了极大的不可比性,所谓的"文无第一",个体的艺术总是有诸多差别,我们这里只不过说说大致的感受而已。

如果说浪漫主义文学越来越衰弱,越来越萎缩,我们许多人可能大致同意这样的判断。文学从《诗经》《楚辞》发展下来，创作者表现出的那种强大的生命张力，把握世界的悟性，都在一点点递减。生命对于天地间的神秘感悟在减弱。人工造物越来越多，它们遮蔽了人类的视野。有时就有这样的悖论，知道得越多反而越显狭窄：感受的范围在变小，感悟的深度在变浅。许多方面，可以说发现的同时也意味着遮蔽。

比如中医是人类了不起的把握客观世界的途径，是探求生命奥秘的大学问。可是当代的大中医却比过去少得多。原来我们越来越借助于透视，化验这些现代科学技法，反而把人天生的发现力和悟想力给伤害了。人和大自然联系的一些特殊方法，一些独有的感性渠道给破坏了，堵塞了。我们只知道借助于科学器械，已经没有能力把握那些超出器械范围之外的神秘部分。我们完全依靠量化数字这根拐棍来走路，而世界本身却比数字量化这个空间不知要大上多少倍。所以现代科技在打开我们眼界的同时，也把我们投进了更大的盲区里。

文学也是这样，那种人和天地自然的奇特关系被伤害了，所以产生不了具有大感悟、大把握力的生命个体的表达。一路下来，文学的浪漫气息必然会减弱，表现力也必然会丧失。

我们对比李杜和屈原，可以设问：屈原究竟比李杜多了什么？这等于设问：在更久远的那个时代，人类是不是比后来者更为关心宇宙的起源，以及更接近神性？人类的童年时期，是不是更具有好奇心和原始感受力？

全都多趣和浪漫

让我们从古人谈到今人，比如鲁迅。鲁迅给人匕首投枪的印象，他峻厉冷漠，似乎不苟言笑。按照传统讲法，人人都会说他是"批判现实主义"的，而不是"浪漫主义"的。其实不然，仅仅是一个"现实主义"的标签完全不可以概括鲁迅先生，因为他是那么丰富饱满的一个人，可以说既冷漠又热情，既严肃又幽默，既很"现实主义"，又具有高度的"浪漫主义"。他的诗、散文，特别是他的小说和杂文，真是浪漫和有趣极了。他打笔仗的那些文章都写得辛辣多趣，是一个在近身缠斗中都不忘开个玩笑的人。实在一点说，我们很难用"现实主义"或者"浪漫主义"来框定鲁迅先生，因为他超越了所有这些"主义"，是一个热爱真理、最爱美最有趣最多情的人，他的杂文是诗，他的创作实践实际上确立了杂文这种文体的最高境界——诗。

现代作家中，鲁迅的丰富厚重是难以超越的。出于逆向思维的执拗，进入九十年代以后有人总是将另一些现代作家置于鲁迅之上，极使性子。鲁迅关怀的强烈，整个生命蕴含的悲剧因素和道德感，远远不是另一些闲适趣味可以望其项背的。当然作家和作家的世界不同，风格不同，审美取向不同。但尽管如此，生命性质与量级的差异，我们还是能够感受得到。

如果说艺术只有浪漫的，那么离开浪漫的距离，也就等于离开艺术的距离，离开诗的距离。一个纯粹的"现实主义者"，这怎么会是杰出的艺术家？莎士比亚不浪漫吗？雨果不浪漫吗？所谓的批判现实主义的代表作家托尔斯泰、陀思妥耶夫斯基，甚至是巴尔扎克，他们不浪漫吗？巴尔扎克多么"现实"，可是他作品中越是写得好的，也越是具有浪漫气息。他的志向是作一个"时代的秘书",也就是要如实地记录自己所处的时代万象。可这只是他的宣言而已,他其实是相当顽皮和冲动的,远没有老老实实做个"秘书",而是一个出色的幻想者和创造家。他写的《朱安党人》,其中一个怪人翻译过来叫"走下地",这人穿着一双木头鞋,个子矮壮,总是拿着一杆大鞭子,随时都要把敌手一鞭子打倒在地。《沙漠里的爱情》写狮子和人的情感,一切描述都夸张到了极处。我们熟悉的欧也妮 葛朗台这样的人物,也是极度夸张的。

其实谈到诗和文学总是如此:作家"浪漫"程度的不同,往往也决定了他们艺术量级的不同。

现代学术的标准

将一个诗人的作品放到显微镜下,仔细地进行科学分析和解剖,这既是必要的,同时也是危险的。这种方法大致是西方的,基本上不是东方的传统。传统的方法我们知道,那是《诗品》和《文心雕龙》使用的;到了近代,最有名的如王国维的《人间词话》,也是这样。文学批评和国家实行的其他方法一样,走的道路其实正是胡适自"五四"时期提出的"尽可能地世界化"。这是对进步有好处的,但就文学批评来说,带来的害处也实在不少。自二十世纪五十年代末,中国学术界一度掀起了批判胡适的高潮,但在批评方法上,看起来走的似乎是胡适倡导的道路,即背离原有的传统——其实这些方法既不西方也不传统,而是阶级斗争和人民民主专政的方法。这说到底是一种潮流,潮流来了大家都不得不跟从。

首先是文学如诗这种东西,许多时候是微妙难言的,它不可能是机械的组合，也不可能是靠逻辑推论就可以完成分析的。感性难言、欲言又止的那些元素，既没法化验，又没法论证。西方的解剖学，实证学，它们一旦硬是用到了中国诗文分析当中，效果是非常可怕的。中国诗需要尽可能地使用中国的传统方法，不然就会差之毫厘失之千里。

关于李杜"浪漫主义"和"现实主义"之别，也是来自西方一些概念的使用，并且采取了现代学术的一些时髦标准。我们可以看一下几百年前，特别是当年对这两个人的评价，那时使用了极为不同的语言和角度。这在诗评家特别是历代诗人那儿，关于他们的评说汗牛充栋，举不胜举。这类评说的难度其实较之现代人的分析，不知要大上多少倍，因为除非是对诗人写作情致和处境有一个强大的还原力才行：评说者除了面对文本，还要回到人性冲动那一刻的状态，这之后才可以有话有感。这一返一回就难死人了。而现代的一些诗评文章只停留在文本本身，把文字读死了；而死去的文字是可以任人宰割的。

比如对杜甫，就可以根据其诗文的内容，所谓的主题思想题材等，推导出什么主要的"倾向"，概括出一些主要的"手法"，并抽离出一些现代通行的论述指标，给予命名。这种命名一旦发生，误读就大面积出现了，许多人会在这种框定里解读，把一个活生生的极丰富的杜甫给读得片面了僵死了——杜甫写了那么多人间疾苦，惨不忍睹，这还不是"现实主义"？他们会将西方关于"现实主义"的全部定义搬过来，一条条去对应，而不管具体阅读中的感受是怎样的复杂难言。实话说，我们在读杜甫的时候，在许多微妙的感触和陶醉中，与西方关于"现实主义"的指标一点都对不上号。我们甚至可以问：杜甫的那部分社会性极强的文字，真的是杜甫诗歌艺术的核心吗？这让我们发生极大的疑虑，甚至可以得出完全相反的结论。

对李白也是同样的道理。李白的出奇的想象和纵情的言说，不用说是极符合西方关于"浪漫主义"的一些指标了，但他大量的记叙诗，那些像"诗笔记"一样留存的有韵文字，同样数量巨大，也是极其重要的。没有后者，我们甚至无法将一个游走四方的诗仙的行踪连缀起来，会断掉生活的链条。再者，也不仅是李白如此"浪漫"，激越冲动想象变形，古往今来哪个优秀的诗人又不如此？不如此又怎么会有诗？

可见他们都是"浪漫"的，也都是"现实"的。他们的"现实"是铺垫和前奏，他们的"浪漫"却是最终的完成。

当然，这里谈的中国传统与西方的差异也是十分复杂的问题，它们各有特点各有优劣。无论是东方还是西方的方法，我们都可以用来分析文学作品，但要准确而不偏执。中国的文艺批评方法其实是一种心灵化的评论，它与中国人的哲学和生存方式、甚至是汉字的结构方式都有关联。东方注重直觉和情感，强调万物感应和文如其人，是一种体悟式的批评方法，是生命间的对话；而西方有着与我们完全不同的文化渊源，注重修辞和诠释，是一种观照式的精密。

在现代，批评作为一个学科独立出来，已经极其专业化了，渐渐变得与批评对象和文本没有多少关系了，或者是很浅表的一层关系。他们不必用心细读文本、更不必去还原写作那一刻的生命冲动，甚至不愿回到最基本的层面：语言。剩下的工作既复杂又简单，就是像做分析论文一样，完成"通过什么，说明了什么"的程式，按这个路子走下来——这是就近的也是方便的，通常是从社会层面论起，比如我们曾经有过的二十世纪八十年代以前的"阶级论"。

现在不太有阶级论了，但文学评论的大体路径仍然和那时候是一样的。

当年别林斯基他们也常常从社会层面介入作品，但不同的是他们对于文学和诗的深度感知力，对艺术强大的爱力所带来的激越，与此连在一起的质朴的人的冲动。他们能够浑身颤抖地为艺术而争执，为真理而争执，于是就产生了巨大的说服力和感染力。这与今天评论界的某些荒诞作文有什么相同之处？非常可惜的是，专业批评学科培养了太多的机械人士，他们只会对滚烫的艺术肌体进行冰凉的触摸。他们的冰凉不是因为采取了一种超脱的、个人的学术方法，而是完全没有血脉流贯才导致的假肢般的冷却。没有温度，缺乏一个生命与另一个生命沟通所需要的脉动，结果一切都是扯淡。

诗不是那样的，不是他们谈的那样，与他们所谈的一切几乎没有关系。诗不是"通过什么说明了什么"，不是在一个思想层面简单地"突破"了什么、"论证"了什么，不是单纯的思想表达，也不是任何有弹性的论文。诗是生命的放电现象。

李白在月下吟唱，啜饮，眼神的迷离恍惚谁能感受？感受了，然后再评说。真正的批评建立在阅读的基础上，而阅读应该去把握整个文字所呈现出来的东西，甚至跟文本不能直接对应的一些因素。这里最需要的还是生命的感悟力。

现在看一些学术文字不是隔靴搔痒的问题，而是压根与作品不再发生关系的问题。

大自然的诗篇

李白和杜甫诗篇中最感人、最有名的句子可能就要算那些描绘大自然的部分了，这作为中国璀璨夺目的语言艺术的瑰宝，每每让人惊叹甚至费解：为什么关于山河大地的最美好的句子就让他们给写尽了？他们同时代，他们之前，他们稍晚，都有描写大自然的圣手，但他们两个确实是其中的佼佼者。这里随手可以列举出一长串，可以说是不胜枚举。"太白纯以气象胜。'西风残照，汉家陵阙'，寥寥八字，独有千古"，这是王国维盛赞李白的名言。"气象"来自哪里？是人的独特胸襟，情怀，但一定是与大自然的培育密不可分。

杜甫的"会当凌绝顶，一览众山小""国破山河在，城春草木深""随风潜入夜，润物细无声""丛菊两开他日泪，孤舟一系故园心""感时花溅泪，恨别鸟惊心""迟日江山丽，春风花草香""两个黄鹂鸣翠柳，一行白鹭上青天"……都是千古流传的佳句，无一不是描绘自然景物。

李白的"君不见黄河之水天上来，奔流到海不复回""长风几万里，吹度玉门关""上有青冥之长天，下有渌水之波澜""孤帆远影碧空尽，唯见长江天际流""飞流直下三千尺，疑是银河落九天""两岸青山相对出，孤帆一片日边来"……这些句子老少能吟，脍炙人口，都是对大自然的观悟和抒写。

翻开古代的诗章，就会发现这是诗人们的共同之处。几乎每一个古典诗人都是描写大自然的圣手，他们简直就是大自然的发声器官。古人的诗文以及画作之中，都给人以强烈的大自然的冲击力。山水画家成为一个画种，至今仍存，但今天的那种自然之力的冲击感已经远远不能攀比古人了，原因即在于对大自然的情感、那种新鲜入目的感动已经丧失了大半。至于现代诗文，几乎将大自然驱之于千里之外，今人笔下除了声色犬马，再就是人争狗斗和机心变态之类，连窗外的一棵树都懒得看一眼。

古人常常记叙三五好友结伴游历大自然，如李白和杜甫的同游，李白等人于徂徕山下结成的"竹溪六逸"——常常有雅士花上大半年甚至几年的时间浪迹于山水之间，这在现代人看来是多么傻气的一件事。可是他们不知道，人如果离开了对大自然的依赖之情，没有了对生命大背景的悟想和感知，也必然会丧失王国维所说的那种"气象"，心胸与视野将立即变得窄小，形而上的关怀更是从此难觅了。

人们或许会将这一现象归结为现代化的进程，或者还有其他更复杂的原因。不过尽管有客观的诸多因由，作为一个诗人或艺术家，他必要存在的情怀和敏感，他的超拔的志趣，仍然还要具备。大自然是无处不在的，一棵树可以透露出大自然的消息，一座山就是永恒的存在。此处没有旷野，他处还有广漠，大自然总的看还是将人间城郭包围和簇拥起来了。人类改造和破坏大自然的疯狂处处可见，许多地方今天已经是寸草不生。

每个人都有痛苦的记忆。比如一个诗人小时候可能生活在林子里，那时的林子大树粗得不得了，还有各种动物，称得上是一片自然荒野。看过去的记录，我们置身的城郭可能就是几十年前的沼泽，是一片林荒。这里的老人会讲一些鬼怪故事，像狐狸变人，各种精灵之类。林子没有了，妖怪藏身的地方没有了，全盖成现代楼房了。社会气氛在二十世纪八十年代以前是极严厉的，整个这样一种状态之下，妖怪当然不会再有了。天天讲阶级斗争，妖怪自然不敢出来了；连拦路抢劫者、吸毒者、同性恋者，一概都没有了。

鬼怪这些东西是客观的还是主观的？有人说是客观存在的，但为什么一抓阶级斗争都没有了？同性恋以现代科学观点看是十足的客观存在，据说那是基因的问题；可是也有主观的成分，因为阶级斗争年代同性恋也是绝少有的。现在则不得了，电视上一个七十多岁的男人和另一个差不多年纪的男人结婚，正在举行婚礼："妻子"戴着耳环披着婚纱，袒胸露背，涂脂抹粉。这在过去一定会被视为妖怪。

总之现代人对大自然感动的那些器官已经休眠，而另一些部分却被唤醒。现代社会只让人在某一些方面变得宽容，让社会变得宽容，并从科学上做出解释，如把沉睡的同性恋者一个个拍醒。比起大陆，海外那边拍得更早，人家城市化也早，不同的是大自然却消失得很慢甚至得到了极好的保护。

这是我们思考问题的一个向度。如果从发现生命奇异的美、陡峭的情感，发现生命个性的奥秘和社会伦理道德间的鸿沟方面来讲，没有比诗人更能理解和包容的了。现在来到了意识的一个十字路口，这就是我们常说的全球化和数字化时代——这两个"化"使中国的诗人和艺术家们变得犹豫起来。我们不愿意把问题简单化，于是一会儿站在东方思考问题，一会儿站在西方思考问题，就在这条十字路口上，做着艰难的判断和抉择，踌躇不前。

可惜我们的诗章就在这种两难的现代选择和犹豫中，丧失了对大自然的敬畏。我们一天到晚纠缠于一些最时髦的现代命题，却忘记了人类最永恒的命题，对托举和承载整个人类的山川大地视而不见。就此一点，看李白和杜甫的诗，会觉得他们真的是异类——岂止李杜，所有的古代诗人都是异类，他们仿佛来自另一个星球。

杰作与神品

那些吟唱月亮的诗篇太能代表李白了，所以一谈到月亮就想到了李白——如果要画一幅李白像，可能他的斜上方还要画上一轮明月才好。诗人微醺，边唱边舞，给人以深深的艺术陶醉。我们循着这声音的引领，去感受和感觉。在那一瞬间，我们突然走近了李白的伟大、可爱，领悟了所谓的"形而上"。诸如生命的无常、凄凉，全部当下的欣悦，包括生命的意义，以及人为什么要活着，为什么来到人间，最后又到哪里去——所谓的"活在当下"的那个"当下"，让我们理解了；"活在未来"的那个"未来"，似乎也理解了。

我们曾把李白这首月下醉吟与陈子昂的《登幽州台歌》做过对比：一个是那样的沉重，一个是这样的平易、简单和率直，还有飘逸和清淡。两篇的色彩是绝然不同的。陈子昂全部的痛苦、忧伤和人生的悲凉，悉数放在了面前，那种思维也是直接抵达的，情感与思想的边界也相当清晰。但是到了李白这儿只是饮与舞，是醉和唱，整个看是举重若轻的一首小诗而已，其情感边界、许多意味，都是不甚清晰的。读者可以凭自己的人生经验和悟想力，无限地往内深入和往外辐射。它能把人引向一个真正的"邈云汉"，让人进入其中的无测与无边。而陈子昂的"前不见古人"——那是当然的了；"后不见来者"——人至多只有百年，也是当然的；"念天地之悠悠"——"天地"对于如此短促的生命来讲，"悠悠"也是当然的。然后诗人难过了，流泪了——这种沉重也是当然的，谁都不能说是矫揉造作，因为这是质朴的感怀。但是这些情感和道理，催发我们激动的方式和思路太过直接了。

陈子昂是千古绝唱，是一首杰作；但李白那首却接近于"神品"。

领略诗和艺术是非常复杂的一件事，一部作品的理解和接受，其实需要同等量级或同等敏感的人才行；至少在那一刻，作者和读者的心要能相通才好。以愚钝理解敏悟，那怎么可能。常有人认为自己虽然写不出杰作，但理解杰作辨认杰作还是做得到的，甚至还认为是绰绰有余的事情。其实这真是大误解，是过高估计了自己的能力。阅读与进入诗境是极端需要能力和才华的，大读者和大作者是完全平等的，大读者也并不像想象的那么多。知识的多少和受教育的程度都解决不了审美能力问题。有人没上多少学，却能获得杰作中的大感动和大悟想；相反一个学历极高会数国外语者，一个学富五车的人，也有可能是个艺术欣赏方面的愚钝之人，这一点都不让人惊奇。

一般来说杰作还好理解，一遇到出神入化的"神品"，走进真正的"浪漫主义"之中，平庸的读者就找不到北了。这就是平时的书市上越是超绝的神奇之作越是少有知音的原因。有人总说"雅俗共赏"、"群众喜闻乐见"这样的套话，直说到老妪能解——一个艺术创造者听听倒也无妨，但如果真的认同和相信起来，那就索性离开艺术得了。

我们区分"杰作"与"神品"，提出艺术的"浪漫主义"本质，其实也是对阅读的极高要求。这是对大读者来讲的，这种悟赏能力也主要是先天形成的，后天的学习或可用来补充和开启智门。读了研究生博士生甚至是博士后就有了领悟能力？一个人叉着腰，言之凿凿，术语炫人，对业已丧失和欠缺的审美能力也毫无补益。

学历只表明所受的教育，只说明一个人在巩固和提高自己的诸多努力中花费了多少时间和汗水。而努力既有可能发掘原有的能力，也极有可能伤害了它，因为教育本来就是一把双刃剑。所以这一点说起来是可怕而残酷的，它在提醒我们：每一个人都面临着某种隐而不察的危险。

李白与杜甫的一部分作品称得上是"神品"，它们是最能考验我们阅读力的。

天　赋

李白曾在"大雅久不作"开头的《古风》中大谈诗艺理想，其他就极少了。他还阐明过"清水出芙蓉，天然去雕饰"的美学主张。李白以"复古"来反对当朝诗歌的律化倾向，喜欢古风和乐府诗的自由，决定承继诗骚传统，有过论诗的一段话："梁陈以来，艳薄斯极，沈休文又尚以声律，将复古道，非我而谁欤？"另外就是以诗论诗，对诗歌文体的演变和发展进行了总体反思，肯定《诗经》《离骚》的传统，认为这才是正路；批判汉赋的铺排雕琢，提出以"复古"为革新，倡导"清真"之风；在以首句"丑女来效颦"开头的《古风》之三十五中，他批判诗歌写作中的矫揉造作，表达出对质朴之美和自然之美的赏识。但总的来说，李白纠缠于诗艺的言说毕竟不多，这方面没有表现出多少兴奋点，杜甫则比他要多一些。

在这方面，李白和杜甫的共同点是以诗论诗。杜甫"论诗"较多，如《戏为六绝句》《解闷十二首》等。《戏为六绝句》中有"尔曹身与名俱灭，不废江河万古流""不薄今人爱古人"等名句。杜甫与李白相同之处，在于二人对《诗经》《离骚》的传统都十分肯定；不同之处在于李白大多从总体考察诗歌，而杜甫着眼于对诗人个体进行评论，强调结合时代背景、以历史眼光评判诗人，而且无论对于古人还是今人，均建议以继承借鉴和吸收为主；包括对魏晋六朝，也要采取学习的态度。他同时提及自己写作时的反复推敲与苦吟，强调诗歌对于精神的陶冶作用，并推崇诗的雄伟之境。

李白一生用力做的几件事情并没有成功，而似乎于不经意间成了一位伟大的诗人。其实我们不可以孤立地去看他一生的"务实"与"务虚"，而要将它们做统一观。李白没有"干谒"和访仙炼丹这些经历和实践，没有仗剑任侠的漫游与砥砺，就不会滋生出那一片斑斓的文字。

凡是源于心灵之业，最大的依据还是生命的质地。他认为自己在治国理政方面有经天纬地之才，最后却毫无作为；他受极大的使命感驱使全心入世，投入了巨大的热情，结果一无所获。

李白的天性中有放纵的自由感，有豪迈之气，有时时涌来的生命冲动。这在一般人那儿恰恰是最为缺乏的。人们认为性格对命运是有决定力的，而性格中的主要元素又是先天铸定的——人们对这种先天的决定力称之为"天赋"。

当"天赋"在后天活跃起来，激发起来成长起来，即可以成就人间的事业了。人在顺从这种天赋往前时，不一定十分刻意地追求，也会自然而然地结出丰硕的果实。

如此相反，当一个人受现世欲望的控制和干涉之后，就会形成一种负面的力量，它将不同程度地伤害天才的创造。使命感是各种各样的，有时哪怕是最良好的用世愿望，也会阻碍和伤害敏锐的感受力——李白诗文中那些孱弱的部分，杜甫那些诗意浅直的篇章，无不说明了这一点。

许多人言之凿凿,说写作者应该在"道德"和"审美愉悦"之间达成良好的平衡,这种平衡一旦达成就会出现好的作品。这里看上去似乎正确:一方面讲了道德,另一方面又讲了审美,讲了二者的平衡,但其实是不通的——因为人在完成道德的自我苛求中,必定会唤起强烈的审美愉悦。"审美愉悦"和作家的"道德感"既不抵触也不分离,它们本来就是一体两面。如果我们把"道德"凝固化,标签化,浅表化,也就对生命愉悦和审美愉悦造成了双重的伤害。

其实"道德"也应该是一种天赋,我们甚至不能在后天随便根据需要给它加进另一些内容。当违背这了种天赋时,那种貌似的"道德"也许成为一种假象。李白和杜甫的优美诗章,其中唤起我们巨大美感、给人以无尽的审美享受的,主要也是因为激发了我们每个人都有的、来自这种天赋的道德共鸣。

一片静静的树林

李杜喜欢游走,他们一生中的安静时间多不多?

如果一个人闲来独处,去一个寂静的地方,比如说一片树林,应当是十分愉悦的。这可以是一个舒展思想的好机会。比如我们在树林里想一下很久以前,有那么两个性格迥异的大诗人,他们怎样在大地上游走吟唱,留下了哪些诗篇。他们的一生或漫长或短暂,有哪些苦恼和欢乐,与我们今天生活的不同在哪里,人与大地的关系,等等。关于寂寞的独处和好处,一个叫贺拉斯的外国人说得很好,他正是谈到了一个人,谈到了一片树林,这里让我们再次引用:"我一个人静静地走在一片树林里,想着那些贤人君子们能做些什么。"

这句话令人一下就平静下来,觉得非常好。它平易好懂,写出了人的一种状态。想想看,独自走在树林里,四处十分安静,这种环境更容易让人想得很远。他想了什么东西?他想到了那些"贤人君子",当然是那些已经逝去的人物,想着他们"能做些什么"。这无非就是一句中国的老话,叫"见贤思齐"。那些人能够做到的,我为什么就做不到?今天一切都变了,今非昔比了,我还能做些什么?究竟还有多少可能性?这种设问和向往里,真的蕴藏了太多的东西。

还有一个宗教家,他说过的一段话也值得写下来,他说:"我每一次到人多的地方去,回来以后,都觉得自己大不如从前了。"

这句话同样平易好懂,也同样耐人寻味。我们不妨从个人的经验中好好回忆一下,看这样说有没有道理。在我们的经历中,凡是那些大热闹的场合,往往也是各色人等努力表演的一些地方,我们参与的整个过程可能也不乏愉快,但回来之后还是若有所失,大约需要一个星期的时间才能安定下来,重新回到以前的状态——自己的安静和独处,自己的思考。原来只有安静才能"见贤",也才能"思齐",而人多的地方是没有思想的,那里不光远离了想象中的"贤人君子",反而更多地与时尚之物搅在了一起。那些热衷于到人多的地方厮混的人,常常是不安分的人,不务实求真的人。那些人当中也会有个把有心力定力的人,他们或许是偶尔才去一下的,但有一点不容否认,即人多的地方出现有定力、有独特见解的人的几率总是比较小的。

安定下来才有思考的力量，才会找到生命的立足点，才能够发力。我们不停地到那些场合去，就像一个人被提离了地面，身心都会失衡。

有人讲，一个人要善于学习，要倾听，要阅人无数，这样对于客观世界的认识才会深刻。如果一个人总是满足于在"树林"里溜达，也就丧失了学习的机会。比如我们一直称道的李白和杜甫他们，这些唐代大诗人就不曾安分过，他们到处游走，饮宴交友，热闹得很——似乎如此，但我们仔细研究一下他们的诗章还会发现，他们为了生存或一些嗜好的缘故，虽然不可避免地要浪费一些宝贵的时间，但是比较起来，他们使用时间的方式还是比我们当代人智慧得多。

李白和杜甫两个人或结伴或独行，游历名山大川，一生走了多少地方。李白在山东遇到几个意气相投的朋友，就与他们约会徂徕山，结成了"竹溪六逸"。李白特别迷于道家，去大山深处访道论玄，话题又是何等深邈。当年长生不老的修炼，对瀛洲的向往与探访，都是了不起的最现代最先锋的事业，是关乎生命源头和归宿的形而上的问题，不但不俗，而且一定会引领诗人走向更加阔大的思索。我们甚至可以说，没有李杜关于长生的探访，也就没有他们那些深邃迷茫的诗章。特别是李白，他的诗意缥缈迷离新异奇绝，与他的修道生活一定是大有关系。

至于他们与大量文朋诗友的唱和，那虽然留下了不少文字，有的还算应酬之作，但从诗中所见，也大多只是三五好友甚至是一对一的饮谈。这并非是大呼大隆的场面，算不得"人多的地方"。我们今天对李杜那些文字的揣度之间，时常会有一种跟随游走的感觉，甚至可以在午夜的安静中听到他们脚踏树叶的沙沙声。那真的是"一个人走在一片静静的树林里"。

认识总要抓住事物的根本。我们承认一个生命在形成之初被赋予的那个能力是最重要的，那是很难解释的一种力量，而这种力量在后天是会被遮蔽和破坏掉的。所以说一个人常常回到貌似虚无的空间里将是至关重要的。人在无所事事的状态下与大自然连接一起，全部潜能就会悄悄集合、堆积和聚拢。

那将是一种既专注又恍惚的状态。生命需要在专注和恍惚之间来回游荡。没有这个条件，那种巨大的创造、顿悟式的发现，还有重新面对客观世界所必需的勇气，就会大打折扣。不难发现，一些有大能的人，不管从事什么，他们面临一生最重要的行动关口、需要做出重大的决定时，往往要退守到一个寂寞的个人空间里，去好好安静自己。在这段时间里，生命的反省力觉悟力才是强大的。

就文学写作者而言，难道写出一篇重要的文字不是面临了一个人生的行动关口吗？这时当然需要个人潜能的调度和凝聚。只有具备了相应的条件，并以此为基础发力，才会产生杰出的创造。人的一生如果能够将所有不同凡响的发现连缀起来，接续起来，就会是相当了不起的。

或许有人认为，时代不同了，今天就是应该经常到一些热闹的地方，听取各种各样的声音，参与各种各样的讨论。其实正好相反：网络时代足不出户就可以置身于这样的环境。这种嘈杂难道还不令人畏惧吗？一个眼观六路耳听八方，不停地接受和过滤各种信息的人，顶多是个消息机灵人士，是个信息收集员。而具有原创力、发现力和思想力的人，只会是那些冷静自处的人。

看一个人和一群人，道理其实全都相同。如差不多的人口密度，有的地区整条街道放眼望去总是拥拥挤挤，那么这里的人文素质一般来说会是比较低的；而相反那些比较安静和清寂的地方，人文素质就会高一些。这是重要的差别和表征，可以说是相当发人深省的。那些拥挤之地不要说很难保持一片安静的树林，就是有，谁又会去里面享受？会有一个人走在"静静的一片树林里"？即便去了，大概也只会去拣柴火，打鸟，给野兔子下套。

"贤人君子"是了不起的人物，他们镌刻在了人类的历史上。我们跟那些永恒的思想失之交臂，于是才变得平庸、无足轻重。

但愿李白和杜甫等盛唐诗人能够更久地活在我们心中。

模仿和瓦解

我们的文化酿造出李杜这样两个人物——全身闪耀炫目的光彩，成为民族的骄傲。在我们的阅读经验中，他们分别代表了两种截然不同的艺术类型，这种认识却有可能是多多少少的误解。他们的确有许多不同点，但共同点则更多。后来的人将他们的差异夸大了，一直拉向了两个极端，以满足我们的所期待的那种戏剧化的效果。

在这场历时一千多年的艺术浸染中，自然形成的模仿者无以计数，他们心中都装了一个李白或者杜甫。这种潜在影响力自有其良性作用，但因误解和概念化而形成的类型性趋同，也产生了一定的负面作用。比如从一些极端化的例子中，我们就可以看到各种狂妄无比、激情万丈，实际上却是非常低能的诗人，他们大半就是李白的推崇者。这种人渴望游手好闲的生活，胡吃海喝，有的甚至真的背上了一把宝剑，来往于大地南北。有的还嫌不够，就在头上捆一根布条，上面明明白白写了"大侠"或"诗侠"二字，墨汁淋漓。

但是他们没有皇帝给钱，也没有李白一度怀揣的手谕，于是只好到处给有钱人写东西，当然不是墓志铭了，现在不兴这一套了；不过他们写的同样是颂辞，同样可以大把地要钱。除了写歌颂文字要钱，还有四处借钱的。走这条道路的人觉得自己既是才子，就一定有豁免权和癫狂权。而最大的区别是，当年的李白尽管瑕疵极多，却远远没有那么浅薄。李白的才华与质朴俱在，而且主要是一个旷百世而不遇的真正的天才。狂人易得，天才难求。做狂人很容易，喝醉了也很容易，但是质朴和率真的品质却不易得，才华却不易得。

如果简单化地看待李白，或不加分析地把李白所有的荣誉、才华、作品、陋习、瑕疵一股脑地接受下来，那也会昏庸得可怕。我们不能忘记李白自己所付出的巨大代价，这其中有一些责任或许也要由他自己来负。李白所谓的"兼治天下"的豪志来自儒家，却没有将急切投入唐玄宗利益集团的欲望和行为与"治"做以区别。今天这样说好像是一种政治苛求，但的确又是不能废弃的追问。因为任何时代的"治德"，都会具体地渗透和罗列在生活当中——李白和杜甫在清醒时对官场和社会做出的文字鉴定，说明他们心里并非是完全糊涂的。问题是在他们"干谒"的过程中却不再顾及这些。今天的人如果不能正视和面对一个榜样，这个榜样就有可能成为囫囵吞咽的毒药。

这会产生怎样的后果？这种儒家文化的畸形化，得到默许的知识分子和庙堂的关系、知识分子和物质的关系，将会随着"浪漫主义"的灼人光色一起，演化成一个民族的人性模型，于无形中得到深远的普及和使用。

那些心中装了杜甫的人，则会记取另一种稍稍不同的模型。这除了与李白同样的社会政治取向之外，还有稍稍不同的艺术取向。也许杜甫会让我们牢记"底层"和"苦难""人民疾苦"之类的字眼,并把他等同于那些字眼,最后认为这就是艺术的全部,是走向艺术真谛的不二法门。其实杜甫的艺术结晶,让其脍炙人口的原因,并非全是罗列在表层的那些"苦"和"穷"的底层记述。我们要能够倾听一个艺术精灵内心深处的异样叹息,看到其超绝的艺术表现力和卓尔不群的个性,怎样在他身上得到了高度的统一,怎样将人性深处的洞悉与形而上的悠思合而为一。这只不过是艺术精灵、诗的精灵的一场又一场尽情狂舞,而不是一种低能刻板的简陋再现,更不是一个口不离贫穷和同情说辞的拙劣道德家、口头道德家和庸俗道德家。

正因为热爱,才要挑剔。我们怀着欣赏和崇敬的心情去看"诗仙"和"诗圣"的时候,也极有可能唤起另一些别样的痛苦和哀愁。他们像任何时代的杰出人物一样,并不能让后来人全部打包接受。

演变和偏移

总体来说,唐诗走向了杜甫式的严谨,在格律的范式中作完了一个时代的大文章。任何文学样式都是从形式的逐渐成熟、凝固,最后走到凋败的。因为形式再难为,说到底还是比较容易做的,在形式上的刻意坚持,可能要一点点排挤和忽略内容方面的活泼生长。后来的中华诗章果然看上去"现实主义"得多了,但却鲜见李杜那样的杰作,也少有类似于他们那样的不可猜度和预测的飞翔之才。

在西方,进入十九世纪后,那些小说巨匠已经在形式的探索上达到了非常完美的境地。小说再发展，就产生了现代主义的变异。同样的道理，中国诗歌经过了盛唐，在格律等形式方面就走向了凝固的"完美"。这种情势下，只等那些拥有巨大创造力的人在形式上将其打破，但这种人一般来说总是为数寥寥，在任何时代都是非常罕见的异数，相反总是大量循规蹈矩的写作者一块儿拥挤在路上。

这种形势需要拖到另一个时代去解决，需要产生出革命性的人物，以发生一种体裁的巨大变革。所以到了宋代，有了词的发达；到了清代，有了小说。

中国的新诗在二十世纪四五十年代是相当直白的。"五四"时期的自由诗生长在白话文运动初期，那时怎么说话都成问题，一切都在摸索，所以作为新诗的探索当然困难之极——今天读来那些诗句足够怪异，有的过分浅直有的又晦涩古怪。这种形式上的准备不足直接影响了表达的从容，再加上受西方诗歌影响，有的诗人是很急切的，变得极容易激动或躁动，往往一开篇就冲动得很，豪情万丈却并没有多少铺垫。

一直有人认为自由诗比起以唐诗为代表的中国古典诗词，简直是尴尬到无路可走的地步，不成物器。但是公平而论，作为百年新诗的开端，它毕竟还是了不起的，因为我们不可能从古诗一下子跳到今天。胡适主张写新诗要有试验态度，这是对的。无论新诗的开端如何幼稚，它的大致方向还是正确的，也正如胡适所提倡的：用现代语言来写现代人的生活。

二十世纪五六十年代、七八十年代的诗稍稍清新刚健，很适合朗诵，也通俗易懂。有人会认为这个时期白话文运动开始稳定下来，社会演进的方向也明晰了，所以才有一批诗人的意气风发和信心十足。这一切或许决定了一个时期的诗风和品质，但仍然是新诗的一个过渡期。从另一方面来讲，我们似乎也可以预计:"五四"白话新诗传统如果自后来的九叶诗派等现代诗歌运动继续往前,一直走入二十世纪七八十年代的朦胧诗,或许会有更加成熟的面貌。

如果看一下盛唐的诗,比如李杜的诗,真正意义上的好诗完全可以是平易流畅的,是易懂易诵的句子。他们那些诗体纪事构成了重要部分,并且形成了后来中国诗的一个流脉。当然诗学问题相当复杂,一切或者还没有那么简单。比如说我们的现代传媒、现代印刷业特别发达之后,诗就进一步远离了叙事和记录的功用,二者分得更开了。如果说当年的李白和杜甫用诗不停地传递各种各样的消息,记录那一段生活情况,因此而构成了"诗史"的话,那么我们今天的诗已经差不多失去了这种功能,也没有必要延续这个功能了。

用今天的眼光看,无论是李白还是杜甫的诗,其中很大一部分叙事作品的诗性是比较淡弱的。当然这不能用超越时代的目光去看待,也不能把问题简单化。当年没有发达的印刷业,没有这么多的媒体,一些事件和消息很需要紧凑的韵文去传播和记录,所以一些记述诗还是相当有价值,甚至是不可或缺的。直到今天,它的认识价值和传播价值也仍然存在,仍然非常重要——没有这些记述性的韵文,我们就很难得知当时的社会状况、发生了什么事情。问题在于我们今天从诗学的意义上如何评价它们,评价的重点是否偏移。

以杜甫为例,谈到杜甫就不能忽略他的"三吏""三别"。这可是"现实主义"的代表作。文学史写到杜甫的时候,一定要用大量篇幅写到这些诗章。杜甫作为一个"诗圣",如果以全部的作品构成一部中国诗史的话,那么"三吏""三别"这一类诗就在其中占据了最重要的地位。但是今天看这一类诗,就会发现这些记述和议论或许有些直白,它正在完成的大多数任务,或许现在不需要诗来承担了。比如用散文体，用史记的笔法，或许能写得更深入、更充分和更饱满。它在很大程度上是以有韵的散文笔法，记录了那一段生活情状、生存境遇和社会现象。

现代诗学认为诗是极特殊的一种表述，它很难用论说、散文、戏曲等任何其他形式去呈现。那种瞬间即逝、像闪电一样把人击中的某种东西，那种靠联想和意会、敏悟和冥思才能把握的对象，已经是现实事物经历了特殊发酵之后的再酿造。一些言辞和语汇要达成极其微妙的瞬间感受，才有可能接近诗意。

随着时代的发展，用以表达人类的各种情绪、事件的工具和渠道大幅增多，许多事情已经不再需要诗去做了，它进一步地走向了自己的世界。在李白和杜甫时代，李白写了大量记叙的诗，杜甫写出了"三吏""三别"等，用以记录一些过程、一些场面、一些事件，而且使用了极为凝练生动的语言，且读来上口，有韵和工整。他们这样杰出的超拔的诗人如果在今天，我们相信大半是不会再这样写作的，即便要写，也会是另一番面貌。

如果往前追溯一下西方的《荷马史诗》等英雄史诗，会发现许多民族都有类似的诗篇和类似的问题，这其实是比较普遍的现象。在现代社会，即便传媒高度发达，诗歌的叙事功能也仍然是需要的，只是发生了很大的变化。这种变化的加速，不仅仅是网络时代，而是早在电报电话晶体管收音机电影电视发明之后就开始了。文学的现代性问题，其实就包含了怎样叙事。现代诗歌的叙事如果以艾略特为例，我们可以看到这个过程变得更为碎片化和非连贯性，同时又经过了诗人的绝妙整合。这是传媒时代的必然，也是现代社会支离破碎生活的一种呈现方式。

诗的特质

我们今天这样谈论李白和杜甫的纪事诗，是不是有些苛刻？即便从诗学的角度看，是不是落入了另一种可笑的窠臼？但是另一方面，任何一个时代，回到诗的核心问题上，所有的观念和疑虑都是可以分析和讨论的。脱离时代的特质去评价艺术，不仅是苛刻，而且还会文不对题。谈到文体的演变，诗歌的发展，不光是李白和杜甫，就是西方的史诗《伊利亚特》《贝奥武夫》等，也都是夹叙夹议，用以记录历史事件的。难道这些举世公认的大史诗全不成立吗？

不过我们还可以继续问下去：今天的西方现代诗还会做那些事情吗？《伊利亚特》《贝奥武夫》作为那个时代的诗歌杰作，抽掉了有韵的散文因素，剩下的非诗而不能为的特质，到底还剩下多少？我们相信即便是那个时代，也正是这些特质才决定了它的价值。这个特质，就是我们现在说的"诗性"，它的强弱才从根本上决定了一首诗的优与劣，这个标准在任何时代都是一样的。所以我们今天评价李杜的诗，包括他们的记叙诗，当然不能抽掉这个永恒不变的标准。

把事件罗列一遍然后再加以议论，虽然不乏生动的抒写，也没有增加多少强烈的诗性。后世的诗评者，特别是二十世纪五十年代以来，随着社会体制的变易，他们越来越重视社会内容的负载，以至于偏离了诗性的确认标准。一首仅仅是记录了劳动人民的疾苦，就会得到喝彩。这样的诗尽管有益和可贵，却未必需要一个伟大的民族诗人去做。李杜他们之所以成为超拔卓绝的艺术天才，一定还因为其他，或主要因为其他，这就是难以超越的诗性。

单讲记录和传播，今天的一个小报就可以做得更好，一个记者就可以做得更好，何必需要李白杜甫？时代和历史最需要他们的是什么？当然是非同凡响的艺术幻想力、把握力和表达力，是极其卓越的、无与伦比的浪漫气质。一般的记者当然无法做到这些。比如我们谈过的《丽人行》和《兵车行》一类所谓的"现实主义"代表作，它们开头似乎是平易简单的，但这只是开始——起飞前经过了滑翔，马上到来的就是惊人的一飞冲天。诗意激扬起来，一切也就不再能够安于"现实"了，那时只有诗人在自己独特的世界里驰骋。什么人才会有这样的观察和表达？这当然不是一般的记者的视角，也不是一个记者的想象，而是非同常人的诗人所为了。他的高度和能量，爆发力和探究心，简直没法用语言去形容。我们沉入这样微妙的诗意，大概唯有陶醉和景仰了。

诗的悲剧性格

诗性进一步走向了纯粹和强烈，并不意味着从人间烟火中全部脱身而出。但这是它不可否认的一个现代向度。从这个角度讲，我们的现代诗好像走向了一个奇怪的、难以言喻的、带有悲剧意味的结局。因为一方面提炼得越来越纯粹，越来越浓缩，越来越不能被其他文体所取代，另一方面也变得越来越孤傲，越来越深邃，离民众也越来越远。它走向的是自己的隐晦、微妙、不可言说、妙曼和幽深。在这种境界面前，一般人将叹为观止，无可奈何。丧失读者是没有任何办法的事情，除非现代诗能够妥协。

中国诗走到这个地步，外国诗更是如此。如果说中国现代诗在接受上已经变得十分困难，令人望而却步，那么西方更甚。什么荒诞不稽，支离破碎，玄思和臆想，呓语和醉话，简直无所不包。这不是用来阅读的，这不是文字，这是声音或颜色，或气味，或其他任何一种莫名其妙的东西。再加上真假诗人搅在一块儿死打烂缠，现代诗许多时候就是极端芜杂、无理和无解的一团。

对于阅读者来说，诗人们那些莫名其妙的词语的调动，让人眼花缭乱的意象，已经比迷宫更加纠缠。一个读者凭自己的人生经验、艺术阅历去感悟似乎已经完全不可能了，阅读和欣赏真的成为一项不可能完成的任务。我们有时候能够感到一首诗的成立，捕捉到一种信息，但就是难以复述和表达。

诗越来越从其他的文体分离和隔离出来，这既成为诗最了不起的一个方面，也造成了它的悲剧性格。一种文体就像一个人一样，也有它的性格和命运，对于诗来说，它好像注定了有一个悲剧的结局。

不知道诗的未来向哪里走去。任何事物都是物极必反。许多人对诗的忧虑是很重的，认为它会走向另一个极端。另一个极端是什么？我们过去的诗是通俗易懂的，连李白和杜甫都那么好懂，那么伟大的诗人我们都能懂，现在这些诗凭什么就不能懂？一味滑向晦涩的深渊不是办法。诗失去大多数读者是一个必然，抽掉了受众这个基础，整个文体就会变得紧张不安、惶恐和孤独，走向悲愤的状态。

被大量读者所冷落的后果，换取的是孤独的芬芳。不过这种花朵最后一定是凋零在风尘中，这是无可避免的，在哪个民族哪个时代都不可避免。庄子所讲的"举世而誉之而不加劝"，话是那样讲，但做一个人可以，作为一种文体则不行。它长期丧失了读者，丧失了期许和刺激、交流和众手合成的某种助力，最后会怎么样，也是可想而知的。

所以它能不能稍稍地复古？比如它的音乐性，比如它的平易轻快，再比如它的合辙上口。我们不需要那么严苛的格律，这一点我们会赞赏李白。但是形式的魅力是存在的，这里没有无边的自由。说到"复古"，这正是当年李白的提议啊。

诗在当下社会的真实境遇就是如此，但这里也许还会让人联想到其他：诗的这种悲剧性格也正是它的魅力之所在。它存在的意义原本不是大众化的，它的晦涩也有它的理由，除却诗歌和诗人本身可能存在的一些负面问题之外，这里也还有一个受众素质的问题。随手可以举的例子可以是艾略特的《荒原》，它是足够晦涩的，晦涩到连它的注解都几乎让人读不懂的地步，但却使得西方青年追随，人人读之，一时大有伦敦纸贵之势。当年也许不是评论家把它推崇成了名作，而是大学生和青年作者们狂热崇拜和模仿的结果——甚至连议员在国会朗诵《荒原》也成了时尚。比较起来，西方发达地区的诗歌读者虽然也在减少，但对诗和诗人的尊重却要更高。

矛盾和悖论

现代诗继承古诗的叙事部分，走下去会是尴尬的。这将使我们走向另一条道路。因为古叙事诗的一部分，用现代的眼光看，苛刻地看，已经不能算真正的好诗。那是一个特殊时期的特殊产物，我们前边讲过，它的产生自有其必要性和必然性。时代变了，这种必然性和必要性也就不复存在了。

不妨再来回忆一下二十世纪五六十年代。那时有一些叙事诗只是用有韵的语言转述故事，其实与诗已经没有多少关系。可见诗性并不取决于韵脚，而要看它的内质到底如何。没有独特的体味和呈现，再顺溜奇巧的语言都无济于事。现在一些诗平易倒是平易得很，但根本就不是诗。也有搞得极端晦涩的，这又是另一种无诗的虚掩。现代诗尤其不意味着随随便便地写上一通，把所谓的短句胡乱拼接起来。

我们说到的那些对民间疾苦表达深刻忧愤的诗，那些人皆可赞的"现实主义"，突出的是另一种遗憾：仅仅如此仍然不能确保成为一首好诗。对人间痛苦的深刻牵挂和悲悯，这方面的浓烈情感至关重要，但有时又会遏制和遮蔽其他。一味地忧愤也是一种简单和浅直，它还需要有更复杂的心情、情致的参与，有多维的关照和表达。可见文学和艺术创作是多么困难的一项工作，当作者没有了情感力量的时候，作品不动人不真挚，会滑向浮浅；当有了深厚的情感力量时，却又可能走入另一种浅直，未必就能写出杰作。这种状况真的会发生在同一个天才的诗人身上，可见其中有多少悖论、多少矛盾。

从诗史上看，一个人无限地牵挂人民大众，表达人民的疾苦，这样的好诗人太多了；但也有一部分人高高在上，对人民的疾苦漠不关心，同样写出了绝妙的诗章，在文学史上也占有不可动摇的地位。诗的复杂，艺术的微妙，可见是永远也说不尽的。这里还有第三种情况，比如历史上曾有过的所谓"悯农诗"，诗人本来不懂稼穑也不关心民众疾苦，却偏偏居高临下地对劳动人民表示了同情与关怀，以至于成为一种流行诗体。这当是一种伪善，是欣赏别人的辛苦，标榜"良知"。这种情形直到今天也没有绝迹。其实无论是他人的苦难还是个人的苦难，只要拿来展示或者消费，都是足够恶劣的。

像"三吏""三别"这类诗，除却新闻和记录价值，还有一些叙事艺术可赏，它甚至可以看成是诗体的"上访信"。杜甫所写的苦难来自真诚，是一份心灵的感动。他能够感同身受，所以才打动一代代人。但杜甫对他所写的苦难还缺乏一点超越，没有发出屈原那样的"问天"。于是这苦难只让人觉得悲切，并没有赋予我们特别的力量，也并不通向荣耀的高处。

讲到艺术和民众的关系，杜甫和李白也同样可以视为两个绝好的标本。我们会发现李白大量的诗，比如说那首写饮酒的《月下独酌》，还有一些怀念朋友的诗，都是他的上品。杜甫回到杜甫草堂写那些闲适的诗，都有动人的艺术力量。文学史老师津津乐道的《秋兴八首》，既不是写人民疾苦的，也不是写闲适的，而是写一个人在晚境中借眼前秋之萧瑟，对比遥想长安庙堂，写出了离乱之苦和故园之思，还有空怀报国之志的无奈。这首诗虽然稍有雕琢，但仍不失为杜甫的代表作之一。而另一些强烈抒写人间疾苦之作，却不能代表杜诗的最高成就。

杜甫相对闲适的诗篇写了不少，尤其是他流寓成都时期，投靠友人，物质生活相对有了保障，暂别不能建功立业的苦闷，有了一些平民心态的时期。这一阶段的诗人怡然自得，关注自然之美，热爱世俗生活，富有情趣，甚至写吃写喝，自足恬淡，很有审美价值。至今人们熟悉并传诵的"好雨知时节，当春乃发生""两个黄鹂鸣翠柳，一行白鹭上青天""黄四娘家花满蹊，千朵万朵压枝低""桃花一簇开无主，可爱深红爱浅红""夜雨剪春韭，新炊间黄粱""自去自来梁上燕，相亲相近水中鸥""草堂少花今欲栽，不问绿李与黄梅""圆荷浮小叶，细麦落轻花"……写出这些句子的杜甫并没有哭丧着脸，不是也十分可爱？

第五讲：遭遇网络时代

李杜遭遇网络时代

历史上的经典作品和作家在当时的情形是怎样的，这是我们在阅读中最感兴趣的问题之一。李白在当时虽然不算少年成名，但在青年时期就已经是地区名人了。有才华再加上名气，这虽然不能确保一个人在现实生活中必然大富大贵，但对其进一步展现才华肯定是大为方便的。在前期，李白的名气一多半来自诗文，还有一小部分来自他的行为。他仗剑远行，交游访道，干谒，不守常规的言行，都加剧了名声的传播。但这一切有个基础和前提，即仍然是非同凡俗的能力和潜质决定了一切。诗文使人讶异，气质非同常人——比如大诗人贺知章在长安第一眼见他，就送去"谪仙人"的雅号，大概不仅仅是看了那首《蜀道难》的缘故，而且一定还有当面端详的结果。言行仪表诗文几个方面相加，才有了那个妙喻。李白从各个方面看，的确都是让人精神一振的异数。

杜甫与李白相反，几乎一直是比较寂寞的。他除了在脾气相投的诗友之间获得一些承认之外，在稍远一点的地方可能没什么影响。再加上仕途的坎坷，生活的窘迫，肯定会大大折损他的诗兴。但是杜甫的精神并没有因此而变得苍白，更没有文笔干涩到少写或不写的地步，他一生甚至比李白写得还多。有人判断李白的诗作比杜甫更多，只是在安史之乱中散失了，这只是推断和估计而已,并没有实证。实际上杜甫整个诗作中给人的感觉就是勤奋辛劳的,这样的一个人必然会留下大量的文字。

比起他的好朋友李白,杜甫的行迹经历就平淡得多了。这样说只是比较而言,因为杜甫还是比一般人"传奇"得多。首先他是一个官宦子弟,而且属于皇亲国戚,这样的人单讲人脉关系就比一般人广大许多。他的爷爷是高官和著名诗人,名重朝野,这让杜甫一生自豪。他在三十五岁之前还经历了"壮游"时期,足迹范围远阔,就此结识了许多知名的文朋诗友,甚至像李邕这样的大名士和高官都与之长饮论诗,同游济南历下。在十分讲究门阀观念的官场,杜甫在前期是比李白更有资本的,他可以接近一些显达人物。尽管如此,杜甫后来到了长安却远不如李白的际遇,可以说四处碰壁,最终成为一生中最不堪回首的一场噩梦。

杜甫的诗名盛大起来远不是生前的事情。一个艺术家的名声发生突变,直至受到了民众的欢迎,这种情况其实并不多见。这需要诸多条件甚至是特殊的机缘才行,一般都要等待相当长的时间的孕化。像人们屡屡作为例子来谈的西方大画家梵高,当时默默无闻,更谈不到受人欢迎,后来却拥有那么大的影响力和那么高的地位——其实这一切仍然可以找到深刻的原因,寻觅艺术的传布理由。当一种艺术风气转向时,作品中一些固有的个性特征就会裸露出来,它所表现出的微妙神秘和高不可及的才华也渐渐纳入人们的视野。但这个过程仍然需要业内慧眼的先一步指认,然后再得到广泛的响应。这时候已是"后来",早就离开了艺术家奋力挣挤的那个"当下",所以通常来说偏见和眼障也就少得多了。

但是作者在世时,及时而来的名声有一个最大的好处,就是他的才华不至于埋没,虽然这并不能使其艺术最终变得更好。名声让人自信,也让人盲目,是利弊兼有的。对于那些强大的生命而言,并不需要太多地借助外力,因为其自身固有的才华燃烧起来,这种激励和能量就足以使他走下去,走得很远,直走到最终的目标。还说西方的案例:当年的《尤利西斯》和《没有个性的人》这两部公认的文学巨著连出版都困难重重,可是作为作家作品,其最后的地位和分量大家都是知道的。如果他们当时就失去了信心,终止了自己的劳动,一切也就无从谈起了。我们其实并不知道有多少伟大的艺术是在初期就夭折了的,也不知道有多少是在后来被默默掩埋的。

有人会问,在今天的网络时代,是否更有利于李白杜甫们的发现和产生?回答将是各种各样的。这是一个技术至上的时代,外加一个物质商业时代,做一个艺术的守护者和发现者就更难了。就艺术而言,过度的传播力还不如没有,因为在媒体极为落后原始的时代,既有时空的隔绝,又会有独立安然的成长。而现在是相互扰乱,是交织和覆盖——不是一般的覆盖,而是千万重的覆盖,最后动用千军万马都无法挖掘和寻找那点艺术和精神的真金。商业利益一旦介入了艺术操作,就会造成更可怕的后果,艺术受众将面临铺天盖地的广告轰炸和舆论引导,以及无所不用其极的——欺骗。哪怕是一个像牛犊一样的猛人、一个拔地而起的天才,只要遇到了这样的时代,相信也要紧锁双眉,无计可施。

一般人会说:这样的网络时代也许对色彩显著的李白稍好一些,对杜甫就大不一定了。但更大的可能是他们一块儿被垃圾覆盖;或者说,一切正好相反。

因为网络时代的坏处是覆盖,好处是提供更民主更公平的平台。网络时代更是文化平均主义的时代,这样一个时代如果恰好被一个原本就缺乏独立思考能力的民族遭逢,就会加倍放大其坏处。就文学来说,参与者没有理性,人云亦云,群起效仿,很有可能发展成为另一种专制和褊狭。如此一来,被淹没的倒有可能是李白而不是杜甫——杜甫写底层和苦难,在当下的文学环境和意识形态中倒也很容易被利用和抬举;而李白的写作对于时下的"现实意义"并不大,因为本来就没有多少人关心宇宙和永恒,只关心眼前,这种时代功利主义必然要忽略李白卓尔不群的创作。

诗媒体

李白到处饮酒题诗,这等于是以诗做了媒体。那时候比李白手中的这种"诗媒体"更有效的工具是什么我们还不知道,因为当时并没有广泛发行的报刊之类,没有一个全国流贯的发行渠道。在这种状态下,李白和杜甫等诗人的作品传播反而有了一般人所不及的优势。他们的名声,特别是李白的名声,尽管大致只局限在上层人士那里,但还是相当显豁的。到了李白从翰林院归来之后的一段时间,他的声望可能达到了顶点。这依靠口耳相传,也依靠诗文抄诵,二者互为依傍。眼下大量泛滥的娱乐广告中,商业主义和欲望诉求占了主导。许多人从时代的发展进步中解释它的必然性与合理性,可是我们实在看不出高妙。就人类原本就有的弱点和恶习来说,这种发展倒也"合理"。但是从人性中最初被赋予的良知和力量来看,恰恰又是最不合理的。这种可怕的欲望风潮具有来源于人性的必然,但就是不具有合理性。人类怂愚和鼓励这种方向，肯定是没有未来的。

我们也许不难理解这些道理，但只是苦于没有办法。人们大多知道孔子所倡导的"仁政"及伦理原则是极好的，却就是难以施行。从古到今绝大多数理性的知识分子都赞赏孔子，比如李杜，都是相当尊孔的，结果又能怎样？如果找出李白酒后一二狂言戏言就判定他反孔，那是极轻率极牵强的结论。不要说他，就连大多数皇帝表面上也要尊孔，因为孔子讲仁，讲规范，讲精神对物质的制约，这是稍有理性的人都要拥赞的。但在统治者来说，真正用儒家思想来治国是不可能的，那需要大胸襟大心志。儒家思想只能是搞专制统治的死敌，二者不可能兼容。至于儒家怎样与传统的专制有了"血缘关系"，这里还要去问专制体制本身。皇帝们差不多都在搞"外儒内法"，就是将尊孔挂在嘴上，内里施用的却是严刑峻法、愚民祸民的商鞅主义，再加一点黄老之术。如果一旦朝野推翻禁锢主义的呼声高涨起来，专制主义者就会转而施行"管仲主义"，那就是物质主义和欲望主义。说到底，"商鞅主义"和"管仲主义"只是两极，而两极总是相通，它们对社会的破坏力很难说哪个更大或更小。所以专制皇权讲什么是一回事，实际上如何去做又是一回事。即便像李白那样的狂放不羁者，天马行空的大幻想者，看其表明治国理念的荐表和诗章，其中心思想也还是儒家的，可以说是一个比较坚定的儒生。杜甫当然更是如此。在中国，从古至今，"儒家"的影响无孔不入，尤其是在与西方缺乏交流的时代，可以说没有一个人不受其影响，即使反儒者也是儒。但这里仍然有主观选择与否的问题，有时可以是被动选择或别无选择，比如李白，儒家思想贯穿了他的一生，但又是一个在思想上非常庞杂的人物。他嘲笑过儒生中那些埋头四书五经而不通时变的腐儒："鲁叟谈五经，白发死章句",可见他嘲笑的不是儒生,而只是其中的某一类。

网络时代实际上发生了一场人类欲望的大释放。这种释放如果说有一种必然性,那就是人类文明一路延续的大背景决定了如此。我们所谓的从文艺复兴到现在,实际上只不过向着一个大方向解构,这就是解放人的欲望——解放再解放,一步步走来,变成了今天的灾难。这就是所谓"人本主义"指导下的结局。"以人为本"必有灾难,因为人是不完全的,人的需求和欲念不可以作为全部的依据。它们当然需要服从于理性和良知。现在人类的物欲已经熊熊燃烧,登峰造极,无可控制。对于理性和良知而言,巨大的不可限量的传播力只会扩大被解构的方向,而不会是收敛和建构的方向。但李杜时期,类似于他们的"诗媒体",却是在相对自由健康的个人生命背景下展开的,就传播力而言,能够抗衡并覆盖它们的反而很少。

我们常常议论,认为网络等等只是个载体,任何好的坏的东西都可以同时得到大面积高效率的传播——这个"同时"的概念是很有问题的,因为人性是有弱点的,它在今天已经被诱惑滋长为空前的强大,其他的良性因素或隐退,或避让,或压抑,或远遣,或绝迹,总之是不可能被"同时"的。我们宁可相信李杜如果活在今天也只有望洋兴叹的份儿,他们的抗争力基本没用,他们的人生坎坷,甚至比我们知道的还要多上十倍。

比起李杜的诗媒体时代,今天不仅是诗在强大的现代传媒面前空前无力,就连通俗叙事文本也变得同样孱弱。所以李白和杜甫是他们那个时代的产儿,离开了他们自己的时代,一切都将无从谈起。那时他们本人的声名以及其他,都靠诗歌来传播。他们到处题诗,诗歌不仅作为媒体传播了本人,同时也作为媒体传播了他们所游历的地点与风景。想想看,对于扬州来说,还有什么比"烟花三月下扬州"更好的广告？对于泰山，还有什么比"齐鲁青未了"更好的广告？这样的例子实在太多了，凡当年著名诗篇里提及的地点，都跟诗句一起流芳千古了。这也是"诗媒体"的另一层意义。

卓异的个体

李白和杜甫作为人们最熟悉的古典诗人，识字不识字的人都知道这两个名字，可见普及程度之高。可是从另一方面来讲，真正理解他们甚至有过深入阅读的人却是少而又少的，将来也许越来越少了。因为这是一个网络时代，人们往往会更加不求甚解，更加忽略卓异的个体——那些有大性格大才华的人物，只有极其深入的思悟才能领会，而任何这样的思悟都需要一个基本的条件：安静独处。

当代作家、知识分子和文化人早已失去了最基本的条件，所以没有谁能够"孤独"。去大学里，最深的感受是现在的大学变得过于热闹，实在让人担心和失望。在大学里都难以清静，可见我们的社会环境对于文化而言，已经走入了多么严重的困境。大学里通常有大量的"例行授课"，一个授课人每个星期要赶几十节课。这样忙碌，还寄希望于他们产生特别的见解，有点个人的发现，当然是不可能的。学者、知识人失去了闲暇，于是也就失去了一切。

大学需要清寂，大部分作家、文化人和知识分子都需要清寂。孤独和闲暇对他们这个群体来说并非是可有可无的，而是创造和发现的某种先决条件。

而在这个剧烈竞争的时代,物质和欲望的时代,已经完全没有这样的可能了。这就是当代文化与精神的一大悲剧性因由。

没有闲暇,没有个人的寂寞和徘徊,就难得再有那种思悟和发现,也没有真正杰出的非凡创造。无论一个人有多高的才具,只要他常常置身于肤浅的文化泡沫和水流之中,就一定被冲散——刚刚凝固起来的心灵之核、一些坚实的硬结,就会溶解和溃败。一个人的五官所接触吸纳的,除了惯常的概念、浅表和泛化,再也没有其他,这是多么可怕的磨损和浸泡。这种环境决不适合于个人思想的沉淀和塑造,不适合于知识人的生存。

一个人或者在时代纵横交织的水流里沉到底层,或者随流而下。

人们现在经常说到"文化责任"——什么是"文化"?它要定义也许很难,但它一定是包含了一整套符号系统、观念和传统、地域和经验,当然还有知识,是这些的综合体。文化一定要借助于一套符号系统去表达和记录,比如说文字、概念、语言,通过这些去固定和转述、传递和积累。比如汉文化离不开汉语,一个人只有利用这一套符号系统才有可能把一些思想、立场和观念表达并传承下来。运用这种符号,不停地记录和传递,成为一个不能间断的过程,于是它的内容将无边地扩大下去,这就构成了"文化"。

如果"文化"完全变成了"大众化",成为大家都在谈论都可以谈论的东西,就削成了一个平面化。这个"平面"无论如何也还是浅薄的,没有厚度,没有纵向的联结。而文化的主要特征就是通过一套符号系统的延续和积累,这其中特别需要一些优异的个人去承载。个人对于文化的重要性无论怎么说都不过分。这简直是一个族群的文化生命强化还是萎缩的生死攸关的问题。

李白和杜甫仿佛早就被普及化了,也就是说被充分地大众化了,可是我们都知道这是多么令人怀疑的情形：只闻其声而未读其文，或者只能三三两两地哼上几句。谈到李白就是"月亮"，就是"喝酒"；谈到杜甫就是"底层"，就是"人民"和"疾苦"。可见他们无比的丰富性和具体性给压成了一种薄片。这种所谓的"知"反而影响了起码的理解，反而是极其有害的。

卓异的个体运用一整套符号系统，深入记录一种文化并使之得到有效的传承，其过程有可能是稍稍晦涩的、并不通俗的。这不可能是大众直接和随时都能参与的事情，也不会在短时间内与大众达成一致。这样的个体是否在一个时期里顽强地存在、相当多地存在着，也就决定了一个时期的文化状况和文化品质到底如何。

可见理解和继承历史上的卓异的个体，这是一件多么重要和多么艰难的任务。在唐朝，在中国文学史上，李白只有一个，杜甫也只有一个，而且无论是过去和未来，都将无人可以替代。

不能讳言精神的高贵

我们为什么一直强调个人的"孤独"和"隔离"，强调另一个时代留下来的遗老的价值？因为这种人才有可能是个"孤陋寡闻"者，才能更多地待在自己的地方，那将是另一个精神之域，是我们大多数人早已告别了的世界。他秉持的是过去的一个系统、一套内容、一些观点，并且不停地咀嚼，反思和玩味。只有他才能将过去传递到今天，使文化饱满和完整地延续下来。

就在这种传递、探讨和交流的过程中，原来系统里面的内容必然作出进一步的扩展，文化的容积因此也就改变了。社会变革引起的文化更新当然是重要的，但是却往往会失去纵深，新的内容是相对孤立和游离的，呈现出一个无根的、浮浅的平面。所谓的"大众"通常就生活在这个平面里。与大众达成共识的认知，一定是以遮蔽最精深的文化内涵为代价的。"大众"是普及化和简单化的代名词，他们无法理解个人的、偏僻的、深入的和独立的学问和艺术，稍微深邃一点就难以传递，就必须给肢解或融化，以至于变成表面的泡沫。

这些泡沫再通过发达的媒体不停地传播，纵横交织，结果就把真正深邃的知识变成极简单和极通俗的皮毛，有时还会变成片面可笑和似是而非的东西。文化延续的系统中有一些核心的部分，它们在这个过程中会首先被省略和删除掉。精华不仅得不到记录，反而被一步步一层层地遮盖起来，一个民族的文化就是这样一点点流逝，最后走向了崩溃的。

所以媒体时代，网络数字传播特别发达的时代，并不是一个文化传承的好时代，而恰恰是文化流逝和快速崩溃的时代。这期间因为丧失了卓越个体的精神和思想的导引，文化迅速走入了庸俗化和浅薄化，变成了泡沫。

这里不得不再次说到大学。众所周知，这里是汇聚学者之地，应该是全社会寄予厚望的，可是他们今天却不得不整天置身于网络时代的喧哗和吵闹中，已经失去了个人思悟的条件。

有人可能反诘，说难道文化的诠释和传承必须依赖那些闲暇的、富裕的精神贵族，属于一小部分精英？是的，在许多时候这个回答并没有太大的谬误。历史的确是这样划分和界定的。因为文化是分层次的，当我们一旦改变了层次，搅乱了层次，文化的纵深性质也就改变了、不复存在了，它势必要变成一个薄薄的平面，这就意味着传承的停止——文化开始丧失。最高一级的文化精髓一定是保存在卓异的个人那里，这些人就是所谓的"精英"——他们也可以称为"贵族"，但准确点说应该是"精神贵族"。

这部分人相比其他人更有闲暇，常常因为其思想的高端性质，变得无法对话，也就有了一种简单的寂寞。这些人有追思和研究的徘徊空间，于是能够抵达学问的深处，因而他们更有资格去传递、讨论和延续深奥的知识和传统。可见这是一个民族文化得以保留和扩大的最重要的条件之一。

网络时代严重破坏了精英的身份，扫荡和搅除了文化的层次，以最快的速度将知识平面化、共识化和浅薄化。这种滑落的结果是极其不幸的。

问题是今天的部分文化人非常满足于这种状态，极力把自己降到更低的层次上。即便在姿态上，他们也尽可能把自己装饰得更低，甚至从道德伦理层面公开否定自己，强调自己"什么都不是""就是一个流氓""就是一个下流的人"。这样不断压低自己，并以此为荣。这是多么危险的一个媚俗举动，背后自然有当下利益的精明算计，是非常鄙琐的。这与一个人的底层化、怜悯心不仅不是一回事，而且恰好相反，散发出浓烈的糜烂和贪婪气息。

知识人不能讳言精神的高贵，不能放弃个人性和闲暇的生活状态，并且要明白那样一种条件对于思想的不可或缺。所以我们现在必须反思，怎样从这样一个众声喧哗、混乱不堪的格局里稍稍地脱身？如果我们没有那样一种超拔的能力，没有那样一种生活的决心和魄力，也就不可能再指望其他了。我们将被时潮所淹没，丧失最基本的知识人的能力。

每个人都在匆忙地做自己的专业，完成所谓的课题，从事教学或写作，其实极有可能是白忙活一场，留不下任何有价值的东西。因为所有的价值都是独立的，个人的，偏僻的，是需要花费生命的内在能量，需要强大的理性渗透和感性把握力的。只有那些纵横交织的"大众见识"才不需要动脑，那是一些永远不错的套话，但实际上却几乎没有什么是真正对的。我们每天看到的文学问题、哲学问题、教育问题、社会问题，都有一套现成的词语去解释。这些解释是众所周知的、耳熟能详的，但却是浮浅的，折中的，错误的，掩盖和遮蔽的。随便打开一部文学史，教科书，有时就会发现好多问题，发现类似的倾向。

在李白和杜甫时代，人们会觉得那时候没有现代传媒，知识人生活起来多别扭和不便，却没有想到这种闭塞环境的另一些好处，没有想到这种环境给人的恩惠。那时的诗人们没有今天这么多打扰，平时只能是被孤独和被隔离，即使是一对文坛好友，也不可能像今天这样动不动就厮混一起，只可能因为某种机缘才能相聚几日，但一别就成天涯。可也就是这种清寂和独立，才使他们的写作更加具有了原创性，有了个人的思悟品质。

从写作的环境谈到一个时期的艺术，再到对艺术的理解和感悟，让人不由得去想：在一个嘈杂到不能再嘈杂的网络时代，我们还能够理解那样一些特异的心境，稍稍地进入他们的个人世界吗？对李白和杜甫，我们除了说一些被千百人无数次重复过的话语，还会拥有自己稍稍不同的个人感受吗？

对话的能力

我们谈论文化传播，常常要问一份报刊或一本书籍的印数是多少，网站的点击量是多少，这其实真是没有多少意义。真正意义上的思想传承和接受，许多时候只是对少数人讲话的。孔子当年讲学，他的学生是很少的。过去一直讲孔子有多少弟子贤人，那是很夸张的说法。总是跟在他身边交谈和讨论的人绝不会成群结队，那样就乱了套。无论是他还是苏格拉底，身边也就是那么五六个十来个。因为少数人才能构成谈话的气氛、探讨的气氛。如果在一个很大的屋子里，有好几百人，还怎么能进行这种深入的对谈？

言说与倾听是非常复杂的事，人一多，要讲话就不自觉地要照顾各种各样的耳朵。如果人少一点，就可以把话题深入讨论下去。媒体和读物也是这样，它如果有深刻的文化使命和目的，而不是一般的商业运作策略，就不可能拥有很多读者——读者越多，需要达成的妥协也就越多。所以有时我们倒希望出现那样的一种报刊和书籍：读者很少，但质量很高。它的读者都具备相应的对话能力。

文化的堕落是怎么发生的？就是要不停地满足那些没有对话能力的人，当然这种迁就的结果和用心都很明显。追求发行量、点击量，最后不过是攀比谁更能妥协，谁更能媚俗，最后就是比谁更庸俗。文学写作包括学术研究，道理都是一样的，要足够通俗以至于庸俗才能赢得更多的读者。所以现在我们看一个作品、一个作家，不是比谁的思想和艺术更高，不是比其卓异和绝妙的方面，而是比谁肚子里的坏水更多。哪一个媒体更能满足小市民的情趣，满足人性里最卑劣的部分，就会引起围观，就会获得更大的发行量。

李杜的诗当年是靠什么流传的？他们的作品没有发行量点击量更没有稿费，却能够一生保持巨大的写作动力和创造热情，这些究竟来自哪里？回答只能是：他们的心灵实在需要这种吟唱，他们对那个世界有太多的话要说。

他们来到了，他们记下了，他们离开了。

诗人已逝，然后就是后人的倾听，另一个时空里的倾听。李白和杜甫当时想过未来的读者吗？李白当年有这样一句诗："相期邈云汉"。这是多么浩大而又模糊的期待，一切都化在无比遥邈的那个未知之中了。对于这样的胸襟与气度、期待和迟疑，我们生活在狭促而急切的网络时代，还能够与之稍稍匹配、进而接近他们吗？

对文化的敌意

今天谈李白和杜甫的个人命运，就不能把他们的创造物，即那些令人着迷的诗章忘掉，因为人和诗是这样不可分割地连在一起。他们的一生就是一行行有韵的文字，那一首首脍炙人口的诗就是他们。可是他们在实际生活中充满磨难，痛不欲生，那时的整个世界好像都与他们过不去，都与我们的伟大诗人作对。可是当年却有不少人喜欢他们的诗——杜甫在当年得到的承认少一些，诗名少一些，但后来也得到了盛名；而李白在生前就被称为"谪仙人"，是上到宫廷下到平民都视为奇异的天才人物。

当时的人和社会将他们与作品在很大程度上分离了。这是最大的不公平。他们最了不起的创造物得不到价值上的充分承认，于是才有人身的坎坷颠簸。在这里我们能够感受到自古至今的一种力量，即对文化的敌意。

这个词用在这里是很重的：敌意。这种敌意可见不仅是在一种野蛮社会里，也不仅是在一种物质欲望社会里，而是在一切时期里都有可能存在——

它极有可能存在于人性的深处。我们得出这样的结论是痛苦的，却又很可能是真实的。人性里有生命诞生之初所赋予的最美好的东西，如大哲学家康德所说，让他敬畏的两种东西，一是天上的星空，二是心中的道德律。但是人性里也有深不见底的黑暗，这正是一切罪恶之源，是毁灭一切美好的莫名的力量。这种力量有时是隐蔽的，有时是显露的。

数字社会里面，对于文化和思想的敌意显然变得更为显豁，它简直随处可见。我们常常不得不面对这种敌意。冷酷的文化时期开始了，在世界范围内，放纵物质欲望已经成为一种潮流，并且常常以最堂皇的名义、甚至是庄严的形式来推广无耻——这对于生存环境而言，其伤害人类几千年来积累的文明、破坏人们信仰力的作用几乎是空前的。所有文明的、思想的、文化的敌人，它可以潜在个人心里，同时又浮上生活的表层。我们人类的历史上也许很少遭遇这样的巨变，如同中国的外交家李鸿章所说：我们正遭逢三千年未有之变局。这种巨变不是一个东方一个中国，而是全世界的遭遇。

我们来到了一个被麻醉、被同化和被感染的时期。

这很容易使人不同程度地失去自己的警觉性。当我们翻开经典的时候，稍微冷静一下，就会发现我们离他们——比如李白杜甫的时代是那么遥远又那么切近。人性的黑暗，世道的多艰，战争和动乱，生老病死，这些竟然一点都没有改变。

我们当代人与经典隔膜得十分彻底，开始越来越多地对文字颠倒黑白、指鹿为马，可以说生活在一个非常拙劣、可怕、恐怖的文化环境中。这已经不是十年、二十年来的问题，而是更长时间的问题，在这段时间里我们对事物的判断，对文学、艺术、思想，对社会现象的看法，已经发生了慢慢的演变。

在世界范围内，再大再恐怖的灾难性的文化事件，我们竟然都安然地接受下来了——在文化、意识形态、艺术领域里就尤其如此。

每个人都面临着考验、抉择和判断。这个异常沉重的任务是一点点堆积起来的，以至于变得空前艰巨，需要无数的人冷静下来应对，严肃地讨论并且行动起来——最终成为一个不可能完成的任务。我们要千里迢迢去寻找理想中的对话者，过覆盖我们的乱七八糟的污泥浊水，这条路太漫长也太坎坷了。

这让人再次想起了"蜀道难，难于上青天"这句诗，想起了吟唱者李白和他的朋友杜甫。只有在一个特殊的时期，人性中的文化敌意被全部释放出来的时候，整个社会才有淹没过顶的危机感和恐惧感。

喧哗的传媒

对文化的敌意是自觉不自觉就要发生的。一个物质主义时代，一个所谓的数字网络时代，当二者结成一体之后，对文化的敌意也只能越来越浓。

先说这种敌意的自觉——有人就是要解构某一种文化传统，这种敌意是不加掩饰的。说到不自觉，那是指一般人在生活中所表现出的欲望和惯性。比如既要追求娱乐和享乐，就要在无形中为这种生活方式寻找文化上的根据和解释，所以就会不自觉地对严整的文化产生出排斥感。我们都知道向下堕落的快感，而且难以抵抗这种快感。

作家诗人，知识分子，教授学者，如果足够敏感的话，会发现这个时代正需要严苛地为自己提出另一种生活方式——究竟有多严苛,他们心里一定会知道。

在这个时期,要坚持一种信念是非常困难的,但是总要有一部分人去做。不能忍受,结果也只能抗拒和坚持——文化的崩溃或许可以延缓。人虽然天生有一份责任心,有智性和理性,但它在许多时候是需要唤醒的。

人是不同的,比如有的人基本上不看网络和电视,不太看报纸,书刊也看得越来越少,就因为失望。他们这样做也许不是要立志跟一个时代隔离,不是想做一个"独孤明",那样太难了——或许他们真有那样的理想,但大多数人仍然还不是。他们只是出于很朴素的自然反应,比如仅仅是厌恶;厌恶的时候越来越多,于是也就拒绝了。

如果整天跟网络搅在一起,稍稍高深一点的对话能力也就丧失了。如果一个人还需要葆有一点对问题的清晰判断力、一种发言和对话的权利和资格,那也只好规避一下喧哗的传媒。我们可以问一句:究竟是哪一部分人支持了巨大的发行量和点击量?当然是某一类人。这类人数量众多。

可以跟上去,也可以背过身去。

比较起现代人,李白和杜甫他们当然是孤独多了也安宁多了。那时人与人之间的彼此来往,其人性的温度是很高的。想想看,相互间许久没有消息了,路途遥远,要见一面就要跋山涉水走上许久,所以人们对于会面这种机会当是十分珍惜和看重的,交谈自然也就更有内容和意义。事后他们还会怀念不已,细细过滤在一起时的诸多细节,并且让这种回忆变成一种享受。杜甫与李白结伴同游的日子结束了,可他多么想念这位有趣的朋友。他不断地写着朋友,《天末怀李白》《春日忆李白》《赠李白》《梦李白二首》……那时没有现代传媒也没有现代交通工具,人的物理距离远,而心灵距离却是极近的。现在一切则正好相反:人离得近,心离得远。

网络不能兼容

知识不等于思想,但思想和知识一定有密切的关联。为什么我们提到李白时,要一再地说到"独孤明"这个名字?除了与李白的命运有关,再就是欣赏"独孤"这两个字。"独"和"孤"绝不是可有可无的,个体生命对于天地万物的觉悟和发现,特别是创造力,许多时候十分依赖它。网络环境下人们每天都被无数的"知识"所包围,却不见得拥有更多的创见。知识跟创造力有关,但还不是一回事。

当年李白和杜甫这些诗人可能更容易感受到有形和无形的孤独,这使他们在交通不便的自然隔绝中,在贫病无告的自我顾怜中,产生了一些特别的思悟,并且写进了诗章中。这样的吟哦是最难以替代的。对方的生活状态是怎样的,这在当时需要费力打听才能知道——杜甫晚年一度认为他的好友李白已经死去了,还写下了悲哀的诗句来纪念。这种隔离的状态在进入现代之后也就完全被打破了,到了网络时代则全部荡然无存了。

至于说到传授知识的不同方式,比如"设坛讲学"的方法,这在今天是绝对不可能了,我们再也找不到一个能够稳稳地坐在坛上的人。这种人有知识,更有"独"和"孤"。比如我们现在缺少大经学家,主要是这种人失去了相应的生存条件。一个一流的经学家怎么可能罩在一张无边无际的现代网络里？这张网是特殊材料制成的，具有极大的黏性和弹性，谁都撕不开也撑不破，任他挣扎。能够安坐坛上的人，不仅在知识占有量上是一个罕见的广博人物，更主要的是有一颗超人的专注心。那张无所不在的巨型网络到了他这里，几乎形同虚设。

而他与另一个网络系统一直是接通的，那个系统却在现代世界的外部，是另一个"局域网"。

他不容于当代，生活在过去的那个时代，似乎连通着另一个时代的整张网络。这个系统只有在他那里才是流动不息的，而与我们的当世数字网络不能兼容。所以他完全不存在一个被大众化的问题，也不必担心被众口遮蔽。他的不可交流性也正是他的伟大价值之所在。由他来记录、传导、讨论和扩大一种文化，将缓慢而有效。这两个世界的衔接由于不再依靠我们熟知的现代数字方式，所以既是极艰难极原始的，也最不可替代的。我们眼下这个世界会因此而产生一种找到母体的打通感，从一场昏妄的呓语中突然睁开眼睛，然后一点点复活——这是民族文化的复活。

此种情形已经久违了。知识如此，艺术也是如此。我们一直在说的李白与杜甫他们，其不可估量的创造力、伟大的独创性，实在与他们那个时代的生活方式有关，与他们生命的特异性有关。拥有大才华和大个性的诗人，不可能是一个四处寻求理解和对话、忙着与众人达成谅解的人——那可能是外交家，而不会是艺术家。

阅读和反思

　　李白和杜甫他们如果能够更早地成为我们艺术和精神的邻居，被我们如此熟知，那该是多么好。可惜在一个"天网恢恢疏而不漏"的时代，我们竟然成为盲瞽，几乎没有多少资格去谈论他们，更不要说研究了。在二十世纪八十年代中期以前，许多人就像一架吞书的机器，不知把多少来到手边的书籍吞下肚去。举例说，当年的翻译作品比现在少得多，而大多数文学青年的阅读力却非常强，市面上所有的翻译作品都要买回来，然后不分青红皂白地吞下。

　　相比较中国古典文学这一块就弱得多了，因为课本里收入很少，从小就没有"背功"。背功很重要，古典文学要大声朗读出来，一些好的诗和散文还需要背下来。比如年纪大的学者谈到中国的古典，说到一些著名的人物和作品，常常是如数家珍，因为他们有童子功。

　　今天常常有人说他需要一个书单，这就难坏了开单的人。因为说到读书，有人与大多数人不同，十九世纪前后的经典读得很多，刚翻译过来的东西读得比较少，当代文字读得尤其少。文论方面只读过一些经典人物的著作，流行读物读得很少。比如有人曾经很激动地推荐了当代上中下三卷学术著作，让我们费了好大力气才把第一卷读完，结果发现是大量庸俗社会学的堆积。当代著作的选择可见有多么困难。

　　现在到了一个很特殊的时期，这个时期不是没有好的著作和作品，而是坏的平庸的太多，反而把好的覆盖了。要找到一点极好的东西，不知要拂开多少泡沫和芜杂，整个的过程已经让人筋疲力尽。如果有谁告诉我们一本好书的消息，那将是特别应该感谢的事情。看影片也是如此，这么多影片，中国的外国的，要看多少坏片子才能遇到一个像样的片子？就为了找这一个，先要把胃口彻底败坏一番，这个代价真的太大了——最后也就望而生畏，索性不再看了。

传达艺术和思想方面的好消息是功德无量的事情，应该深深地感谢他们，就因为他们的无私。当然人和人的标准是不同的，有时候彼此见解正好相反，这也没有办法。

这样说并不是要废弃当代。如果遇到一个足够感动你、吸引你的人物，不让你失望，让你信任，就尽可能把他所有的东西都找来读。如果他能在长达十年、二十年里不停地感动你吸引你，那么这个人就是相当了不起的——这种人虽然很少，但肯定有。

赫尔岑的《往事与随想》，现在出了一个全本。有人认为这本书是当代知识分子的必读书。看这个俄国人是怎么处理当年的诸多问题，实在令人感动。当年俄国出现了那么多知识分子，思想激流冲撞不一，正是一个酝酿着巨大社会变动的时期。俄罗斯出现了许多代表性人物，比如别林斯基、巴枯宁，作家屠格涅夫、陀思妥耶夫斯基、托尔斯泰等，都属于这个时期。正因为有了他们，才成就了一个了不起的大时代。

看赫尔岑在这个时代是怎么处理这些复杂的问题，怎么评价各种人物、不同的政治角色和思想角色，这本书大概不可以忽略。

还有一本小说实在难读，就是穆齐尔的《没有个性的人》。这本书没有完成，写得似乎芜杂，不太像小说。但阅读中的忍耐是值得的，读下去将有出乎预料的收获。一个写作者怎么可以用毕生精力写出这样的一本书，如此枯燥和纠缠，又如此有魅力。我们在阅读中会疑惑自己的文学品质：简单化、现世化、娱乐化，草率而轻浮。

穆齐尔作为一个写作者和思想者，在他所处的时代里是那样笃定，给自己寻找了一个相对独立的空间。这差不多算是另一个"独孤明"。如果再看一些有关作者的生活记录，会发现当年他的寂寞和痛苦其实是很大的。他流亡到了瑞士，申请了另一个国家的国籍，尽管被批准了，却生活得非常不愉快。他的失落和痛苦随时伴随，但为什么就是没有被这痛苦和失落击溃，能够继续个人的思想和艺术？相反，为什么大多数人不能？这会深深地启发我们去思考。

如果是一个专业写作者，那么他们从《没有个性的人》中汲取的还远远不止这些。写作技法，如作品的空间、人物塑造等，也会给人诸多启发。它的反专业性，恰恰让专业人士大开眼界。

更重要的，当然是人与时代和思想的关系：有一些人为何没有被寂寞和失落彻底击溃？要知道他们当年面对的诱惑一点也不比我们少，比如李白杜甫在长安的情形。痛苦不可规避，但它怎样改变人的生活，又以怎样的方式留在了文字中，却是一个大问题。

我们当代人很能迁就自己的行为，会说在这个网络的、物质的时代，面临的诱惑已经空前之大，简直是不可抵挡的，所以怎样做都可以原谅。但是我们忘记了那些历史人物在他们的社会环境里，生活得并不比我们容易，他们的痛苦一点都不比今天更少。他们没有那么多蜂拥而至的信息包围，没有巨大的嘈杂包围，遇到的却是另一些东西，那也是足以打败和征服任何一个人的。但他们没有倒下。

李白和杜甫作为诗人，今天的地位如此显赫，当年却是两个匆忙辛苦的奔波者，有许多时候甚至难以为继。杜甫曾这样谈到他的一段度日实情："有客有客字子美，白头乱发垂过耳。岁拾橡栗随狙公，天寒日暮山谷里。"他沦落到跟猴子一道在山谷里捡橡实，像野人一样狼狈不堪。还写道："男儿生不成名身已老，三年饥走荒山道"。

作为一个严谨的写实者，这些自述文字当是没有多少夸张的。这让我们清楚地窥见伟大诗人的窘境和苦境，并让我们反思诸多，比如物质与艺术的关系、思想的关系。

如何消受这一切

有人担心我们以今天的标准、从今天的现实出发去评价复杂的古代人物，或许会走入一种偏颇。因为千年之后，人的道德状况、评价标准、伦理尺度等都发生了许多改变；特别是眼下，我们打量事物的眼光已经不同——但是另一方面，人类生存的普遍法则总是存在的，这些并不会随着时代的变化而变化。一些具体的评判标准或有不同，但这其中的某些恒定值还是不会变的，就像函数里的那个"常数"，它是个不变量。

而且社会的发展绝不是线式的，不能把达尔文进化论的思想简单地移植到社会学、文学、人性诸方面，那将是非常荒谬的。比如说进化论是指生物为适应生存环境由低级向高级进化，这种进化呈现出一个线性的轨迹，而人类社会却不是这样。原以为社会与人都会随着时间的递进向更高级的形态进化,其实未必如此。鲁迅就曾经很失望地讲过:我原以为年轻人一定会好于老一代,实则不然,有的年轻人更坏。

鲁迅这里虽是激愤之言,但其中仍然蕴含了深刻的道理。他揭示了一个问题,即人性、文化、社会诸方面还不能简单地沿用达尔文的进化论。这些道理讲讲容易,实际生活中却会自觉不自觉地用线性的眼光来看待复杂的问题,总以为社会将在时间里进步,一年年一代代地向前迈进——我们稍微回顾一下历史,就会发现人类不是一点点向着进步演化的,而是相当繁复交错、循环不已的一个状态和过程。

提到达尔文的进化论,它不仅不能简单地运用于人类社会,即便是在自然科学界,如今也受到了来自实证方面的有力挑战。

显而易见,人类在伦理道德方面,甚至在知识方面,绝不能说是一直往前发展的。现在好多人为了表达自己的宽容和豁达,一谈到未来就会表现出极大的乐观。这作为一种说话的礼节是可以的,以科学和理性而论又是另一个问题了。一味地"客气""大度"也是有害的,因为这不能触动人性的真实层面。人类的道德进步来自于对生命本身所固有的缺憾和弱点的认识,来自于这种批判力和反省力,这种能力也应该是人类所固有的。

现在网络上那些污浊与下流、不负责任的言辞堆砌,常常达到了怵目惊心的地步。其中的炮制者有许多年纪并不大。有时参加一些文化集会,发现有些十分稚嫩无知的人泼辣起来,竟然荒谬昏妄以至于无耻到惊人的地步。有人甚至直接搬来网络上流行的大量脏话来交流。还有的油腔滑调,故意冲决道德底线……这个世界进步了吗?或套用梁漱溟先生的一句话追问:这个世界会好吗?

不要轻视这样的现象，因为这绝对不是个别的。可以设想，一个生命要摄入多少精神方面的垃圾和毒素，才能在十几年的时间里长成这样；而我们的社会，又将如何消受这一切。

现在某些人唯恐自己的言行不能惊世骇俗，凡事都以冲撞和叛逆为能事。他们认为任何社会的道德或伦理标准，更包括所谓的普世价值都是不存在的，都是虚拟的或虚妄的，是一部分人的无聊说辞。所以投机和苟且、黑暗和丑陋，大逆不道，这一切与正直、诚实、纯粹等千百年来一直被称颂的品质都可以混淆。在网络时代某些人的词典里，黑白美丑统统可以颠倒。

时代的表情，说到底还是由这个时代的内容所规定的。这就像人的修养、气概和气度、气质和仪表，都是密不可分的整体一样。有人讲过了四十岁之后，作为一个生命的内容和形式的关系就大大凸显出来了。用苏东坡的话说，就是"腹有诗书气自华"。这个时代的表情之诡谲可疑，是因为时代之"腹"装了太多芜杂肮脏的东西。前几天与一位朋友去看望一位老人，这人在中学时候就熟悉。老人已经八十多岁了，写书法写诗，偶尔演奏一下乐器，喝一点茶，安静地读书。他似乎很孤独，也不是大富大贵之人，但居所清洁，布置素雅。老人头发留得很短，脸修得干净，牙齿洁白。跟他讨论问题，让人觉得那样地爽利愉快。

这比起一些急躁冲撞欲望满怀的人，真是天壤之别。一个人的仪表气质，洁净、清新和高贵，或者正好相反，种种差别都跟学问和情怀有关。就观念来说，也不一定要受年龄局限，比如说保守陈腐的见解不一定出自老人。我们对未来，对青年，就像对待社会发展一样，不能只是阿谀。为了博个口彩而施行语言贿赂，对任何人，对任何社会和时代，都是大可不必的。

近在咫尺

　　李白和杜甫的手迹或没有看到，或没有留下。据说有一篇小小的墨迹是李白的手书真迹，如果真是如此该很宝贵。毛笔字既是一门艺术，它和诗、文学、绘画、音乐是共通的，但又是那个时代的基本书写方式。他们如果留下了手迹，如作品底稿、信札等，在今天这个商品时代该成为价值连城的东西。但是王羲之、颜真卿、张旭等好多人都留下来了。可能李白和杜甫不是以书法见长。像后来的几大书法家，"苏、黄、米、蔡"都有字迹传世。只要是书法艺术，只要有价值就会留下来，不管是诗人还是其他，哪怕是一个所谓的"奸臣"，像秦桧蔡京那种人也都留下来了。

　　艺术的本质部分是一样的，李白和杜甫肯定能够欣赏书法。他们的诗里都提到了张旭这个人，对他推崇不已。杜甫说张旭是因为看了公孙大娘舞剑之后，书法技艺才大长。而李白却说未必，传神的书法何必观剑而得。有人会说书法艺术的本质也是诗，是生命内在性质和力量的外化；但也有人认为书法似乎不必提拔到诗的高度——它们仍旧不可同日而语。书法虽然与内在生命律动有关，但属于"创造力"的成分是非常有限的，尤其是古代，只是那个时代再平常不过的书写方式。今天我们把书法作为所谓的"艺术"单列出来，刻意追求所谓的"创造"，只能使之越来越商品化，其实是将书写给异化了。如果有人将书写当成专业，写出百般花样和洋相来，倒也真的会成为问题。即便书写真的能够成为艺术，那也一定不是刻意追求的，而是生命内容的本来呈现。从这个意义上讲，我们会认为李杜可能是不可替代的书法大家，虽然他们只以诗文名世。

如今书法和传统文化或许跌到了同一个边缘、同一个境地。它和诗一样，只是生命的不同痕迹。现在各种痕迹都有，多么出奇夸张的表演都有。有许多很怪的"书法"，它们个性刺目——人不怪，字却写得那么怪。有人故意把字写得像小孩子一样，或像手无缚鸡之力、行将就木的人一样。这可怕且又可笑。一个人没有那份率真和本真，没有那种异秉，只装样子还是行不通的。都知道古往今来只有一个李白，如果某天突然来了一群，那就是赝品了。书法艺术和诗、文学，如今都走进了同一个时代，即无所不用其极的广告和表演。

在广告和娱乐、到处表演和模仿的风气之中，要做一个朴素求真的艺术家是难以生存的。或许这样的人只能待在角落里了此一生。所有利益特别是"暴利"，往往要被那些表演者、尖叫者们垄断和分割了，在欲望涨满的街市，常常是那些下了狠心、有弑父之心的狠人才能爆得大名。没有这样的狠毒和付出，在这个广告和娱乐的时代已经难以声名远播，难以功成名就了。无耻还不行，必须足够无耻；足够无耻还不行，还要进一步登峰造极。

在这个喧嚣滔天的物欲世界上，一般的无耻已经没有多少人瞩目，因为人们已经见怪不怪了；要特别无耻，无耻到仇恨人类，咬牙切齿，要有这样的凶残和狠劲才会"成功"。而且这种"成功"可以不必付出代价，甚至也惹不来什么麻烦——在一个没有信仰的世界上，人已经丧失了起码的道德冲动。

临近世纪末，人们发现某些典籍里的字里行间常常隐喻"世界末日"，记下了很多天象与征兆——这是遥远的话题，也是切近的话题——作为人类忧患意识之一种，似乎并非全是无聊的。我们不从天体物理的角度谈，只谈社会和人。前者是做自然环境研究的，他们从海平面上升、极地融化、臭氧层和地磁大调换等方面去考察。其实从人的精神层面来考察也许同样有意义。

有的天体物理学家谈到地球的寿命,说到了"千年"如何。千年就是十个百年,人们会觉得遥远。但是我们不要忘记,天体物理学家谈论事情是习惯以"光年"作为基本计算单位的,"千年"在光年中简直连一瞬都算不上。也就是说在天体物理学家眼里,地球的最大危机已经近在咫尺了。

我们从精神指标、从人性的巨大改变上看,同样会觉得触目惊心。

李白和杜甫看起来离我们非常遥远,但如果换一个稍大些的时空坐标,用天体物理学家的眼光来关照,又会觉得这些人物离我们非常之近。他们的言与行,他们的艺术,真的就在左右。

艺术:流脉和归属

有人觉得做一个勤奋的当代阅读者大大不值,所以将大量时间用在古典作品上。他们认为当代的东西没有多少价值,这主要是因为时间沉积不够。因为事物的规律就是这样:文明和艺术的积累需要一个缓慢的过程,有时候拿十年、二十年做一个时间的坐标还是不行的,起码要用五十年或一百年。有时候我们评说二十世纪二三十年代的"现代文学",说那时出现了几个大作家如何如何,其实这种议论也往往靠不住,或许时间仍然还不够。我们且不论不同时期的作家实际成就如何,而只要求全部放在时间的大坐标里、采取相同的时间标准,因为一切都要在时间里积累,人的判断力也是一样。

说到唐诗,这是三百年的积累。三百年里才出了李杜,而不是几十年。李杜生活在他们自己的几十年里,可是我们却不能忽视造就他们的整个时代,尤其是从魏晋而来的这么长的一个时段。漫长的时间里有无数的诗人做出了贡献，前人，还有同时代的人，都被他们综合到自己的创作生命之中。按照这个说法，任何人都可以综合前人，当代写作者也可以，当然如此；但不同的是文化和艺术流脉有个如何归属的问题。比如魏晋诗歌成就之大，对唐代的影响之大，就不是近代能够比拟的。民国的诗对当代的诗有过那种强大的传承和影响力吗？

单讲民国诗的意义，似乎并不在于对当代的影响有多大，而在于它是汉语白话诗的开端和源头，没有它就不可能有今天的当代诗歌。但这里讲的是流脉和归属，时空上离得近，语言方式上离得近，这必然关系到影响和接受的程度。我们可以将魏晋的文学与唐代的文学拉得更紧，可是我们就不能将魏晋的文学与当代文学拉得这么紧，二者不可以同日而语。民国的诗虽然离当代诗极近，但影响却是极微的。

所以在阅读方面，读书人应该在心里装有一个大的坐标系，而不能把眼睛局限在当代，甚至是就近的几十年，那样对作品的认识会一点点变得模糊。因为读同一种气息的文字多了，就会认同这样的语言和视角，就会从一个局部硬性寻找出某种东西来认可和推崇，并且顺从于它的水准和趣味。这就好比一种流行病毒慢慢会把人感染一样。

为什么一些当代论者的判断常常大失水准？原因就在于被这个时代的流行病毒所感染，视听和思想系统已经不够正常了。这种情形下的判断当然会有问题的。而思维处在一个大的坐标里，就会接受漫长的传统制约和补充校正，不得不着眼于一些永恒的标准，也就不再会被流行时尚所左右和局限了。

永恒的美在经典里凝固，其标准是变化很少的。有人将网络时代说得眼花缭乱,好像这样的时代既然是全新的,所以也就可以非牛非马完全胡扯——其实即便搬出一万条网络时代"与时俱进"的理由也难以成立。人类在审美上有总的方向感,只要能够穿行历史、反思文化,那么在思想与艺术两个方面就会得出结论:当代文学不是前进而是后退了。我们从二十世纪八十年代大大后退,甚至从九十年代后退。八九十年代的那种追溯气势,饱满有力的反思与创造,刚健清新的风格,特别是对于中国传统艺术的再认识,都远远超过现在。

今天看那个时期的作品,还是激动人心。尽管他们艺术视野还嫌狭窄,思想也相对贫瘠和简单,但却是纯洁质朴的,因而也是别有力量的。今天的写作者和批评者唯恐使用了简陋和原始的武器,恨不得一下就站到"现代主义"身侧,站到弗洛伊德和垮掉派那儿,站到西方符号学的手术台边,其实仍然于事无补。因为文学不是直接表达思想,也不是比试谁更能传递一种现成的哲学体系,而是要看作者的价值观究竟如何,要看所倾泻的激情和心血,看纯洁的情感,真切的悲愤,深幽的人性。哪怕其思想停留在唐代——思想伦理的高度和水准绝不是线性发展的——也仍然会感人至深。

艺术的深度不只是表达的所谓"思想",还有神秘的情感。如果说一个作家的理性传达是清晰而简单的,那么他饱满的思绪和纠缠的情感,却有可能让作品避免浅薄。一个杰出的作家完全有可能秉持一种"错误"的、并不时髦的思想体系;而一个蹩脚的写作者也可以是一个学贯中西的学者,并且拥有"崇高"的信念和信仰。当然我们希望一切正好相反,希望不是走进这样的悖论。

今天的作家好像营养充分了,武器现代了,可以运用的手段五花八门,从魔幻现实到自动写作、意识流,到语言的电报式,再到黑色幽默、结构主义,无数的主义和方法,什么都会,什么都懂,只是缺少了一份纯洁的情感,缺乏了脚踏实地的生活态度,缺乏了朴实的愤怒和基本的是非——这些似乎没有一样是"现代"的,但没有一样不是最为重要的。李白和杜甫他们对那些手法与主义一无所闻,却写出了直到今天仍然是最为激动人心的文字。

一步一步抵达

李杜以及整个唐诗的经典部分,标志着一种至高的文字艺术享受,也是我们代代相传的文明之果,一种超越艺术的精神和情操。不幸的是这种至美的语言艺术遭遇了数字时代,从此与这个世界也就有了大隔膜。我们不知道其他民族的经典与这个时代相逢的具体情形,不知道发生了什么。我们现在身心的痛感并且深刻体味的,只是来自周边发生的这一切:自诗经唐诗宋词一路建立的语言规范受到了破坏和瓦解,有时连最起码的语文法度也荡然无存。

这个时期拒绝经典的理由极为简单,就是"晦涩"和"无法卒读"。一种提倡反经典阅读的理论依据是:既然有好读的通俗读物,为什么不让我们的读者去饱餐一顿,反而一定要去啃那些拗口的古代诗文?那些通俗读物好读而不下流,它们的主题思想和经典作品都是一样的,也教人学好向上,也倡导崇高善良。他们的结论是,这种阅读愉快而且绝无害处。

这种朴素真实的见解看上去好像无懈可击:读者既然选择了"主题思想"

良好的通俗读物，放弃经典也就无可厚非了。这就是他们的全部理由。他们并未意识到这样的选择和认知走入了怎样的谬误。

据说这些读物很通俗，但绝未公然号召人们作恶，它与经典名著所倡导和宣扬的基本精神都是一样的。所以网络和小报上流传的那些文字，只要不下流，也就可以选择。这里已经排除了网络里大量的、公然宣传的卑劣粗俗和诲淫诲盗，也排除了庸俗社会学——我们像筑防火墙一样把它隔离就可以了，剩下的这一部分就是"通俗的良性读物"，孩子们愿意读，社会上喜欢看，难道还需要犹豫吗？这就叫"喜闻乐见"。于是这类通俗流行作品堂而皇之地成为经典名著的强大对立面。

这样的判断太粗陋了，这样的要求也太低廉了。其实许多通俗读物并没有追寻真理的热情，没有传播普世价值，更多是做出了平庸的道德姿态，是伪善。退一步说，如果这些作品真的有一个"崇高的精神目标"，那么它阐述和实现这一切的手段仍然需要辨析。它的表述是粗糙甚至粗鲁的，而且极其简单，尚未进入语言艺术的层面。这其中的大量文字连遵守基本的语言规范都做不到——先不说它通过这种途径能否抵达经典作品的深度和高度，单讲这种实现的过程就已经构成了极大的损害。

"目的"和"手段"是不能分开的。语言艺术的实现，是通过词汇和文字，一步一步抵达的，每一个环节都不可缺失，每一个词汇每一个标点都是出发，同时又是抵达。那种精致的艺术，崇高的精神，洁净的思想，克制与道德感，全部的伦理关系，都溶解在这一个个标点符号里，口吻，节奏，工整的书写，严整的姿态，幽默感，爱与温情暖意，所有这一切都包含在字句中了，谁也无法将其剥离出来。我们如果在局部，在细节，在这个过程中随便妥协和苟且，那么最终抵达的又会是什么目标？其实没有一部粗糙的、流行的所谓通俗作品，在最终的目标方面，能够抵达经典作品所给予的那种深刻的激励与灵魂的震撼。

那类粗俗的流行作品在一种招牌、广告的掩饰之下，兜售的仍然还是拙劣和廉价之物。人在精神上向下是容易的，向上是困难的。人的情怀与知识达到了相当的高度，才能在不断向上的过程中获得快感。以晦涩为由拒绝经典不过是一个借口，比如以李杜为代表的唐诗为例，这些诗篇除了时间留下的某些文字障碍，特别是一些古代人名地名的生僻之外，还会剩下多少晦涩？它们好就好在流畅自如，明白如话。那些被千古传唱的诗句正因为有脱口而出之美，才更加令人称奇叫绝。

在正常的情形之下，社会经典阅读的意义完全不必过分地强调和夸大，因为在稍稍健康的社会族群中，这只是一种再自然不过的常态而已。

从一个词汇开始

进入中国诗歌经典的方法有许多，我们过去一直习惯的就是背诵，这是不错的。比如李杜的诗就最适合诵与背，记住了，才能时常拿出一些句子欣赏，这个很重要。不过我们背诵的目的不光是为了记忆，而主要还是为了听它的音韵之美。诗不同于一般的文章，它更富于音乐性。写诗的人也要听自己写下的声韵，比如杜甫每次写出一些句子以后，总要反复诵听，先过自己耳朵这一关。

当代的大部分作品其实是不必背也不必诵的，为什么？就因为它们不具有音韵之美。有人说难道除了诗，一般的散文也需要这个吗？当然，任何称得上语言艺术的都需要这个，都要有好的节奏好的声音。古代的骈体文十分讲究这一点，这和诗简直是一样的。古代的好文章都有类似的讲究，也都是一唱三叹的。"五四"以后的白话文写作也并没有让好的著作家忘记这个至关重要的问题，他们的文章总是有极强的节奏感，有声韵之美。读起来节奏上有问题的，坷坷磕磕的，一定不是好文章。杰出的自由诗当然更是如此了，那简直像歌。只有平庸的写作才是粗糙不堪的，它们不值得诵读，因为压根就没有考虑音韵，没有独特的节奏感，连使用词汇都是马马虎虎随随便便的，基本上是泥沙俱下。

李杜的诗是精心打磨的典范，他们的代表作在词汇运用方面达到了汉语的极致，从声韵、气息、色泽诸方面都做到了极难企及的高度。"出师未捷身先死，长使英雄泪满襟""车辚辚，马萧萧，行人弓箭各在腰""抽刀断水水更流，举杯消愁愁更愁""人生得意须尽欢，莫使金樽空对月""飞流直下三千尺，疑是银河落九天"……这些文字简直就像铁打金铸的一般，闪闪发光，不可更移，对文辞的遭使调度出神入化，鬼斧神工。我们进入这样的经典，就必须从最小的单位——一个词汇入手去丈量。这是品咂咀嚼、享受和消化的过程。

一种文明走到了辉煌阶段，一种文体达到了灿烂时期，其结晶将是无与伦比的。而这其中的代表人物又会光华四射，散发出灼人的热量。当一种文明走入了颓丧和败落期，一切也就正好相反，不仅绝少出现语言艺术的集大成者，而且整个文体都会暗淡无光，变得粗疏庸常，浑浊芜杂。这时候的阅读常常是对生命的浪费，对自己的轻慢和亵渎，一句话，极不值得。这会儿如果再强调从一个词汇开始，那就是犯傻了。

盛唐的诗篇中有极大的篇幅可以说是老少咸宜，所以稍加引导，儿童们就能诵能解。"随风潜入夜，润物细无声""夜来风雨声，花落知多少""借问酒家何处有，牧童遥指杏花村""海上生明月，天涯共此时""举头望明月，低头思故乡"，有什么费解的？可也就是这些看似平易的诗句，成年人喜爱有加，丝毫也不觉得浮浅；不仅不感到浮浅，而且还供我们一代一代赏读，决不会觉得苍白贫瘠，更不会觉得单薄。所以胡适在《白话文学史》中就认为，白话文运动不是从"五四"开始的，只不过由"五四"提出来了——凡是不需要翻译就懂的口语化的古诗之类，统应算作白话文写作。

对比今天某些专门写给小孩子的所谓"儿童文学"，可以说既不是文学，也不是好的儿童读物，有的还散布出拙劣甚至令人反感的思想倾向，即不教孩子学好。这样的所谓作品需要承担责任。有一类读物总要写各种"顽童"，这本来是很可爱很好玩的——调皮孩子往往意味着智商高、聪明，但闹过了头也不好。很多儿童读物没有其他途径可走，一味地、过分地渲染顽皮和反智、破坏和造反，一句话，让他们以学坏为能事。

好的"儿童文学"一定是文学，而不是廉价的文字。它们一定是在成人看起来也要兴致勃勃才可以。一个人生经验丰富的成年人，是不是像孩子一样愿意读这些文字？答案是肯定的。所有儿童文学的经典，像一代一代流传不止的《安徒生童话》，像马克·吐温的作品，一直都是成年人的读物。至于安徒生和马克 吐温本人，并不认为自己是专门的"儿童文学作家"，更没有觉得是在为孩子们写作。

所有的文字艺术品，从文学的层面看必须是不拙劣、不简陋、不粗鲁。否则不论它标榜的思想有多么崇高，已经从局部开始犯下了大错：倡导粗疏和放纵，背弃严谨和缜密，伤害文明。文明的表述就从一个个词汇开始，从语言开始。缓慢的、无时不在的来自语言和词汇本身的损害，有时候是最见效也最有害的。而我们消除这种危害的有力方法，就是阅读经典：仍然从一个个词汇开始。

现在我们面临的大量文字垃圾来自无所不在的网络传播，还有报章杂志及许多媒体。这些泛滥的读物，其道德操守的低下与混乱，也是从一个个词汇开始的，是渗透在语言细胞里的。如此一来许多方面更加没有了底线——这种开敞和松弛，给人性的向下滑脱提供了语言依据，进而还会有理论依据和文化依据。人在堕落的过程中是好奇的，刺激的，甚至是快乐的。

整个族群的文明就是在不懈的、时刻警觉的奋斗中建立的。我们谈到的这一堆网络"文学"和"通俗文学"，严格讲只是在拆毁一种文明，并且从基础做起，从语言开始，从一个个词汇开始。于是一切也就清楚了，要维护和建设也只能如此：从一个个词汇开始。文明从一个个词汇开始放纵和流失，那就从一个个词汇开始固守和收敛。关于文明的全部工作，都需要从这里来做起。也只有这样，才能热爱经典，比如热爱以李杜为代表的绚丽的唐诗。

其实正常来说，唐诗和李杜千百年来想不爱都不行——即使有人明令禁读都做不到。退一万步说，即使当代人全都不读唐诗李杜，到了下一个时代仍然还会有人去读。

事已至此，可以想象今天的文化境况到了怎样糟糕的地步。

古人的心情和故事

我们今天时常引用的一些比喻、成语、名句，许多就来自古代经典。只是用得多了反而不再留意它的出处，也不关心其中蕴含的典故了。可是文化的传承就是依靠这一类基因密码的，它深刻在一个民族的文化年轮之中，时隐时显，永不断绝。我们吟哦"天涯共此时"，会想到唐代大诗人张九龄；念"千里共婵娟"，会想到宋代大文豪苏东坡。"举杯邀明月""轻舟已过万重山""国破山河在""家书抵万金"等句子，能一下想起李白和杜甫。可是更多的妙词与绝句却是需要查一下典籍才知道出处的，原来他们写下这些千古名句的那些时代，他们自身的心境与情境，是永远封存在那儿的。

可见这就是我们的语言，正隐隐连带着古人的心情和故事一起往前。传统文化使我们不至于遗忘自己民族最重要最不可忽略的东西，它们就隐藏在日常的使用之中，连带着根柢。这就是文化的伟大，语言的伟大。由此来看网络时代的阅读与写作，它表现出的一些问题，让每个人都不能回避，以至于引起痛苦和不安：对一些通俗流行文字，包括一些受到指责的所谓垃圾文字，我们是否已经过分地宽容和忍受了？

大家都抱着睁一只眼闭一只眼的态度，认为这不过是写写画画而已，无涉于大的实利生计；或者也是人们用文字排遣心情、做做营生之类，也算一种人生选择，不必埋怨和干涉——那只是他们自己的事情。有外国人甚至用现代技术对其做过研究，结果发现这些文字所强调和宣扬的主题，仍然与十九世纪以来人类推崇的经典大致相似——区别只是经典作品当代人读得越来越少了。既然如此，大家流连于这类网上文字也不会有什么害处——有人一再强调阅读经典，实在是杞人忧天多此一举。

在迷信技术，尤其是推崇西方科技的现代，外国人用现代科技做出了这样的研究和结论，好像就颇有说服力了。这是让我们大家认同网络垃圾，接受"与时俱进"的说辞，听任和放弃。什么经典，什么李白杜甫，读不读无所谓。那些诗句除了耳熟能详的一小部分之外，绝大多数需要劳神费力才能领会一点点，需要具备古文知识、翻阅注释资料，实在太麻烦了。比如我们今天看杜甫被人反复提起的《三大礼赋》，会觉得真是难读极了。读李白的《与韩荆州书》《为宋中丞自荐表》，虽然不会觉得过于困难，也还是有点拗口。同样是李白写的文字，那几篇赋就相当晦涩了。因为赋是讲对仗的，十分讲究文采，不啻于一次文才大展示；而那些自荐表急于推销自己，要把问题讲得更明白一些，也就不能那样深奥高估了。

可是这些经典以及经典作家本身就是汉语言的根柢，我们舍弃它们又能走向哪里？只能走向文化畸形和文化蛮荒，大概不会有第二种可能。我们不能想象一个时代会出现一种截然独断的古怪创造力，会有文化上的空穴来风。前无古人后无来者的"现代文明"其实只是痴人说梦。

要回答这个问题仍然需要先讨论一下什么才是"文化"。时下这个到处可见的词汇，作为一个概念已经被极大地庸俗化和扭曲化了。许多人谈论的这种"文化"那种"文化"，其实已经与文化本身没有什么关系，甚至是风马牛不相及的事物。

"文化"这个概念也许很难用一段文字规整严密地表达出来，但其中一定包含了几个不可逾越的要素。一是要有一套符号系统，因为任何一种事物要记录和传播，离开了这个系统是绝对不行的——比如说我们日常生活离不开汉字，离不开汉语；还有一个元素，就是一个民族形成的自身传统。"文化"是流动和发展的，不是凝固的、一成不变的，因为只有运动和发展才有传承。"文化"就是运用一套符号系统去记录和传播的传统内容，这里面有记忆、分析和鉴别，并在这个过程中不断深入和扩大，得到延续。

古今中外的文学写作是文化延续的一个重要手段，也是文化构成和文化积累中最重要的部分。这个"符号系统"有自己的规范，只有依赖和遵守这个规范才能起到有效的承载作用，也才会传导下去。由于人类的繁衍和接续，文化的内容也在不停地增加和扩展。可见文化的前进还是后退、萎缩还是发展，都离不开语言本身。

中华文化的符号系统从造字开始，经过了龟板文字、钟鼎文字，等等，一点点演化为古汉语，再经过半文半白，直到"五四"的白话文，演变到今天。在这个演变过程中无数人做出了贡献，而杰出的经典作家付出的劳动最多。怎样让文字洁净、生动、准确、健康，使这一整套符号系统变得更杰出更卓越，成为一个不曾间断的全民族参与的工程。我们今天阅读李白杜甫的诗篇，读盛唐的诗章，常常会产生一种文化上的惊叹和感激之情。这个漫长的过程中当然包含了我们大家，于是这里也就无法回避自己对语言的态度。

从甲骨文到今天，这套符号系统尽管演变得很重，但却不是革命式的，更不是嬉戏和任意放纵的破坏，不是痞子气的践踏；它只能是严谨的严肃的，也是在充满曲折的道路上慢慢完成和接续的。现在看"五四"前后的白话文白话诗，有时也会觉得有点别扭和稚嫩——但它是在积累和探索的过程中，是了不起的一个成长点。中国白话文作为现在的形态进一步走向成熟，鲁迅那一批作家的贡献最大,当然还有其他各个领域的人物的辛勤劳动。

从这个意义上讲,不负责任的数字化文字堆积、对语言有意无意的颠倒戕害,可能就是文化上的至大罪过。

文字面前的呆子

"感时花溅泪,恨别鸟惊心",这是杜甫的名句,写战乱时期颠沛流离的心境。现在似乎没有那样一种挣扎之苦了,可是簇拥在无数语言的芜乱和嘈杂之中,在各种纸质与电子文字的纵横交织之下,却常常有一种文化上的挣扎和痛苦,甚至是一种惊惧感——在文化上的挫折和溃败感,一种恐惧,让人悲哀颓丧以至于无言。

广告,时闻报道,文学写作,对文字和语言的肆意践踏触目皆是。一种被捉弄和被侮辱的感觉会时常袭来——随便在行文中置一个外语单词,一个音译,或把几个缩略词塞进去;以最痞最俗的字词堆积为能事;不通和故意错置;自为得意的同音假借;成语和成词的颠覆——等等不一而足。这种文字和语言的坏疽正在借助网络数字繁衍和膨胀,已经难以逆转。

那些更为"达观"和"宽容"的观点,则认为语言或语言艺术迎合大众才是最重要的,这本来就无可厚非——无条件地适应并顺从这个趋势的行为,其实说白了不过是一种不负责任的机会主义。对语言艺术的评价和选择,不能仅仅看表面上标榜什么,而要看用什么方法去实现这个"标榜"。这种实现是一步一步抵达的,从标点符号乃至于换段和空行,都参与了经营和创造,更不要说句子和词汇,不要说整个行文的风格与气质了。

本世纪奔涌的数字之潮泛滥的大量庸俗文字垃圾文字,无论怎么标榜其健康的主题与思想,对一个民族的文化传承来说都是极其有害的——汉语是一个复杂而精密的符号系统,它需要起码的严密和准确,需要认真地调度每一个字符、每一个音节。操弄者持守严整的心情和态度,不断推敲和安放字词——古人这方面的故事,在网络时代的人听来会觉得是痴人说梦。

其实这不过是真实的写作情状,从古到今都应该一样。诗人贾岛月下僧人"推门"还是"敲门"的苦酌,杜甫的"语不惊人死不休"的苛求,并没有什么夸张。

中国有句古话叫"敬惜字纸",连有字的纸都要敬惜,这才是我们的传统。后来有人批判腐朽的中华文化,经常把这句话拎出来嘲笑。可是究竟谁更可笑?"纸"和"字"在一起意味着伟大的文明,有庄严的属性。所以说它一点也不可笑,那是在讲民族文化赖以传承的基本载体,它本身就是人文精神的伟大丰碑。我们现在的"纸"多极了,网络写作还可以不废一张"纸",但我们却不能因此而忘记源头。这应该是文明人的固有心情。

真正的阅读必得将自己的一颗心从浮躁的网络时代收回来。我们对待文字的轻率——使用的轻率和阅读时一目十行的扫描,早已将文字本来的色泽与质地给淡化和忽略掉,生命走进了"无可承受之轻"。可想而知,一个人在一两个小时甚至更短的时间里将成吨的文字从眼前滤过,这不是一种灾难性的阅读经历又是什么?文字的河流一掠而过,除了无关痛痒,还会产生可怕的喧哗——流泻的碎片呼啸撞击人的感官,留下的是噩梦般的印象。

文字的固有力量已经在这个可怕的网络数字时代里消失了。由此我们可以设问，我们将使用什么来巩固和传承我们的文明？文化已经从局部，从最初的元素和细胞开始破损。比如我们在纸上或荧屏上写下"仇恨"两个字，心中会出现它预示和表达的情状吗？出现"爱"又会怎样？心中会有灼烫感？会有一阵热流涌过？"铁""石头""冷""黑"，这些字，还有所有的字，还会有它们本来的颜色和温度？它们出现在视觉里，心中会感受相应的质地和其他——色泽、气味和重量，一切还会像原来一样？我们的脑海里还能联想起与这些字符相匹配的故事和经验吗？

词和字的环境，人的环境，它们都是连在一起的。字和词的心情，人的心情，总是结合在一起的。只要心情和环境变了，字和词一定会变味变质。使用字词的人通常要自觉不自觉地调动个人的生命经验来掂量一下，确认正在创造的环境——语言的环境和相应的物质环境、它们之间的关系。数字时代的到来，大量轻率的写作和发表，媒体的蜂拥而至，让一切变得始料不及。一个县里也有了小报和电台电视台，有了许多网站，可见我们每天需要遭派多少文字，这根本来不及推敲。媒体的泛滥逼得人手忙脚乱，无暇多想，只好不断地堆积，为任务，为糊口，然后就是——放肆地破坏。

这就是我们所面临的现状。走进一个广告的、游戏的、娱乐的时代，也就来到了一个文化崩溃的时代。

没有比这个时代更需要民族的经典了，也没有比这个时代更为疏远这些经典了——这里从"语言"的角度讲经典的意义，其实也谈了内容。哈罗德布鲁姆在《西方正典》里有过类似的表述：深入研读经典不会使人变好或者变坏，也不会使公民变得更有用或更有害，因为心灵的自我对话本质上不是一种社会现实。经典具有强有力的原创性，建立起一个既非政治又非道德的衡量标准，是真正的记忆艺术，是文化思考的真正基础——生命短促，人生有涯，我们必须选择，阅读经典作品即可赋予我们自我认知的表现和自我认知的能力。阅读经典的真正作用是增进内在自我的成长，它的全部意义在于使人善用自己的孤独，这一孤独的最终形式是一个人和自己生命的结局相遇。

可是我们已经没法阅读，没法在李杜他们超绝的诗章面前稍稍动容——我们成了文字面前的呆子。

危险的迁就

现在新出版的字典词典上出现了革新的事物：一些经常被人读错的字和词改了读法，"原则上"依错就错，顺从错误的意思。我们有些担心：这样的迁就到什么时候才是个尽头。有人可能赞同这样的做法，认为文字和词汇反正就是一个约定俗成的符号而已，怎么读都可以。可是这样一来原来读对的那些人就得迁就错的，不然就不合词典字典的新规定了。这是一个很荒诞也很麻烦的事。比如"荨麻"的"荨"、"呆板"的"呆"，还有许多。这个趋势看起来才刚刚开始，这就是网络时代的加速从众从俗，或者直接说就是尽可能地媚俗。

问题是一种读法和用法必要连带着一种传统，牵连着源头的知识，比如经典或民俗的地方的知识，是与出处不可分离的。字词就是文化渊源，就是传统，就是一个民族的根性。因为不学习和知识的不够反而获得了优势，这当然是不太好的鼓励。

我们知道，即便是一个学问极大的专门家，他阅读唐诗，哪怕是绝不算陌生的李白杜甫，比如他们的诗和赋，也要遇到大量的生僻字词。诸如此类的问题一定会很多，难道这一切在不久的未来都可以服从误读和误解？这样一来哪里还会有什么经典阅读？有人可能说这是一种极而言之，那种情况大约是不会发生的，字典词典上变通的只是一些个别的字词——可是这些"个别"却标明了一种态度和方向。我们的经典中、知识中，这样的"个别"其实是无穷无尽的，一旦可以随意迁就或更动，后果是不堪设想的，那将会发生最荒谬的文化事件。

相反，字典中有一些字和词本来是简单的，却要小题大做地一会儿改过去一会儿变回来，频率之快，让人摸不着头脑。比如"像"字，一会儿加个偏旁，一会儿又去掉；"枝"字也是一样，连专门做语言工作的人都给弄糊涂了。这显然又是头脑一热或听从迁就了某一些意见。还有一段时间颁布了大规模的简化字，用了许久又突然不算数了，让很长时间里许多人都无所适从。这都是最基本的文字符号，是几亿人使用的符号，竟然可以这样变来变去，未免太轻率太荒诞了。海外一些地区一直使用繁体字，用了千百年也没有改过，结果既没有误了大事，也没有什么不便。

更让人不解的是新版词典上还出现了大量网络用语。这其中的一些语汇不仅没有根柢，而直接就是破坏汉语言严整性的反面例子，是极不规范的低俗滥置。就因为它们在一个群落里得到了较多使用，于是我们堪称文字法规的"典"也就采用了，让其大行其道和堂而皇之。汉语字词的组合、语言的演进不仅有自己的规律，而且还是一个缓慢的过程，它尤其不能采取革命性的群众运动的方式。任何语言包括汉语都需要在使用过程中不断得到补充，语言是生长的，但需要检验、证明和积淀。一些仅流行于某个时期某个阶层却不会传递下去的"暂存"词语，是不能随便入典的。这关系到文化的自尊，必须具备应有的保守和矜持。高的迁就低的，雅的迁就俗的，这是网络时代才会出现的乱象。一些通俗言情读物或演艺工作需要从众跟俗，以追求收视率点击率，追求票房收入，字典词典为什么也要这样做？真是使人不解。

文化要传承，就要固守文化的层次感，一旦打乱了它的层次，也就破坏了传承，最后走向了文明和文化的反面。没有文化的层次，没有文化精英的坚守和坚持，也就没有了文化的传递。文化的普泛化大众化，只能是一种平面化和庸俗化，最后必然会引来文明和文化的消失和崩溃。那些不停地谈论和乱用"群众是真正的英雄"的人，其实在说一种永远不错、说了白说的无聊大话。"群众"是谁、到底指了哪一些人，他们从来没有界定。多少人才是"群众"？一百个人还是一千个人？他们在什么样的场合出现，占有怎样的范围和比重才算得上"群众"？他们也没有回答。这种庸俗社会学的说辞一旦推广和应用到文化事业、文化传承中，真是害莫大焉。

文化中轻率行为的后果，就是最后站到了文明的对立面。那些乐于满足和迁就"群众"的人，会自觉不自觉地做了盲目跟从，做了势利眼，做了媚俗的事情。在最需要坚持的时候，他们反而逃离了。这些年我们"革命"成癖又成瘾，任何事情只要"革命"了，就一定是好的，"反革命"就一定是坏的、甚至是要枪毙的。其实唯独文化是不能革命的，轰轰烈烈搞文化，万众奋起搞文化，哪里还会有什么文化？这只会践踏文化。文化的核心内容、某些内容，总是由少数精英在研究，他们只能处于核心的位置，并在相当长的时间中显现其价值。这价值会一层一层递进下去。无限的时间和人构成了文化发展的可能性，但这种发展仍然是有序的，是以精英为核心的。

我们一直在讲的李杜，就是文化的核心，就是许多时代里的精英。如果当年李白和杜甫写诗的时候，一定要让群众叫好，要让他们全都明白，那怎么得了。传说唐代的另一个大诗人白居易是不同的，他就有一个让不识字的人听吟的习惯，如果对方听不懂，他就认为是坏句子，就要扔掉。这种事作为故事听听倒也无妨，可是稍有写作常识的人听了，就会觉得那是夸张了，是一种讲来好玩的趣事而已。这位大诗人的作品中确有一些是明白如话的，而且还算得上珍品，但他大量的文字还是深奥难测的，是玄思，是冥想，是微妙的偶得。这方面李白和杜甫也是一样，他们最好的诗多么通俗易读，但也就是这种看上去的直白，却蕴藏了真正的幽深莫测。

文化需要在保守中发展，甚至需要采取极其保守的态度。"保守"不完全是个坏词，"保护"和"守住"，守护经典，守护我们的文明，让文明和文化呈现出应有的层次，这没有什么不好。不停地把低处引到高处，就是发展和提高了文化。有了这种守护，我们的文明就不会流失。

第六讲：批评的左右眼

有一部书

我们常常提到的一部书，就是郭沫若先生的《李白与杜甫》。这本书当年影响很大，特别在学界文化界的影响很充分。这有两个原因，首先是作者的身份特殊；再就是那时候出书难，二十世纪七八十年代小说就那么几本，各种理论著作也很少。所以这本书一面世就引人注目，可谓语惊四座。

年近八旬的郭沫若先生出版了这部著作，虽然引起了诸多争执，但直到今天来看也是别有价值的。因为它里面没有堆积永远不错的套话，而是多有创见和发现。我们现在应该仔细看一下，这部书出现在那样一个时代，对传统的李杜研究提出了多少挑战，有多少真知灼见，又有多少难以苟同之处。

围绕这部书有很多非议，比如常说的就有"抬李白贬杜甫"，认为作者的这种倾向表现出其学术目的不够纯粹。今天回头再看这部书会有一些感慨，会觉得瑕瑜不能互掩，书中仍然有许多开拓性的工作，有天才的独特发现。总之这是一部才华满溢的书，其中的确有大量的假设，推理，判断，为一般人所不能也不敢做出。作者在考古方面、古文字学方面都有很深的造诣，所以对李白杜甫作品及一生行迹的考据做出了大胆的新论和想象，出语惊人。只有具备诗人和学者的双重身份，才有这样的气魄和行动能力。

今天再看，会不时地发现这部书有一些可爱的地方，也非常有趣。他在一九七一年出版了它，那时连续失去了自己的儿子，而且他们都死于非命。作者带着无法言说的痛苦沉浸在书斋里，进行着这样的思想，写出了关于两个大诗人的书。当然他有足够的知识积累，可以信手拈来；他同时又是一个诗人，对于诗的理解比一般学人更容易。但即便这样，他要做一个翻案文章，要拨乱反正，也是很困难的。

他谈李白谈得非常好，高度地肯定了李白的才华，但又为李白对统治者、对庙堂的摇尾乞怜表示了痛惜。但痛惜得似乎还不够。写到这种巨大的疼痛，他花费的笔墨还不够多。对杜甫，作者的态度在当年就引起了很多不同的声音，今天看其中存在的某些问题就尤其清晰，或许已经无需过多地讨论了。人不能脱离自己的时代，当年的写作要紧密扣住中国的政治、社会和文化生活之弦。另一个原因，就是以作者的身份，已经绝难保持"生活在个人的世界里"，又怎么可能是一个"独孤明"。所以这部书打上了深刻的时代烙印也是必然的。

书中从杜甫的诗里分析诗人当年的经济状况，重点作品如《茅屋为秋风所破歌》。诗中有"八月秋高风怒号，卷我屋上三重茅"的句子，他即认为风吹走了一层又一层草，说明这个房子就不是一般的穷人所能拥有的了：那么厚的草，冬暖夏凉，住起来比瓦房还舒服，房主显然就是一个有钱的人。然后又从诗中看杜甫栽了多少棵树、有多少亩地，据此推算需要多少人管理，因而最后得出一个结论：杜甫是个地主。在作者看来，把杜甫的成分搞明白是一件至关重要的大事。

当年讲阶级斗争，定"成分"就是十分致命的。其实就写作而言，是否"地主"并不重要，皇帝也仍然可以写出千古绝唱。至于写作者的身份会给作品带来什么韵致和倾向，那又是另一个问题了。作者在书中一方面是那么清晰、深刻，另一方面又是那么糊涂偏执。我们知道，就作品艺术与思想的综合呈现而言，作者的"阶级成分"并不能说明太多，因为它远比这个要复杂出许多。但是郭沫若先生却一定要把杜甫铁板钉钉地考证为"地主"。

这种阶级定性反映了作者在特定时期的意识和局限。

书中却为李白做了许多辩白，因为作者本人就是所谓的"浪漫主义"诗人，喜欢李白。李白的文章中有一篇需要注意，即《代宋中丞自荐表》。书中说这个《表》是假的，是后来人或当时的人伪造的。作者推翻成说的依据是什么，是否充足，在这里不可不认真对待。

李白参加了安史之乱。参加平定安史之乱的有两个王子，就是唐玄宗的儿子李亨和李璘。后来李亨成了唐肃宗，早在掌握全面权力之前就派兵追剿弟弟李璘，将其杀掉了。李璘即"永王"。李白跟随永王之前比较落魄，和夫人宗氏隐在庐山过日子，凄凉窘迫。永王觉得李白是一个有名的人，很有利用价值。当年没有这么多的媒体，而李白算是一个"闻人"，与他交往是很有面子的事情。从这里也可以对他的交游以及婚姻状况有更合理的解释。比如婚姻，李白是这样一个潦倒、四处流窜的闲汉，一辈子娶了四个老婆，第一个和最后一个都是前宰相的孙女。虽然作为宰相已经从服侍前一个皇帝的位置上退下，或已离世，但其家望在当时也远非一般世族可比。这种姻缘令人注目，有人会觉得李白这个人不得了，一再娶得前宰相的孙女，可见当年地位之高。仅仅依据这个，甚至也可以否定他生活的困窘和坎坷了。我们或许还应该想到当年李白的名声，作为一个名人的婚姻，或许那也并没有多么突兀。当时诗人的社会地位与今天大为不同，可以想见在一个没有报刊和大量印刷品、更没有电视和网络的时代，许多信息的获得包括欣赏与娱乐，都要来自那些诗人。

李白在庐山和前宰相的孙女宗夫人生活，处于精神痛苦生活寂寞之时，永王派人来请他去做官。因为永王率领一支平定安史之乱的劲旅，这让李白觉得正是建功立业的机会，自然心动。这期间他写了很多诗，表达了自己兴奋的心情，有一些就是直接歌颂永王李璘的。皇帝的两个儿子内斗趋于激烈，李亨最后把李璘打败。这期间李白见势不妙赶紧跑走，逃亡路上就被抓到监狱里去了。幸好后来遇到了一个对他很是推崇的中丞宋思明，这位恩人不仅把李白从监狱里放出来，还把他收到了自己的秘书班子里。

也就在这段时间，宋思明给皇帝写信推荐李白做官。这封举荐信就出自李白之手，这一点一直没有异议，所以文章收在了《李白全集》里。李白在这篇文章里把自己夸得很厉害，其中说到近在眼前的重要政治事件，就是跟从永王犯了谋叛罪的问题时，却完全罔顾事实。他说跟随永王不是本意，而是受人胁迫，是强迫的结果，甚至说一有机会就主动逃离了永王。文中除了大量目不忍睹的自吹，还歪曲了事实本相，实在有些过分。当年他跟随李璘的兴奋，一首首颂诗表达得十分清楚，墨汁未干就要翻案，让人十分惊愕。郭沫若先生说这篇文章肯定不是李白所写，因为与事实完全不符。他认为李白不会这么混账，这么不像话——李白这样放肆地抬高自己，狂妄昏聩，绝无可能。

但郭沫若先生拿不出更有力的证据去反驳，只是觉得这篇东西如果出自李白之手，那将是极其不堪的，所以他说"不可能"。

但我们不可忽视的是，李白类似的文章可不止一篇两篇。比如《与韩荆州书》，比如许多的赋与诗，都是同一种气味、角度和口吻。如果否定这篇文章为李白所作，那么其他文章和诗词也就全部可以推倒了。

可能没有多少人比郭沫若先生更熟悉李白的文字了，他对于李白的事业、李白跟庙堂的关系，李白作为文人缺乏独立精神、毫无自尊的尾随巴结完全能够作出深刻的理解。那是一个剧疼，一个伤疤，作者稍微地揭开一点，即被难忍的剧疼所笼罩，他不得不将其重新合上。这一举动实际上并不能仅仅看成是个人的行为，而是一个民族的集体意识。所以我们对于李白和杜甫这两个形象的全面认知，或许是非常重要的——对于现在和未来，对于文学史和文化史，都并非是可有可无的。

书中这样开脱李白，但是对于杜甫却十分苛责，这里面当有多方面的原因。

书的内外

读书时，能够在书的内外跳荡很有意思。如果看郭沫若先生的《李白与杜甫》，或许要注意他怎样谈论李白晚年的一首长诗，即《下途归石门旧居》。

在这首长诗里，李白全面总结了个人的仕途、学术和炼丹生活，里面流露的愧疚、失意和惆怅，引起了郭沫若先生的特别关注。他开始抓住问题的关节——作为一个文化人物，生命的轨迹是有关节的，这个关节被作为后来者的郭先生抓住了。许多诗的选本不选这首诗，这其中或有误识。

当年的郭沫若先生连续失去了自己的儿子，正经历难言之痛。在政治上，他跟国共领导，跟整个的一九四九年之后的权力都发生了深刻的关系，这样一路下来，正步入晚年。他活了将近九十岁，在近八十岁的时候谈起李白的这首长诗，大概不会忽略对自己一生的总结。这变成了一场有关自己辉煌和凄凉人生的潜对话。

在这部书中，作者与李白的对话明显要多于和杜甫的对话。他在不无激愤地把杜甫打成"地主"的同时，正把李白作为一个天才不停地惋惜和痛苦。我们会听到另一个天才人物即郭沫若的声音，这个声音始终环绕在李白身边。读出一场潜对话，这十分重要。

这就跳到了书的外边。

我们或可充分注意《李白与杜甫》中这样的一段话："唐玄宗眼里的李白，实际上和音乐师李龟年、歌舞团的梨园弟子，是同等的材料。两千多年前司马迁曾经说过：'文史星历，近乎卜祝之间，固主上所戏弄，倡优蓄之，流俗之所轻也。'"

我们可以想象郭沫若先生当年一个字一个字写下这段话时，其心境如何。他在想什么？想到了自己为诗的一生还是为政的一生？想到了自日本归来的文坛争执与诗情激荡？想到了在国民政府中任第三厅厅长的经历？想到自己贵为共和国副委员长、文联主席和科学院院长？想到晚年那些随声稚唱和连发讴歌？想到自己两个儿子的接连惨死？

他会将自己定位为一个李白杜甫式的文人吗？他眼里心里会有泪水涌流吗？

我们自可想象和设问，因为就阅读来讲，这并非是牵强和多余的。这让我们不断地跳到书的外边。

苛 责

郭沫若先生对杜甫所作的"阶级分析",被许多人议为"苛责"。"苛"是追究的程度,而不是根本性质的错误。可是今天仔细来看,就不仅仅是苛刻了,而是其他。杜甫的阶级成分能否划为"地主"是一回事,能否依此判定其诗章的低劣是又一回事。更有关于这位伟大诗人的"立场"鉴别,此书的立论是大可商榷的。

"安得鞭雷公,滂沱洗吴越",杜甫的这两句诗被郭沫若先生作为重点加以引用。这里是杜甫忧愤吴越一带盗贼蜂起,恨不得像大雨清洗大地那样清除匪患。郭先生依此断定杜甫坚定地站在反动的、地主阶级的立场上。即便是"三吏""三别"这样有名的忧愤伤痛之作,也被从中找出一些句子,看作是存在极大的立场问题的标本。《新婚别》中有"父母养我时,日夜将我藏"的句子,于是郭先生就说:"真正的贫家女是不能脱离生产劳动的",进而对新娘子的身份产生了怀疑。对"三吏"全诗分析下来,杜甫的立场竟然也被判定为"站在吏的立场上"。

这显然是脱离了全诗意旨也脱离了时代背景,是相当牵强的推理,结论令人难以苟同。首先是诗人对于此起彼伏的农民造反、遍地匪患的态度——如果要求杜甫这样一个忠诚的官吏、一个强烈的人道主义者与当时的造反者、土匪们站在一起,对反叛行为给予热情欢呼,当然是极不现实的。官府不义,对民众压迫勒索,可是当时的造反者和土匪们又好到哪里去?一般来说,如果我们能够真实地看取历史的话,那么结论就是:这些反民往往更加残忍和可怕,他们制造的痛苦在局部、在单位时间里是远远超过官府的。这些造反者并没有任何高过官府的理想和目标,他们中的最后胜利者照旧要做皇帝。更远的不说,只说在教科书中被当成伟大典范的太平天国,其愚昧与残暴荒唐就令人发指。只有特殊的"左视眼"才会忽视这一类恶行,看不到对一个民族的文明造成的巨大破坏。所以如果对造反者的行为不给予具体分析,只要揭竿而起就是大英雄,只要对其谴责就一定是反动的、逆历史潮流而动的,这大概也太过荒谬了。

杜甫对"浙右盗贼"的蔓延所表现出的忧与急是合乎常理与民心的,因为很少有所谓的农民起义不是毁坏老百姓的大祸。历史上几乎每一次造反和匪乱,都使当地生灵涂炭,民不聊生。如果说这些"农民造反"在一定程度上打击了执政者的统治,那么他们首先祸害的还是农民本身。我们的教科书常常因为特别的原因而采取特别的视角,对起源于底层的极具破坏性的农民运动一概给予肯定,甚至连惨不忍睹的奸淫掳掠都视而不见。也就是同样的原因,才使郭沫若先生对杜甫的"洗吴越"三个字大加痛斥。

官逼民反,恶吏夺命,这时候手无寸铁的民众常常会走向最危险的选择。但是具体分析和证明造反者的性质,却需要真正的理性。郭沫若先生没有对"代宗宝应元年八月"的袁晁起义做出具体辨析,只怒斥诗人杜甫,当然还同时讨伐这场起义的"刽子手"。事实上那个袁晁招数如旧,"攻陷浙东诸州,改元宝胜",刚起手就已经想做皇帝了。假如这个皇帝真的即位,华夏大地会更好吗?我们宁可相信这只会是再次上演的一场残酷的闹剧而已。因此两害相权择其轻,我们还是更相信诗人杜甫的判断——应该早些剿灭他们。

至于诗中那位哭诉的新婚女子,其言行也完全没有什么可以佐证和例举的。她说父母"日夜将我藏",含有珍惜溺爱之意,并不能视为白天晚上锁在深闺中、关在什么地方的。这是她遭遇不幸时的夸张追怀，其实一点都不难理解。进一步讲，她是不是一位贫家女，丝毫都不能减轻或加重她的离别之苦，既不妨碍也不影响她悲哀的程度。

关于杜甫的一些政治判断，不是不需要，而是要有说服力；这儿既不能牵强，又要服从于更高的道德判断。

当然我们还要看到，对一本初版于一九七一年，写于二十世纪六十年代中国的书，对一位八十岁的老人，同样不应苛责。这本书毕竟文笔充满活力，生机勃勃，且有着人性的温度。它除了在文史考证方面的贡献之外，还与国人在文学上的僵化思维对立，打破了人们将杜甫搞成"图腾"的浮浅倾向。

门槛与牺牲

谈到对诗意的把握，这里可以说李杜，也可以说其他，因为古今中外的道理都是一样的。读一首诗一部作品，如果仅仅是寻找它通过什么表达了什么、有没有突破、社会意义之类，那么再绝妙的文字也算白写了。

我们可以发现很多研究李白和杜甫的书，常常过于偏重阶级和社会的分析，而忽略了其他同样重要或更为重要的东西。比如《月下独酌》这样的绝唱尽管人人能诵，关于它的学术论说却是不多的。有的选本甚至都没有选入。那首《下途归石门旧居》也是非常重要的长诗，它总结了诗人漫长的生活道路：求官、访仙、游侠，却也常常被选家所轻视。杜甫那些关于民间疾苦的诗篇固然重要，总是被研究者作为首选，但平心而论，却难以成为诗人最杰出的艺术代表。

"念念不忘阶级斗争",说白了仍然是这样一种倾向罢了。两眼只盯住"社会意义",而没有一颗诗心;既然只有一颗社会心阶级心,为什么还要进行艺术评论、诗学研究?只改做社会阶级阶层的研究不就可以了吗?翻开大量的现当代李杜批评,劈头全是这种"思想"和"意义"的追问,而较少关于微妙诗意的分析和把握——或许这同时也反映了研究者的无力和无能——这不能不说是奇怪和荒谬到了极点。

有人会辩解说:文学评论关涉到方方面面,有社会层面的,有道德层面的,有艺术层面的。对不起,这里首先还是要面对艺术,要跨入艺术之门之后才有其他的感受。将一部作品的社会意义独立分剥出来,以此来取代全部的价值,而且是在谈"诗",这是多么荒唐的事情。

只专心于找出其阶级的社会的意义,结论出社会性,只是无能的借口,同时也是畸形时代养成的恶习。不要忘了这是进行文学评论,而主要不是通过文学作品研究社会思潮,取向不能反过来。这种工作既属于诗学的范畴,那就首先要跨入诗的门槛。作品与社会思潮的关系,反映出时代的思想的阶级的意义,一切都是不言而喻的,却不能成为专门的或唯一的提炼物,并因此而废除了全部诗意。这样做的结果只能是让人干脆舍弃这些评论,因为它与诗已经没有了什么关系。评论者对诗意一无所感,根本体察不到一个大悲伤或大喜悦的生命,感觉不到任何人性的温度,这还怎么进入诗境?一个人专注于一个作家的作品,应该或多或少地发生一点生命的联系,产生不同程度的生命共振,并由此找到一个入口。

读李杜的诗篇,还原他们的悲喜人生,会觉得他们这样的天才人物竟生活得如此艰难，最后走进了那样一个结局，不由得要产生战栗感。社会生活与诗人和诗的关系竟至于此，让我们对往昔陷入了一种特别的悲观，觉得所谓的"盛唐"其实从另一方面看又是一个"荒唐"。其实真正的艺术和思想在任何时代都需要极其顽强才能生存下来。在今天这个物欲化的社会里，感知其残酷与艰难也是同样的道理，一个写作者能够坚持艺术与真理的探索，那将需要极大的勇气并随时做出牺牲的准备。在残酷的竞争面前有的崩溃了，再也听不到他的声音；有的转向了，走向了媚俗和尾随。仍然怀着一份出发原初的热情和真挚执拗往前者，大概是寥寥无几了。最后的几个人将会陷入"无物之阵"，接受自己的生存苦境。

理解李杜，需要一些真正的感同身受者，需要默默注视和午夜遥望。

任何时代的文学，都要经过最颓丧、最荒谬、最无望的时期——先接受一切混乱、无序和沮丧，然后再痛苦而缓慢地生长出来。这里需要大面积的牺牲，包括自我牺牲。李杜时期是这样，未来也会是这样。古代的忧伤和痛苦，百年里的鉴别和存留或许容易——面对那些逝去的时代，我们可以自信地依靠时间的鉴定；可是当下则不同——巨量的垃圾，过分的喧哗，网络的覆盖，将让人更加彻底地悲观。

这里不由得令人想起屠格涅夫晚年的一篇散文诗《门槛》，老人问即将跨过门槛的年轻姑娘：跨过去就是寒冷、饥饿、仇恨、讥笑、蔑视、屈辱、监狱、疾病，还有死亡，你知道吗？姑娘说知道；老人又问：完全彻底地远离人群的孤独，来自敌人和亲人朋友的打击，特别是——没有任何人知道你的牺牲，无声无息，你敢吗？接下去还有更残酷的一些提问，姑娘都说"知道"，于是她跨入了这道门槛。当代的杰出诗人面临的就是这样一道"门槛"。在网络时代，牺牲也不会换得回应，更不要说悲壮的荣誉，就连一声叹息都没有，没有任何声音——只无声无息地消失了，像什么都没有发生一样。

那位历史的老人会再次询问：有没有跨过门槛的勇气？

网络时代真的有这样一道门槛横在面前。现在如果做一个牺牲者，身后的悲哀和怀念已经没有了，人们全然不知道还有这回事，压根就没有一丝回声。没有人听见那轻轻的、像鸿毛一样的飘落。残酷就在这里。当年看屠格涅夫的《门槛》有点不理解，觉得有点耸人听闻——怎么会那样？牺牲的毕竟是一个青春的生命，就没有痛惜悲悯甚至是一声惊呼？但是随着年龄的增长，时代的变化，直至走到今天，我们终于能够理解这种无以复加的悲观和绝望了。

万夫莫挡之势

对诗与真的见识，靠经验和才华，更靠人格的力量。中国的近代诗论深受苏俄影响，直到今天仍有深刻的痕迹。于是涉及这些问题，就有必要谈一下"别车杜"的批评传统了，特别是别林斯基这个人。

对于批评界而言，别林斯基在以前是一个被反复提起的人物，这个现象持续了至少有四五十年。后来到了二十世纪八九十年代，学院里列举北美和欧洲的批评家开始多起来，似乎不再谈苏俄了。但是批评者潜在的意识中，知识结构中，苏俄的巨大影响还仍然存在，这在几代人那儿都几乎是难以消除的。中国的文学批评自二十世纪四十年代起就有了一个传统，首先操练的就是"别车杜",这种深远的影响像基因和胎记一样,不可能轻易消失。

现在的学院派人士宁可转向西方的符号学,去涉猎更玄妙更时髦的东西,而不再把"别车杜"当成必修课。但由于历史的原因,还因为长期以来的潜在影响,中国的批评格局并不会在一朝全部改变。时下的批评,眼下的诗学,需要多少"别车杜",其有益还是有损,都值得好好思忖。这首先需要读懂真正的"别车杜"——尤其是别林斯基,应该先弄清他到底是怎样一个人。

我们读一下以赛亚·柏林的《俄国思想家》,看看这个英籍俄裔犹太人、一个诚实的学者是怎样描述和记录的。书里边有关别林斯基的内容是这样记述的:"中等身材,瘦骨嶙峋,微佝;脸色苍白,麻斑略多,兴奋时容易通红。他患哮喘,容易疲倦,通常一幅怏怏之相,形神憔悴,而略嫌冷峻,举止稚拙如农夫,紧张又突兀,生人在前,羞涩、局促、沉闷自闭",然而如果一旦有知交朋友在场,"则生龙活虎、意气风发。文学或哲学讨论的热烈气氛里,他目光精闪、瞳孔放大、绕室剧谈,声高语疾而意切,咳嗽连连,双臂挥舞。""他可怕的道德愤怒,有万夫莫挡之势。"

赫尔岑经常与别林斯基在一起,他这样描述对方:"若无争论之事,除非动怒,否则他木讷寡言;但一旦他觉得受伤、一旦他最珍惜的信念受到碰触而双颊肌肉开始抽搐、开始厉声发言——你真该看到他这时候的样子:他会像一只豹,扑向他的牺牲品,将他片片撕碎,使他狼狈可笑、凄惨可怜,同时,他以惊人的力量与诗意,展开他自己的思想。辩论往往是鲜血由这位病人喉咙喷涌出来而结束;他脸色死白,声气哽噎,双目盯紧他说话的对象,颤抖的手举起手帕捂嘴,打住——形容萎顿,体力不继而崩溃。"

就是这样一个人,没有活到四十岁就去世了。这么一位来自俄罗斯偏僻乡村的年轻人，接受了大学教育，走上文坛，从事文学批评，使用非常朴素的视角，极为求真求实。他有很高的文学理想，既愿意侧重社会学意义去分析文学作品，同时又反对概念化简单化的表述。我们最需要注意的是这样一句："他以惊人的力量与诗意，展开他自己的思想"。他这头"豹子"表现的不仅是"可怕的道德愤怒"，还有对心中诗学原则的坚守。

这是一个百折不挠的诗与思的斗士，永远说真话，永远热爱艺术，热爱诗。别林斯基改变了俄罗斯的学术界，深刻影响了俄罗斯社会。他是一个非常了不起的人，是东西方知识分子中最具光彩的伟大人物之一，会在很长的时段里感动我们。而今天的学术界最缺少的就是别林斯基这样的人，而不是什么"符号学"之类。像他那么热爱文学，不计个人得失，勇敢挚爱和热情，像火焰一样燃烧的人，今天已经无处可寻。无论他身体多么羸弱，只要谈到诗学问题，牵涉到原则，他就变成了"一头豹子"。

世界范围内我们还不了解，只说当下和周围，这类人物是绝难产生的。为真理而勇敢不倦，哪怕只有一个——仅仅是道德勇气还远远不够，还有对诗的高度把握力，有"惊人的力量和诗意"——"诗意"，这才是关键之所在。如果我们当代有这样一位天才人物，那么整个的精神和思想的版图就会重组，就会一改平庸与沮丧。

完全不着边际

别林斯基不但改变了俄国思想界、文学批评界，对中国二十世纪四五十年代甚至是七八十年代，都产生了巨大的、决定性的影响。别车杜的文学方法论，极大地塑造了中国的文学批评。我们习惯于更多地从社会学的角度进入诗学问题，任何时候都强调民众、社会和底层。这种批评试图贯彻一种强烈的道德力量，似乎并无大谬；问题是后来，是中国式的变异导致了多么可怕的偏移。

如果一个人没有别林斯基对于文学、对于诗的极度热爱和深入的洞悉——这当然不是容易具备的——丧失了后一部分，而仅仅是"道德"与"社会"批评，就变成极其有害之物了，这势必对文学做出简单的、工具式的要求，比如我们耳熟能详的"服务论"。艺术是各种各样的、千姿百态的，是自我生长的强悍生命，而绝不会是一部社会机器上的某种零部件。别林斯基的批评传统一旦被片面化和庸俗化，其影响就一定不是良性的。

俄国的方法在苏联时代被片面使用，别车杜给逐渐扭曲。而在中国则被转化成更为简单的模式，即抽掉了诗学的本质属性，成为机械和浅薄的工具论。具体到对待李白和杜甫，我们就更多地从社会的、阶级的层面给予诠释，对那种微妙的、最能代表个人生命特质的诗意的核心，几乎完全无视和忽略掉。经过这样一番可怕的洗刷与省略，哪里还有诗的理解。

这个畸形的传统波及到写作，特别是文学欣赏，使这一切深受其害。诗人丧失了丰富的艺术感受和艺术良知，只擅长写铿锵有力的阶级斗争——或者尾随着时代风气，转向另一些内容，表达另一种思想，如商品经济和纵欲，其原理都是一样的。这里只有批判或歌颂，只有慷慨激昂，诗性是完全匮乏的：一旦回到个人，回到无可言传的独特的事物，就立刻变得那么无能、无力和孱弱。

到了二十世纪八十年代初期虽然好一点，但就诗的品质方面也许并没有根本的改变。无论诗歌还是小说，虽然读者多有共鸣，但却不能说走进了深刻的诗性。这里的原因非常复杂，但还并不能说成是诗意的胜利。那个时候电视不够普及，也没有网络，文学是最重要的读物。更主要的原因是那时的文学有了一个"抓手"，这就是表达"胜利"的喜悦，表达心里的愤怒和批判，情感是单向的，审美是单向的，表达也是单向的，恰恰就是这些让大众接受和理解起来变得容易。但深入曲折的、个人化的诗意却是相当复杂和难以把握的，有时甚至是相当恍惚的。真正深刻的艺术并不能令大众一哄而上，它们往往没有这样的世俗效果。

我们的苏俄文学批评传统似乎深入人心，批评家们深得别车杜的真传，长期引导和普及了一种"大众诗学"——其实是十分片面，甚至是完全不着边际的。

这里难以回避评论家的人格和审美力，它们应当是统一的和并重的。时至今日，别车杜对当下的影响不是显性的，而是隐性的。我们不仅对丰厚的唐诗遗产如李白杜甫常常使用"左眼"，就是对当下的诗性写作，也仍然采用了简单的社会式批评，对真正的诗意基本上失去了感知力，丧失了激动。

关于"诗史"

无数的文学史中都写到了杜甫作为"诗史"的伟大价值，这并没有错，只是需要更多的辨析。艺术与真实的关系，与现实生活的关系，并非那么机械条理地罗列一番即可，而需要有多维的关照、更烦琐更细致的感知和把握，任何轻松明晰的结论都必须重新打量才好。

杜甫给我们的既是"诗史"，就一定不是《史记》那样的"信史"。这两种史肯定是不同的，甚至有本质的不同。但我们却注意到，那些判定为"诗史"者，这里强调的却是杜甫的诗中写出了多少真实的历史，写出了多少当时的社会现状，即如何反映了那段"历史的真实"。这里的"真实"，就是尽可能地排除想象和夸张，更要排除变形和幻想，即所谓的"现实主义"。既然是这样的质地，那么还会剩下多少"诗"？如果"诗"的含量降低了，"诗史"又怎么会成立？

"史"就是"史"，它一旦与"诗"结合起来，就不伦不类了。这实在是太晦涩的一个命名，将多少含混不清以及相互矛盾的东西搅在了艺术论中，也搅在了诗学原则之中了。我们知道，是"诗"就不能作"史"，成"史"则不是"诗"，因为二者是极为不同的。"史"强调信与真，就要尽可能地去掉夸张和修饰，无论笔法多么生动，都要贴近事物发生的真情实况，这种生动只不过为了更好地传达现实。比如《史记》就是这样的典范。"诗"则是写生活的倒影、幻觉、意象、恍惚、通感、色彩、瞬间，诸如此类难以言传之物，它怎么和"史"合而为一？

有人说这里的"诗史"是指比生活本身更深刻更强烈的那部分表达，是更进一步的效果，是更深入地表现和揭示了那一段历史。是的，"诗"确有这样的功能，所有艺术都有这样的认识功能；但问题是我们的学术研究在界定杜甫"诗史"的时候，却并不是这个意思。他们是指杜甫的诗尽可能真实地、现实地记录了那段历史，并以此种界定来区别与其他诗人，比如同时代的李白的不同。他们几乎总是不约而同地重点分析了"三吏""三别"等作品。

他们认为这些作品才是"诗史"最重要的组成部分，是真实地反映了那个时期尖锐的社会矛盾和现实状况的杰出代表，还有诸如"反映人民疾苦""揭露封建统治者"等，罗列的全是诗中的事件和内容，是诗的阶级的政治的属性，而没有进入或涉及到诗学研究。这种将所谓的"史"独立于"诗"之外的做法，与"诗"有什么关系？

由此看，他们关于"诗史"的界定是有问题的，是不能令人同意的。他们的界定，仔细分析起来不过是对诗的严重剥离和误解。这种误解对于诗学来讲，几乎是致命的缺憾。如上所说，他们的误解在于将"诗"与"史"分开了，将二者当成了几乎是两不相关的东西，只不过是由于它们二者合到了一起，才成为"诗史"。这怎么可能。如果真的算是"诗史"的话，那么只要不是"诗"的，就一定不会是"史"的，因为我们谈的不是"历史"加"诗"，而是写成了"诗"的"史"。"诗"才是定语。

我们既然要在诗学的范畴内谈论杜甫诗作，那就不能将杜甫作品中诗性较弱的记叙部分，即以"三吏""三别"为代表的那些作品作为"诗史"的主要论据，因为这样做会走向诗学的反面。

我们承认杜甫的全部作品具有"诗史"的性质，但这里不是"诗"加"史"的组合物，而是有着不同的内涵。从这个意义上说，李白及同时代的不止一位诗人都具有这样的性质，重要的艺术家也都有如此的性质。这种性质不是因为"史"和"诗"的剥离，而恰恰是因为二者紧密地、水乳交融地合在一起才完成的。

杜甫首先是写出"诗"，其次才有"史"，二者并没有分开或对立——"史"

并没有而且也不应该掩盖"诗"的审美价值,"史"是指诗中对那个时期的重大事件均有涉及,而且成为正史的某种补充,同时还提供了更细致更生动的活泼场景——他甚至吸取了春秋笔法,常有讽喻。如果杜甫因为记录历史而失去或减少"诗"的审美价值,他的记录也绝不会留下来。

现实生活无论给诗人多么深刻的感触,他都不可能完全"客观"地把它再现出来,而是要在心灵里充分溶解,重新表现。"再现"和"表现"在这里是两个不同的概念。"再现"是指原封不动地、照相般地转达现实,是丝丝求真,唯恐失去了原来的生活态样。"表现"是心灵酿造之后的一种呈现,一种结果,这种强烈的主观性的表达也许是不自觉的,但一定是深刻地改变了"现实"和"原来"的一种表达。

艺术是"现实"融入个人的灵魂和血脉,经过浸泡之后重新打捞出来的一份生活和情感样态,它必然会有变形,会呈现出不可复制的独特色彩。这一切在表现者那里往往是自然而然的,而不是故意和刻意的。比如诗人写一只猫,他自己并不是猫,可是他呈现出的这只猫已经是个人阅历、经验,包括全部性情的一种综合体现,而绝不会是"原来"的那只猫。"现实"一旦进入了创作的过程,马上就会面临着不可预测的复杂演化。

写作学、诗学是一门相当特别的"学问",它的实践性很强,是活性的,具有相当的不确定性;但民众更容易接受某些教科书里的概念化和简单化,将似是而非的说辞奉为真理。教科书似乎抽出了一些普遍的规律,提炼出了所谓的几大要素,看起来也近似"合理",实际上却是对真实的一次遮蔽,造成了似是而非和不求甚解。有人认为只要将复杂的写作学诗学问题作为一种专门的知识去传递和普及的时候,必然会这样,也需要这样。其实这里混淆的是一种原则问题。我们在任何时候，为了任何目的，都不能将谬误当成真理，不能跟写作活动的原发性质，跟写作发生的根本动因发生矛盾和抵触。艺术创作不是对现实的再现，也不是"艺术"加"再现"，不是那样的机械组合，而是对现实的一次酿造。

说到底某些写作教科书在做的事情，等于把空气装到了瓶子里：最终窒息了呼吸，将活泼的艺术生命扼杀在瓶子中。

创作者个人尽可以顽皮、大胆、想象和痛苦，这一切固有的元素是生命原本就有的，在处理现实生活的时候，所有这些元素都会自然地掺入，会正常地发酵，摩擦和改变。这就如同蚕食桑叶，最后吐丝一样。如果"丝"等于"诗"，"桑叶"等于"现实"，那么将二者加起来会是"诗史"吗？显然不是。

没有一个杰出的作家在写人所共知的事物时，会不带有强烈的个人化。哪怕是一个忠实于现实和现场的记者，当他尽力做着如实客观的报道时，也仍然会有强烈的个人气息——想没有都很难。问题是做到了怎样的程度，最后是不是杰出的艺术品，是"表现"还是"再现"。

有人说写诗和写小说不一样，如果写爱情，就很难大胆地直接地去写。这个问题很有趣。这儿的爱情不可能是真实的个人生活汇报，既然是文学创作，就不会完全写出一段真实无误的个人爱恋，不可能将各个细节各个关节直接呈现出来，而只能是个人情感生活的一种"酿造物"。小说和诗有什么区别？没有更大的区别，它们在本质上都是一样的。诗和小说的分野绝不像想象的那么大。

杜甫和李白的全部作品都有"诗史"的性质。而他们"再现"性的一些记叙作品,恰恰是"诗史"中较弱的部分。

无限的深邃

音乐、绘画、诗,它们之本质都差不多,仅是外在的形式有所不同罢了。有的是运用色彩,有的是运用声音,有的是运用文字,但凡属杰作,它们达到的意境和表达的思想、要求的艺术高度和浓度,都应该是一样的。

李白和杜甫兴趣非常广泛,他们对其他艺术门类肯定是心向往之,而且体验多多。他们也写了很多这样题材的诗文。杜甫不止一首诗写到了画家画马:马是如何的好,大宛马,就是书上讲的"汗血宝马";也有写剑艺和书法的。李白也同样如此。就诗中看,李白是一个爱唱的人,他喝过酒高兴起来就要边舞边唱。

其实音乐和诗有一些很相像的东西,无论是现代诗还是古诗。古诗从声韵上看更接近于歌,但这里说的音乐性是更为内在的气质和韵律。李白与杜甫一些好的诗篇,给我们阅读者留下的想象、主题、意味等,已经远远超出了直观的字面呈现。我们可以沿着诗人所营造的那个境界无限地想象下去——诗意绝不是依照一个个汉字对号入座的,而像倾听音乐,要根据音响的描绘和指引,向无限的遥远。我们在心中合成和完成的那种境界和思想,会通向一个深邃的远方。好诗应该有这样的功能,我们单纯从它的节奏美、音乐美,甚至是它的汉字组合中,也能走得相当遥远。

那些没有想象力感悟力的读者,往往是按照具体的文字去对号入座的,一旦离开具体的"座",他们就茫然失措了。诗意和音乐之声一样,最终是要飘到高空和宇宙间的,要让人在冥想悠思中去"相期邈云汉"的。

艺术是极其神秘的。它的神秘在于不能直观地和文字、和它的表达系统、符号系统达成直接的谅解。我们不能够仅仅满足于找到它的直接对应关系,而应该通过这些符号的组合去感受更多,找到它们与意象之间的间接关系,找到那些不可言喻的部分——从实在之境到虚无之境。我们这时候也许会失去准确表达的词汇,但心里的感受是充盈饱满的,这就是所谓的"陶醉"。

音乐、绘画和文学都是这样的。那种虚无是洋溢在有限的篇章、有形的物质之外的,在这个境域之外、境象之外,还有更多的东西在那里弥漫和飞扬。这些东西就是艺术最了不起的部分。这完全不是一个理性的论述文章所能够诠释的。艺术的这种弥漫,这种引导,这种力量,真的是非常神秘的。

属于所有人

很长一段时间以来,动不动就讲"苦难"的作品是很占便宜的,起码可以留下关心"人民疾苦"的芳名。有的是揪心泣血,比如杜甫;但有的只是一个方向和色彩,是作者选做了一个"品种"而已。文学发展到今天,已经在分类上极大地细化了,所以所谓的"底层文学"竟然也成了一个门类。人性里对底层的怜悯是自然而然的,那种感触和表达也只能是自然而然的——专门写"底层"写"苦难",以此为业,这就有点可怕。

做文学研究的人往往要把文学分得很细,什么"女性文学""硬汉文学",

甚至一度还出现了"冻土文学",就是写寒冷地带的;还有什么"森林文学""煤炭文学""军旅文学""打工文学",这样一直分下去,难以有个终了。"文学"给分成这样,然后再分而治之,最后怎么办?写作者和阅读者眼里还有完整的文学观、文学标准的存在吗?

其实,即便是很传统的"儿童文学"的界说也是值得怀疑的。文学阅读中有许多的"儿童不宜",这是能够让人理解的,但我们认为那些拙劣的、专门为儿童写出来的"文学",有可能是更为不宜的。因为它的无聊和浅薄,更有苍白和低俗,文字的粗陋,都不利于儿童的精神成长。许多杰出的文学作品属于成人,更属于儿童和少年,属于所有的人。比如李杜诗篇中的绝大部分,不是少年儿童最好的读物吗?其中有一些少年们读不懂,成人就读得懂?有一些句子直白到了妇孺皆吟的地步,同时也是最好的诗句,这是否可以交给少年儿童?一些最有名的古代佳句甚至直接出自少年儿童之手,如骆宾王七岁作的《咏鹅》……

其实无论怎么划分,首先还要是文学,然后再说其他。"儿童文学"这个定义好像是天经地义的,从外国到国内,很少有人对这样的划分提出异议,就因为儿童阅读的确需要规避一些领域,比如儿童不宜看暴力和性,不宜看龌龊的词汇,这都会影响他们的成长,所以他们读的东西跟成人应该有所区别。但这种区别一旦被过分地清晰化机械化,就会产生另一些问题。一部真正的"儿童文学"应该是成人看了不觉得浅薄,儿童也很喜欢。如果成人觉得过于浅薄无趣,极可能根本就算不上什么"文学"。文学有其固有的、诗性的深邃,儿童无论感受多少,它都应该是存在于其中的。

李杜的一些诗今天看也是明白如话的,但内在的含蕴,即便是成年人也需要细细品味，需要较强的悟性才能领会。但这些作品显然应该同时交给儿童和少年。另一些有阅读上的较大障碍，对于成年人也会同样存在，也需要借助工具书的帮助，那么对于少年儿童来说，也应该给他们相应的工具书。李杜的有些诗句真的不晦涩，它们简直最通俗，最上口，最平易，但同时也最需要好好品味，需要读者调动自己全部的人生阅历、生活经验，让想象力全面焕发出来才行。比如李白咏叹月亮的那些诗句就是最好的例子，这些诗句少年儿童易背，从字面上看似乎也不难懂，但深入领受和玩味就觉得它们深不见底了。一个人可能在十几岁的时候就认为自己读懂了它，在七十岁的时候却又有了新的理解。但我们总不能到了七十岁以后才读李白的咏月诗吧？

再说阅读杜甫，一个人不到四五十岁，大概较难理解人生的这种凄凉和沉重，当然个别的例外也有；一个人到了四五十岁，才会理解时间的飞快"流驶"。"驶"字鲁迅愿用，他不说"流逝"。时间像车轮一样眼看着往前滚动而不是消逝，这更逼人。关于时间的体验必须在生命里沉淀和经历，才能感觉到它的急迫和短促，知道什么才是"白驹过隙"。杜甫写出了这些沉重和深邃，却常常让儿童读到平易的字面——待未来的一天他们长大了，必会越来越走入杜甫诗章的深处。那时候它全部的晦涩，以及无法言表的神秘感，都将让其渐渐把握。所以说最好的文学往往才是真正的"儿童文学"，它里面该有的都有。诗性含量越高越是好的文学，也越是好的"儿童文学"。

我们有时最害怕作品中出现"儿童不宜"，把它剔得干净又干净，只是不怕浅薄和拙劣，殊不知这对儿童的伤害会更大。无比幼稚、可笑、荒唐，反而成为"儿童文学"的强项，这怎么可以？况且有时候某些"儿童文学"还不怀好意，把成人所能想象出来的一肚子坏水，都一并倾倒出来，并且还被当成了不起的才华和趣味。

如果我们不以偏执的眼光来看李白和杜甫的诗章，会觉得它们属于所有人，当然也属于儿童。

李杜和屈原的世界

李杜同是大诗人，同是历史上的著名人物，在许多方面都可以进行类比、对照，而且这是在阅读中不由得就要发生的。因为他们所处的环境、喜悦和怨忿、心障，还有所犯的错误、取得的成就，以及坎坷与结局，都有一些接近处和相似性，常常引起多方面的联想。虽然严格来讲他们的故事是在不同的社会和文化环境里发生的，人生细节也大为不同，但从诗章的内外总会找出许多类似去加以对比。对李白和杜甫是这样，对屈原也是这样。

即便在近代，屈原也是一个广受猜疑和指责的人。过去人们一直把他当作中国诗歌的第一人，但后来有些杂音就出现了。那些远离诗章本身，或与传统诠释相去较远的议论，或多或少地影响了对屈原的评价。三四十年代有人写文章，考察了屈原的所谓"同性恋倾向"，指出他与楚王非同一般的个人关系。这种观点认为：屈原只是宫中蓄养的许多美男子中的一个，是属于倡优一类的人物，伴楚王闲下来一起玩耍、弄文赋诗之类。这样的猜测并没有多少史料的佐证，更多的只是以宋玉作类推，并从屈原的诗行气质中得出的结论。比如二十世纪初的学者孙次舟就说屈原是个"文学弄臣"，认为战国末年纯文艺家还没有取得独立的地位，而政论家才有这样的地位。他认为这种情形直到西汉时都没有改变多少，比如连司马迁这样的大史学家都感叹，说自己的地位为"主上所戏弄，倡优蓄之"。

这样的倾向历史上固然存在，专制者一般来说对自然科学工作者比较宽容，那是因为"实用"之需；而对真正的思想者、文学艺术工作者则一定会怀着天生的敌意，因为说到底他们是大脑之功而不是工具之能。于是专制者很乐于将艺术人物分离和抽离出来，将其中的一部分做闲玩排遣之用。比如东方朔等人，记录中就有这样的文字："见视如倡"。我们从唐玄宗与李白的关系的记录中，也看不出统治者对这位大诗人有什么特别的敬重，所谓的喜欢和使用不过是从情趣出发，或者是从实用的角度而已。传说中的李白当着皇帝的面让贵妃研墨高力士脱靴，这个情节即便是真的，也只说明皇帝的容忍和观赏，并说明不了李白有多么尊贵。所以同是这传说，记载中还有后面的一句，说唐玄宗从头至尾将李白言行观察下来之后，对身边的人小声说了一句："此人固穷相。"大诗人在翰林院待诏，其实何尝又不是当"倡优蓄之"。

有人认为屈原的《离骚》恰恰就是"同性恋"之佐证。诗中每以"美人"自拟，以芳草相比，说"孰求美而释女"，都代表着那个时期的风气。他们认为简单点讲屈原就是使气出走，随着时间的推延而不见召回，于是绝望自杀。这首千古名作等于是一封绝命书。持这种论者的人引用《荀子·非相篇》："今世之乱君，乡曲之儇子，莫不美丽妖冶，奇衣妇饰，血气态度，拟于女子。"这样一说，屈原的《离骚》和诸多诗篇也就沾上了另一种颜色和情调。

闻一多先生论说了孙次舟的观点，认为对方正确地指出了屈原为"弄臣"，是说出了一个历史事实，但不幸的是却没有将这事实在历史发展过程中所代表的意义充分地予以说明。闻一多先生说:"屈原在历史上的地位,不惟不能被剥削,说不定更要稳固"。闻先生认为屈原恰恰是"倡优蓄之"的顽强反抗者,其伟大的人格就从《离骚》与《九歌》中反映出来。闻先生认为屈原是"一个孤高激烈的奴隶"——这不是一般的"弄臣",而是一个出身贵族参与国政的人,"出则接遇宾客,应对诸侯"。屈原的忧愤,决非一点个人恩怨所能概括,而是无比深邃广大和复杂的。

把屈原和李白杜甫比较起来看,会觉得他们虽然同样心怀君王,同样怨忧满怀,但区别仍然是很大的。即使李白和杜甫在诗歌和文章里对屈原都非常向往,而且深受他的影响,特别是李白——也仍然有时代和社会环境、个人气质、君臣关系等诸多方面的大不同。

屈原是"三闾大夫",毕竟处于一个很高的宫中地位,而且和最高统治者的私谊很深。屈原更深入地参与了国事,比如传记里写到的外交诸事都参与了,很可能是一个重要的外交家。就他对国政的参与程度来看,是和李白杜甫完全不一样的。所以屈原在诗里发出的那种艾怨,既现实又高远,并与复杂的个人感情纠缠在一起;还有一些政见上的不合,这许多东西掺杂一体,就显出异常的繁复和浑然。

而李白和杜甫对权势更多的只是一种仰望,尽管有一小段时间距离很近。那种远距离所产生的不可克服的神秘感,那种巨大的渴望之中,也常有一些卑微的流露。他们和屈原那种哀怨大致还不是同一种质地。这是由他们的生活情状之不同所决定的。这一点我们还须更多地进行对比,不能因为诗人一旦远离了权力、远离了政治中心,有过一些共同的牢骚和抱怨,就认为是差不多的。这里绝非那么简单。

阅读屈原，感受他的世界，觉得更加浩瀚、深邃，简直是阔大无边。从质地上讲，屈原更了不起，也更有震撼力，有不可企及的神秘境界。比较起来，李白和杜甫的世界好像比屈原稍稍明晰了一些，边界也更为清楚。所以从个人精神世界之大、艺术之浑茫辽远来看，他们似乎都不能够和屈原相比。

屈原也许是中国有史以来最了不起的诗人。李杜屈这三个人有一个共同点，就是与权力中心的关系：都在这关系中发生了他们的艺术，画出了一段独特的人生轨迹。

其实知识分子就是独立思考的代名词，所有不够独立者，都难免在某种程度上可被视为以"倡优蓄之"的。这方面写出《李白与杜甫》的郭沫若先生当有深切感受。我们透过他晚年的这本书，会时时读出别样辛酸和不忍。屈原即使是弄臣，他还知道激烈反抗，以至于去死，并因此写出千古诗篇；而后来人做了弄臣不但不会反抗，反而以"倡优蓄之"为荣，或因做不成"倡优"而恼。一般来说当今会有这样两种人：做稳了"倡优"和想做"倡优"而不得者。

不得者动辄大举标榜"民间"，那也是扭曲的"倡优"心态。

凡尖音必疑之

我们对艺术与艺术家的评论，不能不受距离即时空的影响。唐诗宋词固然伟大，但现代诗歌也并非全无价值。知当世之难，总是远远超过对以往历史的判定，因为成为历史的必定是由许多人参与，并且受到了时间帮助的。

我们对哪个当代诗人能像打量李白和杜甫一样,对其作品如此周备地、反复地论证和推敲?前一段时间有人评论中国当代文学,脱口而出"全是垃圾"。这虽然是显而易见的意气之言,是不必讨论的伪问题,但还是能够启发人们多想一下。

说到当代艺术,这是关乎感觉和悟想的晦涩问题——人世间比当代艺术评价再复杂的事物大概也不多了,因为当代读者就是"当事人",他们是很难做到理性、严谨和冷静的,说话特别容易感情冲动。在时下说话,尤其是在这样一个芜杂的百声交织的状态下,不发出刺耳的尖声,不发出偏激的言论是没人注意的。比如过去一个学者写了很多好书,大家都不注意甚至不知道,但是当他后来说了几句冲动之言,发出几声喧哗,效果就完全不同了。许多人就此议论起来,还要与之讨论商榷,更有羡慕向往者。其实稍稍冷静一点的人,并不会因为这尖音而增加一丝的敬重,他们只会去看认真严肃的著述,因为这才是花费了心血的文字。所有的尖音几乎全都不必看重,尤其在这样的喧嚣之期,我们或许应该更加关心寂寞的角落,凡尖音必疑之,凡喧哗必避之。当然这样说说容易,没有大定力大修养的人要做到也难。

不过,对这些偏激之言生出过分的愤慨也没有必要——如果换一个视角又会从中察觉另一些道理,接受新的启迪。围绕一些交口称誉的历史人物尚且不能平静和公允,更何况是对近在咫尺的当代人物。凡是笼统之言一概否定或一概肯定,总要令人心生疑惑。不仅是对当代艺术,就是对李白杜甫,甚至是屈原这样的伟大诗人,也总会不断听到奇怪的发现与反拨。评论的倾向要随社会风气而转动,这倒一点都不必奇怪。比如我们这几十年里对李杜的评价就经历了一些转向和变化——开始特别热衷于社会学的分析,随着政治风气的转换,这种分析很快又消逝了,转向了新奇琐碎的寻觅,或者是另一些惊人的大言。

对某个朝代的文学思想状况,要深入评价是一件多么复杂的事情,对当代就更是如此。为什么说"垃圾说"是一个伪问题?因为不要说一个精力不济的中老年人,一个有相当阅读障碍的人,就算集合一群思维快捷的语言艺术青壮来通读当代,对他们来说也是一项不可思议的浩大工程。没有起码的阅读广度和深度,怎么会有评价的根据?像汉语这样的大语种,使用者多达十三亿,再加上海外华语圈,这么大范围的语言艺术创造谁能够了解?多少角落,多少沉默者,那可能是最大的未知数。真正有大能的人常常不是浮在表面上的,俗话说大鱼总在水底。历史上长时间不为人知的杰出人物,到很久以后才被发掘出来的艺术巨擘,从来不是什么稀罕事。我们相信汉语当代文学中就掩藏了无数的可能性。所以任何一个人,不管踏在多高的世俗位置上,身居多高的庙堂,或者是所谓的"民间"代表,似乎都不足以做出一言以蔽之的统括大判。

个人偏激、冲动和兴奋,说说而已,不必在意。

这个道理从古至今全都相似,比如我们一直讨论的盛唐诗歌,具体到李白和杜甫两个人,也完全不是在他们自己的时代受到全面肯定的。李白在当时幸运一些,但从唐人诗选来看仍然不是诗坛的佼佼者,许多有代表性的集子中并没有他的作品入选。杜甫还不如李白。对他们的评价是渐渐高起来的,是以后,是时间这个智慧老人给予了援手,这才使人们能够伸手指点这两颗文学的恒星。

一些偏激和冲动也并非一无可取,他人或许可以从中吸取反面的理性。

有一点是肯定的,就是对任何一个时期的文学艺术有了重大误解,都可能在时间里得到纠正,这纠正将或早或晚地来临。有人惯于使用一种偏激的言论,冲撞所谓"主流意见",但要真正有效,就必须是正直的、中气十足的、以最充分的案头研究为基础的。

关于底层和苦难

生命的自由是才华流淌的基础和可能。这种自由我们说过,是生命产生过程中被赋予的一种自然状态。这种自由在许多时候是会被破坏的,比如服从权力的束缚,比如为一种意念或观念的强烈左右,都可以使自由丧失。哪怕是某种正义感和使命感,一旦过于强烈和明朗,开始压迫生命本身,那么这个生命也就做不到自然流畅了。看杜甫所有的诗,也许可以说明这些问题。当他处于相对自由的时刻,就有脍炙人口的诗句产生。我们这里不必更多地列举,可以说他的那些脱口而出的绝佳妙句、奇异的诗意,都是在那样的状态之下出现的;而另一些时刻就变得相对艰涩,少了许多飞扬的才情。

杜甫的社会使命感是一直被人称颂的,这种称颂绝无大谬,只是没有更全面地揣悟,没有进入更高意义上的诗学深度而已。像以"三吏""三别"为代表的关于底层劳民艰辛的诗作,给人诸多郁愤和忧思,见识和印证,却少了一些超绝的句子和悠远的意象,常常流于较为一般的记叙和议论。这些文字内容本来不是诗的专有特质,比如散文等形式或可以完成得更好——这样说不是否定其基本的艺术力量和社会作用,而是从诗性和思想多个层面,尝试走入更深入的分析。有人可能说，杜甫那些轻快明朗众口流传的名作，并不能取代"三吏""三别"的分量和价值。这样讲只是一种模糊而笼统的印象，并没有细致可信的具体分析，因为作品的价值仍在于艺术和思想的含量和水准，是这方面的多寡与高下之别。

比如"三吏""三别"中写到的一幕：官兵跳进来要抓当兵的，老太太说男人没有了，儿子也没有了，我代他们出伕吧，接上是诗人的一番议论。这里苦难有了，激愤有了，但诗意毕竟淡薄了，诗与思的含量是比较低的。再看一下《兵车行》和《丽人行》。前者写了新兵的苦难，民众的负担，民不聊生的情状；后者写了宫女皇帝的美艳与排场，写了漂亮女人和享受奢侈——后人谈这首诗，更多地从社会学的意义上去分析，比如强调杜甫对统治阶级发出的讥讽和谴责揭露等。可是我们除了读到诗人以铺张的笔法写春光之中的美貌服饰、宴乐奢华，讽刺针砭了杨贵妃姐妹兄弟的骄奢淫逸和专横跋扈之外，还有更多：诗人的好奇与羡慕，对水边丽人的向往——美会引起视觉的恍惚，会产生巨大的吸引力，带来心性的放松和自由。

杜甫常常被底层的极端辛苦所震栗，被巨大的忧思所纠缠，所以这种痛与恨，还有无边的焦苦，将一个生命紧紧地攫住了。这时候生命不会是自由的，那种自然流畅也就打了不小的折扣。人生的使命感是不同的，它会来自各个方向，有一部分是与生命原初的自由能够接通的，而有的则是偏离的、隔绝的。如果离开了那种自由，使命感就会阻碍才华的灿烂发挥。强烈的责任感使命感是一把双刃剑，它既会强化我们的力量，也会覆盖我们的心灵，抽掉我们的自由，使我们做出概念的、简单和笨拙的表达。

比较杜甫，今天的所谓"写底层""写苦难"，有一些却是变质变味的。

今天的"杜甫传统",其实与杜甫当年的生命质地和情怀追求已经相差甚远,许多时候还可以说走向了反面。有时这甚至会成为一个奇怪的归宿和逃避之地:一切不求甚解、表演与虚荣,都可以在这里轻易地汇集。无能,冷漠,缺乏更大的善意,没有更高的思维力,似乎都可以用"写底层""写苦难"来代替。过去说"阶级斗争是个筐,什么都能往里装",现在是"苦难和底层是个筐,什么都能往里装"。所以这种打引号的"使命感"不仅会从艺术上害掉一个诗人,还会从道德上使其堕落。

曾有个专业写作者,其拿手好戏就是谈"苦难",一讲自己过去受的苦马上泪水横流,以至于形成了习惯——谈文学必谈苦难,必大泪滂沱。如果讲给女子听,也就更加起劲,语调颤抖,掩涕压声,一会儿还把裤脚撸起来,让对方看小时候干活留下的一个大疤,实在有点吓人。当女子凑近了蹲下看,他就趁势把人家的头按住了。由于这样的事屡屡发生,人们也就知道了这种"三部曲":第一部"苦难",第二部"看疤",第三部"按头"。

这不仅是个笑话,实际上许多写作都可以看成是这种变形的"三部曲"。表演的"苦难"并不崇高,一味地"底层"与"苦难"也是误人的。不要以为"写苦难"就获得了道德上的豁免权,也不要以为"写苦难""写底层"就一定是高人一等。苦难既不可消费,又不能当成文学捷径。

"三吏""三别"总被专心于某种批评传统的人,一些注重阶级分析的专家所盛赞,就因为它们是苦难诗、底层诗。但是我们今天平心而论,会发现杜甫最好的诗不是"三吏""三别"这一类,倒极有可能是不那么"苦难"和"底层"的其他作品。

诸如"三顾频烦天下计,两朝开济老臣心""却看妻子愁何在,漫卷诗书喜欲狂""丹青不知老将至，富贵于我如浮云""梨园弟子散如烟，女乐馀姿映寒日"——如上的一些句子，就远比"老翁逾墙走，老妇出门看"等句子更入诗心。

当然诗和诗意是复杂的，会有许多角度的判断。杜甫的写作似乎有三个阶段——或者说这样区分也并不科学，因为时间和风格之间不是那样清晰递进和演变的，也许说成"三个杜甫"更为合适：一个是雄阔昂扬的杜甫，就是写"会当凌绝顶，一览众山小""何当击凡鸟，毛血洒平芜""所向无空阔，真堪托死生。骁腾有如此，万里可横行"的那一位；另一个是沉郁顿挫的，即写"三吏""三别"的那位苦杜甫；再有一个是闲适而明丽的，如写了大量成都草堂时期的作品。这三个杜甫是并存一体的，我们往往只认识了一个"苦杜甫"，并用这一个遮盖了其他两个。

而李白，却好像自始至终只有一个——无拘无束轻狂烂漫的李白。

"三吏""三别"的分与合

诗史的演化与发展，使我们在怎样对待杜甫的代表作"三吏""三别"方面，产生了一些矛盾和犹豫的心情。我们一时不知该从哪里说起：既不愿顺从长时间以来的定论，将其视为"伟大现实主义诗人"的基石巨作，又不愿纵情使性地把它们判为劣诗和下品。

我们常常听到如下的说法：随着传媒的极度繁荣，各种读物品类的增多，传统上的叙事诗已经走向了衰败，它包含的诸多元素更多地被分类和归属了。

比如叙事交给故事和小说通讯之类，而玄妙的诗意则单独留下，成为我们今天人人熟悉的现代诗。这种说法有一定的道理，但总的来说还是简单了一些。事实上直到今天，叙事诗也并没有完全衰败或消亡，只是改变了形貌和性质而已。比如它的情节变得更加闪烁迷离，不再像传统叙事诗那样包含一个有头有尾的故事，而是锤炼为一些碎片散在其中。但故事的元素绝对是有的，只是强化了微妙的诗性和意境，强化了除非诗这种形式而不能表达的某种特别的文体功能。

就这方面的意义、这些特质和趋向来说，"三吏""三别"确乎不是杜甫诗歌中的上品，因为无论怎么说它们在夹叙夹议地讲一些故事，其中无以言传的诗意还是比较淡薄的。从杜甫大量诗作中看，就诗的境界之深邃之完美而言，有许多都超过了它。那么我们长期以来给予它的极高的评价，甚至以它为核心的对诗人的定位，显然只是因为接受了"阶级论"的缘故，是因为其描叙苦难的"底层性"。这就走向了诗学的分裂和偏颇，是不足以为论也不足以服人的。

我们可以回到世界的大范围里做以比较。这里最不能忽略的就是西方的几大史诗了，比如《伊利亚特》和《奥德赛》《贝奥武甫》等。那是典型的叙事长诗，是占有极高地位的英雄史诗，是西方文学史上的骄傲。我们能够说它们是诗中的下品或中品吗？当然不能。那我们又如何评价"三吏""三别"？这好像成了一个问题。

其实先不说它们二者之间的其他差异，只说内容上存有的极大的不可比性即可。首先西方那些英雄史诗无一不是记录了一个大的历史时期的转折性事件，时间跨度与历史场景都是无可替代无与伦比的。而杜甫的"三吏""三别"

只属于局部社会风情的描述，是一些生活事件的记叙，不具有那一类"史诗"的宏大格局。就记叙而言，它们二者的性质可以说是一样的，但杜诗篇幅更短，是对生活横断面的截取。这些诗与杜甫其他的大量诗篇是可以在分量和体量上加以并列的。

就当年传播与记录的功能和作用讲，西方的英雄史诗与杜甫的"三吏""三别"在许多方面是一样的，同样因为当时的媒体不发达，记叙文体不发达，如小说和报告文学这一类体裁还不流行；更主要的是，韵文是当时最有利于说唱传播和普及记忆的。时代变了，类似的叙事长诗继续存在下去就成了一个问题，所以现代几乎不可能出现类似的、成功的长篇叙事诗。

就一首诗或几首诗而言，"三吏""三别"似乎没有长期以来人们评价得那么高和那么重要。但是杜甫给后世留下来的形象，他作为一个诗人的特质，却无论如何也要说"三吏""三别"给予了深刻的凸显，因而是极端重要的。这一类诗改变或确定了杜甫的整体地位与质地。所以我们似乎可以认为，单独将它们抽离出来鉴定和欣赏时，难以说成杜诗的最优秀者；但是它们在杜诗的综合作用之中，在形成其合力的时候，却又是绝对重要的代表性作品。它们当然构成了杜甫的生命底色，更有其艺术底色。

对于作家和诗人和写作，我们难免需要从"分"与"合"这两个角度去考察和认识。只要换一个视角，一部作品的功能和作用以及价值，也许就会多多少少地改变了。

另外需要进一步说明的是，"三吏""三别"只是像"史诗"，而不是严格意义上的"史诗"。真正的"史诗"是一个民族的整体记忆事件，是历史记载方式，有集体创作的性质，最早都以口头流传，甚至出现在一个民族文字诞生之前,而后才经过文人加工整理,以至于成为时代的百科全书。"三吏""三别"只是杜甫的个人创作,且初衷也未必是记录历史,只在客观上具备了传播和记录的功能。"史诗"歌吟的特点非常明显,这也与"三吏""三别"大为不同。从内容的本质上来看,真正的"史诗"都带有本国文明的源头性质,而"三吏""三别"主要关注底层民生,所表现的是生活的"截面"或"侧面"。

读懂这个人

只有花了足够的时间和心力,才可以比较熟悉一个古代的诗人,将其活生生地还原到面前。这就不仅是读懂了作品,也不仅是读懂了全部的文字,而是读懂了一个人。读任何一位了不起的经典作家,最后读到这样的地步才算懂:一个人就站在眼前,他就是这些文字的创造者。以至于遇到现实中的任何事情,我们都能想象出他的态度,他的口吻,他的表情,他对这些事物的反应。

中外古今的作家作品,接受他们的道理都是一样的。从李白说到杜甫,这是两个古人,谈到他们之间的区别,他们与当代作家或外国作家的区别,许多深刻的知悟就建立在读懂之后的比较过程当中。比如我们也可以找两个德语作家来比较一下。

穆齐尔和格拉斯的著作有什么区别?穆齐尔是一个更典型的欧洲人,奥地利人,是很能独处的一个人,他的著作就给人这样的感受。他独自思考了无数的问题,这些问题中的一大部分只有不多的人在关心,今天看就尤其如此。他的一辈子好像主要是写了一部书，还没有写完，这就是《没有个性的人》。

德语作家中，这些年我们这儿读格拉斯的人多一些，因为好读。格拉斯的主要虚构作品差不多全译过来了，让我们可以一窥全豹。就译过来的这些作品看，《铁皮鼓》前半部好一些，其余文字远远不如这一部分。《铁皮鼓》前三分之一写得特别好，有地域文化根柢以及别样的思悟，诗性也强。当然这是读汉语译本的感受，算不算数另讲。到了后面，这种感觉在丧失，作者的心力在涣散，更多地依靠故事，依靠惯性往前走。

穆齐尔生前没有博得那么大的荣誉，连出版都成问题，但是他生命的质量放在那里，通过文字留下了痕迹。有多少人能读穆齐尔？小说竟可以这样写，反省，批判，犹豫和怀疑，吟味，探讨诸多哲学问题，远离当时的文学世界和艺术潮流。

法国的女作家杜拉斯所有的著作都翻译过来了，其中有两本写得不错：一本是《情人》，的确好。七十多岁的一个老太太，一边翻看过去的黑白照片，一边写着照片的来龙去脉，最后把这些说明整理连缀，竟成了她一生中讲得最好的一个爱情故事，这就是《情人》。她正在进入晚境，生命的活力却一点也没有降低，让读者受到强烈感染，因为这些文字写得既朴实又华丽，是一个老人熬炼的生命的黄金。

她还有一本书叫《物质生活》，算是一本奇怪的书，率性，脱俗，很放松。一个人到了老年终于能够放松下来，走向朴素，放弃了表演。总是过多表演的杜拉斯就这样写出了另一本好书，一部非虚构作品。

杜拉斯就在她的这后一本书里谈到了阅读穆齐尔，说自己到海边一个旅馆里去，只带了海明威的一本书，带了穆齐尔的《没有个性的人》。她说用了一个月的时间才把《没有个性的人》读完，因为实在是太难读了。她说"这是我一生当中最难忘的一场浩大的阅读"。"浩大"，她这样说。她的感受极其准确。

穆齐尔把整个生命压缩、溶解到这近一百万字里。这是一个朴实的生命，能够独处的生命，所以才送给我们一场"浩大的阅读"。

赫尔岑的《往事与随想》也会送给我们一场"浩大的阅读"。凡是伟大的作品，差不多都给人这样的感受，都值得一读。我们都是时代的产儿，都是被时代反复教诲和诱惑的不孝之子，都需要阅读另一个时代，需要忍耐。所有伟大的著作都需要忍耐，这种忍耐是最值得的。

比如读了很多托尔斯泰的书，但是连他的大胡子都没感到，能算读懂了吗？这样的一个老人如果生活在中国，那他对自然环境和社会状况将怎样发言？他有自己的一套语言系统，有他的态度。这个人的声音，走路的姿态，都可以想象出来。他塑造了那么多的人物，最清晰最生动的却是他自己。

李白和杜甫就在我们这儿，在现场，他们没有缺席——有了这种感受，才是真正读懂了。

有人把托尔斯泰看得像外星人一样遥不可及。不，他就在人生的现场。读了《安娜·卡列尼娜》，读了《战争与和平》，读了《复活》，还有几个短篇几个中篇，这还不够。托尔斯泰的作品特别多，读过一遍，隔一段时间还可以再读。即便这样，我们对托尔斯泰的世界可能仍然了解得不够。托尔斯泰是一个巨量的作家，文字多到不可想象。可是托尔斯泰这一辈子大量的时间都在做"非文学"的工作，他不是一个专业作家。他管理庄园，打仗，年轻时喝酒，放荡不羁，后来才在庄园里安顿下来，管理产业和办学等。正因为他是一个求真的朴素的写作者，遇到的很多人生问题都求助于书本，并形成记录，落实到文字。他特别有责任感，有感情，牵挂多，留下的文字也就多。

一个作家的多产无非有这样几个原因，一是粗制滥造，或是质朴勤劳。天才的作家比一般人牵挂多。有牵挂，有责任，就要记下来。我们每天牵挂的那些事情，深度广度都不够。而托尔斯泰不一样，他牵挂多少事情，比如宗教问题，他觉得这个宗教被异化了，人和神的关系不是那样的，就写文章谈东正教。教会把他开除了。直到最后他还是在教会外面的一个人。在教育方面他也忧心，自己办学编课本，动手写一些寓言故事。他这些文字其实也是最好的作品。他的演讲、日记，一切都跟这个生命密不可分，有千丝万缕的联系。这样的作家想不多产都不可能。

许多读者在没有宗教背景下读托尔斯泰，谁敢说真的读懂了？抛开宗教背景尤其是对东正教的理解去读俄罗斯的作品，能懂多少，是大可怀疑的。再比如英国的大诗人艾略特，他的每一首诗几乎都涉及《圣经》，有的甚至是《圣经》原句，我们如缺乏《圣经》知识，要读懂艾略特就几乎是不可能的。

像我们一直在讲的李白和杜甫，由于我们过去保存文字的条件不行，所以他们留下来的作品还不是海量，但比较起来仍然是那个时代里最多的了。要理解他们，读一部一篇不行，而必须要尽可能地去读全部的文字。李白很短的一个表、一首诗就不重要？要完整地理解这个生命，会觉得他的任何文字都极为重要，因为它们都发自同一生命的根柢。读杜甫，不好好读他自己引以为荣的《三大礼赋》大概也不行。

这里同样有一个问题，就是一定要在唐代思想精神的大背景下去阅读李杜。特别是他们两个人一生牵挂的修道,还有对其影响最巨的儒家思想、老庄思想,都要有相当的了解。

翻译及传统

从李杜谈到中国的现当代小说,单论继承关系,可能和诗的方向一致,就是基本上趋向国外翻译作品的模仿。无论是魔幻现实主义还是所谓的意识流,都走了那样的道路。大多数作者依赖翻译,平时津津乐道于各种译作,一谈起来就兴致勃勃。

就因为没有雅文学作基础和范本,本土小说就一定要更多地模仿国外吗?答案也许不是这样。中国雅文学的小说仍然属于诗性写作,它的核心也还是诗。既然如此,也就仍然可以继承以李白和杜甫为代表的盛唐传统,继承屈、李、杜、苏的纯文学传统。讲到叙事,那就直接学习《史记》和诸子百家好了,从这里出发,走向今天,那将会是一个完全不同的现当代。雅文学是诗和思的综合,其诗的含量,思想的含量,最终才是衡量叙事文学的主要尺度和指标。单从这个意义上讲,中国雅文学写作应该更多地回到传统。

不过这里的回到传统,不应该是一味地向后看,而是携带着传统向前,走向自己的"现代"。

再说诗本身。从白话文运动初期的自由诗到现在,西方对我们产生了决定性的影响。这个过程李杜等中国古典诗人是背向的,属于扬弃的对象。于是要谈自由诗,就不能不谈外国诗歌翻译。据诗歌与西语通人讲,同样是一个人的诗,两个人翻译出来,有可能完全对不上号,觉得不是一个人写的。可见诗的翻译有多么难,多么令人生疑。

国外的人愿意翻译、较易翻译什么样的文学作品?一般来说是故事性很强的那种,比如一些通俗文学。因为翻译故事容易,翻译语言困难。要把一个写作者的语言特质翻译成另一种语言,那会多么艰难。比如说语言的地域特征、独特的气息,词汇调度之细部,内在的幽默等——这些才是写作者的文学指纹,要把它识别出来,既是最起码的,又是最难的。李白有句诗说"蜀道之难,难于上青天",好的译本就是要抵达语言层面,但做起来同样是"难于上青天"。

把真正的诗意和节奏翻译出来,把微妙的东西凸显出来,这正是译者的着力处。诗的翻译几乎是一种知其不可为而为之的工作。小说也是这样,真正意义上的雅文学是非常难译的。把一个故事用另一种语言讲出来,大致不出错误,这是容易做的,这样的工作既快捷又能博得口彩,在读者那儿较易通过。外国人可以看得明白故事,可以转述。但是语言之妙,别致的讲述方法,就需要细致体会和感受,它需要更强的感悟力。

不回到语言层面的翻译,严格讲并不算真正的文学翻译。因为文学是语言艺术,忽略了语言即等于忽略了文学本身。

尽管这是十分困难的任务,.但总要完成。中国有好的翻译家,而且数量开始多起来。过去有一个叫查良铮的人,笔名穆旦,他既写诗也译诗,许多人都说他译得好。比如奥登那首《悼叶芝》译得多好,还有《荒原》。现在需要强调的是,由外语译成母语中文,汉语言艺术的表达水准才起真正的决定的作用。

这些年许多中国人翻译马尔克斯的东西,如果一个读者对语言足够敏感,就会发现:不同的人翻译其作品,都带有强烈的马尔克斯气息。这说明认真的翻译是可以回到语言层面的,尽管从遥远之地传递过来,经历了东方民族的改造和嫁接,但是那种原创的特殊意味还是能够让人感受。

从这个意义上讲,翻译也许不要那么悲观。小说和诗都能做到更好。好的翻译家能够把诗的精髓抓住,传递过来。我们读译过来的普希金的诗,里尔克的诗,阿赫玛托娃、茨维塔耶娃的诗,常常要想:这会是他们,真的是他们?我们是在读他们还是在读译者?我们读的是外国人写的汉语诗,还是中国人用汉语写的外国诗?为什么有些大师作品读起来好像并不好?我们在这样的阅读环境里受到的影响,究竟算不算真正来自于西方?总有这种种疑惑。但是没有办法,如果不读,那也只好去读原文了,又没有几个人有这种能力。今天看马雅可夫斯基的一些诗,还是有许多感触。那些阶梯诗当年令人冲动,并不觉得直白和浅陋。初一看这类诗没什么意思,长短句子排列起来,明白如话。不过细细领略,还是会捕捉到那种内在的韵律和张力,多少还原诗人创作那一刻的激动。

由此我们可以想见,李白和杜甫的诗如果译成外语,有可能会意味全无。

更有趣的是,当年的李杜并不急于"走出去",大概从未想过"走向世界",但是现在西方人一提起中国诗歌,稍有专业知识者,谁会不知道他们?

绝对真理

人是否相信永恒的绝对的真理，是我们每个人都绕不过去的。如果过去说到永恒的真理，没有多少人会反对。但中国人毕竟是现实主义者居多，特别是现代人，大多已经变成了相对论的信徒，认为一切东西都是相对的：黑白是相对的，真理是相对的，对错是相对的，道德也是相对的。

如果一切都在"相对"，那追求真理还有什么意义？

于是一切都可以混淆，一切都可以去"辩证地理解"，结果完全搞成了诡辩。人的一生要过这种没有目标也没有标准的生活，真是糟透了。

相信永恒和绝对的真理，对一生治学至关重要。我们可以相信有一种无所不在的、莫名的、我们难以理解的巨大的规定力，是它决定了世界的秩序，形成了规律。这种力量是存在的，这种力量叫"神"可以，叫"绝对真理"也可以。

但是这里有一个问题：当我们接近真理的时候，会有各种途径，它们通常会表现为各种思想体系，比如国人常说的"唯心主义""唯物主义"等，难以历数的"主义"、众说纷纭的学说。所有学说都会号称自己找到了通向了永恒真理之路，有时甚至还要宣称自己所信奉的是"放之四海而皆准的""颠扑不破的"。一个人既要相信绝对真理，又要对所有通向它的路径保持一定的质疑能力。一切的学说和探索都是不完全的，都不妨将其看成接近真理的路径和假设之一。如此一来，要探索真理就不能轻易排斥其他学说，就要有巨大的包容性，包括反省和自我批判。只有这样，才能处于整合和"解码"当中，接近终极的意义。

这样似乎比较好一些：把一切学说都当成通向永恒之旅的假设，既要有怀疑精神也要有包容精神。无论某一种学说如何铿锵有力，我们仍然可以去质疑。一个学说不可能囊括所有的真理，无论它多么丰富、博大、精深，都只是认识世界的一个侧面、一个层次和一个角度。它来自不同的人群、生活经验和道德禁忌，来自不同的政治需要和社会需要。所以考虑到这一点，我们似乎也不用多么紧张：面对各种各样的学说和理论系统，不妨大胆地包容和质疑。这如同胡适说过的"大胆假设，小心求证"，真的是一种很好的治学精神。

当代的勇气和热情

我们现在需要清晰准确、爱知并重、诚实无欺的当代艺术评论者。这里不一定是专门的批评家，而是一个能够从自己的真实判断里说出个人见解的人。比如我们看到唐代诗人们相互品评，他们甚至将这些意见直接写入诗中，终于成为后来人最珍贵的诗论资料。李白与杜甫的友谊不用说了，单说他们相互对诗的品评，尤其是杜甫对李白不吝言词的赞扬，就是十分感人的。他们因为诗才的相互吸引，还有性情志趣等各方面的契合，才有了如此之深的友谊："怜君如兄弟"，"醉眠秋共被，携手日同行"。这是杜甫怀念李白时写下的句子。李白说杜甫："何时石门路，重有金樽开。"杜甫谓李白："何时一樽酒，重与细论文。"讲的都是同一回事，就是相逢一起把酒论诗。可以想见他们作为诗人，在一起谈诗论艺时的大愉悦。

对诗友李白，杜甫最有名的力赞当是如下的句子："昔年有狂客，号尔谪仙人。笔落惊风雨，诗成泣鬼神。声名从此大，汩没一朝伸。文采承殊渥，流传必绝伦。"这真是倾心感佩之极，是无以复加的钦敬。两个天才人物如此切近，一个对另一个发出这样的赞论，除非是一方被另一方深深地打动和折服而不能为。在当代的文学交谊中，这样的例子是极难寻觅的——现代人担心和算计的是能不能"持重"，更担心其他种种禁忌。当代人对文友常常是小心翼翼的，相当精明得当，唯恐失去了什么。这是精神和思想的小时代常有的拘谨气和小作气。

同为唐代著名诗人的元稹，比李杜晚生了六七十年，他十分注目李杜二人。他对杜甫评价特别高，并且多用李白比较杜甫，留下了一些苛刻的文字。他的李杜评价就留在了《唐故工部员外郎杜君墓系铭并序》中，其中说："是时山东人李白，亦以奇文取称，时人谓之李杜。"这就说明在那个时候已经有"李杜"并称的现象了，可见作为两位杰出的诗人，他们的名声已经开始确立，不过这已经是他们去世后多达半个世纪的事情了。不同的是，当时的元稹认为李白比杜甫简直差得太远了，"余观其壮浪纵恣，摆去拘束，模写物象，及乐府歌诗，诚亦差肩于子美矣。"还说："至若铺陈终始，排比声韵，大或千言，次犹数百，辞气豪迈而风调清深，属对律切而脱弃凡近，则李尚不能历其藩翰，况堂奥乎。"

中唐以后杜甫名声渐大，以至于有以元稹为代表的扬杜抑李的风气，其实这大约与杜甫擅做律诗、工整考究、后人易学有关；而李白这样的天才选择了自由的乐府诗和绝句，七律写得少，多靠神来之笔，后人学不来也模仿不了，只能望尘莫及——也许我们从中唐以后以元稹为代表的这种观点里，看到了一个盛大的朝代正在渐渐式微的某种先兆,这种先兆在文学观念上的表现,即不再像以前那么单纯、任性和自信了,也不再那么青春。

在中唐有扬杜抑李的倾向,今天就更是如此。文学艺术领域多有类似倾向。单纯从创造上来讲,杜甫和李白都是具有极大创造力的杰出诗人,但李白的原创性则更高更强更天然——一个创造力极强的时代、活力向上的时代、开放的时代,必然会更加喜欢李白;反之,一个活力下降的时代则更容易喜欢杜甫,这跟一个时代的心理状态有关。杜甫与社会性的普遍思维很容易相通,但李白则需要回到自由和单纯的人性中去——人总会被异化,于是就丧失了那种单纯天然的气质,所以也就不再理解最为自然天成之物。另外,杜甫的缜密也不可以简单地视为后天的努力,而仍然是先天才华的一部分——就此来说,今天所有"杜甫式"的诗人,都极难抵达他的高度。

李白从高空直接降临,而杜甫从地面往上攀登。

说李白的诗歌远逊于杜甫,这是一部分人的观点,并且盛行过一段时间。但也有相反的例子,比如后来的皇帝唐文宗,就把张旭的草书、李白的诗歌、裴旻的剑舞并称为"唐代三绝"。但这是什么时候的事?文宗已经是晚唐皇帝了,他出生的时候李白已去世半个多世纪了。

我们最熟悉的还有韩愈的《调张籍》:"李杜文章在,光焰万丈长。不知群儿愚,那用故谤伤。蚍蜉撼大树,可笑不自量。"可是韩愈这首诗的出世,离李白去世也有几十年的时间了。

可见真正深刻的认识需要时间、依赖时间,这几乎是没有办法的事情。至于杰出的艺术家及其作品在当代即得到深入认识的,那常常要局限在极小的范围内,而更多的只会是芜杂的喧嚣,是庸俗与势利的附和与覆盖。这本是人之常情，世之常情，没有什么好奇怪的。我们如果渴望自己的时代出现像别林斯基那样执着而顽固、目光犀利如电的人物，或者出现鲁迅那样不避近身搏杀纠缠、不计得失的勇者，那也是太过奢望了。

于是一部分有操守的当代艺术批评者离开了，他们宁可去做明清文学研究、现代文学研究，也不愿　当下这滩浊水。这是大家可以理解的退居之方，是类似于沉默的力量。

当代诗论难度极大，这种工作容易产生影响，拨动当代思潮，介入社会生活，是幅度较大的个人动作，所以危险性也大，往往会付出白白浪费时间这样的至大代价。他们一旦发现自己处于一种极其无聊、混乱无序的时期，陷入极具民族特色的"大众诗学"的浑汤里，或者是鲁迅所说的"无物之阵"中，或随上做无心无肺的胡言乱语，或不顾个人安危死缠烂打——这两种选择都让人一时接受不了。他们没有别林斯基那种即使遍体鳞伤，爬起来后连伤口都不舔一下就继续前冲的巨大勇气。他们自认为才华和人格力量、勇气，都不足以做当代别林斯基，更不足以做鲁迅。所以，他们选择了实在的日常劳作，这等同于沉默——不失尊严的沉默。这当然也是别有力量的。

学者退到一个惯常的角落里，这种行为本身也表达出一些不屑和傲慢。这也是令人尊重的。我们并不会因为他们的缺席和退场而感到惋惜。因为这个特殊的时刻，确乎已经没法做那些事情了——但是另一方面，如果都照此办理的话，全部缴械或搁置，那我们的当代学术会更加烂掉。彻底烂掉也许更好？不过我们的想法总是很老派，认为最有力和最深刻的人，还是那些能够揪住当代文化与精神的细节，死打烂缠如鲁迅者。

鲁迅因为这些可怕的战斗，影响了自己重要的创作计划。他曾经流露出写一个关于唐代杨贵妃的长篇小说的念头，可是一直没有写，直到五十多岁死去。他的中篇和短篇后来写得也很少。他说希望自己"速朽"。他活着时完全陷入了与当代文化、当代学术这种沙场乱阵之中，就连一个微不足道的小人物在报纸上发了一篇小文，只要事关原则，他一定会做出自己的反应。他晚年的很多的杂文就是这样写成的。这需要多大的牺牲的勇气。

鲁迅是因肺病去世的。忧伤肺，那是多么大的忧伤。老人早早地去世了，留给我们的是那一摞杂文。有一些人说鲁迅不是什么了不起的作家，连个长篇都没有。长篇固然好，可是平庸的、没有精气神的"巨作"，比废纸的价值会更大吗？而鲁迅这一摞杂文，却给一个又一个时代提供了浩大的阅读。鲁迅的杂文也是诗，他几乎是以写诗的方式来写杂文的，他自己说司马迁的话亦可用在自己身上，即他的杂文也是"无韵之离骚"。

鲁迅付出了巨大的代价，但他成为了一个了不起的虚构作家；同时仅就其大量的批评文字来看，又有些中国式的别林斯基的意味了。他具有无比的勇气、生命的激情。这种对真理执着追求的勇气，可以支撑他孱弱的生命做最后的挣扎，直到生命的终点。这样的一个人，连身上的血迹和灰尘都来不及扑打，一直战斗到最后一分钟。这是一个多么巨大的悲剧，又是多么光荣的生命燃烧的轨迹。

这些勇者更愿活在当代真实中，他们不想屈辱地等待下去。

第七讲：苦境和晚境

思想灿烂的时代

唐代没有更多杰出的思想家，却有以李白和杜甫、陈子昂、王维、白居易、李贺、李商隐等为代表的一大批诗人。而那个时代用以表述个人思想的一些散文化文字，包括李杜所写下的这些文字，相比于他们的诗，品质就大大逊色了。我们会发现一个有趣的现象，盛唐是物质科技各方面都高度发达的一个朝代，唐玄宗的前期，国家非常富裕，边疆及中原各地都很安定，文化发达。唐玄宗这个人不仅治理国家很有办法，而且关于儒教、佛教、道教，都有自己的专著，诗也写得好。

但是大一统且富裕强盛的唐朝，在思想方面并不是那么发达，而且不是往前走。思想的发展绝不是线性的，不会简单地进化。比如说魏晋，大家知道"竹林七贤"的独立，思想的锋利，非常让人惊讶。再往前追溯到战国，那更了不起，有所谓的"百花齐放，百家争鸣"的稷下学宫。稷下学派那部分人的思想，直到今天在世界范围内都相当了不起。战国是一个不可多得的思想灿烂的时代。那时的国家和民族没有走向大一统，于是留下了很多"不治"的空间。

这种混乱的格局有代价，大一统也有代价。总之"不治"的思想空间多起来，就会产生一些"个别"现象，这些现象都将综合到一个民族的重要积累中去。战国稷下学派的伟大不必说了，魏晋南北朝竟出现了嵇康这一类人物。民国也是如此，产生了那么多的思想家，造就了到现在还令人深以为傲、钦羡不已的思想格局。

国家走向大一统，须具有思想方面的包容气度，这往往是极难的。不然就很难出现游离的个体。李白和杜甫为代表的烂漫的想象和诗意，并非直接书写了思想，而是大于思想的感性的抒发——这虽然是伟大的表达，但仍然不同于直接的理性思辨，当然还不是一回事。可以设想，如果大一统的辖制走向极端，就连感性的果实也会凋落。

唐朝为什么没有杰出的大思想家，原因可能极为复杂，但如上所说，一切也并非无踪可寻。从世界和历史上来看，分散的独立的小国更容易出思想家，而统一之后的大国往往很少出现这样的人物。另外人们总是追问唐朝为何艺术辉煌灿烂，回答也大致是人所共知的"军事和经济发达""人民生活富裕"等。这些罗列倒也显得表面一些，因为类似的物质时代并不少见，却往往并没有突出的艺术呈现出来。唐朝一度社会安定物质丰富，且有相当的包容和自信，但辉煌的艺术必有一些更深层的原因。

刚刚经历了魏晋南北朝那样一个民族大融合的时期，唐朝对魏晋文化特别是对外族文化的吸收，才使汉文化的视野得以更大幅度的展开。唐朝对外开放程度很大，交流甚至远达西方，不仅有玄奘的印度取经，还有西方景教的传入，这是基督教的一支。以科举制选拔人才，贵族地位不再世袭，而且以诗取士，这表明官方对诗歌有了认可，而且皇帝和大臣们带头作诗。从诗歌文体本身的发展来看，中国诗歌最初是四言，后来有了五言，到唐朝则有了七言——诗行的字数越来越多了，形式也越来越自由了。唐朝已经有了词，李白就写过词，王国维《人间词话》就评过李白的词，词比诗就更多了一些自由。也就是说，仅从诗歌这种文体自身的发展来看，唐朝也正好是最为成熟的时期。

为什么唐朝这样一个所谓的"盛世"却几乎没有思想家，似乎还可以从地理上的大一统跟地理上的割据的区别中，找到一整块精神空间和被一块块分割的精神空间之间的联系。这二者是有关系的：地理上形成的集体和个体之分，这的确对思想是有影响的。还有，唐朝过于尚武，这从某种程度上也淡化了儒家文化的教化功能。唐朝之前是一个南北朝乱世，作为华夏正统的儒家文化被一定程度地破坏了，到了唐朝不但没有恢复，反而引进并发展了外来文化，比如胡文化和佛教文化影响渐大，这就阻碍了以儒家为中心的传统文化的复兴，甚至还起到了破坏的作用。也许唐代只有韩愈、柳宗元算得上思想家，但他们的文学成就又远远大于并盖住了"思想家"的身份。即便像韩愈这样一个大儒，也曾因为"谏迎佛骨"而差点被杀。

总之文学上的兴盛掩盖不了哲学思想及学术上的苍白。唐朝文化铺排得热闹，喜欢"输入"和"输出"，却因哲学思想上的无力，对中国传统文化缺乏升华，所以回首望去只是一片诗词烂漫而已。对比思想史上的春秋战国、汉代、宋代、明代，唐朝都是让人遗憾的。一个没有思想的时代，其实对于民族和人类的真正贡献是可疑的。试想古希腊如果只有荷马史诗和悲剧喜剧，而没有苏格拉底和柏拉图，没有宗教尤其是基督教的传播，那么西方还会是今天的西方吗？

钱穆说："唐朝在中国学术史上，实仅一文学时代。"胡适写《中国哲学史大纲》，只写到汉代就没再往下，这当是胡适的问题，但同时也让人联想：

他就是往下写，写到唐代会写什么？我们从韩愈被贬一事，就可以看出唐代的思想禁锢。有时候思想禁锢也会使得人们更多地寻找另一个表达的出口，如选择文学这种相对曲折的方式，这就促使了文学得以繁荣——但这种禁锢一定是适度的，如果禁锢走向了极致，那么文学也要被扼杀掉。可以设想，一个时期大兴文字狱，文学是绝无存活之望的。

但是比较起来，唐朝并没有跟前朝思想彻底断裂，它只是没有发展和产生出自己的思想和思想家而已。

对思想的辖制

唐代是诗歌的王国，让中华民族永远骄傲的朝代。可也就是这样一个朝代，我们的诗人流露出令人极遗憾的一面——不能说"不堪"，那个词很重；像李白和杜甫，留下了许多表和赋，可以说"不堪"，但更多的人只能说是遗憾。为什么？有两个原因，一是来到了大一统的封建社会，而且这个社会来得空前富裕，空前安定，空前给人希望。经过了长期的纷乱，这个朝代给当时的知识分子以巨大的喜悦和希望。他们的诗有一部分是"错爱"。

杜甫自己很清楚，"文章憎命达"是他的名句——文章这东西跟那种命运的富贵显达是"有仇"的，有了显达的经历和情感，诗人往往就会飘忽起来，没有了真切的语言力量，思想与激情都会失去了投放点。一个人若是像杜甫那样命运坎坷，像李白那样失意，就会增加各种情感的思想的"沟回"。

人的聪明在于大脑上有很多"沟回"，在于不平。情感的产生依赖于生命的颠簸,"江山不幸诗人幸",也是这个意思。从多灾多难的民族命运和个人命运的结合当中,能看到人性锐利的部分,从顶峰到深渊的跌宕,会让一个生命强化感受和意识。

盛唐的各种状况固然很好,但人跟强权的关系、政治的关系,平民与政府的关系,比起其他时代仍然没有多少本质的改变,还是压迫与被压迫、统治与被统治、集体主义与个人主义的强烈矛盾,是思想的管制与个体独立之间的尖锐对立,这些基本关系都没有改变。外部的统一,所谓的经济状况,民生问题,大致有一个升平的景象,这些让诗人一时产生了幻觉。在这种幻觉下,写歌颂官府的诗就多了,并形成一股潮流。

潮流对人是有裹挟力的,比如受网络语言的影响,今天说粗话的多了,许多文明人也跟上说粗话。巨大的盛唐诗歌潮流,感染和裹挟了一大批诗歌写作者。

而"以诗赋取士"只是诗歌兴盛的一个小的原因。当年还是科举制,以诗赋进阶,比如说上一篇好的诗或赋也可以递补候缺,是盛唐的规矩。比如当年杜甫进献大赋,获得了唐玄宗的赏识,批示宰相李林甫,要他注意杜甫。杜甫被找来当面作文,但李林甫嫉贤妒能,并没有给杜甫多大好评,结果误了杜甫一生。

李白上了许多的表和赋,或者囿于自身某种条件不得参加科举,或者想蹦过科举取士这个门槛。"诗赋取士"是做官的一个大路径,而对艺术则是一个小路径,这对诗人诗风的形成、内容和主题的形成,如果说有影响也是微乎其微的。最重要的因素,还是唐代到了一个大一统的专制时期。

这个大一统不得了。无论这个时代富裕还是穷困、太平还是战乱,当它分隔成一块块地理空间的时候,一定是伴随着一块块的精神空间。战国、魏晋南北朝、民国,何其混乱,但却出现了许多思想方面的豪杰人物。对皇帝一类人物拍案而起,民国时期曾真的发生过,但是唐代没有人敢这样做。唐代不用说对唐玄宗拍桌子,就是轻慢一点也可能被杀掉。这种精神的高度统一和专制,肯定会形成对思想的辖制。

李杜及其他盛唐诗人,其文字都留下了辖制的特征。

阔大浩瀚的世界

人们常常会问一个问题:唐代既有对思想的普遍辖制,为什么还能产生诗歌的大繁荣?一般来说思想的辖制与艺术创造的飞跃确是一对矛盾。所以说没有比文学问题再复杂的了。依附官府和权贵不好,但李白和杜甫如此依附权贵,诗却写得那样好,一个人关怀底层最好不过,但杜甫最关怀底层的诗作,恰恰并不像历来大多数人所认为的那样好,起码不是他自己最好的作品——杜甫百分之七十的诗作都是在回归杜甫草堂之后写的,无论数量还是质量都是居上的。可见艺术总有特殊的个案,这里不能用所谓的规律涵盖一切现象。个案的分析将是更复杂,更为一言难尽的。

文学创作的产生是由多种因素决定的,它既是一个多灾多难的人发出的感慨、反抗、嫉恨和热爱,同时又可能是一个手不沾土的富贵子弟的把玩,如李煜贵为皇帝也能写出不朽的好诗。所以没有什么比生命现象、文学艺术现象再复杂的了。

唐代是诗的王国,风云际会,很难简略总结一言以蔽之。天时地利诸因素的综合,才形成了盛唐的诗章。有那么多的巨星互相映照和学习、鼓励与启迪,即可产生无可比拟的推动力。同时这又是很漫长的一段太平时期——讲起盛唐,我们感叹产生了《全唐诗》里那么多的好诗,但也不要忘记,这里除了李白、杜甫、孟浩然、张九龄、高适、贺知章等巨星一块儿生活的相对集中的那些年月,整个唐朝有近三百年的时间,如果三百年内集中挑出几百首,李白杜甫两人却又占去了许多。

说到唐诗还要提到两个身在官场的重要人物:一个是贺知章,这个人是当朝高官,他也是大诗人,非常欣赏李白,也非常爱喝酒,极为率性。有记载说他在官场上不得志,也有人说他得志,只是厌倦了刻板的生活,才早早要求回到故乡。这个人物与政府间的合作是不错的,在当时算是一个桂冠诗人。

另一个是高适。高适最早在哥舒翰麾下当幕僚,哥舒翰是将军,外国人。高适当年未发达时也有好多不如意,牢骚很盛,李白杜甫都劝导过他。后来他发迹了,在永王和唐肃宗的对峙中站队"正确",是当了皇帝的唐肃宗一边的人。他带人去围剿肃宗的弟弟永王李璘——就是把李白从庐山上请下去的那个王子。当时李白很是兴奋,说皇帝的两个王子,一个在那边打,一个在这边打,很快就要把安禄山打败了。他以为自己正在协助王子立一个大功,没有想到兄弟之间还要争夺天下,有个"安内"还是"攘外"的问题。安禄山气焰正嚣,李亨就派兵去打自己的兄弟了,"政治"就是这样残酷。高适是个很了不起的诗人,他跟李白那么好,最终却分道扬镳了。高适领兵消灭的对象,正是李白服务的对象。他与李白曾是那样好的朋友,两人一起喝酒游玩。李白入狱与高适有没有直接关系,没有文字可考,但用郭沫若先生的话说,高适起码是在做"壁上观",并没有伸手搭救。

高适在唐代诗人里面可能是权力最大、官职最高的之一。但是他和贺知章一样,并未影响个人诗的成就。所以我们不能简单用经济状况、政治态度和社会地位去判断诗人与艺术成就的关系。这个关系极其复杂。我们可以在文学史和学术理论、学术研究中去寻觅文学与社会的关系、文学与立场的关系、文学与精神状况的关系,但这仍然不能替代关于艺术创作极其复杂的理解。

唐诗并不是唐代文学艺术的全部,但仅仅是研究它的诗,就会觉得魅力无限;仅仅是瞩目于李白和杜甫,也要进入一个阔大浩瀚的世界了。

众口铄金

不同的民族和不同的国家,在不同时期的文化宽容度、容忍度是完全不一样的。有一本书,大家如果感兴趣可以看一下,叫《蒲宁回忆录》。这个小说家兼诗人散文家,是一个典型的十月革命的叛逆者,跑到了西方,在这本回忆录里记下了大量十月革命后活跃的一帮诗人,如勃洛克、马雅可夫斯基、叶赛宁等。看他的记录会发现一些趣事,这些文字当然有偏向,有情绪,不一定全是信史。但苏联当时肯定有一拨狂妄无比、才华盖世的中青年诗人。像他书中所列举的一些人,有点让人受不了。恋爱,酗酒,粗鲁,怪异,激情像烈火一样日夜燃烧。他们生命力极强,但一般又活得相当短促,其中如叶赛宁和马雅可夫斯基等，都是自杀早夭。

这一拨诗人留下了不可遗忘的诗篇。

看蒲宁的记录，觉得作者对他们是常常厌恶和不能接受的。但公平而论，他们个人的艺术和日常的行为，在逻辑上也完全是统一的。如果能够回到具体的环境，研究他们的个性轨迹，就会觉得一切都是有迹可循的、自然而然的。一个诗人如果仅仅是依赖表演性，那就成了空穴来风。这种古怪的、特异的、名声极其可疑的狂人，在任何时候都难以绝迹，但他们仍然与那些早逝的、满是瑕疵的天才们是两回事。表演者是投机者，最终还是走不远，他们的问题是专业上的低能与懒惰，是不着边际的情感和行为的夸张，是出于各种原因的发泄和放纵。

比如同样是出名或受人关注，是否因为作品的质地而不可淹灭不可回避，这完全是不同的。现代人熟稔广告时代的一套操作程序，一个通用的办法就是往脸上抹油彩。比如走在大街上，一般人回头率不会高，可是如果在头上绑一撮红色的鸡毛，再把脑瓜抹上油彩，这一路必定会有许多人回头观看。这时候丑俊好坏是另一回事了，受到了众多关注倒是一个事实。这个路数多么廉价、多么不自信又多么可笑，但就是百试不爽。尤其在网络时代，在这个众口铄金的时期，艺术界采取这种方法的人并非少数。

从行为艺术到广告效应，聪明的现代人谈到李白和杜甫就有了另一番理解，比如有人竟认为他们的"符号化"也是其成功的重要因素。李白的"狂"与"仙"，杜甫的"苦"与"窘"，都是他们最明显的个人标志——二者如此不同，而且在作品和言行两个方面都发展到了极致，于是才不可取代，万世留名。其实这是多么浮浅的理解。李杜二人的伟大与不可湮灭，因素多到了不可穷究，但有两点是最明显和最主要的，这就是：他们作为一个诗人的过人的才华，作为一个人的诚真质朴，才构成了他们成功的最大必然性。

我们在理解两个伟大诗人的时候哪怕小有偏差，也会导致严重的误读，会离题万里。

有一个在刊物工作的朋友告诉，某一天他的办公室突然来了四五个青年男女，都是所谓的诗人——与诗有关的故事从古至今都特别多——他们进了门立刻把他吓了一跳。领头的那个男子双目灼灼，放着贼光，个子不高，头上绑着布条，上面写着一些古怪的字母，一进来就瞪着他。朋友说"欢迎啊，你们请坐啊"等等，但那人根本不听，只瞪着眼慢慢往前凑，双手也了举起来。那个朋友正吓得往后退，领头这人突然打了一个响指，接着跟在后面的几个人一字拉开，一齐蹲成马步，大喊："我们是咬人来了！"

接下来他们并没有咬人，只是说了一些极狂妄的话，然后就转身离去，到了大街上。朋友从窗子望下去，发现他们开始在街上表演了，这个朗诵一首诗，那个朗诵一首诗，有的还在地上打滚，声嘶力竭地喊叫。

这些人不是疯子。他们的行为是精心设计过的。

以此类推，无论学术界还是创作界，类似倾向的人并不罕见，有时候不过是五十步笑百步而已。这是我们文化里很特殊的一个现象。如果硬要从古人那里找找依据和例子，有人就会谈到李杜，谈到早于他们的竹林七贤，还有许多。有人会觉得不狂如李白，就不会成为那样的大诗人；不苦如杜甫，也不会成为那样的大诗人——其实对古人片面的不着边际的理解和模仿，只会误掉自身。古人和外国人的成就和怪癖，像水纹一样一波一波荡过遥远的时空，来到今天和当下就变成了浪涌。

海啸是怎么发生的？从震源处开始，那儿的水波是比较小的，但动力来自那儿；当这水波传递了几百公里之后，慢慢地积蓄和增加了能量。"水"就是时间和民众，古人的言与行穿越其中，会被一波一波无限地放大。

疼得远远不够

我们永远以李白和杜甫的诗为傲，总是说着"诗仙"和"诗圣"。他们的诗在过去耳熟能详，现在则被网络之类喧嚣覆盖了一点。但是传诵他们的诗句是一回事，作为一个文化标本的剖析，表现出的民族反思力、反省力和批判力又是另一回事。对于这两个象征性符号性的人物，我们不忍过分地挑剔和批判。

谈到李白，他可爱的形象马上跳到眼前。李白留下的文章大概有几十篇，诗大概有一千首左右。细读一下他的诗和文，会时而触碰痛点。这是文化之疼，理性之疼，人性之疼，有时令我们忍不住合篇而思，良久不语。还有杜甫，他的不幸，他留下的心声，他的各种言与行，真是让人一言难尽。这种疼会从某一个点开始，辐射到全身，到心的深处。但我们仍然疼得非常不够。我们没有那种长久的、时时袭来的、深到骨髓里的痛楚和羞愧。这不仅是为李白和杜甫，还为我们自己——我们自己的文化性格，正是在包括这些伟大的诗哲在内的一大部分人物的影响之下，一代代培育起来的。

这就带来一个问题：李白和杜甫既是文化上的两个杰出代表，是符号，是民族自尊的重要象征和组成部分，我们是否还可以从他们身上更多地发掘和反思文化与人性之痛？实际上我们在为李白杜甫的坎坷感到不平和痛苦的同时，也无形中把这两个人在世时的社会政治关系类型化了，并且在某种程度上给予了谅解和认可。

这才是更大的不幸和悲哀。

我们一谈到李白就想到一个天才的怀才不遇，以至于成为一个模型和套路，认为这就是文人、艺术和社会及权利之间的正当格局。在我们带着惋惜传递他们这方面的信息的时候，实际上更是得到了心底的首肯和认同。

我们一方面津津乐道于李白那些了不起的、富有想象力的诗章，震惊于他的惊人才华，但是又不愿用更清晰和理性的眼睛去看他的《与韩荆州书》，还有《为宋中丞自荐表》《大鹏遇希有鸟赋》之类文字。他的一些诗章，一些文字，会令人感到极大的羞愧和不可卒读，感到极大的心理不适——触动我们心中最敏感的部位，疼痛难持。

有没有这种疼痛，对于一个民族来讲非常重要。我们这个民族在文化性格的反思上，关于李白和杜甫所引起的疼痛还远远不够，这最终会让我们付出巨大的代价。

谈到李白和杜甫，如今给人印象最强烈的当然不是这种疼痛，而是他们了不起的才华所给人的惊羡和快感，是他们的忧国忧民给予我们的震动，是他们惊世绝伦的句子给予我们的敬慕，是绚丽的意象带来的不可抵御的美与辽阔。现在我们经常提到的好多了不起的佳句就来自李白和杜甫，或苏东坡等——许多时候我们是学习和记忆这些，而不是其他。这当然也是必要的。

但是要冷静而全面地理解他们，仅仅如此就不够了。我们还要尽可能地还原他们作为一个知识分子、一个作家和诗人在当年的生活轨迹。我们不习惯于"还原",一方面是嫌费力气,另一方面是给我们带来太多不愉快的感觉。像李白和杜甫这种民族符号是敏感的,连带了许多的民族基因,如果过多地谈论他们的屈辱,他们人性的弱点,他们面对权力的谄媚和畸变,他们那种可怜甚至是卑劣,似乎是普遍不可忍受的——他们属于一个民族,他们不再是他们自己;他们是艺术的象征,精神的象征,思想的象征,贬低他们就是贬低我们自己。

我们有时候觉得谈论李白和杜甫反面东西太多,会被他们当年的一句诗讥中:"尔曹身与名俱灭,不废江河万古流。""尔曹"就是"你们"——你们若过多地论及李白和杜甫背光的一面,自己也会感到畏惧。

最令我们感到不舒服的当然是他们两人的"干谒"文字,还有类似性质的一些诗篇。我们今天的阅读脱离了当年的具体语境,会有一种陌生感,会发生时空错乱的讶异——怎么会是这样?这是真的吗?这种面对白纸黑字的询问将不断地出现在脑际。

我们其实已经忘记了自己在读一千多年前的社会与人生。

唐代遗留的策士之风是十分浓烈的。这种战国策士游说天下一朝闻达的形象,在唐代不但没有湮灭反而变得高大起来。知识分子可以纵才使性,摇唇鼓舌,让权势者宾服和重用,然后一生显贵。战国时期的游说之士苏秦张仪之流影响甚巨,这些人成为了许多人的榜样。今天看唐代的大名士们,为了自己的仕途很写了一些大胆文字,像诗文大家韩愈有名的《上宰相书》《与李翱书》,杜牧的《上宰相求湖州第三启》《上宰相求杭州启》,都是绝好的例子。这些文字比起李白杜甫的同类文字已经晚了许多,可是在令人讶异和不快的程度上,却又丝毫未减。

在这样的风气与框架上考察李白与杜甫，我们会有怎样的心情？

他们除了"干谒"求官，还有没有更好的人生道路可行？或者说，他们在求仕之途上，还有没有更好的路径？实际上许多时候，我们记得的只是他们的诗章所绽放出来的"光焰万丈长"，反而不再愿意感知诗人的个体精神，不去细究他们当年怎样生活，更不愿正视诗人的生活质地。他们的诗里到底包含了什么，他们的言论里包含了什么，为什么会有如此多的"伟大"和"卑琐"矛盾地交织在一起，这才是需要好好回答的。

悲剧的根源

无论是读小说还是诗，只有让心灵与作者相连相通，接近他们创作瞬间的那些情绪波动、心灵激越，才会有一次神会。读李白的诗，那个常常泡在酒里的所谓怀才不遇、思绪怪异的唐朝人，我们并不会觉得有多么陌生。这完全要依靠心和心的接通，以感受诗人运思那一刻的生命状态。无论是外国的还是古代的诗人，无论在时空上离我们多么遥远，一旦有了这种生命的呼应，也就开始了真正的结识。

但是现在做学术的，还有一些机械麻木的读者，却不愿回到这个最为基本的状态。有人总要依赖教科书，要听别人怎样讲，唯恐与对方讲得不一样。其实阅读中个人的心灵相通、生命之间的联系，实在比什么都重要。比如李白，会发现现成的一些书上太多地说到他的仕途失意、他的浪漫气质了，这些都是从他留下的文字里边看到的——人们不难读出李白的可爱和率直，以及他的一些软弱、狼狈和苟且。他身上有严重的所谓"时代的局限",有令人极惋惜之处,这些也是不必讳言的。

如果按许多书上所讲,他们从李白的那几篇自荐表里竟然读出了"自尊"。而在我们今天看来,这其中或有不得不忍受的、自我屈辱之后的某种不安和痛苦的流露,但总体上来说还是读不出多少"自尊"。这些自荐表以及类似的诗是他的痛苦自伤,哪里会读出多少"自尊"。为了做官,不得不奉承别人,抬高自己,总让人觉得尴尬和痛苦。我们如果不能正视这些,就是阅读的遗漏和缺失。

当然从另一方面来说,李白这个人又实在可爱,尽管留下了太多的瑕疵。我们现代人如果把自己放空,不带成见地从头读一下李白的诗文,会觉得李白大致还是一个可爱之人——包括他对功名和权贵表现出来的态度,大部分都是真实的——其实对权贵或功名的向往与蔑视共存,常常也是国人的通病。

总之我们尤其不能受那些成说的影响,各种成说来自于汗牛充栋的李白研究,来自于古代,特别是来自二十世纪四十年代末之后的这一段时间,其中的一些观点是大可怀疑的。我们直到今天还会多少觉得:自己所继承的传统文化的核心部分,也就是诗书之国里的"诗"的部分,一些不该触碰的疮疤一旦被揭开,会有一种巨大的不安和痛楚产生——这不仅是因为李白和杜甫,还有我们自己——这是一种奇怪的感觉。

我们的血液中有他们的因子,那是中国文化人的基因。缺少反思和警醒的阅读,会让我们一方面谴责"万恶的封建社会""专制社会"对两个天才人物的迫害,同时又将不同程度地、自然而然地接受这样一种事实:知识分子类似的生活轨迹是必然的,是不得不认可的一种模式。这就使我们多少变得习以为常了——尽管对此也不断有一些反抗和批判之辞，但大致还是认同的，因为古来如此，所以也只能这样接受下来。

这种认识才称得上悲剧的根源。

除了文学人知识人的命运悲剧，我们还不同程度地接受了一种学术悲剧，这就是同意和认可所谓李白的"浪漫主义"，杜甫的"现实主义"，赞同他们一起被强调的各自的"意义"。比如杜甫的诗史品格、底层性；李白的傲然与飘逸。所谓的"大众诗学"已经被普及成这样，几乎无法质疑了。这怎么会是真正健康的学术？

今天我们希望有一个从头检点、分析、破解的契机，希望回到具体，回到细节，回到个人，回到真实。

说到底，这种种悲剧的根源不仅仅是阅读和学术，而最终还是文化人格。我们的文化长期以来不过是"主子"和"奴隶"的文化，这就从根本上决定了我们对李白和杜甫的认识——无论是宽容还是苛刻，都会不由自主地从这种顽固的文化劣根上出发和生长。

国人的价值标准

说到人的价值，大概最重要的是每个人做好自己的事情、做应该做的事情。只要做好自己的事情就有意义。一个人总想影响别人，影响这个世界，于是也就不停地宣传自己——其实对别人最好的影响，对周边的影响，包括在身后历史上所起的作用，还要靠扎扎实实地做事。这是一种价值观念。

国人的价值观十分简单和粗陋,许多时候其实只有一个标准,就是做官,其他的竟然可以一概忽略不计了。

这里谈个有趣的现象。某个学府到了百年或几十年大庆的时候,校友们要回去,还要贴出一溜"了不起的"校友照片。那些照片会怎样排列?一定是按照官职高低的,从省长到将军,然后是副省长局长,最后才是什么学者。如果遇到一个极有名的学者,那就太难为他们了,因为没法换算其价值。它的价值标准只有一个,那就是官职,可是这会儿又出现了一个特别有名的学者,比如说在美国欧洲名牌大学取得了较高荣誉者,这跟中国的官职怎么换算?这成了一个棘手的问题。要知道在今天的国人心中,西方也是一个了不起的另一条标准。他们很是作难了一番,最后就把这个人放在副省长和厅局长之间。这是多么小心翼翼和费尽心思。从中我们可见对方的苦衷,体味其换算的痛苦和劳累。

一个以教育人才、传授知识、传播文化为己任的著名学府,把校友请来以后,一经排列,它的价值观就赤裸裸地亮出来了。只有一个在国外取得了荣誉的学者才让他们为难了一番,不然排列起来是非常顺畅和简单的。可是我们会问,如果是一个在本国取得了较大荣誉的著名学者怎么办?很简单,放在局长们后边也就可以了。现在终于开放了,结果千年不移的唯一的固定标准之后又加了一条标准,这就是在"外国"如何。

其实这两个标准从历史上看都不突兀。比如说唐玄宗那个时期似乎也是如此。当时那些文人要做一个独立思考的知识分子,吃饭问题就不好解决,要有个职业,有个营生做。做官就成了他们第一体面的营生,而且主要是能够实现治理的抱负。如果没有官做,又不愿做其他营生,那就得依赖别人接济。

当年杜甫的那些兄弟，李白的那些兄弟，据考察都是大商人。兄弟的资助曾经是他们重要的生活来源，但却不能一直如此。

关于文人谋官之切，可能还要从另一个方面去看，即时代的发展、社会分工的因素。那时的李白杜甫等文人除了做官，似乎可走的道路是格外狭窄的，没有更多的职业可供选择。他们似乎不愿务农，不能教书，也不能专业写作，更不愿经商。他们往往把建功立业当成了专业，诗歌写作当然是这种追求之余的一个东西。

杜甫后来不做官了，回到四川筑起草堂种果树，活得也很愉快，甚至是一生最愉快的时期之一。他吃鱼赏花，写出了多少好诗。这些好心情和好作品都是独立生活的成果。别人可以种地，可以经商，可以活得不错，知识人为什么就不能？只要拥有强有力的人格力量，就能把这种不依赖他人、不寻求公职的生活方式贯彻到底。唐代这么有才华的一些人，却要千方百计地巴结那些权贵，丧尽了自尊，留下了那么多白纸黑字、斧头都砍不去的阿谀文字，以至于成为整个民族的伤痛。

那不过是为了博得一官半职。这说明那个时期的社会风气是败坏的，并不健康的，这从人们普遍的价值观就可以看得出来。当时和现在一样，官职似乎是唯一的价值标准。这种"中华价值观"的形成过程，实在值得好好考察。李白和杜甫一辈子追求这种人生价值，造成了莫大的悲剧。杜甫最终得了个绯鱼袋，成为六品；李白当年大概很难以品级论，"翰林待诏"到底算什么级别还得仔细换算。

与官职这个价值标准相比较，钱的多少当然从来都是一个标准。其实官职的价值除了满足威赫的心理，再就是可以用来敛财。很难想象一个高官是一个穷人,自古皆然。不过钱这个标准像赛跑一样,是慢慢冲上来的,今天差不多冲到了前边——这是现代社会中某些国家的情形。唐玄宗时期的第一标准是当官,其次好像"国外"这个背景也变得重要了,这一点似乎让今天的国人大不理解,以为是妄言。

事实那时候就是如此。"国外"这个身份很重要,外国人是很容易被推崇被迷信的。当年唐玄宗那些主要将领都是外国人,像安禄山、哥舒翰等,都是。他们就像李白诗里写的,长着红色的毛发、金鱼一样的眼睛、石棱一样突出的颧骨,这些异邦人都是大将军,掌握军权。有人可能说这些人并不全是外国人,还有少数民族——在当时这样说是很牵强的,严格讲他们就是异邦人士。唐玄宗很迷信他们。后来很多人觉得这个事情不妙:这拨人在战场上没有杰出的表现,还掌有军权,慢慢会形成割据,汉人江山不保。

包括杨玉环的哥哥杨国忠,那是唐玄宗最信任的近臣和国戚,也有这样的担心,可惜他的话皇帝不听。皇帝看重外国人。

杜甫的营生

李白一辈子的大部分时间里基本上没有正式的工作,而杜甫一生中有三个时期是正式为官的。这是需要关注的一件事。一个人没有营生做,涉及吃饭穿衣等日常生存,比怎么作诗更重要,当然也影响到怎么作诗。

杜甫比起李白更像一个中规中矩的人,写诗也是如此,更多的推敲,对仗、平仄、韵律诸方面都更完美。这种性格的人该是有一份稳定工作的。事实上杜甫一有机会就想好好做点营生,最看重那只铁饭碗。

他在流浪长安时,好像没干什么正式的工作,也不是公家人员。到了四十四岁的那年,他被任命为河西县尉,不久又改授右卫率府胄曹参军。这是他进献《封西岳赋》的结果。杜甫为官之前数次进赋,最有名的就是《三大礼赋》了,但那次因为宰相李林甫的阻挠,没有什么结果。这次算是杜甫第一次正式为官,有了俸禄。这个官职虽然卑微,对他来说应该是极大的一个事件。但是由于安史之乱,不久长安即陷入叛军手中,杜甫被安禄山困在京城,逃了两次才出长安,最后总算逃到了唐肃宗所在的地方。这条逃亡之路艰难无比,简直是生不如死,到了驻地之后衣衫破烂,形容枯槁,于是感动了唐肃宗和身边的人。这一次他被授予的官职叫"左拾遗",相当于现在秘书班子里的人,负责对日常政事提一些参考意见。杜甫在这个岗位上尽职尽责,后来果然看到了人事方面的不周之处,也就提出了自己的不同意见。人事方面总是敏感的,结果就得罪了皇帝,给贬了。

左拾遗属八品,官职不大,却能够接触皇帝。这次遭贬多少有些不公正,好在有一个人为他说了好话,指出杜甫的工作就是做提醒和建议的,他看出问题并说出来,是忠于职守的表现。皇帝虽然不快,但认为这种说法无懈可击,只好调他到一个地方去当县令。县令是七品,照理说属于提拔——也有记载是平调,可能当时的县令并不都是同一级别——杜甫却不愿任职,因为他对县令多有了解,知道这样的角色无非是喝五吆六,对上奉迎对下威压,还要完成沉重的税赋等。后来应杜甫自己的要求,做了军队后勤部门的一个小官,管兵器粮草补给。这算是杜甫的又一份正式工作。

再后来杜甫所做的官家营生,可能是跑到四川之后。当时战乱,他需要不断地南逃，最后到了四川。想不到这里有他的大机会，因为遇到了严武。严武是一个文武双全的人，和杜甫是旧交，比杜甫小十多岁，官做得很大，主管四川。看杜甫这个时期的诗，充满了幸福和快慰，非常明快。他就在这里建了杜甫草堂，看来是要长期定居下来。这个时期他做了严武的幕僚，算是有了一份很好的营生。

不仅是有了正式的工作，而且还获得了进一步发展的机遇。因为严武觉得杜甫这么大年纪了，一生颠簸，又是大诗人，应该有更好的安置，于是就给他上了一个表，表中历数了杜甫的才德。结局还好，皇帝授予他一个"工部"的职衔，可能相当于六品。这是杜甫一辈子所拥有的最高官衔了，所以后来人就以"杜工部"称他。上边赠他一个"绯鱼袋"，这是官职的标志。

可能在当时的幕僚班子里以杜甫的年龄为最大，他总是把那个"绯鱼袋"戴在身上，惹得年轻同僚暗里嘲讽。有的书上说杜甫就因为这类嘲讽才离开了岗位，可能也不准确，但他与大家相处并不愉快是肯定的。杜甫就这样辞掉了官家的营生。

总之杜甫一辈子真正在官家做事，从记录上看只有三四次，而且时间都不太长。这就要考虑他一生靠什么来糊口的问题了。这方面的记载也不多，能找到的一个记录就是他在四川经营了一片果园、一片树林，可能还有一点地亩收入。他曾被上面任命经管多少顷土地，那也算负有相当责任的工作。大量时间里他好像没什么事情好做。郭沫若先生考证，说他有兄弟在三峡一带做生意，可以接济他。但靠别人帮助度日，对一个男人来说并不是心安理得的事，生活也不会十分安定。

皇帝手谕及其他

再看李白，这一辈子从生活安定方面来看，可能还不如杜甫。他简直没有什么工作。年轻时出川，在长江流域游荡，娶了前宰相的孙女，住到了女方家里。大部分说法是"入赘"做了上门女婿，但也有人说这是唐代的一个特有现象，虽然住在女方家里却并不算正式"入赘"。总之这时的李白日子并不难过，起码没有物质匮乏之虞。女方是前宰相的孙女，可以想见家境会很好，人脉也广。

不少书上推测李白第一次去长安，能够很快与一些文化和政界人物接触，可能就是依仗了妻子的关系。这第一次是极为重要的，可以为他第二次打下基础。在道士吴筠和皇帝妹妹玉真公主的推荐下，可能还有身为高官的大诗人贺知章的推助，李白做了令他一生最感荣耀的翰林待诏。这个职位既有"待诏"二字，可能也不算一个正式的官职，没有记载说多少品。这里只能算是一个等待使用的"人才库"。李白和一批人待在这个地方，待遇可能不错，而且可以接近宫廷，是相当有机会有面子的一个岗位。宫廷里有事情可以找他们，没有事情就闲在那里。如果被任命外地官职，就可以到那里去经管一方了。准确点说，这里可能是一个智囊库、人才库、秘书班子三位合一的特殊机构。

在任翰林待诏的两三年里，竟是他一辈子最有希望的时期。之后就没有关于他为官的记录。他怎么生活？到处游走，极不安定，用当代人的话说，就是到处"打溜溜"。他的经济来源是什么？这需要好好考察。李白前期的物质生存条件不成问题，甚至到后来很长时间也是好的，可以说远远超过了杜甫。考察他的经济来源,首先要知道他排行"十二",叫"李十二",可见有好多同族兄弟。父亲是一个大商人,兄弟间也有从商的,在长江流域活动,这跟杜甫是一样的。他还有一个兄弟在山东一带经商,一些亲戚在山东为官,这使他在鲁地生活起来可以及时得到接济。

李白在山东学习剑术,这是最需要花钱的事情。一个自由人,一心想当游侠,过着放荡不羁的浪漫生活。这样的人花起钱来一定不会小里小气,耗费不会太少。在我们的想象中,他的日常开销一定是远远超过了杜甫的。

光是兄弟和亲戚支持还不够,李白早期还有其他大进项。因为李白当年的名气比杜甫要大上许多,两人在诗坛上的辈分也大不相同。今天看杜甫是"诗圣",而李白是"诗仙","仙"是飘逸在现实之外的,"圣"则是人间的神圣,最起码杜甫与李白可以齐名。可实际上杜甫当年的诗名不大,那时出版的一些重要诗集几乎都没有收过杜甫和李白的诗,但因为李白在皇帝身边工作过,这样连带着诗名就大起来了——这成为李白一生的荣耀,几乎可以吃整个下半生。他交往朋友,在官场厮混,长安的经历正是炫耀的资本。有了名声,物质来源也就不成问题了。

历史上非正式的记录里有他在长安的绘声绘色的描述,讲高力士怎样,杨玉环怎样——连杨贵妃都替他研墨,连高力士都给他脱靴;唐玄宗对他如何如何亲近——今天看这些纪录倒是大可怀疑的,它们不是来自民间,就是来自李白酒后的个人演绎。在京城之外,无论到了哪里,那一段官场经历都足以让他引以为荣,一般文人和官场人物也会以与他交往为荣。可以说李白经济来源的一部分,就借助于那段辉煌的经历。

李白的长安岁月以及其他,都给人以红火、炫目的神秘感。这样一个人生活起来自然比杜甫方便多了。所以李白到了哪里都是"千金散去还复来",根本不在乎。历史记载,他到哪个地方招待文友,不是花一点钱喝一场酒而已,而是招来许多人一起豪饮,有时还要通宵达旦地喝。所以李白到了哪里,哪里都会吃不消。这个人是太铺张了,特别能挥霍。他就是这样一个人,身上的钱少了根本不行。"千金散尽还复来"——从哪里来?

李白显然需要有更大的收入,特别是他的中年时期,没有大的资金支持是根本不行的。这些钱仅仅从亲戚那儿来,尽管是兄弟之间,既不一定及时也不一定长远。比如兄弟给了十万,转眼两天花完了,再给十万?这不是长久之计。可见必须有多个渠道来供应他的挥霍和放荡不羁的游侠生活。怎么办?原来李白还有一个更重要的来源,这里绝不可以忽视:李白利用他的盛名为人写了许多墓志铭。过去需要写墓志铭的都是富商或官人、大地主等,付给的润笔费都是很高的,所以也就成为文人最重要的收入。这种工作对于李白来说是不难的,因为那时资讯不发达,他在这个地方写这一套,到另一个地方换换名字还可以用。李白是唐玄宗时代最有名的大天才,传奇人物,由他写墓志铭当然是极有面子的事。这是李白的又一项大收入。

另外,据记载唐玄宗从宫里打发他走时,是"赐金放还"的,给了很多的钱。最要紧的还不止于此,不是给钱走人这么简单,还曾经有过一个手谕。李白到了哪里都可以拿出这个手谕,让官家接待。有人考证这种情形大约有三两个月的样子,不久这个"条子"就被废止了。因为李白太能花费了,地方政府是耗费不起的。

自立与自尊

从经济来源讲，兄弟接济和官方恩赐都不是长久可靠的。而写墓志铭是自己的劳动，这是最可靠的。问题是像李白这种人会觉得是一个不小的负担，不一定高兴写，而且还有个雇主多少、是否及时的问题。李白的名声太大，混日子自然不难；但是如果挥霍太大，超过了名声的助力，生活也会陷入困顿，那也就会感受人生的不幸和窘迫了。

所以我们现在考证李白和杜甫的日常生活来源是很必要的。一个人没有稳定的经济收入，就不能够自立，有时难免就活得没有自尊。一个人要做好的诗人，就要能吃苦，能放下身段。平时说的"大丈夫能屈能伸"，要"屈"在正地方，不能趋炎附势。这个"屈"，也包括俯下身子做一点实实在在的事情。他们的兄弟可以经商，他们自己为什么不可以？杜甫曾经种植果园，李白也可以做。世界上有很多营生，比如前辈陶渊明不为五斗米折腰，就回去种地了。许多人都靠种地生活，这就是农民；地种得规模大了，还可以成为地主。

大家都在做实际的事情，养活自己的生命，而后才是精神方面的创造，是个人生命力量在其他方面的投放。一个人怎么可以什么实际工作都没有，做一个饭来伸手的寄生虫？李白的一些敛财行为，往好一点讲是借了荣耀和名声，往不好一点讲就是借势蒙人。一个人靠这个生活，其人格的力量怎么树立和强大起来？所以李白诗中的道德力量并不是最强的，而在这一方面，杜甫比李白要强，这也是他被称为"诗圣"的重要原因。

诗人传记

关于中国古代大诗人的传记有很多,但写得好的并不多。

屈原作为一个大诗人,他精神世界的规模和体量,其空间感,似乎超过了李白和杜甫等唐代诗人。这其中的原因当是极其复杂的,如中国远古先民对于超自然力量、宇宙和上天神灵,比后来的人更加好奇、更加敬畏也更加敏感。越是后来的作家们越是注重所谓的"人性"而忽略"神性"。比较唐代而言,屈原那个时代的诗人们当有更高的"神性"——这在任何族群中都是相同的,即"神性"会随着时代的发展、科技的进步而逐渐减弱。这大约正是屈原与李杜的区别——而李白在这方面又要好于杜甫。总之,对一个诗人的文字世界需要敏感地把握,这不是简单的量化工作。他们写了多么巨量的文字,涉及到哪些沉重的题材,都不是最重要的依据,关键还是要对其精神世界作出总体评估。我们对诗人全部文字所构筑的世界,应该有个大致清晰的判断。

屈原的世界似乎比一般的唐代诗人更为复杂、深邃和玄妙。屈原更多地受惠于楚文化,受民间流脉影响很深。比如《九歌》,是直接来自民间的形式;《招魂》更是来自民间的一种悼念仪式。他在这个基础上把它们进一步深化和完美。他植根于强大的民间文学,成为一个谁也打不败的安泰一样的人物。杜甫和李白也是这样,但屈原好像更具有深植民间的特征。

屈原的《天问》给人错综复杂的纠缠感,那种繁复和追究引出的巨大惊讶,那种醉心于无尽玄思的形象,是令人读后再也无法忘怀的。一口气问了那么多问号,是不得了的一种思维。他的《招魂》,特别是他的《离骚》,

那种想象华丽而不中空，情感既具体又缥渺。李白在《梦游天姥吟留别》里有很多句子很接近《离骚》。李白受屈原的影响好像很大，这与他那种华丽的、夸张和纵情想象的风格有关，他们于是被统称之为"浪漫主义"；而杜甫被称作"现实主义"，受屈原的影响要小得多。

一个文学人物，特别是一个高超的文学人物，因为想象的世界太大了，这个生命体对他人来讲就会太过神秘，简直是无边的浩渺，像看海洋和天空一样。想象一下，要写出这些人物的传记该有多么困难。有人创造了一种文体叫"传记小说"，不知是什么意思，将传记当成小说来写？比如说《梵高传》，欧文 斯通的代表作，就不是一般的传记和报告文学，所以他冠以这种名字。可能有些细节需要他去想象补充。

可是中国历史上一些大诗人的传记，需要的就不是一般的想象了，因为留下的资料很少，关于生活细节的记录几乎完全没有。那么多的细节不靠想象靠什么？于是类似的传记不仅不是写实的，而简直就是一本杜撰的虚构读物。这是不是有点过分？

所以说要把握这些特异的生命，难度不是一般的大，简直是一次不可能完成的工作。我们现在去看那几本古代诗人的传记，总是捏一把汗。有一本在中国流传很广且很迷人的书，就是林语堂的《苏东坡传》。这是一本畅销不衰的书。除了作者的理解力和文笔之妙，再就是传主苏东坡本人太有趣了。这个人的经历太坎坷，大有故事可讲。苏东坡的文字世界和思想世界奇妙无比，绚丽多彩。这是传主本身立下的基础。

写传的人修养没问题，他写过好多著作，常常是精彩的。这两个生命的结合和相遇，就产生了《苏东坡传》这样一本书。以更大的对文字的敏感和野心而论，有人看了或许觉得还不过瘾。这是一句非常不谦虚的话，但也是实情。苏东坡比起李杜来说离我们更近，留下的文字也多，但后人演绎他的时候也还是有不少困难，总是在生活细节方面受限。

所以要写《李白传》《杜甫传》，那又是难出十倍的工作。

欧文斯通的《梵高传》又译为《渴望生活》，可以让人看得热血沸腾。它比《苏东坡传》读起来更过瘾，原因在哪里？除了作者的才具不同，一个很重要的原因就是梵高离我们近得多，作者可以掌握许多生活细节。而即便如此，作者仍然要标出这是一部"传记小说"。这表明了作者的严谨，因为书中的一些细节肯定是想象出来的。

写伟大的文学人物传记，作者的才华如何至关重要，而不仅是凭借功课，不仅是对传主生活细节的把握。能不能够依靠巨大的想象力去还原、把握和展开，以传主一样飞扬的才情去展现，像传主本身一样深邃莫测，怪异和多趣，这才是根本之所在。比起伟大的传主，通篇传记文字给人感受太过沮丧和平庸，为什么还要写这样的文字？简直是多此一举。所以要写《屈原传》《李白传》这一类文字，一定要慎之又慎。因为我们通常离这复杂的、高蹈的灵魂还差十万八千里，根本够不着他们飘动的衣袂。

还是看他们的原著吧，那就是最好的"传记"。

生命日历

李白和杜甫，还有许多的古代诗人，他们的作品与今人有一个很大的不同，就是其日常记事性质，是它的这种功用。这种很强的实用性会极大地改变和影响这些文字的风貌和质地。比如李白的那些记行诗，送别诗，赠诗，游记诗，都有很明显的现场感和即时性，也就是说，那些文字大致上是现作现用的。杜甫的这类诗也同样多，情形并无例外。如果抽掉了他们的这一类诗作，只留下类似于今人的"专门创作"，那些仿佛闭门构思出来的"作品"，那么李杜他们的诗章从数量到品质都会发生极大的改变。

这一类作品正因其现场性和即时性，所以我们在阅读中必须对其产生的环境有一个详尽的了解。时间地点，为什么写，写给谁，以及涉猎对象的情况，都要知道，不然就没法更好地欣赏和理解。这些文字因此就更加成为他们行动的注解和说明，更加难以超脱和独立成篇。而我们现代人的作品，其中的绝大部分却不是这样的，一般来说它们起码看上去是可以独立于作者的，并不像古人诗篇那样，与四周的具体事物如此丝缕相连。读杜甫的《江南逢李龟年》，我们就需要知道诗中所写的这个人是怎样的，还要知道杜甫与他以往的关系，他们怎样相逢，当时的社会与政治环境，等等一系列的细节和故事。杜甫是用这首诗记下了那次相遇的感触，还有诸多追忆，有过去的时间地点——"岐王宅里寻常见，崔九堂前几度闻"；也有现在的节令和场景——"正是江南好风景，落花时节又逢君"。字面上似乎易懂，背后的故事可就多极了。像《乾元中寓居同谷县作歌七首》《同诸公登慈恩寺塔》《送孔巢父谢病归游江东兼呈李白》《丹青引赠曹将军霸》……这一类都是极具体的记事诗，也都是名篇。但它们与《秋兴八首》《白帝》《诸将五首》《阁夜》《春雨》《春望》《登高》……这类名篇的性质却有明显的差异。后者大致像我们今天所熟知的"创作"，而前者则是即写即用的文字。

李白这两种文字都有，现场应酬和手记式的文字甚至多于杜甫。因为比较起来，李白更像是有感而发不事雕饰的好手，事后经营的习惯可能更少一些。这样的文字在他来说，许多只是顺手而为，所以用过算完，丢失的可能性也大。这些文字有些是过于简单了，失于随意性；而更有可能却是因随意而自然兴起，随口吐出极好的句子。李白作诗强调"清水出芙蓉，天然去雕饰"，那么这种作诗的方式本身就足够"天然"了。他的《当涂赵炎少府粉图山水歌》《峨眉山月歌送蜀僧晏入中京》《赠孟浩然》《江夏赠韦南陵冰》《闻王昌龄左迁龙标，遥有此寄》《秋日鲁郡尧祠亭上宴别杜补阙范侍御》《酬崔侍御》《客中作》……都是这方面的名篇。由于此类诗是这样成篇的，随手拈来，即作即用，不事雕琢，所以既可以灵光闪烁运思周备，也可以马马虎虎稍加敷衍。但李白这样的人兴致高异思快，竟然由此而产生出一些千古名句。"月出峨眉照沧海，与人万里长相随""兰生谷底人不锄，云在高山空卷舒""兰陵美酒郁金香，玉碗盛来琥珀光。但使主人能醉客，不知何处是他乡"——真可以说是俯拾皆是。

李杜这些有韵的文字，几可以看成他们生活中的随笔、日记、便笺，但这其中确实产生了大量的名作。他们那些更为用心经营的作品，当然总的来说要好于这一部分，但有时也可能会失于过分用力，比如诗学家和研究者一再称赞的杜甫的《秋兴八首》一类。以韵文记事，这是古人的一种大雅之趣，是习惯和风气，也是因为他们心中的确装满了诗，有时候不吐不快。以韵行文，以诗抒意，这在他们来说简直不需要刻意修辞，而是一种十分自然的书写冲动。

这样说不是指李白和杜甫常常不太经意地、随意地掷下文字，尤其是杜甫，他有过著名的"语不惊人死不休"的诗论；李白也有"我志在删述，垂辉映千春。希圣如有立，绝笔于获麟"的著诗大志。可见他们不仅仅是依凭诗才和天资，而实在是付出过大辛劳的。不过这仍然与今天的"专业创作"心态大不相同——他们的作品是更为自然的生命日历，而我们当代的文学写作，这种"日历"性就大大地减弱了，转向了更强的虚拟性和创作性。

中国古代诗人的绝大部分都把"做官"当作职业，而文学写作成为非职业行为，更是一种源自生命本身需要的个人的、民间的行为。这一方面大大区别于后来职业化写作带来的功利性，同时又区别于网络时代写作的过于平民化。

诗人的地位

我们不能完全知道李白和杜甫在当时作为一个诗人是怎样一种境况，诗人的地位在盛唐如何，只能凭一些现象来做以推断。我们知道那时候没有专业作家和诗人，于是就会说，当年的诗人社会地位一定是不如现在。理由是那时候写诗不能换来稿费，也不是领工资的一个职业。但仅举出这样几个条件，除了说明社会分工越来越细，并不能说明更多的问题。

在唐代科举制成熟了，考试的内容与后来有所不同。所谓的八股文考试是更晚才确立下来的，是科举制进一步发展的产物。八股文之所以在历史上沿用那么久，是因为它在取士方面具有一定的实用性和科学性，并不像后来批判中说得那样荒唐。唐代开始的取士考试中，占重要篇幅的是诗，可见诗这种体裁在社会应用中的实际地位有多么高。写诗可以有大用，可以做官，这就是诗在唐代的世俗地位。如果没有经过考试这个步骤，要想当官还可以向朝廷进献诗赋，这也是一条路径。总之诗既然成为了进阶之路，诗的世俗地位社会地位自然也就很高了。

诗的地位高，诗人的地位也就高了。我们很容易就可以举出很多的唐代大官，从将军到宰相，这其中都有一些大诗人。至于那些不知名的、没有流传下来的诗作有多少出自官宦之手，我们就不得而知了。写诗，从一般的读书人到皇帝都在做，可见是一件极体面的事情。有人可能说写诗这种事直到今天，在作者队伍方面也没有什么变化，因为上上下下都在写。是的，诗的地位在当代依然很高，好像仍然比小说之类要高。

但具体谈到诗的地位，所谓的"高"与"低"，如何看待还应该有所区分。比如一个是在世俗市井意义的层面，如今或者过往，它的地位比起当初或者古代已经大大降低了；但在纯粹的学理意义上，它的地位一直都是很高的，似乎并没有多少下降——它肯定不及哲学和宗教那么形而上，但又比小说对于世俗生活的描摹更具概括意义，似乎离哲学和宗教更近一些，离天空更近一些——这些天生的特点也决定了它独特的命运、幸与不幸。

一些"上层人物"不写小说，除了因为这种体裁需要更多的时间之外，主要的原因还有其他。比如小说的烟火气太重，一些"体面人物"下笔时就要有所顾忌。

但是总的来说，诗的地位从古到今并不是没有变化的。今天的诗比起唐代来说，论地位显然不知下降了多少。那时候的诗既是文学作品，又是进阶之物，还是某种媒体——许多事情就是通过诗的咏唱来传达的。同时诗又取代了一般的记叙文体,一些事件特别需要诗的记录。那时没有什么大篇幅的小说故事,诗也具备和替代了它们的功能。正因为如此,杜甫的一些叙事诗在当时和今天看来才显得这样重要。

那时候作为一个读书人,除了写赋之外,显示和标明才华的文字作品,主要就是诗了。诗差不多成了唯一。一个读书人即便不当官,他的诗名也可以极大地帮助他。一个人能写出一手好诗,就能够有机会得到官场人物的赏识,比如孟浩然、李白、杜甫等许多人,就因为诗写得好,与当朝的权力人物才多有往来,甚至成为十分要好的朋友,这种情况在现代来说会是不可思议的。

就因为一个人有了诗名,他身为平民就常常被视为极不正常的事,像李白和杜甫,就多次有人举荐,认为他们应该为朝廷所用才对。有诗名的人即便在民间游走,也会受到许多人的盛情款待。像李白,凭着自己的名声让人高接远迎,特别是一些政界人物、一些财东大户,与他在一起就会感到荣耀,还请他写写墓志铭之类,付给丰厚的酬金。

今天的诗人地位也许是往昔遗留下来的一缕余音。一般来说,物质主义时代是最能折杀诗意生活的,诗的地位也许只保留在人类的理性世界里,或在美好的想象之中。但须注意的是,人在没有物质保障时也会远离诗意,物质的保障和发达似乎又可以保存和激发诗意,这方面的例子也很多。中国古代的不要说了,西方的诗人中产阶级以上者也占了绝大多数,艾米莉·狄金森、罗伯特·弗罗斯特、华莱士·史蒂文森,T.S.艾略特、罗伯特勃莱……这些人从出身到个人经济地位,很少为物质生活所忧虑。

惠特曼来自底层,没受过多少教育,但也不似我们想象的那样穷困。他所写的一些普通劳动者，歌颂他们，不是为了阶级划分或者"关注底层"，而更多是表达平等意识和民主意识。再如李清照，如果不是出身于书香门第，不是官宦之后，有那样的文学修养也是完全不可能的。

"文章憎命达""诗穷而后工""国家不幸诗家幸"，这只是一个视角。这在西方文艺理论中或许罕见——大约游牧民族在迁移过程中形成了仰望星空的习惯，而中国这样的农耕文化里，人们埋头土地的时间更多。这就会把个人的命运紧紧地跟周围联系在一起，目光是向下的，最远最高处无非就是皇帝，而无法越过皇帝的头顶看到更高处，于是也就忽略了星空和苍穹。

西域诗人

有一位老作家告诉过一件事，就是他到李白出生的碎叶城一带去参加一个会议，遇到了一件有趣的事情。这个故事也许不是因为到了中国大诗人出生地才要发生的，而只是碰巧发生在西域。那个国际会议召开时，还是苏联的辖区，政府官员在主席台上讲话，下边坐成一排。他说自己已经很习惯于这样的会议格局了。领导讲话时大家都很肃静，不断地鼓掌。官员的话还没有讲完，会场的门就突然打开了——从那一刻这个官员的表情就变了，原来的神气收敛了许多，接着站起来匆匆宣布，说"某某诗人来了，让我们热烈欢迎"，这位官员带头鼓掌，并且自觉地停止讲话，站到了一边。

刚进来的诗人马上坐在他的位置上了，一点都不推让，一坐下就张牙舞爪地讲开了，握着拳头呼喊，最后还跳到了桌子上。我们的老作家吓了一头汗,当时真的担心要出事了,可后来发现那个官员一直老老实实坐在第一排,耷拉着头在听,还时不时地带头鼓掌。

我们的老作家后来才知道,原来那个地方有崇尚诗人的传统,特别爱诗,当时的官员是自然反应也罢,是做出来的一种姿态也罢,反正那天的确是这样的。这个场面和故事让我们联想到一个有趣的问题,就是大诗人李白出生的地方还保留有那种鲜见的风气,这真是不解的谜团。如果李白还在西域待下去,当年不随父亲回到四川,他自己会怎样?西域又会怎样?那样我们就失去了一段光荣的历史,失去了一个伟大的诗人,而那边诗人的气就更壮了。

还有一个朋友告诉,他去参加一个国际会议,地点就在欧洲。从碎叶城临近的地区去了一个诗人,这人在会议上算是小字辈,可是风光得不得了,竟然带了两个女秘书。这位诗人走到哪里都虎虎生风,很威严的样子,以至于那个朋友不太敢和他搭讪。

今天开个玩笑,我们的大诗人的出生地真是不同,那儿诗的地气如此强旺,直到今天还是这样一番气象。这样讲倒不是渴望我们这里也要对诗人宠成那样,而是说昨天与今天、这边与那边,二者差异实在过大,有些不成比例。好像那边是地球之外发生的事情似的。

再到后来,众所周知,这个西域国家独立了,成了一个东方小国,朋友说的那位神气的诗人当然成为国内最有名的人物了。另一个朋友为了采访他专门跑到那个国家,但一直没有把握能否采访成功。没想到一切顺利,这位诗人接受了采访,事后还和他一起参加了一个高官孩子的婚礼。那天来的客人中有总统等许多贵宾,诗人去得比较晚。总统在那个地方谈笑风生,当然是客人的中心,走到哪儿都是众星捧月,气场也大。"气场"这种东西很怪,有时候说某个人的气场大,感觉整个屋子都充满了他的气息,这也是环境加给的东西:大家都以他为中心,将某种意念给了他,他的气场也就大了。"意念"这种东西是有能量的,是一种神秘的力量。一个学术场合或者一个官方场合,某个人的气场可以很大;但就是同一个人,一旦落魄,顷刻之间就再也没有气场了——这种认识似乎没错,但另一方面强大的气场并非是装腔作势,而实在是生命质地由内到外的投射。一些伟大的人物再谦卑,其力量仍然不会消失——朋友说这个总统当时的气场很足,因为是中心人物。可是当那个大诗人到场以后,说感觉很明显,整个气场马上就变了,转到了诗人那儿。

我们现在说这些的时候,不知为什么总是想着李白。在这个半仙之人出世的地方,还有这么多关于诗人的好故事。李白在四处游走之时,他的气场一般来说是很大的,起码比杜甫要大。这些我们从他的诗句中可以感受得到。

文章骨骼

李杜不是专业诗人,可是他们留下了斑斓奇崛的诗章,这不由得让我们假设:如果他们一生将主要的时间用来写诗,那又该是怎样一番惊人的辉煌啊。我们为他们一生的流离和奔波感到极大的痛惜和遗憾。其实就艺术成就来说,事情极有可能不是我们想象的那样。

正因为是一种业余的状态,一种陪伴生存的书写和抒发,才有了这些文字。这些文字的质地和我们今天的所谓"文学创作"是大相径庭的,这才是我们需要好好正视的一个问题。我们应该思索的是诗以及文学,所有这一类文字与生存和生命的关系到底是怎样的；思索社会有了极细的分工，特别是因此而将精神活动分离成一个专门的工作之后，带来的异化和蜕变。

李白和杜甫的诗与文无非有这样几类：一是用来答谢朋友做以应酬的，这些文字具有很强的应用性，它们诉说心情，强调情谊；二是私下记录自己的喜悦伤感以至于忧愤，用以抒发和排解的，这也不可以缺少，因为没有这些文字，他们就更加难以忍受；三是利用它们上达疏通的，为进身之路作具体的使用，当然有更直接的目的性；四是作为个人纪事使用的，就像日记差不多，比如随手记下的几行韵文，留待日后备查和回顾等。总之所有的诗文突出的仍是一个"用"字，这就与今天的创作有了极大的区别。这种区别带来一个本质的不同，就是没有那么多为文的处心积虑，也最大程度地避免了无病呻吟。源发于生命需要，这才是真实的大前提。

这些诗篇之间的"距离"都是极为鲜明的。所谓的"距离"是指情感、事件、气息等方面的差异，就是说每一次写作都出于不同的实际需要，都要从当时的真实处境出发，于是心情和视角、行文的方式，都与上一次大不相同了。人在生活中忙碌，为进取为糊口为交游只能奔走不休，写作也就成了间隙中的"小事"，成了生存实务之余，这样的文字面貌自然也就大为不同了。它们会变得生鲜锋利，质朴内敛，有比较坚实的质感。

如果为文而文，构思的功夫就会大一些，也就自觉不自觉地偏离了使用性，文字反而会变得虚浮。专业写作者总是在室内的时间多，他们的写作过程如果分解为阅读准备、案头工作、篇章结构、伏案书写等几个步骤的话，那么大多数都要完成于室内。古代业余写作恰恰相反，他们的大量时间可能要用在室外。其中的案头工作也许是极少的，有时就连伏案书写这样非室内而不可的事都与今天大不一样：李白走到一个地方诗情冲动起来，就可以直接将诗文题到墙壁上；杜甫会直接把赠诗写出来当面交给朋友。这样现场感就强烈了，减少了虚拟性。

文学蜕变为一种专业营生，其实是弊大于利的。能够自觉地认识到这种专业伤害并时刻加以克服的，毕竟只是少数，大多数还是会服从于所谓的"专业"，非常敬业和勤奋地做下去。于是我们总是读到千篇一律、陈陈相因和毫无生气的文字。这些作品太像"作品"了，太符合文章作法了，也离开不拘小节的生存冲动太远了。这样的文字当然少了许多生命的力量。

李杜的诗篇，更有历史上那些不会湮灭的大量篇章，之所以构成一个民族的文章骨骼，其主要的奥秘也就在于此。

济南名士多

"海右此亭古，济南名士多"，这是杜甫的名句，也是济南人重复最多的一句诗。当地人会将古往今来所有与济南有关的名士都罗列起来，用以认证诗圣杜甫的这句话所言不虚。其实杜甫这里所说的"名士"，只限于他的言说之前。后来也出现了一些名士，比如曾巩、元好问、苏东坡、赵孟頫、张养浩、顾炎武、蒲松龄等，他们生活或流连于此，并且留下了文字。再后来这里的"名士"就少多了，原因有许多，主要是"此亭"不再"古"，缺少了巨大的吸引力和培育力。

实在一点讲，"济南名士多"并不能算作一句鉴定语，这更接近于一句客套话——诗人在一个地方受到礼遇，作一首诗赞扬一下也算是自然。这与"天下第一泉"的意义差不多。济南人后来多多引用它，已类似于一个城市的广告语，可见文化与名士的作用之大。这种情形而今到处都有。

杜甫写下这个句子的时间值得好好一记。因为那是他的一个特殊时期。"放荡齐赵间，裘马颇清狂"，这是《壮游》中的句子，从中可以看出杜甫那时的生活状态。齐赵放荡之期，当是杜甫从二十五到二十九这四年，那时还没有结婚，游过了吴越，又参加了贡举考试，未中继续漫游。到了三十岁这一年他结婚了，筑"陆浑山庄"于首阳山下，"壮游"算是告一段落。他结婚以后只在家里待了两年，就再次出来游荡了，这也算得上继续"壮游"，见到了李白高适等人，时而豪饮。特别是他与李白的相见，可以说是一生中最令他兴奋的事情。也就是三十三岁前后这几年，他遇到了时任北海太守的天下名士李邕，二人同游大明湖，杜甫写下了这首诗。

历史上记载的当时徘徊于济南的"名士"也许还不够多，但杜甫却写下了这样的句子。这不可能是一般的应酬，他推崇的当年名声极大的李邕也可以用"济南名士"来统括。济南属于齐地，在春秋战国时名震天下的"稷下学宫"就在齐国都城，那里可以说是天下的文心，几乎最有名的大文化人思想者都汇聚到了学宫里。这种风气之盛，为齐地所独有。而同时期的秦国是另一个强大的国家，却由于思想的专制而拒绝了许多大学者，起码在那时绝对不可以与齐国相比。文化的传承有根性，有连接力，所以说即便到了唐代，来往于济南一带的有名人物一定也是很多的。而杜甫说的"名士"，大概并不局限于他生活的那几年。

这里还需要说一下"海右"这个词。有人说这里的"海"就指了渤海，顶多是黄海,杜甫与李邕面南而坐,在历下亭里看着千佛山,历下亭可不就是在大海的右边;另外古人以西为右,济南自然也在大海的西面。这样只是看着地图说话,实际感受是不可能如此的。这儿说的"海"只能是放眼所见的大水,也就是从大明湖到东部的那片涟漪。要知道当年济南的水是很盛的,远不是今天这样。今天的大明湖是大大萎缩后的样子,而当年是由小清河连接了不远处的更大一片汪洋,那时是将整个华不注山的东北西三面围起来的,所以用"海"来形容并不为过。东边有一片大水,所以杜甫说是"海右"。另一讲法则是更为平实的,就是"海内之右"——国家历史悠久的东部,古人以右为尊。

李邕对杜甫的赞赏是有原因的。这位名重一时的唐代"名士"身居高位,傲视文坛,是极有性格的人,后来到了七十岁的高龄,竟然被嫉心亟遽的凶狠宰相李林甫棒杀。李邕显然不是那种随和世风权贵的人,但对杜甫的爷爷杜审言却极为推崇,曾夸其为天下第一的诗才。不仅如此,李邕也非常欣赏杜甫,他政务繁忙,却能不止一次与年轻的杜甫长饮,在历下亭畅快地论文谈诗。记载中杜甫和李白还曾结伴去李邕家里探望这位当代名流,可见关系已经是很近的了。当时的杜甫经过了壮游时期,见过世面,与李白高适等诗人有了交往,而且多次访道,游历名山大川,相当骄傲,心气较高。他就在这样的时候遇到李邕,两个辈分不一却又是同样傲世的人在一起,那情形是可想而知的。李邕极大地鼓舞了年轻的杜甫。

当时的诗文名家许多是为官的,像杜甫拥有这样的才具并且又是出身于名士和官家之后的,长期流落民间是很不正常的。与李邕在历下长饮的第二三年,杜甫就去了长安。这当然是为了求官,却想不到成为他一生最为困顿不堪的时期,让他后来一直不堪回首。第一次长安应试,结果落第。再后来就是接二连三地"干谒"投书,找权贵推荐,全然没有成功。和李白相同,他们都曾找过同一个人,这个人就是唐玄宗的女婿张垍,也同样没有什么结果。剩下的一条路就是向皇帝进表,不久他就写下了一直让自己引以为荣的《三大礼赋》,这时候他已经四十岁了。而后杜甫还有过不止一次进赋,直到四十四岁才被任命为河西县尉,后又改授右卫率府胄曹参军,是和县尉一样级别的小官。

历下亭的吟哦,似乎可以看成杜甫命运中一件值得好好纪念的大事。

最后的折腾

杜甫认为自己一生最不幸的时期,也就是身困长安的那些年了。"衣不盖体,常寄食于人,奔走不暇,只恐转死沟壑",这是他对当时生活的描述,也是上书中的自述内容。可是他没有料到,自己的老年晚景也许才是最为悲惨的。随着老之将至,诗人的人生跌宕实在令人欷歔。

他这辈子令自己得意和宽慰的,仍然是与朝廷发生较密切关系、稍稍得用的几个时段,如四十岁献《三大礼赋》,得以待命集贤院,这有点和李白做了翰林待诏一样的荣耀,所以他有"忆献三赋蓬莱宫,自怪一日声辉赫"的诗句。再就是他从沦陷的长安城出逃后,回到凤翔,被唐肃宗授为左拾遗,相当于八品官职之时。最后是第二次追随四川节度使严武回到成都,被荐为"检校工部员外郎",获赠"绯鱼袋",从六品的时候——这大约相当于今天的"副局级"。

可是他的这些幸福岁月既短暂,又被更严酷的生存境况给分隔和冲决了,中间经历了亲人离散、出逃流奔、饥肠辘辘等,有几次还算得上有死亡之虞。就这样来到了艰难困苦的晚境,虽然有个"绯鱼袋",但最终仍无济于事。他真的到了无依无靠、体弱多病的颠沛流离时期,最后竟然连个寄身的地方都没有了,不得不住在一条漂荡的小船上。他活了五十九岁,但从五十岁开始,生活就进入了更加不安定的时期。五十一岁严武调离四川,杜甫没有依靠,只得移居梓州,两年来辗转在涪城、盐亭、汉州、阆州等地,并一直犹豫是否离开四川。直等到五十三岁又一次迎来了严武回到四川,这才重新移归成都。本来期望有一个安定的居所和养老之地,谁知道刚满一年之期,正当盛年的严武却病死在任上,于是杜甫再次失去了依傍,只得携家离开成都。这一次是彻底离去,一家人乘舟南下,经嘉州、戎州、泸州、渝州、安州,至五十五岁又迁往夔州——这才有了一点喘息时间,他写出了《秋兴八首》和《观公孙大娘弟子舞剑器行 并序》。在夔州不到一年,杜甫身体状况急剧下降。两年之后杜甫投奔亲戚去了公安,半年后又不得不登舟顺水而下,流经岳阳、潭州、衡州、耒阳,直到五十九岁这一年的春末夏初牛肉中毒死去。这么长一段时间杜甫就住在一条小船上,常常被饥饿所困。

李白活了六十二岁,虽然前半生比杜甫物质生活优越一点,但基本上也是四处游荡居无定所。他的晚年同样是极为不幸的,尤其是最后六七年的时间里,生活紊乱不安到了极点。五十五岁遇安禄山反叛,与夫人一起南奔,连丢在山东的一双儿女都来不及带上。这期间他先是住在寻阳,在金陵和宜城、当涂、溧阳之间奔走,最后又想隐居庐山度过晚年。谁知唐玄宗的儿子李璘让人请他出山，即随从水师作了幕僚，从此便开始了更大的折磨。

  李白的晚年从军生活真是一生最大的不幸。李璘不久即被内讧的兄弟李亨剿杀，李白也成了附匪的叛逆而被朝廷拘捕，不久又改为流放夜郎，直到五十九岁冬末行至三峡巫山遇赦。而后的三年时间是他曲折生命历程的最后一段，也就在这个时期，壮心不已的李白还决定参加李光弼的部队，要干一番事业，但走到金陵就发病了，不得不躺倒在当涂县——他再也没有走出当涂，就在这里结束了自己的一生。

形单影只的独身猛人

  在这个物质主义时代、现世主义时代，聪明人都要"活在当下"。如此一来，追求真理的基本念想就要变得十分遥远了。所以在这样一种情形之下，再看一场场关于人文主义、人文关怀的争执，会别有一番感慨。类似的争论不会没有，但今后可能越来越少了，因为人们会觉得不值。一方面人心具有天生的良知和理性，对尊敬与蔑视并不混淆也不陌生；另一方面又有人性的弱点乃至恶习，总是很能够附和强势出卖良知。

  李杜时期的唐朝对诗歌来说当是一个特殊的机缘。人们大谈唐诗的繁荣原因，其主要理由是说盛唐的政治开明和经济发展，仿佛这两个大条件真的成为了艺术昌盛的根本基础似的。其实大动荡时期的艺术和思想有时也会呈现出灿烂的景象。比如同是李杜的创作，他们两个人在唐代最动乱的民不聊生时期，都写出了自己最重要的作品，如杜甫，他的作品就数量与质量两个方面，都以衰唐时期的写作最为突出。

唐代有以诗取士的科举制度，可是李杜二人凭其诗作，竟然没能走上一条稍稍像样的仕途，这好像是一件奇怪的事情。他们的诗不知比当时的达官贵人们要高明多少，却在以诗取士的年代里郁郁不得志。

当时有不少高官与他们谈诗论艺，交换诗稿；他们也常常写出诗赋进献，但基本上没有什么效果。我们不可能天真到这样的地步，认为那些有决定权的上层人物一定是艺术上的盲瞽，他们不辨好歹，才将近在眼前的异才看成平庸之辈。当时受皇帝委托选拔人才的宰相李林甫，考试中看过了多少贤能人士，这其中就包括了杜甫。李林甫对皇上这样禀奏：当今的贤人大才已经全都集中在朝廷里了，民间再也没有了。中国之大，各色人等浩如烟海，他竟然敢说这样的大话。其实这并不是什么奇事，在嫉贤妒能的小人物那里，视野中也只能是围在身边的一群阿谀奉承之徒，这些以类而聚的卑俗之物竟然是天下"人才"之大成。

为真实而不顾个人安危挺身而出，做一个这样的人是最难的。不靠一己的快感和冲动，也不为那点私利和虚荣而战，这种人更是罕见。看上去只是一种固执的令人尊敬的坚守，但却是因为艺术、真理和善意，为了人生本来就应该具备的良知，这是多大的意义和勇气。人从诞生的那一刻起，就被赋予了纯朴和力量，同时也有了渺小的私欲，这就是人性的美和恶——我们人类的全部希望，不过是怎样设法战胜自己的卑劣而已。这种艰苦卓绝的个人斗争，从唐朝到今天其实并没有什么变化，其激烈的程度和斗争的性质也并没有变化。

从这个意义上讲，我们看待今天的文学论争心里也就分明了许多。才华远不及李杜者,遭遇的坎坷与埋没或者都不必抱怨,或许都是再平常不过的事情。有时候我们会惋惜,惋惜那些有力量的人,嫌他们的力量还不够;那些善良的人,他们的善意还不为更多的人所理解——我们渴望他们像某种英雄人物一样,拥有那样的环境,那样的力量,焕发出那样的激情,走得更加遥远,以至于能够改变整个文化界和思想界的气息。这只是美好的幻想而已。

古代杰出人物创下的遗产,一直会影响到我们的今天。李杜等人真是了不起,这是一拨或得志或直到最后都在挣扎的人,但他们毕竟还留下了灿烂的诗篇。我们这个时期远离了那种语境,那种状态,没有了那种四处奔走的沸腾的激情,同时那种古典的朴素情怀也离我们越来越远。令我们敬仰的那些人好像完全生活在陌生之地,背影一转即淡远不见了,以至于杳无踪迹,仿佛只一下就回到了眼下的物质主义、娱乐主义和广告时代。小丑们纷纷登场,稍有一点矜持和自尊的人,必会自觉地退到角落,然后悄无声息地过完自己的一生,连转身时的一声招呼都没有。在这种情势之下,对那些尽管形单影只,但勇气蛮大的独身猛人,我们一定要充满尊敬;而对那些以"宽容"为借口的混世者、痞子文化的继承者,则需要有足够的清醒和警觉。

无物之阵

可见作为伟大的诗人,李白和杜甫算得上命运不济,越是到了晚年越是贫病交加,最后的结局竟是那么不幸。他们在封建专制社会里才有这样的磨难,一切的哀伤和悲惨全都来自那个黑暗的时代——这曾经是一个不变的视角，一个难以颠覆的结论。但是我们是否还可以有另一种推论，是否可以从更深处寻找一下原因？

在不那么黑暗的时代，甚至是人们口中"最伟大"的时代，一些杰出的人物就会拥有更光明的前途吗？实际上他们中的一大部分有可能还不如李杜的下场。看来一味标榜的社会政治结构是一回事，它实际所具有的仁慈与善意、公平与正义究竟如何又是另一回事。体制固然是决定人的命运的重要因素，但或许还要往更深更远里追究——说到底社会体制之类仍然是人的"作品"，仍然要受人性的驱使和决定。人性之力才是一种根本的力量，无数的人性就可以形成无与伦比的合力。这种合力是社会道路发展的最终决定力和牵引力。人性和体制也并非是线性发展的，更不可能是一直向前、后优于前的。

我们永远歌颂的都会是人性之美，可是我们却常常忘记批判人性之恶。人性的弱点怎么估计都不过分。人性不加以改造和制约，将是泛起滔天大恶的总根源。这种恶的力量可以毁灭伟大的旷百世而一遇的天才，也可以将无辜的平民推入万劫不复的深渊。李白和杜甫到底跌进了哪里？他们为什么会这样坎坷这样倒霉？说到归总，他们不过是跌进了人性的黑暗深渊里而已。

我们仅仅是相信人性的善是远远不够的。这种单纯的信任和乐观不仅不能挽救人类本身，而且造成的结果还会相当可怕。具体表现在李白和杜甫身上，他们作为一个人是有巨大缺陷的，比如他们的骄傲和自负，过多的投机，"干谒"以及攀附，嗜酒，对权势的迷恋……还有周围对这两个天才人物的嫉恨，褊狭不容，排挤和遏制……这一切集合在一起，有时甚至是无形无迹的，形成一张人性的魔网，让受困者终生难逃，同时又无法进行更具体的抵抗，如同鲁迅所说，一个战士来到了一个"无物之阵"，于是只好"荷戟独彷徨"。

李白在任翰林待诏的那段时间里大概感受最深者，莫过于同僚的排挤，这也是他离开朝廷走向民间的主要原因。那时候知遇者贺知章等人在哪里不知道，反正已经起不到保护作用了，倒是像张垍这一类小人有了大施邪能的机会。像李白这样不拘小节，颇有几分天真烂漫的人物，当然是不会被巧言阿谀、机心遍布的官场所容纳的。李白待在这样的地方简直就是活受罪。他在《翰林读书言怀呈集贤诸学士》一诗中写道："晨趋紫禁中，夕待金门诏……青蝇易相点，白雪难同调。本是疏散人，屡贻褊促诮。……"，已经分明地写出了这个翰林院是怎样的情形，他自己又陷入了怎样的境地。他这些愤然之辞如果自己发泄一通倒也罢了，但他却"呈集贤诸学士"，那种后果当然是不难预料的。

结果怎样我们是知道的，就是"赐金放还"，打发走人。李白具体谈到这次失败的经历时有不少文字，如《答高山人》中写道"谗惑英主"；《为宋中丞自荐表》中写道"为贱臣诈诡，遂放归山。"这时候的李白好歹知道一些"谗惑"的人，比如张垍等人。最苦的是他这一生中都在"无物之阵"中挣扎，这才是他的致命之痛。刚刚走出翰林院时头上有光环，手中有赐金，还算风光了一阵；但好景不长，渐渐也就显出了沦落的颓相，为人所不待见了。到了后来，他竟然成了一个"世人皆欲杀"的罪人，走到了人生的绝路。

李白在这种境况之下怎么会有好日子过？这其中的责任有多少需要由他自己来负，又有多少需要那个万恶的社会来负？更有多少需要人性之恶来负？

杜甫的情形与李白既同，又有一些不同，因为在为人处事方面杜甫算是谨慎低调之人——但他醉后吹嘘起来同样是令人不安的，他在《奉赠韦左丞丈二十二韵》这首代表作中已经表达得淋漓尽致了:"甫昔少年日,早充观国宾。读书破万卷,下笔如有神。赋料扬雄敌,诗看子建亲。李邕求识面,王翰愿卜邻。"尽管这是他对自己才能的认识,但实际境遇却是那样不堪,简直是糟透了。在同一首诗里他还谈了长安大街上的奔波:"朝扣富儿门,暮随肥马尘。残杯与冷炙,到处潜悲辛。"诗中所述,断然是一个诗人、一个有自尊的人所不能忍受的。

杜甫虽有三次为官的经历,却没有一次享受官场的愉悦,三次都以失败而告终。

杰出人物总有强烈的个性,有敏感的知觉,有强大的洞察,这一切既不同于常人,又大半不被常人所谅解。他们身上优越的资质很快就会被识别,进而被嫉恨,于是也就走入了穷于应付和捉襟见肘的境地。这种情形从历史到今天一直在发生着,实在是一点都不令人奇怪的。

凡是杰出人物,迟早都要走入"无物之阵"。

假设与求证

读郭沫若先生的《李白与杜甫》会有诸多感受。他非常有才能,兴趣也是多方面的。文学不用说了,我们知道在很多领域里他都有过不俗的表现,甚至成就卓著。不过诗还是第一位的。他写过自传体小说,还有散文和戏剧。不过在特殊的时期,他就非常放松和游戏了,写了一些玩闹的诗,像什么"喇叭花,吹喇叭,答答滴,滴滴答",什么"共产党,人人爱;毛主席,大统帅"。

这一点是很悲剧性的，其中大可以写成专门的著作去谈，也许会有令人惊怵的人性发现、社会发现。

就我们一再提到的《李白与杜甫》这本书来说，即是一部多么诡谲奇异之作。从字面上看也许一切并不晦涩，甚至可以沿用"左""右"之套路来分析一番，以为一切也就迎刃而解了，由此可以简单地得出一个结论：郭沫若先生在极"左"的时期写出了一部迎合之作，顽固而浮浅地坚持了"阶级斗争"的理论，成就了一部扬李抑杜的翻案之书。

事实上一切远没有这样简单。

这部书或许比通常认为的要复杂得多，费解得多。

郭沫若的深刻与广博，激扬的才情，并没有随着极"左"时期严厉可怕的文化专制而彻底丧尽，他的判断力和求证心、对自由的向往等等一切因子，并没有悉数归零。他是处在一个"活着还是死去，这是一个问题"的哈姆雷特式的追问之中。他在六十年代至八十年代写下的那些自残式的所谓"诗作"，其癫乱嬉闹不是最好的讽刺，就是极端化的抵御，但更有可能是——一种妥协和变异。他时而清醒时而昏聩，一会儿如稚童一会儿如耄老，甚至写下了"有雄文四卷，为民立极"这样的"名句"。

《李白与杜甫》是他晚年之作，尤其要注意这样一个可怖的事实，就是他正遭遇了人生最大的不幸：于混乱年代中接连丧失了两个儿子。也就是在这种处境之下他想起了从头梳理两位最伟大的同行：李白与杜甫。果然，书中有一以贯之的"左"视眼，有严厉的阶级论述，有谁都难以苟同的流行偏见。但是其中还有什么？有痛悔自责的呼号，有面对专制弄人的巨愤，有自嘲和冷汗？或许这一切都是我们的臆断和某种期许？不知道。一切都在书中。

有一点是可以肯定的,那就是晚年的郭沫若先生与两位唐代大诗人做了一场漫长而持久的潜对话。

如果以为年轻时代的浪漫诗人,那个狂放和勇气齐具的诗人,突然干干净净地消失于二十世纪六七十年代,大概也只会是一种太过天真的认识。

我们可以设想一下,在那样的时代里,他还会做些什么?他总要认真做一些事情的,他不可能总是嬉戏。他在考古方面常常是"大胆假设"的,比如关于东莱古国的推断等。他求证起来很有诗人作风,每每被人视为荒谬。在艺术和学术之路上,雄心和智慧可以让人变成"大拉耙"。

海边拾柴的人用的一种"大拉耙",能将一路拉过的所有东西都收在其中。有人治学和创作也像一个"大拉耙",包含的东西很多,极其芜杂。有趣的是,这种大胆假设在治学严谨的学院派那里却常常得到了"小心求证"。"假设"不是学院派所长,却是诗人所长。诗人富有想象力,求证则是学院派的工作。像李白凤、王献唐这一类学者,他们竟然将郭沫若先生当年一些似乎是离题万里的"假设",求证出了许多。

郭沫若先生对李白和杜甫的一些考证和假设都是非常大胆的。他说他们的兄弟在哪里做买卖,似乎合乎情理。关于李白的死,流行的说法是李白喝醉了酒,去捞江里的月亮,溺水而死。但郭沫若先生说得很确切:是"胸肋间腐肋疾"。总是喝酒的人胸腹很容易发炎,发炎后粘连,粘连后撕裂,脓化即形成穿孔,叫"脓胸症"。说得多么专业和具体,因为郭沫若先生在日本学过医。他大胆假设,却并不小心求证,就这样说了。这种说法似乎能够让人接受。

民间只看到李白将月亮写得这样美,如此爱月,对月亮迷恋恍惚,所以编出一套投江捞月。这其实是民间人士替李白写了一首绝命诗，是他们用很美的想象为李白画了一个完美的句号。但仔细想想又很拙劣。李白喝了那么多酒，最终极其沮丧，得了那个病倒更可能是真的。但究竟郭先生是如何考察出来的，书中的确没有多加说明。捞月而死是一种主观臆想，这种传说只反映出民间对于李白的美好情意，人们宁愿相信是这样，事实究竟怎样倒并不重要，因为只有这种死法才符合人们心中的样子。

　　关于杜甫的死也有新说。过去说杜甫是饿得厉害，突然得到了一些牛肉，于是大吃过量，又喝了许多酒，结果腹胀而死。一般长久饥饿的人一开始要喝稀粥，即为了预防过胀。杜甫饿得厉害，地方官送上牛肉和酒，杜甫吃后就死去了。这样的记载比较多，大家也认可。但郭沫若先生考察了杜甫在几月份里得到牛肉，那时又没有冰箱，所以这个肉肯定是变质了。"杜甫是食物中毒而死"，他再次说得非常具体。

二〇〇三年五月十二日至十九日，万松浦书院
二〇一三年十一月订，济南

图书在版编目（CIP）数据

悲愤与狂喜/张炜著. —济南：山东教育出版社，2016

（张炜文存）

ISBN 978-7-5328-9257-0

Ⅰ.①悲… Ⅱ.①张… Ⅲ.①散文集—中国—当代 Ⅳ.①I267

中国版本图书馆CIP数据核字（2015）第315567号

总 策 划：刘东杰
出版统筹：祝　丽
特邀编辑：马　兵
责任编辑：苏文静　张彤彤
装帧设计：王承利　宋晓军
手稿摄影：曹清雅

张炜文存
悲愤与狂喜

张炜著

主　管：山东出版传媒股份有限公司
出版者：山东教育出版社
（济南市纬一路321号　邮编：250001）
电　话：（0531）82092664　传真：（0531）82092625
网　址：sjs.com.cn
发行者：山东教育出版社
印　刷：济南大邦印务有限公司
版　次：2016年3月第1版　2016年3月第1次印刷
规　格：720mm×1092mm　16开本
印　张：44印张
字　数：521千字
书　号：ISBN 978-7-5328-9257-0
定　价：88.00元

（如印装质量有问题，请与印刷厂联系调换）印厂电话：0531-88038616